KUWEI
酷威文化

图书 影视

（上）

岁见 著

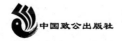
中国致公出版社

目 录
contents

第一章

江延

六月底，溪城已是盛夏，天空万里无云，空气中弥漫着令人躁动的热意，树影浮动间，吹起一丝微弱的凉风。

　　下午一点半，还在午休时间，（6）班的教室里依然吵得像个菜市场，后排的男生坐在一起打游戏，偶尔吵嚷几句。

　　坐在男生前边睡觉的女生被吵醒，不耐烦地说了几句，男生安静片刻，又不自觉地吵起来。

　　女生没辙，索性拿着水杯去了外面，关门的时候弄出了很大的动静。

　　这一下，大半个教室的人都醒了，有人嘀咕几句："神经病啊，自己睡不着，还不让别人睡了。"

　　林宛迷迷糊糊地睁开眼，热意从四面八方袭来，她后背出了一层汗，夏季的短袖校服贴在身上，黏黏腻腻的，很不舒服。

　　头顶的风扇缓慢地转动着，不时发出细微的声响。

　　同桌孟昕见她醒了，朝她凑过去，带过来一阵淡淡的橙香，细腻而好闻："去不去小卖部？"

　　林宛刚睡醒，还有些没回过神，缓了几秒才抹了把脸，说道："走，教室里热死了。"

　　两人一前一后走了出去，下完楼梯，孟昕把手搭在林宛胳膊上："哎，还好高二就可以搬去新教学楼了，再在这老楼里待下去，我怕我会被融化了。"

　　十中有两个校区，彼此相距一个操场的距离。

　　老校区就是十中以前的教学区，五层高的建筑看起来还没有人家四层楼的高，教学楼青苔显露，到处都是碧绿色的爬墙虎，有些墙面外侧的白色漆块都掉光了，露出了里面的红砖。

　　而新校区以前是一所职专，后来学校倒闭了，十中就直接把地皮买了下来，盖成新校区，第一个装好的就是空调，而老校区则由于电路老化，每个教室里只有四台年代久远的电风扇。

　　十中发展迅速，成为省级示范高中之后，每年招收的新生越来越多，后来学校规定，高一的学生全都留在老校区，高二和高三的学生搬到新校区。

"就剩下一个星期了，慢慢等吧。"林宛站在货架前，挑了几袋薯片，随口问了一句，"这次考试是按上次期中考试的成绩排考场吗？"

"对啊。"孟昕趴在冰柜旁边，感受着里面的阵阵凉意，突然想起什么，"对哦，你期中考试就考了一门语文，这次估计是在最后一个考场了。"

"嗯，无所谓了，也不是没去过。"林宛没怎么在意，反正在哪儿考试对她来说都一样。

可有些人就不这么觉得了。

她话音刚落，身后冷不丁传来一个声音，语气里尽是嘲讽："有些人注定就只能待在最后一个考场。"

林宛回头，还没来得及说话，孟昕从一边跑过来，先撑了回去："唐雨诗，你说话能别这么欠吗？都是一个班的，你至于吗？！"

唐雨诗和林宛一向不对付，这在（6）班是众所周知的事情，但林宛真不知道自己到底哪里得罪这位大小姐了。

"谁乐意跟你们一个班啊。"唐雨诗轻嗤，"还好这学期马上就结束了。"

林宛本来没准备和她计较，听她这么一说反而被提醒了什么，忍不住回敬道："你是饭吃多了把脑子堵住了还是咋了？行行行，你厉害，你第一，你在海里开飞机行了吗？够厉害了吧？"

唐雨诗被她突然这么一戗，好半天才回过神，但她没有林宛能说，憋了半天也就一句："你有病吧？"

林宛呵呵笑道："到底谁有病啊？你有这跟我说话的闲工夫，不如先回去晃晃你的脑袋。"

孟昕在一旁捧哏："晃脑袋干吗？"

林宛意有所指道："听听里面有没有水啊。"

孟昕没忍住笑出来，看着唐雨诗的脸色逐渐涨红，也忍不住说道："我可真庆幸这学期马上就结束了，不然我一想到还要和你坐在一个教室里，我不如退学。"

两人一个捧哏一个逗哏，把唐雨诗说得哑口无言，最后她突然一跺脚："你们……你们都有病。"

孟昕看着她走远的身影，转头问林宛："你平时不是都不搭理她的吗，怎么今天想起来招惹她了？"

林宛拿了包薯片："她提醒我了，这学期都要结束了，我不撑她两句她还真以为我没脾气，真是面子给多了，狗都变成狮子了。"

这话刚说完，后边的架子旁忽地传来几声笑。

林宛偏头看了过去，四个男生站在另一边的两个货架之间，正看着这边。为首的男生穿着短袖，单手拎着校服，蓝白色的校服裤被他撸起来一点，露出一截小腿。他的眼型很漂亮，眼睛偏细长，眼尾的弧度稍开阔，微微上翘，此刻视线正落在林宛脸上。

　　林宛和他对视两三秒，随即又不经意地看了看他身后的男生，安静地收回视线对孟昕说："走吧，去结账了。"

　　四个男生站在原地没动，等人走远了，徐一川往前一步搭上江延的肩膀，感慨道："刚刚那个女生真够酷的啊，骂人都不带脏字。"

　　江延伸手从货架上拿了听可乐，声音很淡："挪开。"

　　徐一川转身又把手搭在宋远的肩膀上："真酷。你们有觉得眼熟的吗？"

　　"好像是前面班级的，上过几次年级榜，叫……"一旁的胡杭杭想了半天，"林宛！"

　　徐一川咂舌："你确定没记错？"他们边说边拿东西往外走。

　　胡杭杭道："我没记错，不信你问江延，她有一次排名还压了江延一头呢。"

　　江延结完账，拉开易拉罐，语气淡淡的："压了我你很自豪？"

　　徐一川扑哧一笑："胖胖，多说多错啊。"

　　他边说边推胡杭杭，结果胳膊肘不小心碰到一旁仰头喝可乐的江延，易拉罐里的褐色液体喷洒出来，弄了江延一身。

　　"……"

　　这种尴尬的场面维持不过一秒，江延先回过神，抹了把脸，在徐一川还没反应过来的时候，猛地一抬脚踢在他屁股上："你脑袋缺根筋吗？！"

　　徐一川叫着跑开："哥，我真不是故意的啊！"

　　江延拔腿跟上，几道身影追逐着跑远了。

　　林宛和孟昕到教室时已经快上课了。

　　前三节课林宛打着瞌睡混了过去，最后一节是班主任的课，林宛没敢开小差，认真听了大半节课。

　　快下课的时候，班主任提到了下周一的分班考试："这次考试的座次表已经出来了，等会儿下课的时候班长把这个贴到教室后面去。"

　　他把考试座次表递给班长，又继续说道："这次考试关系到你们下学期的分班情况，想进重点班的就努力冲一把，不想进的也给我冲一把，指不定你就走了狗屎运。"

　　班里笑声阵阵。

　　林宛摸出手机，班长已经在班级的私群里发了考试座次表，她一眼扫过去，果不其然，在最后几行看到了自己的名字，后面是考场号和座位号。

第82考场，10号。

林宛把手机放回抽屉里，盯着窗外的塑胶跑道发呆，跑道上有一群奔跑的身影，风中裹着热浪，枝繁叶茂的树木中蝉鸣依旧。

很快就到了分班考试的那天。

林宛早上出门的时候，母亲方仪宋拿着雨伞递给她："我听天气预报说今天下午有暴雨，伞拿着。"

林宛乖乖接过伞："我走了。"

父亲林咏城叮嘱道："注意安全。"

"知道啦！"

林宛跟往常一样去学校。兴许是暴雨即将到来，空气中多了一丝湿润的凉意。

到了学校，班主任在早读课时过来交代了几句跟考试相关的事情，等早读结束，一群人急急忙忙地往各自的考场跑去。

最后一个考场在教学楼旁边一栋楼的多媒体教室，林宛过去的时候，考场里还没几个人，她找到自己的位子坐下。

过了一会儿，又进来几个人，在她右后边坐了下来。

"江延，等会儿救命啊！难得我们几个能碰到和你一个考场，你得救救兄弟们啊！"

闻言，林宛翻书的动作一顿。

最后一个考场，都是成绩不好的，抄来抄去不都是一个样？

她没在意，身后传来不咸不淡的回应："抄个屁，自己写，没看见前面写的什么吗？"

林宛抬头，见黑板上写着几个大字——严肃考风，杜绝作弊！

男生们还在叽叽喳喳，直到监考老师拿着试卷进来："吵什么吵！考试还吵！都给我安静！"

教室里安静不过一秒，角落里顿时响起各种惊讶的议论声。

"怎么是李主任监考？不是（8）班的历史老师吗？"

"谁知道啊！"

"李主任监考还抄个屁啊！"

"李主任"是十中的教导主任，叫李坤，长得人高马大。

被他监考，别说抄了，随便扭个头都算作弊。

"谁再说话就给我出去！"李主任拿试卷拍了下讲台，"我看你们都是皮痒痒了，不想考试就给我出去！"

教室里没人再说话。

另一个监考老师这才开口："好了，现在开始发试卷，大家把与考试无关的东西主动送到讲台上来，手机交上来的时候记得关机，另外也不要夹带字条之类的东西。这次考试关乎下学期的分班，作弊一经发现，记大过处理。"

林宛拿到试卷，匆匆扫了眼整张试卷的题目之后便开始答题。

语文考试的时间是两个半小时。

十一点半，铃声响。

试卷一交完，考场里顿时响起一阵哀号。

林宛没怎么留意，收好自己的东西之后，摸出手机开机给孟昕发了条消息，约吃饭的地方。

因为教室只有一个门是开着的，所以一时间人都堵了门口，林宛被踩了几脚之后，往旁边挪了几步。

口袋里的手机振动了几下，她伸手拿出来，旁边不知道是谁突然撞了她一下，她落脚的时候没站稳，整个人不受控制地向后倒去。

她忍不住在心里骂了一句。

还没想好怎么办，她往后倾倒的动作突然停住了。林宛感觉自己后背贴上了一个温热的胸膛，胳膊上还掐着一只骨节分明的手，鼻息间是突如其来的凛冽气息。

林宛整个人被人从后面稳稳扶住，突如其来的意外让她没有在第一时间从男生的怀里退出。

她愣了几秒，站稳身体，刚要回头说谢谢，只听男生冷不丁地撂下一句话："占够了吗？"

林宛没反应过来："……什么？"

"我的便宜。"

林宛差点一口气没上来，回头对上男生的视线："我占个——"

她刚开口撑了一半，男生却不给她说完的机会，垂着眼淡淡道："麻烦让让。"

正是放学高峰期，教室里都是人，林宛不想惹事，硬是把这口气憋了回去，咬牙道："行。"

林宛吃了个闷亏，心中抑郁不平，到吃饭时都还在跟孟昕吐槽这件事："……我真的是从来都没见过这么自恋的人！还说我占他的便宜！"

孟昕听完，哈哈笑个不停，拿着筷子的手比食堂阿姨的手还抖："不是吧，他还真这么说啊，这得是多有自信的哥们儿啊。"

林宛往嘴里塞了一小团米饭，嘴间微微抿着，等嘴里没东西了，才开口：

"这是自信吗？这是不要脸。"

孟昕看她吃瘪的模样，还是忍不住笑："不过，我还真是好奇这哥们儿到底长什么样。"

"就我们上次在小卖部见到的那个男生。"

孟昕早就没印象了，闻言疑惑地"嗯"了一声，又道："哪次遇到的？"

"跟唐雨诗吵起来的那回。"

孟昕想起来是谁，愣了两秒："江延？你说误会你想占他便宜的人是江延？"

林宛抬头看她："啊？他叫这名字吗？你认识啊？"

"十中谁不认识他啊，也就你，跟我待一个教室，还一天到晚啥八卦都不知道。"

林宛笑："不是，我在教室是学习的啊，又不是来听八卦的。"

孟昕不想跟她多说，先放下筷子起身去结账："我给你拿瓶可乐？"

"水就行了。"林宛酷爱喝碳酸饮料，只不过这段时间有点牙疼，在林母的棍棒叮嘱下才稍稍收敛了一点。

孟昕去买水，林宛坐在位子上继续吃。餐馆里又进来几个男生，靠在柜台上和老板说话："陈叔啊，你家还有位子吗？"

"有有有，这不马上就空出来一桌。"老板收完孟昕的钱，从冰柜里摸了两瓶矿泉水递给她，回过头和几个男生说话，"今天考得怎么样？"

"叔，你说我们几个还能考什么样？"徐一川从冰柜里摸了支冰激凌，"烤熟了呗。"

陈叔笑呵呵："江延今儿怎么没跟你们一起？"

"噢，他去隔壁超市买东西，等会儿过来。"

孟昕回到位子上。林宛已经吃完，接过水喝了一口，说："多少钱，等会儿支付宝转你。"

"没事，明天你再请我吃呗，转来转去麻烦死了。"

林宛点点头，拿餐巾纸擦了擦嘴，拿上自己的东西，站起身："走吧，回去睡一会儿。"

"嗯。"

两人刚起身，老板陈叔就拿着抹布过来："吃好了，下次再来啊。"

孟昕笑笑说了声"好"。

陈叔回头招呼挤在柜台边上的几个男生："你们几个过来坐吧。"

"来了！"

男生嗓门大，林宛下意识地往那边看了一眼，正巧看到买完东西回来的江延从门口走了进来。

她眼珠一转，拉着孟昕迅速坐回刚刚吃饭的座位："不好意思啊老板，我还没吃好，你等下再收吧。"

陈叔被她突如其来的动作吓到了，愣了一下："这……"

说话间，江延、徐一川、宋远和胡杭杭也从另一头走到了桌子旁边。

四个男生也都听到了林宛的话，在桌旁一排站开，目光落在她俩身上。

林宛丝毫不为所动，慢悠悠地拧开手里的矿泉水瓶，将水倒在一次性塑料杯里，端起来喝了一小口。

"林宛……"孟昕扯了扯林宛的衣袖，有点心虚，这可是十中的学霸江延啊……

"没事，我就是刚刚吃完了才发现没吃饱，想再吃点。"林宛说完话，还真拿起菜单点了几样吃的。

点完菜，她顺手把菜单递给老板："麻烦上菜快一点，谢谢啊。"

陈叔接过菜单，看看林宛，又看看江延，一时没弄明白什么情况："那……那您稍坐会儿。"

江延拦住要走的陈叔："叔，等一下。"

他从陈叔手里拿过菜单，看了眼林宛刚刚点的菜，视线又挪到她脸上，两人的视线在半空中交汇，对视了几秒。

他唇角慢慢勾起来，然后笑了一声，爽快地接过菜单，俯身从桌上拿起铅笔，迅速在菜单上又勾了几道菜："正好，我也没吃，一起吧。"

林宛语塞，这下是想走都走不了了。

江延勾完菜，还装模作样地问了旁边的三个人："一起吃吗？"

三人："吃！"

话音刚落，几人就迅速从旁边拖过来四把椅子，齐齐地坐在桌旁。

徐一川笑嘻嘻地打着招呼："来来来，天下人民一家亲啊，吃了这顿饭我们就是兄弟姐妹了。"

林宛假模假样地"呵呵"笑了两声。

眼瞅着事情朝着越来越诡异的方向发展，孟昕抖着腿，凑到林宛耳边，声音听着都要哭了："……你知道坐在你旁边的是谁吗？"

林宛小声应道："不就是江延吗？我知道啊。"

孟昕继续抖着腿说："你没听说过他那个传闻吗？他们班的人都说他以前一个人单挑了九中半个班的男生。"

林宛听完之后，故作惊讶地倒吸了口气："我们现在走还来得及吗？"

孟昕都要哭了："你觉得呢？"

林宛被她逗乐了，还没等她说话，一旁"安静"听两人窃窃私语的徐一川咂咂嘴，举了下手："不好意思，打断一下。"

两个女生看了过去。

徐一川润了润嗓子，指着江延："关于这位一个人单挑九中半个班的男生的传闻，我需要更正一下。"

林宛和孟昕没说话，等着他的下文。

"不是半个班的，他没那么——"

听到这里，孟昕心里想着，传闻果然是传闻，江延肯定没那么血腥，单挑人家半个班。

"他没那么弱，加起来是一个班的男生。"胡杭杭接着徐一川的话补充道。

"……"

听完这话，林宛扭头看了下坐在旁边的江延，两人的视线又在半空中交汇。

这次是江延先挪开视线，两秒钟后，他重新抬起眼帘，心情看起来不错，还笑了下："都是传闻，大家不要当真。"

林宛微不可察地"切"了一声，对他这样谦虚的态度表示不相信。

果不其然，下一秒，又听见江延的声音："不过，大家要是愿意当真也无所谓，因为这本来就是真的。"

林宛听到这话白眼都快翻上天了。

旁边三个男生显然对江延的为人有所了解，在他说出这句话时面色都几乎没有变化。

几个人就这么稀里糊涂地坐了下来，几分钟后，陈叔过来把之前没收完的桌子收拾干净了。

林宛眼见着也没什么意思了，拉着孟昕站起来："不打扰你们吃饭，我们先回去了。"

徐一川第一个不同意，难得江延能让女同学跟他们坐一桌，他怎么能错过这样的好机会："别啊，都坐着了，一起吃个饭呗。"

二号选手胡杭杭也跟着挽留："是啊，一起吃呗。"

三号宋远："一起吃呗。"

林宛扯了扯嘴角："真不用了，我们都吃过了。"

闻言，坐在旁边一直没吱声的江延抬眼看着林宛，眉头微皱，像是在思考什么："你刚刚不是说没吃饱吗？"

林宛继续扯着嘴角："现在饱了。"

"哦。"江延眼皮又耷拉下去，整个人看起来懒洋洋的，却语出惊人，"原来我长得这么帅，你看着就能饱。"

林宛愣了三秒钟才反应过来他在说什么，连虚假的笑容都懒得维持了，面无表情地看着他。

"你长这么大，真的没人说你不要那什么吗？"

林宛说完话的下一秒理智就回笼了，但"不要脸"三个字她好歹也没说出口，一时间看着江延没敢动。

孟昕和三个男生都闭嘴了。

说实话，江延长这么大，还真没人说过他不要那什么，毕竟那张又酷又帅的脸摆在那里。

周围大概安静了半分钟，江延突然站了起来。

林宛看到江延站起来的时候，腿还是忍不住哆嗦了一下，心想：这人不会要在这里动手吧。

她无声地咽了下口水，视线打量着他。

三秒钟后，站在一旁的江延突然抬起了手，看他的手势，那手几乎就是对着林宛的脑袋过来的。

气氛突然有点紧张，林宛觉得自己今天肯定是要砸在这里了。

就这么一瞬间，江延的手已经伸了过来，林宛还没来得及躲，他又缩了回去，然后又伸手过来，又缩回去，像是在估量着什么。

来回几次，林宛好像知道他在做什么了。

没等她问出口，江延就验证了她心里的想法。他看着自己的手，在他俩之间比画了一下，一本正经地问道："你怎么这么矮，你有一米六吗？"

林宛直接炸了："你才没有一米六呢！你全家都没有一米六！"

江延被她逗笑，看着她气鼓鼓地走远，慢悠悠地坐了回去。

下午考的是文综，最后一个考场依旧是教导主任监考，教室里除了空调出风的动静，就只剩下他来回走动的脚步声。

全年级的大部分学生都挺怵他的，被他监考，不敢动也不敢抄，拿支笔转来转去，半天也写不出五个字。

林宛一手抵着脑袋，另一只手在试卷上勾勾选选，才做完选择题，眼皮就开始上下打架。她动了动身体，调整成一个隐蔽的姿势，打算保持这个姿势睡一会儿。

结果还没睡几分钟，林宛就感觉后背被人戳了下，力道不轻不重的，正好戳在她脊梁骨上。

林宛动了动有些僵硬的脖子，看到教导主任正站在教室外面和别的老师说话，飞快地扭头往后瞥了一眼，看到一张极其陌生的脸。

她挑眉，把自己只填了选择题的答题卡往旁边一拉，意思不言而喻——你看着抄，我反正都没写。

做完这些小动作，教导主任就从教室外面进来了。林宛刚被后面的女生那么一截，整个人都精神了，搓搓脸，继续做试卷。

差不多过了一小时，林宛放下笔，身子往后一靠，整个人放松下来。几秒后，她动了动腮帮，见教导主任没注意，从口袋里摸了颗糖飞快地塞进嘴里。

离考试结束还剩下半小时，林宛看着自己的试卷，舌尖顶着糖，突然想起什么，胳膊慢慢垂了下去。

考场的四周也窸窸窣窣地有了些动静，某些不怕死的兄弟为了自己能好好过个暑假，开始了地下工作。

坐在教室后排的徐一川对他旁边的江延小声吐槽："哥，你下次做试卷字能不能写大点，我都看不清楚。"

江延没说话，身体靠着墙，视线却看着坐在他斜前方的林宛。

从他的角度，只能看到林宛的半边侧脸，轮廓很精致，半长不短的头发被黑色发绳扎着，没穿外套，只穿了件袖口带着蓝边的短袖校服。

这会儿她的手垂下来，细长的手指搭着凳子腿一下一下地敲着。

江延就那么盯着她的手指看，看着她慢慢把胳膊挪到背后，然后屈指敲了敲她身后女生的桌子。

江延眼皮一跳，像是发现了什么好玩的事情，身体靠着墙，单手支着脑袋，看着林宛把手收回去，又整个人往右边挪开。

"还是个助人为乐的同学。"江延低声说了一句。

旁边忙着抄试卷的徐一川一时间没反应过来，还以为是在教室抄作业，嗓门一开："哥，你说什么，大点声，我听不见啊。"

江延："……"

他到底为什么会跟一个傻子做朋友……

文综考试结束之后，坐在林宛后面的女生拉住林宛："刚才谢谢你啊，我还以为我这次考试死定了，还好有你，太感谢你了啊！你几班的？考试结束我请你吃饭。"

林宛脸上扯出笑："（6）班。"

"但马上就不是了。"她在心里默默补了一句。

"那就这么说定了啊，等明天考完英语，我去你们班里找你。"女生语速快得林宛一句话也接不上。

等到她想拒绝明天的饭局的时候，女生已经拿出了手机："你有什么联系方式吗？我怕明天考试结束找不到你。"

找不到最好啊。

林宛装模作样地摸摸口袋，一脸遗憾："不好意思，我手机没带，QQ号记不住，号码太长了背不下来，也没有其他的联系方式。"

女生："……"

刚从后面走过来的江延："……"

这年头，能碰上一个比他还能睁眼瞎扯的人，真是太不容易了，他刚刚明明看到她把手机揣兜里了。

江延秉着助人为乐的心态开了口："同学，你手机在你的校服裤口袋里，你是不是记性不好忘记了？"

讲真的，要不是今天中午刚听说他单挑了人家一个班的男生，林宛的手这时候已经招呼到江延身上了。

可现在，她不想，也不敢。

林宛沉默了几秒，咬牙开口："我谢谢你啊！"

江延还很受用："哪里哪里，举手之劳。"

林宛："……"呸！

撒谎被当众拆穿，但林宛心理素质强大，她面不改色地继续瞎扯："手机太小了，放兜里没感觉。你刚刚问我要联系方式是吧，那就加个QQ吧。"

林宛的语气乍一听没什么变化，但仔细听还是能听出来一点不一样。

她的语速明显比之前快了很多，别人听不出来，跟她有过一次交锋的江延却听出来了。

女生加了林宛的QQ之后，接了个电话就走了。

眼看着教室里的人走得差不多了，林宛抓起桌上的笔袋，目不斜视地从江延身旁走过。

"哎，同学。"徐一川他们几个都被叫去办公室了，江延这会儿正无聊，索性就跟了上去。

林宛没理他，步伐越跨越大，眼瞅着就要成劈叉了，江延忍住即将冒出的笑意，大步一跨挡在她前面，低头飞快地看了下她的眼睛。

没有红，也没有眼泪，看他的时候依然充满敌意——警报解除。

不知道是不是受到了江延的影响，林宛晚上回家睡觉的时候做了一夜梦，梦里她成了个惩奸除恶的女侠。

做梦的后果就是，她第二天早上起床的时候，发现手背不知道磕到哪里，青了一块儿。

早读的时候，孟昕看到她手背，问了句："你手怎么了？"

"不知道。"林宛咬着酸奶，低头在书包里找东西，"估计是睡觉的时候不老实，磕到了。"

"你真厉害。"孟昕从自己的笔袋里摸了支黑色水笔放在她桌上，"姐姐，别找了，我给你支新的。"

林宛每回分班考试都会丢东西，大到课本，小到一根笔芯，反正不管怎样，她总会丢一样东西。

"找到了。"林宛抬起头，从包里翻出一支没有盖的笔，往纸上画了画，早就没墨了。

孟昕从桌肚拿出书包："我还是先去考场吧。"

今天一天要考三门，上午考数学，下午考理综和英语，学校为了排开时间，把上午和下午的考试时间都提前了半小时。

林宛到考场的时候，教室里人已经来得差不多了，监考老师也来了一个，端着茶杯站在走廊和其他班的老师聊天。

等预备铃响的时候，江延和他的小分队才匆匆跑进教室，几个人都睡眼蒙眬，头发也乱糟糟的，估计都是刚从被窝里爬出来。

四个人走路不是并排就是成纵队，江延走在最后，他进门的时候，林宛正好抬头看了一眼。

这人规规矩矩地穿着校服，外套拎在手里，之前几次碰面精心打理过的头发这会儿软塌塌地垂在额前，整个人看起来毫无攻击力。

察觉到有人在看他，江延顺着视线看过去。几秒之后，他当着全考场考生的面对着林宛露出了一个标准的"八颗牙"笑容："早，林同学。"

林宛盯着江延脸上灿烂的笑容看了三秒，然后选择面无表情地低下头，假装不认识这个人，虽然他们真的也才见过几面而已。

江延倒是没怎么在意林宛的反应，自己收起笑容，径直走到座位上坐下，从口袋里摸出一支笔。那笔看起来非常普通，普通到连笔帽都没有，从透明的笔壳可以清晰地看到里面的黑色笔芯已经只剩下一点了，极其不符合他的气质。

徐一川过来给他塞空白纸条的时候看到他的笔，十分无奈："哥，你就打算靠这么一支笔给我们打天下吗？"

江延懒洋洋地靠着椅背，伸手拿起校服外套翻了翻，从口袋里掏出一把黑色笔芯摊在桌上："你以为我跟你一样傻吗？"

学霸就是学霸，办事就是这么与众不同。

考试还有十分钟开始，但是负责监考的教导主任一直都没来，考场的人又开始聊起来。

"哎，你们暑假打算去哪儿玩？"

"还去哪儿玩呢，我妈说了我这次要再考个倒数第一，就给我找个家教在家学两个月。"

"不是吧。"

林宛坐着有点无聊，昨天考试坐在她后面的女生又戳了戳她："林宛，今天考试你再帮帮我呗。"

昨天晚上回去之后，林宛通过了女生的好友申请，两人在 QQ 上简单交流了一下，知道了女生叫陶嘉，楼上（13）班的。

"你就这么相信我？"林宛侧身扭头看着她，"咱俩可是在同一个考场，全高一所有班里的倒数都在这里。"

陶嘉嘴里吃着糖："我听过你的名字，你在我们班可有名了，你这学期期中考试只考了一门语文还考了个单科状元的事迹，我们语文老师在班里都说了好几回了。"

林宛觉得期中考试只考了一门并不是什么值得自豪的事情。陶嘉有些好奇，语气还有些羡慕："你当时为什么不来考试啊？你爸妈不管你吗？"

林宛还在想怎么回答她这个问题，门外一个不认识的老师抱着试卷匆匆跑进了教室："各位同学，你们教导主任临时有事，所以这场考试由我来监考。大家把与考试相关的书籍都收起来，关于考场的纪律我就不多说了，你们心里都有数。"

就在众人刚刚为教导主任不监考的消息暗自欢呼之时，新的监考老师拿起粉笔在黑板上写了一个硕大的英文字母 Z。

这什么意思？

新的考场纪律吗？

新监考老师很快为大家答疑解惑："大家按照这个字母的形状重新排一下座位。"

教室里顿时吵了起来："老师，我们考试一直都是按 S 形来坐的啊，你对排座位是不是有什么误解？"

"两分钟后开始发试卷，如果我看到有谁坐错位子，直接出去。"新的监考老师面无表情地看着这一个班的考生，"还有一分五十秒。"

话音刚落，教室里的人都齐刷刷地站了起来。

脚步交错间，林宛听到有人抱怨："这是哪个班的老师啊，怎么之前都没见过？"

"真烦，我不想考了。"说话的是原本坐在后排，现在却坐到了第二排的徐一川。

林宛没在意，按照自己的考号找到位子，刚坐下没三秒，江延从后边走过来，坐到她右手边的空位上。

两人目光相对，林宛怕他又露出标准的"八颗牙"笑容，率先挪开了眼。

"哎。"江延叫她。

林宛没理。

监考老师也没有给他们叙旧的时间，后边人刚坐下，他就开始发试卷了，发完之后，公事公办地宣布："开始考试。"

这次的理综考试成绩关乎下学期的理科分班，林宛没敢松懈，跟以往一样，她选择跳过薄弱的物理题，先做其他两科的题目，等做完时，时间才刚过半。

她揉了揉有些泛酸的手腕，视线不经意瞥到坐在一旁的江延，这人不知道从哪儿摸了副眼镜架在鼻梁上，看起来像模像样的。

几次观察，林宛注意到他停笔的时间很短暂，几乎是读完题目之后就开始动笔了，放在一旁的草稿纸基本没有动过。

平心而论，江延这个人的颜值还是有的，放眼整个十中，他都可以算得上是校草级别的。但通过这几次接触来看，林宛觉得光有颜值也不行，还得有脑子。

考试的时间过得很快，林宛没再分心，但就在她重新提起笔之后没多长时间，旁边的江延已经放下笔，顺便又摘下了眼镜，整个人完全从刚才学神的状态中脱离出来，看起来懒洋洋的，跟没睡醒的学渣一样。

江延支着手，抵着脑袋，目光有些涣散，眼看着就要睡着了，监考老师朝他走过来，视线扫了几眼他的答题卷，咽回了欲出口的话，只屈指轻敲了下他面前的桌面。

时间一点一点过去。

林宛卡在最后一道物理大题上，算了一整面的草稿纸，只算出其中一个小问的答案。

她挂着脑袋审题，依旧没什么头绪，不经意间往右边看了一眼，恰好对上江延看过来的目光。还没来得及思考，江延突然抬手把自己的答题卷放到另一边，还故意把试卷压在上面，生怕林宛看到自己的答案。

林宛无语，她也要能看得到才行啊。

一场考试结束，有人欢喜有人忧。

林宛被江延考试时的行为气到肝疼，准备考完英语好好和他算账。

她没想到的是，江延直接翘了下午的英语考试，人压根儿就没来考场。

林宛气炸了，到暑假和孟昕视频聊天提起这件事的时候，她仍然耿耿于怀："我现在一想到他，整个人都是炸的。"

而网线的另一边，孟昕却在学校贴吧上刷到了江、林两人的八卦帖——

《令人震惊！江延同学竟在众人面前对一女生做出如此之事！》

自从考完理综那天起，这帖子就一直高挂在十中的贴吧上，只不过林宛不太喜欢逛贴吧，平时基本上都是孟昕给她截几个评论就算看过了。

"你看这个，"说话间，孟昕又给她截了一个，"哈哈哈，竟然有人说你翘期中考试是为了陪江延去整牙。"

"……"

"现在的学生这个脑洞怕是开到亿万年之后了。"孟昕一直在笑，"不过你当初也是真的厉害，骑个车还能摔沟里，摔沟里就算了，你还把自己摔成脑震荡，我真的是不服你都不行。"

林宛也很无奈，她从小平衡感就差，学骑自行车学了大半年，连一米都骑不到。

上初中时，人家女生骑着自行车和男生晃悠在林荫道上岁月静好，她只能在父亲的摩托车后面感受冷风在脸上胡乱吹的疼痛——真·疼痛青春。

孟昕在电脑那边笑得不行，林宛有一瞬间真想顺着网线爬过去打她一顿。等孟昕停下来，她咬咬牙："我决定了。"

"决定什么？"

"我要在暑假学会骑自行车！"

"别了吧，活着不好吗？"

"……"

林宛直接关了视频电话。

孟昕坚持不懈地给她发消息："那你记得多买几份保险，不行的话给你的自行车也买个车险，它可经不起你这一次次地摔啊！

"它多脆弱啊！

"所以，你要不还是考虑去学个四轮车？

"这样最起码撞起来，你还有个安全气囊可以挡一下。"

林宛直接把她拉黑了。

林宛是个说到做到的人，第二天一大早就拿着钥匙去楼下车棚把自己的自行车推了出来，跌跌撞撞一上午，还是只会原地打转。

晚上父亲回来的时候，林宛跟父亲提了这件事："爸，你周末不忙的时候，教我骑车呗！"

"嗯？"父亲合上手里的报纸，"骑什么车？！坐公交多好啊，安全又舒适，冬暖夏凉。"

林宛放弃寻求帮助了，第二天早上仍旧一个人在楼下广场摸索。

摸索了半个多月后，和她一块儿学习的小朋友都已经学会骑车载人了，她还只会两脚踩地往前滑。

林宛依然没有放弃，最后终于在暑假结束前几天学会了骑车，虽然只能骑出比一米多一点的距离，但好歹也算是有所成长。

到了晚上，她把孟昕叫出来，在广场给她展示自己的学习成果。

孟昕无奈，她真的很不想承认这位小朋友是她们学校排名前五十的尖子生。

"不积跬步，无以至千里，我觉得我马上就可以骑车上学了。"林宛坐在自行车上，两脚踩着地，时不时蹬两下脚踏。

车轮慢慢往前滚，孟昕站在一旁跟着她走。

路过草坪时，一条狗突然从旁边蹿出来，林宛躲避不及，脚下一踩，自行车飞了出去，她整个人也失去平衡从车上摔了下来。

"林宛！"孟昕快步跑过去，把她从地上扶起来，"没事吧？"

"胳膊……"林宛欲哭无泪。

她坚持学了一个多月的自行车，虽然车没学会，但是她光荣地把自己的右胳膊摔骨折了。

林宛在医院住了一个星期，出院的那天十中正好开学，因为当天要去办分班的事情，她出院之后，林父直接开车送她去了学校。

新学期开始，校园里热闹非凡。

林宛在广场的分班表上找到自己的班级，高二（18）班，是新的班级，教室也换到了新的教学楼。

路过操场时，有高一的新生在军训，看着他们，林宛感觉整个人都活过来了。

林宛来得有些晚，等找到教室的时候新的班主任已经在教室安排事宜了。她站在门口敲了敲门："报告。"

教室里的人都抬头朝门边看了过来，有女生认出林宛，一脸的八卦。

新班主任看到她胳膊打着石膏，一脸担忧："快进来吧！你这胳膊是怎么弄的啊？"

林宛没好意思说自己是学骑自行车摔的，随便扯了个理由："不小心摔的。"

新班主任也没多问："那你赶快找——"

话还没说完，门口又传来一声："报告。"

教室里的人又抬头朝门边看了过去，这一看，整个教室都笑了。林宛不明所以，回过头。

江延穿着一件白 T 恤，一条黑色的短裤，露出一截小腿，肌肉线条恰到好处。他背着光站在门口，右手拎着书包，左手和她一样打着石膏。

林宛在看到江延的一刹那，觉得刚刚活过来的自己又死了。

新学期开始，之前的高一除了两个火箭班之外，剩下的班级都被拆散，按照成绩重新分班。

今天是报到的第一天，（18）班会聚了来自不同班级的学生，这其中也包括来自（6）班的林宛和来自（17）班的江延，以及他的三个要好的同学。

林宛不知道他们四个到底存在着什么玄学，茫茫人海之中竟然还能同时分到一个班。不像她，一个教室的人，除了他们几个，其他人她一个都不认识。

这会儿她站在门口，脑海里已经从弱小新生初入班级孤立无援的凄凉，幻想到弱小新生不甘受辱、无奈退学的悲惨下场。

班主任及时打断了她的幻想："你们俩先进来找个位子坐下吧，然后我们来点个名，大家也互相认识认识。"

江延虽然是最后一个进教室的，但是他的三个朋友来得非常早，已经给他在教室的风水宝地占好了位子。而林宛在这儿人生地不熟，也没个朋友给她占位子，环顾一圈，只有靠门边的第一排有个空位了。

她别无选择，拎着书包坐了过去。新同桌是个男生，态度友好地和林宛打了声招呼之后就低下头看手机，再没跟林宛说半句话。

很好，很酷。

林宛一只手不方便，直接把书包放在桌上，抬头看到黑板上写着三个苍劲有力的大字——余秉山，后面跟着十一位数字。

看样子应该是这位老师的姓名和联系方式。

很快，新班主任证实了林宛心中的想法："黑板上是我的姓名和联系方式，新同学了解一下。"

这新同学显而易见指的是她和江延。

林宛装模作样地点点头，本想着再拿支笔假装记一下号码的，一低头看到胳膊上的石膏，断了念头。

"以后我们就是一个新的班级了。"余秉山说起话来非常缓慢，"现在我来点个名，点到名的同学上来做个自我介绍。"

余秉山走到讲桌旁，从包里掏出名册。林宛看着他慢悠悠的动作，忍不住吐了口气，从口袋里摸出手机，给孟昕发消息。

"林宛。"余秉山在台上喊。

坐在底下的林宛面无表情地抬起头，在余老师"谁是林宛，林宛来了吗"的目光中站起身。

"哦，你就是林宛啊。"余秉山指了下自己旁边的位置，"来，站到这里向大家讲。"

林宛突然有点后悔——当初她爸提出让她迟几天再去学校的时候，她没有同意，坚持在开学的第一天回到学校。

在余老师殷切的目光下，林宛走到讲台上，转身看到一教室的人，她差点一口气没提上来。

她半天没说话，余老师当她不好意思，还鼓励她："来，我们给新同学一点掌声。"

教室里响起一阵掌声。

林宛简直欲哭无泪——不是，老师，我真不需要掌声，你放我下去吧。

林宛在众人八卦、新奇、凑热闹等各种不一样的眼神中开了口："大家好，我叫林宛，双木林，宝盖下两点一个兆的宛，很高兴和大家分到一个班，谢谢大家。"

余秉山又带头鼓起了掌。林宛都准备下去了，后排有人举起手："余老师，自我介绍是不是还要说说自己的兴趣爱好之类的啊？"

林宛抬头往教室后面看过去，对上江延的视线和灿烂的笑容。

她深吸一口气，压下涌上心头的冲动，补了一句："我没什么爱好，我只爱学习。"

余老师又带头鼓起了掌，看起来十分高兴："好，林宛同学对待学习的态度非常值得我们学习。"

教室里那叫一个掌声雷动，林宛甚至看到后排某个欠揍的家伙，单手拍着墙给她鼓掌。

林宛在心里暗骂了一句，快步回到座位上，孟昕已经回了消息：

不是吧，你和江延他们几个在一个班？！

啊啊啊，我现在转班还来得及吗？

不行！我今天就让我爸给我转班，世纪大战我怎么能错过！

什么人啊……

林宛噼里啪啦掉了她一通。余老师在讲台上继续点名，一个、两个、三个……第十个："江延。"

听到这个名字，林宛突然抬起头。

江延从她旁边的过道走过，站到讲台上，几乎没说什么废话："江延，爱好不详。"

林宛忍不住翻了个白眼——爱好不详？整个十中还有谁不知道你爱好吹牛、自恋。

班里同学都非常给他面子，掌声都恨不得把楼顶给掀翻了。

林宛觉得自己翻白眼都快翻出白内障的时候江延从台上走了下来，然后突然在她旁边停住脚步。

她抬头对上他的视线，不明所以。

班里同学都屏息目不转睛地盯着两人，生怕错过什么细节。班主任在讲台上正准备问怎么了的时候，江延开口了，字正腔圆，声音洪亮："林同学刚刚为什么不鼓掌，难不成是对我有什么意见吗？"

林宛扯了扯嘴角，抬起自己的胳膊："同学，你看我打着石膏呢，怎么鼓掌啊？"

在一片寂静中，江延突然抬起手，就在众人以为他终于动怒忍不住要动手了的时候，他当着林宛的面拍了拍自己的石膏。

"怎么不能鼓了？我鼓给你看。"

全班同学："……"

林宛："……"

令人尴尬的自我介绍很快结束了，余秉山在下课之前按照进班成绩和自我介绍的综合表现选了班长和学习委员。

林宛的同桌杜闻博是学习委员，江延是班长。

她扭头看了看正在埋头玩手机的杜闻博，又看了看后排正在睡觉的江延，忍不住叹了口气，对余秉山识人的能力有些怀疑。

同时她也对自己能不能活到毕业，产生了深深的疑问。

第一天开学，学校没有安排课程，基本上就是让大家熟悉熟悉新环境，新同学之间互相认识认识。

下午自习的时候，余秉山安排人分别统计了班上男生和女生的穿衣尺寸：

"等会儿下课的时候，班长带几个男生去操场那边把校服领回来。"

十中每个年级有不同的校服，但颜色、款式基本没什么区别，唯一不一样的地方就是高一的校服校徽底下是一条杠，里面的配套短袖也是一条杠。

相对地，高二就是两条杠，高三三条杠。

统计完尺寸之后，余秉山拿着名单站在讲台上，时不时抬头看几眼底下的学生，然后抬笔在纸上画两下。

林宛也没在意，低头和孟昕在 QQ 上聊天。

快下课的时候，隔壁班的同学过来叫人去搬校服，江延喊了六七个男生跟他一起去。

没过多久，下课铃响了，余秉山拿着名单就走了。教室里叽叽喳喳地热闹起来，林宛的同桌杜闻博依然埋头看手机，丝毫不受外界影响。

她抬手捏了捏肩膀，起身去了洗手间，回来的时候，江延他们也回来了，正在教室里发校服。

下课时间，教室里乱哄哄的，林宛怕挤来挤去碰到胳膊，索性就站在外面等着。

班里一共五十八个人，男生占了一大半。

等发完校服，胡杭杭把名单拿给江延："打钩的都是没有校服的。发校服的老师也真是，说了五十八个人，还是漏了几个。"

江延接过名单翻了下，没校服的都是男生，他把名字圈出来，随手把名单丢在桌上："晚点去拿，先吃饭去。"

"得嘞。"

四个人风风火火地从教室后门走了出去，林宛正好从前门进来，在桌上没看到校服，坐在她后面的许欢欢提醒了一句："他们校服好像拿少了，估计晚点会再拿给你。"

"哦。"林宛点点头，"谢谢你啊。"

"这么点小事，不用谢啦。"

林宛笑笑没再说话，从书包中摸出手机，去楼下找孟昕吃饭，两人现在一个在（18）班，一个在（14）班，只是上下楼的距离。见面的时候，孟昕跟她吐槽："我怎么也想不到，我竟然和唐雨诗一个班，现在我俩还都是班干部。

"我一想到接下来的两年都要和她朝夕相处，我都没动力学习了。

"啊啊啊，你说她当初怎么就那么不喜欢我们俩呢？按道理班花的名头是她的，班长也是她，她怎么就那么不待见我们俩呢？"

林宛低头在菜单上"唰唰"地勾了几道菜："可能好看的人不管怎么样都会受到一点社会的针对吧。"

孟昕无言以对。

吃过饭，孟昕回自己班之前跟林宛提了一句："我一定要让我爸给我转班。"

"好的，我在（18）班等你。"林宛往楼上走，中途接到父亲的电话，问她晚上有没有课，说是等会儿从她学校路过，顺便接她回家。

林宛挂了电话，绕去老余办公室请假，老余见她是伤员，立马批了假，还让她路上注意安全。

"老师再见。"她两步并作一步地跑回教室，拿上书包去校门口等着。

晚自习的时候，班主任让学习委员建了个群把班里所有人拉进去，林宛因为回家了，没有进群，也就没看到班主任发的那条"明天早上开学典礼，学校要求穿校服，大家今晚回去就不要洗校服了"的通知。

第二天早上，林宛到教室的时候才发现大家都穿着标准的两道杠校服，只有她没有。

许欢欢抱着豆浆杯："林宛，你怎么没穿校服啊？学校今天开学典礼，要求全校师生穿校服的。"

"昨天不是说校服拿少了吗？没去拿吗？"林宛把书包放在桌上，"我是不是错过了什么？"

许欢欢愣了："他们晚上去拿校服了啊，当时你不在，我还以为你已经拿了校服走了。"

"我……"林宛抓抓头发，不再多做解释，"开学典礼不参加应该也没什么问题吧？"

"据说教导主任会来每个班点名的。"许欢欢放下手里的东西，"要不你去问问班长吧，他不是负责领校服的吗？"

林宛抬头往教室后面看了一眼，在教导主任和江延之间犹豫了一会儿之后，选择了后者："行吧，我去问下。"

两人的座位一前一后隔了一个教室，林宛走过去，不停暗示自己求人要低头，这才慢慢扯出笑容："班长。"

江延有些意外，看她一眼又垂下眼，没说话。

林宛继续说："我没有校服，你们昨天是不是发漏了啊？"

"你没校服？"江延这才抬眼，人往后一仰，"胡杭杭，你昨天统计的校服名单呢？"

"我桌上，你找一下呗。"胡杭杭说着瞬间移动回来，从桌上翻出名单递给江延，"哥，在这儿。"

江延翻了下昨天自己圈出的名字，又翻到后面一页找到林宛的名字，上面没有打钩也没有标记。

他把名单放到林宛面前："昨天统计的时候只有这几个男生是漏了的，你没校服怎么不早说？"

林宛抿抿唇："我也没想到会漏了我的啊。"

"你这话怎么听着像是我故意不给你发校服呢？"江延笑了，人靠着墙，虽然手上打着石膏，却丝毫不影响他欠揍的气质。

"行吧，没有就算了。"林宛不打算跟他多说什么，转身欲走。

"哎。"江延叫住她，伸手从桌肚里拽出自己的校服外套递给她，"先穿我的吧，早上有检查。"

九月的溪城依旧闷热不堪，热浪随着风一同吹来，虽然才早上九点，阳光却已经洒满了整个操场。

今天是十中的开学典礼，也是高三学生的高考誓师会，学校要求全体学生参加典礼时必须穿校服，偌大的操场远远看过去宛若一片蓝白色的海洋。

这会儿典礼还没有开始，教导主任李坤和学生会的人负责检查每个班的出勤情况和着装。

高二（18）班的位置在看台的正下方，林宛站在女生队伍里，穿着不合身的校服，因而多受到了几分关注。

她倒是没怎么在意，把耳机从校服袖子里穿出来，隔绝哄闹的人声，沉浸在自己的世界里。

当耳机里的歌声唱道"……从前从前 / 有个人爱你很久 / 但偏偏 / 风渐渐 / 把距离吹得好远……"时，林宛抬头看到了站在队伍前面的江延。

夏日的阳光明亮而热烈，他就站在那光里，整个人好似都在发光。

林宛突然想起早上在教室的时候——

他伸手从桌肚里拽出自己的校服外套递给她，语气如常："先穿我的吧，早上有检查。"

林宛当时没敢接，不知道这人心里打的什么主意。

江延一看她警惕的模样，轻轻笑出声来："怎么着，还怕我给校服下毒啊？"

林宛撇了下嘴角，问了句："你的给我了，那你怎么办？"

"这你就不用管了。"江延没再废话，直接把校服丢给她。

林宛下意识地伸手接过，宽大的校服罩在脑袋上，扑面而来的是新衣服上的那种讲不出的味道。

她把校服搭在胳膊上，头一回发自内心地说了句："谢谢你啊。"

江延无所谓地耸了耸肩，从桌上拿起手机，起身走出教室，身形又瘦又高，走路的时候背却挺得很直，跟竹竿一样。

　　林宛这样想着，脑海里的身影不知不觉和站在队伍前方的身影叠合起来。

　　这会儿，江延穿着不知道从哪儿借来的校服，站在（18）班前面，单手扶着班牌，偶尔扭头和旁边的男生说话，侧脸的弧度朗朗流畅，不经意间露出的笑容，不知道吸引了多少女同学的目光。

　　林宛垂下眼，调高了手机音量，耳机里的歌声愈加清晰地传出来：

> ……
>
> 刮风这天
> 我试过握着你手
> 但偏偏雨渐渐大到我看你不见
> 还要多久我才能在你身边
> ……

　　漫长的开学典礼在高三学生的振臂高呼声中结束，班主任在他们来之前交代过，典礼结束了直接回教室，他有事要宣布。

　　林宛给孟昕发了条"中午不一起吃饭"的消息后，直接回了教室。

　　等到了班里，她看全班同学的名字按照两人一排、八人一列的方式，写在了教室前面的黑板上，还有两个多出来的被分在讲桌的一左一右，那里堪称全班的 SVIP 位。

　　名单的顶端写着五个大字——（18）班座位表。

　　林宛扫了一眼，很快在第一组倒数第二排找到了自己的名字，顺便瞥了眼同桌的名字——江延。

　　江延？！

　　林宛挂了一脑门的问号，刚喝下去的一口水也卡在喉咙处不上不下，整个人都是蒙的。

　　班主任老余这人还真是让你永远也摸不准他的操作。

　　很快，班里的其他同学也从操场回来了，他们看到黑板上写的座位表也都十分惊讶。

　　"我天，老余怎么让我和刘天润坐一块儿，他不知道我俩以前在高一的时候打过架吗？"

　　班里有个男生看到自己的名字被写在 SVIP 位，忍不住抱怨："老余是不是对我有什么意见？不行，我要找他好好聊聊。"

当然，也有人对这个新的座位表十分满意。

刚从小卖部买完水回来的徐一川看到自己的新同桌是以前高一（7）班的班花，忍不住放声大笑："哈哈哈，老余太懂我了！

"我爱他！

"我的春天要来了！"

旁边的胡杭杭和宋远看到自己的同桌是彼此之后，忍不住互相给了个白眼。胡杭杭满眼鄙夷："我真是倒了八辈子霉，高一和你同桌，到高二还跟你同桌。"

宋远也是十分嫌弃："你以为我很想和你同桌吗？胡胖胖。"

"嘿，宋公主。"他们俩还有徐一川三个人是发小，从穿开裆裤就在一起玩，小时候的宋远总被他妈打扮成小姑娘，因而徐一川给他取了个"宋公主"的外号。

"胡胖胖！"

两人跟幼儿园大班的小朋友一样掐了起来。

徐一川又看了一下黑板，猛地发现了新大陆，拍拍他俩的肩膀："哎哎哎别吵了，看我们学霸的同桌是谁。"

两个人一齐往黑板看过去，等看到写在那里的名字时，异口同声地说了句："厉害啊，老余。"

徐一川笑到表情失控："我从今天开始对高中生活有了一个新的期待，哈哈哈！"

说话间，江延从外面回来，原本穿在身上的校服外套变成了短袖："笑什么呢？"

徐一川凑过去："哥，你相信缘分吗？"

江延拖开椅子坐下："我相信个屁。"

"缘分啊，真是妙不可言。"徐一川往旁边一站，和另外两个人伸出手指着黑板，嘴里还自带"噔噔噔噔"的配音，"看！新鲜出炉的老余牌座位表！"

江延漫不经心地抬头往前看了眼，狭长的眼睛微眯着，在底下找到自己的名字，也看到了自己的同桌。

他轻啧了声，蓦地笑了起来："这老余还真有点意思啊。"

对于这张新的座位表，直到下午上物理课的时候，班主任老余才提起："等会儿下课的时候，大家就按照我中午写在黑板上的座位表把座位换好。"

老余看起来十分和蔼："这个座位表是我连夜根据你们每个人的性格特点定制出来的，给你们挑选的同桌都是万里挑一的，绝对合适。"

林宛心想：合适什么呀！

眼看着还有一会儿就下课了，老余也不讲课了："来，大家现在就动起来吧，争取在下课之前就把座位换好，不耽误你们课间休息。"

林宛的同桌杜闻博的座位没有动，这会儿作为一日同桌的她马上就要走了，这人终于有所表示，把头抬了起来看了她一眼，也就几秒的时间，他又把头低了下去。

行吧行吧，铁打的班级，流水的同桌。

但是当林宛转身往后看到自己真正的新同桌时，心里还是有那么一点想退学的。

江延原本就坐在第一组的最后一排，这会儿也只是起身往前挪了一个位子，看到林宛走过来，他还很礼貌地问她："坐哪边？"

林宛秉着以后不麻烦人的想法，把书包放在靠近过道的桌子上："这儿吧。"

江延点点头，随即长腿一跨，坐进里面一个位子，林宛跟着坐下来。

刚开学书本都不是很多，班里其他同学都很快换好了位子。班主任老余站在讲台上，看到大家按照他的排列坐在一起，又讲道："从这一刻起，你们就是正儿八经的同学和同桌了，是受到我的规章制度保护的。"

听到这话，林宛和江延下意识地看了对方一眼，大概两三秒的时间，又各自收回视线。

换好座位没几分钟就下课了，课间休息十分钟，班里顿时热闹起来，唯独第一组后面那片，安静得像是置身于乱葬岗，偶尔还能感受到阵阵凉飕飕的冷风刮过。

林宛和江延都坐在座位上没动，更尴尬的是两人的胳膊都打着石膏，坐在一块儿的时候，石膏总是不经意地碰在一块儿。

左一声"咚"，右一声"咚"，听得人心里怪慌的。

胡杭杭和宋远一下课就挤到了徐一川的位子那边。

胡杭杭拍着自己肉乎乎的胸膛："那就不是人待的地方啊，明明是大夏天，我硬是感受到了寒冬的严酷。坐在他们后面，我还不如跟黄吉吉的 SVIP 换一下了。"

他们在这边聊得热火朝天，而另一边的两人依然秉持着沉默是金的原则。林宛坐在位子上，从包里翻出下节课的书本摊在桌上，假装预习，而江延则是从一坐下来就在看手机。

过了一会儿，大概两人都察觉到了气氛的尴尬，江延先放下手机，眼睛落到林宛的胳膊上，总算找到了话题开口："你胳膊怎么弄的？"

估计是没想到他会问这个，林宛下意识地答道："骑车摔的。"末了还欲盖弥彰地补了一句："电瓶车。"

"哦。"江延往后靠着桌子，修长的手指搭在桌上，一下一下地敲着，等着她问自己。

一分钟过去了，林宛始终没有开口。

江延收起敲桌子的手指，胳膊支起来抵着脑袋，歪头看着她："你不打算问问我的情况？"

林宛扭头看着他，十分实诚地问了句："问什么？"

"……"江延咂了咂舌，眼睛跟着眨了两下，提醒她，"胳膊。"

"哦。"林宛点点头，"我不想问。"

在老余的精心安排下，林宛和江延成了正儿八经的同桌，不过两人基本没什么交流，尤其是经过下午那一茬儿之后，江延在晚上自习课的时候，没再多说什么。

两人相安无事地度过了最后一节晚自习。放学的时候，江延跟他的三个朋友走得很早，他什么都没拿，只穿了件短袖就走了。

林宛看到他身上的短袖时，才想起他的外套还在自己书包里。

下午换座位的时候，她随手把外套塞进书包里，之后也因为刚换完座位，不怎么适应，一直没想起来这件事。

这会儿，林宛从书包里翻出江延的校服外套，原本想着直接放到他桌子上，但她又怕这人有什么洁癖，索性直接带回家洗了烘干。

第二天早上到学校，林宛把洗干净的校服拿给江延时，他问了句："你拿回去洗了啊？"

"嗯。"林宛点头，"洗了。"

江延倒是没再说什么，随手把校服塞进桌肚里，顺便又从里面摸出一袋小面包放在她桌上："谢礼。"

林宛收下了。好歹这也算两人之间一次比较正常的对话，四舍五入就是两人的关系即将迈进和谐同桌的范畴了。

接下来的几天，林宛和江延过得相当和谐，两人几乎每天都是那么几句对话。

"这节什么课？"

"你让一下，我出去。"

"你让一下，我进来。"

"下课了吗？"

"什么时候下课？"

周五最后一节课是体育课，高二的理科班比较多，经常是两个理科班混着一个文科班一块儿上体育课。

林宛的班级和孟昕所在的理科（14）班，还有一个文科（6）班在一起上体育课。三个班加起来有一百多人，男生居多。

体育课刚打铃，三个班的人左一团右一团地站在操场上。体育老师是今年学校新招的，姓周名礼，刚从体大毕业不到一年，看起来眉清目秀，学校里有不少女生都是他的颜粉。

他拿着点名册走过来的时候，林宛注意到隔壁文科班有不少女生都把手机拿了出来。

相较之下，理科班的女生……林宛看了一眼，也都一样——天下女生一家亲。

体育老师走过来吹了声口哨："集合！"

三个班的人迅速分开，每个班都按照高矮顺序站开。

林宛在女生里算高的，站在了（18）班的最后面，旁边站着江延和他的三个朋友。

几个人不知道在说什么，林宛站过去的时候，只听到胡杭杭一句"……别让我揪住他的小尾巴，我……"后面的话他还没来得及说，就被江延踢了一脚。

"少说两句行不行，胡胖胖。"江延一只耳朵挂着耳机，眼睛看了下林宛，又转了回去。

胡杭杭扭头看到林宛，露出笑容："林同学，好巧哦。"

林宛估摸着他们刚才在说什么不能给第五个人听到的话题，为了自己的安全着想，她识趣地把视线移向别处。

没一会儿，孟昕从他们班的前排绕到了她旁边，看着周围长腿高个儿的同学们，吐槽了句："我仿佛来到了巨人国。"

林宛配合她的动作："下面空气好吗？"

"走开。"孟昕拍了拍她的石膏，"你这什么时候才能拆啊？"

"一个月左右，如果恢复得好可以早点拆。"

"太可怜了。"孟昕摇摇头，看到她旁边的江延，眼神暧昧地看着她，"怎么样？"

"什么怎么样？"

孟昕压低了声音："和江延做同桌啊。"

"成功地从针锋相对过渡到和平相处之中。"

"谁问你相处模式了，我问的是你的感受！感受你懂吗？Feel！"孟昕恨不得贴在她耳边冲她喊。

林宛笑着把她推开："没，真没什么感受，我俩平时都不怎么说话，顶多问个时间。"

孟昕看着她："肯定是你的人格魅力不到位。"说着，眼睛一瞥，神情有些一言难尽。

林宛注意到她的视线，顿时反应过来，抬手威胁她："你信不信我拆石膏之日，就是你的死期？"

孟昕往旁边躲，在后面笑个不停，声音传到队伍前面，体育老师听见，喊了一嗓子："后面谁笑得那么大声，来，就让你当我的体育委员好了。"

林宛差点乐出声。就这样，孟昕莫名其妙成了三个班的体育委员，体育老师还选了两个男生作为她的助手。

体育课上到一半的时候，江延他们四个人就走了，江延本人一点也没有作为班长的意识。

林宛和孟昕在操场旁边的树荫底下坐了一节课。下课的时候，孟昕作为体育委员被体育老师叫去了办公室，林宛被她拉着一起过去了。

体育老师的办公室都在老思政楼，平常基本没什么人。周礼的办公室在三楼，推门一进去，里面扑面而来的是一股烟味。他快步走过去，打开了靠墙边的窗户。

空气流通起来，林宛和孟昕一前一后进了办公室。

周礼站在窗边，拿起旁边给花花草草浇水的喷壶对着空中喷了几下，目光扫过老楼后面鲜少有人的废旧花园，神色一变，朝着底下大吼了一声："你们几个干吗呢？！"

林宛和孟昕对视一眼，迅速走到另一扇窗户前。

只见楼下的平地上横七竖八地躺着几个男生，旁边站着的三个男生的脚还踩在他们胸前。在他们身后，一个男生蹲在花坛边上，此刻抬头往上边看了一眼。

站着的和蹲着的都是熟人，前者是胡杭杭、宋远、徐一川他们，后者是江延。

兴许是被突如其来的一吼给吓到了，几个人都还维持着之前的动作没有动，场面一时间有些尴尬。

周礼趴在窗户边，继续朝底下吼："胡杭杭、宋远、徐一川，你们三个给我把脚挪开！"

林宛这时候竟然还有心思惊奇——就半节课的时间，这老师就记住了他们三个。

也不知道是不是楼下有人通风报信，就在周礼吼完这一嗓子之后，教导主任带着几个老师从楼里跑了出来。

李坤指着他们几个："聚众打架！你们都不想好了是吧？！你们几个都给我站好了！"

地下躺着的五个男生被老师扶起来站成一排，江延他们四个站在另一边。李坤看起来很生气。他们几个免不了挨一顿训，外加大过处分之类的处罚。

眼见着场面被控制住了，周礼把视线收回来，正准备说什么，楼下突然传来一声怒吼："江延！"

周礼又把脑袋伸出去，只看到原先站起来的一个男生又躺在了地上，江延站在他旁边。一直站在窗边的林宛脑海里全是江延教训人的动作，心里只有一个念头——自己之前到底是有多大胆，敢跟他叫板的？！

第二章

同桌

江延他们几个打架的消息很快就传遍了整个高二年级，到晚自习的时候，班里的人还在讨论这件事情。

　　"听说江延这次把人打成脑震荡了，对方家长都闹到学校来了，现在都在教导主任办公室呢。"

　　"那有什么，江延家里有的是钱，到最后还不是花点钱就摆平了。"

　　"……不好说，我刚听别班的同学说，对方家长是学法律的，估计这次没那么容易了结。"

　　教室里叽叽喳喳地讨论个不停，林宛坐在位子上，把跟江延有关的八卦听了个七七八八。

　　有人说他是官二代，家里在南城有权有势；有人说他是南城某个富豪的私生子，家里金银成山。

　　林宛只当听着玩。

　　第一节晚自习结束，班里又七嘴八舌地讨论起来，林宛趴在桌上玩手机。没一会儿，班里讨论的声音慢慢没了，整个教室跟着安静下来，等林宛发觉不对劲的时候，江延已经走到她面前了。

　　她抬起头，对上他的视线，目光一挪，在他右边的脸颊上看到一个浅浅的巴掌印。

　　两人没说话，班上也没人说话。

　　林宛看着他弯腰从桌肚里抽出自己的黑色书包和校服外套，然后从后门走出了教室。

　　她回头，看到后排的宋远和胡杭杭坐着没动，眼睛却红了。等江延走了，班里的学生慢慢回过神，有人不自觉地说了句："江延不是被退学了吧？"

　　坐在后排的徐一川突然站起来，"咚"的一声，把后面的垃圾桶踢倒了："你才被退学了！你妈没教你不知道就别乱说话吗？！"

　　被撑的男生虽然窝火，但又不敢正面冲突，只好翻了个白眼，腹诽几句。

　　这时候，班主任老余沉着脸走进教室："吵什么！还嫌事情闹得不够大是吗？你们要是不想学了，就给我出去！"

　　林宛有些诧异，她这还是头一回看到老余发这么大的火，要知道她之前一直都觉得老余是那种天塌下来脸色都不会变的人。

　　老余没有在班里多待，几分钟之后就走了，徐一川、胡杭杭和宋远紧跟着也走了。

　　林宛看了眼旁边的空位，若有所思。

　　十中没有给高二学生安排补课，所以周末还是正常放假。林宛在家宅了一天半，周日下午的时候去了趟医院。她出门晚，等到她从医院出来已经五点多了。

　　天空已经隐隐有了傍晚时的模样，晚霞蔓延了小半个西边的云层，太阳渐渐收敛起光芒，变得温和起来。林宛沿着旁边的小道往前走。

　　路的尽头是一个几十层高的现代化商场，在商场的周围是交错分支的旧胡同巷子。

　　这个时间巷子口已经摆了不少小摊，大多是卖一些南城特色小吃和一些小玩意儿。

　　林宛从摊子中间穿过，走进商场，直奔五楼的电玩城。

　　今天是周末，商场又处在繁华地段，电玩城里有不少人，林宛熟门熟路地走到吧台换了两百块钱的游戏币。

　　林宛小时候，林父林母常出差，会把她丢给小托班的老师，老师家的女儿经常带她去楼下电玩城玩。再大一点的时候，她就一个人出来玩，常常一待就是一个下午。

　　林宛只喜欢玩这里的夹娃娃机，一个人能玩很久。

　　这会儿，她走到角落的一台娃娃机前，投币，移动摇杆，按动按键，没中，继续投币。一次又一次，林宛慢慢找到手感，脚边堆着的娃娃也越来越多，身后围着看热闹的人也越来越多。

　　过了一会儿，林宛把机子里的娃娃清了三分之二，停下来的时候，才注意到身边站了一圈人。

　　她倒是没什么大的反应，找工作人员拿了个布袋子把娃娃装起来，提着袋子去买水。

　　电玩城内设有自动贩卖机，酒水也有，价格比外面稍贵一点。

　　林宛投了五个硬币，从机器里掉出一听冰可乐。

　　她弯腰从底下的出口把可乐拿出来放在一旁的桌子上，手指勾着拉环，"噗——"一声就拉开了，从罐口逸出一层浅薄的冷气。

林宛就站在原地靠着旁边的桌子，时不时喝两口放在一旁的可乐，视线随意地在厅里晃。

旁边的篮球机有人在比赛投篮，加油呐喊声此起彼伏。林宛隔着人群往里看了眼，只看到不断飞出的篮球弧线。

她没怎么留意，喝完大半罐可乐之后，起身去旁边的洗手间，等出来的时候，恰好听到篮球机那边的人群里传来一阵欢呼声。

"厉害啊，兄弟！破纪录了！"

林宛脚步停了下，回头看了眼人群，恰好这时候看热闹的人慢慢散开，她看到了站在篮球机前面的人。

男生穿着一件白T恤，一条黑色运动长裤，裤脚卷起来一部分，露出精瘦的踝骨。

他靠着篮球机，正在低头看手机，顶上五彩斑斓的光落在他肩上，磨去了戾气，多了些温柔。

林宛还在犹豫要不要过去打个招呼的时候，站在前边的人突然抬起头，看到了她。

两人隔着人群对视了三秒。林宛看到他眯了眯眼，似乎是在辨认什么。

几秒后，他往她这边走了过来，停在她面前，隔着一米左右的距离："你怎么在这儿？"少年的身形高高瘦瘦的，站在她面前遮去了大半的光影，黑眸目不转睛地看着她。

林宛忍不住舔了下唇角："出来玩。"

江延看看她，又看看她手里提着的袋子，略一挑眉："你一个人？"

"难不成我还半个人吗？"林宛话一出口就后悔了，想说些什么，张了张嘴，又不知道该说些什么。

江延盯着她欲言又止的模样，突然想起周五那天下午，她站在楼上往下看的神情，震惊当中带着点劫后余生的庆幸。

他抬起眼帘，修长的手指碰了碰林宛的石膏，故作威胁道："同学，你胆子有点大啊。"

林宛默默往后退了一点，目光落在他左胳膊上，找到了转移话题的途径："咦，你胳膊上的石膏呢？"

"拆了。"

又没有话了，林宛再度陷入"我要说什么，我能问什么，我不该问什么"的纠结之中。

好在江延及时打破了僵局："时间不早了，你吃饭了吗？"

林宛正想着怎么委婉地告诉他，咱俩不是很熟，还没有到可以一起吃饭的地步，江延又开口了："走吧，一起吃个晚饭。"

"……哦。"

江延似乎对这一带很熟，带着她出了商场之后，直接朝林宛之前路过的那片旧巷子走去。

两人一路沉默，到了吃饭的地方，江延才开口："看看，要吃点什么？"

林宛接过店家自制的菜单，随便勾了两道菜之后把菜单交还给江延："我点好了。"

江延扫了眼她点的东西，扬了扬眉："就这些？"

林宛点点头："就这些。"

江延倒是没再说什么，低头提笔在菜单上"唰唰唰"地一连勾了五六样东西，然后把菜单交给了服务员。

两人面对面坐着，一时无言，周围是各种吃喝笑闹声，两相对比之下，他们俩不像来吃饭的，反而像是来约架的。

好在这家排档的上菜速度很快，不一会儿，小桌上就堆满了盘子，见她手不方便，江延给她拆了副碗筷拾掇干净才放到她面前。

林宛受宠若惊："谢谢。"

江延看了她一眼，把她先前点的辣炒小白菜和蒜蓉空心菜放到她面前，随后把自己点的东西往自己面前一挪。

林宛："……"

她抬起头，愣愣地看着他："你是不是有什么疾病？"

江延似笑非笑地看着她，开了听饮料往嘴里灌了一口："这不是谁点的谁吃吗？"

林宛差点没跳起来："江同学，我觉得我有必要跟你重申一下，是你，叫我，和你，一起吃饭的！"

江延看着她跳脚的模样，忍不住笑了出来，把面前的一盘小龙虾端到她面前："请你吃虾。"

林宛看着面前颜色鲜艳、肉质饱满的小龙虾，又看了看自己打着石膏的胳膊，深呼吸了一次，面无表情地看着江延："我觉得你这是在为难我。"

夜市的灯光亮眼夺目，少女精致的面容在灯光下白得晃眼，睫毛卷翘，黑眸水润明亮。

"江延。"

林宛叫出口之后才反应过来，这好像是两人认识这么久以来，她头一回当他面这么正儿八经地叫他的名字。

一时间，她不知道怎么接下句话了。

显然，江延也是这个反应，两人在灯光下看着彼此茫然的脸。

十几秒后，江延挪开视线，抬手从她面前把虾又端了回去，戴上一次性手套，熟练地剥了一只虾。然后，他伸手把剥好的虾肉放到了林宛碗里。

林宛吃了个六分饱，放下筷子的时候江延还关切地问了她一句："吃饱了吗？"

她连忙应声："饱了。"

"行。"江延利落地站起身，顺手提起林宛放在旁边凳子上的一袋子娃娃，"那走吧。"

林宛点点头，起身跟在他身后，两人一前一后走在来时的街道上。

街道旁就是个地铁站，这会儿正巧是个小高峰，一大拨人从里面挤了出来，纷纷往这巷口拥来。

人来人往的，林宛被推着往前走，脚步微乱间，不小心踩到了江延的后脚跟，接着整个人不受控制地撞到他后背。

温软的脸颊紧贴着他棉质的白 T 恤，一股只属于少年特有的清纯气息扑面而来。

林宛手忙脚乱地退开了点距离，前额上的刘海散下来，脸颊泛着红，声音有点着急："不好意思……"

两旁的灯光昏黄而柔和，江延垂眸看了她一眼，无所谓地耸了耸肩："没事，走吧。"

林宛心里松了一口气，低头跟在他后面。走了几步之后，江延放慢了脚步，默默换到林宛左边的位置，替她隔开了一部分人群。余下的路，两人依然没有什么交流。等到了巷尾的公交站，江延扫了眼站牌，问了句："你坐多少路？"

林宛看都没看站牌，熟练地报了个公交车号："33 路。"

江延低头，在最底下找到 33 路，看了眼后边的公交站点："哪站下？"

"惠园小区。"林宛抬头看着他，眨眨眼，礼尚往来地问了句，"你坐哪路？"

江延浅笑，侧头看到后面正好来了辆 33 路公交车，仰了仰下巴："车来了，走吧，先送你回去。"

林宛还没来得及拒绝，人已经被他推着上了公交车。

两人在最后一排坐下。窗户开了一半，随着车行驶吹进来一阵凉风。

"你明天去学校吗？"车走过一站路，林宛随口问了句。

江延把视线从手机上挪开，看着窗外飞逝的景色："看情况吧，睡醒了就去。"

林宛很想提醒他，他真的很有可能马上就要被退学了："是吗，教导主任，我是说李坤他不会找你吗？"

"他找我，难道我就要去吗？"少年看起来十分散漫，微侧着头看着她，唇边有浅显的笑意。

行吧。

林宛抿了抿唇角，把那句"你可能真的会被劝退"给咽了回去。人家都不担心，自己在这儿瞎操心什么。

两人都没再说话。江延继续低头玩着手机，林宛斜着扫了眼他手机屏幕，发现他竟然在玩一款宫斗养成的游戏。

这会儿，江延捧着手机，眉头微蹙，似乎遇到了难题，林宛凑过去看了眼。

屏幕上有一句话，是游戏里的人物台词："熹娘娘，皇上近日已经鲜少来华阳宫了，娘娘是不是该考虑做些什么了？"

底下还给了两个选项：A. 皇上是天子，后宫佳丽三千，总不能只顾着我这宫里；B. 你去吩咐御膳房，告诉他们本官要在华阳宫给皇上设宴。

注意到林宛的目光，江延把手机往她面前挪了下，语气认真："你帮我看下，这题怎么选？"

林宛一言难尽，伸手随便给他点了一个选项。

余下的路，两人都没再有交流。

"惠园小区到了，下车的乘客请从后门下车。"

公交到站的语音提示在车厢内响起，林宛起身和江延打了声招呼："我到了，先下车了。"

"哦。"江延看起来有点困了。

林宛暗自嘀咕，看不出来他的生物钟这么养生，这才九点半就已经开始困了。

当然，这话她肯定是不敢当着江延的面说出来的。她匆匆下了车，站在原地等公交车重新启动后，才转身往小区里走。

到家时，林父林母还没回来，林宛洗了个澡，躺床上和孟昕聊了会儿天，迷迷糊糊地睡着了。

林宛做了个梦。梦里她成了一个手无缚鸡之力的卑微宫女，在一次宴会上被皇帝看中了，麻雀变凤凰，从一个宫女一跃成了身份显赫的贵妃。

梦里的情景又乱又快，林宛在某个片段中看清了皇帝的脸——标准的剑眉凤眼，勾着唇笑的模样和某人如出一辙。

她猛地被吓醒，睁开眼的时候闹钟正好响了起来。窗外雨声淅沥，林宛揉了揉眼睛，松了口气。

还好只是个梦。

刷牙的时候，林宛看着镜子里的自己，又想起梦里江延的那张脸，猛地摇了摇头。

肯定是昨天晚上看他玩游戏受了影响。林宛没再多想，迅速收拾好，拎起书包就往学校去。

早读结束，原本每周一固定的升旗仪式因为突如其来的大雨取消了，教导主任李坤准备好的国旗下的发言变成了广播台中发言。

江延来教室的时候，广播里正好念道："上周五高二（18）班的江同学伙同同班同学徐同学、胡同学、宋同学在后花园与高二（6）班的杨同学等人发生冲突，造成极其恶劣的影响，打架属于严重违反校规的行为……"

李坤不愧是教导主任，念叨的本事跟老余不相上下，叨叨了十分钟："……最后，经过校方讨论决定，给予以上几位同学记大过处分，并作出五千字检讨，于下周一当众宣读，如有再犯，立即停课处分！"

广播安静了，教室里也安静了。

林宛扭头看了眼坐在旁边一手支着脑袋、另一只手还在转笔的江延，忍不住说了句："您可真是心大。"

江延没搭茬，隔了几秒之后才像刚回过神，抬眼看她："嗯？你说什么？"

林宛抿唇："没事，就是提醒你一下，刚刚广播里提到的江同学可能跟你有点关系。"

江延还没来得及说什么，好几道人影从门外"唰"地飞扑了过来。

胡杭杭直接隔着桌子搂住江延的脖子，哭号道："哥，你昨晚去哪儿了啊！我们在你家门口等了你好几个小时，敲你门没人应，电话不接，我们都差点以为你在家吞药自杀了。"

江延被他勒着了，手猛地往胡杭杭肉乎乎的胳膊上一掐："你给我松开，我要被你勒死了。"

宋远和徐一川还算理智，扯着胡杭杭把人往后一拖："你昨天到底去哪儿了啊，打你电话也不接？"

江延仰头揉着脖子，整个人懒洋洋地靠着墙："没去哪儿，回了趟老宅，去市中心兜了一圈。"

听到他回了老宅，三个人的神色一下子就严肃起来了，想说什么，目光看到坐在一旁的林宛，欲言又止。

江延知道他们在想什么，语气有点漫不经心："有话就说，我同桌又不是别人。"

原本还想着要不要回避一下的林宛，听到这话愣了下，还没有什么动作，徐一川他们已经自顾自说了起来："你家里人没为难你吧？"

江延低头抠手机:"没。"

"你爸呢,没打你?还有你那个神经病一样的弟弟,没找你麻烦?"

"没,这趟回去就是拿点东西。"

三人松了口气:"那就好。"

坐在一旁的林宛听着听着就觉得不对味儿了。为难?挨打?找麻烦?这得是个什么剧情?

大课间休息,骤雨初歇,林宛从楼上下来找孟昕,两人手挽手去校内的小超市。

"文科班有个女生非要转去你们(18)班你知道吗?"买完东西回去的路上,孟昕提了件从她班主任老杨那里听来的八卦,"不过你们老余好像不太愿意要,但据说那个女生是校长的亲戚,估计最后还是会转到你们班。"

林宛往嘴里塞了块杌果干,摇摇头:"不知道,老余没在班里说过这件事。"

"反正也就是这两天的事情,应该跑不了了。"孟昕有些搞不懂,"你说这个女生既然想来理科班,为什么不一开始选文理的时候就选理科呢?"

"谁知道啊,估计去文科班待了几天,觉得还是学理好呗。"林宛踏上台阶,脑袋里想的还是早上听到的豪门八卦,想和孟昕讨论讨论,但一想到这是别人家的私事,挣扎了一会儿还是忍住了。

两人在三楼的楼梯口分开,孟昕回教室,林宛往楼上走。

等到了教室没多久,上课铃打响,林宛迅速解决完最后一块杌果干,顺带把另一袋还没拆开的塞进桌肚里。第二遍上课铃响的时候,江延他们四个从外面回来。

一回到位子上,江延闻见股熟悉的味道,忍不住皱了下眉头,问林宛:"你吃杌果了?"

林宛不知道这人是不是狗鼻子,她都放进桌肚了,他还能闻见味道:"啊,吃了杌果干。怎么,你要吃吗?"

"不用。"江延边说边迅速往后退,动作大到整个教室的人都看了过来。

林宛还想掸他两句来着,老师已经拿书进了教室,她只好把话咽了回去,默默在心里骂了他七八回。

有病吗?不吃就不吃,反应那么大干吗?不知道的还以为她欺负同桌呢。林宛越想越气,眼瞅着就要控制不住了,某人突然塞了张字条过来。

呵,这位还很懂课堂纪律,知道传个小字条,而不是旁若无人地直接开口说。

林宛拿过字条,扫了眼上面龙飞凤舞的几个字:我对杌果过敏。

林宛扭头看他，右手不方便写字，只好压低了声音："真的假的？"

江延把字条拿回来，"唰唰"几笔："信不信我吃一口，就能给你表演个当场去世？"

林宛点点头："我信我信。"

小误会解除，林宛也没那么堵了，余光瞥见语文老师似乎注意到了这边，她迅速把字条往书里一夹，左手拿了支笔，装作记笔记的样子。整套动作行云流水，一看上课就没少干传字条的事。

江延作为她的同桌自然是把她的一切动作看在眼里，想到上学期期末考试两人能在最后一个考场碰见，估摸着这位新同桌的成绩和他身边的三个小伙伴是一个档次的。

不过，这人还有胆把试卷给别人抄，真是勇气可嘉，是个狠人。

一旁的林宛对他这些乱七八糟的想法一无所知，甚至还在心里想着以后要避免买杧果味的东西，以防哪天某人会突然给她表演个当场去世。

语文课结束，外面的雨雾散开，阳光穿透乌云射进教室，男生坐在位子上伸着懒腰，一脸刚睡醒的模样。

江延又出去了，林宛一人坐在位子上，坐在她前边的许欢欢回头和她搭话："你胳膊上的石膏什么时候能拆啊？"

"一个月左右吧，具体还要听医生的。"

"啊……那还有好久呢。"

两人有一搭没一搭地聊着天，江延从外面回来，林宛起身让他进去。许欢欢仿佛受到了惊吓，什么也没说就把头迅速地扭了回去。

江延有些不明所以："我有那么吓人？"

"可不是吗？"林宛重新坐下来，"我觉得和你做同桌之后，你断绝了我在这个班里的所有人际交往。"

"谁说的？"江延侧着身，拍拍后面胡杭杭和宋远的桌子，"来，给你们介绍个新朋友。"

两人整齐划一地抬起头："我信你个鬼，你的新朋友只有万泥豆和豆泥万。"

他俩指的是上学期期末考试前在考场外，江延说要给他们介绍新朋友，这人假模假样地指着身旁的空气说是他朋友，叫万泥豆。结果他俩以为撞鬼了，跑得比兔子还快，等后来才反应过来——万泥豆，逗你玩。

从此以后他们再也不信江延那套介绍新朋友的话了。

江延也还记着这件事，这会儿提起来，还是忍不住笑。轻风温柔，男生的一头细软的黑发被亮澄澄的阳光笼罩，唇边的笑意明朗，充满了少年感。

他跟没骨头一样靠着墙，眼睛里有光："这次真不骗你们，给你们隆重介绍下我的同桌，林窈同学。

"非常优秀，哪怕自己身处逆境，也不忘拉同样处在逆境的弱者一把。"

江延说的是她考试时给别人抄试卷的事情，可林窈压根儿没往这件事情上想，听到他这么说，一脑门子的问号。

身处逆境？这是江延在警告她现在处境很危险吗？

林窈再一次对自己的生命安全产生了危机感。她还能活着毕业吗？

两个人明显不在一个频道上，却依然能够扯到一起。

胡杭杭和宋远非常给林窈面子，一人握住林窈的一只手，庄重而严肃地晃了几下："林同学，和某人做同桌辛苦您了。"

林窈："不辛苦，毕竟关爱老弱病残是我们中华民族的传统美德。"

胡杭杭："厉害。"

宋远："真厉害。"

待反应过来之后胡杭杭问了句："你说我们江延同学是属于老弱病残的哪一类？"

林窈面不改色："当然是残。"

一旁看戏的江延问了句："为什么？"

林窈沉默了一下，解释道："脑残不是残吗？"

话音落，整个场面倏地安静下来。几秒后，胡杭杭他们几个憋不住，发出阵阵爆笑，场面一时间有些混乱。

林窈看着他们几个，头一回对接下来两年的高中生活有了一点期待。

晚自习的英语听力结束之后，班主任老余来了趟教室，后面还跟着一个背着书包的女生。

林窈想到孟昕早上提到的转班的事情，估摸着这就是新来的转班生，只是没想到这转班生还是她认识的。

老余带着人站在讲台上："这位是从高二文（3）转来我们班的新同学，大家欢迎一下。"

班里同学的注意力都放在"高二文（3）"几个字上面。

"不是吧，从文科班转来的？"

"真厉害。"

女生在稀稀拉拉的掌声中开口："大家好，我叫陶嘉，原来是高一（13）班的，后来去了文科（3）班，现在转来（18）班，以后还请大家多多指教。"

陶嘉，上学期期末考试坐在林宛后面的女生，原本约好了考试结束后要请林宛吃饭，不过后来因为她英语考试没来，这件事也就不了了之了。

没想到兜兜转转，两人竟然还成了同班，林宛不由得再次感叹缘分的奇妙。

（18）班原来的人数位子正好，就连讲台两边的"风水宝地"都坐了人，一时间没有空位可以安排。

老余在询问了陶嘉的意见之后，让胡杭杭搬了两张桌椅放在第一组最后一排。

"位子先这样坐，等下个月月考之后我们再调整。"

老余交代了一遍纪律问题之后就走了，教室里有几个女生是陶嘉以前同班的同学，教室里小小地热闹了一会儿，不过很快又安静了。安静的原因很简单，教室后门的玻璃上，教导主任李坤的黑脸贴在上面。

一节自习课很快结束。陶嘉和以前的同学说了几句话，随后走过，坐在许欢欢的位子上："嘿，林宛，又见面啦。"

林宛抬头跟她随便聊了几句。陶嘉还记着请她吃饭那件事："这个周末请你吃饭！"

林宛还没来得及拒绝，又听见陶嘉对着江延说了句："还有我的救命恩人，你也要来啊。"

救命恩人？

关于江延是陶嘉救命恩人这件事还要追溯到上学期，那天是期末考试的最后一天。江延他们四个人吃完饭没回教室，在校外的小网吧打了两局游戏，回去的时候碰见教导主任在校门口查岗。

四个人又绕到西区那边的旧大门，准备从旁边的烂围墙翻进去，谁知道撞上了隔壁几个职高的男生。

几个人正跟一个女生拉拉扯扯。那会儿街上也没几个人，小姑娘就这么在光天化日之下被拉着往巷子里走，其间还伴随着几句呼救声。

江延原本不想多管闲事的，但是就这么放任不管好像也不太行。眼看几个人就要走进巷子里了，江延胳膊一抬，就把手里的饮料瓶朝其中一人丢了过去。

胡杭杭跟着字正腔圆地吼了一嗓子："干吗呢！干吗呢！大庭广众之下注意点啊！"

巷子口的几个男生转身往这边看了过来，其中一个染黄毛的不耐烦地说了句："别管闲事，懂？"

江延挑高了眉，从旁边的废物堆里捡了根棍子，对着墙面敲了几下："真不好意思，今天这闲事，哥们儿我管定了。"

　　一看就是来挑事的，几个职高的男生什么场面没见过，当即就炸了，抡起拳头就往江延脸上砸。江延反应也快，往旁边躲开了，顺带一棍子砸在对方后背上，闷闷的一声，下手不轻。身后徐一川他们也迅速加入战场，四人小分队常年积累下来的默契让职高的人半点好处也没捞到。

　　明着捞不到好处，就想着使阴招。那个染黄毛的趁着江延没注意，举起不知道从哪里摸来的棒球棍，朝着江延的头就劈了下去。

　　"江延！后边！"

　　徐一川喊了一声，江延回头躲了下，但后肩还是狠狠地挨了一下。宋远离得近，隐约都能听见里面骨头断裂的声音。

　　胡杭杭咒骂一声，一拳砸在黄毛的鼻梁上，又扯着他的衣领把他的脑袋往自己膝盖上一撞，黄毛被撞得满脸血。

　　徐一川和宋远迅速过来补了几脚，一场架打得两败俱伤。

　　江延被紧急送往医院，黄毛那几个人被后来赶到的警察带走了，被救下的女生也一块被带去了警局。后来，女生做证江延他们是见义勇为，这件事也就以黄毛他们被拘留而告终，而那个被救的女生，就是当时和林宛、江延他们同在一个考场的陶嘉。

　　见义勇为的故事林宛是听胡杭杭说的，中途胡杭杭还添油加醋，把自己美化了一遍："说时迟那时快，只见我用了一个标准的咏春拳将恶人击倒，紧接着我又使出佛山无影脚将敌人彻底击败，然后我——"

　　林宛忍不住打断道："然后你就无了！"

　　"噗。"胡杭杭没忍住笑了，"你就不能认真听我说完吗？"

　　"有这时间我还不如用来好好学习呢。"林宛放下听八卦的心，从包里翻出试卷摊在桌上。

　　一旁默默追剧、深藏功与名的江延抬头看了她一眼，意味深长地说了句："笨鸟先飞，勤能补拙；钝学累功，跛鳖千里。"

　　林宛立马上线："你才跛鳖呢！"

　　果然，跟学渣说这些她肯定听不懂。

　　周二是个晴天，但一场雨之后，气温有了明显的下降，刮来的风里隐隐带了点凉意。

　　林宛早上到班里还算早，教室里才来了一半的人。

　　快上课的时候，江延一群人风风火火地从外面进来，手里大多都提着早餐，嘴里咬着豆浆、酸奶之类的饮品。

江延在位子上坐下，往林宛桌上丢了一袋豆浆："早起一杯豆浆，提神补脑一整天。"

不知怎的，林宛总感觉跟这人熟了之后，他好像总把她当傻子来对待。

她也不知道自己什么时候给了他需要补脑的错觉，明明更需要补脑的是他自己。

当然，这话她也是不能说出口的。

人在屋檐下，不得不低头，林宛从桌上拿起还有余温的豆浆，一本正经地道谢："谢谢。"

早读打了一遍铃声，班里的卫生委员李江拿着值日表走到一组这边："许欢欢，今天是你们几个人值日，你到时候分配一下活儿，林宛胳膊有伤，这段时间值日就算了。"

"好，知道了。"许欢欢从李江手里接过名单，扫了眼排在自己后边的"江延"两个字，拿名单的手抖了一下。

分配？她敢给江延分配活儿吗？所以早读一结束，许欢欢就拉着林宛求救："今天我们几个一块儿值日的事情你知道吧？"

"嗯。怎么了？"

"江延也跟我们一块儿。"许欢欢趴在她的桌上，"所以你可不可以到时候帮——"

"帮他干活儿？！"林宛没等她说完，就掐断了她的话头，"想都不要想，他又不是没手。"

听到声音，站在窗外的江延不明所以地往里看了一眼。

同学，你这么暴躁你家里人知道吗？……

许欢欢简直欲哭无泪："不是，我是拜托你帮我给江延分配一下活儿，我们几个人不可能都扫教室的，而且你胳膊受伤，李江交代了不用你干活儿的。"

"行啊，那就让他去倒垃圾呗。"

"啊……可以吗？"

林宛挑了挑眉毛："为什么不可以？！大家都可以，他也可以的，放心吧，放学我和他说。"许欢欢感动得要哭了。

中午放学，负责值日的同学要留在教室打扫卫生，林宛记着许欢欢的嘱托，一下课就和江延说了这事："今天我们一块儿值日，你负责倒垃圾。"

江延一听就笑了："什么玩意，值日？你见我在十中值日过吗？"

"之前没见过，打算今天见一下。"林宛知道江延倒垃圾是降贵纡尊，所以就从书包里翻出之前吃外卖留下的一次性手套，"给，怕您不习惯，特意给您备了手套。"

"不是。"江延靠着墙，额前碎发软趴趴地垂下来，黑眸看着她，嗤笑一声，"一块儿值日的这么多人呢，你干吗非要我去倒垃圾？"

"只有你没事啊。"

林宛还真没诓他，一起值日的七个人，许欢欢和她同桌加上宋远和胡杭杭一人负责了一小组的卫生，另一个落单的陶嘉在擦黑板，也就他俩站在这里没事干。

江延反应过来："你不是也没事？"

林宛抬了抬自己的胳膊："我是伤号。"

"我也是伤号啊，只不过石膏拆得早了点。"

林宛看着他磨磨叽叽的样子，冷冷地吐槽一句："弱鸡。"

江延这下是真笑了："不是，就倒个垃圾怎么还上升到人身攻击了？"

"对啊，不就是倒个垃圾，你在那儿磨叽半天，真不知道你以后做什么能不磨叽。"

江延挑眉，意味深长地看着她："我以后做什么能不磨叽我不知道，但有一件事我肯定不会磨叽。"

"什么？"林宛看着他，一脸单纯。

江延弯着唇朝她勾勾手指，林宛谨慎地挪过去一步，他顺势凑了过去，黑眸看着她，在她眼睛里看到了自己的缩影。突如其来地，他那句即将脱口而出的调侃瞬间止住，好像对着她说这些是多么罪恶的事情。

"算了，不跟你说。"江延直起身，温热干燥的手在她头顶揉了一下，"让一下，我去倒垃圾。"

林宛是等江延出了教室才反应过来，自己刚刚被摸头杀了。

讨厌！她要捶死他。不知道摸人脑袋长不高啊？！

七个人打扫完教室已经过了十二点，许欢欢和她同桌打算在食堂随便吃点，林宛去了卫生间还没回来。

剩下陶嘉一个女生和他们四个男生站在一起："你们中午打算在哪儿吃啊？一起呗。"

徐一川搭着胡杭杭的肩膀："行啊，我们就还去陈叔家吃呗，他家菜烧得好吃。"

陶嘉看了眼时间："那我们是不是要赶快过去了，这个点儿还不一定有位子呢。"

"对对对，胖胖走快点。"徐一川推了胡杭杭一把，一旁的宋远跟着挤了过去，陶嘉落在后面。

走了两步，她发现江延还站在后面没动，笑着道："江延，你怎么不走啊？"

前边的徐一川抢了话："他啊，等他同桌呢。"

闻言，江延抬起头："嗯，你们先去吧，我等她一起。"

陶嘉点点头："好，那你们等下快点过来。"

江延没接话，胡杭杭招呼陶嘉快点，她笑着跟了上去："哎，感觉你们跟林宛挺熟的，你们之前一个班的吗？"

"没有，也就这学期分到一起的。"

"那江……"陶嘉还想问什么，被胡杭杭不经意地打断了："宋远，你给陈叔先打个电话吧，要不然等过去真没位子就尴尬了。"

"行。"

话题就这么被拦断了。陶嘉挺直的肩膀微微松了一下，故作不经意地回头看了下刚刚的位置，唇角小幅度地向下撇了点。

陈家小馆依旧人多得不像话，好在宋远提前给老板陈叔通了个电话，给他们几个在二楼留了位子。

胡杭杭他们常来这里，自己拿了菜单就往楼上走，倒水之类的准备工作都是自己来。

落座之后，宋远把菜单递给陶嘉："你看看有什么想吃的。"

陶嘉笑了笑，没接，姿态落落大方："没事，你们应该常来，你们点吧，我都可以。"

"行，那你没什么忌口的吧？"

"没有。"

宋远点点头，拿笔"唰唰"地勾了几道常吃的菜，考虑到今天多了个人，停笔的瞬间又提笔多勾了两道炒菜。

点完菜，四个人坐在桌上有一搭没一搭地聊着。

胡杭杭看着陶嘉："你怎么会突然从文科班转来理科班啊？选科选错了？"

"没有。"陶嘉把玩着桌上的水杯，"就是觉得纯文科学起来太累了，还不如跟理科这些数字打交道来得好。"

"学霸，你肯定是个学霸。"徐一川打了个响指，"哎，像我们这等差生，是体会不到文理到底有什么区别了。"

陶嘉笑了："我才不是学霸。我上次期末考试还跟你们一个考场呢，你们忘记了？"

"对哦。"胡杭杭接过话茬儿，"这么一说，林宛还有江延，跟我们几个可都是一个考场出来的。"

"江延跟我们能一样吗？他那是缺考了才跟我们一个考场的。"宋远踢了一下胡杭杭的椅子，"你能少给自己脸上贴金吗？"

胡杭杭拔高了声音："我什么时候往自己脸上贴金了，我这不是想体现一下我们几个之间的缘分嘛！"

陶嘉不经意地问了一句："江延他成绩那么好，为什么不去火箭班啊？"

"他不想去。"宋远重新倒了杯水，"他觉得火箭班的氛围太压抑了，还没有在普通重点班待着舒服。"

"也有一部分原因是有部分老师不同意江延进火箭班，毕竟那个班的学生估计连架都没吵过，更别说是打架了。他要是过去，还不得闹翻了天。"

陶嘉点点头："原来是这样。"

徐一川补充了一句："你别看他吊儿郎当的样子，那是因为他已经修完了整个高中的课程了，要不是老余再三叮嘱，他可能连课都不会来上。"

"这么厉害！"

"那是，像火箭班那些顶多是学霸，江延可是学神！"

几个人在这边把江延已经夸上天了，而另一边，等在楼道处的江延迟迟没等到林宛出来，耐心已经快磨完了。

他摸出手机给林宛打了个电话，刚一接通，就掷了过去："请问你是在厕所吃饭吗？"

林宛被他突如其来地一挣，再加上到了生理期，炸毛了："你才在厕所吃饭呢，你一天到晚都在厕所吃饭！"

江延抹了一把头发，压下那噌噌往上冲的火气："那请问你怎么到现在还不出来？"

听筒里沉默了片刻，林宛的声音放低了："你在等我啊？"

"不然呢，我等鬼啊。"

见她一直不说话，江延没好气地又问了句："你到底在里面干吗，还出不出来了？不出来我走了啊。"

"你等一下。"林宛在电话里叫住他，支支吾吾半天，才说，"我生理期来了，你能不能……帮我去买包那啥？"

林宛这次生理期提前了三四天，突如其来地，她没有任何准备，原本打算让孟昕过来救个急，孟昕的手机却一直打不通。

班里她也没有玩得特别熟的女生，这会儿是饭点，也没有别人来卫生间，林宛一时间蹲在那里没想到其他办法。

谁知道这时候江延突然打了个电话过来。她挣扎了好久才开了这个口，虽然有些丢人，但此时此刻她也没其他办法了，丢人也好过在厕所一直蹲着好。

听筒里没了声音，林宛以为是电话挂断了，拿下一看，还在通话中，小声地喊了一句："……江延？"

那边应了："嗯。"

林宛不知道说什么了。

沉默了一会儿，江延重新开口："你等我一会儿。"

"哦。"

江延再回来是十分钟之后，林宛重新接到他的电话："东西我怎么拿给你？"

"等下。"林宛挂了电话，简单处理了一下，推门走了出去。

江延就站在门口，手里提着一个黑色的袋子，看了她一眼之后，视线又挪开了，抬手把东西递给她，一句话没说。

林宛红着脸接了过来："谢谢啊。"

江延不咸不淡地"嗯"了声，等她进了卫生间之后，整个人倏地松了下来，站在走廊处，沉默了几秒之后，突然抬脚往墙上踢了一脚。

太丢人了！江延想到刚刚在小超市被人围观的感觉，越想越觉得丢人，连着往墙上踢了几脚。要不是碍于此时此刻有点不太合适，他可能真的会叫出来。

江延还想着再踢两脚解解气，余光瞥见女厕门口的身影，屏息收住了脚，回头看着她，故作平静："走吧，去吃饭了。"他说完就自顾自地下楼了。

林宛偷偷松了口气，默默跟上他的脚步。两人并肩走在路上。初秋的校园树叶已经枯黄，微风轻扬将它们吹落。江延也冷静了不少，垂眸看了眼林宛。

刚才压抑着没注意到，这会儿他才看到小姑娘的脸有点红，连带着露在外面的耳朵都泛着红。

江延盯着看了几眼，看着看着就莫名想笑，到最后还真的笑了出来，声音很低。

走在一旁的林宛只听见他好像是哼了一声，也没敢出声。

等两人走到吃饭的地方，胡杭杭他们几个都快饿扁了："你们存心是想饿死我们是吧？"

"哪能啊，饿死了你就不值钱了。"江延拉开空着的两把椅子，随便坐了下去，林宛跟着坐了下来。

江延拿起筷子夹了块排骨放到胡杭杭碗里："多吃点，等会儿给你找个好点的屠宰场。"

"你要这么说话就不好听了啊。"胡杭杭举起肉乎乎的手，犹豫了三秒，又放了下去，"吃饭吧，大家。"

他们几个的口味偏重，点的菜都比较辣，宋远特意拿了一瓶果汁，这会儿开吃了之后，他起身给每人都倒了一杯。等到了林宛这边，江延突然抬手拦了一下："店里没玉米汁吗？"

林宛手一停，眼皮跟着跳了一下。

"玉米汁不是热的吗？这天气还不到喝热饮的时候吧？"宋远被他这么一拦，就停了动作，"行吧，我去问问。"

江延放下筷子："不用，我自己去。"

宋远盯着他下楼的身影，嘀咕了一句："奇怪，平常死都不喝玉米汁的人，今天怎么突然要喝玉米汁了？"

他也是自言自语，没人接话，一旁的林宛却是把话听了进去，腮帮鼓了鼓，又松了下去。

江延很快就拿着现榨的玉米汁回来了，给自己倒了半杯之后，又很自然地给林宛倒了一杯。

桌上的人都只顾着吃，也没人注意。一旁的陶嘉看着他俩，眼神暗了暗，什么也没说。

玉米汁是热的，林宛喝了一杯之后整个人都暖和起来了。她把空杯放在桌上，准备再倒一杯，一旁还在和宋远说话的江延突然伸出手，端起玉米汁重新给她的杯子倒满了。

他也没看林宛，倒完之后继续和宋远有一搭没一搭地聊着，唇角勾着，整个人懒洋洋地靠着椅背。

林宛看了他一眼，注意到放在他面前的半杯玉米汁几乎没有动过，心里突然咯噔了一下，一种奇妙的感觉转瞬即逝，她还没来得及感受就没了。

吃过饭时间已经很晚了，几个人赶回教室没一会儿上课铃就响了。

下午第一节是老余的数学课。林宛中午没休息，再加上生理期，整个人不怎么舒服，趴在桌上有点萎靡不振。

老余站在讲台上讲新课："关于三角函数的知识涵盖面很广，出现在高考大题的概率也会很高，它的知识点虽然比较多……"

老余平常唠叨，讲起课也很唠叨，一篇几百字的前言，硬是讲了十多分钟。

林宛听着就犯困，连打了几个哈欠，强撑着精神听了会儿，到最后实在是没忍住，眼皮一合，睡着了。

江延是在手机玩没电、准备找胡杭杭要充电宝的时候，才注意到自己的同桌已经与周公同游了。小姑娘直接脑袋枕着书，脸朝里睡得正香，卷翘的睫毛轻颤着，在眼睑下方投出一片阴影。

窗外有光，正好照着她的脸。林宛很白，脸上细小的绒毛都看得一清二楚。

江延就这么侧着头盯着她看，脑袋突然被异物砸了一下，小半截粉笔顺着头发落在桌上。

他抬头，看到老余站在讲台上看着他，还没反应过来，老余先开了口："你同桌那么好看啊？我盯你半天了，你盯人家林宛看了半天。你在想什么啊，江延同学？"

"扑哧！"

"哈哈哈哈哈哈哈哈！"

教室里有人没忍住笑了出来，连带着整个教室的人都笑了起来，一时间场面有些不受控制。

林宛被这突如其来的动静吵醒，抬起头的时候一脸蒙，不知道为什么她就打了个盹儿，整个教室的人都看着她。

老余站在讲台上，脾气也是真的好："来，刚好你同桌也醒了，江延同学，说说你刚刚盯着林宛同学看什么呢？"

林宛一脸迷惑，江延在林宛"你盯着我干吗"的目光中，一脸无奈地开了口："老师，我没盯着我同桌看，我只是在犹豫要不要叫醒她，毕竟学生还是要以学习为主，上课睡觉也不是什么好习惯啊。"

林宛一脸蒙。

我呸！

估摸着老余和一众好看戏的人都没想到江延会扯出这么个理由，一时间都怔住了。

沉默了片刻，班里同学回过神来，一阵疯狂大笑。

胡杭杭拍了下江延的肩膀："你这样老了以后还要什么拐杖，扶你自己就行了啊。"

老余也跟着乐了，虽然明知道江延是在胡扯，但仔细一想好像也不是没有道理。

他轻咳一声，端起桌上的保温杯喝了两口热茶："你说得也对，上课睡觉确实不是什么好的习惯。"

老余握着保温杯，语气慢而低缓："既然这样，林宛你就站着听课吧。"

话音落，老余转身把保温杯放回讲台，抬头看着他俩，又开口："江延，你也站着听课。"

两道身影直落落地站在那里。

坐在两人后边的胡杭杭和宋远看热闹不嫌事大："老师，他俩这海拔站在这里，我们都看不到黑板了啊。"

"我们可都是爱学习的好孩子，这样不行。"

老余一想，这说得也有道理啊，手往外边一指："那你们俩去走廊站着吧。"

林宛："……"

江延："……"

林宛一句话都还没说，就这么被请出了教室，刚好碰到隔壁班号称"大喇叭"的男生出来看情况。

男生一看到江延，脚步猛地一停，立马蹿回教室"嘭"的一声关了门。隔了没几秒，从（17）班的教室里传出来一个响亮的声音："我刚看到江延和一女生站在走廊！"

林宛一开始在教室里的时候刚睡醒，还没缓过神，这会儿冷风一吹，她反应过来，盯着江延，撑了过去："你是不是脑子缺电？"

江延被她撑得一脸茫然："什么？"

"好端端的，你上你的课，你盯着我看干吗？"林宛刚睡醒加上生理期，真是一肚子的火，整个人几乎游走在爆炸的边缘。

江延看着她浑身带刺的模样，默默往旁边挪了一点，想笑又没敢笑："不是，谁说我盯着你看了？"

"老余。"林宛侧头不看他，眼睛盯着教学楼旁的梧桐树。

"那老余说什么你都信是吧？他要说我亲你了你信吗？"

林宛差点一口气给自己噎住，一脸不可置信地看着他："流氓啊你！"

"我就是给你打个比方。"江延压着笑，伸出两根手指碰了碰她的肩膀，"你冷静点，上课呢。"

林宛倒是想冷静，可还没冷静三分钟，天降霉运，今天刚好是教导主任李坤值班，这会儿他正在挨个教室巡查，等走到（18）班门口——小眼瞪四眼，场面很尴尬。

"你们俩什么情况？上课时间为什么不在教室，反而站在走廊？是不是不好好听课了？

"玩手机还是睡觉？"

"你们俩现在好好跟我承认，我就不处罚你们。"

林宛忍住翻白眼的冲动，在心里疯狂发着弹幕："话都让你一个人说了，我们还能说什么？"

反正横竖都是一死，林宛索性破罐子破摔，超大声地说了句："我同桌上课玩手机，我睡觉，被余老师发现赶出来了。"

江延心想：是个厉害人啊。

教室里竖着耳朵听好戏的一众人都蒙了。

李坤被林宛突然拔高的声音吓了一跳，说："行，你们俩等会儿下课来我办公室一趟。"

说完，他敲了敲教室的门，看着站在讲台上的余秉山，语重心长地叹了口气："老余啊……"也没多说什么，人就走了，走之前还不忘把教室门给关上，生怕门口两颗"老鼠屎"坏了教室里的一锅好汤。

数学课一结束，老余就带着两颗"老鼠屎"去了教导主任的办公室。两人在那里是又低头又认错，最后一人许下三千字检讨，李坤才松口放两人回教室。

回教室的时候第二节课已经上了十分钟，两人无声地度过了一节课。

等到一下课，憋不住的胡杭杭直接凑了过去："林宛，我们要是早点认识你，哪会跟江延玩啊。

"说实在的，你比江延酷多了。

"你是我女神，我说真的，你真是我女神。"

林宛回头看了他一眼，鼓了一下腮帮子："胡杭杭，没有人说过你话真的很多吗？"

胡杭杭压根儿不在线上："有啊，可多人说我话多呢。"

林宛是又气又想笑，还没说什么，旁边的江延一巴掌捂住胡杭杭喋喋不休的嘴巴："能不能闭嘴？"

胡杭杭给他比了个"OK"的手势，默默消了音。

正好，第三节上课铃响，几个人坐回自己位子上。林宛和江延又开启闭麦模式。

这节是物理课。这个物理老师是整个物理组年龄最大的老师，讲起课来和老余有一拼，这会儿讲到一个比较重要的知识点："就是这个地方啊，你们一定要注意，不要忽视了这个小细节，以后碰到的时候要记得……"

林宛简直头疼，本来物理就不太好，这学期碰到的老师又是不太能让她听进课的类型。

她感觉不好，估计要栽在这老师手里了。

一旁的江延时刻注意着同桌的动向，见她拿笔戳着草稿纸，一脸不耐烦的模样，想了想还是放弃了给她传字条的念头，生怕她拿笔把自己当成草稿纸给戳死了。

江延头一回对自己的人身安全有了危机感。

两人井水不犯河水地上了一下午的课。晚上还有自习课，平常放学之后，林宛都是和江延他们几个一起去外面随便吃点。

今天不一样。全世界都知道他俩今天闹矛盾了，准确来说，是林宛单方面生了江延的气，而江延似乎还没有意识到这个问题的严重性。

这会儿已经放学五六分钟了，江延结束一局游戏，随手把手机塞口袋里，刚一起身，林宛也跟着起身了。

江延一顿，很自然地问了句："晚上吃什么？"

林宛这会儿气还没消完，再加上不是特别舒服，低声说："不吃了。"

"真不吃了？"

"啊，不吃了。"林宛抬头看着他，说道。

江延盯着她看了几秒，像是在确认什么，十几秒后，他点点头，从她身侧走了出去："胡杭杭，走了。"

"来嘞。"

一行人出了教室。

过了一会儿，一早就离开教室的陶嘉买完东西回了教室，看到林宛独自一人坐在教室，微扬了扬眉，走了过去，在她前边的空位坐下。

"林宛，你怎么没去吃饭啊？"

林宛抬头看着她："不太饿，就没去。"

"这样啊，我买了零食，拿一点给你啊。"陶嘉动作很快，林宛还没来得及拒绝，陶嘉已经拿了几样东西放在她桌上，还顺带放了几包在江延桌上。都是些女孩子爱吃的小零食，薯片、话梅、果冻，还有杧果干。

林宛皱了皱眉，伸手把放在江延桌上的那袋杧果干抽了出来。陶嘉看着她的动作，一愣："你喜欢吃杧果干啊？我那里还有。"

林宛点头又摇了摇头，很自然地解释道："不是，江延对杧果过敏，他看到这个会抓狂的。"

"哦……这样啊。"陶嘉点了点头。

江延他们吃完晚饭回来的时候，晚自习已经上了一半，班里没有老师，闹哄哄的。他一手拿着校服，一手拎着给林宛买的奶茶，回到位子上。

刚刚在外面吃饭的时候，宋远给他分析了一下，林宛不出来吃饭的原因可能是生他的气了。毕竟人家一小姑娘觉睡得好好的，突然被他连累，在走廊站了一节课。这搁谁身上，谁不生气？谁都生气。

所以吃完饭之后，江延特意去买了杯奶茶，准备道个歉。

男子汉能伸能屈。他可以。

这会儿林宛刚想起来自己那三千字检讨，伸手从书包里翻出一个新的练习本，正准备长篇大论一番，突然反应过来自己胳膊还打着石膏呢。这还怎么写？！笔一摔，脑袋磕桌上"咚"的一声。

动静不大不小，刚刚好够江延听见。江延注意到他同桌此时此刻正处在人生艰难的时刻。再三斟酌之后，拿笔戳了戳她肩膀："林宛。"

林宛没吭声，把脸转了个方向，面朝着他，虽然没说话，但整个人透露出来的不耐烦非常明显。

说实话，江延也不知道她到底为什么会这么生气，但女生可以生气的理由太多了，他也不想把时间放在这上面，低头认错不就完了。

"这件事是我做得不对。"头顶上白炽灯的灯光落了下来，停在他肩上，衬出好看的肩线。

江延敛眸看着她。他的眼睛是少有的瑞凤眼，眼形偏细长，眼尾的弧度稍开阔，微微上翘，瞳仁是浅浅的琥珀色。

林宛正恍神呢，又听见他说："但你确实不该在上课的时候睡觉。"

林宛一愣，随即火儿就上来了，压着声道："江延，你完了，我跟你没完。"

林宛和江延开始了冷战。

冷战持续了好几天，两人之间那一点同桌情谊瞬间跌至冰点，隐隐还有点往负方向发展的趋势。

这就导致坐在他俩后面的胡杭杭和宋远日子有点不好过。这段时间他们明显感觉到林宛和江延之间的气氛不大对，好像往里泼杯水都能结成冰。

平时他们话也不敢大声说，气也不敢大声出，时间长了，胡杭杭为了自身安全着想，打算出个招儿帮他们缓和一下关系，要不然他和宋远往后的日子还怎么过。

只不过还没等到他出手，有人就抢先一步出了手。

周五是个大晴天，下午最后一节是体育课，点完名之后，体育老师让大家先热个身，绕着操场跑两圈。

林宛胳膊不方便就没去，站在跑道旁边等着队伍集合，体育老师周礼拿着点名册站在她边上。

好在两圈跑起来很快，跑完集合之后，周礼就让大家自由活动，自己拿着点名册躺在看台上睡觉。

孟昕被叫去打排球，林宛拿着她的外套和水坐在旁边。

四人小分队站在单双杠那边聊天，宋远伸直胳膊挂在单杠上，T恤往上露出一点腹肌，看着站在旁边的江延，随口问了句："你和林宛怎么了？"

江延收起手机，胳膊一抬，两手握住单杠，做了几次引体向上："不知道。"他手又一松，踩着地，目光看向坐在不远处的林宛，又说了句："谁知道呢。"

江延其实没觉着他和林宛之间出了什么大问题，就是最近这段时间的交流少了点，但是他俩本来就没什么交流。非要说有什么矛盾，也就是上次林宛受他连累被罚了三千字的检讨，可江延觉得林宛也不是那么小气的人。

男生的心思本就没那么细腻，所以绕来绕去，到最后江延也没搞清楚两人之间到底有什么矛盾。

"我觉得吧，你肯定是惹到人家了。"胡杭杭没那个臂力，索性也就没往单杠上挂，靠着旁边的杆。

徐一川搭着他的肩膀："要不我们给你出个招儿，你去哄哄人家？"

江延转头，眼皮一掀："我为什么要去哄她？"

徐一川拍拍他肩膀，意味深长地笑了下："你说为什么啊，是你惹人家不高兴的，又不是我们。"

"谁跟你说我惹她不高兴了？"江延挥开他的胳膊，径直往前走，"要去你去，我不去。"

没走几步，身后传来一阵骚动："唐雨诗！你故意的吧，没看到林宛站在这里吗？"

江延脚步一顿，扭过头，看到林宛被人从地上扶起来，捂着额头，手上都是血。

江延骂了一句。

"江延——"徐一川刚想回头叫他，话还没说完，江延已经从他面前跑了过去。

江延跑过去的时候，周围几个女生明显往后退了点距离。孟昕倒没注意这个，把林宛往他身边一推，怒气冲冲地看着站在一旁的唐雨诗："江延，麻烦你们送林宛去一下医务室，我去解决一下私人恩怨。"

"孟昕！"林宛叫住她，"你别冲动。"

"林宛你别拦着我，我今天和唐雨诗没完。"孟昕一着急，连脏话都冒了出来。

听到这里，一旁站着的唐雨诗忍不住反驳道："孟昕，你要怎么个没完啊，我又不是故意的，谁知道这么巧就砸到了。"

孟昕一时没压住自己的火气，抬手一巴掌要打下去，半道被江延截住了。她没好气地回头撑了句："你干吗？"

"你打她，理亏的就是林宛了。"江延松开手，视线落在林宛额头上的伤口处，垂眸问，"她拿球砸你？"

林宛脑袋磕得有点猛，这会儿人晕晕乎乎的，掐着他胳膊，小声道："我刚就站这儿，突然从旁边飞来个球。"

其实她也不确定唐雨诗是不是故意的，但按着她俩之前在高一的恩怨纠葛来评判，要说唐雨诗不是故意的，她能把球给吞了。

江延抿了下唇角，也再没多问，林宛扶住，语气无波无澜："孟昕，先送林宛去医务室，这件事晚点我来处理。"

徐一川跟着搭腔："是啊，林宛你放心，这仇我们肯定给你报回来。"

几个人匆匆忙忙地往医务室的方向走，半道儿碰到刚被叫过来的体育老师周礼。

江延脚步未停，徐一川拦住周老师，也不知道在说些什么，身后围观的人议论纷纷。

一旁的唐雨诗却是心凉了半截，江延在十中是什么样的人，她再了解不过了，惹上他，等于就是自找死路。

她怎么也没有想到林宛会和江延扯上关系。

"雨诗……"好友扯了扯唐雨诗的衣服，"怎么办啊，要是江延真的来找你，就完了啊……"

唐雨诗脸色白了又白，却仍旧强撑着："怕什么，难不成他还能打女生？再说了，我又不是故意的。"

好友看了眼她发白的脸色，想了想没有再说什么，只是安慰道："希望如此吧。"

林宛的伤口不深，送到医务室的时候已经不流血了。

校医给她处理完伤口，说了句："还好伤口不是很深，要是再深点，可就要缝针了。"

孟昕松了口气："谢谢医生。"

"不客气。回去多注意卫生和饮食，防止留疤。"

林宛点头："知道了。"

"行，你们聊吧，注意不要太吵了。"

校医端着药盘走了出去。孟昕坐到林宛边上，轻轻摸了摸她额头上的纱布，又是一肚子火儿："唐雨诗要敢说她不是故意的，我把头扭下来给她当球拍。"

三个男生坐在对面一张床上。胡杭杭忍不住问了句："唐雨诗是谁啊，你们怎么惹到她的？"

"我们以前高一是一个班的。"孟昕也是很纳闷，"我也不知道她为什么那么针对林宛，从一开学就和林宛不对付。"

"看来是有我们不知道的小秘密了。"

宋远碰了碰江延的肩膀："这件事你打算怎么解决啊，总不能让林宛白吃了这个亏吧？"

这么一说，所有人的目光都落在江延身上。

林宛也抬头看着他。江延和她对视一眼，又很快挪开视线，语气漫不经心："啊……那就以其人之道还治其人之身。"

听到这里，胡杭杭皱着眉出声："不过，对方可是女生啊，你真准备打人家一顿？"

江延敛着眸，视线有意无意地看着林宛伤口上贴着的纱布，语气淡淡："她是女生，我同桌难道不是女生吗？"

林宛眼皮一跳，没吭声。

几个人在医务室有一搭没一搭地聊着天。快下课的时候，负责和体育老师沟通的徐一川跑了过来，说是周礼找他们问问情况，几个人这才反应过来还在上课。临走前，宋远交代了句："江延，你留在这里陪林宛吧，我们晚点过来找你们。"

江延原本就没打算回去，但被他这么直接地提出来，莫名有些不自在，不咸不淡地"嗯"了一声。

林宛看了他一眼，等人都走了之后，才说了句："你要是有事的话，可以先走。"

江延看了她一眼没接话，直接枕着被子躺了下来："睡会儿，半小时后叫我。"

什么玩意儿?! 林宛沉默了一会儿，脑袋昏沉沉的，索性也躺了下来。窗外昏黄的夕阳落进来，微风吹起窗帘的一角。

休息室里有了片刻的安宁，似乎还有些温柔。

"林宛。"

半梦半醒间，林宛似乎听见有人在叫她的名字，迷迷糊糊应了声："……嗯？"

"你能不能别生我的气了？"

林宛记不清自己到最后有没有回答那个问题，也分不清那到底是梦还是现实，只是觉得那种感觉很真实，也很奇妙。

林宛睡了两个多小时，一觉醒来，休息室里已经完全黑了下来，合上的窗帘遮住了所有光源。她揉了揉眼睛，从枕头下摸出手机，屏幕上显示已经七点二十分了。

她打开手电筒，往旁边床铺上一照，上面只有被子和枕头，没有人，忍不住吐槽："太没有义气了吧，竟然先走了。"

话音刚落，从另一边的床铺传来一个沙哑又懒洋洋的声音："……说什么呢？"

紧接着，休息室里的灯也亮了起来。

林宛吓了一跳，手一抖，手机掉在被子上，回头看着他："你不是睡这边的吗？"

江延也刚睡醒没一会儿，被子全都堆在腿边，眼睛微眯着，声音还有点低哑："那边床睡着不舒服。"

林宛拿起手机关了手电筒："走吧，回教室了。"

"已经请过假了。"江延估摸着是没睡好，往后靠着白墙，白皙的脸颊上有几道睡觉压出来的印子，"宋远给你请了伤假。"

"那你呢？总不能我们两个都请的伤假吧？"

江延这才抬眸看了她一眼："宋远说我们俩打架，打伤了对方，在医务室躺着。"

"老余这也信？"

江延睡得有点久了，唇瓣有些干，他不经意地舔了一下："没信，所以老余算我俩逃课了。"

林宛突然说不出话了，不是因为老余说他俩逃课，只是因为他刚刚那个舔唇的动作。

林宛忽然有些口渴，默默别开了眼。

第三章

翻墙

林宛回教室的时候，老余还在班里，看到她额头上的纱布，一脸惊讶："江延还真把你给打伤了？"

　　班里的同学都是知情人，听到老余这么说全笑了起来。

　　林宛站在门口，语气有些无奈："余老师，我这伤不是江延打的，是我上体育课的时候不小心摔的，跟他没关系。"

　　老余还有点怀疑，眼角皱出褶子，迟疑道："真不是江延打的？林宛同学，你不要害怕。你要真是江延打的，我是不会偏袒他的。"

　　正好这时候江延从卫生间回来，听到老余这句话，和林宛一块儿站在门口，不解地问了句："什么我打的？"

　　林宛看了他一眼："我。"

　　"什么？"

　　"我。"林宛莫名笑了，"余老师说我脑袋上的伤是你打的。"

　　两人就这么站在门口聊了两句，老余屈指敲了敲讲桌，脸上堆着笑："要不要给你们俩搬个凳子放门口聊啊？"

　　"哈哈哈哈哈哈！"

　　班里闹哄哄地吵了起来，林宛脸皮薄，架不住被这么笑，低头匆匆回了座位，江延也跟着回了座位。

　　平心而论，老余确实是个不可多得的好班主任，对待学生一视同仁，没有什么好坏之分，就是做事不太合常理，往往都不按一般人的思维出牌，但胜在脾性好，（18）班这一窝小崽子对他都很敬重，也非常喜爱。

　　"老余的思维是不是跟别人不太一样？"林宛回到位子之后，和江延讨论起余秉山，"他是不是也对你有什么误解？"

　　江延抬手搓了搓眼睛，眼尾有点红："怎么？"

　　"要不然为什么会选你当班长，还有让杜闻博当学习委员？"

　　江延侧身靠着墙，支起胳膊撑着脑袋，垂眸看着她："我觉得老余对我没什么误解，倒是你，对我的认知好像出现了一点偏差。"

"哪里有？"林宛一本正经地说道，"就依你一人单挑一个班男生的传闻来看，我觉得老余对你的了解就不是很充分。"

林宛初中的时候，班里就有一个号称是打遍附中无敌手的同学，在附中横行霸道，走到哪儿都是风风火火一群人，成绩自然是学渣中的渣渣酥，老师更是不怎么待见他们。

虽然林宛对这些不是特别在意，但按照正常老师的想法，是不会选一个随时随地能单挑别人一个班、上课从来不听课永远沉迷游戏的人当班长的。

不过也有例外，譬如家里有钱。

想到这里，林宛似乎想到了什么，一脸惊讶地看着他："你爸该不会给学校捐了一栋楼吧？"

江延没想到她脑袋天马行空地想了这么多，听到她说的话，不知是想到了什么，整个人突然安静下来。

林宛对他的突然安静有些不明所以。这是戳到了他不能为人所知的小秘密？伤到了他作为一个即将成年的男人的自尊心了？没有啊。她回想了一下自己刚刚说的话，你爸该不会给……你爸！

林宛突然想到之前他因为那次打架，徐一川他们几个不小心透露出的豪门秘辛。

就在她犹豫着要不要开口尝试侧面安慰一下的时候，江延突然开了口："听过物林杯没？"

"物林杯"——全国性的物理竞赛，每年四月在湖城大学举行，历时三个月，分为初赛、复赛和最后一轮的自由组队赛，规格仅次于全国中学生物理竞赛。

林宛没想到他话题转得这么快，愣了几秒才点头："知道啊。怎么了？"

这比赛早几年的时候林宛还看过直播，后来由于受到物理的摧残，她就没怎么关注了。

"你去官网看一下，应该还能找到前年的比赛结果。"

林宛微挑了下眉毛，摸出手机点开搜索，进了"物林杯"的官网，找到历年比赛结果。网速比较慢，缓存了十几秒才显示出来。

林宛往前翻了两年，看到结果的时候手一顿，满脸惊讶地抬头看着江延："这个第二名的杜闻博不会就是我们班的这个吧？"

"你觉得呢？"江延放下胳膊，低头看手机。

林宛花了几分钟消化完这个消息后，突然反应过来："哎，不对啊，你怎么知道杜闻博获奖的事情啊？"

"你可以再往前翻一年。"

"你该不会要告诉我，你是那一年的第二名吧？"

江延从低落的情绪中跳出来，垂下头笑了声："不是。"

"我就说嘛。"

他又开口："我是第一名。"

林宛说不出话了，沉默着迅速往前翻了一年，等看到网页显示的结果时，恨不得戳瞎自己的眼睛。

这什么玩意儿？第一名，溪城中学初二（1）班江延。

她莫名觉得有些口干，咽了咽口水："我怎么觉得你跟他同名的可能性，好像会比你是这个第一名的可能性要高一点呢。"

江延愣了一秒，突然很想笑，然后就真的笑了起来，尾音上扬："你是不是傻？"

他的声音被刻意压低，带着点沙砾感，噼里啪啦地窜进林宛耳朵里，像是过了电一般，让人酥麻不已。

林宛心猛地一跳，忍不住搓了搓耳朵："学霸也不可以骂人啊。要说学霸，我也是个学霸。"

江延显然不信，敷衍一声："嗯，学霸。"

三节晚自习在林宛无比震惊的碎碎念中很快结束，教室里人走得很快，没一会儿就只剩下一小半人了。

林宛慢吞吞地收拾好东西，拎着书包站起来的时候，江延也从桌肚拽出自己的书包，走了出去。路过她身侧的时候，他突然停了下来。

林宛抬头看了过去，呼吸倏地一顿。

少年的皮肤很白，五官是少有的端正，一鼻一眼的轮廓都像是精心打磨过的，顶上是明亮的日光灯，光线亮堂堂。

他就站在那里，站在那光里。突然，他抬起手，揉了揉她的脑袋，低声说："周一见，小学霸。"

林宛的呼吸彻底乱了节奏，没人知道她这一刻的心跳猛地蹿到了多么快的频率。

隔天便是周末，林宛一大早就被林母叫起来，带去医院做检查。

昨晚林宛放学回家，林母看到她额头上的纱布时，人吓得不轻，当即就准备带林宛去医院。要不是林宛再三强调自己没什么事，恐怕昨晚就要在医院过夜了。

周末医院人也多，好在林母有认识的人，检查没排队，结果也出来得很快，一切正常，没什么大问题。

林母拿着检查结果看了好几遍，才松了口气："还好，脑袋没事，胳膊也没受影响。"

林宛早上起得早，这会儿连打了几个哈欠："妈，我都说了没什么事，就磕破了一点皮，都没要缝针。"

"你呀，一点都不让我们省心。"林母话虽这么说，但满心满眼都是对女儿的宠溺，"没事就好，回家吧！我让你爸托人买了几根人参，回去给你熬点汤补一补。"

"嚯。"林宛故作惊喜的模样，搂着方仪宋撒娇，"我妈妈怎么这么好呢！"

"你呀。"林母戳了戳林宛额头，眼里都是笑，心里却涌上一层对女儿的亏欠。

她和丈夫林咏城算是白手起家，平日里工作太忙，常年在外出差，十天半个月都不着家，对林宛的照顾自然就少了很多，但好在林宛听话又懂事，在生活和学习上都不用他们多费心。

直到近几年公司经营逐渐步入正轨，她才算有了点空闲，能留在家里陪陪林宛。

虽然她和丈夫都非常遗憾，错过了女儿的童年，但现在能够有机会弥补，其他也都不算什么了。

从医院回去的路上，林宛在 QQ 上和孟昕闲聊。

孟昕还记着昨天江延说要给她报仇的事情："江延有没有跟你提过，他到底要怎么给你报仇啊？"

"没提，我觉得他也就是吓唬吓唬唐雨诗。"

林宛确实没把这件事当真，好歹江延也是一个男生，他总不能去动手打女生吧。

"也对哦。"孟昕连着回了几条，"不过，吓唬吓唬唐雨诗也是好的，她昨晚自习课都没来。

"我让纪律委员直接记她旷课了。

"她的小姐妹也不在，我一起记了，哈哈哈哈哈哈。"

林宛："滥用职权啊你。"

"我这是有仇必报，谁让她故意拿球砸你的啊。"

昨天体育课，林宛原本站在球场旁边看孟昕打排球，谁知道突然从旁边篮球场飞出来一个篮球，直接把林宛砸倒了，脑袋还磕到了旁边的长凳上。

要是别人的话，孟昕还真的信了是手滑不小心，可要是唐雨诗，她就是把球吃了，也不会相信这人是不小心的。

谁不知道她唐雨诗篮球打得顶顶好。

手滑？不小心？怎么可能？！

"你放心，这仇要是江延不给你报，我来。"孟昕发了条语音，"对付女生，我最在行了。"

林宛不小心点了外放，顿时整个车内都回荡着她雄赳赳气昂昂的声音。

林母偏头看了林宛一眼："听声音是孟昕吧？"

"没有没有，你听错了。"林宛连忙否认，"这是我现在班里的同学，放假了没事在群里聊天呢。"

"是吗，不过怎么听着像是要去打架啊？"

林宛装傻："我也不知道呢，回头问问是怎么回事。"

"问什么，你别跟着去凑热闹啊。"林母把车窗关了，"这样最容易发生校园暴力了。"

林宛哭笑不得，和林母再三保证不会去凑热闹，才算作罢。

晚上吃过饭，高二（18）班没有老师的小群里热闹起来，等林宛看到消息的时候，未读消息数都已经累积到"99+"了。

她点开的时候，班里有个叫吴往的男生发了一条："不是吧，江延真的动手打了唐雨诗？"

林宛脑袋"嗡"的一下，还没反应过来，底下迅速蹿出来几条其他同学发的消息：

> 好像是打了一巴掌吧？
>
> 不是说踢了一脚吗？
>
> 不对吧？我听我文科班的同学说是拿球砸了一下！
>
> 不不不！是给了她一拳。

林宛心想，就不能统一一个说法吗？

不过这时候也没开玩笑的心思，她退出聊天框，给江延发了条消息："你打了唐雨诗？"

估摸着江延也在小群，没几秒就回了消息："我没打她。"

林宛一口气还没松完，就看到他又发了一条消息过来。

"她先冲过来打我的，我正当防卫，推了她一把。"

林宛觉得呼吸有点困难，差点一口气没提上来，手指迅速点着屏幕，噼里啪啦地按了一通："正当防卫？！你确定不是别人正当防卫你吗？！"

按照江延打人的那个架势，估计唐雨诗还没靠近，他可能已经把人摁倒在地上了。

江延隔了半分钟才回的消息："我没有，我不是，别瞎说啊。"

也不知道事情到底真的就是这样，还是江延不愿意说，不管林宛怎么问，他始终坚持自己是正当防卫。

两人不着调地聊了会儿，林宛出去倒水的时候，顺便看了眼墙上的时钟，已经快十一点了。考虑到明天一早就是老余的数学课，她在倒完水从客厅回房间的这么短的距离内，想了下和江延和谐结束话题的理由。

只不过等她再坐回电脑前的时候，江延的 QQ 头像已经暗了下去，聊天框里还有一条他一分钟前发过来的消息：

"睡了，明天见，林同学。"

林宛捧着水杯，看了眼他灰蒙蒙的头像，轻喷了声，刚准备下线，电脑右下角有个小头像闪了闪。

孟昕发过来的消息。

"我的天！你知道吗？江延把唐雨诗给打了！就在我们学校篮球场那里，好多人都看到了！"

林宛直接把她和江延的聊天记录发了过去。

孟昕这会儿刚从班里听完八卦，看到林宛发过来的第一手消息，又看了眼讨论得热火朝天的班群，有些迟疑地回了消息："不能吧……唐雨诗的武力值有这么高吗？"

说实话，林宛也不太相信江延的说辞，只不过现在情况比较混乱，说法五花八门，光（18）班传出去的说法就有好几种了，更别说其他道听途说的班级了。

林宛打了个哈欠，手指搭着键盘，敲了一句话："说实话，我现在有点怀疑江延他是不是把唐雨诗给打成植物人了……"

周一一早，林宛顾不上在家里吃早餐，着急忙慌地出了门，在小区门口打了个车往学校赶。

十几分钟后，出租车在十门门口停下，林宛推开车门，一脚踩出去才想起来还没给钱，又缩回车内，拍拍司机的座椅："师傅，多少钱？"

司机看了眼计价器，笑呵呵道："十一块三，给十一块吧。"

林宛从书包的角落里摸出一张十元的纸币和两个五毛钱的硬币，一起递了过去："谢谢师傅！"话音刚落，人已经推开车门跑远了。

林宛一鼓作气跑进教室的时候，江延的座位还是空着的，连带着后面一片都是空着的。

她也没在意，放下书包后，拍了拍坐在前边的许欢欢："欢欢，昨天班群里说江延打了唐雨诗，是真的吗？"

　　许欢欢显然也是憋了一肚子的八卦，听到林宛问她，眼睛都亮了："当然是真的！我有个同学就在现场，看到唐雨诗脸上有血呢！"

　　林宛觉得自己心脏病都要犯了。

　　许欢欢说起八卦，整个人有点手舞足蹈，语速也很快："你都不知道，当时情况有多严重，救护车都来了。"

　　许欢欢还在说，林宛受不了了，一口气卡在心口不上不下的，抬手摁住她胳膊，脑袋磕在桌上："等会儿等会儿，你让我缓会儿，我要不行了。"

　　两女生正聊着天，江延提着早餐从教室前边走了进来，碰巧听到她最后一句话，随口问道："谁不行了？"

　　听到江延的声音，许欢欢脸上的笑容一凝，尽管全身都有点僵硬，但她还是以最快的速度转了回去。

　　江延没在意，视线落在他同桌身上，缓声问："你怎么了？"

　　林宛抬起头，对上江延询问的视线，深呼吸了一次，语气无比认真："江延。"

　　"嗯？"

　　他应了声，随手放了杯豆浆在她桌上，刚走到座位坐下，就听见他的同桌有些沉重地开了口："你去自首吧。"

　　"你把唐雨诗打得那么惨，她家里又特别有钱有势，你现在去自首的话，或许还能争取个宽大处理。"林宛叹息道，"我知道你是为了替我报仇，我也会让我爸替你找律师在法官面前多说几句好话的。"

　　江延没说话，林宛还在叨叨："我真的不知道，我们俩这短短的同桌情谊，在你眼里这么重要。"

　　"江同学，我对不起你，我要是早知道你这么重视——啊！"林宛话还没说完，脑门上突然被重重地敲了一下。

　　江延用了点力，被他敲过的那个地方很快就红了起来，林宛下意识地揉了揉："你干吗打我啊？"

　　"因为你出门不带脑子。"江延收回手，拆开吸管，往豆浆杯上一插，耐着性子解释，"我不是告诉你了吗，我没打她。"

　　"你觉得你的话可信度高吗？"林宛看了他一眼，把昨晚孟昕和今早上许欢欢描述的场景给他转述了一遍。

　　江延咬着吸管听她说话，唇瓣微抿，往上吸了一口，乳白色的液体顺着透明吸管一直往上，直至消失在两唇之间。

　　林宛愣了下，盯着他的唇说不出话来。

等到她回过神的时候，脑袋里紧绷的那根神经"嘣"的一下断了，凝固的肾上腺素突然猛增。

江延盯着她看了几秒，不知道是想到了什么，伸出手指在她脑袋上又敲了下，神情似笑非笑："林同学，你想什么呢？"

他的指腹柔软温热，指甲光秃秃的，碰在脑袋上也没什么感觉，可林宛只觉得被他碰过的地方似乎更加烫了。

林宛反应过来，往后退了点，晃了晃脑袋念道："告子曰：'食色，性也。'窈窕淑女，君子好逑……"

念了几句，林宛觉得不大对劲，又念起了"佛曰：'心动则物动，心静则物静。'佛曰：'人非草木，孰能无情。'……"

江延笑了笑，没再搭理她的神神道道。

林宛是在早读之后，从胡杭杭那里了解到事情的过程。

原来上周日，也就是昨天傍晚，他们四个人在学校篮球场打球，唐雨诗不知道从哪儿知道他们在那儿打球，带着她的小姐妹们买了水等在旁边。

散场的时候，唐雨诗拿了瓶水朝江延走过去，言辞之间都是在向他解释自己不是故意拿球砸林宛，希望他不要介意。

那会儿已经是傍晚将尽，天色暗沉沉的，周末的球场只开了一盏大灯，光线昏暗。

江延居高临下地站在唐雨诗面前，眼神淡漠："你拿球砸的是我？"

唐雨诗一愣，下意识摇头："……不是。"

"那你跟我道歉有意义吗？"江延垂着眼，从她身侧走过，拿起凳子上的外套，从口袋里摸出手机。

站在身后的唐雨诗犹豫几秒之后，转身走到江延身旁，声音带着哭腔："我真的不是故意的。"

女生委屈而娇滴滴的声音，让一般人听起来肯定心软得一塌糊涂，可江延不是一般人。他见过这样的女生比唐雨诗掉的眼泪还多。

江延把手机揣兜里，面无表情地看着唐雨诗："你不是故意的？"

他抬头嘲讽地笑了下："你不是故意的，难道那球是长了眼睛吗？球场那么多人，谁都不砸，偏偏砸到和你有恩怨的林宛？"

唐雨诗被他的语气吓哭了。

江延看她掉眼泪，有些不耐烦："别跟我哭，我同桌受了那么严重的伤都没哭，你哭什么？"

他弯腰拿起地上的书包："这事儿你跟我道歉没用。"

唐雨诗刚要开口，不知从哪儿飞过来一个篮球，正巧落在她脚边。

　　她一惊一乍，整个人顺势就要倒在江延身上。江延没反应过来，下意识就把人往旁边的衣服堆里一推。

　　唐雨诗的小姐妹只看到江延把人推倒了，直冲冲走了过来，硬气道："江延，你怎么能好意思真的打女生？"

　　周围打球的人挺多，有不少还是来看球的朋友。

　　就是这么一句话，一传十，十传百，大家传播的时候还顺便添油加醋一番，等到传到各个班级的时候已经是五花八门的说法了。

　　胡杭杭还颇感自豪："事情嘛就是这样。江延硬是没让那个唐诗雨碰到他一寸皮肤。"

　　林窕抿了下唇角："嗯……人家叫唐雨诗，不叫唐诗雨。"

　　一旁听了半天故事的宋远抬起头，满脸疑问："她不是叫宋词雨吗？"

　　林窕眼一闭，选择闭嘴。

　　上午第一节课，林窕听完故事后颇为感慨，趁着老余写板书的间隙，拿石膏碰了碰江延的胳膊，压低了声音凑过去："江延。"

　　"嗯？"

　　林窕犹豫许久也不知道怎么开口，半天才意识到没动静的江延，扭头看了她一眼："怎么？"

　　"就是……"林窕抬头看他，又垂下脑袋，小声道，"我一开始听她们说你打伤了唐雨诗，我其实是真的担心你。"

　　她停了下来，抿唇犹豫了一会儿，重新开口："不过还是谢谢你，要不然我中午请你吃饭吧。"

　　林窕离他很近，她身上有股果香味，很淡，闻起来有点像西瓜味，只有靠得很近的时候才能闻到。窗外的阳光洒进来，有风，风里还是熟悉的味道。

　　江延侧头看着她，一时没想起来说什么。

　　林窕又碰了碰他胳膊："你想什么呢，中午请你——"

　　后半句话还没说完，教室里突然响起了另一个声音："第一排后面两个，靠那么近说什么悄悄话呢？"

　　老余的声音一出，整个教室的人都扭过头，用看八卦的眼神看着他们两个。

　　林窕："……"

　　江延："……"

　　老余站在讲桌边上，手里还捏着半截粉笔："林窕，你说，你刚跟江延，你们俩说什么呢？"

　　林宛忍住在心里骂人的冲动，慢吞吞地站了起来，手指抠了下桌角，在心里做了个决定之后，抬头看着老余，清了清嗓子，声音朗朗："江延同学上课玩手机，我刚刚是在提醒他上课应该以学习为主，不要把这么宝贵的时间浪费了。"

　　江延一脸震惊和疑惑，心里那点旖旎的念头顿时消散得一干二净。

　　江延真觉得这日子过不下去了。他一个学校知名人物——十中无人不知无人不晓的学生，自从新学期换了同桌之后，三天两头写检讨，理由还不带重复的。

　　上次扰乱课堂秩序的三千字他还没写完，现在又加上上课玩手机的三千字，总共是六千字的检讨。

　　可他还不能不写，就老余那个念叨程度，他要是不准时把检讨交上去，很可能下一秒就要给他来一套爱的教育了。

　　江延觉得自己可真憋屈。

　　课间他哪儿也没去，就坐在位子上写检讨。

　　他那个罪魁祸首同桌，不知道是因为心虚还是因为非常心虚，一下课人就溜没影了。

　　胡杭杭、宋远和徐一川他们三个挤在后面排排坐，三颗脑袋齐刷刷地看着江延写检讨。

　　徐一川从后边挤了个脑袋过来，看着纸上江延龙飞凤舞的字迹，忍不住笑出了声："江延，咱有时间练练字成吗？就你这个字迹，谁能认得出来你写的是检讨书，不知道的还以为你在画什么符呢。"

　　江延正窝着一肚子火儿，徐一川算是撞枪口上了，偏偏这人还不自知，碎碎叨叨个不停："江延，字如其人啊，你可不能白瞎你这张脸，要是——唔昂唔唔唔……"

　　话还没说完，江延笔一扔，抬手一胳膊把人脑袋摁住了："徐一川我发现你最近是不是活腻歪了啊？"

　　徐一川没想到他动作这么突然，整个人都被他压着了，脑袋朝下，血倒流的感觉十分不好受。他立马求饶。

　　相当的没有底气。

　　江延气笑了，手松了点。

　　徐一川见空儿立马把脑袋缩了回来，抬手来回摸着自己脑袋："胖胖！胖胖！快看看我这张脸还俊不俊了，我可是靠它吃饭的啊。"

　　"不俊，哪儿都不俊。"胡杭杭一巴掌呼在他脸上，"徐一川你可真是不要脸，你要是能靠着你那张脸吃饭，我都能靠着我这一身肉横行霸道了。"

"我怎么就不能靠着我这张脸吃饭了？"徐一川撸起袖子说。

"你哪儿都不能。"胡杭杭跟着站起来。

宋远在一旁看好戏，从桌上随便拿了两张纸放在地上："来来来，押注了啊。押胡杭杭赢，放右边；押徐一川赢，放左边。"

话虽是这么说，班里偷偷看热闹的人却是一个都没敢动。

他们三个虽然不及江延名声那么震慑人，但到底是和江延一起玩的。

就在众人都在观望的时候，班里一心只读电子书的杜闻博从教室后门走了进来，目光扫过众人，突然丢了枚硬币在左边的纸上。

他这一动作，班里像是被打开了什么开关一样，一开始还在围观的众人，纷纷挤上前。

"我押胡杭杭！"

"我押徐一川！"

"我两个都押……可以吗？"

林宛就是在这时候回的教室。她从前门过来，江延背对着她，抱着臂靠在桌上看好戏。后边闹成一团，男生女生都挤在一起。

吵闹的教室，阳光满溢，少年的肩臂挺直而瘦削，时而低头，似乎是在笑，整个人一颤一颤的。恰好在他低头的瞬间，窗外的风吹进来，林宛看到他一头细软的黑发被风吹得翘起来一点。

她心里突然冒出来个词——温柔。

江延觉得胡杭杭可真是个宝藏男孩，耍起宝来没人比得上他。这会儿胡杭杭正没有任何偶像包袱地趴在徐一川背上，两条腿紧紧地缠着徐一川，手勾着他脖子，嘴里还不停喊着："谁是你大爷？你胖爷就是你大爷！胖爷今天教你做人。

"胖爷一出手，就知有没有！"

江延垂下头止不住笑，余光忽然瞥见自己那个小没良心的同桌，正小心翼翼地朝他这边挪过来。

他抬起头的瞬间，立马收起笑容，面无表情地看着她鬼鬼祟祟的小动作。

林宛一顿，停在原地，露出个讨好的笑容："江同学。"

江延没作声，一边看着胡杭杭和徐一川的"战况"，一边在心里想着，我今天倒是要看看你能说出什么鬼话来。

"我觉得我得跟你道个歉。"林宛走到他旁边，低垂着脑袋，认错的姿态倒是摆得挺正。

另一边，徐一川正把胡杭杭的脑袋夹在胳膊底下，胡杭杭肉乎乎的脸被压得变了形。江延差点没忍住笑出来，看到林宛，又清了清嗓子，正色道："别，我可受不起。"

　　"您受得起！您可是万人景仰的人物！这学校没人能比您有资格受得起我这道歉了。"林宛闭着眼说瞎话。

　　不就是道歉吗！不就是吹嘘吗！不就是认错吗！她林宛可以！

　　江延其实也没怎么生气，就是觉得……觉得他一时半会儿也讲不出什么来，索性作罢，无奈地叹声气，状似勉为其难："我其实还挺生气的，但考虑到我们俩接下来的两年同桌生活，我接受你的道歉。"

　　"两年！我们竟然还要同桌两年？！"林宛一时没忍住，叫了起来。

　　江延真觉着自己和这位同学同桌之后，脾气比以前好了很多，要是搁以前，她现在可能已经瘫痪了。

　　林宛说完也觉得有点尴尬，和江延同桌两年，她会不会秃头啊……会不会英年早逝啊……

　　林宛一时天马行空想得远了，下意识脱口而出："你会早恋吗？"

　　"嗯？"江延觉得早恋这个问题可真就太严重了，秉着不带坏小朋友的原则，他义正词严地说道，"早恋？这辈子都不可能的。我，一个优秀的社会主义接班人，你觉得我会早恋吗？"

　　林宛想不通自己为什么要和他聊这么无聊的话题，索性闭嘴什么也不再说。

　　他们的话题随着徐一川和胡杭杭的"战争"结束后，一同终结，两人"重修于好"，而宋远也在一旁看了一场好戏。

　　"中午你请客。"胡杭杭自顾自地做了决定后，传了张字条给林宛——

　　　　林宛，中午出去吃饭，宋远请客，你想吃什么随便点，顺便问问江延。

　　林宛右手石膏还没拆，不方便写字，就把字条塞给江延了，结果这人看到最后一句话，气炸了，"唰唰唰"地在上面写了一句话传了回去。

　　胡杭杭小心翼翼地拆开——

　　　　胡杭杭，我是顺便吗？你胆肥了？

　　胡杭杭一阵心塞，他真的好累，勤俭持家还得哄孩子。

　　他抬笔开始写，然后折好传给林宛。

林宛拆开——原先那句话被他用黑笔给画了，底下重新写了一句话——

　　江延！今天宋远请客，请问您想吃点什么？

她看完笑了，又把字条塞给江延。
江延拆开，扫了一眼，提笔写了一句话后又传给胡杭杭——

　　问我同桌吧。

胡杭杭简直想掀桌暴走。
英语老师注意到这边的小动作，轻咳了声："后边的同学注意点，上课不要交头接耳。"
林宛正乐着呢，听到老师的话，立马噤了声，低头看着书上不知道讲到哪里的课文，耳边是隔壁班琅琅的读书声和老师字正腔圆的英伦腔。
她侧头看窗外，江延正好扭头看过来。两人的视线不偏不倚地撞在一起，皆是一愣。
停了几秒，江延目光落在她胳膊上，动了动唇："你胳膊这石膏什么时候能拆？"
"这个啊，估计也就这半个月的事吧。"林宛胳膊摔得不算特别严重，轻微骨折。
"你怎么摔的？"江延又问。
"学车。"林宛这会儿没有当初那么抗拒了，实话实说，"我暑假学骑自行车，摔的。"
江延愣了一秒，然后开始笑，是那种露出牙齿的笑容。看得出来，他是真的很想笑。
林宛拿石膏砸他胳膊："江同学，你再这样笑下去，我们可就真的要恩断义绝了。"
"啊……"他声音低低的，又有些沉，笑容还是没忍住，"你不是学霸吗？怎么连自行车都不会骑？"
林宛这下才听明白，他笑不是觉得这件事好笑，而是在嘲笑她。林宛一时忍不住，左手伸过去想掐他，无奈左手试了几次都没够着，她又不好低头看，手在底下瞎抓着，偷偷摸摸的，姿势相当别扭。
江延没注意到她的动作，人还趴在桌上笑。
下一秒，他大腿上突然一热。他低头，看到一只手覆在自己腿上。

他今天正好穿了条破洞的牛仔裤，林宛的手不偏不倚正巧盖在破洞处，手心和他的腿毫无障碍地挨在一起。

林宛的手指白皙细长，指甲剪得圆润干净，每个指甲盖上都有一个白色的类似于月牙状的东西，手背有青色的筋络，手心温热柔软。

江延低头看了几秒，然后他不动声色地抬起头，一本正经地看着林宛："怎么着，耍流氓啊？"

林宛是真的没想到，她就这么随便一抓，就把自己抓成"耍流氓"了。

手心里细腻的触感清晰明了，她抬眸对上江延戏谑的目光，一时间不知道该说什么、做什么，甚至连手都忘记拿回来，整个人依然保持着别扭的姿势。

气氛一时间沉默又尴尬。

直到手心里的温度越来越烫人，林宛才终于意识到不对劲，小心翼翼地把手缩了回来，有些不自在地摸了摸耳朵，压低了声音哆嗦道："对……对不起，我不是故意的，我就想随便掐你一下的……"

谁知道她这一随便，这么不随便。

江延看着她害羞还故作镇定的模样，一时兴起，不紧不慢地说着话："你故不故意我不在意，但是我长这么大，还从来没有被人掐过腿——"

林宛猛地抬起头看着他。

江延胳膊抵在桌上，支着脑袋，歪着头看她，接着刚刚断开的话："所以你得对我负责。"

"嗯？"林宛心想，这人怕不是脑袋被驴踢了。

"我一个清清白白的小伙子，被你以非常不人道的方式给侮辱了，我一时有点接受不了。"江延又补了一句。

听到他说的话，林宛真觉得自己这十几年白活了。她长这么大，就没见过像他这么无赖的人。

"我觉得你不应该叫江延。"

这节课已经是最后一节课，还有五六分钟下课，英语老师已经停止了讲课，坐在讲台上看手机，没怎么管底下的学生。

林宛屏息看着江延，一字一句道："你应该叫江骚骚，特别骚气的那个骚。"

江延就那么支着脑袋看着她，似乎是昨晚没睡好，眼尾还有点红，窗外的阳光洒进来，光影浮动。

他盯着林宛看了五秒，突然"扑哧"一声笑了出来："改名是大事，我得问了家里人才能改。

"况且，现在这个不是重点，重点是你掐了我，你得对我负责。"

林宛想爆发，但下一秒还是忍住了："我什么时候掐你了，我那是不小心碰了一下，谁知道你还穿破洞裤。"

江延胳膊一松，低头看了眼自己的破洞牛仔裤："我穿破洞裤怎么了？"

林宛不多做解释，嘴里就两个字："骚气。"看起来硬气得不得了。

"行。"江延也不强求她给个解释，抓起桌上的手机，拇指摁解锁键解了锁。他低着头，左右手同时动作，手指飞快地点着键盘。

不到半分钟，在林宛还没回过神的时候，他拿着手机，把光线充沛的屏幕对着林宛，林宛顺势看了过去。

江延的手机是市面上的新款，屏幕超大超高清，这会儿上面正挂着高二（18）班班群的聊天框，底下输入栏躺着一句话——

　　我，江延，长这么大以来，头一回上课被我同桌掐了，实在是生平最大之耻辱。

林宛也不知道为什么明明是一件非常意外的事情，被他这么一讲出来，就变得特别难为情。

"江同学，我觉得你需要冷静和理智一点。"要不是怕他手抖不小心发出去了，林宛这会儿怕是已经开始上手去抢手机了，但是这会儿她不敢。

面子这个东西，他不要，但她还是要的。

上课掐同桌的腿？这要是传出去，她还能在十中混下去吗？就江延在学校的这个影响，她可能连十中，哦不，连（18）班的门都走不出去。

见江延不说话，林宛又试探地问一句："要不然，我们商量一下，怎么对你负责？"

江延抬手揉了揉额角，感觉自己身份地位一下就上去了，点点头："行。你说怎么负责？"

林宛皱眉想了会儿，实在是想不到该怎么对江延负责，况且，她真的就是不小心碰到了而已啊，这人怎么就这么会得寸进尺呢？！

看着林宛一脸苦大仇深的模样，江延也不骗她玩了，刚准备说话，正好下课铃响。英语老师拿了课本说了声"下课"就走了。

教室一时间闹哄哄的，大家三三两两地结伴出去吃饭。

江延捏着手机刚准备把输入栏的那句话删除，徐一川突然从教室后面冲了过来，嗓门极大："走！出去吃饭啊！"

他被吓到，手一抖，把消息发了出去。周围都是人，江延偷偷看了眼小同桌，趁她没注意，不动声色地撇开眼，手指长摁着那条消息，然后，他悄悄撤回了。

班群还是很安静的，似乎没有人注意到在这个饭点儿，他们班从来不水群的学霸江延发了一条八卦中的战斗卦。

江延安全撤回消息之后，平静地收起手机，拍拍林窕的肩膀，语气有些不易察觉的心虚："走，去吃饭。"

林窕还记挂着对他负责这件事："我吃不下，我不吃了，我想不到如何对您老负责了。"

"啊……这个啊。"江延状似为难地思考了会儿，"那就替我写一个星期的作业吧。"

"就这么简单？"林窕有些难以置信，就这么点要求，他至于闹成这样吗？

"就这么简单。"江延拿手机轻轻地敲了下她的脑瓜，"要不然你还想怎么着，跟我早个恋？

"那不可能的，我说过的，我是绝对不会早恋的。"

五个人在校外溜达了一圈，最后还是去了陈家小馆。等上餐的间隙林窕去了洗手间，江延坐在一旁看手机。

胡杭杭等林窕一出去，就起身堵在门口，徐一川和宋远一人提了把椅子坐在江延左右两边。

江延慢半拍似的抬起头："搞什么？"

徐一川反坐在椅子上，胳膊搭着椅背往前倾，椅子后脚抬起，看了眼宋远："宋远，把你看到的说出来。"

宋远点头，摸出手机，一板一眼地读了出来："我，江延，长这么大以来，头一回——哎哟！"

宋远眼前倏地闪过一道手影，接着手里一空，下一秒，手机已经被江延拿在手里。

江延看了眼，不是群消息，只是张截图，心里松了口气。

他刚刚以为自己之前把删除当撤回用了，想到这儿，他也没继续往下想，垂着眼帘，骨节分明的手指在屏幕上点了几下删除了图片。然后，江延抬起头看着这屋里满脸八卦的三个人，轻描淡写地说了句："你们今天什么都没看到。"

"不可能。"徐一川第一个不同意，这可是个螺旋爆炸大新闻，要是传出去，整个十中都得炸，"你今天不跟我们说清楚，我们是不会罢休的。"

宋远是他们三个中最不怕江延的，这会儿，他抬脚踢了踢江延的小腿："你上课和同桌搞什么呢？我眼都看瞎了。"

他和胡杭杭就在江延他俩后面，距离近到只要一抬头就能看到他俩在干吗。

上课那会儿，宋远是眼睁睁地看着林宛掐江延的腿，那动作，那手势，太熟练了。

"咱都还没成年呢，你好歹上课也注意下啊。"徐一川往后一倒，椅腿挨着地，"就你今天那条消息，要是没来得及撤回，你和林宛现在就是我们十中的头条，标题就叫《冷面学霸和娇软小同桌不为人知的课上小情趣》！"

江延皱眉："胡说什么？"

胡杭杭往外看了眼，见走廊上没有林宛的踪影，也凑了过来："江延，你跟我们说实话，你对林宛是不是有什么想法？"

江延靠着椅背，长腿往前伸直，另一条腿略微弯曲地踩着地，对于胡杭杭的话，他认真地在脑海里想了一遍。

其实他也说不来。他知道在高一上学期的一次年级月考后，他的排名被林宛压了一头，那会儿的班主任把他叫去办公室问了些情况。

当时林宛也在办公室，只不过他情况不太一样，正低着头在听训。从江延的角度刚好能看到她低头惬笑的样子，他当时觉得好玩，多看了两眼，被班主任敲桌子提醒了才回过神："看什么呢？那小姑娘你知道吗？就是这次考试排你前边的那个。"

听到这儿，江延又多看了一眼，小姑娘还搁那儿笑呢，也不知道在笑什么。

之后很长一段时间，江延在年级榜上都会格外关注这个名字，只不过她的成绩实在太不稳定，起伏得比较厉害。

在小卖部遇见她那次，江延看到她撑天撑地撑空气的模样，只觉得她还真是有点好玩，后来在考场碰见，完全是意料之外的事情。

那时候，考试结束，他看到这个女生走在自己前面，一不小心没站稳，往后面倒。

他下意识伸手扶，碰瓷的那句话也是脱口而出。

估计是当时人多，她没有发挥自己撑天撑地撑空气的实力，直接就走了。等到了校外的餐馆时，江延才真觉得自己和这姑娘缘分不浅。

再到高二新学期分班，两人先是分到一个班级，接着又出乎意料地成了同桌。

两人成天互相撑天撑地撑空气，日子过得好不热闹。为此，江延还纳闷过，他俩是不是上辈子有什么没解的因缘？

他和林宛认识的时间不算长，要是说喜欢，他也说不准。他长这么大，有着不同于寻常人的成长环境。

这些对正常人来说很平常的事情，对他来说实在是太遥远了。

江延从回忆中抽离，视线恍惚，接着又盯着桌面上铺着的一次性餐桌布，不知是想到了什么，声音有些飘离："没有。"

徐一川他们三个对于江延的回答，可以说是一个字甚至是连个标点符号都不会相信。

无奈的是，江延嘴严实得很，无论他们怎么利诱，他硬是没再多说半个字，至于威逼，他们也不敢。

后来，话题终止于林宛推门进来。

她一进包厢，胡杭杭他们三个人跟触碰了什么开关一样，齐刷刷地站起来，扶着椅子不知所措。

三个人在桌边绕了一圈，最后还是江延抬脚踢了下胡杭杭肉乎乎的屁股，手机扣在桌上："吃个饭，你们仨还想着作个法呢？"

徐一川脑袋最灵光，先反应过来，端端正正地坐下，双手合十，嘴里念叨着："鱼兄、鸡兄，今儿对不起了，哥们儿为了生活不得已，你到了那边好好投胎，下辈子做个人吧。"

站旁边看戏的林宛笑了。江延也气笑了，顺手拿起桌上包装完好的筷子朝徐一川丢了过去："你一天到晚神神道道的，别吓着我同桌。"

徐一川反应相当快，以一个非常优美的姿势伸手接住了江延丢过来的东西，顺手放回桌上，回头看着林宛，露出笑容："林宛，过来坐啊。"

林宛没敢过去，在一旁随便找了个空位坐下。

除去吃饭中途服务员把宋远点的鲫鱼豆腐汤端上来的时候，徐一川又双手合十说了同样的话，然后被江延直接以暴力方式拖出了包厢之外，林宛这顿饭吃得还算挺平静的。

不过她发现，每次和他们在外面吃饭几乎都得花上一个午休的时间，甚至有时候回去的时候下午第一节上课铃已经响了，他们才刚走到校门口。

譬如现在，五个人刚从陈家小馆晃晃悠悠走出去，就听见对面十中大门口教导主任震耳欲聋的嗓音："是学校食堂不好吃，还是打菜阿姨不能满足你们？大中午的天天往外跑。"

这话听着怎么这么怪呢。十中的正门口已经站了一排不知道是因为什么理由迟到的学生。

江延犹豫了一下，在"走过去挨骂写检讨"和"翻墙很可能被发现再挨骂写检讨"之间选择了后者。

他抬手拍了拍林宛的脑袋瓜："走，带你翻墙去。"

翻墙？

林宛还在发愣，人已经被推着往旁边的小道上走过去了。

十中的校门一共有三个，西、南、北各一个，北边是正大门，正对着热闹喧嚷的小吃街。

南边是后门，一般都是职工车道，平时放学时候人流量比较大，学校就规定后门那条道只走车不走人。

西边这个要说起来的话，其实是十中最开始的大门，后来城区建设，这里成天轰鸣声不断，灰尘漫天飞。学校考虑到学生的安全问题，就把校门迁走了。时间长了，这里的大门就给拆了用砖头封了起来。

这会儿，林宛站在墙根下，抬头看着有自己一个半人高的围墙，头顶的阳光刺眼夺目。

她看了会儿就挪开了视线。要说翻墙，林宛不是第一次，读初中的时候，她有一段时间的叛逆期，成天也不干别的事，就想着翻墙出去抓娃娃。

她和孟昕就是那时候认识的。孟昕跟她一样，叛逆期，上课睡觉被老师丢了出来。孟昕就索性直接翘了课，在外面玩完游戏机才回来。

两小姑娘在墙头上碰了个头，随便聊了几句，竟然一拍即合。

此后的半学期天天约着一块儿翻墙出去玩，孟昕去网吧玩游戏的时候，林宛就在边上看电视；林宛去电玩城抓娃娃，孟昕就在旁边和小孩子打电玩。

日子过得好不热闹，要不是后来被主任抓到了……

林宛想到那段时间受到的非人折磨，还是忍不住打了个哆嗦，没再继续想下去。

她发愣的这会儿工夫，徐一川他们三个已经翻过去，隔着一道墙，声音也不敢放大："没人，快点过来吧，我们先回教室给你俩打个掩护。"

说完就听见一阵脚步声渐渐远去，直到听不见。

林宛看了眼站在旁边的江延："要不然你先过去吧，我这胳膊也翻不过去啊。"

"我长得就这么像没义气的人？"江延轻啧了一声，"说的好像你胳膊没石膏，你就能翻过去一样。"

林宛没有反驳。

江延抬头看了下高度，又打量似的看了眼林宛，随即动手脱了身上的校服外套丢上去，正好搭在墙上。

他里面只穿了件白 T 恤，上面干干净净的什么图案都没有。

然后，林宛看着他走到墙角处，半蹲了下去，脑袋低垂着，露出脖颈的线条和一节凸起的脊骨，声音灌了风："过来。"

"啊？"林宛愣在原地没有动。

阳光静谧的午后，刷白的墙角下，少年的笑容里带着清风般的清脆："过来踩着我肩膀爬上去，不然你还真想回去写检讨？"

林宛想起来之前还没来得及写的三千字检讨，心里那点犹豫顿时消失殆尽，快步走过去，看着他干净的 T 恤，一时半会儿没下得去脚。

　　"要不然我垫个衣服在上边？"林宛不明白这人刚刚为什么要把校服外套给脱了，这么白的 T 恤踩上去不知脏成什么样。

　　江延蹲在地上没动，垂着头，视线看着地上爬动的蚂蚁，低笑了声："看不出来你这么讲究啊，踩个肩膀还得垫件衣服，那你走路怎么不边走边垫红毯呢？"

　　"滚。"

　　林宛一边想着不是我的衣服踩上去不关我的事，一边单手扶墙，踩上了江延的肩膀。

　　"手扶着点墙。"江延抬手隔着裤子握住她的脚踝。

　　小姑娘比想象中还要瘦些，他一手环过她的脚踝，中指和大拇指竟然碰到了一起。

　　看着平时也挺能吃的，不知道肉都长到哪里去了，江延乱七八糟地想了一堆，直到头顶传来林宛的声音："我能够着了。"

　　"哦。"江延应着，手指又合拢了些，没再继续想下去。

　　林宛坐上去的时候，才知道江延刚刚脱了校服放在墙上，就是为了给她上来的时候垫一下。

　　围墙大概两米多高，她一回头，就看到江延往后稍退了点，以一个小幅度的冲刺，踩着边上的乱石碎砖，一跃上了墙头。

　　她坐在墙头上，故作惊讶地拍了两下手："好功夫。"

　　江延笑了下，没在上面多停留，轻轻一跳，人就站在底下了。他仰头看着林宛："能下来吗？"

　　"当然能。"林宛低头看了眼脚下，这片地方似乎是被人踩得多了，青绿色的野草都被踩得乱七八糟，露出底下松软的土壤。

　　她头低着，小心翼翼地往前挪了点。

　　江延在一旁看着她摸摸索索的动作，无奈地叹了口气，向前跨了一步，张开手臂："算了，还是我抱——"

　　话还未说完，一道人影从上边砸了下来，他张开双手接住。

　　这么近的距离里，她闻到一点淡淡的香味，像是橙花里又掺了点雪松木质香，很明朗干净的味道。

　　林宛以为他会收回手，所以很快站稳了，转过脸的时候，嘴里还说着话："我没打石膏的话真的能翻过——"

　　那个"来"字因为唇瓣上一闪而逝的触感没能及时说出口。

林宛愣住了。

她刚刚是碰到了江延的耳朵吗？

江延的大脑有那么几秒是处在宕机状态的。

林宛温热的气息就在耳侧萦绕，似乎有些紧张和无措，频率很快，一下一下，发出一点很细微的动静。

等她飞快地跳开之后，江延动了动有些僵硬的手指，忍住伸手去摸耳朵的念头，平息了下略微有些急促的呼吸，看着她躲闪的目光，故意打趣道："怎么着，耍流氓还要上瘾了啊？"

闻言，林宛的脸就如同变戏法一般，瞬间从耳朵一直红到脖子，大脑一片空白。

她刚刚真的就是再一次不小心碰到了啊！

她都说了自己可以蹦下来，谁知道江延会突然走上前，还正好就接住了。想到这儿，林宛脑袋里那一点不好意思瞬间就没了，转而有些理直气壮道："谁耍流氓了？明明是你先走过来的。我可没有让你在底下接住我的啊，我说了我可以的。"

林宛越说越觉得自己占理，不由自主地挺直腰杆："你不信任我！你还占我便宜！"

江延活了十几年，还是头一回见到有人在他面前把死的说成活的，黑的说成白的。

他眯了眯眼，语气有点冷："你还挺有理的啊？"

"一点点理吧。"林宛语气真诚，一点也不谦虚。

江延伸手摸了下耳朵，气笑了："你信不信我让你感受一下什么是真的占便宜？"

林宛怂了。

等他俩走到教室的时候，这堂课时间已经过了一半，语文老师正好不在教室，林宛猫着腰从后门进了教室。

她刚在位子上坐下，就看到江延大摇大摆地从教室前门晃了进来。

迟到是一件这么光荣的事情吗？

不过好在等到两人都在座位坐好之后，老师也还没回教室。胡杭杭在后面小声叫着林宛："你们俩怎么这么慢，不会是被老师抓住了吧？"

"没有。"林宛抓了抓头发，"就……我胳膊不太方便，磨蹭了会儿。"

江延在一旁玩着手机，听到这话抬起头看了她一眼，没说话。

"哦。"胡杭杭没想继续了解下去，"老师刚问你们俩去哪儿了。"

"啊，那你怎么说的？"林宛可还记得上次她和江延在医务室睡过头后，宋远的请假理由是他俩打架。

"我说你俩去厕所了。"

这可真是太优秀了。

林宛张了张嘴，还没想到该说些什么，语文老师走了进来。她把脑袋转了回来，看了眼从一进教室就开始玩手机的江延。

"老师来了。"

语文老师叫木辉，是整个高二语文组里最年轻也是长得最帅的一位老师。

据说"最帅"是他自己传出去的，毕竟整个语文组里只有他一个还不到三十岁的老师。

江延听到林宛的话，关了手机放在桌肚里，而这位木老师则从一进教室就不动声色地往这边看了好几眼。

林宛估摸着木老师心里正憋着坏呢。

果不其然，他刚把粉笔放到讲台上，下一秒就开口道："刚刚留给你们的问题大家都想好了吗？"

班里稀稀拉拉有几声回应。

木辉点点头，手撑着讲台，点了个名字："那林宛，你站起来回答一下这个问题吧。"

林宛蒙了，她怎么知道什么问题。

木辉沉默了会儿，又开口："不知道啊，那就同桌站起来回答。"

林宛侧头看了眼江延，一眼就看到他桌上摊开的一张字条，上面写着几个字——

木辉让我们回答你最羡慕的人是谁。

江延顶着林宛"你知道问题竟然不告诉我还说自己有义气"的眼神，慢吞吞地站了起来。

班里有不少人都扭头看着这一对从开学到现在一直状况百出的倒霉同桌。

林宛低着头，手指无意识地抠着桌沿。

教室里一片安静。

然后林宛就听到旁边，她优秀的同桌，不紧不慢地回答道："我最羡慕的人是我同桌。"

林宛一脸不可置信地转头看着他。

木辉原以为他也不知道问题，会随便胡说个什么出来，没想到他还回答出来了，答案更是出乎意料。

他顺着问了句："你羡慕你同桌什么呢？"

江延站得不是特别正，语调倒是一本正经："羡慕她有我这个同桌。"

木辉："……"

林宛："……"

全班："……"

一片安静中，不知道是谁先带头笑了出来，紧接着整个教室都是"哈哈哈"的笑声，停都停不下来。

林宛扭头和江延的视线对上，难以置信道："你优秀得让我无地自容。"

"过奖。"

他抬手摸了下耳朵，感觉到那儿正微微发烫。

因为江延不同寻常的回答，木辉对两人迟到这事儿也就没怎么计较，随便点评了几句就作罢了。

剩下的十几分钟很快就结束。下课铃声刚响，徐一川就从教室另一端冒出声："江延，你这个回答真可谓是前无古人后无来者，绝对是集天下之绝秀。"

江延懒得搭理他，没吱声，从桌肚摸出手机，随便点开一集电视剧就开始看了起来，看了还没一分钟，他突然扭头看着林宛："林同学。"

林宛正在和孟昕吐槽这件事，听到声音，抬起头："嗯？"

"我其实还是挺有义气的。"

"……你觉得我信吗？"

"不信也没关系，那你愿意做个有义气的人吗？"

林宛的表情有点不太耐烦："你有什么话就直说，别跟我在这里叽叽歪歪的。"

江延笑了下，伸手在桌肚里摸了摸，然后摸出一张纸递给林宛："帮我交到老余办公室。"

林宛接过来看了眼，一脸惊悚："你这写的是什么？你该不会是从哪个道观学的什么画个符就能控制人的技能吧？"

"……"

"老余确实是啰唆了点，但你这样也不太合适吧，还让我去送，你这是要我背上个谋害师长的罪名吗？"

"……"

"你也太不仁不义了吧。"林宛补了句。

江延气笑了："我发现，我还真说不过你。"

两人胡扯的间隙，徐一川过来，看了眼林宛拿在手里的检讨书："看不出来啊，林宛你竟然还会画符。"

林宛看了眼江延黑下去的脸，忍不住笑了，好心地提醒徐一川："这是江延的检讨书。"

"呵呵呵……"徐一川僵硬地挥了挥手，迅速逃离了这里。他不知道自己是不是中午吃多了，把脑袋给堵住了。

上午才因为嘲笑江延的字的事情挨了一顿捶，下午就重蹈覆辙，他怎么就这么不长记性。

林宛看着徐一川跟躲什么一样跑远了，笑容明晃晃的，只是看到手里的检讨书时，又皱了下眉毛。

她回过头，看着江延："不过，你这个字也太丑了吧。"

林宛小时候就因为字写得不够漂亮，被林母送去学了一年多的书法，哪怕按着她没学书法之前的字来比，也能甩他个几条街。

江延自己倒是没怎么在意："能认得出来就行了。"

"关键是，"林宛把手里的检讨书放到他眼前，"你这个除了上边检讨书三个字，其他的恕我学识浅薄，实在是不知道你写的是什么。"

"这么夸张。"江延懒洋洋地伸出两根手指，把检讨书夹了起来，"这不是挺好认的吗？"

他靠着墙，姿态慵懒地刚读了几个字，就停了下来——这写的是个啥？

林宛扭开头，忍着不看他一脸的尴尬，肩膀一抖一抖地笑个不停。过了会儿，她平息了下，等看到他的脸，还是忍不住笑："我已经想好了，你今年的生日礼物，一套字帖。"

闻言，江延挂在唇边的笑倏地一僵，神情暗了下去。

林宛没注意，笑声问道："你什么时候过生日啊？到时候我直接买了寄到你家去。"

江延没吭声。

林宛抬起头。他却忽然扭头看着窗外，侧脸的弧度明朗流畅，声音无波无澜，不带任何感情："我不过生日。"

江延话一说出口，林宛就愣住了，笑声像是突然被掐断了，有些蒙地看着他。

她动了动唇，似乎想说些什么，可最后一个字都没说出来。

江延显然也不想在这个问题上解释什么，说完这句话后，就没再开口，等到上课铃声响后，他就直接趴在桌上睡觉，什么也没说。

林宛盯着他头顶的发旋看了几秒，直到生物老师走进教室，她才无奈地叹口气，收回了视线。

教室里，老师讲课的声音不大不小，却一直持续着。

江延没睡着，脑袋枕在胳膊上，看着窗外碧蓝的天空，一时间思绪有些恍惚。

他最后一次过生日，是七岁那年。

那一天的天空如同今天一般碧蓝如洗，广袤无垠，没有一片云朵，晴空万里。

父亲方海一早就下了班，特意亲自开车去学校接他。

回去的路上，江延吵着要买最新出来的变形金刚机甲，方海没有同意，他闹了一路，委屈地撇着嘴。直到车开到小区楼下，江延意识到方海是真的不同意给他买变形金刚，一向有求必应的小霸王终于忍不住哭了出来。

方海却在这时候笑着将他从副驾驶座上抱了下来，带着胡楂儿的下巴在他脸上蹭了蹭："小哭包，你要的变形金刚爸爸早就给你买好了。"

小江延抽噎着："……真的吗？"

"爸爸什么时候骗过你！"方海一手抱着他，一手打开后备厢，将里面的变形金刚拿了出来。

小江延开心地拍着手，一路上抱着东西不撒手。

到家之后，方海亲自下厨，很快就准备好了一桌菜，可是江母却一直到晚上都没回来。

江延坐在沙发上，看着方海打了一遍又一遍的电话，直到对方提示已关机才停下来。

方海看着他笑了笑："我们先吃吧，可不能耽误我们延延的生日了。"

那个时候的江延，并没有看出父亲笑容里藏着的苦涩和悲伤。

他在方海的陪伴下，度过了一个快乐的生日。

直到晚上十一点，已经在睡梦中的江延被母亲于风烟叫醒。他揉揉眼，看到母亲坐在床边，父亲方海却不知在何处。

"妈妈……"小江延还没有意识到什么。

于风烟摸了摸他的脑袋，温柔地笑了笑："快起床，妈妈带你去个好玩的地方。"

"爸爸呢？"小江延穿好衣服，没有在家里看到方海的身影，小声地问了句。

"爸爸出门去了。"于风烟将儿子抱起来，拿上自己的包，毫不留恋地走出了这个生活了七年的家。

等走到小区楼下，小江延想起什么："妈妈，我的书包没有拿，还有爸爸送我的变形金刚也没有拿。"

于风烟停下脚步，将他放在地上，自己跟着蹲下来，语气认真："宝宝，方海他不是你爸爸，妈妈现在带你去见你真的爸爸，那些东西等到了真的爸爸那里，妈妈都会给你买的。"

小江延虽然小，可也是能听懂话的年纪。他很快红了眼，推开于风烟："我不要，我只要我自己的爸爸，我不要别的爸爸……"

于风烟没有再多说什么，抱起他就往小区门口走。小江延奋力挣扎，却无济于事。

他不知道妈妈为什么说这个爸爸不是自己的爸爸，可他却明白，他今天走了，以后就再也见不到爸爸了。

他拼命挣扎，于风烟始终无动于衷，直到走到小区门口，他被锁在车里，看到爸爸从小区里追出来，手里提着他的变形金刚。

他放声大哭，试图引起方海的注意。

于风烟没有让他下车，自己下车走过去，和方海站在远处说话，没多会儿，就拿着江延的变形金刚回到车上。

"开车吧。"

车子启动，江延发了疯似的要下车，小手紧扒着车窗，眼泪模糊了视线，可依然能看到站在不远处的那道身影。

"爸爸……"

江延被这样带走了，去了一个新城市，有了一个新的家庭，还有了一个新的爸爸。

他再也没有见过方海，也没有再回过那座城市。

江延讨厌新城市，讨厌新家庭，也讨厌新爸爸，他从来不过生日。

他开始逃课厌学，和社会上的不良学生勾结，打架闹事，做一切于风烟认为不对的事情。

他就像是从天堂坠入地狱的堕天使，黑暗暴戾，消沉厌世。

于风烟拿他没有任何办法。

最终，改变这一切的还是方海。

江延初二那年，于风烟接到一通来自远方的电话。几分钟的通话时长，接完电话后的她，呆坐在沙发上，一直等到凌晨江延才回家。母子俩从几年前搬来这里之后，就再也没有好好说过几句话。

江延一如既往地装作没看到她，自顾自地走上楼。于风烟站起身，叫住了他："江延。"

他停下脚步，回头看着她。

于风烟看着江延一脸的疏离冷淡，心中一痛，明知道接下来要说的这件事对他来说，无异于晴天霹雳。

她还是硬着声说了出来："你爸爸他快不行了。"

江延讽笑了声："他不行了关我……"话还未说完，他忽然意识到于风烟口里的爸爸是哪个爸爸。

于风烟红着眼："那边的医院来了电话，说就是这两天的事情了，他想见见你，你回去一趟吧，好歹他也当了你七年的爸爸。"

江延看着她："那你呢，你不回去看看他吗？好歹他也当了你七年的丈夫。"

于风烟神色一僵："我就……不回去了。"

江延像是知道她会这么说，什么也没说，沉默着回了房间。

第二天一早，于风烟过来叫他时，却发现他早就离开了家。

江延托朋友买了最早一班的飞机票。

他浑浑噩噩过了这么些年，到底也是处了几个朋友。

飞机抵达溪城时，已经是早上九点多。初晨的雾气散去，时隔多年，江延再一次踏上这片土地。

他没有在机场多停留，按照于风烟给的地址，很快便赶到了方海所在的医院。

方海是胃癌晚期，于风烟走的那年查出来的，当时医生给的诊断是良性，后来不知怎么又突然转成了恶性晚期，一直到如今油尽灯枯的境地。

江延走进病房的时候，方海刚吃过药。这几年他消瘦得不成人形，眼窝深陷，没有一点当初俊秀朗逸的儒雅模样。

江延一直待在病房里，下午三点多的时候，方海醒了一次，但似乎意识还不怎么清醒，没几分钟又昏睡过去。

这一睡就睡到晚上九点。

醒来的时候，窗外夜色朦胧，方海一睁眼就看到了坐在旁边的江延。他还是像以前那样笑，声音有气无力："你来了。"

江延没说话，眼睛一直看着他。

方海也没在意，由着他看，自己撑着坐了起来："你妈说你现在不好好学习，学坏了。你还这么小，不能这样。"

江延像是听到什么好笑的话，轻笑了声，语带讽刺："你又不是我爸，你管我做什么！"

方海没有在意他话里的刺，依然淡淡地笑着："怎么现在脾气这么臭，一点也没有以前可爱了。"

江延垂着眼，扭头看着窗外，眼眶一点一点红起来："你要管我，你就要管我一辈子。"

方海没说话，只有一声无奈的叹息。

病房里沉默又安静，只有窗外孜孜不倦的蝉鸣声，夏日晚风，风里带着干燥的热意。

江延一天没吃东西，这会儿有些饿了，他起身准备去楼下买点东西，抬头看着方海："您要吃点什么吗？"

方海现在其实没有什么可以吃的，但他还是要了一份粥，顺便叮嘱一句："医院对面就是小吃街，你过马路注意安全。"

"嗯。"

江延出了门。半小时后，他提着东西从电梯口出来，看到几个医生飞快地冲进了那间熟悉的病房。

江延心里咯噔一下，攥紧了手里的东西，快步走到了病房门口，透过门上小小的玻璃，他看到医生围在病床边，似乎在说些什么。

他什么都听不见。隔着一扇门，却像隔出了两个世界。

十多分钟后，医生从里面出来，看到站在外边的少年，摘下了口罩："你是江延吗？"

少年点了点头。

医生叹了口气，语气沉重："你父亲在等你。"

很久之后，江延已经记不得自己是怎么走进那间病房的，只记得那天晚上很热很热，热到他眼泪都不受控制地流了下来。

方海的身体已经油尽灯枯，似乎就是一口气强撑着，见到江延之后，这口气就散了，人也就撑不住了。

江延走过去，跪在床边，终于伸手握住方海那瘦骨嶙峋的手，声音低哑："爸——"

方海睁开眼，已经没有多少精神，但脸上始终带着笑："我知道你怪我当初没有把你留下来，可我拿什么留下你……"

"江延，不要恨你妈妈，也不要记恨你爸爸。"方海抬手拍拍他的脑袋，"这一切都不怪他们，我也从来没有恨过他们。"

"我不怪……"江延声音哽咽，眼泪落在方海的手背上。

"江延，爸爸希望你做个好孩子，顶天立地，坦坦荡荡。"方海努力睁着眼，想要看看他。

"你要善良，要温柔，要爱这个世界，要爱所有爱你的人。"

方海走了。

他是个孤儿，葬礼是于风烟请人过来办的，来参加葬礼的人不多，只有他同办公室的几个老师。

江延自从方海走后就没有说过一句话，直到送方海去火葬的那天，他看着方海的遗体变成一方小小的盒子，被放进那个冰冷狭窄的地方。

　　他终于忍不住，跪在方海的墓碑前，一直哭，像七岁那年离开家，离开方海那次一样，哭到停不下来。

　　他没有爸爸了。

　　江延看着墓碑上方海淡然含笑的照片，想起他临终前意识模糊时，说过的一句话——

　　"她爱他，爱你，爱这世上所有美好的事物，唯独不爱我。这不怪她，一定是我不够好。"

　　这个男人年轻时爱过一个女人，这个女人不爱他，可他依然爱了一辈子。

　　江延觉得他是这个世上最好的人。

第四章

哄你

江延一连睡了两节课，第三节课结束的时候，宋远叫了林宛一声，问了句："江延怎么了？"

　　林宛皱了下眉，抬头看着宋远，压低了声音："我也不知道，就是下午的时候，我提了下他过生日，我要送他礼物的事情。"

　　宋远比胡杭杭他们要早认识江延好几年，对他身上发生的事情差不多都了解过，一听到林宛说这个，他就明白了。

　　他朝林宛笑了下："我知道了，他没事，就是心里不舒服了，过会儿就好了，跟你没关系的。"

　　林宛心想，我也知道他心里不舒服啊，可我想知道他为什么心里不舒服啊。

　　不过这到底也是别人的隐私，宋远这样子，一看就是知道实情却不愿意多说，她就没强求着要个回答。

　　只不过上课时，看到平时慵懒冷淡的江延跟小可怜一样趴在桌子上，林宛觉得她得做些什么。

　　最后一节是老余的课。他一进教室就看到趴在桌上的江延，原本想叫醒他，想了下又作罢。

　　林宛都想好老余点名的时候她该怎么解释了，结果人家压根儿没想叫醒江延，照常上自己的课，讲自己的题。

　　最后一节课过得飞快。老余前脚刚出门，林宛跟着后脚就出了教室，一连睡了三节课的江延在她走后没多久就爬起来了。

　　他揉揉脸，从桌肚里摸了个东西，起身往外走。

　　宋远跟了上来，勾着他的肩膀，声音松散："又想你爸了？"

　　江延一开始没睡着，后来是真睡着了，这会儿人刚醒，声音有些哑："怎么？"他回头看了眼，问："我同桌呢？"

　　"不知道，一下课就走了。"宋远想到刚才林宛一脸忧愁的模样，笑了声，"林宛还挺担心你的。"

"我同桌担心我怎么了，这说明我们关系铁。"江延被宋远勾着肩膀，两人一块走进男厕。

宋远忽然扭头看着窗外："江延，我们认识多久了？"

"好几年了吧，不记得了。"江延陷入回忆。

他和宋远认识算是意外。他当初刚被于风烟带到新城市，谁都不认识，整天就待在于风烟的那栋别墅，哪儿也不去。

后来有一次，他特别想回溪城找方海，偷了于风烟的钱包就往外跑，小小年纪哪里知道别墅区的面积有多大。

这一跑，就一直跑不到头，江延放弃了。回去的路上，他看到一个跟他差不多大的小孩趴在树上。

树下蹲着一条没有拴牵引绳的金毛，时不时地朝树上叫几声。

小孩嗷嗷哭，江延本来就难受，哭声、狗叫声混在一起，也才七岁的他不知道从哪儿冒出来的勇气，抄起旁边的木棍不管不顾地冲了过去。

他毫无章法地一顿乱挥，金毛估计是被吓到了，就跑了，小孩从树上下来，追着江延叫哥哥。

这小孩就是后来的宋远，被江延救了之后，天天跟在江延屁股后面转，一直转了两年。

宋远回到溪城上学，江延开始自我堕落，两人除了寒暑假，基本上等于断了联系。

宋远想到当初，笑了："你当时那个样子，吓得我以为那狗是不是跟你有什么仇呢。"

"可不就是有仇。"江延在水池旁洗了个手。

宋远站到他旁边，口袋里的手机振动了下，他甩甩手，摸出来看了眼，是林宛发来的消息："江延平时有没有什么喜欢吃的啊？"

他笑了声，看了眼旁边低头认认真真洗着手的某人，敲了几个字回过去："他喜欢吃屎。"

远在学校外面的林宛看到消息嘟囔着关了手机："一个比一个无语。"

林宛买完东西之后，又和孟昕去吃了个晚饭，等回到教室的时候已经不早了，大家都吃过饭回来，挤在教室玩得很疯。

班里的文艺委员周欣带着几个女生在出中秋节的板报，几个人在教室后面排排站。

林宛提着一袋子东西，进门的时候看了眼座位，没看到江延，视线在教室扫了一圈。

最后她在徐一川那边看到被几个男生围在中间的江延，他拿着手机，眉眼神情很淡，似乎在玩什么游戏，修长的手指飞快地点着屏幕。

男生们里里外外围着他站了两圈，靠里的一圈是胡杭杭他们几个，靠外的一圈是班里的男生。除了胡杭杭他们三个，其他人似乎都挺怕江延的，离他不敢太近，还给他面前留了个空儿，正对着教室后门这边。

林宛没叫他，提着东西刚在位子上坐下，就听见后边胡杭杭喊了声："哎哎哎哎哎，江延怎么不打了？马上都要闯关了啊。"

她一回头，江延已经走到跟前了。

"去哪儿了？"江延在位子上坐下。

"出去买了点东西。"林宛扭头看着他，"你什么时候醒的？"

"有一会儿了。"

林宛盯着他看了会儿，发现他已经恢复了以往的状态，先前那股又颓又丧的模样不见了。

她还有点小失望，买了一堆东西准备安慰他，现在都派不上用场了，随便问了句："你吃饭了吗？"

江延摇摇头："没。"

"那这些给你吃吧。"林宛把桌上的购物袋放到他桌上，手捏着底下的边，一提哗啦啦响，袋子里的东西都倒了出来，堆了满满一桌。

江延弯起唇角："你养猪呢。"

"没有啊。"林宛眨了下眼，"本来就是给你买的。"

他扬眉，没明白什么意思："嗯？什么？"

林宛抬手搓了搓眉毛："下午的时候我看你好像状态不太对。"她舔了下唇角，看着他的眼睛："我想买点东西……"

哄你来着。

她话没说完，江延大概明白了："想买点东西……安慰我？"

林宛觉得"哄"这个词说出来好像不太对劲，但她确实是这么个意思，就含糊地应道："啊……差不多吧，反正你现在也不需要了，就当晚餐吃了吧。"

江延看了眼摆了一桌子的小零食，果冻、薯片、话梅、五颜六色的糖果，他嘴里突然蹦了一个字出来："要。"

"什么？"林宛看着他说。

嘈杂吵闹的教室，少年低垂着眉眼，在暮色的晕染下，温柔而内敛。他忽然抬起头，看着她："安慰。"

林宛觉得这人可真的太厉害了，明明什么都没有做，就那么垂着眼，压着声，很随意地说了两个字出来，她就觉得自己那颗沉寂多年的少女心"怦怦怦"地跳了起来。

林宛眨眨眼，看着少年柔软的发顶，犹豫了三秒之后，缓慢地抬起手覆在上面轻轻地拍了两下。

手心的触感让林宛有一种不太真实的感觉，她没敢多停留，迅速收回手，软着声道："不过生日就不过生日。"

"不是还有什么儿童节、中秋节、端午节、国庆节、母亲节……"林宛顿了下，趴在桌上笑了，"母亲节好像不是特别适合你啊。"

教室里还是很吵，江延歪头看着林宛略有些尴尬的笑容，心里那点不舒服一点一点被熨平了。

他低着头，眉眼里皆是笑意："你就是这么哄人的？"

林宛趴在桌上，一只胳膊垫着脑袋，听到他说的话，下意识地反驳道："不是啊，我一般都是这么哄狗的。"

"……"

"我邻居家的金毛每次不吃饭，我都是这么哄它的。"林宛也没撒谎，她每次见到邻居家的金毛，都会先凑上去摸两下脑袋。

江延笑了，低头看着摆了一桌的零食，嘴唇动了动，喃喃道："我真是拿你一点办法都没有。"

放学铃声响。

漫长又煎熬的周一终于结束，同学们一窝蜂地拥出教室，没一会儿教室就空了一大半。

当天的值日生拿着扫帚和拖把在教室前后走来走去。

林宛收拾好东西，却发现江延还坐在位子上没动。她单手拎着没装什么东西的书包，看着他："胡杭杭他们都走了，你怎么还不走？"

晚自习的时候他又睡了一节课，这会儿声音还有些哑："等会儿走，你现在都怎么回去？"

"坐公交啊。"学校门口就有直达她家小区门口的公交车。

"哦。"江延笑了，有些恍然，"想起来了，你还不会骑车。"

"滚。"林宛懒得搭理他，拎起书包就走。

江延看着她怒气冲冲的背影，笑意含在眼里，过了没一会儿，教室里就空了。

最后一个离开的值日生吴往站在教室后边，等了半天，见江延还是没离开的动静，哆嗦着开了口："那……那个。"

江延听到动静，回头看着男生，难得开口："你找谁？教室除了我没别人了。"

男生紧紧捏着自己的书包带子："我不是，我们一个班的。"

江延"啊"了声，显然是没什么印象，淡声道："有什么事？"

吴往咽了咽口水，不哆嗦了："那个，最后一个离开教室的，要把教室的灯和门都关了。"

江延没说话。

吴往心都快跳出来了："我没事，我没关系，我可以等你走了之后再走，灯我来关，门我自己锁，你慢慢坐……我不着急。"

江延看着他的动作，神情依然淡淡的："你先回去吧。"

吴往愣住了。

"锁门和关灯是吧？"江延收回视线，低头看着手机，"我知道了，你先回去吧。"

"那……再见？"

江延回头看他一眼："嗯。"

吴往拎起书包就跑出了教室，出门之后，还回头看了一眼。

空荡荡的教室，江延一个人坐在位子上，低着头，背影萧瑟，浑身上下都散发着孤独的气息。

吴往急忙打住自己的想法，他孤独啥，他一点都不孤独，他天天和同桌开开心心，日子过得蜜里调糖。

江延在教室坐了会儿，直到手机收到条消息，他才站起身，临走前突然想到塞在桌肚里的一大包零食，想了想又拿出来一起带着了。

出门走了几步，江延回头看了眼灯光明亮的教室，又折回去关了灯、锁了门。

等走到学校门口，已经是十多分钟后的事情了。

校门口的胡杨树下，站了个穿着夹克的男生，口罩挂在一只耳朵上，正在低头看手机。

江延一出校门，就看到男生在和几个女生说话，似乎在被人要联系方式，他走过去。

几个女生一看到他，跑得比兔子还快。

"你就不能等会儿再过来。"关澈收起还没加上好友的手机，看了他一眼，目光落在他手上，弯腰凑了过去，"这是什么？"

江延侧身躲了下，没说是什么："走了。"

"德行。"

两人并肩朝着一旁的马路走过去，绕过一条热闹的巷子，七拐八拐地走进一家店里。

店门口竖着一个牌子。

江延和关澈一进门，坐在吧台后边的小男生放下手机，笑道："你们俩可算来了，下半夜交给你们了，我下班了啊。"

这是一家 24 小时自习室，平时生意不错。自习室一楼是公共区域，二楼还有包厢服务。

"走吧走吧。"关澈脱了外套，走进吧台里面。

小男生东西都收拾好了，这会儿拎着包就出了门。

江延把手里的袋子放在自己常坐的位子上，去里面洗了个手，出来的时候看到关澈开着电脑，手里拿着一包薯片，"咔嚓咔嚓"吃得正欢。

他走过去，一脚踢在关澈的凳子上："谁让你吃我东西的？"

关澈被他一踢，差点没坐稳摔在地上："我吃你点东西怎么了，我们俩的关系我还不能吃你点东西了是吧？"

"不能。"江延从他身后走过去，坐到旁边的空位上，点开手机微信，递到关澈面前，"付钱。"

关澈看着他一脸"我不是在跟你开玩笑"的神情，妥协道："转，我给你转还不行吗？"

他掏出手机扫了下二维码，微信自动扣款成功，蹦出个付款金额页面。

"江延你还是人吗？我就吃你一包薯片，你收我两百块钱，你是不是有病？"

江延笑了，没理他，戴上耳机开了音乐，而关澈还在碎碎叨叨。

玻璃门被人从外面推开，门口的自动识别招财猫缓缓地响了声："欢迎光临。"

关澈看到两个女生，话一停，笑了："包夜还是包小时啊？"

"包夜。"说话的女生看了眼周围的环境，很熟练地问了句，"这里有包厢吗？"

关澈看了眼旁边的主机："有的。"

说话间，他踢了踢旁边江延的凳子："快点，带人去楼上包厢。"

江延摘下耳机，伸手拿起桌上的磁卡，站起身，看到站在吧台旁的两个女生，整个人愣住了。

谁能告诉他，这两人为什么长得这么像他同桌和他同桌的闺密。

林宛原本都已经走到公交站了。

林母突然打了个电话给她，说是南方的公司出了点问题，她和林父过去处理，一个星期后回来，让她晚上回去睡觉的时候关好门窗。

正好孟昕的爸妈这个月也在外地出差，她打算去林宛家借宿几天。这下好了，两个人的父母都不在家，简直是天赐良机。

孟昕听班里男生说校外的胡同巷子有一家 24 小时自习室，环境很好，不仅提供饮品，还有包厢，包厢为客人准备了电脑，里面各种学习资料都有。

两人一拍即合，也不坐车回家了，跑到马路对面的便利店买了两瓶水，就跑了过来。

谁能想到，在这么个犄角旮旯的地方，还能碰到熟人！

吧台的旁边放了一个白菜玉石的摆件和一个电子的招财猫。原本吧台的高度就不低，再放了个约莫几十厘米的东西，林宛压根就没看到里面还坐了个人。

这会儿，里面的人站了起来，林宛抬头看了过去，人傻了，站在林宛身后的孟昕也傻了。

三个人就这么站着看着对方，气氛沉默又尴尬。

林宛无声地吞咽了一口口水，莫名有些心虚，声音很低，还有些哆嗦："真……真巧啊……"

江延皱了皱眉，把手上的磁卡丢回桌上。坐在旁边的关澈看了看，问道："认识啊？"

"我同桌。"江延说。

"那好啊，熟人打八折，我给你俩打五折！"关澈伸手拿起桌上的磁卡，"走，我带你们上去。"

江延踢了他一脚，顺手夺过磁卡。

包厢在二楼，一整排紧闭的门，走廊的灯光没为了营造气氛而开得很低，反而是灯火通明。

走廊的尽头是一扇没关的窗户，对面是鳞次栉比的高楼大厦，璀璨光芒闪烁耀眼。

林宛看了眼走在前面的人。少年的背影挺拔而单薄，步履沉稳，穿着件简单的纯白 T 恤，肩臂的线条流畅而好看，磁卡被他握在手里，卡尖在光线下凝成一个明亮的点。

林宛一直盯着那个点。

直到那个点停下来，她抬起头，江延站在一间屋子门口，抬手刷了下门口的机器，只听见"叮"一声，门开了。

江延伸手摸到墙上的开关，开了灯，侧身让两人进来。

孟昕第一个走了进去。林宛跟在后面，看清了屋内的摆设，很小的一个空间，摆了一张长沙发，放了两台电脑，角落还摆了几盆多肉。

墙边是一扇窗户，楼下就是车水马龙的街道。

江延替她俩开了电脑，然后回头看着林宛："有什么事就喊我。"

"啊，好的。"林宛看着他，侧身错过的瞬间，看到他肩头有一点浅浅的灰迹。

"你这里……"话没说完，她突然想起来这个灰迹，好像是中午翻墙的时候她踩的。想到这儿，她就没说下去了，也没问他为什么在这里做服务生。

江延临出门前，又回头看了一眼。

他站在门口，走廊的光线衬得他皮肤白得发亮，琥珀色的眼眸像琉璃一般，看着她的时候神情难得地认真，然后转身下了楼。

林宛在长沙发上坐下，孟昕盯着她看，语气调侃："你跟你同桌，你们俩有问题。"

林宛把鼠标挪到左手边，视线没看她，顺着她开玩笑："对，有问题，我们俩问题可大了。"

江延下了楼，楼下又进来几个男生，是常客，和他打了声招呼："晚上好。"

江延回到吧台里面的位子坐下，关澈一脸八卦地凑过来："你跟你同桌什么情况？"

"什么什么情况？"江延拿起耳机，没戴，挂在脖子上，手指敲着键盘，"我们没有情况。"

"你觉得我信吗？"

江延偏头看着他："你信不信关我什么事！"

关澈也懒得多过问，同学这么多年，江延什么德行，他比谁都清楚。江延不想说的事情，你就算拿刀架在他脖子上也不会说；江延想说的事情，你也得有命听才行。

他惜命，不想知道。

林宛晚上没吃多少东西，这会儿有点饿，摘下耳机，问孟昕："我去外面买点吃的，你要吃点什么吗？"

"麻辣烫！"刚刚进巷子口，孟昕就闻到路边一家麻辣烫店的香味，一说起来就更想吃了。

"行，我去买。"

"啊，一起啊，这么晚了。"孟昕摘下耳机，跟着起身。

两人一起下了楼。

楼下比楼上人多，林宛随便看了眼，一时间没注意，最后一级台阶踩空了，整个人往前扑，还好孟昕及时拉住了她。

两人的动静引得坐在吧台后面的两人抬头看了过来。

关澈先摘下耳机，手托着脑袋，看着她们，笑眯眯道："走了？"

林宛站稳了，摇摇头："不是，我们出去买点吃的。"

"饿了是吗，店里也有吃的啊，泡面、炒饭、炒面、素快餐，你们要吃点什么？"

林宛看了他一眼，说了个他这里没有的选项："麻辣烫。"

"出门右拐，巷子口就有一家营业的。"

林宛笑了："行，谢谢啊。"

她拉着低头回消息的孟昕，正准备出门，吧台后面另一个人站了起来，懒散地说了声："一起。"

"你想吃什么？我可以帮你买啊。"林宛用手扶着门。

"我挑食。"

孟昕听到江延要一起，立马松开林宛的手："啊，宛宛，那我不和你一起了！"

"哦。"

溪城早已经入了秋，只是近来秋老虎来袭，气温居高不下，连半夜都不是很凉，只是湿气比白日要浓一些。

林宛和江延并肩走在长而暗沉的巷子里，两道身影倒映在湿淋淋的地面上，影子被拉得很长。

巷子里没多少店铺，只有一家 24 小时营业的便利店亮着灯，但巷子也并不安静，巷子的旁边就是一家 KTV，震耳欲聋的音乐声隔着点距离，不远不近地响着。

路上时不时还会走过几个醉醺醺的大汉。

林宛突然意识到他为什么要跟着一起出来了。

"你每天晚上都会来这里吗？"走过一个小巷子口，林宛突然开口问了句。

"不是每天都过来。"江延低头看着地上的小水坑，"我就住在这里，和关澈一起。"

提到关澈，江延想起来还没给她介绍，简单提了一句："就今晚那个男生，隔壁九中的。"

"那你……不回家吗？"

"现在偶尔回。"江延侧头看着她，眼底情绪未明，"等以后有机会就不回去了。"

林宛愣住了。她这个同桌，身上藏着太多秘密了。

虽然不知道在他身上曾经发生过什么，但是这些秘密背后，一定是由很多伤痕堆砌起来的。

林宛没再继续问下去，看着江延的目光略有些内疚。

她不该问的，她今天一直在踩雷，她太过分了。

到了麻辣烫店，林宛才知晓这家店为什么半夜还开门，因为生意太好了，就这个大家都在睡觉的点，这家店竟然坐满了人，一个空位都没有。

老板忙得不亦乐乎，老板娘笑容满面地在收钱。

林宛拿了两个筐，递给江延一个。两人挑着自己爱吃的东西，挑完之后又分别给关澈和孟昕挑了一份。

这家店可能因为生意太火了，荤素都是一个价格。

老板把四个筐摞在一起称了重，老板娘站在旁边扫了眼重量，手指在计算器上飞快地点了几下。

"一共八十三块二，抹个零给八十好了。"老板娘放下计算器，笑盈盈地看着两人。

江延摸出手机准备扫码付钱，林宛抢在他前面伸出手机，动作迅速地扫了码。

接着"叮咚"一声，老板的手机响了起来："支付宝收款八十元！"

林宛收起手机，看着他，有些不太自然地摸了下耳朵："我要出来吃东西，我自己埋单就好啦。"

江延皱了皱眉，有些不乐意："我没有让女生请客的习惯，支付宝给我，我转你好了。"

林宛看他一本正经，不像在开玩笑的样子，忍不住叹了声："江同学，你难道看不出来吗？"

"什么？"江延问。

"我在安慰你啊。"林宛笑着说。

虽然这段时间的气温不是很低，但到了下半夜，雾气越来越浓，空气中的湿气加重，气温也逐渐转凉了。

麻辣烫店虽小，但人很多，埋完单之后，林宛就看到老板把四个不同颜色的塑料筐夹上号码牌，一起端到了后面的桌子上。在他们前面还有七八个相同款式的塑料筐。

门口人来人往，江延拉着林宛站到一旁的树下，旁边凌乱地停着几辆单车，身后是大片如墨般浓稠的夜色。

气氛有些沉闷。

林宛低头踢开脚边的石子，虽然有些尴尬，但她现在不敢开口，生怕又说到什么不该说的。

石子被踢动，磕磕绊绊滚远了，似乎是撞到了易拉罐，发出清脆的一声后停了下来。

江延瞥了她一眼。

他不动声色地挪开眼，状似无意地问道："你这么晚不回家，家里人不管吗？"

"我爸妈出差了。"林宛抬起头，看着不远处汤锅里冒出的热气，忽然没头没脑地说了句，"从小到大，他们就经常出差，我习惯了。"

小姑娘语气里的落寞和孤单显而易见，江延出声安慰，声线柔和："你现在的无忧无虑，都是你爸妈牺牲了陪伴你的时间换来的。

"他们也是为了你能有更好的生活。"

就像当初的方海，也是想让他有更好的生活才会选择不留下他。

林宛仰着脸看着他的眼睛，忽然笑了出来，眼眸弯着，里面藏着光："你说话的语气，跟我家楼下的奶奶一模一样。"

江延看着她笑得跟个小傻子一样，没忍住，抬手在她脑袋上拍了下："傻瓜。"

林宛难得没撑回去。

十多分钟后，两人提着打包好的四份麻辣烫回去了。关澈坐在吧台看电视，耳麦挂在脖子上。

林宛和他打了声招呼后，径直回了楼上的包厢。等吃完麻辣烫，林宛看了眼时间，打了个哈欠，起身出去找洗手间。

二楼的设计简单明了，一条直廊，一眼看到头，顶上挂着安全出口和洗手间的指示牌。

林宛实在是困极了，走路的时候又打了个哈欠，眼睛微合的瞬间，迎面撞上从楼下上来的江延。

"困了？"江延手疾眼快地拉住她胳膊，将人扶稳了，低头看到她眼皮耷拉着，一脸倦意。

"啊……有点，等会儿回去趴一会儿就好了。"

"困就睡会儿。"江延松开她胳膊，转而踏上旁边的楼梯，往三楼走，"跟我上来吧。"

她抬脚跟了上去。

三楼的设计和二楼不一样，楼梯口一上去是一个宽敞的客厅，摆了几张长沙发和一张木质茶几。

她跟在江延后边走到尽头的 301 房间。就这小破门还装了个密码锁，江延低头输了几个数字，摁下确认键，"叮"的一声，门开了。

房间的装饰很简单，一眼望过去就三种颜色——灰、黑、白。里面摆了张床，床边就是衣柜，另一边靠窗的墙下放了张书桌，桌上都是书，旁边立了个木质的书架，上面除了书，还有不少奖状和奖杯。

江延先走进屋里，将散在沙发上的脏衣服一股脑儿抱起来丢进旁边的脏衣篓里，回头看了眼还站在门口的人："进来吧，随便坐。"

"哦。"林窈走进去，坐在旁边的单人沙发上，看着江延收起床上散着的数据线和充电宝。

她忍不住问："这是你住的房间吗？"

"嗯。"

江延简单收拾完，又走进里面的卫生间。确保没什么不能见人的东西摆在外面之后，他从里面出来："给你拿了套干净的洗漱用品，你收拾一下，就在这儿睡吧。"

"啊？"

江延靠着门，屋里的灯光温暖柔和，映着他脸上的笑容都柔软了不少："怎么，怕啊？"

"那倒没有。"林窈抠着手，"这不是你的房间吗，如果我睡这儿的话，你睡哪儿？"

"我夜班，没时间睡觉，床单、被套都是今天刚换的。"

"哦。"

江延翘了翘嘴角，准备下楼，走到门边的时候，停下来回过头："我就在楼下，有什么事就打电话。"

他抬手指了下床头的电话机："那个，按'1'键直连接底下吧台。"

林窈顺着他手指的方向看过去，在床头看到一部黑色的电话机："哦，那我等下要是睡不着，可以给你打个电话要个睡眠故事听吗？"

"行啊，你试试。"江延手里握着手机，随意轻晃了两下，"我下去了，你早点休息。"

林窈点点头，略有些迟疑："那……晚安。"

江延今晚好像心情特别好，笑容一个接一个。他轻轻点头，声音低沉悦耳："嗯，晚安。"

他开门走了出去，林窈听到关门的动静，听到他走路的动静，直到什么都听不见，她才起身朝卫生间走去。

江延从三楼下来，到二楼的时候，他停住脚步，犹豫几秒，折身往走廊尽头的包厢走过去。

林宛出来的时候门没关严，他还没靠近，就听见里面的动静。

"这什么玩意儿！抢装备这么快，打团怎么不见他这么积极！"

"啊啊啊，师父打他！和他PK！"

江延摸了摸耳朵，他心想，以后要拦着他小同桌少跟人出来，自习室都快变网吧了。

孟昕原本没听见敲门声，直到包厢里的灯亮了，她才看到门口站了个人，话卡在喉咙里，尴尬地打了声招呼："同——不是，江……"

话还没说完，江延已经开了口："林宛在楼上301休息，你要是困了就过去，密码就是房间号。"

孟昕懵然地点点头。

"早点休息吧。"江延说。

"……好的。"孟昕僵硬地挥挥手，"再见。"

江延冷酷地转身走了，孟昕愣了半天，直到耳麦里传来她师父声嘶力竭的吼声，才回过神。

她迅速跟上大部队，手指飞快地敲着键盘。

林宛是半小时后才看到的消息。

她刚洗漱完，掀开被子，盘腿坐在床边，扫了眼屋内的摆设，伸手拿过手机，就看到了孟昕发来的消息。

孟昕："宛宛！江延太好了，呜呜呜，竟然还会关心我等凡人，让我早点休息！"

孟昕："不对，我怎么觉着他好像是在暗示我，让我以后不要带着你深更半夜出来？！"

孟昕又跟着发了一个"挥手"和"再见"的表情。

林宛笑着发了条语音："咋好话坏话都让你一个人说完了。"

时间已经不早了，林宛和孟昕聊了两句后，就把手机拿去充电了，起身下床去关灯。

回来的时候，她又拿起手机看了一眼，发现江延几秒前发了条消息过来："早晨想吃什么早餐？"

林宛："我都可以。"

江延没有再回消息，林宛关了手机，掀开被子躺了进去。窗帘的遮光度不是很高，屋内被朦胧的月光笼罩。

林宛这会儿又不是很困，翻了个身，视线被床头的一张照片吸引。照片里是一个成年男人抱着一个小男孩，两人站在十中以前的旧门门口，男人的脸上带着笑容，男孩似乎是有点不好意思，搂着男人的脖颈，躲开了镜头。

林宛看了会儿，又翻了个身，闭上了眼睛。

天刚刚亮，林宛就醒了。她有些认床，昨晚躺下来的时候硬是折腾到四点多才睡着。这会儿人刚醒，还不太灵活，眼睛微眯着，脑袋挨着枕头，呼吸间有淡淡的薄荷香味。

过了会儿，楼下突然传来尖锐的吆喝声，像是碰到了什么开关一般，一下就热闹了起来。

林宛揉了揉眼睛，掀开被子，起床走到窗边，拉开窗帘。

薄雾晨光，夜晚鲜有人迹的小巷这会儿像是另一个世界，街头巷尾随处可见各种早餐铺。

小孩子拿着玩具在巷子里跑来跑去，长辈拿着碗追在后面，自行车的铃铛声当啷响，穿着校服的身影飞快地穿梭在人群中。

提着公文包的男人，打扮精致的都市丽人，匆忙的步履，低声细语的交谈，无一不让这条灰暗的巷子，在白日里多了些不一样的色彩。

林宛站在窗边看了几分钟后，松开窗帘，转身走进去洗漱，等收拾好就下楼了。

林宛轻手轻脚地从楼梯上走下来。前台空荡荡的，没有人在。

她摸出手机，单手点着屏幕，一句话还没打完，门被人从外面拉开，关澈和江延一前一后走了进来，手里提着早点。

关澈嘴里还咬着筷子，看到林宛，笑着打了声招呼，声音有些含糊："早。"

林宛下意识地应了句："早。"

关澈下意识地看了眼江延。

林宛这会儿估计是刚睡醒，声音比平常还轻。

关澈"呵呵"笑了一声，把手里提着的小馄饨放在桌上，不动声色地远离江延："那什么，林宛，你那个小同学呢，还没起啊？"

林宛没察觉到这人心里有什么百转千回的思绪，语气平常："她还在睡，我去叫她。"

"那你去吧，我们在这后边等你们。"他手指了指前台后边的小客厅。

"好。"

林宛转身上了楼。

江延提着东西也往后边的小客厅走。

等吃完早餐时间已经不早了，江延和关澈随便收拾了下垃圾，随后四个人起身一起出了门。

早秋的阳光不是很强，风里还带着些凉意。

关澈是隔壁九中的，和十中隔着一条街的距离，四个人走到路口就分开了。

其余三个人走到校门口，教导主任李坤掐着表，看到三人慢悠悠的步伐，吼了声："你们仨在后面慢腾腾个啥呢？！"

三人都立马加快了脚步。

在李坤的监视下，他们快步走了进去。

刚走到教学区楼下，早自习的预备铃就响了，孟昕班里早上是班主任老杨的自习，听到声音，她叫了声："老杨最近抓迟到抓得严，窕窕我先溜了。"

没等林窕说话，人就跑没影了。

林窕和江延还站在一楼的楼梯口。

不知道是不是错觉，林窕觉得今天的江延比平常要安静很多，从早上吃早餐开始，他除了让一直喋喋不休的关澈闭嘴以外，就再没开口说过一句话。

"你……"林窕刚想问一下，谁知道这人直接长腿一跨，上了楼，她顿了下，只好快步跟上。

语文老师木辉捧着水杯走进教室，下一秒教室里的说话声就变成了琅琅的读书声。

林窕从桌上抽出语文书，随便翻了页摊开，凑过去问江延："你在自习室工作的事情，胡杭杭他们知道吗？"

江延看了她一眼，"嗯"了一声，没再说什么。

中午林窕和孟昕约了一起吃饭，一下课就走了，去了楼下孟昕的班级。

老师在拖堂。林窕站在走廊，等了四五分钟后，才听见里面传来动静，一回头，看到老师拿着书和教具走了出来，孟昕垂着脑袋跟在后面，估计是上课睡觉被抓到了。

林窕忍不住笑了。教室里一窝蜂地拥出来好些人，她没跟着过去，就站在那儿等着，眼睛随便瞟了瞟。

不是冤家不聚头，她就这么随意一瞥，就看到唐雨诗和她的小姐妹有说有笑地从教室里走出来。

唐雨诗显然也看到她了。林窕眉梢一扬，挑衅似的看着她。

这段时间刚开学，芝麻大点的事都是事，她也就一直没顾得上处理上次篮球场那件事情，这会儿既然碰上了，总得要个说法吧。

　　唐雨诗估摸着也有话和林宛说，不知道和她的小姐妹说了什么，之后就一个人朝林宛走了过来。

　　周围人来人往，林宛也不担心她要做什么。

　　"林宛。"唐雨诗估计有一米七，这会儿站到林宛面前，十分有压迫力，她抿了抿唇，"上次篮球场的事，是我不对。"

　　这不对啊，这怎么跟剧本上演的不太一样。

　　林宛往后靠着栏杆，正好拉开两人的距离，显得没那么有压迫感，她微眯着眼："这么说，你当时就是故意的？"

　　唐雨诗没想到她是这么个逻辑，顿了几秒，不知道是想到了什么，点点头："是，我当时确实是故意的。"

　　林宛不知道这人怎么这么容易就松口了，视线落在她脸上打量着，而后淡声说道："我其实一直很纳闷，我以前是不是做了什么对不起你的事情，从我高一入学，你就一直看我不爽。

　　"不过后来我就不想了，这个问题的答案对我来说也没那么重要。"

　　林宛看了眼楼下，神情难得正经："我希望篮球场的事情是第一次，也是最后一次，可能你觉得我不是那么睚眦必报的性格。"

　　"但是，我不会蠢到别人都欺负到我头上还不还手的地步。"她笑了笑，笑意却很冷淡，"以前不计较，是因为我们是一个班的，我不想把事情闹得太大。"

　　还有一个原因是林宛当时的班主任和她父母是朋友，林宛从小独立惯了，不喜欢把这些事情告诉父母。

　　高一的时候，唐雨诗暗地里经常针对林宛，在班里拉帮结派，把她自己宿舍和隔壁宿舍的女生都拉拢到自己的阵营里。

　　林宛不住校，身边玩得好一点的朋友就只有孟昕，刚开学的时候确实过了一段比较冷清的日子，但她也不在意这个。

　　后来班里组织春游，一天玩下来，林宛虽然不怎么活跃，但架不住强大的人格魅力，很快就融入班里其他女生堆里。

　　林宛其实没怎么把唐雨诗当回事。"她嫉妒自己优秀、长得好看、学习又好罢了。"林宛心想。

　　这谁能不嫉妒呢？谁都嫉妒。

　　林宛的懒得搭理，给唐雨诗造成了她好欺负的印象，再加上她平时给人软绵绵的感觉，唐雨诗也就理所当然地以为她不敢对自己怎么样。所以那天在球场的时候，唐雨诗没怎么想过后果，抬手就把球朝她砸了过去。

谁知道后来……

唐雨诗想到去找江延妥协的那次，到最后反而是自己落了个尴尬的境地，一时没忍住撑了起来："是，上次拿球砸你是我不对，我跟你道歉。"

"但这是我们俩之间的事情，你凭什么让江延找我麻烦？"唐雨诗越说越气，"你是不是觉得现在自己有人撑腰了，就了不起了？"

林宛真的惊了，这姐们儿的脑回路怕是跟正常人不一样。

她讽笑了声："你要不先招惹我，他会去找你麻烦吗？请你在说别人的同时，先看看你自己好吗？"

唐雨诗怒极："你以为江延会一直站在你这边吗？"

林宛气笑了，刚想开口，身后突然传来一个懒洋洋的声音——

"为什么不会？"

林宛走的时候，江延还趴在桌上补觉，胡杭杭他们三个也不着急，捧着手机挤在一起打游戏。

他脸朝着墙趴在桌上，隐约听见小姑娘和徐一川说了声"先走了"，然后就是一阵凳子在地板上摩擦的动静。

等到教室的人差不多走空了的时候，江延才睡醒，起身去卫生间冲了把脸回来，几个人下楼准备去外面吃饭。

（14）班和（18）班是上下楼的距离，一个在三楼，一个在四楼。

下楼的时候，江延还没怎么醒过神。宋远勾着他的肩膀，旁边徐一川一直叽叽歪歪地在说他和班花同桌的日常。

胡杭杭骂他是鲜花插在牛粪上，江延听着笑了。

宋远凑在他旁边，看着他一脸倦意，问了句："你今晚还上夜班吗？"

他低头搓了搓眼睛，眼尾红红的，声音还带着浓浓的睡意："不上，今天休息。"

宋远叹了口气，没再说什么。

四个人刚走到三楼楼梯口，就听见走廊那边顺着风传来的一个女声："你是不是觉得现在自己有人撑腰了，就了不起了？"

接着就是另外一个声音，隔得远，音量又很低，只听了个大概内容，但江延莫名觉得声音有些熟悉。

他扭头往走廊那边看了一眼，脚步一顿。另外三个人跟着就停了下来，顺着他的视线往后一看，胡杭杭最先反应过来："那不是林宛吗？这女的谁啊？"

还没等到回答，最开始说话的女生又扬声问道："你以为江延会一直站在你这边吗？"

女生说这话时，江延微眯了眼。看到林宛脸上讽刺的笑容，他抬脚朝那边走了过去，顺便接了女生的话："为什么不会？"

说话的间隙，江延人已经站到林宛身旁，神情冷冰冰的，沉着眼看着唐雨诗，重复地问了句："我为什么不会？"

语气跟他神情差不多，又冷又酷。

唐雨诗在看到江延走过来的时候，人就已经尿了，两条细长的腿止不住想打战，尤其是在他面无表情地发问时，更是忍不住缩了缩脖子，声音哆嗦："我怎么……怎么知道……"

江延听到这个回答，很不给面子地轻呵了声，语气嘲讽："你不知道你瞎说个什么劲儿？"

唐雨诗吓得说不出来话，脸跟调色盘一样，一会儿红一会儿白的，眼睛睁得很大，好像就要哭出来了。

江延来回看了她几眼，脑袋里那一节记忆连上了，回头看着林宛："她是不是上次在篮球场拿球砸你的那个？"

林宛下意识"啊"了一声，点点头。

"道歉了没？"他又问。

林宛照实说："道了。"

"行。"江延抬手搓了搓脖颈，视线冷不丁又落在唐雨诗脸上，漫不经心地说了句，"既然道歉了，这事就算过去了。"

唐雨诗呼吸一顿，又听见他说："我从来不打女生，但你要是碰到我的底线，你是女生我也一样打。"

江延敛着眸，声音低沉而平缓："我同桌就是我的底线。"

折腾到最后，林宛和孟昕还是和他们四个男生一起吃的饭。

孟昕因为上课睡觉被老师抓去办公室教训了一顿，时间耽误了一会儿，再加上六个人都不爱吃食堂，所以还是决定去校外的餐馆。

六个人磨磨蹭蹭、晃晃悠悠地走到校门口，却发现往常敞开的大门这会儿却只留了一个只能过一个人的缝隙，门口也只有寥寥几个学生。

"怎么回事？"徐一川最先朝门卫室跑过去。他以前经常逃课，和门卫混得很熟。剩下的人停在原地，等着徐一川的侦查。

还没过一分钟，几个人就看到徐一川被李坤提着耳朵从门卫室拽了出来："大中午的出去吃什么饭！学校食堂委屈你了是吗！"

徐一川弓着腰："哎哎哎，主任主任主任——"

李坤手没松，视线一扫，看到站在旁边的五个人："好啊，你们几个都给我过来！"

五个人磨磨蹭蹭地挪了过去，在李坤的一番没头没脑的教训之后，时间已经不早了，六个人被他亲自带到了学校的食堂。

"都给我排队去！"李坤抬脚踢了一下站在最后边的徐一川，"从今天开始，学校午休时间不允许你们出去吃饭。你们几个要是再让我抓到中午出校，就别吃饭，给我去办公室写检讨去。"

众人惊了。

林宛站在队伍前列，从旁边的篮子里拿了个空的餐盘，顺着人群往前走，江延跟在她后面。

他们来的时间很晚了。食堂的饭虽然不好吃，但在校的大多数学生中午还是会选择在食堂将就一下。所以这会儿，林宛看了一圈，就要了两个家常小炒，还是青椒炒土豆只能看到青椒的那种。

跟在后边的江延看了眼她的餐盘，没作声，抬手敲了敲打菜的玻璃窗："阿姨，我要这个这个这个……"

他一连要了几个菜。林宛回头看了他一眼："你不是不爱吃食堂吗？"这点菜的架势可一点都不像不爱吃的人。

江延看着她，没说话，然后倾身将她面前的餐盘拿了过来，递给打菜的阿姨："全帮我放这里。"

他靠过来的时候，身上有很淡的薄荷香味，林宛抬头，看到他轮廓硬朗的下巴在眼前一闪而过。她的心跳倏地漏了两拍，脑海里不由自主地想到之前他在唐雨诗面前说的那句话，心里蓦地涌起一点异样的情绪。

等六个人都打完餐，李坤又长篇大论地说了几句，最后看时间确实不早了，才总结发言："行了，你们吃饭吧，我跟你们余老师、杨老师出去吃个饭。"

五个人抬起头，一脸震惊地看着他——这真不是人做的事情。

只有江延一个人低头吃着东西，时不时看几眼手机。过了会儿，他突然起身去了食堂里的小卖部。

"哥，给我带瓶水啊。"胡杭杭叫了声。

江延没回头，也没应声，径直朝店里走去。隔了几分钟，林宛看到他提了个袋子出来。

少年的身形挺直，五官利落分明，线条冷硬，皮肤比常人要白很多，穿着简单的白 T 恤和黑裤子，满满的少年感。

江延走到座位旁，在林宛面前坐下，从袋子里面拿出两听可乐之后，就把剩下的水和饮料塞给了胡杭杭。

他放了一听可乐在林宛手边，目光落在她打着石膏的胳膊上，准备收回的手又搭了回去。江延手心抵着易拉罐边缘，食指勾着拉环，轻轻往上一提，"噗"一声，打开了。

他的手很好看，微微屈起的时候，骨节分明，林宛甚至能看到他手指上浅浅的筋络形状。这人真的是每个细节都是极好看的。

"吃饭了。"江延收回手，见林宛一直盯着自己看，轻声说了句。

"哦。"林宛匆匆低头，掩饰一般往嘴里连塞了几口米饭。

吃过饭，几个人不像以前在校外还能逛一会儿，这会儿就只能回教室玩玩手机打发时间。

回到教室，这会儿还不是大家的休息时间，除了坐在前面的几个女生埋头在写试卷以外，其他人都在聊天打游戏，干一些有的没的事情。

林宛昨晚没怎么睡好，这会儿吃饱喝足了，人就开始犯困，趴在座位上和江延随便讲了两句话，就没了声。

江延说了句话，没听到她的回答，扭头一看，林宛已经睡着了，呼吸很浅，似乎是睡得不怎么安稳，眼睫轻颤。

他垂头看了会儿，收回视线，从桌肚里拿出校服盖在她脑袋上，回头看了眼还在哈哈大笑的胡杭杭："胖胖，安静。"

胡杭杭立马闭嘴。

睡梦中的林宛只觉得耳边突然静了下来，呼吸间是熟悉的味道，脑袋歪了歪，睡得更熟了。

上课铃声响，林宛猛地醒了过来，搭在身上的衣服被她的动作带了起来，掉在地上。似乎是被铃声吓到了，她还有点没缓过神，揉了揉眼睛，看到垂在腿上的衣袖，才注意到旁边的校服。

林宛弯腰捡起来，坐在旁边的江延摘下眼镜看着她："做噩梦了？"

"没有。"她摇头，视线落在他拿在手里的眼镜上，问，"你近视啊？"

"不近视，只是有点散光。"

林宛点了点头，把手里的校服递给他，又看到他摊在桌上的试卷："你在写什么？"

"试卷。"江延顿了下，解释道，"物理竞赛的。"

林宛挑眉，看着他平时的样子，仔细想了想还是觉得有些不大相信，脑袋凑了过去："江同学，你跟我说个实话。"

她说话时靠得很近，呼吸间的气息落在江延胳膊上，他只觉得那一处滚烫发热。

江延侧头看着她，不动声色地挪开胳膊："什么？"

"就上次，你让我看的那个物林杯竞赛，你不是得了个第一名吗？"林宛舔了下唇角，试探性地问了句，"你跟我说实话，你是不是找人代考的？"

江延笑："我平时是不是太惯着你了？"

林宛咂咂舌，没敢再多说。

下午第一节数学课，老余跟往常一样踩着点儿进教室，把茶杯往桌子上一放，看了眼台下的一窝小崽子，轻咳了声："好了，上课了啊，大家把手机都收起来。"

他说这话时，林宛看了眼已经自觉拿出手机在追剧的某人："上课了。"

江延抬头看了她一眼："我知道。"

林宛心想：你知道你还不好好听课。就江延这个学习态度，她有充分的理由怀疑他之前那个第一名是找人代考的。

老余已经开始讲课，江延仍然保持着刚才的姿势没动。

他的桌面收拾得很干净，数学书随便翻了一页摊在桌上，桌前边整整齐齐地摆了一摞书，手机就借着这个天然的屏障放在那里，跟林宛以前班里的学渣一模一样。好在这人还保留了对任课老师的最后一丝尊重，上课时间不论是看电视还是玩游戏，都是静音且不戴耳机的。

林宛见他这样也懒得再多说什么，翻开书开始听课。

老余讲课虽然慢但是很细致，如果碰到一个重要的知识点会翻来覆去用各种换汤不换药的例题来加深他们的印象。

今天又讲到一个重要的知识点，是高考常见题型。一节课都过去一半了，林宛的数学书还停留在最开始翻开的一页。

她也不是很想听课了，好在一节课也才四十多分钟，老余在下课前十分钟结束了这一个知识点。

他把手里只剩丁点的粉笔头丢进粉笔盒里，拍拍手，端起茶杯喝了口茶，缓缓道："同学们，你们现在已经是高二了，四舍五入就是一名高三生，我们要时刻保持着学习的动力。"

林宛百无聊赖地转着笔，考试对她来说还没有吃饭重要。

"我们现在课也上了大半个月，学校打算在这个月底安排个摸底考试。正好今年中秋和国庆连在一起，考完后放八天假，你们还能回去好好玩一玩。"

林宛停下笔，扭头看了眼江延，发现这人一节课都保持着同一个动作没有变过，不由得有些好奇。

她凑了个脑袋过去,压低了声音问:"你在看什么呢?"

　　"《爱因斯坦的最大失误》。"江延看了一节课,眼睛有些酸,他抬手揉了下,侧头看到林宛一脸蒙,顺口解释道,"一个和宇宙常数有关的纪录片。"

　　林宛觉得这人可真是神奇,以前上课追洪世贤,现在开始追爱因斯坦,这两个人物的跨度得有绕了地球一圈那么长。

　　她服气,江延就是江延,就得这么不同寻常。

　　老余还在说:"摸底考试就按照你们上学期期末考试的排名来分班,现在还没分出来,晚一点的时候课代表去我办公室拿一下。"

　　话音刚落,下课铃应声响起,老余端着自己独特审美的茶杯出了教室。

　　他人一走,教室就像一锅刚烧开的水,沸腾了。

　　胡杭杭在后面数着上学期在最后一个考场碰到的熟人,数到林宛的时候,伸手拍拍她的肩膀:"哎!这次我们估计还一个考场呢,到时候记得互帮互助啊。"

　　林宛"啊"了一声,抓抓头发:"我这次,估计不跟你们一个考场了。"

　　胡杭杭趴在桌上:"怎么?你不会成绩差到连考试都不能参加了吧?"

　　林宛觉得和他们有点难以沟通。

　　胡杭杭觉得他和徐一川的成绩已经够差了,没想到竟然还有人比他们俩还要差,不由得从内心升起一点点小骄傲。

　　不过胡杭杭觉得林宛毕竟还是个女生,成绩这么差肯定也不是自己想要的,到最后还反过来安慰她:"林宛,没事的,成绩不代表什么。你想想爱迪生小时候还被人家认为是白痴呢,可人家是白痴吗?人家不是!人家是大名鼎鼎的发明大王!"

　　林宛心想:我可真是谢谢你啊。

　　胡杭杭安慰完她之后,又转过头和坐在最后一排的陶嘉说话。林宛没在意,转过身问江延:"你觉得咱俩这次还能在一个考场吗?"

　　"应该不在吧。"

　　江延对自己的成绩很有把握,除了缺考的一门英语之外,其他的拿个满分应该没有问题的。

　　以前高一的时候大型考试少,唯一一次的期中考试他还缺考了,所以学校里除了原来班级的同学,没几个人知道他的真实水平。

　　不过,江延看了眼自己的小同桌,虽然不太相信,但想了想,还是笑着问了句:"你真的成绩差到不能参加考试了?不能吧,我看你当时写得还挺来劲的,不像是考不过胡杭杭的人啊。"

　　林宛翻了个白眼:"滚。"

考试分班表下午放学就出来了。

数学课代表田琼琼上晚自习之前去老余办公室拿了一份回来，贴在教室后边的黑板上。

胡杭杭和徐一川对分班表展现出了自己最大的兴趣度，田琼琼一贴完，他们俩就挤了上去，凭借着强大的身体优势，稳稳地站在人群前边。

林宛不知道他们这个积极性从哪儿来的，她扭头看着江延："咱俩打个赌怎么样？"

江延趴在桌上，脸朝着她："赌什么？"

"就赌我在不在第一考场。"林宛暑假的时候看过自己的成绩，年级前二十，这次分班考试肯定是分在第一考场的。

"行。"江延点头，从口袋里摸出一个硬币放在她桌上，"我赌你在第一考场。"

林宛没想到他来这么一出："你……"

江延脑袋枕着胳膊，看着她瞠目结舌的模样，忍不住笑了出来。

傍晚的时候，他被老余叫去了办公室一趟，老余唠叨了半天，大概意思就是叮嘱他这次考试不要再缺考。

当时分班表就摊在老余办公桌上，他随便看了眼，就在第二行看到了她的名字，后面跟着她的考场号。

老余注意到他的视线，随口就说了句："我们班这次在第一考场的同学有不少，你不要想着缺考，我会叫人看着你的，比如和你一个考场的你的同桌，林宛同学。"

江延神情无奈："我保证这次肯定不缺考，不过，"他下巴轻抬，"我同桌既然学习这么好，上学期怎么跟我一个考场？"

提到这个，老余端起茶杯，很不是滋味地说了句："跟你一样，缺考。"

"你们俩一个只考了一门语文，一个只考了一门英语，开学又一个摔了左胳膊，一个摔了右胳膊，不当个同桌都对不起这个缘分。"

而当时在教室补觉补得天昏地暗的林宛自然不知道这些，所以才打算跟江延打个赌，想让他吃个亏来着。

谁知道，到最后是自己给自己挖了个坑。

她有些艰难地开了口："那我就赌我不在第一考场……"

这话说出来，她觉得自己就像个白痴一样。

江延垂眸看了她一眼，坐直了身体，眉眼皆是笑意："行，那赌注我来——"

话音又一转，他勾着唇，缓声道："赢了的人定。"

林宛真想骂人了。

教室后边，胡杭杭一边看分班表，一边读了出来："分在最后一考场的有陶嘉、胡杭杭、徐一川、宋远、吴往、杨天起。

"不是吧，我们班就我们六个人在最后一个考场，现在大家的学习都这么好了吗？"

同分在最后一个考场的杨天起开了个玩笑："看来我们几个为了拉低班级平均分贡献了不少力量，值得表扬，值得表扬啊！"

胡杭杭又扫了眼分班表，眼神在最上边瞥到了个名字，顿住了，然后眼睛一点一点睁大。

"我去……"他抓住徐一川的衣服，死命地晃了几下，"快快快，打醒我，告诉我这不是真的，这不是林宛。"

徐一川顺着看过去，也愣住了。今天晚上吃饭的时候，胡杭杭还特意叮嘱过他，说林宛成绩特别差，可能没办法参加考试了，让他和宋远这段时间说话注意点。

可现在看着分班表上全班排名第二、被分到第一考场的林宛，他惊呆了。

"林宛，你太不够意思了，你成绩这么好，你怎么能欺骗我，欺骗我一个单纯、可爱、善良、纯洁的少男心。"

在看到林宛的排名之后，胡杭杭觉得自己弱小的心灵受到了冲击。

林宛看着他，咂咂舌："我说了啊，我可能不跟你们一个考场了。"

胡杭杭一想，确实啊，人家也没说自己成绩不好啊。

林宛看着他垂头丧气的模样，安慰道："胖胖，没事的，成绩代表不了什么的。爱迪生小时候还被人家认为是白痴呢，可人家是白痴吗？人家不是！人家是大名鼎鼎的发明大王！"

胡·爱迪生·杭杭："我就是个白痴。"坐在一旁看戏的江延靠着墙，胳膊搭在桌上，手背抵着唇，没忍住笑了出来。

他这个小同桌，可真的是太记仇了。

早秋的溪城天气多变，前几天还艳阳高照，走在路上都能被融化的天，到了星期五，那雨就跟攒了好几年一样，哗啦啦全浇了下来。

雨势又猛又急，还伴随着狂风，路边枝繁叶茂的大树随风晃动着，瘦弱的枝丫看着就跟要被吹断了一样。

林宛一早起床，看到窗外的瓢泼大雨，叹了口气，有些遗憾下午的体育课泡汤了。

高二分班之后，除了周末，她和孟昕基本上就靠着每周仅一节的体育课联络一下感情。

"窕窕起床了吗？"门外传来林母方仪宋的声音。

方仪宋是昨天夜里的航班，到家已经是半夜。林窕刚刚睡下，隐约听到一点动静，在迷迷糊糊中听到房门被推开的声音，试探性地喊了一声："妈妈？"

方仪宋站在门口没有进来，柔声道："是我，妈妈就看看你睡了没，没什么事，你继续睡吧。"

林窕"嗯"了声，听见门被关上的声音后，拉起被子往脑袋上一盖又睡着了。

一觉到天亮。

这会儿听到敲门声，她应道："起了，马上出来。"

"好。"

等林窕收拾好出去，才发现林母已经准备好早餐，人坐在桌边看报纸了。

她走过去，在桌边坐下："早啊，妈妈。"

方仪宋闻声收起报纸放在一旁，保养精致的脸上带着淡淡的倦意："早。"

林窕盛了一碗白米粥，吃了几口，抬头问道："爸爸呢，没跟你一起回来吗？"

"嗯，公司那边还有些事情。"方仪宋端起手边的咖啡杯，"快点吃早餐吧，吃完我送你去学校。外面这么大的雨，我也不放心你一个人去挤公交。"

理由充分，林窕也不好拒绝，迅速吃完碗里的粥，又吃了两个包子之后才放下筷子。

出门的时候雨势一点也没见小，林窕跟着方仪宋直接去了楼下车库。

兴许是因为大雨，去学校的路上基本上没有什么车，林窕坐在车里看着窗外黑压压的天，思绪飘得很远。

半个多小时后，方仪宋的车停在学校门口。这会儿正是上学高峰期，校门口黑鸦鸦地挤着很多撑伞的学生。

方仪宋让她等人少了再下车，林窕也没拒绝，人靠着椅背，神情放松。

过了会儿，她突然想起什么："对了，妈。"

方仪宋刚看完一封工作邮件，闻声看过去："怎么了？"

"我胳膊的石膏这个星期能不能拆？"林窕想起几天前老余的话，"我这月底有个考试。"

"明天吧。"方仪宋看了眼手机上助理刚刚传过来的工作安排，"明天下午三点，我让小松来家里接你去医院做检查。"

小松是方仪宋的助理兼生活秘书，林窕以前见过，是个很酷的姐姐。

"还有你这额头。"方仪宋说着伸出手摸了摸她额头上已经从纱布换成创可贴的伤口，"明天也顺便一起看看吧。"

林宛想了下，也没拒绝："好。"

她看了眼窗外，见人已经少了很多，便从包里翻出伞："那我先进去了。"

"好。晚上几点下课，我让司机过来接你。"

"没事，我自己回去就行了。"林宛说完推开车门，撑着伞，从车前走过。

方仪宋半开着车窗看着她。林宛走了一半的脚步停下，回过头，突然问了句："妈，你是不是有什么心事？"

方仪宋没想到她会这么敏感，愣了下，才笑着说道："没有，妈妈就是这几天太累了。你快点进去吧，时间都不早了。"

林宛见她神色无异，点点头："知道了，你路上注意安全。"

"嗯。"

林宛到教室没多久，上课铃就响了。

当然这不是重点，重点是她一向迟到两节课的同桌今天竟然到得比她还早！

林宛收了伞在位子上坐下，江延抬起头看她："你今天怎么这么晚？"

林宛放下书包，一本正经地看着他："你一个天天迟到的人，怎么好意思来质疑一个从来都不迟到的好学生？"

林宛心里还装着事，懒得跟他掅来掅去，低着头摆弄自己的手机。

林宛突如其来的安静让江延感到有些惊讶，他垂着眸盯着她看了会儿，突然出声："不开心？"

林宛耷拉着眼睛，头也没抬："没有。"

她确实没有不开心，只是心里挂念着方仪宋，一时间有些想不明白。林宛不知道是不是自己的错觉，她感觉这趟出差回来的方仪宋情绪很低落，整个人虽然看起来妆容精致，是个无懈可击的职场达人，但是她能很清楚地感受到妈妈的状态其实并不是很好。

可是大人的事情，是不会让小孩子知道的，她也就是一时不知道什么原因，心里有些堵得慌。

江延看出林宛好像有心事，她不想说，江延也就没有多问，毕竟没有哪个小姑娘心里是没有点小秘密的。

只是江延没想到，林宛这个低迷情绪来得快去得也快，他甚至都还没想好怎么哄她，一个早读过去，人就已经自愈了，还开开心心地和他聊起了昨天刷到的八卦。

江延抬眸看着林宛，发现之前笼罩在她周身的丧气已经完全退了下去。

他挑了挑眉毛，盯着她看了会儿，突然垂下头笑了。

林宛不明白他怎么突然笑了："你笑什么？"

"笑你傻啊。"江延看着她，轻声说。

第五章

拥抱

到了下午，原本还刮着风下着雨的天突然放晴了，林宛原以为有希望上体育课，可谁知道第三节课一结束，又下起了淅淅沥沥的小雨。

体育课自然是取消了，但因为是星期五的最后一节课，班级里也没有老师过来，周礼一个人管不了三个班，索性撒手不管了。

江延接到关澈的电话，直接就走了。

胡杭杭先登录了游戏，目光一扫自己的好友列表，发现林宛已经是星耀一段位，讶异道："看不出来啊，你还是个高手。"

"啊……没有，我是个菜鸟，那是孟昕代打的。"

林宛的游戏水平有限，之前卡在钻石一直上不了，就把号给孟昕了，结果孟昕拿回去直接给她冲上了王者。

后来林宛自己打了几局，又掉了下来。

"没事没事。那既然这样，你就玩辅助吧。"胡杭杭是个输出爱好者，"辅我就行。"

"行。"

和他们一起打游戏的还有陶嘉，她也是星耀段位，是靠自己实力打上去的，实实在在，没有任何一点水分的星耀。

林宛发出了羡慕的叹息声。

一局游戏很快开始。陶嘉状似无意地提了件事情："这周六你们有空儿吗？一起出来玩，我请你们吃个饭。"

林宛这才想起来，陶嘉刚转过来的时候就说要请他们吃饭来着，只不过大家都是刚开学，事情很多，就一直耽搁了。

胡杭杭正疯狂点着技能："周六有空儿，不，我们每天都有空儿。"又说："主要是江延，他周末不一定有空儿。"

"啊……这样啊。"陶嘉的语气有些失望。

林宛抬头看了她一眼，没作声。

过了会儿，一局游戏结束。胡杭杭体会到了胜利果实的甜蜜，很快又开了一局，陶嘉这局先拿了辅助。

林宛顿了下，拿了个中单。

胡杭杭有点不放心："你可以吗？"

"我，中单，贼强。"林宛语气相当冷酷。

"先出个梦魇。"江延低沉的声音在她耳侧响起。

林宛愣了下，扭回头，发现江延不知道什么时候回来了，坐在桌上，微弓着腰靠近她身体右侧。

她似乎还没注意到两人近在咫尺的距离，仰着脸看他："你会玩这个？"

江延低头，在她漆黑的眼底看到自己的缩影，勾着唇，低声道："一般会玩。

"王者水平。"

她知道，她就知道！这人怎么可能怎么会就这样放过一个可以表现自己的机会！

林宛忍住把手机砸在他脸上的冲动，收回视线，低头操控着手机，关掉装备页的时候顺便预购了个梦魇。

江延还保持着之前的姿势，笑着低头看她拎着石膏身残志坚地打游戏。

坐在两人对面的陶嘉也跟着低了头，神情淡淡的。

游戏还在继续。

徐一川想起一件事："对了，陶嘉说这周六请我们去吃饭，你去吗？"

江延视线还看着林宛的手机屏幕。窗外吹来一阵凉风，他下巴不小心蹭到她的头发。

他微仰起头，视线却没挪开，声音不咸不淡："你现在已经沦落到要女生请客吃饭的地步了吗？"

徐一川语噎，转念一想，让一个女生请他们几个大男生吃饭好像确实不是什么光彩的事情。

"那行吧，就当周六出来玩，我请客行了吧。"

闻言，陶嘉出声反对："没有什么不合适的，你们当初救了我，要不是你们不愿意，我父母也想请你们吃饭的。"

"别，我长这么大，最怕和长辈一起吃饭。"徐一川看着陶嘉，"我这话不是针对你父母哈。"

陶嘉笑了笑，道了声"没事"后，抬眸看着江延："不管怎么样，这顿饭肯定是要请的，就看你明天有没有空儿了。"

"好，我知道了。"江延沉默了会儿，忽然说。

林宛有些纳闷，这人知道了什么？不只是她，大家都不知道江延知道了什么。

陶嘉更是弄不明白，但也不好多问，只点点头："好，那具体的我明天上午再和你们说。"

"嗯。"江延没再说什么，只是突然倾身将林宛的手机拿了过来，语气漫不经心，"你休息会儿，我帮你打。"

"为什么？我不要，我要自己打。你看不起我是吗？"林宛觉得自己受到了侮辱。

江延直接摁灭了她的手机，声音有些沉："你胳膊不想要了？月底还打算缺考是吗？"

林宛不知道这人从哪来的火气，忍不住缩了下脖子："那你想打就打吧，顺便让我见见你的水平。"

胡杭杭他们几个早就习惯了这样的场面，闻声头都没抬一下，只是几个人都以平生最快的手速和最高的操作水平，把对面水晶推了。

胡杭杭大喊一声，手机往桌上一扔，松了口气："好了，都不用打了，我们赢了。"

林宛没敢从江延手里把手机抢回来，只是挑着眉，很惊讶："我在这个游戏里的存在感已经低到了这个程度吗？"

徐一川笑着安慰她："还是有的，最起码你能让对面发育起来。"

得，绝交。

江延回来了，胡杭杭他们也不敢再找林宛打游戏，五人小队很快就原地解散了。

林宛转了个身，江延从她身后走过，回到自己位子上。

"那个……"过了几分钟，林宛拽了拽江延的袖子，"我手机，你还没还给我呢。"

江延侧目看着她，眉头轻皱，有些难以置信："你难道看不出来吗？"

"看得出来。"林宛说。

"什么？"

"看得出来你对我的手机意图不轨。"

江延简直都快要被气死了："你难道看不出来她的想法吗？"

"嗯？谁啊？陶嘉吗？"林宛不知道怎么回事，说这句话的同时心里倏地涌起一阵怪异的感觉，她低头小声嘟囔着，"她什么想法，我怎么知道。"

江延盯着她看了几秒，也转头挪开了视线。

林宛是在周六早上收到陶嘉发来的消息，两人高一期末就加了好友，聊天记录也停留在那个时间。

最近的一条也就是她半小时前发来的："林宛，吃饭的时间定下来了，今天下午四点，你有时间吗？"

林宛刚刚睡醒，看到消息后翻了个身，把手机扔在一旁，又眯了几分钟，才回神。

她睁开眼，头顶是装修精致的天花板，底纹是林母精挑细选的小碎花图案。

林宛昨晚睡觉时窗帘没有拉严实，这会儿有细微的光亮从那一点缝隙里钻进来。

她无声喟叹，伸手拿过手机，缓慢地敲了句话："我今天下午要去医院拆石膏，估计没有时间过来了。你们玩吧，下次有机会再聚。"

对方回："好。"

林宛把手机丢在一旁，其实她对陶嘉的印象很浅，仅限于是挺好看的一个女孩子。

两个人虽然有着挺奇妙的缘分，但是并没有深交，平常在教室，陶嘉也有自己的固定玩伴，林宛大多时候也都是和江延他们几个一起玩。

女生的第六感都很准。林宛清楚陶嘉并不喜欢自己，也许之前期末在考场的时候，她确实是真心想和自己交个朋友。

但现在，林宛知道，她少了那份真心，至于少了的原因是什么，林宛也不想知道。

起床已经十点多，工作狂人没有休息时间，所以家里只有林宛一个人。

她起床，踩着拖鞋慢吞吞地走进浴室，顺便把手机带了进来，搁在架子上放着电视。

不知道是不是受到了江延的影响，林宛现在对狗血八点档也非常有兴趣。

手机正在放着《一帘幽梦》的主题曲。她拿着牙刷挤牙膏，刚挤完，电话就响了，是个陌生号码，但显示归属地是溪城，估计又是什么推销之类的。

林宛咬着牙刷，没接。

电话自动转为未接来电，接着又响了起来，还是之前那个号码，大有你不接我就一直打下去的势头。

她妥协了，接通电话，嘴里都是泡沫，含糊一句："你好？"

电话那头是一阵嘈杂的响动，接着是一个熟悉的声音，胡杭杭嗓门很大："林宛，怎么刚给你打电话你没接啊？你不是还没起床吧？周六这么美好的时间你怎么就这样荒废了呢。"

林宛低头灌了口清水，漱干净嘴里的泡沫后，才开口："刚起，没有荒废，我打算起床学习来着。"

电话那边安静了。

林窈笑了声，心里念了句"还跟我贫"，接着说道，"怎么，找我有什么事情吗？"

这下换成徐一川的声音："我听陶嘉说，今天下午聚餐你不来是吗？怎么，是有什么事情吗？"

听他说话的间隙，林窈已经拿着手机出了浴室："啊对，我妈下午三点给我约了医生拆石膏，估计结束得晚，就不过来了。"

"这样啊，那要不然我们几个陪你一块儿去医院，等结束了再一起去吃饭？"徐一川说完，觉得自己这个提议简直完美，"反正吃饭也是在晚上，晚一点也没关系。你觉得怎么样？"

"我觉得，不怎么样。"林窈走到客厅，实在想不明白他的脑回路，"这么多人一起，不知道的还以为我们是去医院闹事的呢。"

"人多？那好办啊。"自习室里，徐一川瞥了眼一大早就面无表情坐在旁边的某人，清了清嗓子，"那让江延一个人陪你也可以的。"

一直面无表情的某人眼皮挑了下。

"你有病？"

徐一川突然压低了嗓音，声音就跟从气腔里挤出来的一样："林窈，江延今天心情好像不大对，你就当日行一善，把他带走吧……算我们哥仨求你了，行吗？"

林窈从冰箱里拿出一瓶酸奶，人靠着柜门，语气冷漠又无情："那你也日行一善，放我一条生路吧。"

下午三点半。

一辆出租车缓缓停在市人民医院门口，司机回头看了眼从一上车就没开口说过一句话的两位小乘客，出声提醒："市医院，到了。"

坐在后排的林窈"啊"了声，解锁手机准备扫码付钱，突然从她旁边伸出一只胳膊，声音冷淡："五十，谢谢，不用找了。"

然后人就推开车门，长腿一迈，下车了。

林窈愣了下，和同样愣住的司机对视一眼，抿了下唇角，一脸很是难以启齿的模样："不好意思，他脑子有病，就是那种以为自己是天下第一有钱的病。"

司机"哦哦"两声，明白了，然后把多余的钱找给她，还特别好心地跟她说："那你今天是带他来看病的吗？市医院的神经科不如省立医院啊。"

林窈拿了钱下车，江延还站在路边。她走过去，当着他的面把钱装进了自己的包里。

江延看着她，一脸"你竟然不给我"的样子，也没说话，就这么垂着眼看她。

林宛对上他的视线，毫不心虚："看什么？"

"没看什么。"江延淡声说。

"看也没用。"林宛率先转身朝医院里面走，"这是我要回来的，就只能是我的了。"

江延勾唇冷冷地笑了下："靠说我脑子有病要回来的？"

林宛不知道这人是什么魔鬼听力，更不知道自己为什么又在最后关头答应了徐一川的请求。

大概是因为她善良吧。

暴雨之后的气温连着降了许多，空气潮湿，路面还带着未干的水渍。

林宛出门为了方便就穿了件短袖，底下是条浅蓝色的牛仔裤，脚上踩着双帆布鞋。

反观江延，非常有降温意识，套了件黑色的卫衣，底下是同色的牛仔裤。卫衣的领口略微低下，露出一点锁骨线条，骨骼纹路清晰可见。

林宛眨了眨眼，强迫自己收回了视线："走吧。"

林宛来医院之前，方仪宋就已经安排好了一切，整个过程都没怎么费时间。

拆完石膏之后，医生又叮嘱几句："你这种情况石膏拆得算早了，回去之后一定要注意，不要大幅度扭动。"

"好的，谢谢陈医生。"

检查完毕，林宛在护士的帮助下，简单地做了几个看起来傻傻的动作。整个过程，江延都一直默不作声地坐在旁边的长条沙发上，神情漫不经心，视线倒是一直看着她。

林宛抽空和他对视一眼，提醒他："江同学，我觉得你可以稍微回避一下。"

江延眉梢轻扬："为什么？"他自顾自地接了下句话，"因为你现在看起来很傻的样子吗？"

"那不用了，你平时比现在看起来更傻。"江延无声地勾了勾唇角，缓声说。

林宛面无表情地挪开视线。

两人都没再说话，倒是旁边的小护士低头笑了下："男生可不能这么说女生，将来会找不到女朋友的。"

"他不这么说也找不到女朋友。谁敢和一个移动制冰器谈恋爱？"林宛呵了声，冷冷地接上下句话，"没有人。"

小护士没说话，只是突然回头看了眼身后的空调，有些疑惑，冷气没开啊，怎么周围气温凉飕飕的呢。

　　从骨科出来已经是一小时后的事情，林宛活动了下胳膊，一时间还有点不太适应没有石膏的固定。

　　江延跟在她身后，看着她跟耍猴似的动来动去，倏地抬手捏住她的胳膊："医生不是让你不要大幅度活动，刚说完你就忘？"

　　林宛的胳膊被他捏着，只好仰着脸看他："没忘啊，我就是不太适应。"

　　江延沉着脸，手指转了个方向，抓着她的手腕拎起一定的高度，跟她平时打着石膏的那个姿势差不多。

　　林宛僵了下，突然出声："你今天不高兴吗？"

　　从下午一见面他就是这个样子，情绪不高，话也不多，语气也很淡。

　　江延攥着她的手腕，指腹挨着她的脉搏。她穿着短袖，皮肤细腻柔软，还有些凉，和他温热的掌心是截然相反的。

　　他垂着眼，感受指腹间的跳动，想到今天早上的电话，无声叹气，违心说道："没有。"

　　"江同学，平心而论，我觉得你人各方面都挺好的，就是撒谎的功夫还有待改进。"林宛把胳膊从他手心里抽出来，敛眸对上他的视线，"你今天一脸生人勿近熟人勿扰的气息，已经很明确地告诉我，你在不高兴。"

　　"你是不是觉得我是个白痴，你都表现得这么明显了，我还感觉不出来？"林宛觉得自己的智商受到了侮辱。

　　听到这话，江延抬眸看着她，眼眸微敛，神情轻松，默默接了话："是。"

　　林宛愣了下，迅速在脑袋里捋了一下两人刚刚的对话，有些不可置信："我说我是白痴，你还应？"

　　江延看着她气急的模样，心里那点郁结一点一点被熨平，唇边勾起一个很小的弧度："没应，你不是白痴。"

　　林宛觉得这个安慰反而更像是在骂她是个白痴。

　　"我——"江延似乎还想开口说些什么，视线落在她身后，倏地一顿。

　　林宛被这突兀的停顿吸引，抬起头顺着他的视线看了过去，那里站了一个女人。

　　一个穿着打扮都很精致，全身上下都是名牌的女人，她的皮肤保养得很好，细腻有致，眉眼柔中带妩媚。

　　林宛一时间也没看出她的真实年纪，刚想开口问问江延是不是认识，那个女人已经先朝这边走了过来，目光落在江延身上，很温柔地喊了声："延延。"

　　林宛顿住了，侧眸看了眼江延，才发现他神情一改之前的漫不经心，看起来十分冷淡，是那种从骨子里透露出来的冷。

她没有出声，低着头站在一旁，而江延也一直没说话。

气氛僵持而尴尬，就在林宛以为会一直沉默下去的时候，江延突然开了口，声音暗哑："妈。"

林宛僵了僵，眼皮轻挑，依然没有什么动作。

"你怎么在这里，是生病了吗？"于风烟的声音一直很温柔，"妈妈早上给你打电话你怎么没接？"

低垂着头的林宛看到江延垂在身侧的手紧紧攥了起来，然后又缓缓地松开，接着耳边就响起他有点沉郁的声音："没有，没看到。"

于风烟知道他不愿意说，也没有强求，视线顺着看了他眼站在旁边的林宛，想说些什么，到最后还是什么都没说，问了别的："你晚上有时间吗？我们一起吃个晚饭吧。"

林宛真的一肚子的问号，这是正常的母子相处模式吗？但她现在不敢问。

江延很快拒绝："不用了，晚上同学有聚会。"

于风烟似乎知道他会拒绝，神情也没多失望："那好吧。我听老宅的用人说你搬出来了，家里是有什么住着不开心的地方吗？"

江延不知道是怎么了，听到这话，突然笑了下，语气有些冷："你觉得那个家，我会住得开心吗？"

说完之后，他轻合眼眸，忽然没头没脑地又说了句："妈，别再管我了，我已经成年了，做什么决定我自己清楚。"

"我只是……"

于风烟的话还未说完，就被江延打断了："我还有事，就先走了，您回去路上注意安全。"

说完，他略微低头，拉着林宛离开了。

"延延……"

于风烟还想说些什么，江延已经不管不顾地走进了电梯，沉重的梯门将外面的一切隔绝。

林宛站在江延身侧，两个人的身影倒映在金属地面上，少年的神情淡漠冷然。

她抿了下唇角，犹豫着不知道怎么开口。

电梯很快到达一楼，江延率先走了出去。他腿长，几步一跨，就和落在后面的林宛拉开了很远的距离。

林宛看着两人越来越远的距离，停在原地，深吸了口气后，直接抬脚跑了过去，和他困难地并行着。

"那个……"她开口。

江延没说话，脚步却慢了下来。

"你等下还要去吃饭吗？"林宛觉着他这个状态去吃饭，可能胡杭杭他们几个都会食不下咽。

江延停下脚步，侧眸看着她："你想去？"他好像没有怎么思考，"那我送你过去。"

说着他脚步一转，走到路边拦了辆车。

林宛真是惊了，不是说市医院门口是最难打车的地方吗，怎么现在随手一拦就是车？

江延已经先一步坐进车里了，林宛也不好再让他下来，跟着坐了进去。

司机把空车的牌摁下去，回头看着两人："去哪儿啊？"

去哪儿？林宛心想：我怎么知道去哪儿。

江延显然也不知道去哪儿，他整个人就像是被禁锢住了，思维也一直不在线上。

最后还是林宛说了个地方："去齐云路上的第十中学吧。"

"行嘞。"

车子开始行驶，窗外景色一闪而过。江延自从上车之后就闭上眼睛靠着椅背，一言不发。林宛坐在旁边也不敢开口。车厢内的气氛比来时还要沉默。

十中离市医院的距离较远，再加上周末路上堵车，等到地方已经是一小时后的事情。

司机把车停在路边："到了。"

林宛付了钱，侧眸看着不知道有没有睡着的人，试探性地喊了声："江延？"

"嗯？"江延睁开眼，眼尾红红的，情绪不高。

林宛看着他这个样子，心里有个地方软了下去，声音低软："到家了，我们回家吧。"

说实话，林宛其实也不知道自习室那间屋子对他来说算不算家，她就是觉得这人现在看起来非常没有归属感，就想说点什么，说点能够让他觉得踏实点的话。

回家，应该是最能让人心安的词语了。

闻言，江延敛眸看了她一会儿，眼底情绪复杂，到最后只是轻轻一声："好。"

声音暗哑而脆弱。

周末的自习室人很多，林宛推门进去的时候，吧台还站着几个学生。

关澈伸了个头看到她，以及她身后的江延，有些惊讶："你们不是去吃饭了吗，怎么这么快就回来了？"

他一边说话，一边把钱递给面前的几个人："位子在里面，自己去吧。"

"好嘞，谢谢哥。"几个人拿着钱走了。

关澈看着不说话的两人，意识到有点不对劲，神情担忧："怎么了，出什么事情了？"

林宛叹声气，摇头的同时，用眼神疯狂暗示他江延的不对劲。

关澈立马反应过来，视线看向江延。兴许是意识到了什么，他也没有问："没事，你们去楼上待着吧，我等会儿给你们拿点吃的。"

"好。"

林宛先走了几步，意识到江延没有跟上来，回头看着他："你怎么……"

你怎么不动，这不是你家吗？少年你这样，我很为难啊……后半句话她默默在心里吼了出来。

江延的思维持续性缓慢，这会儿抬眸看着她，哑着嗓子"啊"了声，抬脚跟了上去："走吧，去我房间待会儿。"

林宛是第二次来这里，房间跟上次相比没有什么区别，唯一不同的就是沙发前边的墙上多了台电视。

她还是坐在旁边的单人沙发上，看着他上次一样把衣服收起来放到旁边的脏衣篓里。

房间的窗户开着，风一吹，摊在桌上的试卷哗啦啦响。

林宛这会儿心里很纠结，不知道要怎么开口，同时她心里也有一堆疑问，不知道从何说起。就拿最开始的时候，徐一川他们说江延他爸和他弟弟的问题，林宛以为只是简单的家庭矛盾；接着就是不过生日的事情；还有之前在这里，他说以后有机会就不回家了；以及今天在医院遇见的那个被他称作母亲，却和他一点也不像母子的女人。

林宛觉得她这个同桌就像是一个神秘的百宝箱，别人开箱都是惊喜，而他的每一次开箱都是一个惊吓。

他身上的秘密就像滚雪球一样，越滚越大，直到有一天，雪球再也承受不了，碎了散了，藏在里面的秘密也会随之暴露出来。而那个时候，作秘密的承载体，会哀莫大于心死还是置之死地而后生，都还是未知数。

"江延。"林宛忽而抬眸看着他。

"嗯？"他应了声，在她旁边的长条沙发上坐下，见她一直不说话，疑惑地看了过去。

"啊，没事，我就是看你睡着了没。"林宛是想安慰他来着，但是这问题太多，她不知道从哪一个开始安慰。

江延靠着沙发，长腿伸直了，语气漫不经心："我刚刚站着的。"

"站着怎么了？站着就不能睡觉了吗？"

"能睡。"江延看着她说。

林宛以为他还要说些什么来反驳自己的，心里都已经做好了他说一句她就回一句的准备，谁知道这人这么容易就松口了，想找个话题转移一下怎么就这么困难。

沉默片刻，林宛看着屋里的电视机，问："你怎么买了个电视机？"

"看电视。"

"行吧。"

江延弯腰从桌上找到遥控器："要看电视吗？"

"啊，都可以。"林宛抠着底下的坐垫，在脑海里想了无数个话题，最后都被她给一一否定了。

"林宛。"

"嗯？"

"算了，没事。"江延抬眸看了她一眼，又垂下头，沉默了。

林宛其实没怎么安慰过人，准确来说，是她长这么大除了在电视里，还是头一回在现实生活碰到命运这么多舛的人。

她无从下口，生怕又说错什么，刺激到她同桌现在敏感又脆弱的心灵。

电视开了，江延随便找了个节目播放，不知道又是什么狗血电视剧。一个样貌出众的男人不知道是受到了什么打击，在雨中孤独地行走着，身上被雨淋了个透。

然后他走到一家店门口，里面有个女生看到他，立马推开门跑了出来。

两个人站在雨里说了会儿话，女生突然伸手抱住了男人，安慰道："没关系的，你还有我。"

林宛忍住翻白眼的冲动，视线无意间瞥到坐在一旁出神的某人，脑海灵光一闪："江同学。"

"嗯？"江延抬头看着她。

"你现在或许，"林宛顿了下，认真想了下词，"需要一个拥抱。"

林宛这话一说完，房间里就只剩下电视的动静，此时正好插播了广告，代言人甜软的嗓音在屋里回荡。

暮色来袭，窗外的天空不知何时被晚霞覆盖，大片光华从那扇狭窄的窗户洒进来。

屋内被分割成两个画面。

江延坐在暗处，姿态懒洋洋的，长腿微微屈直，白皙细长的手指随意地搭在腰腹间，另一只手还握着电视机的遥控器。

他似乎是在发愣，面容清俊却没什么表情，卷翘的睫毛向下压出一个好看的弧度，在眼睑下方投出一点阴影。隔得远，林宛看不清他眼底的神色。

时间好像过了许久，林宛看到他张开了手臂，微抿的唇动了动，嗓音低哑："来。"

"嗯？"

来什么？拥抱？我说着玩的你还当真了？兄弟你也太给面子了吧！

林宛盯着他看了几秒，确定他没开玩笑之后，微提了口气，蜷缩的手心在不知不觉中冒出一点汗。

她看着少年的眼睛，此刻他微微往前倾了倾身，整个人暴露在眼前的光线中。

那双琉璃光彩的眼睛没有往日那般慵懒轻松，此刻是暗沉无波，就像是一汪平静的海面，内里却波涛汹涌。

抱还是不抱？算了，就当日行一善吧。

还未有什么动作，搁在桌上的手机突然毫无征兆地响了起来。

江延的铃声是那种系统自带的，响亮刺耳，像是一把利刃凭空闪出。

江延倾身拿起桌上的手机，声音漠然："喂。"

远在电话那端的徐一川冷不丁打了个冷战，丝毫不知道自己刚刚不小心破坏了什么："江延，你跟林宛从医院出来了吗？我们都在等你们吃饭呢。"

听筒里的声音没有任何遮掩地传出来，林宛这才想起来晚上还有个饭局。

江延抬手搓了下脖颈，视线看着林宛，似乎是在问她的意见，见她摇头，又撤回视线，淡声道："不来了，有事。"

他没等徐一川有什么回应，就把电话挂了，顺便关了铃声后丢在一旁。

电视还在播放，房间里的气氛一时间有些说不出来的怪异。

林宛原本都想好了抱一下之后的措辞：我林宛是个善良的人，抱你就是为了安慰你。

谁知道电话响了。早不响晚不响，偏偏挑了个正在进行时响了起来。

林宛想好的措辞被打断，一时间也陷入了沉默，杵着脑袋盯着电视。江延坐在她斜后方，人斜靠着沙发，视线落在她身上。

说实话，他没有想到她会真的抱过来，他甚至都做好了被她用枕头砸脸的准备。

谁知道下一秒，小姑娘突然站起身走到他面前。

江延有一瞬间没有反应过来，脑袋里一片空白，完全不知道自己身在何处，在做什么。

可是他却从心里涌出了点踏实的感觉，就好像一个人孑然一身漂泊得久了，突然有个人伸出手拉了他一把，然后一点一点地将他从幻境中拉回了浮华现实，让他知道自己还存在在这个世界上。仅此而已。

早秋的天不到七点就完全黑了，林宛和江延在屋里安静地看完了两集电视剧。

屋内只开了一盏落地灯，光线昏沉。

林宛久坐不动，浑身僵硬，抬手伸了个懒腰之后，才觉得有些饿，扭头看了眼坐在一旁的江延："吃饭吗？"

"饿了？"江延抬眼看了眼窗外黑漆漆的天，站起身，"走吧，去楼下吃点东西。"

林宛低头穿上鞋，跟在他后边下了楼。楼下大厅比白天还要热闹，关澈和一个小男生坐在吧台后边，有一搭没一搭地聊着天。

他视线不经意看到从楼上下来的两人，笑了下："是不是饿了？我叫了火锅外卖，等会儿一起吃吧。"

林宛原本还没那么饿，听到他说火锅，眼睛都亮了，没等江延问她，就应了："好啊。"

关澈笑容不减，拿起手机看了眼，然后又抬头看着两人："还有几百米就到了，你们先到后边坐着吧。"

江延带着林宛去了之前吃早餐的小客厅，然后走到后边的小厨房，从冰箱里给她拿了盒酸奶："先垫着。"

林宛接了过来，指尖触碰到包装盒，冰凉一片，她忍不住瑟缩了一下。江延注意到她的动静，目光瞥了眼她身上的短袖，视线一沉，起身走了出去。

林宛不知道他干吗去了，她这会儿只觉得自己饿得难受，咬着吸管三两下就喝完了酸奶。冰冰凉凉，喝下去之后，整个人都冷飕飕的。

她搓了搓胳膊，视线打量着小客厅，发现这里什么都是小小的、窄窄的，东西很多，但是一点也不乱，看起来错落有致，虽然不是特别整洁，但相比一般的自习室，这里简直是天堂。

没一会儿，江延从外面进来，手里拿着件黑色外套，递给她："穿着吧。"

林宛确实觉得有些冷，也没拒绝，接过来之后就穿上了。衣服上是清馨的薄荷香，是熟悉的味道。

男生的外套比较大，袖子太长了，林宛干脆直接撸上去，露出一截白皙的胳膊，但是袖口的尺寸依然很宽松，没撸上去几分钟又松了下来。

反复几次，她索性就放弃了，任凭衣袖堆在手腕那里，随口问道："这家店的老板平时都不在这儿吗？"

她来了这两次好像都没有看到过老板。

"在这儿。"江延懒洋洋地说，神情慵懒，看样子是已经恢复过来了。

他突然朝林宛伸出手。林宛下意识地往旁边躲了下，他动作没停，手往前伸，攥住她的手腕扯到自己面前。

温柔光线下，少年低着头，修长的手指翻动着，一点一点地帮她把袖子卷上去。

林宛的脸莫名有些发烫，视线慌乱地错开，问："那我怎么从来都没见过他？"

江延替她卷完右手的，又替她卷着左手的，眼睛微垂，等卷好后抬眸和她对视，唇角微勾："你天天都能见到我，怎么没见过？"

"你你你——"林宛惊了，"我还一直以为你是个勤工俭学的好孩子，没想到你竟然是个深藏不露的小老板。"

江延松开她的胳膊，人往后退了点。他靠着椅背，椅子前脚抬起，人往后仰，姿态慵懒，似乎是在解释："这家店的老板当时急着用钱。我和关澈正好有钱，所以就合资一起买了。"

他说的就跟在菜市场买菜一样轻巧，但林宛就算是再不懂行也清楚，这座城市像这样的巷子里的房子有多值钱。

更别说是一栋小三层了。

再加上这周围除了十中还有好几所其他学校，就这小胡同巷子，也都能被大家称为学区房。

他竟然就这么简单地给买了！

这岂止是个小老板，这简直就是个钱多到花不完的富家公子，还是每天都有不少进账的那种。

林宛觉得自己受到了前所未有的打击，下午她还跟人家司机瞎扯，说他是个觉得自己天下第一有钱的神经病。

结果呢，人家压根儿没病，人家就是个名副其实的有钱人。

林宛不想再说话了。正好关澈带着火锅的专属配送员走了进来："来来来，收拾一下，吃饭了。"

几下收拾，小方桌上很快就摆满了食材，一个正在煮着的汤锅摆在中间，汤底汩汩冒泡，香味跟着就飘了出来。

林宛真情实感地哭了，她真的太饿了。

三个人围着小方桌坐下，关澈朝外面吧台喊了声："小伟，你真不吃吗？"

外面传来回应："不吃了哥，我来的时候才吃过的，你们吃吧，店我看着。"

"行。"关澈拆了筷子，"那我们吃吧。"

小客厅里热气腾腾，锅底的香味浓厚，吃得久了，林宛觉得热，就把外套脱了。

吃之前江延给她拿了几听冰可乐，林宛一边吃一边喝，不到一会儿，就感觉有些撑了。

两个男生还在边吃边聊，她也不好停下筷子，索性放慢了速度。

江延和关澈吃得不多，大多时候都是拎着易拉罐在喝。两个人喝了得有七八听，吃的还没有林宛一个人多。

兴许是顾及着林宛在，两个男生的话题也都仅限于最近发生的事情，基本上都是关澈说三句，江延应一句。

吃到一大半，江延搁在桌上的手机闪了闪，他看了眼，拿起手机起身走了出去。

林宛放下筷子，看着他的背影。

关澈坐在她对面，等江延走出去之后，他放下手里的饮料，清了清嗓子，问："你们今天出去，发生什么事情了？"

"我们在医院见到江延的妈妈了。"林宛没想隐瞒，她觉得关澈跟徐一川他们几个不太一样，好像更了解江延一点，性格也比他们更沉稳，也许他会知道怎么安慰和开导江延。

果不其然，关澈一听这话，脸色倏地就沉了，语气冷然："是吗，她还有脸回来。"

林宛觉得，这个问题好像有点大。一个小辈能这么说一个长辈吗？

关澈似乎也意识到自己的语气不对劲，缓了缓神色后，没再继续这个话题，拿起筷子从锅里捞了点肉卷。

两个人有一搭没一搭地聊着天，江延出去接电话，好半天都没回来。

林宛看着关澈孤独地喝着饮料，想了想，从桌上拿了一听饮料拆开，举到他面前："一起喝点吧，就当是庆祝我们第二次坐在一起吃饭。"

关澈觉得这姑娘真有意思，也没拒绝，抬手跟她碰了一下，随口问了句："你跟江延怎么认识的？"

林宛喝了口饮料，缓了缓，才开口："分班，分到一个班的。"

顿了下，她又想起来件事："准确点是上学期期末，我们俩分到了一个考场。"

关澈又问："你觉得他怎么样？"

"挺好的。"林宛小口抿着饮料，注意力被分散，反应有点慢，"嗯？你问这个干吗？"

"好奇。"关澈垂眸。

关澈还想说什么，余光瞥见江延拿着手机，正朝这边走来。他后背一凉，甚至觉得明年的今天就是自己的死期。

江延刚接了于风烟的电话，两个人在电话里起了争执，情绪正不好，谁想到，一进门就看到自己的小同桌抱着饮料罐。

他脸色一沉，踢了关澈凳子一脚，气急败坏地说："谁让你给她喝这个的？"

关澈被他这么猛地一踢，差点没坐稳："我没给她喝，她自己要喝的。"

他也没说假话，他也没让她喝啊，是她要喝的，他也拦不住啊。但说实话，他也没想拦。

一听饮料而已。

林宛明显神情有些恍惚，脸颊微微泛着红，听到两人争执，也没什么反应。她就是觉得有点晕，感觉房子都在转。

下一秒，她人就突然悬空了，心跳猛地抖了一下，还没反应过来，眼前的景象就换了。

江延原本打算等会儿吃完饭就把人送走的，结果现在她喝饮料喝兴奋了，估计连家在哪儿都不知道，他也只好先把人抱回房间歇着。

结果他刚把人在沙发上放下，小姑娘就跟吃了兴奋剂一样，脱了鞋，踩着沙发又蹦又跳，嘴里还哼哼唱唱。

江延真觉得一个头两个大。关澈自觉理亏，从楼下泡了杯蜂蜜水端上来，一进门就看到林宛的兴奋模式。

江延站在一旁面无表情地看着他，他勉强一笑，把水往桌上一放就溜了。

这谁能想到，小姑娘看着挺老实的，兴奋起来是这个样子，一看就是平时太压抑了。

江延对这样的林宛简直束手无策，无论是他沉着脸，还是软声哄着，她都不听。这人简直油盐不进。

江延有一瞬间真的想打她一顿，但清醒过后，他更想把关澈打一顿。

"林宛。"江延有些无奈，上前拉住她的手腕，把桌上的蜂蜜水端给她，声音很轻，"别蹦了，喝点水睡一觉，我送你回家。"

"你是谁？"林宛的眼睛很亮，这会儿喝醉了之后，更是明亮，"你长得好像我同桌。"

她自言自语，语气喟叹："不能像我同桌，他太可怜了。"

"秘密也多。"林宛这会儿说话根本没有什么逻辑，只是什么有印象就说什么，"钱也多。"

她蹦跶完了，盘腿坐在沙发上，眼神迷糊："这是哪儿，我为什么在这儿？"

"自习室。"江延觉得自己太阳穴突突直跳，耐着性子解释，"你在这儿吃火锅。"

林宛思维跳脱，这会儿不知道是想到了什么，声音有点委屈："我想回家。"

"我不想住在杨老师家里。"小姑娘眼尾发红，声音轻轻软软，"我想爸爸妈妈。"

江延不知道她以前的事情，听她这么说，也只能明白个大概，看着平时大大咧咧的人这会儿委屈的样子，心里有一角似乎软了下去。

他在她面前蹲下来，压着声哄她："好，我送你回家，我们不住杨老师家里，嗯？"

少年的声音低沉而轻缓，声线温柔，带着点诱哄："乖一点把水喝了，我送你回家。"

林宛低头，在他眼里看到自己的小小缩影，他的眼睛暗沉，像是旋涡一般将她一点一点吸引过去。

她难得听话，接过他递来的水，小口抿着。

见她接了蜂蜜水开始喝，江延忍不住松了口气，等她喝完之后接过空杯子，侧身放到后边的桌子上。

他站起身，在沙发上找自己的手机，打算给孟昕打个电话问一下林宛家在哪里。

手机被他带上来随手丢在沙发上，小姑娘刚刚又蹦又跳，手机也不知道滚到哪里去了。找了一圈，江延也没找到，目光瞥见小姑娘放在桌上的手机，伸手去拿。

林宛虽然不太清醒，但是对自己熟悉的东西有很强的保护意识，见江延拿了自己手机，她心里涌起一阵危机感，爬起来就想去夺。

江延没想到她会有这么个动作，拿到手机后，转身问她："密码——"

话还未说完，就看到眼前一个人影朝他冲了过来。怕人摔着，他也不敢躲开，手下意识就想把人先扶住，谁知道小姑娘是站在沙发上跳过来的，跟他差不多高。

他把人接住的同时，她的脑袋也稳稳地撞在他的鼻梁上，沉闷一声。

那天晚上林宛做了个梦，回到了小时候，第一次被送去小托班老师家里的场景。

那个时候她不过才三四岁，牙牙学语的年纪，糯声糯气地叫爸爸妈妈，逢人就咯咯笑，小眼睛弯着，唇红齿白，很受大院里的爷爷奶奶们的喜爱。

盛夏时节，林父、林母双双辞职，准备投身当时还未曾兴起的房地产行业。

夫妻两人都是独生子女，家里老人早早离了世，小林宛没人照顾，这一去路途遥远，总不能带着女儿一起吃苦，夫妻俩一时没找到合适的对策。

这时和林家同住一个家属楼的杨老师主动提出帮忙照顾林宛。

林家和杨家一向交好，把孩子交给他们，林父、林母都很放心。临出发前一天，林母将小林宛送去杨家，离开时她交给杨老师一个信封，里面是几千块钱。

杨老师起初推脱没收，可禁不住林母的劝说，还是把钱收了，最后也都还是花在了林宛身上。

林母和小林宛说了几句话，大意就是让她听杨老师的话，不要哭闹，爸爸妈妈很快就回来。

小林宛还未曾懂事明理，没有听出妈妈话里的意思，直到她被杨老师抱在怀里，看着妈妈一个人走出杨家，才意识到什么，开始放声大哭，糯声糯气地喊着："妈妈，妈妈……"

林母听到女儿的哭声，脚步停了一瞬，但最终还是狠了心，快步离开了。

林父、林母这一走就是大半年，再回来的时候，小林宛已经会自己穿衣服了。两个人在家里待了不过一个月，又故伎重施将林宛送去杨家，这一次走之前，林母又给了杨家几千块。

而林宛也如第一次般放声大哭，林母依然没有回头。

往后的几年，这样的场景，林宛每隔一段时间就要经历一次，她有时候甚至不希望他们回来，这样她就不用在每一次都快要忘记离别的感受时，又重蹈覆辙。

等到她再大点，林父的生意已经做起来了，林母成为他的左膀右臂，夫妻俩当机立断，在林宛十岁那年，把公司迁回了溪城。

那几年溪城的房地产生意被炒得火热，林父的生意越做越大，两个人虽然在溪城，但也经常十天半个月不着家。林宛竟也和之前一样，一直住在杨家。

梦里的场景变幻莫测，上一秒她还在父母怀里笑得灿烂无比，下一秒其乐融融的场景又突然变成她哭着喊着跟在林父、林母身后，让他们不要走。

可无论她怎么哭喊，走在前面的两个人始终没有停下来回过头看她一眼。

"不要走——"

林宛突然从梦中惊醒，那样真切的感受，让她在睡梦中也哭了出来，眼角还挂着未干的泪痕。

从梦里醒过来，林宛缓缓地松了口气，闭上了眼睛，但下一秒，她又猛地睁开了眼睛，眼前的屋顶没有任何图案，不是她房间里的那个熟悉小碎花。

　　林宛瞬间就从蒙眬睡意中清醒过来，脑海里冒出无数个问号：她在哪儿？她怎么在这儿？她还活着吗？

　　这一串问号的回答在她手忙脚乱掀开被子时得到了解答，她看到了摆在床头柜上的那张熟悉的合照。

　　她在自习室，在那个她曾经睡过一次的房间。

　　看到这些，林宛心里的大石稳稳落了下去，白皙细长的腿垂在床侧，低头长长地吐了一口气。

　　她看了眼周围，没有找到自己的手机，也不知道现在是几点了，更不知道她昨晚一夜没回家，林母会不会担心去报警。

　　床边摆了双拖鞋，林宛低头穿上，起身往沙发处走。

　　屋内没有开灯，窗帘紧闭，光线不是特别明朗，林宛慢吞吞地走过去，在茶几上看到自己的手机。

　　走过去的同时，她也看到了躺在沙发上的人。

　　林宛不知道江延也睡在屋里，这会儿发现了，脚步不由自主地放慢了，绕过沙发，拿起自己手机。

　　才刚过五点。

　　"醒了？"背后突然传来一个沙哑的声音。

　　林宛没忍住，受到惊吓般地叫了一声，与此同时她还往旁边跳开了一点距离。

　　江延一开始只是听到窸窸窣窣的动静，没怎么清醒，这会儿听到她这么清脆的一声，人也醒了，从沙发上坐起来，侧身开了旁边的落地灯。

　　房间顿时亮了起来。

　　林宛这才看到他红肿的鼻梁，还有满是倦意的眼睛，语气有些迟疑："你鼻子这里怎么了？"

　　江延三点多才睡下，这会儿正头疼，听到她问起这个，抬眸看了她一眼："你不记得了？"

　　"我该记得什么……"林宛确实没什么印象了，她只记得自己在楼下和关澈吃火锅，然后睡了一觉，醒来就在这里。对于喝完饮料和睡觉之前的这一段记忆，她忘得干干净净。

　　江延揉了揉眼睛，长腿屈起，胳膊搭在上面，语气也带着很浓的困意："你不记得了吗？你昨晚又哭又喊。"

　　林宛心想：我不是，我没有，别瞎说啊。

江延敛眸看她，眼底含笑，缓声道："然后，你就一拳砸过来了。"

林宛没说话，但心里也有些怀疑自己是不是做了什么大逆不道的事情，毕竟她喝醉之后的状态，简直可以用恐怖来形容。

她自觉地没再多问，随便洗漱了下，准备下楼回家。

五点多的早晨天还没有完全亮，天空是暗沉的蓝色，一轮浅月还悬在当空。

早上的气温比较凉，林宛从自习室出来的时候还穿着江延昨晚拿给她的那件黑色外套，宽大的衣服将她整个人都包裹在里面。

林宛和江延并肩走在巷子里，这会儿巷子里的早餐铺还没有支起来，还不算特别热闹。

林宛看了眼只穿了件短袖的江延，出了声："要不然你先回去吧，我自己出去打车就好了。"

少年没有睡好，一脸倦意，眼尾也是红红的，闻言打了个哈欠，指着前边路口："送你到前边，等你坐上车我就回来。"

他的语气不容置疑，林宛也没再说什么。

巷子离路口不远，早上车不多，林宛在路口站了七八分钟，才看到一辆空车。

她抬手拦下，拉开车门的时候，抬头看了眼站在路边的人。

他站在晨色中，穿着单薄的短袖衬衫，底下是一条居家的黑色长裤，脚上踩着棉布拖鞋，额前的碎发带着刚睡醒时的凌乱，鼻梁上有道很滑稽的伤口，明明很困，却因为不放心她，强打着精神送她出来。

林宛忽然有些讲不出来的感觉。她从小到大独立惯了，每次有什么事情或者做什么决定，都是自己一个人。

父母给予她充分的开明，同时对她也少了许多的关怀。

林宛曾经有一段时间很羡慕邻居家的小朋友，原因无他，只因为他每次出门的时候，他的父母都会在窗户前看着他，有时候走得很远了，林宛还会看到他父母站在窗前的身影。

这些是她从来都没有体会过的。每一次都是她看着别人离开，只有江延，这个别人听起来就很胆战的同桌，每次都是看着她离开。

在旁人看起来百毒不侵的内心深处，他也有别人没有的细腻、温柔。

林宛坐进车里，看到他还站在路边，降下车窗："你回去吧，我很快就到家了。"

江延懒洋洋地轻掀了掀眼皮，抽出手挥了两下，不忘记叮嘱："到了给我发个短信。"

"好。"

车子发动，开出很远的距离后，林宛扭过头，从后边的玻璃看了眼巷子口，那里已经没有人。

她收回视线，靠着椅背闭目养神，过了会儿，像是想起什么，从口袋里摸出手机。

有好几个未接来电，她点开：孟昕、小松姐姐，最后几个都是方仪宋和林咏城打来的。

林宛突然松了口气，就好像知道自己还被父母挂念着，没有被忽视、被遗忘。

虽然只是几个未接来电，但也足够让她觉得十分满足。

林宛到家的时候，家里没有人，方仪宋的拖鞋还放在门口的鞋柜里。她换了鞋，回房间给江延发了条消息后，就钻进了浴室。

等到整个人都泡进温热的水里时，林宛忍不住喟叹一声，简直太舒服了。她还有些困，怕睡过去了也没敢泡太久。

从浴室出来的时候，林宛听到外面关门的动静。她擦着头发走出去，看到林母拎着包站在门口换鞋。

林母看到她，倒也没说什么，只温声道："吃早餐了吗？"

"还没。"

"那过来吃点，我买了你爱吃的小馄饨。"林母换好鞋，拿起放在一旁的早餐，往厨房走去。

林宛原本打算吹个头发，想了下干脆就湿着头发跟了过去，母女俩在桌边坐下。

林母一直没开口。

林宛吃了几口馄饨，先招了："妈，我昨晚和朋友聚餐，太开心了，在同学家里睡着了。"

林母抬眸看着她："我知道，孟昕都跟我说了。"

林宛回来的路上也看到孟昕发来的消息，说是替她和方仪宋讲好了说辞，但具体怎么说的，她没有详细讲。

林宛顿了下，迟疑问道："孟昕都跟您怎么说的？"

"说你学习压力太大了。"方仪宋想到孟昕说的话，忍不住叹了口气，"我和你爸都没有望女成凤的想法，你也不要给自己太大压力，就算没有考上好学校，我们也能养你一辈子。"

林宛被逗乐了："这都啥啊，您别听孟昕胡说。您放心好了，我才不会给自己那么大压力的。"

　　周一的大课间照例是升旗仪式，这学期还新增加了一个环节——每周五的时候都要从每个年级的前二十名里随机抽取两名学生，在下周一的升旗仪式结束后进行学习分享。

　　学校还为这个分享会写了个"今日你分享一点学习经验，他日我们一起考清大"的憨憨口号。

　　因为这个环节的加入，硬是把课间的三十五分钟占去了三十分钟，剩下五分钟大家只能原地解散各回各班。

　　为此有不少学生都会在演讲的时候偷偷溜走，幸运的就顺利溜回班级还能在路上去趟小超市，不幸运的……

　　"你们几个哪个班的？班主任是谁？升旗仪式不准提前离场的规定你们不知道吗？都给我站好了！我看今天谁敢走！"

　　升旗台上男生一本正经的声音正通过操场的三百六十度环绕音响响彻整片天地，李主任的嗓门生生盖过了这一道声音。靠近操场西门的学生都扭头看了过去。

　　站在队伍后排的林宛也被这动静吸引，偏头看了过去。只可惜他们班的位置不好，她只隐隐约约能听到李主任的声音，却看不到那里是个什么样的血雨腥风。

　　站在林宛边上的胡杭杭和徐一川也踮着脚在往后看，可惜也是什么都没看见。

　　胡杭杭收回视线，侧身和林宛说话："林宛，你跟江延上周六干吗去了，怎么都没来吃饭？徐一川难得请一回客呢，你错过了，我为你感到可惜。"

　　提到吃饭的话题，站在林宛前边的陶嘉也扭头加入群聊："对啊，你们上周六是有什么事情吗？"

　　林宛抬眸对上陶嘉的视线，顺着又看到站在队伍前边拿班牌的男生，睁着眼说瞎话："我不知道啊。江延没去吃饭吗？我去医院拆石膏了，结束得太晚我就没过去了。"

　　胡杭杭有点不敢相信："江延不是陪你去医院了吗？他竟然没去？"

　　"没啊，我一个人去的。"

　　胡杭杭简直难以置信："那他没跟你一起去医院，他去哪儿了？难道又背着我们去上分了？"

　　林宛摇头，指着把班牌交给别人自己却转身往这边走来的江延："他来了，你自己问他吧。"

　　话音刚落，江延已经走到他们这里，站在胡杭杭和徐一川中间，两人前后夹击。

胡杭杭说："江延，你说实话，你前天去哪儿了？"

上午的阳光充沛，操场没有任何遮挡物，光线刺眼，江延微眯着眼睛，手抄着兜，闻言也只是轻掀了掀眼皮，声音慵懒："我陪我同桌去医院了。"

徐一川很痛心："江延，坦白从宽，林宛都说了，她是一个人去医院的，你还有什么好解释的。"

江延侧头看了眼站在旁边看戏的林宛，抬手摸了下鼻梁上还没怎么消下去的印子，也不知道是想到了什么，原先到嘴边反驳的话出口却变成了："啊，想起来了，是没去医院。"

胡杭杭指着他："我就知道！"

"我去的是精神病院。"

众人一愣。

江延顶着几个人"我就看你怎么编下去"的眼神，一本正经地瞎扯："路上碰到个傻子，正好顺路，就送她回病院了。"

林宛一听就知道不是什么好话，但人多，也不好动手，只能默默忍了。

虽然徐一川他们并不是很相信他的话，但是碍于江延庞大的震慑力，大家都顶着"我知道你在瞎说，可我不能不相信"的想法，勉为其难地接受了这个说法。

吃饭的事情就这么在江延胡诌八扯下并不怎么顺利地翻了篇。

没过几天，摸底考试如期而至。

文理分科之后的摸底考试全都按照高考的模式，安排在周四、周五两天，周五结束之后接着就是中秋和国庆的八天假。

所以考试当天，大家都没有丝毫的紧张感，纷纷热烈且激情地讨论着接下来的八天假。

"我妈说考完试就带我出国玩一趟。"

"还玩呢，我爸说了我这次要是再考个倒数，就给我安排个男女混合双打项目。"

"惨，太惨了这人。"

"我要是遭逢不幸，我那几个满皮肤的游戏账号就送你了。对了，昨晚王者又出了个新英雄，你们玩了吗？"

"玩了玩了。现在这游戏垃圾得不行，还不如玩绝地求生做个刚枪王。"

这样轻松且欢乐的场面，导致林宛早上进教室的时候，有一瞬间冒出一种今天不考试的错觉。

她拎着书包回到座位上的时候，江延还没来，同样地，坐在后边的胡杭杭和宋远也都没来。

林宛也没在意，他们几个每次都是踩着点进教室，倒是来教室查班的老余很是担忧。在教室等了十分钟后，还没等到人，老余走到林宛桌旁，问了句："你同桌还没来啊？"

"啊，没来。"林宛嘴里咬着豆浆杯的吸管，抬头看着老余。

老余脸上很快出现了纠结、着急、心慌等各种复杂情绪："那他今天还来考试吗？"

"应该来吧。"林宛确实没听江延说要缺考的事情，但江延缺考又不是一次两次了，不来考试也是很正常的。

显然，老余并不这么觉得。江延过于出众的成绩让他一直觉得这个孩子还是属于能够教化的，只是他一直没找到什么合适的方式。

老余在教室又待了十分钟，终于在自习课结束前的最后几分钟，等到了他要等的人。

江延应该是刚睡醒没多久，额前碎发软塌塌的，一脸倦意，连衣服都没来得及换，还穿着之前送林宛去坐车时的衣服。

林宛顺着看了眼他的脚上，好在他出门前还知道换双鞋，不至于踩着拖鞋就出门了。

老余看到江延，脸上跟开了花一样，连忙叫住人："江延同学！"

还没怎么睡醒的江同学眯着眼在教室看了一圈，最后在自己座位旁看到了老余，懒洋洋地打了声招呼："余老师早。"

"早！江同学，一日之计在于晨。"老余伸手拍了下他的肩膀，"今天好好考试啊。"

江延被老余那么一拍，人不精神也精神了，搓着眉尾在位子上坐下，说了句老余想听的话："放心，绝对不缺考。"

"对，就要这样。"说完，老余又看了眼坐在旁边的林宛，"林宛同学。"

林宛立马接了话："余老师放心！我知道您想说什么！我一定不辱使命帮您好好看着江延同学！"

老余心想：让你看着是一回事，你也不能缺考才行啊。不过这话他还没来得及说，下课铃应时而响，教室跟炸窝一样吵了起来，同学们一窝蜂地拥出教室，去往自己的考场。

第一考场在（1）班，跟（18）班不同楼也不同层。

孟昕也在第一考场。下课铃一响，林宛拎着书包就走了，江延一个恍神的工夫，人就没影了。

分到第一考场的学生都是除了火箭班之外的年级前三十。

考场氛围和最后一个考场简直不能比，去过最后一个考场考试的林窕，进到第一考场的时候，差点以为自己进了什么不能说话的禁地。

她按着学号找到自己的座位。孟昕坐在她后面，两人凑着头聊天："我以前来这考场的时候怎么没发现这考场这么安静？"

孟昕还在抹指甲油，头也没抬："啊，那是你以前来得太少了。作为一个在第一考场混迹多年的人，我只能告诉你这是常态，说话才不正常呢。"

林窕盯着她指甲："你这个样子让我还有一种待在最后一个考场的感觉。"

"滚。"孟昕涂完最后一个指甲，举起来晾了晾，"你同桌呢，他不是也在这考场吗？"

说实话，孟昕之前听林窕说江延跟他们同一考场的时候，她还真有点不敢相信，现在学霸的业务能力怎么都这么强了？

听到孟昕的话，林窕这才想起来，她下课只顾着过来找人，把她同桌忘得一干二净，忍不住皱了下眉头："估计等会儿来吧，他每次都踩点。"

果不其然，林窕话说完还没多久，考试的预备铃就响了，江延踩着这清脆的铃声走进了教室。

全教室就只有他一个人的位子还空着，和林窕离得也不远，隔着一条过道，跟上学期期末考试时的位子差不多，只不过这次他在林窕的左手边。

第一考场的学生不比最后一个考场，大家都是一心只读圣贤书的好学生，对江延也就一个认知——我的又一个竞争对手。

至于那些关于江延的八卦传闻，大家不知道也不想了解，有这时间还不如多做两道选择题。

所以江延进教室没有引起什么比较大的动静，更没出现那种哗然大惊的场面，只有少数几个人抬眼看了他一下。

江延本身也不是在意这些人，自顾自地走到位子上坐下。

他昨晚上了个夜班，凌晨四点多才睡觉，这会儿人还有些困，靠着后边的桌子，闭目休息。这让他成了考场上一道不寻常的风景线。

林窕扭头看了他一眼，发现这人还挺有考试意识，没空手，还知道带两支笔和草稿纸过来。

考试第二遍预备铃响。

江延有些困怠地睁开眼，看到放在桌上的两支临走前胡杭杭塞给他的笔和一张不知道写了什么的草稿纸。

他动了动手腕，拿起其中一支笔，摘开笔帽，在纸上画了画。

红的？为什么是红的？

江延又拿起另外一支笔，继续画画画。

为什么写不出来？这不是笔吗？为什么写不出来字？写不出来字的笔还能叫笔吗？

　　江延有些头疼，把两支笔跟草稿纸一起丢进抽屉，抬手搓了下脖颈，视线一瞥，看到坐在旁边的小同桌。

　　一般考试铃声打第三遍的时候监考老师才会过来，第二遍和第三遍之间差了五分钟。

　　林宛趁着这五分钟的空当，把手递给孟昕，让她给自己抹个闪亮亮的指甲油。

　　孟昕的技术很熟练，毕竟她曾经想支个摊做自力更生的美甲老板来着。五分钟时间都没用完她就已经抹好了，每个指甲都涂抹得非常均匀，没有碰到多余的边角。

　　林宛收回手凑近了吹，看到江延的视线，把手举起来朝着他，很小声地问了句："好看吗？"

　　小姑娘的手指葱白细长，指甲匀称圆润，上面覆着一层淡淡的透明粉的指甲油，其中还夹着些不怎么明显的碎粉亮片。

　　江延视线往旁边挪了下，对上她的视线——水光圆亮的眼睛，带着点笑意，眼底像是藏着星星。他心跳倏地漏了两拍，原先还想撑回去的话，不知道怎么就说不出口了。江延连忙挪开视线，还没来得及开口，林宛已经收回手，吐槽了句："算了，你估计也不懂。"

　　江延一口气差点没提上来。

　　考试第三遍预备铃响。监考老师拿着试卷走进教室："现在开始发试卷，大家把与考试相关的东西都放上来吧。"

　　毕竟都是好学生，考场纪律也就随便讲讲，然后就开始发试卷了。

　　江延拿到试卷，准备写名字的时候突然想到自己那两支被打入冷宫的笔，忍不住在心里咒骂了一遍胡杭杭。

　　他把试卷压在桌上，伸手拍了拍坐在前面的男生，尽量让自己的语气听起来不那么冷淡："同学，借支笔。"

　　坐在前边的男生回过头看了他一眼，眼里的想法很简单，大概是"你考试不带笔你来考什么试"的意思。

　　江延对上男生的视线，男生倒是没说什么，从桌上拿了支黑色水笔给他。

　　考试很快开始。

　　第一场考的是语文。江延每次也就语文扣的分数多点，也不是偏科，就是他那个字，语文组的老师觉得不扣点分都对不起自己的阅卷时间。

　　考场没有人交头接耳，只有"唰唰"写字的动静。

两个监考老师一开始还在考场晃，半小时之后就坐在讲台上，开始聊天聊地就是不聊监考。

　　江延觉得语文这个科目简直是折磨人，一路从头写到尾，后面还有个八百字的作文。

　　他写完前面的题目，翻到后面的阅读理解。

　　标题很通俗，《我的"同桌"》，"同桌"两字还打了引号，估计也是有另外一层意思。

　　看到这个题目，江延笔一顿，下意识地看了眼坐在右手边的林宛，巧的是林宛也刚写到这里，也抬起头看他。

　　两个人的视线隔着一条过道在空中交汇。

　　考场的光线明亮，空中似乎还有浮灰飘动，少年正好坐在光里，脸颊轮廓像是镀了层天然的柔光，唇角微抿，神情看起来挺不轻松的。

　　林宛盯着江延看了几秒，似乎是意识到了什么，倏地抬手将自己的答题卡放到了里面，还把自己的试卷压在了上面。

　　江延："？"

第六章

失控

下午考的是理综。

不知道是不是上午一场语文考试的磨合，林宛下午来考场的时候，明显感觉到氛围比早上要轻松许多。大家虽然没有什么大幅度的走动和嬉笑，但最起码前后桌的同学还是交流得比较愉快的。

坐在林宛前面的是个男生，叫方彦，楼上（20）班的。

上午考语文的时候他找林宛借过一次胶带，到了下午，就很自来熟地和她聊起来了。

一开始话题还挺正常的，大多都是围绕"你上午考得怎么样""你这次考试复习了吗""你觉得你这次在年级排多少名"之类的话题。

林宛没什么耐心，聊了几句之后，有点不太想搭理他。

孟昕和江延都还没来教室，她提笔低头在空白纸上默写几个常用的公式，一副拒绝交流的样子。

方彦丝毫没有被嫌弃和打扰到别人的感觉，自顾自地说了几句后，还从口袋摸出手机，笑着说："留个联系方式呗，回头有机会一起出来玩啊。"

林宛停笔，抬头看着面前的男生，语气一本正经："咱俩也不熟，算了吧。"

方彦明显一愣，但随即反应过来，满不在乎地笑着："现在是不熟，咱俩加了好友，以后不就会慢慢熟了吗？"

其实像方彦这种勾搭女生的男生，林宛以前见过很多，最开始都是先要个联系方式，聊几天就约人出来见面，吃饭、逛街、看电影、去游乐园一条龙之后，就把两人单纯的网友关系变成了实质性的交往关系。

她以前班里有不少女生都是这样踏上贼船的。

可林宛是个特例，她从来不上船，甚至连湖边都不去。

她捏着笔，在指间转了两圈，敛眸看着面前的男生，轻啧了声："我实话和你说了吧，你加了我好友也没用。"

方彦挑着眉看她，等她的下文。

林宛清了清嗓子，指着自己左手边的空位："早上坐在那里考试的人，江延，你认识吧？"

"认识。"方彦确实不像其他好学生那样两耳不闻窗外事，他跟江延差不多，对于江延的名号，也早有所耳闻。

"他是我同桌。"林宛松开指间的笔，"他是个不早恋的人，而且还是个不允许别人早恋的人，我要是早恋的话，我会被他捶死的。"

林宛看着男生变化莫测的脸，继续给自己不早恋的形象添砖加瓦："所以，你愿意和我一起经历这种生死般的爱恋吗？你要是愿意，这件事情就肯定瞒不住我同桌。他要是知道，估计也就是先把我们打一顿，也不会很惨，顶多半死不活的那种。

"所以，你愿意吗？"

他要是愿意他就是傻了。方彦尴尬地笑了笑，还好心地替她出谋划策："其实你也可以考虑不和他做同桌的，这样他就不就管不着你了。"

他转念一想，又提了另外一个建议："要不然你转来我们班吧，我们班没人管你。"

林宛觉得这人真的一点自知之明都没有，她难道表现得还不够明显吗？

她已经很不想和他再说下去，正打算起身先离开教室，突然从窗外冷不丁丢进来一支笔掉在她桌上，接着是江延有些低沉冷淡的嗓音："怎么？挖墙脚挖到我头上来了？"

林宛真是没想到能这么凑巧。她转过头，看向窗外的人。

时隔一个中午，江延明显跟上午那个昏昏欲睡的状态不能相提并论。

一身干净利落的黑衣黑裤，精心打理过的黑发，长睫轻轻向下压着，背着光站在那里，眼底情绪复杂，神情有些冷漠。

江延抬手摘下耳机，慢条斯理地收起来，随即抬头看着方彦，小幅度地抬了抬下巴，重复说了那三个字："挖墙脚？"

真是绝了，自己不过就离开一个中午的时间，怎么一回来就听到这么令人不爽的话题。

方彦也是没想到，虽然他是想挖墙脚来着，但是人墙脚根本不搭理他啊。

江延这么看着他，他还有点害怕呢。

两个人心底各有着自己的想法，林宛顶着江延快要把方彦杀死的视线，弱弱地开了口："那个……"

林宛不开口还好，她一开口，江延心里那一点不爽就更不爽了。他抬眸对上林宛的视线，睫毛如鸦羽般盖下来，语气自带清冷："跟我做同桌委屈你了？"

"不委屈！一点都不委屈！"林宛指着方彦对他说，"我跟你说，就这个人，他想要我联系方式来着，但你觉得我是这么随便就把联系方式给别人的人吗？"

"那我肯定不是啊。"林宛语重心长般说道，"我就跟他说我同桌管得严，我不能给，结果他就让我不要和你做同桌。我想反驳他来着，然后你就来了。"

林宛一口气说了一大段话，说完一个长长的喘气，仰脸看着他："江同学，跟你做同桌，我真的一点都不委屈。

"我很开心，也很荣幸，要不是学校不允许，我甚至还能放串礼花庆祝自己成了你的同桌。"

江延："行吧。"

理综考试两点开始。

开考前五分钟，监考老师抱着卷子走进教室，依旧是一成不变的开场白，之后便开始分发试卷。

等到考试铃声响，其中一位监考老师才开口："考试现在开始，考试过程中注意不要交头接耳。"

学理的还能分到这一考场的，大多都是理科学霸，林宛不一样，她理综其实不算特别拔尖，尤其是物理，每每都是拖后腿的科目。

不过，好在她三门主科成绩好，两相对抵，成绩倒也优秀。

考试时间过去一半，林宛松开笔，捏着有些发酸的手腕，视线不经意间看向一旁。

江延没像期末那次那么魔鬼，还捏着笔在写题目。

从这个角度看过去，他的侧脸轮廓挺拔有致，高挺的鼻梁上架着无框架眼镜，唇角抿出一条平直的线条，捏着笔的手骨节锋利分明，短暂的停笔后继续"唰唰"写题，认真专注的模样有着别样的吸引力。

做同桌这么久，林宛其实很少能看到他这副认真的样子，平常他经常是一副睡不醒的模样，更多时候他都是很慵懒、轻松的形象。

此时此刻看到另一面的江延，她不由得多看了几眼。

不得不说，男人认真起来的模样果真是最迷人的。

——等等！

林宛有些不敢置信，她刚刚竟然会觉得江延迷人！

她刚刚一定是被风迷了眼，林宛认真且坚定地想着。

谁都可能迷人，江延是不可能的，这辈子都不可能的。

十中的师资力量十分雄厚。所以题型难度基本都在五颗星以上。

这一次的摸底考试是为了检验分科之后学生的学习情况，所以题目的难度一点没降，反而还往上加了个星。

就连平时解题只要一半时间的江延，这次理综考试也都比往常多花了二十多分钟。

距离考试结束还有半小时，江延停下笔，摘下眼镜搁在桌上，抬手搓鼻梁骨的时候，不小心碰到还有点疼的伤口，他微不可察地皱了下眉头。

考场大多数人都还在埋头写试卷，监考老师站在外面和其他监考老师聊天。这一楼层的几个考场都是尖子生集结地，老师监考的力度也就不是很强。

林宛写到最后一道物理大题的时候卡住了，用了好几种思路都没能得到合适的解法，索性就停下笔，检查了一下前面写完的题目。

反正也是写不出来的，时间不能浪费，林·学霸·宛是这么想的。

等检查完试卷，林宛才发现她的同桌不知道什么时候就已经停了笔，双手环臂，靠着后边的桌子，不知道是在发呆还是在看试卷。

兴许是注意到林宛明目张胆的视线，江延扭头对上她的视线，正巧看到小同桌垂在桌沿边的答题卷。

林宛的反应倒是妙得很，动作迅速地将试卷抽了回去。

江延隐约看见她最后一道题还是空着，等了几分钟也不见她动笔写，他勾唇笑了下，从口袋摸出半张草稿纸，提笔"唰唰"写了起来。

写完之后，他还非常自觉地折叠了一下，看了眼站在教室外面的监考老师，抬手把字条丢了出去，然后准确无误地掉在了林宛的桌上。

字条飞过来的时候，林宛还杵着脑袋在想最后一道题，看到桌上突然冒出来的小字条，她第一反应就是赶快拿试卷盖住，不能被监考老师发现了。

但下一秒，她又反应过来。

这谁丢的？干吗？小抄？不可能的。

说着不可能的林同学还是非常自觉且小心地打开了小字条，上面潦草凌乱地写着几个字——

好好考试，别东张西望。

就这个语气，林宛一看就知道是她那个神经病同桌。

她把字条一攥，扔进桌肚里，抬头看着坐在旁边的江延，无声地动了动唇瓣："你有病？"

少女的神情张扬，眼睛又圆又亮，从头到脚都透露出对他这种不人道行为的不满。

江延随意地靠着桌子，两条无处安放的长腿只能随意地屈着，眉眼低垂，唇角勾出一个浅浅的弧度，好看的唇瓣上下动着，没有发出声音，但是有着5.0视力的林宛还是看明白了。

他说——"小垃圾"。

垃圾就垃圾，加个"小"什么意思？

林宛为自己之前那一点被风迷了眼的错觉道歉，这人压根儿就是连错觉都不会让人觉得他是迷人的那一挂。

他就是个神经病。

一个名副其实的神经病。

两天的考试时间很快过去。

老余在考试前说了，考完试之后不能离校，要回教室进行大扫除，以迎接马上到来的美好双节。

林宛原本是想直接溜走的，教室那么多人，老余也不可能就那么巧关注到她的存在——但是她失败了。

林宛看着走在自己旁边的人，想到昨天考场上他极其恶劣的行为，语气也没以前那么好："江同学，其实大扫除少一个人多一个人也是很正常的，你没有必要这么认真。"

江延神情没变，很淡定地看了她一眼："老余特意叮嘱过，让我一步不离地看着你。"

"老余什么时候叮嘱过？"林宛觉得这人简直就是睁眼说瞎话，"老余明明是让我盯着你好吧？"

"嗯，所以你得盯着我。"

OK！不就是盯！她可以！

林宛充分地理解了"盯"这个词，大步往前跨了一步，转了个身，面朝着他倒退着走路。

考试结束已经是傍晚，太阳穿过层层云朵坠落至西边最低水平线，暮色柔和而温暖，笼罩着整个校园。

空无一人的走廊，少年步履稳健，白衣黑裤，身形挺拔，侧脸堪称完美，神情温柔。

在他面前，走着一个少女，神情生动多彩，背后是被树荫分割的昏黄柔光，眼睛清澈动人。

画面好似定格在这一瞬。

然后下一秒，一群男生抱着篮球从楼梯口冲出来，欢呼声接二连三，彼此都没有注意对方行走的方向。

像是既定的轨道突生意外，两拨人不可避免地撞在一起。

林宛原本就是倒着走路，走廊的中间是连接上下楼的楼梯，在她听到动静的时候，脚步已经开始不受控制地往后退。

身侧有一股很急促的冲力，她来不及避闪，隐约听见男生倒吸气的声音，她甚至已经做好了被撞倒在地的准备——

她突然被人拉住了手腕，整个人被这股力量带着往前倾倒。

整个过程很快，不过几秒钟的时间，她就被拉了回来。

她还未来得及做出反应，少年已经握住她的肩侧，微微用力，稍稍将两人近在咫尺的距离拉开了一点。

江延很快松开手，抬眸看着站在眼前的几个男生，神情很淡，声音也没了之前的低缓，清冷而淡漠，气势迫人："道歉。"

"明明是她——"抱着篮球的男生还想反驳什么，站在他身旁的高个儿男生拉住他胳膊，歪头不知道和他说了什么。

林宛看到抱着篮球的男生神色有了很明显的变化，看着江延的目光也带了点不知名的意味。

接着不过几秒的时间，男生就收起了之前的不耐烦和不情愿，目光看着站在江延旁边的林宛，脑袋垂了垂，声音有些丧气："同学，对不起。"

说完，不等林宛回答，他就被同伴扯着走远了。

下楼梯的间隙，男生重新开口，语气里带着点劫后余生的意味："那就是江延啊，你们刚刚看到了吗？他那个眼神感觉都要把我吃了。"

同伴从他手中把篮球抢过去，顶在指尖转着，嘲笑他："你差一点就把他同桌撞倒了，人家不打你一顿就算好的了。"

"那能怪我吗？明明是他同桌自己不好好走路，看到人也不躲。"男生说完，突然反应过来，"啥！江延这么在乎他同桌？！"

走廊上已经看不见人，林宛才侧头看了眼站在旁边的人。

少年站在暮色中，黄昏时分的光芒贴着他身形的轮廓镀了层光晕，五官浸在这光影里，没有想象中的柔软，神情依然清冷、淡漠。

林宛看着他，语气带着点试探："其实刚刚也不能怪那几个男生，是我自己倒着走路没注意到。"

"而且我也没摔着，你最后不是拉住我了吗？——"

江延本来还等着听听她接下来准备说什么，但突如其来的沉默让他不由得抬起头，看着站在眼前的人。

林宛的神情有些讲不出的奇怪，以往白皙的面孔，这会儿微微泛着红，未加任何粉饰的杏眼清澈动人，在暮色中有着别样的风情。

原先被那些人引出来的不满情绪一瞬间消失殆尽。

江延看得有些不自然，匆忙错开视线，几秒之后，重新开口时，声音已然恢复至平常，低沉之中带着点磁性："嗯？怎么不说了？"

林宛抬眸对上他的视线，有些慌乱地"啊"了一声，手臂不自然地摆动着："也没什么，我就是想说我也没真的摔倒了，你不用那么生气。"

"我没生气。"江延低垂着眼，眼尾内勾外翘，停顿了几秒才开口，"以后好好走路。"

听到这话，林宛有些不乐意地挣扎了一句："我这不是听老余的话，好好盯着你吗？"

这能怪我吗？不是你要我盯着你的吗？兄弟你要这么推卸责任我就不是很开心了啊。

"你怎么这么听老余的话？"

"老余是老师啊，老师的话我是一定得听的。"林宛看着他说。

"这样啊。"江延盯着她看了几秒，眉眼舒展，长睫如鸦羽，浓密卷翘，唇边勾出一个好看的弧度，而后倏地弓着腰，低头凑到她眼前，声音低缓，尾音仿佛带着小钩子，"那同桌的话你听不听？"

少年明朗俊秀的眉眼全数暴露在林宛眼前，那种只属于他的清冽气息铺天盖地地朝她袭来。

林宛浑身一僵，四肢就跟触了电一般，酥酥麻麻，整个人不受控制，心跳比之前跳得还要快。

江延仍然保持着弯腰低头的姿势，不依不饶地问着："听不听？"

原本就低沉的嗓音被他一点一点压着，生生压出藏在声线里的磁性，一遍又一遍在林宛耳边自动播放。

林宛觉得自己可能下一秒就要因心跳过速而晕过去。

黄昏时分的走廊，近在咫尺的距离，眉目含笑的少年。

每一个瞬间，都在一点一点地浸染着林宛的灵魂。

"听啊。"她不受控制地应着。

江延得到满意的回答，忽而垂眸笑了一声。

林宛看着少年琥珀琉璃色的眼睛，忽然觉得事情的发展方向好像有点不对劲。

可莫名其妙地，她却一点都不反感，甚至还有些……乐在其中。

这太奇怪了。

大扫除还没开始，刚刚考完试的教室闹哄哄的，原本考试前就异常轻松的学生，此刻更加地欢闹活跃。

老余捧着茶杯站在教室门口，眉目和善地看着教室里打打闹闹的学生，一点也不觉得有什么不对。

十几岁的年纪，本就该这样无拘无束地闹腾欢笑，毕竟这才是青春该有的模样。

老余在门口站了十来分钟，才看到两个缺考专业户从楼梯口走过来。回来这么晚，一看就是没有提前交卷的好孩子。

想到这里，老余脸上的笑容更深一层，看着走到眼前的两个小孩，发自内心地感慨了一句："江延同学，林宛同学，这段时间辛苦了。"

老余没有注意到两人一脸"快放我们进去我们很疲惫"的神情，自顾自地问道："这次感觉考得怎么样？题目难不难啊？有没有遇到什么不会写的？"

"还好，不难，没有。"林宛抢在江延之前答了话，"反正不会写的我也都把题目抄了一遍在上面。"

老余确实没想到，这个在他眼底是个实打实的好孩子竟然能为了考试做到这个地步，估计这次试卷确实出得太难了些。

他为了不打击好孩子学习的积极性，还主动夸奖她："干得好，遇到不会的题目就是要这样，哪怕不会写也要写满了，说不定改卷老师一时眼拙，你还能拿个一两分。"

老余又开始长篇大论，到最后还是江延出声打断了他："余老师，我们考了两天的试，很累了，想回座位休息休息。"

老余一脸惊讶："那你回啊，我和你同桌再聊聊。"

林宛第一个出声反对，眼睛眨了眨，还像模像样地打了个哈欠："余老师，我也很累……"

老余显然还有话说，但看这两个小孩确实是一脸疲惫加非常不想再听下去的神情，只好略有些遗憾地说道："那我们下次再聊。"

前脚已经踏进教室的林宛听到这话差点踩着自己的脚。

还下次？她半次都不想再聊了。

林宛和江延一前一后回了座位。

江延一回到位子上，就摸出手机玩。

后边胡杭杭、徐一川和宋远三个人挤在一起，见到两人，胡杭杭先拍了拍林宛的肩膀："林宛，你假期都怎么安排的啊？"

林宛想了下，按照往年国庆长假的惯例，不出意外应该就是："在家里待着吧。"

徐一川对她这个暴殄假期的方式感到震惊："你这样对得起祖辈给我们拼

了血汗打下来的国庆七天假吗？"

林宛神情有些怔愣，一时还没将顺他这一长串没有断气的话，停了得有十几秒，才深吸了口气，学着徐一川的样子，一口气说道："那你们都是怎么过的？怎样才对得起祖辈给我们拼了血汗才打下来的国庆七天假呢？"

胡杭杭掰着指头数："前几年不记得了。就拿去年来说吧——第一天祖国爸爸过生日，咱可以跳过。

"第二天我们几个去江延的自习室玩了一天。"

胡杭杭掰到第七根手指："最后一天我们又回到了江延的自习室，做一个有始有终的人。"

胡杭杭说完话，坐在一旁的四个人都安静了，隔了几秒也不知道谁先开始笑的，好像是徐一川，又好像是一直没说话的宋远，笑声一阵阵的，接着林宛就看到她的同桌低着头，肩膀一颤一颤的，也在笑。

林宛一开始以为他会说个什么去祖国各地玩了六天，看遍祖国大好河山，谁知道是溪城六日游。

想到这里，她最后也没忍住笑了出来，杏眼弯着，尾睫勾出一个弧度。

几个人一块儿笑完，胡杭杭还没觉得有什么不对劲，杵着脑袋计划着今年的假期安排："今年我不打算这么过了。要不然我们出去玩吧？去海城看海，怎么样？我长这么大还没正经地看过海呢。"

这个计划很快就得到了除江延和林宛之外所有人的支持，江延是没吱声，林宛是不确定家里会不会有安排。

胡杭杭直接放弃江延："林宛，一起去啊！你不是还有个朋友吗？你把她也叫上，我们几个来一趟说走就走的海城之旅。"

林宛没一下答应："我还不确定有没有事情，等我晚上回去问一下，到时候 QQ 联系你们。"

"行，那就先这么着。"

几个人这边定下行程，班主任老余那边看教室里的人回得差不多了，让卫生委员安排大家进行大扫除。

卫生委员李江一早就安排好了各组的分工，这会儿就是把分工的情况说一下："一组负责擦窗户，二组负责扫地，三组负责拖地，四组负责垃圾的处理，还有给一组擦窗户的同学换水递东西。"

分工明确，大家很快动了起来。

老余站在教室门口，任何时候都不忘唠叨："一个班级的卫生代表了一个班级的风貌，大家一定不要马虎。"

"胡杭杭你擦玻璃不要那么用力。后面那个谁，不要拿着扫把到处走，都是灰尘。"

"汪于洋这地板是跟你有仇是吗？你拖个地神情不要那么狰狞。"

"垃圾桶是塑料的，你们的同学关系不是塑料的，大家要团结一致，好好干活。"

教室里不知道是谁带头笑了声，然后大家一个接一个都跟着笑了起来。老余站在教室门口，不知道是想到了什么，也跟着笑了起来。

傍晚时分，晚霞余晖从窗外落进来。

窗明几净的教室，凌乱的课桌，写着"严肃考风"的黑板，站在窗前的男生，拿着扫把追逐的同学，提着垃圾桶的塑料友情。

每个人都被这温暖的光芒笼罩，每个人的眼底都藏着光。

林宛站在教室后边，手里还拿着刚刚从李江那里拿来的干净抹布，跟着大家哈哈哈地笑，完全停不下来。

她笑弯了眼睛，侧头的瞬间看到站在一旁的少年。

他被暮色笼罩，身上的白色T恤松松垮垮，露出一点锁骨，线条流畅好看，皮肤很白，在光里有种不真实的感觉，而且眼眸深邃，眼尾内勾外翘，五官被暮色晕染，眼角眉梢皆沾着点暖意。

林宛看着他，突然想到不久前胡杭杭没有问过他的意见，也不知道他是什么想法，随口问道："海城，你去吗？"

"嗯？"

林宛靠着后面的桌子，对上他的视线，重复之前的问题："你会和胡杭杭他们一起去海城吗？"

少年敛着眸，微翘的眼尾收下来，眼底如同藏着琉璃光彩，声音被风吹散了点："你去吗？"

"嗯？"

林宛茫然地抬眸，还未来得及回答，又听见他低低沉沉地说了句："你去我就去。"

她一愣。

这听起来好像就是很正常的对话，一点问题都没有，可林宛却觉得哪儿哪儿都不对劲，至于到底哪里不对劲，她也说不上来。

而且不止是这两句话不对劲，她甚至觉得现在站在眼前的这个人都有点不对劲。

林宛问完之后，原以为他会说什么"看什么海这么傻气又幼稚，我才不去"等等这些非常贴合他人设的话，谁知道他竟会说出这样让人十分容易生出一点旖旎错觉的话。

这简直太不对劲了，一点都不符合江延的风格。

林宛在心里疯狂解锁这句话里藏着的其他意思，可惜无果。

也许是他也到了情窦初开的年纪。

只不过江延平时声名在外，学校里大部分女生都没胆量靠近他。

而她，作为他的同桌兼知心好友兼唯一异性朋友，也就成了他平时释放魅力的对象。

这么一想，林宛似乎明白他今天一下午的不对劲了，心里顿时坦然了不少，眨了眨眼睛，看着眼前的少年："我还不确定，我不知道我爸妈有没有什么别的安排。"

顿了一秒，她又补充了一句："要是去的话我会和你说的。"

江延抬眸看了她一眼，不是很明显地笑了下："好。"

大扫除结束之后，老余又开始啰里八唆地叮嘱着："这次的假期时间比较长，大家外出游玩的时候一定要注意安全。虽然这次因为考试没有布置假期作业，但是大家放假在家也不能太松懈，一定要做到补差补缺，把这次考试碰到的不会的题目都重温一下。还有，这两天溪城会大幅度降温，大家一定要注意保暖，不要感冒了……"

老余说着，还从裤子口袋里掏出了一张 A4 纸，底下的同学们都惊呆了，还能有这种操作吗？这得说到什么时候？我们选择死亡。

林宛倒是没怎么着急，从书包翻出手机，才发现之前考试的时候关机来着，一直忘了开机。

她摁着电源键，开了机。

手机反应了几秒钟，还没来得及解锁，通知栏就弹出好几条未读微信和一通未接来电，全都是方仪宋一个多小时前发来的。

林宛点开那几条微信：

> 妈妈：宛宛，你考试什么时候结束？
>
> 妈妈：结束的时候给妈妈回个电话，我在你们学校门口等你。
>
> 妈妈：今天你爸爸回来了，晚上我们一起吃顿饭。

看到这句话，林宛愣了下，皱着眉头数了下时间，才发现她已经有快一个月没见到林咏城了。

这么一提起来，她还真有点想她爸了。

林宛连忙给方仪宋回了消息，完了之后她抬头看了眼还在侃侃而谈的老余，杵着脑袋和江延聊天："老余这得讲到什么时候？"

江延这段时间一直都在忙着竞赛的事情，没怎么碰过游戏，这会儿正拿着手机在打游戏，听到林宛的话，他抽空儿抬头看了眼老余，又低头看着手机："估计还有一会儿。"

林宛看他对游戏这么上心，好奇地凑了过去："你最近又在玩什么游戏呢？"

刚问完，她就在他手机上看到了一个熟悉的、很久之前就见过一次的游戏页面。

"这不是你之前玩的那个游戏吗？你还没当上皇后啊。"林宛记得第一次看到他玩这游戏时，他都是个贵妃了。

江延注意到胳膊上的压力，侧头看了她一眼。

少女的皮肤很白，也很细腻，靠近了看似乎还能看见脸颊上那一层柔软的绒毛，她的睫毛像两把小扇子，眨一下动一下，可爱极了，鼻梁小巧，唇瓣嫣红，似乎哪里都是可爱的。

他挪开视线，手指点着屏幕走剧情："快了，还有几个副本走完就结束了。而且，这个游戏不是谁当上皇后谁就赢了。"

"那到底怎么才算赢？"林宛不解地看着他，宫斗宫斗，不就是谁当上皇后谁就赢了吗？

江延结束一段剧情，NPC 开始登场。他往后靠着桌子，对上她的视线，一字一句地说道："活到最后的才是赢家。"

少年说这话时，声音清淡而冷漠，带着点傲视群雄的感觉。

林宛看着他，不知道是不是自己的错觉，她竟然从江延冷然高贵的气质中看出了四个字。

——母仪天下。

想到这里，林宛脑海里开始自动脑补江延穿着华服，头顶凤冠，一人之下万人之上的模样。脑补的画面过于惊悚和不可描述，她一时没忍住趴在桌上笑了出来。

林宛有时候会觉得江延跟她以前听过和见过的学霸不太一样。

他不仅学习和样貌甩普通学霸几条街，就连平常玩的游戏都跟普通学霸不能相提并论。

平心而论，江延真的一点都不像个学霸。

要不是因为暑假孟昕给她分享的那些关于江延过往辉煌历史的帖子，她是真的不能把眼前这个人和帖子里形容的人联系在一起。

这简直是两个人。

老余的假期前发言整整说了半小时，结束的时候，外面已经暮色将尽，露出一点夜色的尾巴，成片的昏黄光影被一点一点侵蚀。

这两天考试，林宛也没什么东西要收拾，等老余走了之后，她拎起没什么分量的书包站起身。

江延也跟着站了起来。

她把书包背在身后，手里捏着手机，抬眸看着他："我晚上不和你们吃饭啦，我妈过来接我了。"

江延靠着墙，没什么反应，倒是胡杭杭有些遗憾地叫嚷了一声："啊，那好吧。"

随即，他又摸出手机，看着林宛："对了林宛，你微信多少？我加你一下，拉你进个群，你到时候假期时间安排好了，记得在群里面说一声。"

"等下，我找下二维码。"林宛点开微信的二维码，把手机递过去，"你加吧，我晚上回去就问。"

胡杭杭扫了下，很快发送好友申请："好了。"

林宛低头同意他的好友申请，看到他的微信头像是一张正脸自拍照，忍不住笑了："胖胖，你这个头像我得给你好评。"

"那是。"胡杭杭一点不谦虚。

林宛笑着收起手机，没继续在教室耽误时间："那我先走了，你们早点回去。"

"好，路上注意安全。"

林宛又抬头看了眼站在一旁的江延，伸出手小幅度地挥了两下："江同学，再见。"

教室开了灯，光线明亮，江延敛眸对上她的视线，尾睫微翘，唇角慢慢勾出一点弧度，声音轻而缓："嗯，再见。"

出了学校，林宛一眼就看到林母停在路边的车，快步走到副驾驶侧，拉开车门坐了进去。

方仪宋听到动静，收起手机，看着她："今天怎么这么晚？"

林宛低头扣安全带："我们大扫除呢，然后老余，就我们班主任，特别啰唆一人，说了半天的话才让我们走。"

林宛说的都是些很平常的事情，但是方仪宋没有一点不耐烦，始终唇角含笑，听着她说话。

白色的宝马车很快驶离这条马路。

不久之后，从校门口有说有笑地走出来四个男生，四个人过了马路，拐进旁边的巷子里。

巷子很深，光线又暗。

徐一川摸出手机开了手电筒照着地，很做作地靠着宋远："远远，我好害怕啊。"

"你有病？"宋远一把推开他的脑袋，"莫挨我。"

徐一川又很委屈地靠着胡杭杭："胖胖，你看远远，他怎么能这样？！"

胡杭杭很接戏，搂着徐一川，拍着他的肩膀，安慰道："川川不怕，胖爷保护你。"

"胖胖你真好。"

两人腻腻歪歪的，跟连体婴儿一样。

走在一旁的江延低头看着手机，不知是想到了什么，抬头看着走在前面的两人："胖胖，把你手机给我。"

"啊？"胡杭杭从口袋摸出手机递给他，"怎么了？"

"没事。"

江延接过他的手机，点开桌面的微信，看到最新的聊天框，点了进去，然后发送了一条消息到自己的微信，退出去之前，他还特意删除了消息记录后才把手机还给胡杭杭。

自习室近在眼前，四个人一前一后走了进去。

关澈一早就回了这里，坐在吧台后面看电视，看到四个人进来，笑着打了声招呼："晚上好，各位。"

胡杭杭他们三个因为江延的关系，跟关澈也很熟，几个人都把自习室当成自己家。

"澈哥，你们学校今晚不用上晚自习吗？"胡杭杭看了眼关澈的电脑屏幕，没忍住吐槽了一句，"你怎么跟江延的品位一样都这么独特？"

"一个沉迷狗血八点档，一个沉迷少女恋爱剧。"胡杭杭很是服气，"你们俩，真的是一对好朋友。"

关澈往后靠着椅子，手指交叉垫在脑后，桃花眼一弯，笑意藏在眼底："怎么，不行？"

提到江延，关澈这才回过神，看了眼周围："江延呢，刚刚不是还在这儿？"

"回房间了。"徐一川摸着摆在吧台上的玉石白菜，"就你们刚才说话的时候。"

四个人随便在底下聊了几句之后，徐一川就叫嚷着开机子，关澈拿着卡带三个人去了楼上的包厢。

开了门之后，关澈准备下楼，想了想，又去了三楼。

江延的房间在最里间，门掩着，也没锁，关澈在门口站了三秒，推门走了进去。

房间窗户开着，也没人，靠里的浴室门关着，光线明亮。

关澈跷着腿在长沙发上坐下，没多会儿，听到身后开门的动静，扭过头，看到江延穿着睡衣，湿着头发走了出来。

显然是没想到房间里会突然多出来个人，江延看到关澈的时候脚步顿了下，但随即就反应过来，走到桌边，关了一扇窗户："有事？"

"没事不能来找你？"

江延睇了他一眼，拿毛巾擦了两下头发后，随意搭在脖子上，弯腰从桌上拿起遥控器开了点声音："没事就滚。"

"你这人。"关澈哑然失笑，往后靠着沙发，"于风烟今天下午的时候过来了，说是让你假期回老宅一趟。"

说实话，下午看到于风烟的时候，他差点没忍住，但怎么说，于风烟也算长辈，是江延的妈，就算她做得再不对，他们这些晚辈也不能对人不尊重。

"不回去。"江延没什么太大的情绪，之前在医院见到于风烟的时候不过是太突然，一时间缓不过来。

"行，我也就是带个话，用脚指头想想也知道你不回去。"关澈抬手拨了下头发，"但是你总这么拖着也不是回事，迟早有一天会出事的。"

"再等等吧。"江延低垂着头。搁在桌上的手机屏幕突然亮了，接着通知栏上弹出来一条微信消息："江同学？"

江延还没反应过来，关澈先他一步把手机拿了过来，毫无阻碍地点开消息，只看了一眼，手机就被夺了回去。

"谁啊，这谁啊？"关澈刚刚只看到一个少女系列的头像，十分好奇，"竟然有女生能加到我们江延的微信，了不得啊。"

江延把手机揣进兜里，推开他，没承认："没谁。"

关澈一看他这样，心里也猜了个大概："是林宛吧？"

江延没看他，起身往床边走。

关澈坐在沙发上没有动，笑得意味深长："我就知道是她。你说你加个同桌的微信，有什么不能说的，又不是什么稀奇的事情。"

"你话怎么那么多？"江延从衣柜里找了件干净的黑色 T 恤，回头看着他，"出去。"

"干吗？我话还没说完呢。"

江延也懒得管他，两手拎着睡衣的下摆，抬手就脱了衣服，露出结实的腰腹，顺着肩胛骨往下的脊背线条流畅。

关澈坐在沙发上，也没看他，摸出手机点开微信："哎，你把林宛的微信也给我一下呗。"

江延不为所动，拿起手上的 T 恤往身上一套，也没整理，衣服松松垮垮地挂在身上，露出半边锁骨。

他走过来在沙发上坐下，摸出手机点开了几分钟前收到的那条微信，也不管坐在旁边的人。

关澈见他这样，凑过去，不依不饶："把她的微信给我呗。"

江延抬眸看他一眼，额前的头发有些长了，发梢末端戳着眼皮，语气平淡："滚。"

关澈轻笑了声，往后退了点："行，我滚——"

话音刚落，他突然伸出手，想从某人手里把手机夺过来。江延对他这个套路清清楚楚，抬手躲开了。

关澈没想到他反应这么快，整个人因为惯性朝着他倒了过去，胳膊抵着他的胸口，膝盖压着他的大腿。

两个人倒在了一起，手机也掉在了地上。

"我去……"江延被他胳膊肘重重一击，没忍住骂道，"你是不是脑子缺电？"

关澈嘻嘻笑，边道歉边撑着旁边的扶手准备站起来。

这时走廊外响起一阵急促的脚步声，下一秒，胡杭杭举着手机就冲了进来："江延，林窕说她假期有……"

话音戛然而止。

躺在沙发上的关澈和江延抬起头，看着站在门口的胡杭杭，神情平静，但更像是没有反应过来。

胡杭杭完全愣住了。

这什么情况？

胡杭杭猛地反应过来自己还拿着正在视频中的手机。看到画面里同样一脸不可置信的林窕，他的第一反应就是替江延解释："不是的，事情不是你看到的这样。"

江延这才注意到胡杭杭拿在手里的手机，抬手推开压在身上的关澈，语调气急败坏："我迟早有一天会被你们给气死。"

关澈也没想到事情的发展是这个路数，呵呵地笑着，趁江延没动手打他之前，迅速远离了沙发，走到门边的时候，还跟视频里的林窕打了声招呼："晚上好。"

下一秒，他的脑袋就遭受到了来自社会人的攻击。

关澈弯腰捡起掉在脚边的枕头，塞在胡杭杭怀里，语气沉重而萧瑟："兄弟，保重。"

他一走，屋里就安静了。

江延坐在沙发上，黑发湿漉漉的，发梢还在滴着水，敛眸看着胡杭杭，面无表情："有事？"

胡杭杭站在那里无声地咽了咽口水，感受到了前所未有的压力："……林宛说，她假期有时间和我们一块儿出去玩，问我们要身份证号码，她爸找人订机票。"

"知道了。"江延弯腰捡起掉在地上的手机，才发现两分钟前林宛给他发了微信：

> 林宛：江同学，你身份证号码多少啊，我爸在找人帮我们订机票。

江延坐在沙发上，点开输入栏，却发现对方的状态是正在输入。

他停了下来，想等着林宛先发消息过来。

这一等就是五分钟。

江延："……"这是在写小论文吗？

他抬手捏着后脖颈，长腿伸直，单手点着键盘，把自己的身份证号码发了过去。

没过一秒，对面就回了消息：

> 林宛：好的。

过了几秒，对面又发了一条消息加一个表情包：

> 林宛：江同学，我知道了。
> 林宛：[恍然大悟.jpg]

江延不明所以，发了个问号过去。

对方的状态又变成了正在输入，没过一会儿，状态停了下来，与此同时，江延又收到了一条新消息：

> 林宛：你是不是喜欢男生啊？

她发来的这条消息，九个字加一个标点符号，一点也不长，一眼扫过去就能看得清楚。

江延盯着看了得有十分钟。

整整十分钟，他才真的反应过来，这人问的是自己是不是喜欢男生，而不是喜欢什么女生，也不是喜欢什么同桌之类的。

江延有时候真觉得他这小同桌的脑回路是不是跟正常人的构造不太一样，哪儿哪儿都不一样。

他还记得那次在学校超市见到她，她规规矩矩地穿着校服——蓝白色的短袖T恤，校服长裤，白板鞋。她皮肤很白，站在那里和朋友说话，笑容不怎么明显，整个人看起来都懒洋洋的。

他原以为是只温驯的小白兔，谁知道白兔逼急了也会咬人，也会张牙舞爪，虚张声势。

她的想法天马行空，做事情也不按常理出牌，往往随便一句话就能撑得人哑口无言，可偏偏又毫不自知。

就比如此时此刻，她随便发的一条消息，就让他一个字都说不出来，可奇怪的是，江延觉得自己不仅不生气，甚至还有点想笑。

他真觉得这种感觉太奇怪了。

有多奇怪呢?

要是"你是不是喜欢男生"这种话是胡杭杭他们随便一人问出来的，江延可以保证，他们现在可能已经不在这个世上了。

可现在江延低头看着已经黑屏的手机，屏幕上映着他的脸面眉眼。

房间只开了一侧的灯，光线虽然昏暗，可依然能在屏幕上面清楚地看到他唇边浅浅的笑意，还有眼底散不去的暖意。

江延轻缓地"啊"了一声，整个人往后靠着沙发，视线落在屋顶上一个微小的光影处，低低地，又很无奈地叹了口气。

没办法。

他一点办法都没有。

林宛微信收到好友申请的时候，还和方仪宋堵在高架上。

今天是周五再加上正好又是下班高峰期，高架上堵成一条长龙，半天才缓缓挪一步。

她降下车窗，闻到风中浓厚的汽油味之后，又把窗户关了，低头点开那条好友申请，备注里只写了一个"江"字。

林宛认识的人里，只有一位姓江的，她点了同意之后，又发了一条消息过去，那边迟迟没有回复。

林宛点开他的头像，江延的微信头像非常清新脱俗，是一张黑色的什么图案都没有的图片。

　　她放大了图片，仔细地看了一遍之后，才在这张黑图的右下角发现了一个针孔大的小点。

　　真的很小，不仔细看根本看不见。

　　看完头像，林宛没有任何犹豫，直接点开江延的名片，顺手改完备注之后，又点进江延的朋友圈，一行浅灰色的字映入眼帘——

　　朋友只展示最近三天的朋友圈。

　　朋友圈实在是过于匮乏，林宛退了出去，过了没多久，胡杭杭突然拉她进了个叫"海城我们来了"的群：

　　帅过彭 Y 晏的胡杭杭：林宛！你国庆出游的时间确定了吗！我们要早点订机票，要不然到时候没票了。

　　帅过彭 Y 晏的胡杭杭：林宛！！！

　　林宛：等我一下。

　　林宛回完消息，抬头和方仪宋说这件事："妈妈，您跟爸爸这个国庆假期还要加班吗？"

　　方仪宋单手握着方向盘，抽空看了她一眼："嗯，这段时间公司比较忙，分公司那边——"

　　说到这里，方仪宋反应过来不该和林宛说这些，迅速岔开了话题："你假期有什么安排吗？"

　　"我班里同学说想去海城玩，我打算和他们一起去玩几天。"林宛低头看群里的消息，"对了妈妈，您能帮我买几张去海城的机票吗？我同学说现在买不到什么合适的航班了。"

　　"好，你把你同学的身份证号码发过来，我回头让你爸的助理去处理。"

　　"行。"

　　林宛在群里说了机票的事情，胡杭杭他们三个很快就回了消息：

　　帅过彭 Y 晏的胡杭杭：1××××……

　　帅过吴 Y 祖的徐川川：2××××……

　　帅过刘 D 华的宋远远：3××××……

林宛："行。"名字一个比一个绝。

林宛把他们三个的身份证号码都记了下来，等了半天没见到江延的消息，她又戳开江延的聊天框，发了一条消息过去，然后在群里闲聊了几句。胡杭杭闲着没事，发了个视频聊天。

林宛本来不想接的，但这会儿堵在高架上也没什么事，就从书包里翻出耳机，接了电话。

没聊几句，胡杭杭就说去找江延。

他视频也没挂，林宛就听见一阵"噔噔噔"的脚步声，紧接着是胡杭杭标志性的大嗓门："江延，林宛说她假期有……"

突如其来的停顿让林宛抬起头看了眼，胡杭杭不知道什么时候把摄像头转了过去，透过这一视角，林宛隔着屏幕看到了不远处沙发上打闹在一起的两个男生。

四个人显然都愣住了。

两个人靠得相当近，好得像一个人。

林宛惊了。

还是胡杭杭先反应过来，语无伦次地说了一长串话。

林宛没应，看着屏幕那端，桃花眼从黑衣少年身上爬起来，走到她面前，打了声招呼。

林宛挂了视频，久久不能回神。过了没一会儿，江延突然给她发了身份证信息，也没说其他的。

但她真的受到了前所未有的冲击。

挣扎了很长时间后，林宛问出了心底的疑问，可是等了半天，都没等到江延的回复。

她觉得江延应该是恼羞成怒了。

一定是这样。

去往海城的行程很快就定了下来，一行七个人，放假的第二天，在林父的帮忙下，七个人顺利登上了飞往海城的航班。

海城和溪城相隔甚远。

飞机飞了几小时，最后在下午四点多的时候抵达海城机场。一从机舱出来，迎面吹来暖风，温暖湿热，似乎都带着海水的味道。

海城是热带气候，四季温暖，夏季会更加炎热，他们七个人早在上飞机之前就全都换成了夏装。

七个人有说有笑地去拿行李。出行的时间虽然不长但也不短，林宛和孟昕一人拖了一个大箱子。

五个男生加起来就三个箱子。

林宛站在行李传送带旁,等着自己的行李;江延站在她左手边,低头在看手机。

少年穿着白T恤、黑裤子,黑色的耳机线顺着缠绕在胸前,似乎是有些困了,眼皮耷拉着,神情倦怠。

"你很困吗?"

"嗯?"江延掀起眼皮看她,眼尾发红,声音也带着浓浓的倦意,"嗯,困,很困。"

林宛的行李是最后一个出来的。传送带很快把行李传过来,她刚弯腰伸手去拿,站在身旁的人已经先一步伸出手,替她把行李箱拿了下来,拉出拉杆,立在自己身侧:"走吧。"

"好。"

机场离他们订好的海边别墅有一定距离,林父提前替他们安排妥当,叫了小巴车在机场外面候着。

一出机场,他们就看见马路对面停着一辆不论从造型还是颜色都很海滩风的小巴车。

还有站在车旁穿着花衬衫、花裤衩的司机和向导。

不知道林父是怎么交代的,反正当林宛看到这两人拉着一个写着"热烈欢迎七位小朋友来到海城"的横幅的时候,是非常非常地想把她爸拉出来……

算了,爸爸掌握了经济大权,不能随便拉出来。

七个人在机场众人的注目之下,匆匆上了车。

车内加上驾驶和副驾驶只有八个座位。

林宛和江延是最后上车的,六个人非常默契地给他俩留了最后一排的位置。

林宛上车后,回头看了眼跟在身后的江延,犹豫地问了一句:"要不要我和关澈换一下?"

江延下颌微微绷着,轻敛着眸,视线冷淡地看着她,一言未发。

林宛忽然就明白了江延的这个眼神。

低调。

行。

她明白。

出门在外要低调。

人来人往要低调。

林宛没再说什么，快步走到最后一排，坐了进去，江延跟着走过来，在她旁边坐下。

空间一下就变得很狭窄。

林宛一开始还没觉得什么，直到车辆经过一个急拐弯，她不受控制地往旁边倾倒。

两个人的腿毫无缝隙地贴在一起。

林宛上飞机前把长裤换成了牛仔短裤，两条长腿露在外面，又白又直，膝盖的弧形美好，小腿没有一点肌肉痕迹，肌理软腻得当。

此时此刻，小巴车无阻无拦地行驶在柏油路上。

时不时的急转弯，她总会擦着江延的腿边，膝盖碰到他的裤边。

再一个急转弯，林宛心里想着事，整个人没注意，歪倒在江延身上，胳膊抵着他的腰腹。

耳边是沉稳的心跳声。

"我觉得这个司机不会开车。"林宛匆匆坐直了，将脸侧的碎发别到耳后，脸上带着不自然的红晕。

江延转过头看了她一眼，低低地"嗯"了声。

海城的白日漫长而炎热，傍晚时分的阳光依然很强，光线明亮，窗外是一闪而过的热带树木。

坐在前排的几个人从一上车就戴上耳机卡上眼罩在睡觉。

林宛在飞机上睡过一觉，也没什么困意，靠着椅背看着窗外飞逝的景色，肩膀上忽然一沉。

林宛整个人都僵住了。

她动作缓慢地把视线挪过来，江延不知道什么时候睡着了，脑袋靠着她的肩膀。

窗外的光给他柔软的黑发镀了一层光晕，随着车辆的行驶，会轻轻碰到她的颈窝，一点点感觉，酥酥麻麻的。

从现在这个角度，她看不到他的神情。

少年睡得很沉，手指交叠放在腰腹间，骨节分明又很白，手背有很明显的青筋脉络，指甲修剪得干净整齐。

座位之间的空隙有点小，他微微屈着腿，黑色的短裤随着他的动作往上掀了一点。

林宛一点点看，又默默收回视线，鼻尖萦绕着熟悉的薄荷香味。

窗外阳光充沛，树影婆娑，吹来的海风温热舒服，天空如同洗过一般，碧蓝无云。

车厢内一片静谧。

林宛听见自己的心跳声。

一下又一下。

好像失了秩序。

两个多小时后，小巴车在一栋别墅前停下。

夕阳西下，太阳收敛起早先夺目的光芒，整片天空被暮色笼罩，晚霞瑰丽动人。

七个人从车上下来，沐浴在暮色之中。

林宛是最后一个下车的。后半程的时候她自己也睡着了，醒来的时候才发现自己枕着江延的肩膀。

而那个明明先睡着的人也不知道什么时候醒了，正低着头在玩手机。

林宛垂眸看了眼他的手机屏幕。

他竟然在刷物理题。

怕不是个魔鬼！

林宛因为过度惊讶，直接就坐起来了，声音带着刚睡醒的软糯："江同学，我现在开始相信你那个竞赛第一是你自己考的了。"

江延垂着眸，长睫缓缓压下来，刚刚补了觉，神情带着点慵懒，唇角微抿，很轻声地笑了下。

他也没说什么，只是收起手机，看了眼林宛。

林宛抬眼看过去，对上他浅淡的眸色，一时间不知道该说些什么。

两个人再次安静下来。

车厢内只有徐一川他们打游戏的声音，还有胡杭杭和向导胡七八侃的说话声。

林宛觉得自己越来越不对劲了。

她刚刚看着江延，只是这么看着，竟然有一瞬间的心跳不受控制，乱七八糟地蹦到了一个很快的速度。

还有之前。

考完试的那个傍晚，少年站在走廊，弓着腰低头问她，听不听同桌的话的时候。

她也有一瞬间的心跳失控，整个人都不知道在想什么，脑袋一片空白，好像他说什么就是什么。

这也太奇怪了。

林宛以前不是没有和男生做过同桌，但那些人给她的感觉都是一样的——只是同学，更深一点就只能是同桌。

可是江延不一样。

他是同学，是同桌，更多的时候是朋友。

然后呢。

她对着这样一个人心跳能迅速飙到那么高的一个速度，这简直让人不敢相信。

林宛不是迟钝的人。

她想她应该知道这是什么原因了。

长叹了一口气后，林宛挪开视线，从包里翻出手机，白皙细长的手指飞快地点着屏幕。

江延只看到她打开了微信，然后发了一条消息出去。

半小时后，刚刚开完会的方仪宋回到办公室，随手打开手机，看到林宛发来的一条微信："妈，你认不认识心内科的医生？"

海城在祖国的最南边，一年四季绿树如茵，气候常年湿热，秋冬季节依然人潮如海。

辽阔的海面上浮着花花绿绿的人，海水一浪又一浪地盖过来，人群随着波浪起伏。

林咏城安排的度假别墅离海边不过几百米的距离，七个人一把行李放好，连衣服都没来得及换，就直接撒丫子奔向了海边。

才刚过六点，远远看过去，夕阳似乎停留在海平面上，万丈光芒笼罩整个海滩。

胡杭杭他们几个都是头一回来海边，人刚脱了鞋踩到底下细软的沙子，就忍不住叫了出来："是软的，软的！！！"

快乐得像个傻子。

林宛以前去过其他沿海城市，对海和沙滩这些都没什么特殊的情感，脱了鞋赤脚站在旁边，看着他们跟猴子一样蹦来蹦去。

踩完沙子之后，几个人又手拉着手奔往海边。浪花一朵朵，几个人欢快地踩着浪花。

简直没眼看。

林宛瞥开眼，看到站在一旁的江延，问了句："你怎么不过去跟他们一块玩啊？"

江延似笑非笑："你觉得我和他们一样傻？"

林宛心想：你傻起来跟他们一样，甚至更傻更逼真一点。

不过这话她也就只能在心里想想，江延的面子还是要给的："那倒是没有跟他们一样傻。"

话音刚落，刚刚还在前边踩浪花的几个人终于在百忙之中注意到站在旁边的两人。

五个人齐齐冲过来，拉着林宛和江延就加入了踩浪大队。

海水正要涨潮，海浪滚滚，一浪高过一浪，尽管林宛牢牢勾着孟昕的胳膊，仍然被浪花打了个措手不及，整个人随着海浪往前倾倒。

刚刚站稳了脚跟，就听见耳边都是欢呼声，抬眼看过去，是一波更高的浪迎面将要打下来，林宛下意识地往后退，没退两步，后背倏地贴上一个人。

她回过头，看到江延坚毅的下巴弧线在眼前一闪而过，然后下一秒，他突然抬起手搭着她肩膀，身形微动，整个人侧过身挡在她背后。

海浪盖下来，落在少年的背上。

海面逐渐平静下来，林宛转过身，看到站在暮色之中的少年，浑身都是湿漉漉的，发梢还在滴着水。

他忽而抬手将额前的头发往后一拨，硬朗俊逸的五官完整地露了出来，眼眸浅淡，尾睫挂着水珠，顺着眨眼的动作，缓缓滴落下来。

他的脸颊两侧都有很深的湿意，水珠顺着滑落至下颚处，一点一滴到了不能承受之时，跟着掉进海水里。

傍晚时分的海面，浮荡着一层金色的光芒，少年站在那里，五官的线条冷硬，眉眼却很温和，神情漫不经心。

他就站在那里，背后是绮丽的光芒。夕阳垂至海平面，给一望无际的大海镶了一圈天然的光晕。

周围明明都是人。

可林宛眼里只看见那个站在光里的少年，是如此璀璨耀眼，让人挪不开视线。

踩浪活动一直进行到晚上七点多。晚霞散去之后，夜幕逐渐来袭，天空是一片墨蓝色，不远处的天际升起一轮皎月。

海边的人潮一点一点散去，周围亮起五彩斑斓的灯光，像是一条彩带，环绕着整个海边。

踩浪大队终于停歇。

浑身湿透的几个男生直接躺在细软的沙滩上，头顶是灿星稀疏的夜空，空气里带着点海的味道。

旁边有人在捡贝壳。

林宛和孟昕闲着没事，也起身凑了过去。两个女生蹲在沙滩上，低着头，手指抠着沙子。

盈盈月光洒下来，和海边斑斓的灯光糅合在一起，整幅画面带着惊人的吸引力。

江延听到笑声，睁开眼看了过去——林宛弯着腰，面朝着这边，两鬓的头发垂在脸侧，看起来柔软了不少。

他垂着眸，视线微微往下，倏地一顿。

林宛今天出门穿的是一件宽肩贴身小背心，领口不低，但也不高，在锁骨下方。

江延视线仅顿了一秒，然后有些狼狈地扭过头，收回视线，抬手盖住眼睛，不敢再看下去。

耳边传来徐一川的说话声："哎，孟昕和林宛呢？人呢？"

紧接着是他将要坐起来的动作。

江延倏地抬手压了他身上，没让人坐起来，声音微微有些说不出来的哑："在旁边，你躺你的。"

徐一川轻咳一声，摸了摸还有些发闷的胸口："你说话就说话，打我干吗，我差点给你捶到背过气。"

"打你就打你了，还需要什么理由？"

林宛和孟昕捡了一堆色彩斑斓、形状大小不一的贝壳回来，坐在江延旁边的空沙地说说笑笑。

江延躺在那里，微合着眼眸，没出声，也没敢睁开眼。

时间过了晚上八点，海边越发安静，海浪声清晰，大家肚子"咕咕咕"的动静也很清晰。

"饿了。"徐一川摸着肚子，才反应过来，"今天是不是就在飞机上吃了那一顿？"

"没错，我胡胖胖竟然也能做到一天只吃一顿饭了。"

关澈先坐起来，浪了一下午，这会儿也是感觉有些饿："走吧，先回去洗个澡。"

几个人动作迅速地站了起来，拍拍身后的沙子，准备先回去洗漱一下，收拾干净了再出去吃饭。

林宛和孟昕也跟着站了起来，拎着鞋，赤着脚走在沙滩上。

几个人有说有笑，还没走几步。

"啊——"

林宛不知道踩到了什么，脚趾倏地一痛，抽气的同时，低下头，看到有血冒出来，忍不住叫了声："啊——"

几个男生都听到动静，江延最先反应过来，长腿几步一跨，就走到了林婉跟前，低头看到她还在流血的脚趾，脸色猛地一沉："你是猪吗？"

　　林婉疼得直抽气，听到他的话，弱着声反驳："这世上还能有我这样可爱的猪吗？"

　　江延沉着脸没说话，倒是一旁的关澈笑了出来："那个，现在是讨论是不是猪的时候吗？"

　　江延沉默三秒："能走吗？"

　　"应该能吧。"林婉低头看了下自己的脚，一时间也不大确定是伤到了哪里，试探性地往底下踩了一下，刺痛感猛地蹿上了天灵盖，"啊。"

　　"你——"江延一句脏话卡在嘴边没说出来，眼眸微敛，什么也没说，伸手将人从孟昕怀里拽出来。

　　在林婉还没反应过来之前，他弯腰，手臂穿过她的膝窝，另一只手勾着她的腰，将人打横抱了起来。

　　"说你是猪你还真当自己是猪了。"少年线条冷硬的五官近在眼前，下颌线绷紧，说话时，喉结轻微动着。

　　"我这么瘦的猪可不常见。"

　　江延冷漠地轻呵了一声，没再说话。

　　路边椰子树枝枝繁叶茂，海浪声逐渐消退，别墅的轮廓在夜色中有了个模糊的影子。

　　别墅专门负责打扫的阿姨在家，大门没锁，江延抱着林婉穿过院子，走到客厅，上楼，把人放在自己房间里的小沙发上。

　　林婉浑身都是沙，刚一坐下就闹腾着要去清洗，江延一抬手把人摁在了沙发上，低头垂眸，睨了她一眼："乱动什么？"

　　"我身上都是沙。"

　　"我知道。你坐着别动。"江延松开手，往后退了一步，转身走进浴室，很快便从里面传来哗啦啦的水声。

　　没多会儿，水声停下，脚步声渐近。

　　林婉也没抬头，一条腿叠在沙发上，弓着腰看脚上的伤口，视线里突然出现一双白色的板鞋。

　　她抬起头，看到站在眼前的人，刚准备说话，少年突然低下头弯着腰凑了过来。

　　"先带你去洗一下伤口。"

　　别墅房间的浴室很大，光线充足，洗手台的大理石壁面宽敞明亮，林婉坐在上边，还有点凉。

江延开了水龙头，敛眸看了眼她受伤的那只脚，已经不再流血，但上边残留的血痕看起来依然触目惊心。

他在心底叹了口气，压了压还是没忍住，语气有些沉："你是不是蠢？"

林宛抱着膝盖，舔了下唇角，面无表情地看着他："江同学，我就——我只是不小心划破了脚趾而已，你骂了我三遍。"

她重复道："整整三遍。"

"我骂你三十遍都不够。"江延垂下视线，抬手握住她细瘦的脚踝，往水池底下拉了点。

水流落下来的时候，林宛才反应过来两个人似乎靠得太近了，近到她抬眼似乎都能数清他有多少根睫毛。

她瞥开眼，不动声色地往后退了点距离。

江延垂着眼，似乎没注意到。

林宛胳膊垫着膝盖，下巴搭在上面，视线又忍不住看了过来。

少年的皮肤很白，尤其是在这种冷白的光线底下，更是白得发亮，神情有些淡漠，以往微翘的眼尾这会儿微微向下压着。

凑近了看，他的眼尾似乎还残留着几粒小小的沙子。

林宛盯着看得久了，鬼使神差地伸出手想替他抹去。

少年没动，视线往下斜了眼，眼皮轻掀对上她的视线，声音低而缓："做什么？"

林宛有些尴尬地撤回手，指腹干干净净，什么也没有，再一抬眼，发现那一点痕迹还在原来的位置。

原来那不是沙子，而是几颗很小很小的痣，缀在眼尾，平常不细看，根本注意不到。

林宛莹白的脸庞逐渐染上一点红晕，随着时间的流逝，连着耳朵都一起红了起来。

她挪开视线，额头抵着膝盖，声音藏在空隙里，还带着点难以启齿："我以为那是脏东西，想帮你抹掉来着。"

江延盯着她发顶看了几秒，突然笑了下，而后淡淡道："那不是脏东西。"

林宛头也没抬，很小声地说了句："我现在知道了。"

过了会儿，江延见她脚背上的脏东西差不多都冲干净，抬手关了水龙头，从旁边的架子上拿了条干净的毛巾，裹在她的脚上。

林宛感觉到动静，抬起头。

明亮的光线下，少年垂着眸，唇角微微抿着，神情是少有的认真，手上的动作细致而小心。

注意到她的视线，江延抬眸扫了眼："怎么了？"

　　林宛摇头，看着他拿毛巾擦着自己的脚，忽然意识到这个动作好像太过亲密了。

　　"还是我自己来吧。"

　　江延努力平复了下呼吸，沉着声叫她的名字："林宛。"

　　林宛"啊"了一声，抬起头，还没开口，眼前突然盖过来一样白色的东西，上面带着清晰的洗衣液的淡香味，眼前跟着一黑，所有的视线被切断。

　　林宛抬手把盖在脑袋上的毛巾往下拉了一点，露出又黑又亮的眼睛。

　　一墙之隔的屋外，有很杂乱的脚步声，还有其他人说话的声音。

　　下一秒，林宛看到少年动了动唇，低而沉的嗓音毫无障碍地钻进她耳里。

　　"林宛。

　　"我不喜欢男生。"

第七章

心动

少年的声音低沉而轻缓，仔细听，尾音似乎还带着点颓然的无可奈何。

就像是他明明很不想说这句话，但不知道为什么，还是强迫自己说出来。

林宛不知道他为什么会突然说起这件事，很长时间内都还保持着茫然的状态，有些不明所以。

不喜欢男生？那他喜欢什么？喜欢女生？那他又喜欢什么样的女生？他是不是已经有喜欢的人了？

一连串的问题跟鞭炮一样噼里啪啦地在林宛的脑袋里炸开，扰乱了她所有的心绪和思考能力。

她甚至不知道自己该说点什么。说句恭喜你，你的性取向跟大部分人都是一样的？

林宛可以肯定，她要是真的这么说了，下一秒，眼前这个人就能拿毛巾砸她。

江延没有等到她的回答，也没有期望着她能说什么。

江延说完这句话后，没有再开口，只是抬手握住她的脚踝往旁边挪了一下，重新开了水流，冲洗干净手上的脏东西之后，又将她抱了出去。

气氛一时间有些说不出来的怪异。

林宛坐在沙发上，看着江延从抽屉里翻出医药箱，随意地坐在地上，低头替她处理伤口。

林宛受伤的位置在大脚指头下方，估计踩到了什么碎贝壳的边缘，割开了一个很小的口子。

伤口周围还有没清洗干净的沙子，江延拿着棉球棒蘸了点药用酒精，擦着伤口周围的沙子，动作轻缓。

林宛不知道是太痛了，还是痛觉神经已经消失，这会儿被这么直接地碰到伤口处也没什么反应。

她低着头，抱着另一只膝盖，看着他的动作。

过了一会儿，少年停下动作，将用过的棉球棒丢进垃圾桶。

然后，林宛就看到他起身把桌面上之前拿出来的纱布和医用胶带全都放了回去。

"怎么了？我这个伤口已经严重到这个地步了吗？"

林宛有点不敢相信，她到底是踩到了什么东西，是不是还要去医院打个破伤风预防针才行？

江延收拾完之后，重新蹲在地上，眼眸微弯，抬头对上她的视线，一本正经地说道："确实很严重。"

"啊？"

江延收回视线，将她的脚抬起放在自己膝盖上，撕开刚刚拿出来的创可贴，贴在伤口上面，指腹贴着她冰凉的脚背，声音含笑："严重到再处理迟点，伤口就要自动愈合了。"

她哪里知道之前那么疼流了那么多血，看起来触目惊心的伤口，其实不过就是破了点皮。

她之前还叫那么大声。

真的是太丢人了。

江延笑意更加明显："我先去洗个澡，等会儿还要出去吃饭。"

"嗯。"

江延没再继续多说什么，起身进了浴室，顺手关上了门。

浴室的门是磨砂玻璃，虽然看不清楚，但还是能看到个轮廓。

少年颀长的身影映在上边，一举一动都被放大在眼前——抬手，掀衣服，弯腰……

林宛猛地错开视线。

她在看什么啊！……

她觉得自己现在就像个女流氓，行为和思想都活跃在不可描述的第一线。

她要完，迟早要完。

浴室里。

江延人往后一靠，后背贴在玻璃上，身上的衣衫依然整齐。

他垂着眸，视线落在地上，忽而垂头笑了起来。

空荡安静的浴室，光线充沛明亮，少年的笑声一点一点侵袭这片天地。

过了几秒，江延抬手脱了衣服丢在一旁，拧开花洒，水流哗哗地冲下来，黑发被打湿。

他抬手往后抓了抓，温热的水流尽数洒下来。身体放松之余，江延想着今天发生的事情，记忆从早上顺延，一直到某个点的时候，他顿住了，眼前忽然又出现某个他一直刻意忽略的画面。

几秒之后，少年有些无奈地伸出手，将花洒的开关往右边一拨。

温热的水流倏地变得冰凉。

冷水兜头浇了下来，浇灭了少年心里涌起的阵阵躁动。

林宛和孟昕住在一个房间。

她回去的时候，孟昕刚刚洗完澡出来，裹着浴巾，两条细白的长腿露在外面，五官比起林宛的精致秀气，多了一点可爱在里面。

"你处理个伤口，怎么处理到现在？"孟昕扫了眼她的脚，更惊讶了，"完了就贴个创可贴？"

提到这个林宛就觉得尴尬："我也以为按照那个流血程度，最起码整个脚都要裹上纱布的。"

林宛没有和孟昕多说，飞快地钻进浴室洗了个澡，出来的时候脚上的创可贴已经湿了。

她吹干头发之后，又从抽屉里翻出一个干净的贴在上面。

"我们去哪儿吃饭？"林宛把行李箱里的衣服翻出来，又挑了件跟之前差不多样式的吊带。

她准备去换的时候，突然想到了什么，又把吊带放了回去，拿了件白色的 T 恤。

"关澈他们说这附近有个音乐餐厅，估计就在那里吃吧。"孟昕已经换好了衣服。

无袖的黑色短 T 恤，牛仔毛边短裤，细直的胳膊、长腿都露在外面，不经意间走动的时候，露出一截腰腹的线条，好看极了。

孟昕抬眸看到林宛的装扮，笑嘻嘻地凑过去："我们去的地方好多小哥哥的，你就穿这个？"

林宛看了眼自己的 T 恤、短裤，抬手扎上头发，语气轻描淡写："有什么问题？好看的人就算穿块抹布也会遇到小哥哥的。"

两个人还在房间里说话，胡杭杭过来敲门："要出发咯，你们收拾好了吗？"

"好了！"林宛应了声，"马上来。"

"好，我们在楼下等你们。"过了会儿，林宛又听见他在隔壁和江延说话的声音。

她和孟昕没多耽误，很快下了楼。

楼下客厅。

四个男生也都刚刚洗过澡，一片清爽，穿着统一的短袖 T 恤，黑色中裤，脚上踩着白色板鞋。

就跟厂里流水线生产出来的一样，除了脸和 T 恤颜色，其他都是一样。

江延是最后一个下来的。

"来了，走吧！"坐在沙发上的徐一川最先看到他，一跃从沙发上蹦了起来，"快点快点，我都饿死了。"

说话间，江延已经走到客厅，穿着跟之前一样的白衣黑裤，头发还是半干的状态，垂在额前。

林宛瞥了眼，发现只有她和江延穿了白色，其他人不是黑就是灰，还有一个特别扎眼的黄，其他人好像都没注意到这一点。

七个人一前一后出了门。

林宛和孟昕走在前面，几个男生落在身后。江延抬眸看了眼林宛的白 T 恤，不动声色地勾了勾唇角。

看来她不是一点都不明白。

关澈说的那个餐厅离别墅区不远。这片景区胜地，附近到处都是吃喝玩乐的地方。

这会儿是晚高峰，餐厅里里外外都是人，好在关澈提前在网上订了位子，几个人不用等号，直接入座。

餐厅只有一层，但是占地面积很大，里面是卡座设置，比较安静，主场在外面的露天广场，广场中间搭了个舞台。

这会儿正有人在唱歌。

低缓的情歌从旁边的高品质音响传出来。

关澈订的位子正好在露天广场的最中间，距离舞台也不远，视野宽阔，音乐声适宜，是个绝佳的场地。

七个人刚一落座，就有穿着打扮很海滩风的小哥过来服务，满面春风："几位要点什么？"

小哥样貌清俊，跟关澈一样是桃花眼，眼尾开阔，笑起来的时候潋滟生色，左耳上有五六个闪闪发亮的耳钉。

林宛只盯着他耳朵看了一眼，就被小哥注意到，他还故意朝她眨了下眼睛，很调皮。

她匆忙收回视线，抬眸看到坐在对面的江延，不知为何隐隐有点心虚，掩饰般地端起桌上的水杯喝了一口。

喝完水之后，林宛又反应过来。

她为什么要心虚？

这么一想，林宛的心反而定了下来，侧头又看了耳钉小哥一眼，好奇地问了句："你打这么多耳钉，耳朵不疼吗？"

"嗯，这个啊？"小哥摸了摸耳朵，取下最上边那个，弯腰凑过来，"这个不是耳钉，是耳夹。"

说完，小哥突然抬手，动作熟练地把手上的耳夹戴到林宛耳朵上："这个是今天才戴上的 lucky star，送你了。"

林宛抬手摸了摸耳朵，礼貌地笑了声："谢谢。"

"不客气哦。"

与此同时，坐在对面的江延忍不住腹诽：你难道一点常识都没有吗？你看不出来这人在搭讪吗？

这还不是关键，关键是林宛还朝这人笑。

江延觉得今天这顿饭他能吃下去才真的是成佛了。

不过好在关澈他们已经动作迅速地点好了餐，小哥拿着菜单离开，打断了江延想要掀桌走人的冲动。

还没消停一分钟，小哥又拿着菜单回来了："对了，你们要点什么酒水啊？"

他还特意关照林宛："要不要尝一下我们酒店的新品 lucky star，和你的耳夹是一个系列产品哦。"

林宛只听到"酒"这一个字，下意识就开口拒绝："我不喝。"

与此同时还有另外两个声音一同跟着响起。

"她不喝。"

"她不喝！"

是江延和关澈。

关澈对于林宛喝什么这件事深有感触。

上次就是因为给她喝了一点饮料，江延连着几天都没给他好脸色，导致他现在一听到给林宛酒喝，整个人都发怵："她不会喝酒，一点都不会，给她果汁就好。算了，给我们大家都来个果汁吧。"

最后大家一人要了一个新鲜开壳的椰子。

场面看起来相当滑稽。

晚上的氛围很火热。

驻唱歌手换了风格，从最开始的低缓情歌，换到了重金属音乐。舞台周围是闪烁的斑斓灯光，音乐声快要冲破天际。

广场的面积虽然大，但由于摆了很多张桌子，走动的空隙比较小。

江延原本坐在林宛对面，后来由于挡住了后边客人的椅子，换到了林宛的右手边。

　　距离一下子被拉近。

　　江延只要稍微一侧眸，就能看到她耳朵上那个看起来很丑的耳夹。

　　他忍了几秒，还是没忍住，抬手给取了下来放在桌上。

　　林宛在剥虾，被他这么一个突如其来的动作一吓，手里的东西没拿稳，掉在桌上，顺着掉在了沙地上。

　　她摘了手套，扭头对上他漫不经心的视线："你干吗？"

　　江延往后靠着椅背，手臂搭在她椅背上，轻而缓地"啊"了一声，手指跟着音乐节奏一下一下敲着："看着很丑。"

　　林宛简直难以置信，伸手拿起那枚耳夹："就你的审美，你还知道丑？"

　　她说完，又准备把耳夹戴回去。

　　江延抬手拦住她的动作："别戴了。"

　　他伸出手的动作没停，温热的指腹摸到她之前带着耳夹的位置，轻轻地捏了一下："这里都红了。"

　　少年的指腹温热柔软，碰到她耳朵的时候，震耳欲聋的音乐声刚好停了下来，他的声音近在耳边，所有的触感被无限放大。

　　林宛觉得自己可能下一秒就会因为心跳过快而晕过去，她僵直着身体不敢动，声音也跟着僵硬："那就不戴了。"

　　江延轻"嗯"了一声，收回手的时候，不知是有意还是无意，又捏了一下她发烫的耳朵。

　　林宛有一瞬间真的想掀桌，撬开他的脑袋，看看那里面到底装了些什么。

　　这个人的路数一天比一天捉摸不透。

　　林宛越想眉头皱得越深，丝毫没有注意到坐在身旁的人不知道什么时候起身离开了座位。

　　她发呆的模样太过清晰明了，坐在另一边的孟昕碰了碰她的肩膀："你想什么呢？"

　　林宛回过神"啊"了一声，摇头："没想什么。"

　　她视线一瞥，看到旁边的空位，又问了句："江延呢？"

　　"不知道啊。刚刚还在呢，估计去洗手间了吧。"孟昕低头剥完最后一只虾，手上沾满了油污，"宛宛，你也陪我去一下洗手间，我去洗个手。"

　　"好。"

　　她们和男生打了声招呼后，起身去找洗手间。

　　后边就有个公共洗手间，有专人看管和打扫，环境比一般旅游景区要干净很多。

孟昕洗完手，又觉得肚子不大舒服："啧，我去里面解决一下，你在外面等我会儿。"

林宛倒是没什么感觉，只点点头："行，你去吧。"

等孟昕进去之后，林宛就站在外边的一棵椰树底下，低头看着手机。

夜风习习，风里带着白天残余的热意。

她给江延发了条微信："你去哪儿了？"

很快得到回复："抬头。"

林宛顿了一下，像是被安上了开关，跟着抬起了头。

几米远的洗手间门口，少年拿着手机站在那里，顶上惨白的灯光落下来，照得他脸上的神情一清二楚。

少年抬脚朝这边走来，步履稳健，灯光和影子都被他落在身后。

林宛停在原地没动，收起手机看着他。

江延在离她一步远的位置停了下来。晚风吹动他额前的黑发，他抬手抓了抓，声音也被风吹散了点："回去吗？"

"你先回去吧，我等孟昕。"

吹来的海风里带着点淡淡的腥味，林宛敛眸看他，少年的神情很淡，眉眼间带着点不易察觉的落寞。

他这个样子跟几分钟前的江延判若两人，看起来心事重重。

"行。"

半晌之后，他点点头，从她身侧走过。

这样的情形，还是头一回。

林宛抿了下唇角，突然扭头叫住他："江延。"

"嗯？"他回过头，人站在暗处，身后闪烁的斑斓灯火衬得他的神情更加单调寡淡。

"你……"林宛犹豫着，挣扎几秒之后，叹了口气，"算了，没事，你先回去吧。"

每个人都有情绪不好的时候，有人喜欢倾诉，也有些人更想把情绪藏起来，他或许更倾向于后者。

她不能每一次都要刨根问底。

江延停在原地，半晌没作声。

隔得不远的舞台，音乐声被海风吹到这边的时候还留有很长的余音。

过了好长时间，江延终于动了脚步，却不是往回走，而是又走回她跟前，没头没脑地说了句："我没事。"

"我知道。"林宛抬眼，看着他刀刻一般的侧脸，重复地说了句，"我知道你没事。"

"嗯。"

"那你不回去吗？"

"陪你。"他低声说。

耳边的音乐声突然变得舒缓，是一首红遍大街小巷的歌，林宛高一的时候听过很多遍，对旋律很熟悉。

这会儿她只是听到一点声音，竟也能跟着节奏轻哼出来。

"……怎么去……一夏天的……当一阵风……如果……"

声音不大不小，她一直跟着哼到结尾。

江延低垂着头，听着这一点动静，心里忽然涌起无限温柔。

又一个五分钟过去，就在林宛怀疑孟昕是不是要住在里面的时候，她终于从里面出来了，整个人没了进去之前的那点神气，有些恹恹的。

林宛想吐槽的心情顿时散了，走过去扶着她："你没事吧？"

"没……就是蹲的时间久了，腿麻了。"孟昕洗干净手，整个人挂在林宛身上，抬眸看到站在树荫底下的江延，"哎，江延怎么在这儿？"

"等你啊。"

"那我可真是受宠若惊了。"孟昕顿时跟打了鸡血一样，动了动腿，"好了，我活过来了。"

三个人很快回到吃饭的地方。

关澈他们都吃得差不多了，抬眼看到三人，乐了："你们要是再不回来，我们可就要报警找人了，标题就叫《寻找丢失大龄儿童》。"

江延斜瞥了眼说话的关澈。

后者很快收了声，手在唇边比了一个拉链的动作——闭嘴，马上闭嘴。

林宛也没怎么在意，落座之后，看了眼消停的舞台，顿住了："那不是胡杭杭吗，他在做什么，准备留在这里当个吉他手吗？"

一旁的宋远出声解释："刚刚那个主唱说接下来是游客时间，问有没有人想上去唱歌，这货就过去了。"

林宛又看了眼在台上调试吉他的胡杭杭："我开始为这家店的客人感到担心。"

孟昕附和："我也是。"

音乐前奏响起，林宛看到江延搭在桌上的手指跟着节奏在敲拍子，竟然也没错拍。

走在风中 / 今天阳光 / 突然好温柔 /……

林宛还在发愣，站在台上的胡杭杭已经开了嗓。

她愣住了。

真的是人不可貌相，胡杭杭平常看着嬉皮笑脸不怎么正经，唱歌竟然是出乎意料地好听。

一首歌下来，他还赢得了不少掌声。

胡杭杭满脸笑容地回到座位上，林宛诚恳地道了个歉："胖胖对不起，我收回之前对你的误解，你是个了不起的胡杭杭。"

胡杭杭笑着抓了抓头发，端起桌上的水杯灌了一口："我那就是一般水平。你是没听过江延唱歌，那才叫好听。"

"简直就是天籁之音。"他又补充了句。

林宛侧头看着江延，试探性地问了句："那你要不要上去给我们展示一下你美妙的歌喉？"

其实林宛也能猜得出来这个人唱歌功底应该不差，就刚刚那首歌，他最起码跟了半首歌的拍子都没有出错。

江延懒洋洋地靠着椅背。暖黄的灯光笼罩着他，整张脸轮廓冷硬，他轻摇了摇头："不唱。"

意料之中的回答，林宛也没多失望，只微耸了下肩膀，语气坦然："好吧，我猜到你也不会唱。"

"为什么会这么想？"他压低了嗓音问。

林宛侧着身，胳膊搭在桌上杵着脑袋，一双杏眼带着很明显的笑意："因为你怕一上去唱歌就暴露了自己其实唱得一点都不好听的真相。"

这明明是很明显又漏洞百出的激将法，可江延却很受用："这么想听我唱歌？"

林宛盯着他，故作遗憾："想听也没用啊，反正你也不会唱的。"

"那你想不想听？"他似乎很执着于这个问题。

沉默三秒，林宛点点头："想听。"

"好。"他说。

"嗯？"

"那我唱给你听。"

十月的海城依然炎热，海边吹来的风带着凉意，消散了空气中的炎热，让空气湿润了不少。

少年说完这句话后，起身往舞台那边走。广场的灯光将他的身影拉长。

林宛在脑海里飞快地过了下刚刚两人的对话。

——那你想不想听?

——想听。

——好。

——嗯?

——那我唱给你听。

这个人唱歌就唱歌,为什么还要说唱给她听!

林宛真觉得自己要完了,她现在又回到了之前在车上时的状态——心跳加速,大脑空白,整个人都不知道该想什么,只是不停地在脑海里回放刚刚那几句对话。

就跟过电影一样,一遍又一遍,完全不受控制。

她抬起头,看到站在舞台上的少年,他正低着头和旁边的吉他手说话,神情认真,斑斓的灯光时不时落在他脸上。

似乎是说到了什么,少年勾唇笑了下,接过别人递过来的麦克风放到眼前的支架上。

他垂着头,动手往上调着位置。

他侧身,和身后的人打节拍。

他笑,他说话。

他的每一个动作都被无限放大在林宛眼前,太过耀眼的人是没有办法被忽视的。

台上的灯光忽然暗了下来,少年站在那里,身形颀长,神情慵懒,单手扶着话筒,动了动唇。

I found a love for me /Darling, just dive right in and follow my lead……

低沉的男声顺着音响慢慢回荡在这片天空,周围交谈的声音也逐渐变小。

林宛在他一开口的瞬间就僵住了,这首歌她听过很多遍,但更令她难以忘记的是这首歌的 MV。

男主角见到心上人时的害羞,两个人在雪地里的笑容,结尾处两人在茫茫雪山中的那个拥抱。

每一个瞬间,都让林宛难以忘怀。

这一时刻,温柔耀眼的少年站在舞台上。夜空星星璀璨,他就站在那里,抬眸望着她,直到望进她的心里。

在那一瞬间,林宛终于明白了。

原来在面对他时的那种心跳错乱的感觉不是病，而是名为"心动"。

海边的天气变化莫测，原先还是星月万里的天，不过瞬间，便有了风雨欲来的迹象。

七个人原本打算在海滩扎营看日出的计划被迫取消，趁着暴雨来临之前，匆匆赶回了别墅。

林窈心里装着事情，到别墅之后也没顾得上和几个男生多说什么，拉着孟昕就钻回了房间。

她觉得她现在就像个会移动的爆炸体，指不定什么时候就会炸，她得把装在里面的东西给倒出来。

全都倒出来，一点都不剩。

房间里只开了一盏落地灯，窗外的天空黑压压的，狂风呼啸，电闪雷鸣，一场暴风雨随之而来。

林窈拉着孟昕在沙发上坐下，神情正经："我问你一件事情。"

孟昕被她这番过于认真的模样感染，也跟着坐直了身体，看起来十分认真："爱过，不后悔。"

林窈心里刚冒出来的那点倾诉的想法，顿时被她这几个字劈得稀碎。

她觉得自己就是个傻子，为什么想不开要和一个跟自己一样，是个母胎单身的人讨论感情问题。

见她一直不说话，孟昕"扑哧"笑了声："好了，不跟你开玩笑了。你要问我什么事？"

"我忘了。"林窈从沙发上站起来，"被你一打岔，我就忘记了。"

这种情况孟昕也有过，也没怀疑她话里的真实性："行吧，那等你想起来再说。"

"嗯。"

林窈失去了目前唯一可以倾诉的人，装在心里面的东西一时间倒不出来，有些茫然地躺在床上。

她竟然对江延产生了想法。

这可真的是太匪夷所思了。

说实话，她和江延认识的时间不算特别长，要不是因为机缘巧合成了同桌，她可能一直到高中毕业，甚至是很久以后，都不会知道在自己的高中生涯里，还有江延这么一号人。

在林窈眼里，江延最开始给她的印象就是个傲娇的自恋狂，说话做事都很傻。

做了同桌之后，林窈觉得他也不像别人说的那么嚣张、乖戾不可一世。

他会和老师好好说话，不会动不动就拍板掀桌子，老师布置的作业他也会主动交，正确率基本都在百分之百。

他不打架不闹事，也从不恃强凌弱。

除了刚开学体育课那一次，林宛就从来没见过他有什么跟坏孩子沾边儿的举动。

可现在呢？

林宛在床上翻了个身，看着窗外的瓢泼大雨。

现在的江延在她眼里，已经不同于往日，虽然平常依然傲娇自恋，但林宛发现他这个人其实有很多不为人知的一面。

他有很多小秘密，会脆弱，会需要人哄，会护短，会照顾人，脾气其实一点也不差，也很爱笑。

他笑起来的时候，右脸会有一个很小的梨涡，就像眼尾的痣，不仔细瞧，是不会注意到的。

他也很聪明，林宛在他住的地方发现了很多关于物理竞赛的证书，桌子上永远摊着一张物理试卷。

他每一次都不一样。

他写试卷的时候更喜欢选择题，因为不用多花费什么笔墨。课上遇到老师说一些超纲的题型，他也会听一点，在知道答案之后，又继续做自己的事情。

林宛越想心里的东西就装得越满，满脑子都是跟江延有关的画面——一会儿是在教室，一会儿在他住的地方，一会儿又跳回今晚吃饭时的场景。

比放电影过得还快。

她受不了，掀开被子坐起来，长长地舒了一口气后，正声道："孟昕，我想到了。"

孟昕闻声看了她一眼："你想到什么？"

"我想到我刚刚要和你说什么了。"林宛把被子全掀开，起身，莹白的脚趾踩在地上，走到她面前，"孟昕。"

"嗯？"

"我的同桌情好像变了。"

孟昕回过神，抬头看着林宛："你同桌？"

"你哪个同桌？"

"初中的？小学的？还是幼儿园的？"

林宛舔了下唇角，有点不好意思："……高中的。"

沉默三秒。

孟昕语重心长地开口："我觉得这很正常，你同桌长得那么帅，性格也不差，有变化是很正常的事情。"

林宛觉得她终于说了句人话。

结果，下一句又打回了原形。

"但是，你难道不觉得我们这个年纪，最重要的任务该是好好学习吗？少做别的事情，浪费时间。"

林宛说："我现在觉得，我坐在这里和你讨论这个问题，才是真的浪费时间。"

话音还未落，窗外突然一声雷鸣，远处天空劈下一道闪电，照得那片天地都亮了起来。

雷声还未消停，下一秒，别墅的灯却忽然悄无声息地灭了，房间顿时陷入一片黑暗中。

江延过来准备敲门的时候，林宛和孟昕正准备出去看看什么情况，门刚一拉开，就看到外面站了个人。

林宛心跳都落了一拍，下意识地"啊"了一声，往后退了一步。下一秒，站在面前的人默默开了口。

"是我。"江延的声音低而缓，带着惊人的安抚力，"别怕，停电了。"

"别怕"，一听到这两个字，林宛感觉自己刚刚平复的心情又立马崩了，脸上不受控制地开始发热。

"没害怕，就是你突然冒出来我有点被吓到了。"林宛一边说话，一边平复心情，顺便岔开话题，"这是跳闸了吗？"

江延看了眼窗外的电闪雷鸣："估计是吧。"

其他人也都从房间走了出来。突如其来的停电让大家都没了睡意，关澈提议："走吧，去楼下客厅玩会儿游戏吧。"

几个人一前一后往楼下走，孟昕很识相地抛下了林宛，快步跟上其他人的脚步，还催促他们走快点。

走廊上就只剩下他们两人。

林宛默默在心里给自己暗示——没关系，反正他也不知道你对他有好感，你表现得正常点没有人会知道。

心理暗示果然管用，她顿时坦然了不少，人往前走了一步，关上门："走吧，我们也下去了。"

江延看着她"嗯"了一声。

走廊上一片漆黑，林宛和江延并肩走着。

江延突然想到今晚那首因为变天而未唱完的歌还没有得到任何回应。

他微微侧开脸，叫了声她的名字："林宛。"

"嗯？"她抬起头，试图看清他。

一片漆黑中，少年的声音格外清晰。

"那首歌好听吗？"

林宛的呼吸一滞，微张着唇，没有说话。

好听吗？答案是肯定的。

如果不好听，她也不会意识到自己对他的心思，可能还在纠结于回去到底是看脑科还是看心内科。

可她不知道为什么，明明之前对着胡杭杭就很容易说出口的夸赞，现在对着他却一个字都说不出来。

窗外风声交织着雷鸣声，动静不小。

许久之后，她才勉强开口："还行吧。"

黑暗里看不清彼此的神情，却放大了每一丝动静，少年似乎是笑了下，声音很小又很快消失。

恰好此时，窗外一道闪电劈下来，明亮的光线落进来，瞬息之间，林宛看见他脸上的神情。

似笑非笑的，反而更让人觉得意味不明，林宛感觉自己越发热了，只想赶紧逃离这里，抬手作势在脸侧挥了挥，有些慌不择路："走吧，楼上真的好热。"

她还没走几步路，突然被人从后面拉住了胳膊。

"是不是看不见？那我拉着你好了。"江延说。

轰鸣的雷声响起，林宛回过神。

她看着少年在黑暗里的轮廓，有一瞬间特别想问问他，到底是不是喜欢自己。

可是她不敢。

她的感情世界一片空白、干净，什么都没有，直到有一天，有人推开这扇门走了进来。

他用自己的一言一行，把色彩涂抹在她空白的感情世界里，可是色彩，终有一天会褪去，会消失。

林宛不敢去赌这个结果。

十几岁的年纪，对待感情很直白，喜欢就是喜欢，不喜欢就是不喜欢，也没有那么多的弯弯绕绕。

她对感情直白，也很迟钝，在明白自己的心思之后，她又变得很谨慎。

她想，或许她可以换个方式来得到自己想要的答案。

这场暴风雨来得急而猛，连着下了四五天，雨势缠绵，七个人的看日出计划被这场雨彻底破坏。

假期结束前两天，雨势稍停，一行人返回溪城。

不同于海城的阴雨绵绵，溪城是个大晴天，天空碧蓝如洗，只有风吹过云的痕迹。

七个人回家的方向各不相同，拦了三辆车。

林宛和孟昕搭了一辆车，三辆车一前一后驶离机场，在高架处分开，开往三个不同的方向。

步入十月，溪城的气温低了不少，半开的车窗吹来冷风，林宛抬手关了，靠着椅背休息。

孟昕的父母这段时间还在国外，她索性就一起回了林宛家。

林咏城和方仪宋似乎也不在家，摆在门口鞋架上的两双拖鞋，还是林宛走之前的模样。

林宛已经习惯这样的场景，换好鞋之后，又给孟昕拿了双干净的拖鞋，换好之后两人便回了房间。

"啊——累死了。"一进屋，孟昕直接瘫倒在沙发上，"出去玩开心是真开心，遭罪也是真遭罪。"

"但下次有机会，你还是想出去。"林宛打开行李箱，坐在地上整理里面的东西，"你要不要先去洗个澡，我们睡一觉，然后晚上出去吃个饭。"

孟昕一点也不想动，晃了晃手："你先去吧，我缓一会儿。"

"行。"林宛把箱子里的衣服全都抱出来放进浴室的衣篓里，舒舒服服地泡了个澡。

出来的时候，看到孟昕开着电脑，她走过去，看到网页的页面。

是当时七个人在海城拍的一张合照，胡杭杭发在了朋友圈。

七个人站在沙滩上，背后是一望无际的大海，夕阳西下，光芒笼罩着大地，整幅画面温柔得一塌糊涂。

"哈哈哈哈，宛宛你看这张照片！"孟昕在群里和胡杭杭要其他照片，胡杭杭发了一张他们五个男生穿着海滩衬衫、海滩裤，一人手里捧着个青椰的照片。

江延站在中间，额前的黑发被海风吹起，神情漫不经心。哪怕是穿着这么花花绿绿的衣服，他的眉眼依然英俊。

两个人坐在那里看照片看了十多分钟，孟昕起身去洗澡，林宛擦着头发，点着鼠标又看了一遍照片。

她侧身从桌子上拿起手机，才发现半个多小时前，江延给她发了条微信：

到了。

林宛盯着这两个字看了几分钟，莫名笑了下，也没有回消息，退出去点进七个人的群里，把胡杭杭发的所有照片都保存了下来。

最后一张照片，是她和江延的合照。

几个人当时在院子里吃烧烤，周围是用竹子编制的围栏，上面爬满了藤蔓，绿意盎然。

院子里有个秋千，她坐在上边，江延靠着秋千的架子，低头和她说话。他露出半边侧脸，神情温柔。

两个人都在笑，看起来有点傻。

林宛抱着手机看了很长时间，连孟昕站到自己身后都没注意到："我发现你这个情况有点严重啊。"

突然的声音，吓得她手机没拿稳，掉在地上。

林宛弯腰捡起来，脸上带着不自然的红："你什么时候出来的，我怎么都没听见？"

孟昕拉长了声音"啊"了一声，听起来有取笑她的意思："就你刚刚一脸花痴看照片的时候。"

林宛不想和她说这个，从抽屉底下翻出吹风机，"嗡嗡"的动静很快在房间里响起。

等到两人收拾好在床上躺下的时候，外面的天已经暗了下来，林宛直接叫了外卖。

孟昕也没有困意，翻了个身趴在床上，还是觉得很稀奇："你真对你同桌有想法啊？"

林宛不想说，拉着被子盖过脑袋。孟昕不依不饶，隔着被子挠她："好宛宛，你和我说说呗，为什么偏偏是江延啊？"

林宛扛不住她的攻势，掀开被子，露出白净的脸，长睫垂着，手指不自觉抠着指甲，眼里有笑意。

"就他人很好啊，也……没有那么多理由吧。"

林宛之前也想过这个问题，可是她想破脑袋也没有想出个什么可以回答这个问题的答案。

可真要回忆起来，她和江延在一起的很多个瞬间，都美好得让人难以忘怀。

可能世间很多事情就是这样蛮不讲理。

明明说不上来是什么缘由，可真要说起来，又好像有很多个理由，说也说不完。

江延和关澈回了自习室的住处，现在他俩都已经把那里当成了家，除了特殊时间，一般都住在那里。

还是休息日，自习室里人很多。

关澈在楼下碰见个朋友，江延径直回了楼上房间。他走之前窗户忘了关，桌上的东西被吹得七零八落。

他走过去，把东西一样一样捡起来，收拾好之后，窝在沙发上开了电视，摸出手机给林宛发了条微信。

等了十分钟，没见回，他给手机充上电，收拾了衣服去洗澡，再出来的时候，手机消息已经99+。

他随手拿毛巾擦了擦头发，拔了手机靠在床上，全是群消息，翻了翻，看到了被消息覆盖的照片。

最近的一张是他和林宛的合照——小姑娘朝着他笑，露出了一点牙齿。

江延定定地看了会儿，低头笑了下，退出之前把照片保存下来，他手机丢在床上，起身换了件衣服之后去了楼下。

九点半，江延刚吃过饭，坐在吧台后面和新来的服务生聊天。他和关澈不能每时每刻都留在这里，近期招了不少人。

新来的服务生中专刚毕业，之前在学校也没学到什么，看到这里在招聘，就打算先来试试。

他之前不住在这片，对江延的传闻也不了解，聊起天就没那么多顾虑。

但他话也不多，基本上都是江延问一句，他才答一句，聊了没一会儿，江延起身去楼上拿充电器。

恰好此时，门外进来两人。

服务生听到动静，很快站起来，看到进来的是两个女生，愣了下，才说道："晚上好！"

"嗯，给我们个包厢吧。"林宛往前走近一步。

林宛给江延发了条微信。

很快，收到微信的人就从楼上走了下来。

林宛靠着吧台，抬手和他打了声招呼："晚上好，江同学。"

江延手里还拿着充电器，长腿一跨，下完最后几级台阶，走到她跟前，身影覆过来。

三人还是去了之前那个包厢。

江延开了灯，孟昕率先走了进去，弯腰开了机子之后，突然冒了一句："宛宛，我想喝水，你帮我去楼下拿瓶水吧。"

林宛正好也觉得有点渴了，点点头："好。"

她转过身，看到江延还站在那里，手心出了层汗，忍住去擦的想法，放平语气："一起下去吗？"

江延点点头："走吧。"

外面刮了风，砸在玻璃上的动静很响。

林宛出来关了门，还是忍不住在衣摆擦了下手心："你今晚不休息吗，还上夜班？"

"嗯，明天也没什么事情。"江延低着头看她，"你们怎么想到跑出来学习了？"

"待在家里一个人学习太无聊，正好明天也不用上课。"

"出去玩回来，不觉得累吗？"

"不累啊。"这几天在海城，因为大雨，他们就没去几个地方，基本上都在别墅周围活动，"你累吗？"

"还好。"江延语气淡淡的，听不出什么真假。

两人走到楼下，关澈也收拾好在楼下听服务生汇报情况，抬眸看到林宛，笑着打了声招呼："晚上好啊。"

林宛和他说了两句话后，跟着江延去了里面的小客厅拿水。关澈看着两人的身影，意味深长地笑了下。

江延给林宛拿了两瓶常温矿泉水，递给她的时候问了句："晚上吃了吗，要不要零食？"

林宛接过水："不用，我们吃过才来的。"

"行，那你上去吧。"

林宛点点头，拿着水转身走了两步，突然回过头，看到他还站在那里，想了想还是问了一句："那天在餐厅洗手间碰到你的时候，我感觉你好像不是很开心，是发生什么事情了吗？"

之前没认清自己的心思的时候，林宛是没打算问的，可是现在不一样，她就是特别想关心他。

估计没想到她还记着这样的事情，江延愣了几秒才反应过来，人靠着旁边的门栏，眼睫微垂，语气温和："没什么，就是一些家里的事情。"

"那你解决了吗？"

"嗯。"他点点头，"解决了。"

林宛松了一口气，心里涌上一点甜，声音轻轻软软："江延。"

"嗯？"

她抿了下唇角："你以后别什么事都憋在心里，对身体不好。"

窗外风声呼啸，江延抬眸，目光落在她脸上看了一会儿，忽而勾唇笑了下，眼底的情绪散开，铺上一层暖意。

他靠着门栏，仪态慵懒，声音懒洋洋的："好，都听你的。"

少年说这句话时的神情自然，丝毫不觉得有什么不对劲的地方。

林宛看着他，一时间没想起来该说些什么。

客厅昏黄的灯光落下来，在他脸上分割出不同的画面，额前的碎发在鼻梁下方投出一片细碎的阴影。

他的皮肤真的很白，还不怎么能晒黑。

在海城那几天，虽然一直阴雨绵绵，没出什么太阳，但海城靠近赤道，阳光直射强烈，还是让林宛黑了半个度。

但是江延没有，他好像是那种越晒越白的奇特肤质。此刻他穿着白色的短袖 T 恤，露出一截依然白得发亮的胳膊，底下是条烟灰色的棉质长裤，脚上踩着棉质拖鞋，整个人看起来很温暖。

林宛的心思从他的话语逐渐挪到他的穿着。

她发现他好像除了黑、白、灰似乎再也找不到第四种颜色的衣服，就连房间的装饰都是这三种颜色。

八天小长假在悄无声息中溜走，周一一早，秋日的阳光充沛。昨夜一场秋雨之后，满城枯叶飘落，街道两旁的梧桐露出光秃的枝丫，光影毫无遮掩地射下来。

林宛跟以往一样坐公交去学校。车速缓慢，窗外的景色一览无余，街头巷尾随处可见橙黄身影，他们走过之处，一片干净。

离十中还有两三站路的时候，上来两个穿校服的女生，其中一个坐在林宛身旁的空位上，同伴坐在过道的另一边。

坐在林宛旁边的女生侧着身和同伴说话："你听说了吗？昨天晚上我们学校有几个高三学姐放学时，在公交车站碰到了暴露狂。"

同伴一脸不可置信："不是吧，真的假的？"

"当然是真的，就在我们学校门口的那个公交站。当时都十点多了，那附近也没什么人，那个变态就突然冲了出来，当着学姐她们的面脱了自己的裤子。"

"我天，怎么现在还有这么恶心的人。"

"谁知道呢。"

听到这里，一旁的林宛忍不住坐直了身体，扫了眼两人的校服——灰白色的，是隔壁的八中的校服。

八中和十中一墙之隔，她们说的门口的公交站就是平常林宛放学等公交的站台。

两个女生还在继续说："反正我们班主任昨天在群里说了，这段时间晚自习就只上两节课，让我们早点回去，别在外面逗留。"

"也不知道什么时候能抓到那个变态。千万别让我们碰见了，太恶心了。"

话题随着公交到站的提示音戛然而止。

林宛跟在她们后面下了车，在公交站周围看了一圈，附近都是早起的人，每个人看起来都洋溢着对新一天的希望，没有一个看起来像是会做出那种事的人。

她微微松了口气，转念一想，这还是大白天呢，怕什么！

下车的站台离学校门口还有几百米的距离。林宛早上出门没吃早餐，见时间还早，索性在巷子口一家早餐店点了一碗小馄饨。

馄饨店不是门面店，只是在巷子这边拉了个棚，里面摆了几张木桌子。林宛点完餐之后，走在里面一桌坐下，摸出手机在刷帖子。

她最近下了一个 APP，里面有各种各样的论坛，简直打开了林宛的新世界。

林宛最开始在 APP 里看得比较多的是跟暗恋有关的帖子，大家都在里面伤春悲秋，刻画了一个又一个爱而不得的形象，太过消极。

她觉得爱而不得不太适合自己的，她要的是功成行满，两心欢喜，百年好合，白头偕老，早生贵子……

早生贵子就算了，这个太远了。

林宛最后在里面找到一个感兴趣的论坛。

她昨天在家里没什么事情，看了一天的帖子，感觉自己又打开了另一个新世界。

城街区已经没多少雾气，多的都是周围餐铺飘出来的热气。馄饨铺店小人多，林宛等了五六分钟才等到自己的那份。

馄饨皮薄肉多，汤汁鲜美，林宛吃完竟然还觉得有点意犹未尽，但也没打算再多吃，起身去结账。

馄饨摊就支在巷子口，巷子里也有不少像这样的小摊子，两侧的住户开着门，坐在巷子里聊天吃早餐。

结账也要排队。

林宛见空儿又在论坛刷起了帖子，其间她看到首页有一个被大写加粗的精华帖——

　　　　# 论如何吸引我那高冷的学神同桌的注意 #

帖子是几天前才发的，但不知道是什么原因，已经有好几千的评论和点赞了，热度相当高。

林宛点进去看，前面几百字都是在描述楼主和男神同桌的背景，大概就是什么初入学在开学典礼认识男神，然后又发现自己和男神同班，机缘巧合下成了同桌。

后面就是楼主和男神的相处日常，还有楼主总结的一些日常相处指南。

林宛看了眼，果断加入收藏，抬起头，结完账的时候，往旁边巷子里看了一眼，蓦地看见了一道熟悉的身影。

学校每周一都有升旗仪式，作为班长要穿校服在队伍前面举班牌。

江延基本上每次都会穿，今天也不例外，蓝白色的校服敞开，露出里面的白色T恤，下身穿着黑色的牛仔裤，脚上踩着一双白色板鞋，书包拎在手上。

远处是蓬勃的朝阳，阳光穿过顶上复杂缠绕的电线落进巷子里。

他走在光的前面。

不可避免地碰见，江延脚步倏地一停，把书包拎到右肩，一步一步走到她面前，熟悉的气息铺天盖地地朝她涌过来："早。"

少年的声音微微有些沙哑，带着刚睡醒时的慵懒："吃了吗？"

林宛刚想说吃过了，但是下一秒，她突然想到刚刚看过的帖子。

"还没，我刚到。"林宛面不改色，"你吃了吗？"

少年摇了摇头，问她："一起吃点？"

"好。"

江延点了两份小馄饨，似乎是怕吃不饱，他又要了一屉灌汤包，拿了两个鸡蛋。

林宛觉得自己今天可能会撑死在这家小小的早餐店。

两人找了位子坐下。

江延把书包放在旁边的空椅上，拿起一个鸡蛋在桌边轻敲了几下，顺着缝隙剥开鸡蛋壳。

他的手指很长又很白，指甲剪得整齐，做这些很小细节的事情时，动作很仔细。

长睫微敛，林宛看到他眼底有一圈淡淡的青色，估计他昨晚又上了夜班。

江延把剥好的鸡蛋放到她碗里，从桌上抽了一双筷子拆开递给她："吃吧。"

林宛犹豫了一下，但是秉着不放弃任何接触机会的想法，伸手接了过来，声音很低："谢谢。"

江延轻笑了下，没说什么，剥开另一个鸡蛋，三两下解决完，两碗小馄饨也送了上来。

老板看到坐在里面的小姑娘，惊讶地"咦"了一声："你不是刚刚……那什么吃——"

林宛嘴里还吃着鸡蛋，听到老板的话，一张口，鸡蛋卡进嗓子，猛地咳了起来。

看起来难受得不得了。

江延从桌上倒了杯水递给林宛，抬眸看了一眼站在桌旁的老板，神情寡淡而疏离。

新一周的教室比平常更加热闹，林宛和江延踩着上课铃声进教室。坐在后排的胡杭杭和宋远趴在桌上睡得昏天暗地，没有一点平常闹腾的样子。

教室最后一排，陶嘉和朋友不知道在讨论什么，笑容蕴了满眼，抬眸看到走进教室的两人，眸光淡了一瞬。

林宛不经意间和陶嘉对上目光，交错间，陶嘉朝她笑了下，而后迅速挪开了视线，侧头和好友继续说话。

林宛对这些一向不怎么在意，在位子上坐下，把书包塞进桌肚里，随便翻了本语文书摊在桌上。

早读开始，老余捧着自己独特的保温杯来到教室。看到教室闹腾嘈杂的模样，他也不生气，心情好得像是连吃了几天的彩虹糖。

他确实不生气。

就是这么些看起来没什么着落的孩子，这次月考可真让他扬眉吐气，光是年级榜前五十，他们班就进了七八个，其中一个还是年级第一。

老余抬头在教室看了一圈，看到他的年级第一正趴在桌上睡觉，心里那叫一个满足。

还好，没缺席，还知道来上课，说明还是个可以培养的孩子。

说不定他现在重点栽培一下，他将来就是个能教出个状元的金牌班主任了。

越是这么想，老余看着江延的目光就越是和善和愉悦，顺带着他又看了看坐在年级第一旁边的年级第五十。

小姑娘还没注意到他，低着头不知道在看些什么东西，相当地入迷。

老余放轻脚步走过去，在桌旁停住脚步，视线往下一扫，看到林宛的手机屏幕：

高中生能不能谈恋爱
对同学有好感怎么办

看到这里，老余突然意识到林宛这次退步这么明显的原因了，眉头一皱，觉得事情不太简单。

林宛后知后觉地注意到老余的身影，猛地抬起头，顺势把手机塞到了书底下，尴尬地笑了下："余老师，您怎么站这儿也不出个声啊？"

老余盯着林宛看了几秒，决定先不打草惊蛇，面儿上依然笑呵呵的："没什么事，你继续玩你的。"

说完，他又捧着保温杯原路返回，在心里盘算着怎么把误入歧途的人给拉回来。

有点难度。

他之前办公室的其他班主任，碰到这种情况，首先就是找当事人聊一聊，怀柔政策走不通，就开始"严刑逼供"，闹到最后双方都不欢而散。

余秉山觉得自己是个讲究人，不能走这么愚蠢的路子。

他得好好盘算一下。

上午两节课结束，晴空万里，升旗仪式照常举行，各班级学生扛着班牌和流动红旗，拥向操场。

林宛和江延挤在人群中，艰难地挪动着。

身后又有人聊起林宛之前在公交车上听到的话题。

"你们听说了吗？我们学校附近的公交站有暴露狂，早读的时候老周还在班里说了，让我们班女生晚上早点回去。"

"这也太恶心了吧，千万别让我逮到他，要不然我非捶得他鸡飞蛋打。"

林宛眼皮一跳，走在一旁的江延看了她一眼："我们学校附近的公交站，是不是你回家的那个？"

"应该是吧……我也不是特别清楚是哪个。"

早晨九点多的阳光，光线充足明亮，晒过操场，一片暖意洋洋。

各班级都已经零散地站到各班规定位置，（18）班靠近升旗台，在最前面，路过其他班的时候，有男生和江延打招呼。

"江延，下午出来打球啊？"

江延笑了声，没答应："我是好学生，不逃课的。"

周围哄笑一片。

两人很快走到（18）班的位置，林宛站在女生队伍的后排，和前边一人拉开点距离，江延跟着停在她旁边。

班牌被其他男生先带了过来，按照要求江延需要站到队伍前列，可他没动，直到周围陆陆续续站过来人。

江延微微动了动肩膀，抬手拉上校服拉链，蓝白色的校服衬得他肤色更加白皙，浅棕色的眼眸看着林宛，嗓音清亮好听："晚上下课等我。"

操场上，升旗仪式的音乐声已经响起，微风从四面八方吹来，吹散了少年的声音。

可林宛还是听得很清楚，每一个字都听得清清楚楚。

她抬眸，看到队伍前列少年挺直的身影，唇角一点点翘了起来，心像是泡在蜜糖罐里，甜到冒泡。

来迟的许欢欢站到林宛前边空出来的位置，看着她一脸笑意的模样，低头凑了过来："嘿！你想什么呢，笑得这么开心？"

林宛受到惊吓般地"啊"了一声，往后小退了一步，迅速反应过来："没什么，就是想到马上要出成绩了，我兴奋。"

今早早读结束之后，老余说了下节数学课会把成绩表带过来。

许欢欢是个混在学霸中的学渣，对于成绩这种事情逃都来不及，听到她这么说，顿时一脸的生无可恋："别提成绩，咱俩还能友好相处的。"

林宛小声笑："没事，这种事情你以后会习惯的。"

许欢欢放弃挣扎："行吧，我这后面坐了俩学霸，我觉得我迟早有一天也能成个真学霸。"

林宛摁住她肩膀，正色道："加油，你可以的，许小葵！"

许欢欢翻了个白眼："去你的。"

升旗仪式在许欢欢喋喋不休的抱怨中很快度过，仪式结束没多久，第三节上课铃声响。

这节是数学课。

老余很早就来到了教室里，等到班里同学陆续到齐之后，他拿起放在桌上的成绩单，缓缓开了口："这次啊，我们班考得很不错，有八个人进了年级前五十，二十五个人进了年级一百。我们这成绩一点都不亚于重点班的同学。"

他在台上说，林宛在台下和江延小声嘀咕："江同学，你觉得你这次能考多少名？"

江延这个时间正犯困，眼尾搓着红，眼神困怠，闻言只懒洋洋道："也就勉强年级第一吧。"

虽说这次火箭班没有参加考试，但（18）班上面还有好几个丝毫不亚于火箭班的重点班，林宛对于他这种不知道从哪儿来的自信感到不可置信："你要说你考个班级第一我信，年级第一你是不是做梦呢？"

她从幼儿园开始就不做这种不切实际的梦了。

江延看她一眼。少年背着光，脸部轮廓明朗，笑意卷走一丝困意，声音清晰："你是不是傻？"

"谁傻谁自己清楚。"林宛觉得自己真是个有理想、有意识的好孩子，虽然我和你关系好，但我绝对不会因为这个就盲目地觉得你哪儿哪儿都好。

江延顺着垂下头，枕着胳膊，眼眸明亮："那我们打个赌？"

打赌？

林宛闻言，倏地想起之前自己那个愚蠢又失败的赌约，打算在这次一雪前耻，低声问道："赌什么？"

江延抬手搓了搓鼻梁，放下手的时候说了句："就赌我这次是不是年级第一名。"

"那我赌你肯定不是。"林宛觉得这人是不是当她傻呢，吃过一次亏，她难道还会再吃一次吗？

不可能的。

"行，赌注还是赢了的人定。"江延坐直了身体，低垂着头，唇边笑意明显。窗外的阳光给他的侧脸镀了一层金光。

讲台上，老余啰里八索地感慨着，终于开始报成绩："这次我们班进入年级前五十名的有林宛、周其齐、方心……杜闻博、江延。"

老余读完名单，抬起头看向第一组这边："其中，我们班的杜闻博同学以706分的成绩，在年级中排名第二。"

听到这里，林宛觉得江延还想拿个年级第一简直是不可能的事情。

谁知道，下一秒，老余又把目光放到了后边："江延同学以一分的优势，拿下了这次摸底考试的年级第一。"

林宛愣住了。

老余带头鼓掌，语气相当自豪："大家给他们一点掌声。"

班里呼啦啦地响起一片掌声，热烈持久，震得林宛耳朵发麻。

林宛觉得自己之前说错了。

吃过的亏，她还能再吃一次，人家才不傻，傻的是她自己。

在一片吵闹声中，林宛听见某人似乎是笑了下。她侧头，猝不及防地对上少年的目光，松了语气："好吧，你赢了，我认输。"

在同一个坑里摔倒了两次，这简直是她人生中里程碑式的黑历史。

老余从成绩又说到了别的，班级里氛围松懈，没人注意这里的动静。

江延侧着身，靠着背后的墙，下巴微扬，顺着往下拉出笔直的线条，喉结凸起，随着说话的动作微微起伏："你现在欠了我两个赌约，我会兑现的。"

少年说这话时，语气格外认真，林窕不由自主朝他看了过去，在他眼里看不到一丝玩笑的意味，心跳猛地一颤，垂眸稳着声问道："那你想要什么？"

他没有回答这个问题："以后再说。"

"以后。"

林窕嘴里念着这两个字，突然觉得"以后"对于他们这个年纪来说，好像太遥远了。

她忍不住开口问了句："以后，是多久以后？说不定到那个时候我们都已经不在一个班了。"

"不会的。"江延敛着眸，眼里有说不出的认真，"我们会一直在一起的。"

窗外温暖的阳光洒进来，少年的轮廓在光里格外清晰明朗，在看着他的那一瞬间，林窕对茫然未知的以后充满了期待。

第八章

论坛

中午虽是午休时间，但是班里并没有多少人在休息，老余上午在下课之前说了，要在午休的时候按照成绩表的排名，找大家轮流去办公室聊聊。

　　这次虽然班级整体的水平有所上升，但是也有不少同学的成绩跟进班之前相比下降了不少。

　　譬如以第三名进班的林宛这次下降到了第八名，就被老余列为重点询问对象。

　　说实话，林宛对成绩这些倒没有特别在意，下降多少上升多少，她觉得都是很正常的事情。

　　不过老余不这么认为，他觉得林宛成绩下降只有一个原因——她可能对一些事情有想法了。

　　至于有想法的对象，老余也想不到是谁，但按照他早上不小心看到的帖子来分析，林宛目前还是单方面的问题。

　　为了将这个萌芽掐灭在摇篮里，余秉山出了个招儿，打算找她同桌过来聊聊，看看能不能找到什么蛛丝马迹。

　　午后的办公室，除了余秉山一人，其他的教师都已经回教职工宿舍休息了。

　　他给自己泡了杯茶，又翻出林宛进班时的成绩和这次考试成绩对比了一番，更加确定林宛是受到了情感方面的影响。

　　秉着为人师的责任，他觉得自己得及时把林宛给拉回到正途。

　　老余正沉思中，这次的年级第一名站在门口，抬手敲了敲门，声音懒洋洋的："余老师。"

　　余秉山连忙从思绪中回过神，看向江延："来了啊，快进来坐吧。"

　　江延倒也实诚，说坐就坐着了，先他一步开了口："余老师，我觉得我这次进步还挺大的，一没缺考二没倒数，所以咱俩速战速决，随便讲两句就行了。"

　　余秉山也没想到这孩子这么直接，顿了下，才开口："江延啊，我这次叫你过来，其实不主要是这次考试的事情，我有点其他的事情想问问你。"

江延拿起办公桌上摆着的小玩意儿，头也没抬："什么事，您直接问就是。"

"就是啊……"老余斟酌了许久，一直没想好怎么开口，手摸着茶杯，"就是你那个，你跟你同桌关系怎么样？"

这个问题可就太敏感了。

江延瞬间起了一层警惕，扬眉看了过去，和他打着太极："还成，我也不打算换同桌。"

"你别急，我也没说给你换同桌。"老余松开紧皱的眉头，"就是你最近有没有发现你同桌有什么地方跟平常不太一样？"

看他一脸的不知所云，余秉山在心里叹了口气，索性直接说出口："我怀疑你同桌心思不完全在学习上。"

江延手一松，手里的东西没拿稳，掉在地上"咚"的一声。他迅速回过神，弯腰捡起来，语气平常："您怎么突然这么说？"

"这次考试你同桌不是退步了很多吗？我就想着是什么原因，结果我今早到教室一看，你猜我看到了什么？"

江延干硬地接着茬儿："什么？"

"你同桌在看什么'对同学有好感怎么办'，反正都是跟情感有关的东西。"老余很是愁人，"你说说，这要不是有想法了，她怎么会平白无故去看这些东西，成绩也不会下降得这么厉害。"

江延冷淡地"嗯"了一声，手指搭着桌沿轻敲："也有可能是因为她变蠢了。"

"这也不是没有——"老余刚想顺着他的话往下说，还没说完就反应过来，"话不能这么说，高二的课程是难了点，但你同桌也不像是跟不上的人，所以我还是觉得她这是受到了情感方面的影响。"

江延把手里的东西放回桌上，眼皮轻掀："我同桌有想法，您找我说做什么，您该找当事人聊聊。"

"我这不是怕刺激到她吗？"老余端起茶杯喝了口热水，"你平常跟她在一块儿，有没有见到她跟什么男生接触得比较频繁？"

江延想了会儿，点头："有。"

老余眼睛一亮，就知道肯定是这样，连忙问了句："是谁？哪个班的？小兔崽子给我逮到，我非要好好教训他一顿。"

江延摸着鼻子笑了下，接话道："我。"

老余觉得这话题是聊不下去了："你这孩子，净说些胡话，我找你来是想让你帮帮你同桌，不是让你来添乱的。"

江延闻言，抬起眼帘，看着面前的人，语气轻描淡写："人要是不想学习，我就是天天二十四小时看着她都没用，我劝您也别管了。"

"不行，我还是得想个法子。"老余满面愁容，"你先回去吧，把杜闻博给我叫过来。"

江延和老余聊完之后，觉得心里哪儿哪儿都不舒服，去了趟厕所，拿凉水冲了把脸才回教室。

林宛坐在位子上和人聊天，笑意盈盈，不知道是说到了什么，笑声又更大了些。

江延走过去，默不作声地走到里面坐下。

林宛早在他进教室的时候就看到他，跟着他的身影看过去，看到他神情不太对，小声问了句："老余找你说什么了？"

江延抬眸看着她，挂在眉梢的水珠顺着眉角滑落下来，语气淡淡的："没说什么，夸我来着。"

"你确定是夸你吗？"林宛扫了眼他的神情，"你这个样子我还以为老余把你骂了一顿。"

江延"嗯"了声，不咸不淡地说了句："确实是骂了。"

"不是吧，你考成这个样子，老余还骂你？！"林宛原本还没怎么担心自己的退步，这会儿也开始担心了。

"骂的不全是我，还有你。"

林宛一脸诧异地看着他："为什么？他凭什么当着你的面儿骂我？这不是背着我说我坏话吗？你是不是跟老余打我小报告了？"

江延抬手抹了把脸，压下心里那点不自在，瞥她一眼："你这次成绩为什么退步得这么厉害？"

"啊……我就是碰到不会做的题目了啊。"实际上，林宛觉得自己的成绩跟以前相比还算是进步的，最起码物理都没太拉分了，"我其实觉得我考得还行来着。"

"还行？！"江延不知道从哪里来的火气，"你去看看全年级前五十，有谁的物理分数比你的低。"

林宛觉得他这个逻辑很有问题，嘀咕了句："那我要是物理成绩比他们高，我就不该是第五十名了啊。"

"行，你有理，你自己去跟老余说。"

"那本来就是我自己去跟老余说啊……"林宛不知道他怎么突然就变得这样咄咄逼人了，想了想，还是忍住将要反驳出口的话，低头开始认错，"好吧，我知道我这次退步了很多，都是我的错，我不该上课不好好听课，不该平时不好好写作业。"

话音骤停。

这个回答听起来一点说服力都没有。江延沉默着，很长时间都没有开口，看着她的时候，眼眸里情绪复杂。

林宛被他这么盯着看，心里发紧，强忍着想把一切和盘托出的想法，继续解释："你相信我，我真没想什么有的没的来着。"

江延默不作声地收回视线，低头从桌肚里翻出一张新试卷，拿了支笔在手里，捏着笔的指节用力到发白。

林宛觉得自己何其无辜，她都还没做什么，怎么就先把人给惹生气了。

关键是她还不知道他到底为什么这么生气！

林宛的技能还停留在新手村，在她苦思江延为何如此生气的原因并不得其解之后，她偷偷摸出手机登录那个神奇的APP。

在刷遍了整个论坛都没找到一个和她情况差不多的帖子之后，林宛打算自己发帖求助。

她先是在论坛注册成帖主，接着又去论坛助手那里看了一下发帖要求之后，把自己目前和江延的情况通通写了上去。

十几分钟之后，她发布了下载这个APP之后的第一条帖子：

　　# 为什么同桌不开心？ #

这个APP有一个特别人性化的设置——新手用户在发布第一条帖子之后，会得到系统的主动推送，在首页置顶一天，加精华三小时，所以林宛刚发布完帖子就得到了广大热情网友的回复：

　　1L：花一分钟看完了主楼内容，只想说一句，楼主的同桌要是对楼主一点想法都没有，我直播吃 shi。

　　2L：恰柠檬，今天又是恰柠檬的一天 [滑稽 .jpg]

　　3L：楼主，确定不是你同桌对你有好感吗？

　　……

　　50L：你同桌要是生气，只能说明两个问题：一是和别的同学要好，他吃醋了，所以生气；第二个就是他真的是个爱学习的好孩子，不谈感情（这项基本排除）。

　　51L：排楼上。

　　52L：啊，这么美好的校园生活，话不多说，我先挖个坑，等个后续。

帖子回复量很快到了自动加精的要求，一直高高挂在论坛的首页，一时间引得无数网友围观。

这个 APP 还有一个人性化设置，就是可以无限制修改和更新原帖内容。

林宛在看完大家的回复之后，又更新了内容。

> 楼主：那我怎么确定他是不是因为我不开心啊？

> 1L：直接告诉他啊！！！！还犹豫什么！把你的想法现在立刻马上就告诉他！

> 2L：我觉得楼主和同桌现在就缺个人捅破那层窗户纸了。（你们不可以我可以，让我来吧！！！）
>
> ……

> 58L：柠檬树上柠檬果，柠檬树下你和我。
>
> ……

> 108L：啊啊啊！楼主求你！不管结果如何一定要更新后续！！！

> 109L：楼主哪个学校的？实在不行我打个飞的过来帮你算了！！

论坛的网友热情又八卦，回复得及时，八卦得也及时，看完林宛的主帖内容，都已经忘记这是个求助帖，纷纷叫着要林宛不要忘记更新后续。

林宛低头刷着回复。

班里有个女生过来敲了敲她的桌子："林宛，老余找你去办公室。"

说话的女生这次考试是班里的第七名，排在林宛前面。林宛抬头，摁灭了手机："好。谢谢你啊。"

"不客气。"

女生走了之后，林宛低头解锁手机，在帖子底下发了一条：

> 老师找我了，大家等我后续 [笑哭 .jpg]

很快有网友回复：

> 好的，你忙吧，我吃柠檬。

林宛没忍住笑了下，但很快又没了声。

她抬眸看了眼一旁的江延，少年略微低着头，后脖颈连着背脊拉出笔直的线条，侧脸轮廓清晰，长睫一直垂着，捏着笔的手半天才动一下。

她一直看着，他也一直没抬头。

林窕在心底叹了口气，收起手机，很快出了教室。

她走后，江延松开笔，往后靠着胡杭杭的桌子，心里涌出无数的烦躁和不畅快。

胡杭杭从后面凑了过来："江延，（16）班找我们打球，去吗？"

下午只有三节课，最后一节是自习课，用来给班主任每周一发言。老余平常爱唠叨，可真到了专门给他唠叨的时间，他反而没话说了，基本上每次自习课都给他们自由娱乐去了。

胡杭杭一早就约了人打球，本来没想着喊江延，可（16）班的人非要让他喊，说是没了江延他们班就没什么可以打的了。

胡杭杭那叫一个不服气，打算叫上江延替他们报仇。

江延把试卷塞回桌肚，脱了校服外套扔在桌上，站起身，情绪不是特别高："走。"

办公室。

林窕笔直地站在那里，视线盯着余秉山桌上的小玩意儿，一脸积极认错的模样："余老师，我知道我这次考试退步很大，我有深刻地检讨过自己的，您放心，下一次考试我一定会重新再考回去的。"

余秉山觉得江延和林窕真是一对很妙的同桌，他一个字都还没说呢，一个就积极表扬自己，另一个就主动认错。

他觉得自己让他俩做同桌的决定可真的是太棒了。

"那个林窕同学啊，其实一次失败并不代表什么，只要你能认识到自己的不足，积极改正过来，还是非常好的。"余秉山起身又给自己的茶杯添了点热水，语重心长道，"失败是成功之母，老师我还是很相信你的。"

林窕抬起头，一脸坚定："谢谢余老师的信任，我下次考试肯定会好好努力的。"

"好！老师也很相信你。"

"那既然您也相信我，我也非常相信我自己，所以我是不是可以回去了？"林窕试探性地问着。

余秉山呵呵一笑："不着急，老师还有些别的话想和你聊聊。"

林窕站在那里，手指绞着衣服，实在想不明白老余还有什么话和她聊，但她也不好拒绝，乖巧地点点头："余老师，那您想和我聊些什么？"

"这个啊，也没什么，老师就想问问你——"

余秉山话到嘴边又不知道怎么继续说下去，林宛疑惑地看着他。

他在心里盘算了半天，暂且作罢："算了，也没什么大事，你回教室吧，顺便把程松叫过来。"

"好的。余老师再见。"

林宛很快走出了办公室。老余从窗口探了个头出去，看到林宛从口袋里摸出手机，一副沉迷网络的模样，心头一片愁云散不开，不知如何是好。

林宛一出办公室就迫不及待地打开 APP，意外地看到自己的帖子竟然被顶到了主论坛的首页，底下回复不知道什么时候已经破千了。

她边走边看，等回到教室才发现旁边的位子是空的，蓝白色的校服被胡乱地扔在桌上，一只袖子垂在地上。

林宛侧身捡了起来，拍拍许欢欢的肩膀，低声问道："欢欢，你看到我同桌了吗？"

"他好像打球去了。"许欢欢嘴里吃着糖，嘎嘣嘎嘣响，"我刚听见胡杭杭问他去不去打球，然后就一起走了。"

林宛略一抿唇："知道了，谢谢哦。"

"啊，没事。老余找你说什么了？"许欢欢这次考试也下降了不少名，心里对于老余的谈话感到十分不安。

"没说什么，就是聊了几句考试的事情，我这次不是退步了吗，老余就让我后边上点心。"

"你这也叫退步……那像我这样从二十下降到三十名开外，岂不是还要请家长过来聊聊？"

林宛看着小姑娘哭丧着脸的模样，忍不住笑了声，安慰道："没事的，老余不会请家长的，他不是这样的做派，顶多就是说你几句。"

"希望如此吧。"

午休时间很快过去，班级里已经有一半的同学去过老余办公室，剩下的一半被安排在下午的自习课。

上课铃声响，江延却始终没回来。

林宛翻出英语书摊在桌上，退出论坛，给他发了条微信：

上课了，你什么时候回来啊？

连着两节英语课结束，林宛发出的这条消息都没有收到回复。

这几天气温逐渐变冷，林宛很少再喝可乐，基本上都是自带水杯喝热水。离上课还有几分钟，她把手机揣兜里，起身拿着水杯去接水。

开水间在走廊尽头，对面就是楼道，楼道旁边是（16）班，此时此刻人来人往，接水的女生三两结伴，林窕一个人捏着手机站在队伍后面，看起来形单影只。

　　几个男生的声音从楼道传来，越来越近："这能叫打球吗？我这就是给人捡球的。"

　　"你还好意思说，不是你自己非要让人把他给叫下来。"男生回想起中午在球场那一幕，简直不堪回首，回头看着走在队伍后边的男生，"哥，您老以后别再来球场跟我们打球了，这痛苦我们承受不来。"

　　江延刚从球场回来，一身湿意，额前黑发被水打湿，眼角、眉梢都挂着水珠，神情淡淡的，闻言也只是轻掀眼皮，笑意松散。

　　十几级台阶很快走完，男生怀里抱着篮球站在班级门口："江延，我们走了啊，下次再约。"

　　"你约个屁约！你还约！我让你约！！"同伴一巴掌拍在男生脑袋上，推着人往教室里走。

　　江延低着头笑，从口袋摸出手机，视线不经意间往旁边一瞥，看到站在那里的林窕，视线一顿。

　　下一秒，林窕接完水，转过身时，看到他，脚步一停，站在她后面的女生没注意，往前挤了下。

　　杯里的热水受到波动，洒出来一点，浇在她手背上，水温滚烫，林窕一时没拿稳，水杯掉在地上。

　　沉闷的一声，杯口倾倒，热水洒了一地，不小心溅到周围的女生，尖叫声一阵一阵。

　　林窕匆忙道歉："不好意思。"

　　原先撞到她的女生替她说话："不是不是，不是她的错，是我刚刚不小心撞到她了。没事吧大家？"

　　两人已经道过歉，再加上也都不是故意的，其他人也都没多说什么："没事啦，还好穿得厚。"

　　上课预备铃响，人群逐渐散开。

　　林窕弯下腰，刚准备捡起掉在地上的水杯，视线里突然出现一双白色的板鞋，紧接着，水杯被人先一步捡了起来。

　　江延伸出的手白皙细长，骨节分明，手腕戴着白色的护腕，属于他的气息铺天盖地涌了过来。

　　林窕直起身，两人离得很近，视线里全是他冷硬的下巴线条，她往后退了一点。

江延垂着眸，视线冷淡疏离，语气也不大好："你是不是蠢？"

林宛莫名觉得有点委屈，没有吭声，赌气般地伸出手从他手里把水杯夺了过来，露在外面手背一大块被烫红的痕迹，和旁边的白皙形成巨大的反差，看起来触目惊心。

江延反应过来，扯着她的手腕将人拉到一旁的水池边，开了水龙头。凉水"唰"地冲了下来，全都淋在她手背上，水流哗啦响。

林宛悄悄抬眸看着他。

少年侧着脸，窗外斑驳的光影落进来，在他的尾睫挂上一点细碎的光，投下一片阴影，盯着她的手背，神情出乎意料地认真。

长久的沉默让少年似乎意识到了什么，抬眸看了她一眼，冷淡疏离的视线倏地一顿，抬手关了水龙头。

他看了她一会儿，终是叹了口气，抬起手，冰凉的手指贴着她眼侧轻轻刮了一下，语气低沉而又无奈："我还什么都没说，你哭什么？"

林宛下意识垂下眼帘，卷翘的睫毛拂过少年压在眼角的手指。

她有些不自在地抿了下唇角，小声反驳："……我没哭，那是不小心溅到的水。"

最开始的时候，林宛确实是有点难以言说的委屈，觉得他不讲理，也不近人情，可在看到他垂头认真的模样时，林宛觉得心里那点委屈一瞬间就消散了。

江延收回手。指腹上还沾着一点水，他轻轻揉搓，直至所有的痕迹都消失不见。

他抬眸，视线对上她清澈的双眸，来回看了一圈，确实没见她有哭过的迹象，略微松了一口气，重新拧开水龙头，对着她的烫红的手背冲洗。

水温冰凉。

可林宛的一颗心却是难以言说的滚烫发热。她悄悄打量着少年的轮廓，冷不丁地跟他的视线撞上，对视几秒，少年率先挪开了视线，视线盯着她发红的手背，原先抿直的唇角逐渐有了弧度。

林宛抬手摸了摸被烫红的手背，还有一点尖锐的刺痛感，眉头轻皱了下，问道："回教室吗？"

"你先回去，我还有点事。"他说。

"什么事啊，你都翘了两节课了，老余知道又该找你聊天了。"

江延没说，抬手在她脑袋上揉了一下，手心触感清晰明了："下课之前会回来的，再说这节不是物理吗？"

"是啊。"她不解地看着他。

江延轻笑一声，看着她的时候笑意明显："老杨肯定会讲试卷，我物理满分，听不听无所谓了，倒是你，是不是该赶快回去听课？"

林宛觉得这人总有一百种方法气死自己，当着他面翻了个白眼，怒气冲冲地走开了。

擦身而过的瞬间，江延拉住她，把放在水池边上的保温杯塞到她手里，笑声道："水杯。"

林宛垂眸，看到手里的杯子。

之前掉到地上的时候，杯口不小心磕到了地面，掉了一小块漆，看起来十分扎眼。

她越看越气，直接把杯子又塞回他手里，整个人就像头发怒的小狮子一样："不要了！"说完很快就走远了。

江延低头看着手里的杯子，笑了一声，拿在手里，径直下了楼。

林宛回到教室，见老杨果然是在讲解上次摸底考试的试题。

老杨是（14）班的班主任，一向严厉，不过好在这次林宛班的物理成绩整体还不错，他心情看起来挺好，见林宛迟到，也没多说什么："进来吧，下次注意上课时间。"

林宛忙不迭应声，快步回到座位上。

试卷是这节课才发下来的，林宛翻开快速浏览了一遍，出错的地方还是之前不擅长的知识点。

尤其是最后一道大题，满分十二分，她就拿了个零头。

林宛看完自己的试卷，顺手拿过江延的，看完之后只有一个念头——这人就是个实实在在的魔鬼。

他的解题思路清晰明了，解法简捷，林宛只是看了一遍他的答案，就想明白了自己之前一直没想通的点。

这一刻，林宛深切地认识到了自己和江延之间无法衡量的差距。

老杨讲课和老余不一样，喜欢直切重点，往往几分钟就能讲完一道题目，说完会给同学们一点时间自己整理思路。他不会把问题说得太详细，他认为一个知识点，只有自己理解透彻了，才能把这个知识变成自己的。

这种教学方式，有的人很快理解，但也有一部分人往往是百思不得其解。

林宛更多时候就是属于百思不得其解的人，一道题目非得是有人把问题明明白白地指出来，她才能完全弄懂。

相较于老杨的快刀斩乱麻，她反而更喜欢老余的慢工出细活儿。

一节物理课很快过去一半，一张物理试卷也讲了一半。

老杨停了下来，给大家一点时间整理前面的题目，还顺便提了一句："这次物理试卷的出题老师，之前是专门出竞赛题的，所以试卷难度会比较大，不过大家发挥得还好，出乎我的意料。"

底下稀稀拉拉有几声笑。

林宛垂头，捏着笔记着答案。

门口突然传来一声："报告。"

全班都抬起头看过去。

老杨看到站在门口的少年，笑容很明显。

江延，年级第一，六科除了语文和英语，其他全是单科第一，自从成绩出来，老余逢人就夸。

作为老余的好朋友，老杨也没少听他念叨这孩子，加上这次江延又是自己带的班里唯一一个物理满分，老杨心里更是一阵心花怒放，大手一挥："快进来吧。"

江延略一颔首，快步回了座位，坐下的时候把手里提着的东西往桌肚一塞。

林宛扭头看过去的时候，只看到一个白色透明塑料袋的影子，也没在意，收回视线，继续杵着脑袋写笔记。

这个年纪的脾气来得快去得也快，林宛早把之前在开水间的不愉快抛之脑后，指着他的试卷的最后一道题目，问了句："你这一步是怎么出来的，我算了好久，都没换算出来。"

江延挑眉，倒也没像往常一样讽刺她，伸手拎起桌上的草稿纸唰唰写了几个公式，递到她眼前，嗓音清亮："这类题型都是换汤不换药，我只是简化了其中的步骤，其实说白了就还是那几个公式。"

林宛接过来研究了一阵，顺着他写的公式往里面一套，很快就解了出来，开心地"呀"了一声。

江延看了她一眼，笑着挪开了视线。

物理课结束，林宛刚准备趴桌上休息会儿，江延突然伸手扯过她的手。

"你干吗啊？"林宛受到惊吓般地看了一眼周围的同学。

江延好笑地看着她，松开手，从桌肚里拿出先前的塑料袋放在桌上，里面放了一支烫伤膏和一包棉签棒。

"你以为我要干吗？"他拿出烫伤膏拆开，看着她笑得意味深长。

江延没作声，拿了棉签棒蘸了点药膏，捏着她的手，将药膏涂抹在先前被烫红的位置。

被烫红的皮肤其实已经没有什么大碍了，药膏抹在上面除了有一点刺鼻的味道之外，也没什么特别的感觉。

　　窗外暮色将近，大片华光笼罩校园，走廊上到处是戏耍打闹的学生，江延垂着头，暮色在他背后拉出好看的画面，云层堆积，斑驳光影层层覆盖，画出瑰丽动人的景象。

　　柔软的黑发近在眼前，头顶有几根不听话地翘着，在光影中晃动，林宛想挪开视线，却好像被定住了身，动弹不得，视线所及皆是少年的一切。

　　一片杂声，林宛悄悄抬起手，刚要覆上那几根黑发，少年蓦地抬起头："好了，你回去——"

　　江延察觉她的动作："做什么？"

　　像是触碰了什么开关，林宛回过神，猛地收回手，动作幅度太大，胳膊肘撞到了桌角。

　　她顿时疼得吸气，还不忘替自己辩驳："我就是看你头发上好像沾了点东西。"

　　他"哦"了一声，倒是一本正经："谢谢。"

　　林宛觉得尴尬，揉着胳膊没敢看他。

　　晚自习结束，不一会儿，教室里只剩下几个值日的同学。林宛翻着书包和桌肚，到处找钥匙。

　　江延靠着墙站在一旁，低头玩手机。

　　"找到了！"林宛从书包的夹层里摸到钥匙，抬头看他，"走吗？"

　　江延直起身，收起手机，动作自然地拎过她的书包提在手里，另一只手抄在兜里："走吧。"

　　两人一前一后走出教室，二楼的声控灯出了故障，借着上下楼的微弱光芒，可见度很低。

　　昏暗环境里，有人突然从楼上冲下来，林宛躲避不及，撞到了走在一旁的江延。

　　"同学，对不起啊！"撞人的男生很快跑远了，只留下一阵匆忙的脚步声。

　　林宛揉着胳膊往旁边退了一步。黑暗里什么都看不太清楚，她才走了几个台阶，脚下倏地一踩空，整个人往前扑。

　　电光石火之间，她被人揪住校服的衣领，硬生生给拽了回去，耳边是熟悉的轻笑声："你蠢啊？"

　　"你信不信我一拳下去，帮你开启新世界的大门？"

　　笑声更加明朗清晰，他抬起手使劲揉了揉她的脑袋："是不是傻？"

　　走到楼下，整个高一、高二的教学区都已经关了灯，建筑轮廓在黑夜里若隐若现。高三教学楼依然灯火通明，远远看过去似乎还能看见窗边有人影走动。

树影婆娑，秋日的皎月笼着朦胧轻纱，月光惨淡带着凉薄，道路上时有车辆驶过。

关于附近有暴露狂的消息早在学生之间传开。

晚自习的时候，各班班主任接到校领导下达的任务，在班里宣读安全责任书，让非住宿生带回去给家长签字，并确保这一段时间内家长能够亲自接送学生出行；住宿生下晚自习之后没有班主任的同意，不允许随意离开学校。

晚间的公交站也没有多少人，大家三两结伴，聊到这个话题，恐惧又恶心，纷纷小心警惕地打量着周围的人。

两道一高一矮的身影站在角落。

秋风萧瑟，林宛往上拉着校服，领口竖起，下巴没在里面，露出白净的半张脸，声音被盖住一点，说："时间不早了，要不然你先回去吧，公交等会儿就来了。"

江延靠着后边的广告牌，低头看着手机，视线也没挪一下："等会儿吧，不差这点时间。"

林宛凑过去："你最近又在看——"

话音在看清他手机屏幕上的物理题目时，戛然而止。

她默默收回视线，舔了下有些干燥的唇角，生无可恋般地叹了口气："行吧，学霸的世界我不懂。"

江延收了手机，随手揣进校服外套的口袋里，唇边笑意松散："怎么，你之前不还说自己是个学霸？"

"我收回，我撤回，我说的都是屁。"林宛抬了抬下巴，随意踢着旁边的杆子，"不过，我发现你最近好像一直都在看物理啊。"

"嗯，十二月份有个竞赛。"

江延从初中起就一直在参加各种物理竞赛，其间获奖无数，高一的时候他原本是打算参加国赛的，可惜……

他想到那段时间发生的事情，眼眸轻敛，微不可察地叹了口气。

林宛对物理学得好的人相当佩服，忍不住咂了咂舌："那你以后是准备专攻物理吗？"

"差不多吧。先参加竞赛，得奖，然后争取拿到清大的保送名额。"江延说着话，眼前逐渐浮现出方海的音容。

"小阿延以后要好好学物理啊，考上清大，替爸爸完成当初没有完成的梦想。"

……

"嘀——！"

突如其来的汽车喇叭声让江延从回忆中抽离，他侧眸看了林宛一眼，像是随意一问："你呢，以后打算做什么？"

林宛愣住，几秒之后，摇了摇头："我不知道。"

十几岁的年纪，好像很少有人能把未来规划得很好，更多都是沉浸在迷茫和随遇而安之中，恍恍惚惚，不知所往。

林宛对自己的未来也从来没有过任何计划，无论是学习还是生活，她都更倾向于享受当下，没有想得很长远。

也是到这一刻，她才真正意识到站在眼前的这个少年，并非像平时表现出来的那般无所事事和漫不经心。

他有自己的人生规划，一步一步，稳扎稳打，将还在水深火热中挣扎的他们远远甩在身后。

到家之后，林宛意外发现方仪宋和林咏城都休息在家。她换了鞋，拎着书包走了过去："爸，妈，你们怎么今天都没在公司啊？"

林咏城合上电脑，摘下眼镜："你们余老师不久前给你妈发了消息，说你们学校附近最近有什么暴露狂，我和你妈不放心，就一起回来看看。"

林宛"哦"了一声，伸手翻出包里的安全责任书递了过去："老余让家长在这上面签字。"

她原本以为方仪宋和林咏城都不会回来，还打算明天让孟昕随便签一下算了，这下好了。

方仪宋接过去看了一遍，提笔在家长签名处签下自己的名字："这样吧，这段时间我从公司调个司机过来接送你，这样我跟你爸也能放心点。"

"行，我没问题。那我先回房间了，你们早点休息。"林宛把责任书塞回包里，起身往房间走。

中途，林宛回头看了眼坐在客厅没什么交流的两人，总有点讲不出来的怪异感。

但下一秒，她又看到林母剥了瓣橘子喂到林父嘴边。

她略一挑眉，轻喷了声，推开门进了房间。

林宛在方仪宋安排的司机接送之下，安稳度过了余下的大半个学期。

冬日的夜晚，在学校附近神出鬼没屡屡作案的暴露狂，终于在最近一次犯案的时候，被十中几个大个子的学生抓了个正着，连夜就被送去了公安局。

第二天一早，公安局的锦旗就送到了十中的教导处。

暴露狂的事情早在周围传开了，一听到抓着人了，住在附近的居民和学校师生皆是欢欣不已，就差在十中校门口放几挂鞭炮庆祝了。

十中的校领导更是对这几名见义勇为的同学给予了极大的表扬。

周一的升旗仪式，校长特意为他们几个写了演讲稿，雄厚的嗓音顺着音响回荡在操场上空。

"……这样的人是社会的毒瘤，是社会的败类。我们十中学子敢于勇斗恶势力，为人民除害，在他们身上，践行了十中建校之初立下的'德才兼备，知行合一'的校训！

"希望大家以后能向这几位同学学习！大家掌声鼓励！"

底下哗啦响起一阵雷鸣般的掌声。

站在台上的江延全程面无表情。高处不胜寒，冷风从四面八方吹过来，校服被风吹得鼓起一角，寒意四窜。

他要是早知道抓了人之后还有这么多麻烦事，他当初肯定不会由着胡杭杭把姓名、学校、班级什么的一箩筐都兜了出去。

校长讲完话之后，接着就是颁奖仪式。学校不知道从哪儿定制了几个见义勇为的证书，给他们四个人一人发了一本。

仪式到最后，还有一张集体大合照。

"来来来，大家都看镜头啊！"摄影师站在三脚架前，视线看着他们，"三、二、一！"

"咔嚓——！"

画面定格在这一瞬间。

样貌出众的江延，面无表情地站在人群中间，手里捧着证书，旁边的校旗被风卷起，旗边刮着少年的脸。

快门按下的一刹那，他微微侧头，抬手抓开旗帜，不经意间露出半张轮廓分明的脸，红旗和白肤形成巨大的反差。

后来，江延凭着这张照片，一跃成为整个溪城校草吧里话题度最高的风云人物。

仪式结束之后，江延丢下说个不停的校领导，从侧边的楼梯溜回了教室。

自从江延上次期中考试得了年级第一之后，贴吧关于他的话题一直就没断过，再加上这次的见义勇为，更是让他成了十中年度最具话题度的学生。

原先关于他的那些令人胆战心惊的传闻，逐渐被这些光环笼罩，这段时间，每天来找江延的女生，都快把（18）班的门给敲碎了。

好在这会儿仪式刚结束，教室也没几个人，都是班里常在一起打篮球的男生，见到江延，还笑着打了招呼："酷啊。"

江延抬手示意，懒得说话，回到座位把荣誉证书什么的往桌肚里随手一塞。

教室里开了暖气，他脱了外套丢在一旁，往后靠着桌子，腿搭在桌底的横梁上，低头看手机。

不一会儿，教室里陆陆续续回来了人。

周围开始热闹起来。

林宛路上和孟昕去了趟小超市，回来得晚了些："校长叫你们去办公室聊聊呢，你怎么没去？"

"我们能有什么好聊的。"江延松开手机放在桌上，低头对上她的视线。

林宛的心情看起来挺好，笑盈盈的，黑白分明的眼清澈动人，唇红齿白，校服敞着，露出里面圆领的白色线衫，莹白的颈，精致的锁骨线条。

他不动声色地挪开视线，手指下意识敲了下桌面："现在没事了，你晚上还是接送吗？"

"应该吧。这不是天冷了吗？"林宛拆开一包奶糖，抓了一把放在他的桌上，"对了，你们怎么就那么巧抓到了那个人啊？"

"意外碰到的。"他拆了一颗糖放在她桌上，又拆了一颗塞进自己嘴里。

上周五，胡杭杭他们几个跑去自习室学习，半夜一点多叫着饿，几个人也是没事跑去巷子口吃夜宵。

冬天的夜又黑又冷，隔着一道巷子外的马路空无一人。

便利店下了夜班的女生换好衣服后，去路对面的公交站坐车，没有注意到身后尾随的黑色身影。

意外发生得猝不及防，突如其来的尖叫声隔着一道巷子隐约传了过来。

几个男生相视一看，下一秒，拔脚就往声源处跑过去。

穿着黑色羽绒服的女生跌坐在地上，在她面前站着一个西装革履的男人，往下一看，却是不堪的画面。

男人见到江延他们，匆忙就往暗处跑。

徐一川留下来照顾女生，胡杭杭和宋远顺着男人逃跑的方向去追人，江延和关澈对这片熟悉，迅速从两边包抄，最后在车流量最大的路口将人抓住了。

林宛听完，明明没有经历过，却还是觉得胆战心惊："还好是碰到了你们几个，要不然就真的惨了。也不知道这个人到底是怎么想的，这么变态的事情都能做出来。"

江延抬手刮了下耳朵，收回伸直的长腿，膝盖碰到桌子，发出一点轻微的动静，原先被他随手塞在桌肚的证书"哗啦"一声全都掉了出来，连带出其他的东西。

之前发的荣誉证书砸在他腿上，顺势掉在林宛脚边。

他准备弯腰去捡，林宛先一步弯下腰，伸手捡了起来，问了句："我可以看一下吗？"

"随便。"

林宛刚一翻开，映入眼帘的就是右上角的一张蓝底的一寸照片。

江延的神情很淡，剃着寸头，五官因为发型的缘故完全露了出来，棱角分明，骨相匀称，轮廓不同于现在的明朗柔和，看起来多了一点野性。

"你这是什么时候的照片？"

江延瞥了一眼，淡淡地说了句："初三。"

那时候他跟人打架，伤了脑袋，头发全给剃了，在医院躺了半个月，出院的时候正好赶上毕业图像采集，直接就这么去拍了照片。

"你那时候还挺叛逆的啊。"

林宛笑着看了他一眼。

一年多的时间，寸头变成了短短的黑发，五官褪去那时候的一点稚气、一点野性，显得圆润明朗，皮肤倒是一如既往地白。

林宛对比完，发现地上还掉了几个粉色的信封，又弯腰捡了起来："这是什么？"

说着，她翻到正面一看，信封的封口处贴了一张粉色的爱心。

底下写着一行小字——

江延同学，收。

信封是浅粉色的，凑近了闻还有一点很细腻的甜香味，封面的字体秀气利落，贴在封口的爱心小巧玲珑。

这是一封无论从什么地方看都是女同学送的信。

简称，情书。

林宛愣了几秒，很快反应过来，把手里的信封放在他桌上，语气平常，听不出有什么不同："你的东西，下次要收好了。"

这一段时间，江延在十中的人气日益渐涨，林宛之前也不是没听说过，有人趁他不在的时候，往他桌肚里塞情书。

但往往那时候，他基本上看都不看，直接就丢了垃圾桶。要说真当着他面看到实实在在的情书，林宛这是第一回。

她有些讲不出来的郁闷。

写情书就算了，你往上面喷香水是个什么路数？

林宛余光瞥了眼放在他桌上的粉色信封，郁闷之余心里还有点好奇，这情书里到底写了什么东西。

她以前在初中的时候也收过男孩子的情书，但是那个时候的男生什么都不懂，一封情书里通篇都是直白又简洁的言辞。

一点看头都没有。

像这样包装精美，不论从哪个角度都透露出女同学隐晦爱意的情书，说实话，林宛也是第一次见。

她真的是抓心挠肝地好奇里面到底写了什么，可她也不能表现出来，只用余光瞥着少年的动作。

江延也没想到这么巧，升旗仪式这么短的时间里，还能有人见空儿往他桌肚里塞情书。

粉色的信封就这么被小姑娘直接捡了起来，拿在手里不过几秒，然后又平静地回到他桌上。

接着就是一阵尴尬的沉默。

江延是没反应过来，而林宛则是不知道该说些什么。两个人一个盯着桌上的情书发愣，一个则偷瞄着另一个人的动作。

一时间他俩都没想起来说什么，气氛有些安静。

过几秒，江延终于有了动作。

他伸手拿起桌上的情书，随意扫了眼，没拆开看，但是也没像以前一样直接丢了，而是又重新塞回了自己的桌肚里。

林宛的视线一顿，下意识地抬眸看了他一眼，眼神里全是不可置信。

江延抬手摸了摸鼻尖，但似乎又觉得这个动作不太合适，顺势抓了下脸颊，不动声色地问了句："怎么了？"

"没事。"林宛从牙缝里挤出两个字。

她真的要被气死了。

你这个人怎么回事啊？

你怎么一点洁身自好的意识都没有！

情书被江延收了起来，林宛不知道他到底会不会看，也不知道里面到底写了些什么。

一整天下来，林宛所有的心思都在那封信上，到了晚自习做试卷的时候，她丢开笔，有些说不出来的烦躁，余光瞥到坐在一旁安静做试卷的江延，恨不得用眼神往他身上戳几个洞。

教室里的暖气充沛。

林宛搓了搓脸，从桌肚里摸出手机，登录上那个熟悉的 APP。

自从上次她在论坛发了帖之后，这一段时间以来，她的帖子就一直挂在论坛首页，底下的回复量日积月累，不知道什么时候破了万。

她基本上会保持每周一次更新，大多时候都是把那段时间发生的事情整理一下，然后发上去。

帖子下边有个回复深得林宛的心：

> 1667L：我觉得楼主和她同桌，虽然都只差戳破那一层窗户纸，但是这层窗户纸大家有没有想过是用水泥钢筋混凝土做的？从一开始我们就都站在了楼主的视角，想当然地认为楼主的同桌肯定是对楼主有好感的，但是……从这个帖子的内容来看，楼主同桌除了对楼主比其他人好之外，好像也没有什么特殊的吧？

林宛当时看到这条评论的时候恨不得给她一百个赞。

从一开始，林宛就把自己和江延放进了一个舒适圈里。

一开始这个圈子里只有他们两个人，可时间久了，外面的人看到圈子里的人，被吸引，也想着走进来。

圈子开始出现裂痕，属于林宛的那份安全感也受到了冲击，她不得不重新想办法去修补这个圈子。

反复思考之后，林宛更新了帖子的内容：

> 凡事看得开，人生才能嗨 :)

更新内容刚刚发布，底下评论瞬间刷新：

> 啊啊啊，怎么了！！！
> 我粉的青少年 CP 要 be 了吗！！！！
> 我拒绝！！！！我要吃柠檬！啊啊啊！！！
> 我这双眼看透的太多了 [滑稽.jpg]

不得不说，热情网友欢乐多，林宛刷着大家的评论，心情顿时好了不少，在评论区和大家聊了起来。

漫长的晚自习很快结束。

这段时间因为学校附近暴露狂的事情，林宛上学放学都是司机接送，原本今晚也不例外。

但是第二节晚自习结束的时候，林宛收到方仪宋的消息，说是司机在来的路上碰到了连环车祸，车堵在高架上，一时半会儿下不来。

方仪宋原想着亲自过来接她，林宛拒绝了。反正现在暴露狂已经被抓住，她坐公交回去也是一样的。

方仪宋说好。

放学后，林宛依旧慢吞吞地收拾着书包。再有一个月就要期末考试了，她现在每天晚上回去之后还要复习会儿。

江延还跟以前一样，站在一旁等她。

像是已经形成默契，等林宛收拾好，他自然地想要伸出手去拿她的书包，但是落空了。

林宛错开他伸出的手，垂着眸："我自己拿就好了。"

江延愣神的工夫，她已经往前走了。他抿了下唇角，不知是想到了什么，到最后不仅没生气，反而还笑了起来。

眼见着人就要走出教室，他快步跟了上去。

冬夜冷风瑟瑟，天气预报说这几天会下雪。

周围人早已穿上了各式各样的羽绒服，林宛瞥了眼依然穿着校服外套的少年，忍了一天没跟他说话的心终于忍不住了，小声嘀咕了一句："你穿这么点不冷吗？"

"还好。"江延对温度没什么特别的感知，冬天再冷的时候他也顶多就是穿着厚一点的外套，很少穿羽绒服。

一路无言，到了校门口，林宛拔脚往公交站走，突然被人从后面钩住了书包，她脚步踉跄了下，等站稳了，回头疑惑地看着他："怎么了？"

江延瞥她一眼："你不是司机接送吗？"

"堵车来不了了，我坐公交回去。"

气温低，说话时有大团的热气在唇边氤氲开。

沉默几秒，江延松开手："走吧，送你过去。"

"不用啊，又不远。"林宛扯了下衣服的拉链，手抄在口袋里，"你回去吧，时间也不早了。"

江延完全忽略她的拒绝，拔脚往公交站走。

林宛气愤地朝着他的背影举了举拳，随后又快步跟了上去。

今晚的公交站明显多了不少学生，暴露狂被抓住之后，大家少了以往的恐惧和担忧，看起来轻松不少，有说有笑的。

林宛跟着江延站过去没多久，就有女生注意到了江延，扯着同伴的衣袖，看起来很激动。

没多会儿，小范围的窃窃私语变成了大范围的热烈讨论，甚至还有胆大的女生拿出手机偷拍。

但她好像忘记关闪光灯了，按下快门的瞬间，一道刺目的光芒跟着亮了起来。

林宛和江延都抬头看了过去，周围的动静停了下来。

场面一度很尴尬。

江延却毫不自知，偏头看了林宛一眼，明知故问："她刚刚是不是在拍我？"

林宛忍不住翻了个白眼，仰着脸，露出下巴，语气很冲："你不废话吗，难不成她还能是在拍我？"

他"哦"了一声，尾音拉得很长，一脸无辜："她为什么拍我？"

林宛抿着唇，深深地吸了口气："可能因为你傻吧。"

江延看着她气鼓鼓的模样，垂下头，拇指轻刮过鼻梁，毫无预兆地笑了声。

结果站在周围偷偷打量他的女生，全都因为他这个笑，突然激动了起来，窃窃私语已经不能满足她们了。

"我天！他笑了！他刚刚笑了，他笑起来这么可爱的嘛！！！"

"啊——我死了！太好看了！！！"

"你刚刚拍照了吗！！！"

"拍了拍了！"

"快快快，QQ传给我！！我要发我们寝室群里！"

江延尴尬地摸了下耳朵，对上林宛难以置信的目光，面不改色地否认："我没笑，是她们看错了。"

林宛看着他，藏在口袋里的手紧握着，许久才松了一口气，轻描淡写地说道："关我屁事。"

江延看着她，冷不丁又笑了声。

林宛刚想说些什么，站在两人斜前方的一个高个儿女生被同伴猝不及防地推了出来，身影正好停在他们半米远的位置。

林宛顿了一下，女生已经一脸娇羞地先开了口："江同学你好，我是高二（5）班的方然。"

女生有点面熟。

林宛一时半会儿没想起来。

"那个……我有点学习上的问题想问问你，我们可以加个联系方式吗？"

林宛想起来了。

方然。

十中校花排名榜的第八名，当初因为竞选十中校园文化节宣传片的女主角，和同为竞争对手的唐雨诗起过争执。

两人当时闹得不可开交。

林宛那会儿还挺欣赏她，毕竟敌人的敌人就是朋友，虽然当初没真的做朋友，但林宛对她的印象一直挺好的。

但是现在林宛真的看她哪儿哪儿都不顺眼，而且，她记得很清楚，方然是在高二文科，不是在高二理科。

所以——你到底有什么学习上的问题可以和一个理科生沟通的？！

周围都是看八卦的人。

方然开口之后，江延一直没作声，周围人等得有点着急，林宛等得也有点着急。

这人到底在想什么呢？

能不能快点给个痛快？！

长久的沉默之后。

江延动了下脑袋，侧眸对上林宛无处安放的视线，缓缓开口："你说我，要不要加？"

林宛简直想骂人。

有病吗不是？！这不是把她往风口浪尖上推吗？！

江延这话一出，周围人看着林宛的目光顿时变得十分八卦，方然的视线也从江延挪到她脸上，神情是讲不出来的异彩纷呈。

林宛憋着气，磨了磨牙，顶着众人难以忽视的目光，挤出一点声音："当然……要加。"

江延倒像是真听她的话，点点头，摸出手机作势就要交换联系方式，可下一秒，他又收了起来，朝林宛伸出手："手机。"

"你又想干吗啊？"林宛就差一拳挥他脸上了，她就没见过这么得寸进尺的人。

江延无奈一笑："我手机没电了，借你的先加一下。"

当着这么多人的面，林宛没再多说什么，摸出自己的手机递给他。

江延接了过来，动作熟稔地解了锁，点开林宛的微信二维码递了出去，很善解人意地解释道："我不常用微信，这是我同桌的，你有什么问题和她说，她会转告给我。"

方然愣住了。

周围人和林宛都愣住了。

当天晚上，十中的贴吧爆了一个新帖子：

#校花亲自下场加学霸联系方式，结果竟然……#

主楼内容洋洋洒洒地写了七八百字——

楼主今天放学时意外路过离学校门口最近的那个公交站，看到了最近风头正盛的学霸。楼主忍不住八卦的心凑了过去，最开始大家都是窃窃私语，在手机上疯狂传播在哪儿哪儿遇到了学霸，一直到后面有个女生偷拍学霸被当场抓包。

就在大家都以为偷拍的女生要死翘翘的时候，学霸突然问站在他旁边的小姐姐，刚刚那个女生是不是在偷拍他。

小姐姐很拽、很酷地回了一句，你说废话呢，难不成还拍我呢？

就在大家以为小姐姐要死翘翘的时候，学霸又问她，刚刚那个女生为什么要拍我。

就在剧情反转得让大家一时半会儿还没反应过来的时候，某个文科班的校花突然蹦出来问学霸要联系方式。

说到这里，楼主就忍不住想要吐槽一下校花的搭讪方式，以交流学习换取联系方式确实很高明，但麻烦搞搞清楚，你俩一个是理科，一个是文科，能交流个啥出来？

当然，这还不是重点。

重点在后面。

学霸听到校花自己要联系方式，也没拒绝，又问站在他旁边的小姐姐，自己要不要给。（插个题外话，楼主简直不敢相信，这学霸怎么一点都不按常理出牌。）

继续正题。

小姐姐看起来已经尴尬到僵硬。楼主当时离得很近，我隐约听见了小姐姐的磨牙声。

小姐姐说，加。

又一个高潮来了。

学霸拿出自己的手机还没三秒又收了起来，问小姐姐要手机，说自己的手机没电了。

就在楼主怀疑小姐姐想把学霸捶死的时候，小姐姐把手机递了出去。

然后！学霸竟然！自己解锁了手机！！！

一个女生的手机！学霸竟然知道密码！！！（看到这里，大家难道还不能明白什么吗？……）

接着，学霸就把微信二维码递出去了，说了今晚有史以来第一句不是和小姐姐说的话——我不常用微信，这是我同桌的，你有什么问题和她说，她会转告给我。

啊啊啊！！！

帖子从当天晚上发出去起，就一直挂在首页，不停地被顶起来。

林宛不常逛贴吧，所以对这些一无所知。

直到晚上到家，她洗漱完，照例在电脑挂着 QQ 开始复习。十一点多的时候，孟昕在 QQ 上疯狂敲她：

啊啊啊，你火了！你和学霸火了！！！

啊啊啊！！！！

林宛一句话还没敲完。

孟昕刷屏般地"啊"完之后甩了一个帖子链接给她：

林宛一脸蒙，移动鼠标，点开帖子，链接跳转花了十几秒，才完整地刷新出来，匆匆看完主楼内容。

她人都傻了。

林宛又往下翻着评论，最前面的几十楼都是在爆料，有一些事情，她其实都没什么印象。

她一直往下，刷到第 899L。

899L：爆个料，学霸之前国庆节还和他同桌一块儿出去玩过。

900L：爆个料，学霸之前让他同桌睡过他的床。

901L：爆个料，学霸之前还唱过歌给他同桌听。

这想都不用想，林宛就知道肯定是胡杭杭他们发的。

帖子一直被不停地顶起，林宛随便刷新一下就是新的内容。

这个楼就像她和江延之间的一个回忆楼，把她已经都快要忘记的一些事情又全都给勾了出来。

她没有再往下刷，而是点开孟昕发来的消息：

宛宛！你和你同桌现在什么情况啊！！［八卦脸.jpg］

林宛动动手指，敲了几个字过去：

没情况。

孟昕的消息再次发来：

那你真的不打算再做些什么吗？

你都不知道！学霸现在行情真的特别好！我们班好多女生天天都在聊他！我还听说，就那个校花榜排名第一的那个谁，最近也在到处找人打听你同桌的情况。

林宛看着她发来的消息，陷入了沉思。

第九章

帖子

凌晨三点多，校外的自习室依然人声吵闹。

江延抬手捏了捏鼻梁，摘下耳麦挂在一旁，起身倒了杯水回来后，随手点开几小时前胡杭杭他们发在群里的消息。

他往上面划了划，看到一个帖子，点了进去，几分钟后发出一声轻笑。

江延往后靠着椅背，手腕搭着桌沿，修长的手指捏着鼠标慢慢往下滑，眼眸里的困意一扫而尽，被淡淡的笑意覆盖。

"你看什么呢？"一旁的关澈凑了个脑袋过来。

江延也没遮掩，松开鼠标，搓着后脖颈。

关澈拿过他的鼠标翻到主楼看了一遍，轻笑："看不出来啊，你还有这个操作。"

少年眼风扫过去："怎么？"

一见他这样，关澈就明白了。

江延这个人没什么大毛病，就有一点，特闷骚，越喜欢什么反而就越难开口，可偏偏占有欲又强，往往非要逼得人抓狂了才肯说真话。

周五最后一节是体育课，但下个月就是期末考试，所有高二年级的体育课都被迫改为自习课。

说是自习课，其实也没有老师，主要靠班长和学习委员管一管纪律，但（18）班的班长江延和学习委员杜闻博是另类，什么都不管，也什么都不掺和。

教室的暖气开得充沛，气氛热闹，林宛整个人趴在座位上，手机藏在宽大的校服袖子底下，偷偷摸摸地打开了十中的贴吧，一点进去就看到了那条挂在首页的帖子——

#学霸的情感世界 [精] #

底下的回复量已经突破五千大关了。

林宛觉得真是绝了。

她当初发帖的时候可没想过会引起这么大的动静，她本来就是想在小范围内传播一下，然后找个机会让老余看到这条帖子。

谁知道学霸的影响力这么大，这才发出去不到一个星期，都已经被加成精华帖了。

林宛觉得这个问题好像有点严重了，最近她不管走到哪儿，都能听到周围人在讨论这个帖子。

这些还都不是关键。

最关键的问题是，林宛发现江延最近的心情好像不是很好，平时都不怎么搭理人。

虽然江延以前也不怎么爱搭理人，但是他没什么事情的时候，还是会跟她扯扯皮的，最近别说扯皮了，两人连最基本的交流都快没了。

这跟她设想中的剧情可差得有点十万八千里远了。

林宛轻轻地叹了口气，退出贴吧关了手机，从桌上翻出物理书开始复习，还没看完一页，许欢欢就从教室外面匆匆跑进来，在前边的空位坐下了，没几秒，她扭过身凑了个脑袋过来。

"林宛。"声音压得很低，跟气声一样。

林宛抬头看着她："怎么了？"

她又往前凑了点，压着声："我刚回来的路上碰到余老师了，他叫你等会儿去趟他办公室，还让我不要声张。"

"……好。"林宛心里有点慌。

按着她前几天看的那个帖子，接下来确实该到老余出场，发挥恶人的作用，推动男女主角感情戏的发展，但现在这个剧情的发展已经完全乱了，导致林宛还没做好去面对狂风暴雨的准备。

她在教室磨蹭了十多分钟，才不情不愿地站了起来，动静其实不大，就是起身的时候不小心钩了下板凳，凳子和地面摩擦发出尖锐的一声响。

前后左右的同学都抬头看她。

江延也抬头看着她，神情平静，停了几秒，才发挥了一个同桌该有的素质，开口问道："怎么了？"

林宛记着许欢欢说的不要声张，摇摇头："没事，我去倒杯水。"

说着，她伸手拿起桌上的保温杯。

杯子是干净的粉色，表面没有任何装饰，是之前圣诞节的时候江延送她的圣诞礼物。

他自己也有个蓝色的。

林宛拿着杯子就走了。

水房和老余的办公室是两个方向，江延靠着墙，从旁边的窗户看到她往和水房相反的方向走。

几秒后，江延收回视线，低头继续做题目，黑色的水笔在试卷上勾了几道黑线。

良久，他松开笔，往前凑了点，脚尖碰到前边男生的凳子，轻点了一下："同学。"

男生回过头，江延露出一个自以为很和善的笑容："帮我叫一下你同桌。"

这是林宛第二次来老余办公室，一路上胆战心惊的。

林宛站在走廊，对着眼前的门深呼吸几次，屈指敲了敲门。

里面应声，林宛推开门走进去，暖气扑面而来，她站在和当初一模一样的位置，心境却大不相同："余老师，您找我？"

老余还跟以前一样，笑呵呵的，让她先坐下，然后端起自己的茶杯喝了口热茶，随口问道："最近学习怎么样？"

"？"老余的这个问题可太不按常理出牌了，林宛足足愣了有十秒才想起来回答，"挺好的。"

"哦，那就好，马上要期末考试了，可不能松懈啊。"

"我知道的。"

林宛一直听着老余跟翻话匣子一样，不停翻出各种"无厘头"可又没办法不回答的问题。

她耐着性子挨个回答，刚进来时的紧绷感一点点松懈下来。

老余见时机成熟，立马转变话题："最近学校贴吧上那个帖子你看了吗？"

他这个问题来得猝不及防。

就像前一秒还在温声细语关心你的人，下一秒就朝你心口捅了一刀。

林宛有点没缓过神，隐隐觉得心口有点疼，半天才想起来说话："您说的是哪个帖子？"

林宛发现了，和老余打交道，装糊涂是最好的方法。

余秉山也知道林宛在和他装傻充愣，也没说什么，笑着从抽屉里翻出手机，熟门熟路地找到那个帖子，把手机递给她。

林宛扫了眼，故作恍然地"啊"了一声："这个啊，我看过的。这怎么了？有什么问题吗？"

余秉山觉得这个聊天有点进行不下去了。

他不说话，林宛也不会主动开口。

沉默片刻，余秉山又端起茶杯喝了口热茶，像是给自己打了针强心剂，缓缓开了口："那你对这个帖子有什么看法吗？"

林宛皱着眉，认真地思考了一会儿："有。"

"怎么？"

林宛坐直了身体，肩颈的线条有点紧绷，一本正经道："我觉得这个帖子就是在胡说八道。

"您想想，我同桌他是走这路数的人吗？他还需要偷偷关注别人吗？就他这个条件不应该都是别人偷偷关注他吗？"

余秉山陷入了沉思。

林宛继续不着边际地添油加醋："而且，我有理由相信，这个发帖人的最终目的是阻止江延同学期末考试再次拿到第一名。"

"余老师您想一下，您要是相信了这个帖子，会不会对江同学产生意见？"林宛自说自话，有理有据，"那肯定是会的啊，就这样，师生之间的信任出现了裂痕。

"江同学备受委屈，怒而逃课，继而缺考，年级第一，花落别家。"

林宛痛心疾首："余老师，您可千万不能中了别人的诡计啊。"

老余觉得这个问题的高度，一下子就从小情小爱上升到了班级荣誉，相当严重。

一通瞎扯之后，林宛顺利功成身退，走出办公室的时候觉得浑身舒畅，哼着小曲拿着水杯往开水间走，没有注意到旁边一闪而过的身影。

其实林宛最开始的计划就是想制造个舆论，然后两人被老余一块儿叫去办公室当场训一顿，她再装个委屈，指不定江延就能说一句把罪名坐实的话。

但是现在，林宛想到这几天江延和计划里的完全不同的反应，两相权衡之后，她还是放弃了，万一老余真信了谣言，按照江延这人的脾性，指不定还真的能做出逃课缺考的事情来。

这样就太得不偿失了。

林宛觉得自己还是得从长计议。

回到教室之后，林宛看到坐在位子上还什么都不知道的江延，心里除了有点心虚之外，其实还有点小内疚。

毕竟帖子是她发出去的，而且内容什么的也都不符合现实情况，学霸的人设崩得猝不及防。

她似乎也能理解他这段时间为什么一直情绪不高了，毕竟在自己毫不知情的情况下就被拉下了神坛，换作谁都不能接受，更何况是他这么个要面子的人，心里肯定不好受。

这么一想，林宛觉得自己太不是人了。

她捧着水杯回到座位，伸手在书包里翻出几颗上次买的剩下的奶糖，凑了过去，声音轻软："江同学。"

江延抬起头来看了她一眼，语气寡淡："怎么了？"

"吃颗糖。"林宛把糖放在他桌角。

他伸出手，剥了颗糖塞进嘴里。

林宛松了一口气，手指抠着桌旁的书堆，犹豫着开口安慰他："就是最近那个帖子，我其实没当回事的，你也不要太有心理负担了。"

"是吗？"少年咬着糖，脸紧绷着。

她点点头，看着他的眼睛，语气真诚："你放心，我一定会帮你把这个发帖子的人找出来的。"

其实如果帖子的热度没有那么高的话，林宛原本是打算先跟他坦白，然后好好认个错，但是现在事态的发展已经超出了林宛的想象。

江延侧着身，和她对视。两个人就这么看了几分钟，江延偏过头，不再看她，重新拿起笔，语气淡漠："随你。"

江延觉得自己有点上火，看什么都不舒服，有点暴躁又有点气闷，像是有一团火憋在心里发不出来。

导火线就是那个莫名其妙的帖子，但其实更让他觉得火大的是林宛看到帖子之后的反应。

她被老余叫走的时候，江延还有点担心，找许欢欢问了情况之后跟着就去了老余的办公室，想着要是老余为难她或是怎么样，他就冲进去，把所有责任都揽下来，最起码不能让她受一点委屈。

可江延真没想到，她不仅一点没受到为难，还把班主任唬得一愣一愣的。他当时站在外面听到她说的那些话，要不是觉得不太合适，都想冲进去给她鼓个掌。

江延很早就明白自己对林宛有好感，他觉得自己表现得已经够明显的了，结果这人就跟块木头一样，半点回应都没有。

他真觉得自己再忍下去就得成佛了。

江延的低气压很快引起了关澈的注意。

他和江延打小就认识，江延的父亲方海跟他家老关是大学室友，毕业之后两人又在同一个学校教课，关系好得不行，于风烟带走江延的那几年，老关没少在家里骂过那个女人。

在那之后，两人断了几年联系，一直到后来江延回溪城上学，两人才又碰在一起。对于江延的脾性，他早就摸得一清二楚，当面问肯定是问不出什么结果。

正好周六晚上胡杭杭他们几个一起吃饭，关澈坐在三人面前："江延最近是不是碰到什么事了？"

胡杭杭对他问的这个问题感到一脸茫然："没啊，没啥事啊，他现在在我们学校可火了，跟明星一样，走哪儿都有人拍照。"

"那他是不是跟林宛闹什么矛盾了？"

"那更不可能了。你是不知道，我们学校现在有一半女生都是这两人的CP粉。"

关澈觉得问他们几个还不如去江延家当面问他。

江延前段时间为了竞赛熬了几个通宵，自从考完试之后，成天就抓着时间补觉，房间乱成一团，到了周末才有时间收拾。

搁在桌上的手机突然闪了闪，他伸手拿过来扫了眼。

> 林宛：你最近有没有跟什么人结仇啊，我得缩小一下范围。

江延愣了三秒，才明白她在说什么，莫名地烦，也懒得回，手机往桌上一扔，发出很响的一声。

关澈进门的动作一顿，眉梢扬了扬，走到旁边的单人沙发坐下，漫不经心地问了句："你怎么了？"

"没事。"

"得了吧，咱俩认识这么久了，你什么样子我还能不清楚。"关澈其实并不是担心他在学校发生什么事了，更多的是怕他又和于风烟有什么冲突，"你该不会……"

江延看他一眼，就知道他在想什么，语气平缓了不少："不是，你别多想。"

"那你这两天怎么颓得跟什么一样。"

话音刚落，江延丢在桌上的手机又闪了下，关澈瞥了一眼，而后踢了踢他垂在地上的一只脚："林宛找你。"

人没动。

关澈突然就反应过来了，折腾了半天原来是感情问题，他往后靠着沙发背，露出笑容："你俩怎么又不开心了？"

江延烦的就是两人火起来的源头，不咸不淡地斜了他一眼："少说两句话能憋死你？"

"得。"关澈无所谓，"我闭嘴。"

房间里只剩下电视的动静，沉默没多久，关澈又凑了上来："你们俩现在到底是个什么情况啊？"

江延丢了个靠枕过去："关你屁事。"

"我这不是关心你么？"关澈接住砸在脸上的靠枕，"不过说实话，那个帖子写得跟真的一样，我要不是知道你是个什么德行，我都信了。"

提到这个，江延把视线挪到了关澈身上，看着他一脸幸灾乐祸的模样，心里冒出一个非常大胆的想法。

关澈被他盯得发毛，随手把靠枕丢了回去："你这么看着我干吗，又不是我发的帖子。"

他不说还好，越这么说，江延越觉得他是心虚了，睨他一眼："我怎么觉得就是你搞的鬼呢。"

关澈百口莫辩，干脆撂下狠话："行，你等着我给你揪出来这人到底是谁。"

说完，人影一闪，江延起身拿个手机的工夫，他又抱着台笔记本电脑回到江延房间，大咧咧地坐在地上："看着吧，你关大爷今天就给你露一手。"

他平时吊儿郎当惯了，江延都快忘记他是个计算机高手了。

关澈花了一个多小时，写了个自动追踪的程序代码。弄好之后，他搓了搓发酸的手指："等着吧。"

江延不可置否，起身去楼下拿水，再回来时，房间里空无一人，他也没再意，关了电视，刚拿到手机，关澈就给他发了一串地址过来："最后定位就在这里。我怎么觉得好像在哪儿听过这地方呢。"

江延早在看到那串地址的时候就愣住了，迅速敲了两个字回过去："确定？"

关澈回得很快："如假包换。为了准确，我还特地找了清大的朋友帮忙确认，绝对没错。"

看到这里，江延笑了，不为别的，就因为这个地址对他来说，实在是太熟悉了。

关澈还在问："你觉不觉得这地方有点耳熟？"

江延腹诽，怎么不耳熟，他家小同桌就住在这地方。

只不过事关隐私，他没和关澈说得太清楚，随便搪塞道："住这地方的人多了去了。"

不过江延是真没想到这个帖子是林宛发的，和关澈聊完之后，他人愣在那里半天没动作。

过了许久。

房间里传来一声轻笑，江延松开被角，抬手抓了下头发，有点讲不出来的感觉。

就像是好好地走在路上，突然有个人拉住你跟你说，你中奖了，五百万。

　　江延站在那里，昏黄的光线晕染着他的眉眼，他垂着眸，忽然莫名其妙地笑骂了句："狗屁五百万。"

　　真相大白之后，江延起身去了关澈的房间，依靠武力逼着他发了个泄露消息断子绝孙的誓言。

　　关澈简直难以置信，但又打不过他，忍不住破口大骂："江延你还是个人吗？我辛辛苦苦这么久，你就这么对我？"

　　语气相当委屈，像个被抛弃的怨妇一般。

　　下一秒，关澈搁在口袋里的手机振动了一下，与此同时还有一个抑扬顿挫的电子音从他手机里传了出来——支付宝到账二百元！

　　江延松开他："报酬。"

　　"我是这样的人吗？"关澈说着话，迅速爬起来拿到手机，把钱转进了自己的银行卡里。

　　回到房间后，江延还没有完全从刚刚那个消息中缓过来，在房间里来回走着。

　　帖子是林宛发的。

　　她什么意思？

　　江延脑海里冒出一万种想法，但最终所有的想法都归为一个大胆的猜测。

　　想到这里，江延脚步一停，忽然觉得呼吸有点不顺，在房间看了一圈，最后掀开被子躺了进去，整个人闷在里面。

　　等到笑够了，江延深呼吸了几次，平复了下心情，伸手拿过一旁的手机，点开林宛之前发来的消息：

　　　　林宛：你最近有没有跟什么人结仇啊，我得缩小一下范围。

　　　　林宛：江同学？

　　　　林宛：你是睡觉了吗？

　　　　……

　　　　林宛：你真的睡觉了。

　　　　林宛：你睡得真早。

　　　　林宛：晚安啦。

　　这也……

　　太可爱了吧。

　　江延抬手搓了搓笑得有些发酸的脸颊，回了两个字：

晚安。

翌日中午，林宛出门和林父、林母吃了顿午餐，之后两人回公司，林宛约了孟昕出来看电影。

一场电影两小时，看完才下午四点多，孟昕又拉着她去自习室。

江延和关澈出门买东西去了，服务生还是之前那个小男生。

没多会儿，江延和关澈就提着东西回来了。最近天气冷，他们打算今天晚上吃火锅。

关澈手机没电，没看到消息，所以不知道林宛她们在楼上，服务生也没和江延说这事。

两人把东西往厨房一放，江延径直回了房间，关澈喘了口气，也跟着回去了。

晚上七点，林宛和孟昕玩得饿了，起身出去吃饭，在楼梯口碰到刚刚睡醒准备去楼下吃饭的江延。

愣了几秒，江延先回过神："什么时候来的？"

"下午的时候。"林宛揉了揉眼睛，"四五点。"

"吃饭了吗？"他问。

"准备去吃了。"

江延停在楼梯旁，胳膊搭着扶手："关澈准备吃火锅，一起吃点？"

林宛看着他，笑了下："好啊。"

三个人一前一后下了楼。

关澈是后来手机充上电才看到的消息，准备和江延说来着，被人一打岔就给忘记了，这会儿看到人才想起来，笑着和两人打了声招呼："晚上好。"

林宛和孟昕应了声："晚上好。"

几个人在桌旁坐下。

江延给林宛拿了饮料，中途还一直给她夹菜。

关澈盯着两人意味深长地笑。

林宛一开始还没注意，中途夹菜的时候不小心瞥了他一眼，顿了下："关澈哥，你老冲着我笑什么？"

"没事没事。"关澈笑眯眯地挪开视线，对上江延略带警告的眼神，偷偷比了个闭嘴的姿势。

还没消停三秒。

江延突然想起来林宛刚刚说的话，白皙漂亮的手指轻敲了下桌面："你刚刚叫他什么？"

林宛嘴里咬着肉丸，抬头看他："关澈哥啊。"

江延看着她，莫名地也生不起来什么气，淡声道："吃饭。"

"哦。"

吃过饭，关澈主动提出收拾残局。

孟昕和新来的服务生因为游戏问题产生争执，两人挤在吧台后边，非要决出个你死我活。

林宛吃饱喝足有点困倦，站在那里有些恹恹的。

江延丢完垃圾回来，从柜子里摸了盒酸奶递给她："去楼上坐会儿？"

林宛有些茫然地点了点头："好。"

房间比之前几次收拾得要干净很多。

江延开了电视，随便找了部电影，两个人并肩坐在沙发上。

林宛喝完酸奶也没有很困了，盯着电视机看了会儿，随口问了句："这是什么电影？"

"不知道，随便找的。"他倾身，拿起桌上的遥控器，点了几下，说了个林宛没听过的电影名。

林宛侧头看了眼江延，觉得他好像没有之前那么压抑了，心里的负罪感顿时轻了不少。

电影内容有点枯燥，但林宛发现江延看得好像还挺认真的，也就没说什么，百无聊赖地看着，困意一点点袭来。

江延其实也没看进去多少，脑袋一直在放空，直到肩膀上突然一沉，才回过神。

她的脑袋轻搭在他肩上，柔软的黑发紧贴着他的颈脖，发丝缭绕，有些痒。

江延呼吸屏了一瞬，微微撇开头，静坐了一会儿后，侧过身，刚想有什么动作，人却突然醒了，茫然地看着他。

他松开手，轻声问："醒了？"

林宛有点反应不过来，好半天没动静。

江延看着她，没有动："傻了？"

等了几秒——

"没。"林宛揉了揉眼睛，"有点没缓过来神。"

睡着的时间虽短，但人却清醒了不少。

林宛发现之前那部电影还在放，忍不了了，拿过遥控器，换到自己平常看的综艺节目。

房间顿时热闹不少。

两人看了会儿，林宛摸出手机给方仪宋发了条消息说了声在外面玩。

方仪宋估计在忙，一直没回消息。

她也没在意，退出去的时候看到和江延的聊天框，随口问道："对了，我昨天微信问你的那个问题，你想到了吗？"

江延愣了三秒才想起来她昨晚问的是什么，意味不明地看着她，缓声道："没有。"

"那这个就比较难找了。"林宛被他盯得心里发毛，忙不迭地错开视线，习惯性地抠着底下的沙发垫。

"确实难找。"江延往后一靠，胳膊抵着眉骨，像是无意提了句，"不过，我猜测应该是我身边的人。"

林宛紧张地咽了下口水，漆黑的眼睛看着他："你觉得是谁？"

"只是猜测，还不清楚。"他随口胡诌，语气有点无奈，"也不知道是谁，这么不像话。"

林宛看了他一会儿，压下心头的紧张，附和道："对，我也觉得这太不像话了！要是让我抓到这人，我一定——"

话还未说完，江延突然打断她："一定怎样？"

做戏做全套，林宛义愤填膺道："我一定会弄死他！"

江延没说话，眼眸定定地看着她。房间只开了落地灯，窗帘拉了一大半，露出星点夜色的轮廓。

小姑娘的眼睛微微睁大，光线很暗，反而却衬得她眼里发亮，卷翘的睫毛轻颤，像两把小扇子。

他突然地，冒出了一个很大胆的想法。

他微微低头，眼尾勾勒出好看的线条感："弄死我是不是太狠了点？"

夜深人静，窗外灯火通明，斑斓的光影透过窗户落进来，和屋内昏黄温暖的光线交织在一起。

光影层层交叠，少年的眉眼晕染在这斑驳而温暖的光里，五官像是被精心雕琢过，每一个细节都恰到好处。

林宛像是被夺去了所有的思考能力，脑袋有一瞬间的空白，眼里带着茫然和惊讶，心跳加速地不受控制，像是有什么东西在一瞬间塌了下去，完全不知所措。

她似乎在琢磨什么，过了许久才想起来说话，声音有些僵硬，语气里都是不可置信："你的意思是……"

江延知晓她要说什么，干脆利落地截断了她的话："你想得没错，帖子是我发的。"

乱了，完全乱了。

林宛从来没有过这么陌生的感觉。

关于暗恋帖这个事情，她想过假装继续查下去，哪怕是根本查不到什么，甚至也想过等到以后，挑个合适的时间和他坦白，却从来没有想过事情会朝着这个方向发展。

他竟然说这个帖子是他发的。

那岂不是……

林宛想到这里，猛地回过神，漆黑的眼眸猝不及防地望进他的眼里。

少年的眼窝深邃，眼里蕴着光，就那么直白地看着她，藏不住任何情绪。

她的呼吸屏了一瞬，心里有一个念头在疯狂叫嚣着，一下又一下地冲击着她原本就薄弱的心理防线。

林宛有些抑制不住呼吸，手指蜷缩又松开，心里像是在打鼓，后背犹似冒了一层汗。

此刻的她就像是站在被深海围绕的悬崖边，四周迷雾层层，海浪翻滚，不论往哪个方向都是万丈深渊，危不可测。

没有退路，只能勇往直前。

她抬眸看着他，尾睫忍不住轻颤，微张着唇，想说些什么，可又不知道接下来该说些什么，又或是做些什么。

片刻后，她耳边响起一声无可奈何的轻叹，江延忍不住开了口，尾音带着笑："你难道不准备说点什么吗？"

"要说……什么？"

他又不说话了，眼眸一眨不眨地盯着她。

她看着他，在他眼里看见了自己的缩影和一丝不易察觉的紧张，心里那一点小小的纠结忽然就松开了。

"帖子真是你发的？"她小声地问。

虽然江延不知道她为什么还要问一遍，但他依然顺着她的话回答道："嗯，是我发的。"

发帖的那个夜晚，林宛试想过很多个场景，却唯独没有想到会是这样的场景。

江延看着她："说到高考，你现在有想去的学校了吗？"

"以前没有。"林宛抬起头看着他，斑驳的光影落下来，在她眼底铺了一层璀璨的光，"现在有了。"

他挑了挑眉，等着她的回答。

林宛说："我以前一直属于得过且过的状态，对未来从来没有一个很清晰的规划，学习的好坏对我来说也不是很重要的事情。我一直觉得自己活得挺没意思的，因为我不知道自己想要什么，也不知道不想要什么。

"可是现在，我才知道我想要什么。"

"我想去更好的未来。"她轻抿了下唇角，认真且坚定地说道，"如果可以，我希望我的未来里，一直都有你。"

听她说完，江延收起漫不经心的笑，敛眸看着她。林宛觉得有点不好意思，低着头躲开视线。

良久之后，她抬头，两人的视线毫无意外地交织在一起。

"没有如果。"少年的目光深邃，带着让人难以忽视的情绪，"你的未来里，我永远都在。"

少年的神情认真，屋内昏黄的灯光为他镀了一层柔和的光晕，目光一瞬不瞬地看着她。

良久之后，林宛动了动唇："我相信你，也相信我自己。"

闻言，江延深深地看了她一眼，目光里涌动着她看不明白的情绪。

一阵无言的沉默，打破这一切的是林宛突然振动的手机。少年回过神松开手，略有些不自在地摸了下鼻尖，起身走开了。

电话是孟昕打来的。

"你今晚还回去吗？"孟昕敲着键盘，笑嘻嘻地八卦道，"你跟学霸在房间里聊什么呢？"

林宛想到今晚聊的内容，抬头看了眼时间，已经过了十点，她起身："走吧，现在回去，路上和你说。"

孟昕"啊"了一声，干脆利落地关了电脑："那我在楼下等你。"

"好。"

等她挂了电话，江延走过来，站在她面前，高瘦的身影遮住小半的灯光："我送你回去？"

林宛挑了挑眉，弯起唇角。

"好了，送你下去。"他起身，声音带着笑意，"走吧。"

冬日夜晚，窗外夜色弥漫，灯光斑斓璀璨，两人一前一后下了楼，光影将两人的身影拉长。

楼下，孟昕站在吧台边上，和服务生有说有笑地聊起了游戏，一点没有之前针锋相对的模样。

江延送她俩去巷口坐车。

林宛和孟昕两人的家离得不远，隔着一条街道，两人在中间的路口下了车，各自往自家小区走。

冬日的夜晚冷风萧瑟。

林宛进了小区之后，就跑了起来，往常要花十分钟左右的距离今晚只花了五分钟。

她输密码进了楼道，层层暖气扑面而来。

一直搁在口袋里的手机振了振。

林宛拿出来一看，没注意到消息，倒是先看到上面的电量条，仅剩下 9%，轻"啊"了声，快步进了电梯往家赶。

家里依旧没人，林宛鞋都没来得及换，径直回了房间，等给手机充上电之后，才点开那条消息：

> 江延：到了？
> 林宛：刚到。

回完消息之后，林宛把手机放在一旁，拿起睡衣进了浴室，花了十几分钟，简单洗了个澡出来。

拉灯，躺进被窝，拿过手机，三条未读消息：

> 江延：嗯。
> 江延：嗯？
> 江延：睡着了？

每条平均间隔五六分钟。

林宛有点想笑，手指点着键盘：

> 没睡，刚刚洗澡去了。

江延很快回了消息：

> 江延：行，那你早点休息。
> 林宛：……
> 江延：不睡？
> 林宛：睡！马上睡！

下一秒，他发过来一条时长只有两秒的语音：

"晚安。"

声音低沉，带着笑。

林宛凑在耳边听了一遍，只觉得耳朵发麻，抬手搓了下，忍不住又点开听了一遍。

她心里小鹿乱撞，卷着被子在床上滚了一遭才停下来，抓开黏在脸侧的头发，平复了一瞬呼吸，清了清嗓子，才摁着语音键，小声地念了两个字："晚安。"

江延没有再回。

林宛躺在床上，回想着最近发生的事情，还是觉得有点像在做梦。

她拿过手机翻了翻两人之前的聊天记录。

他们其实聊得不多，白天在教室抬头不见低头见，晚上九点多才放学，到家之后随便收拾收拾就不早了，聊天记录随便翻翻就到了头，而且大多时候都是些很没有营养的对话。

林宛翻完之后就退了微信，看到桌面上那个熟悉的APP，点了进去。

她的帖子就挂在首页，标题大写加粗，后面还跟了个金闪闪的"精"字，底下回复量和点赞量都已经超过三万了。

看了会儿评论，林宛点开右上角的编辑，更新了帖子内容：

> 他说，没有如果，你的未来里，我永远都在。

更新不过一分钟。

评论直接炸了。

> 啊啊啊！！！我天，我看到了什么！！！
> 安静！老师来了，抓违反校规的！
> 今天我是柠檬精。
> 柠檬树上柠檬果，柠檬树下只有我 :)
> 墨镜一戴，谁都不爱。

林宛一边笑着刷评论，一边疯狂点赞。

发这个求助帖的时候，她根本没想过能受到这么多人的关注，这些网友的评论对她来说也是一份独一无二的宝藏。

时间一点一点流逝。

快十二点的时候，林宛听见外面客厅传来开关门的动静，她揉了揉眼，准备起身出去。

一道尖厉的声音打断了她的动作："林咏城！你这么做对得起我吗！对得起我们的女儿吗！"

"仪宋！"林咏城的声音有些讲不出来的无奈，"你知道的，我们林家就只有我这么一个儿子！

"我妈临死前交代过什么，你又不是不知道！"

方仪宋说："你妈那个年代的思想跟现在能比吗，现在一个又怎么了！一个难道不是你林家的孩子吗！流的不是你林家的血吗！"

"仪宋……"

争吵声逐渐被方仪宋的哭声代替。

黑暗之中，林宛的动作僵在那里。房间里明明暖气充沛，可她却觉得整个人都像掉进了冰窟里，寒意肆生。

手机掉在床上，屏幕亮着，她看了眼时间。

00：10。

看到这个时间，林宛竟然感到一丝庆幸，没有让这样糟糕的事情发生在昨天。

那么美好和值得永远纪念的一天，不该有这样遗憾的结局。

凌晨三点，江延回房间，看到手机里林宛发过来的最后一条语音消息。

他关了灯，靠着床头，点开那条简短的语音，属于女生的轻软嗓音在房间里响起。

"晚安。"

江延发完那条晚安语音之后就把手机留在楼上充电了。

这会儿看到消息，他敲了三个字发过去：

明天见。

发过之后，他把手机放回床头，收回视线的时候顿了一瞬。

微信有个功能，对方在输入文字或者语音的时候，备注栏那里就会很人性化地跳成"对方正在……"的状态。

这会儿，江延就看着她的备注变成了"对方正在输入……"

"……"

江延看了眼时间，3:20，她说睡觉说晚安的时候是11:20，中间空了四小时。

他抬手搓了下眉骨，静静地等着她的状态停止，又等了一分钟，也没等到明明已经睡觉却还在网上冲浪的人的消息。

江延同学人生头一回陷入了深思之中，几分钟过去，他觉得想是想不明白的了，还不如直接问个清楚。

他发了条消息：

还不睡？

林宛回得很快：

你怎么知道我没睡？

江延：心有灵犀。

林宛：……

江延轻笑一声，手指敲着键盘。黑暗的房间里，只有床头这一角亮着光。

江延：怎么还不睡？

林宛：睡不着……

江延：那聊会儿天？

林宛：好啊。

林宛原以为他说的聊会儿天，就是简单地发发消息，谁知道下一秒，一个语音通话的页面就猝不及防地弹了出来，突兀的铃声吓了她一跳。

林宛搓了搓脸，坐了起来，也许是怕父母听见，她把声音压得很低："这个点聊语音，你是不打算睡觉了吗？"

"差不多了。"江延伸手开了壁灯，拿着手机起身，从书柜里找了本书，又躺回床上，"为什么睡不着？"

"就睡不着啊……"有些话，林宛也不知道怎么说，索性提了别的，"可能是太激动了。你不激动吗？"

"激动。"江延翻开书，找到上次看的位置，指腹压着书脊，"不过就算再激动，你也得睡觉了，明天是周一。"

"难道明天对你来说就不是周一了吗？"

江延低笑了笑，头抵着墙："我可以逃课。"

她叹了口气："我也想逃课。"

还想逃离这个家，这个地方。

两人有一搭没一搭地聊了半个多小时。

江延收起书，不再纵容她："好了，你该睡觉了，早点睡，明天早上我给你带早餐。想吃什么？"

"上次那家小馄饨。"

"好，我给你买，你不要迟到。"

"嗯。"林宛躺在床上，想到今晚听到的话，伸手捂住眼睛，声音很低，"江延，你为什么对我这么好？"

江延沉默了一会儿，才开口："你值得。"

林宛忍住眼里的酸涩，笑了声："明天见。"

"明天见。"

挂了电话，林宛抹了抹眼睛，放下手机的时候，又收到他发来的两条消息——

> 不开心的时候要和我说，我不是别人，你和我说什么都可以。
>
> 晚安。

很快，期末考试如期而至，短暂紧凑的两天考试时间倏地就流了过去，将近一月长的寒假来得猝不及防。

往年寒假，林咏城和方仪宋不管多忙，都会抽出七天年假的时间带着林宛去游山玩水。

原本今年也定下了行程，可到最后因为一些其他的原因，一家人哪儿也没去，就待在溪城过了个新年。

年三十前一天，林宛和胡杭杭、徐一川他们几个打游戏，聊到新年假期安排的时候，胡杭杭不小心说漏了嘴，透露了江延已经好几年过年不回家一个人在外面的事情。

"为什么？他家不是在溪城吗？"

关于江延家里的事情，林宛其实只有一个很模糊的概念——

温柔讨好的母亲，为难的父亲，神经病一样的二叔，还有他无时无刻不想着逃离那个家的想法。

这些听起来就很奇怪的人和事情，却是他家庭生活的一部分。

听筒里胡杭杭支支吾吾，却没有说得很具体："反正他家里的情况很复杂，我们也只是知道但不是很了解，也不好多说什么。"

徐一川也插科打诨把话题扯远了："不过，江延这个人是实实在在地好，他肯定不会做什么不好的事情。"

林窕点开微信给置顶的江延同学发了条消息——

江同学，逛街了解一下？

说实话，她和江延从那天之后一直都没有出来玩过，一是因为临近期末，学业强度大抽不开时间，这一点仅针对林窕。

另一个原因是江延不乐意出门，周末最常做的事情就是把林窕叫到自习室，两人窝在三楼的小房间，他写试卷，顺带还盯着她复习。

到了晚上，他就带着人去外面解锁美食，吃完饭再把人送回家，两天时间就这么过去了。

最开始的时候林窕抗议过几次，尽管每次都被无效驳回，但是在他的辅导之下，她今年期末考试又重回了班级的前三名。

为此，老余还高兴了好长时间，一边庆幸林窕迷途知返，另一边又为江延的年级第一感到自豪。

不去自习室，正正经经逛个街。

这下他倒是回得很快。

之前不正经？

"……"林窕刚准备掉他一句，他又发过来一条——

半小时后见。

林窕笑起来，起身去换衣服。

他果真只花了半小时，一分不多一分不少，林窕收到他到了的消息时，也刚收拾好，去门口换了鞋，径直下楼。

林窕之前给过江延自家小区的门禁，每次他过来都是等在楼下的花坛边，这次也不例外。

他穿着黑色的羽绒服外套，底下是同色系的牛仔裤，背对着身后的高楼，手抄在兜里，低着头，视线落在地面上，身形挺拔修长。

从林宛的角度，只能看到他简短的黑发轮廓和半露在空气中的耳朵，许是气温低，耳朵有些红。

一楼的防盗门关门时会有细微的动静。

江延闻声扭头看了过来。

冬日午间的阳光没有热度，薄薄的光雾落下来，少年的轮廓反而越发明晰清朗，转头看见她，神情依然冷淡，眼里却有了笑意。

林宛连跑带走，三两步人便已经到他跟前，仰脸看着他，笑盈盈道："真听话啊。"

这么没头没脑的话别人或许听不懂，江延却懂了。

之前在自习室两人一块儿学习，到晚上若是时间还早，他们俩会出门解锁附近的美食。

林宛一开始没在意，几次出门后才发现他每次都只是在单薄的羊绒毛呢外面随便套件夹克或是棒球服。

溪城的冬天冰天雪地，气温时常稳定在零下，对于林宛这种怕冷星人来说，羽绒服里加暖宝宝是最后的归宿。

在林宛眼里，他这个装扮就跟裸奔差不多，她也不管他是不是真的不怕冷，这么冷的天，她就一个要求——出门必须穿羽绒服。

江延哼哧笑了声："走吧，想去哪儿？"

"你吃饭了吗？"林宛摸摸肚子，"我还没吃饭，有点饿。"

"那先去吃饭。"

"好啊，我们去吃烤肉吧。"

"都听你的。"

两人去了市中心的一家韩式烤肉店。

店是林宛挑的，在溪城的烧烤美食一栏排名很靠前，他们到的时间正好是午高峰，两人在外面排了半小时的队才进去。

在这期间，林宛去了趟洗手间，回来的时候就看到两个穿着打扮都很可爱的女生站在江延面前。

她信步走了过去，听见女生的声音："这都21世纪了，还用没有微信这个理由也太过时了吧。"

女生个子很高，挡在江延前边，林宛看不见他，却能听见他清清冷冷的嗓音："我用什么理由关你什么事。"

"……"

快到春节了，商场里年味十足，两人吃饱喝足之后，在商场逛了一圈，而后又绕去四楼的影城，买了两张电影票。

过年期间，商场里不论什么地方人都很多，影城的人尤其多，林宛想看的两部片子普通场次都已经位满，最后多花了钱买了 VIP 的巨幕厅。

这个场次的影厅较小，沙发是卡座的设置，人也挺多的。

影厅里没有开灯，只有银幕上的闪烁亮光。

买票的时候只剩下最前面一排，江延买的是靠里面的座位，贴着墙，正常情况下，很少有人会选这个位置，因为会很吵，离银幕太近，时间久了脖颈会不太舒服。

两人坐下没多久，旁边的卡座也很快坐了人。

这个影厅的卡座设计得很好，沙发坐垫，上下两边和后面都有很严实的遮挡物，除非是有人站在台下往上看，否则是看不到卡座里面的人的，私密性很强。

林宛是听到旁边的人说话时，才觉得有点不对劲。

她忍不住看了眼坐在旁边的人。

他侧着脸，轮廓利落分明，目光落在前方，鼻梁高挺，银幕上的光线变幻，在他脸上分割出不一样的画面，神情倒是一如既往的漫不经心，好像不受周围这些动静的影响。

兴许是注意到她的视线，江延偏头看着她，唇瓣微动："怎么了？"

林宛僵直着背脊，匆忙挪开视线："没事。"

他轻笑一声："想什么呢，耳朵都红了？"

"……"林宛心跳如擂鼓，一本正经道，"我想电影剧情呢。你想什么啊？"

影厅里暖气充足，林宛一进去就脱了外套，看到三分之一，又脱了鞋子，盘着腿，整个人都陷在柔软的卡座里。

影片是国产片，贺岁档，悬疑和爆笑皆有，看起来也不怎么费神。

电影散场才下午五点，林宛跟着江延回自习室。

车辆急速行驶，窗外是一闪而过的青翠松柏，压着白皑皑的雪，青白分明，错落有致。

江延抬头看她，清淡的眼眸里都是笑意："晚上想吃点什么？"

林宛中午那顿吃多了，这一会儿还不是很饿，目光掠过窗外一闪而过的超市，突发奇想："你会做饭吗？"

"会。"他从读初中就一个人住，衣食住行都是自己安排，吃饭是最基础的事情。

"那我可以随便点餐吗？"

他看了她一眼，点头："行。"

林宛弯着眼睛，眼眸清澈动人，卷翘的眼睫扑棱一闪，藏住眼底的狡黠，声音又轻又软："鲍鱼粥、清蒸大闸蟹、蒜蓉粉丝开背虾、咖喱炆牛腩、原笼荷香鸡……"

念完一长串经典菜名之后，她皱着眉轻"唔"了一声，把脑袋凑过去，故意问道："我点这些会不会有点为难你？"

江延看着她，没动，良久之后才缓缓开口："不为难。"

林宛惊喜地"呀"了声，还未说话，又听见他缓着声，轻吐言语："我现在从车上跳下去，最好摔个手臂骨折，就不为难了。"

"……"

江延哼笑一声，倏地抬手将她身后的帽子扣在她脑袋上，手指捏着帽檐下方紧紧扣住："重新点。"

林宛抓住他的手微微松力，露出半张脸，很乖地说了一道家常菜："青椒土豆丝。"

江延瞥着她的小动作，轻笑一声。

自习室附近有一家生活超市，出租车在街道旁停下。

超市门口张灯结彩，一眼望过去都是成片的红，到处都是人，小孩子在中间窜来窜去。

江延在门口推了辆购物车。

超市里人山人海，新年的气息洋溢在每个角落，江延单手推着车。

两人穿过熟食区，来到蔬菜区。

"想吃点什么？"他又问。

林宛倚靠着一旁的货架，目光扫过这一整片绿油油的生鲜蔬菜，心里莫名有些好笑，仰脸看着他。

江延低头挑了一捆青菜放进推车里，似乎没明白她的意思，皱眉看着她："嗯？"

超市的灯光明亮夺目，光线盘旋在他头顶，形成一个七彩光晕，一闪一闪的，很耀眼。

林宛没骨气地嘟囔了一声："走吧，我想吃肉。"

第十章

新年

两人挑挑选选花了大半个小时，推车去结账的路上，林宛一边和他说话，一边看着旁边的货架，想着还要再买些什么。

　　快要到收银台的时候，她被角落里一个货架吸引了目光，怕被江延发现，还故意让他先走："啊！我想起来了，我还有个东西忘记买了，你先去结账吧，我去拿了过来找你。"

　　"什么东西？"

　　"就……很重要的东西。"林宛推着他，不肯具体说，"你先去结账嘛！我马上就过来了。"

　　"好吧。"他抬手揉了揉她的脑袋，"快点啊。"

　　"知道啦。"

　　林宛站在原地，等他走远之后，才绕去刚刚看到的货架那里，也没怎么挑，随便看了眼之后，迅速拿了几样。

　　收银台就在前边，江延站在那里，回过头还能看到她鬼鬼祟祟的身影。

　　"拿的什么？"他问。

　　林宛把东西背在身后，笑盈盈地看着他："没什么。你在这里排队吧，我去旁边的！"

　　说完，她脚步一挪，站到了离他很远的一个收银台后边。

　　江延："……"

　　大过年的，超市里人很多，光是排队就花了很长时间。

　　林宛买的东西少，比江延先出来，提着袋子站在超市门口，等看到他的身影之后，凑了过去："我帮你提一个。"

　　"不用。"江延把两个袋子换到一只手，问了一句，"你买的什么？"

　　"给你的新年礼物。"林宛把袋子挂在手腕上，手抄在口袋里，胳膊碰了碰他，"你猜猜是什么？"

　　江延猜了好几个，都是错的。

　　他摇摇头："我猜不到。"

两人走到巷子口，立在一旁的路灯不知道什么时候修好了，昏黄的灯泡换成了亮白色的白炽灯。

林宛扯过袋子，把东西拿了出来，跟献宝似的，笑眯眯道："王羲之字帖集。"

"……"

两个人在路上折腾十多分钟，才回到自习室。

过年期间，自习室停业，关澈和其他的工作人员都回了自己家，整个自习室就只有江延一个人留在这里。

一进屋，以往的大厅空无一人，椅子整齐地摆在桌前。

有种莫名的孤寂感。

江延像是已经习惯，提着东西，自顾自地进了旁边的小客厅。林宛顿了一瞬，跟了过去。

他脱了羽绒服，正在往毛衣外面套围裙。

听到她的动静，江延转过身看着她，眼里都是笑："过来，帮我系一下。"

林宛"哦"了一声，乖乖走了过去。

围裙是套头式的，绳子在围裙下方的两侧，两边一起拉起来的时候，正好系在腰上那一处。

林宛低着头，伸手拽过两侧的绳子，想到今早上胡杭杭说过的话，小声问道："你为什么过年都不回家啊？"

因为拽着绳子的缘故，两个人贴得很近，林宛明显感觉到他身体僵了一瞬。

沉默几秒。

江延微微垂下脑袋，视线看着地面的一角，声音很低："不想回去，那也不是我的家。"

他的家早在很久之前就散了。

林宛系绳子的动作一顿："那你一直都一个人在外面吗？"

"也没有一直。"江延说，"也就这几年。"

林宛没吭声，动作迅速地打了个结，声音又轻又软："江延。"

"嗯？"

"我要是能早点认识你就好了。"

江延淡淡地笑了声："现在遇到也很好。"

林宛抬眸看了他一眼，心里倏地冒出了个大胆的想法。

"要不然，今年你去我家过年吧。"

江延最后弄了漂亮的三菜一汤——土豆炆牛腩、红烧鸡翅、清炒小青菜，外加一个西红柿蛋汤。

　　色泽鲜艳，香味俱佳，林宛吃到撑得不行才停下筷子，端起桌上的冰可乐喝了一小口，餍足般地摸了摸肚子，毫不掩饰地夸奖："你做菜的这个水平比我妈都好。"

　　江延吃得不多，早在她之前就停了筷，闻言也只是眯眼一笑，从旁边抽了张纸巾摁在她的唇角，轻擦了两下："吃好了？"

　　"好了。"林宛往后靠着椅背，姿势懒散，眼皮耷拉着，手指搭在肚子上没节奏地轻拍着，整个人看起来乖得像只吃饱喝足将要打盹儿的猫。

　　江延勾勾唇角，端起桌上的空盘子进了厨房。

　　林宛闻声帮他把剩下的碗碟一起端了进去，两个人并肩挤在水池边，小声地说着话。

　　屋内光影昏黄，窗户的透明玻璃上映着一高一矮两道身影。

　　等拾掇完，时间也才刚过晚上八点。

　　江延洗干净手，又从旁边柜子拿了条干净的毛巾给她擦手，低声问："送你回家？"

　　"再待会儿吧。"

　　江延忽然笑了一下："好。"

　　时间还早，两人去了楼上的房间，江延找了部片子，悬疑的风格，评分也很高。

　　电影时长总共两小时，看到最后两败俱伤的结局，林宛有些唏嘘的同时也觉得剧情有些令人深思。

　　从开局酒店的无名男尸，一步步串联起隐藏在背后的一宗十年前一家四口惨遭灭门悬案，在警方抓住嫌疑人公开审讯的时候，林宛以为这个人会说出什么令人惊讶的言辞，结果却是因为家庭生活的不幸福，父母重男轻女，导致心理扭曲，进而走上不归路。

　　影片的结尾，导演以匿名不曝光采访者身份的方式公开了一段五分多钟的采访音频，采访者皆是女性，家庭生活不幸福，不受父母的重视，长期生活在重男轻女的传统思想阴影之下。

　　其中有一位采访者的话，让林宛印象深刻。

　　"我不否认我的父母是爱我的，可我也无法忽视，我人生里所有的自卑和不安也是他们给予的。"

　　片尾曲应声结束。

江延刚要去开灯，却听见林宛的声音："我爸爸是个很好的丈夫，也是个很好的领导者，我以前一直以为他是个好爸爸。"

江延依然开了灯，借着灯光看到小姑娘发红的眼圈，什么也没说，把人搂进了怀里。

"他其实是个很好的父亲。"林宛说，"只是比起女儿，他好像更喜欢儿子。"

那个深夜里，方仪宋和林咏城的对话争吵，一直像一根刺一样扎在林宛的心上。

它横亘在那里，让人无法忽视。

房间里静默了一瞬。

江延轻拍着她的后背，说不出再多安慰的话："我们没有办法去改变老一辈人的想法，但我可以保证，以后在我家不会出现这种情况。"

林宛看着他，眼眶倏地一酸，眼泪跟着掉了下来。

江延认识她这么久，这是第一回见她哭，抽抽噎噎的，还藏着声，委屈得不行。

他听着哭声，只觉得心尖发涩，心疼极了："别哭了。"

林宛没有在他这里多待。

第二天是大年三十，阖家团圆的日子，林咏城和方仪宋在前一天晚上从外地赶了回来，却发现家里没有人，急忙给林宛打了电话。

那时候林宛刚刚哭过一场，江延正拿着热毛巾在给她敷眼睛。

急促的铃声打破了这一刻的安宁。

林宛听出那是自己给父母设置的特定铃声，起身去了外面接电话，简单聊了几句，最后说会马上回来。

挂了电话之后，江延走过来，看了看她还有些发红的眼角，说："走吧，送你回去。"

窗外夜色已深，林宛拒绝："我自己打车回去就可以了。"

他没同意。

过年期间周围众多商铺、外卖商家都稍作歇业，唯有打车业务，全年三百六十五天二十四小时无休。

江延叫了车。

两人走到巷子口时，司机已经到了，开着车窗在抽烟，见到两人，连忙掐灭了烟，探了个头出来："是你们叫的车吗，手机尾号××××？"

"是。"

江延拉开车门，等林宛坐进去之后，跟着坐了进去。

司机发动车子，从后视镜看了两眼坐在后排的乘客，明显能看出来年纪都不大，出于关心问了句："这大过年的，你们俩怎么不回家啊？"

林宛"啊"了声，应道："现在就准备回去了。"

"哦哦。"司机把着方向盘，等到车子拐出狭窄的路口，笑呵呵道，"你们兄妹俩在哪儿读书啊？"

林宛："？"

江延："……"

气氛凝固。

司机还以为自己说错了话，疑惑问道："难道不是兄妹？"

"对……我们不是兄妹……"

林宛解释的话还未说完，司机又斩钉截铁道："那你们肯定是姐弟了吧？"

林宛："……"

江延："？"

"你们姐弟俩长得比我家那俩端正多了。"司机提到家里的两个儿女，语气虽是嫌弃但满是爱意，"不过人不可貌相，我家那俩虽然样貌生得不太好，可人品却是万里挑一地好，成绩更不用说了。"

林宛："……"

但这司机仿佛有着超级强大的心理素质——你不说没关系，你听我说就可以了。他一个人说了一路，到最后还开了音乐助兴。

车辆驶过空无一人的街道，音乐声一闪而过。

"好日子……今天是个好日子……"

好在路程不远，再加上过年期间马路上也没多少车，不过二十多分钟，车就停了。

林宛被那一首首复古又闹腾的音乐震得脑壳疼，车一停，推开门一溜烟地跑下了车。

江延留在后面付钱。

"总共十八块八，今天过年给你抹个零，十八块。"司机回头看着少年，"支付宝还是微信啊？"

"现金。"江延从口袋摸出黑色的皮夹，从里抽出一张二十元的纸币递过去。

司机伸手接，江延没松手。

"……"

僵持了几秒，江延松开手，沉着声道："叔叔，我们不是兄妹，也不是姐弟。"

"？"

他挑眉看了眼站在车外的人，又对上司机满是疑惑的眼神，语气莫名骄傲："我们是年级第一和未来的年级第二。"

"……"

夜深，小区里家家户户都亮着灯，灯火通明，亮如白昼。

江延将林宛一直送到她家楼下。道路两侧是参天的梧桐树，冬日只剩下光秃秃的枝丫，隔着灯光，在地上映着细碎的剪影。

"上去吧。"他双手抄在兜里。

林宛试探性地问了一句："你真的不要跟我回家过年？"

江延笑道："明天我会去关澈家。"

"真的？"

他点头："嗯，每年都会过去。关叔叔和我爸是同学，以前关系很好，关伯母也很照顾我。"

看得出他不是在说假话，林宛勉强放心些："那好，那我先回去了。"

"回去吧。"

林宛三步一回头，等走到二楼，从楼道窗户往外看，发现他还站在楼下。她开了窗户，喊了一声他的名字。

"江延。"

他应声抬头，微眯了眯眼："怎么？"

"不早了，你快点回去吧。"她站在窗前，露出大半个身影，"我很快就到家了。"

江延看着她，也觉得没什么好担心的，点头："好。"

他拔脚往小区外面走。

光影错落，道路两侧的景色延伸到很远的位置，少年走在光里，身形挺拔，步履稳健。

林宛站在窗前看了很久，末了还拿出手机拍了张照片。

空无一人的道路，少年的身影被无限拉长，周围是亮堂堂的，却好像跟他没关系。

林宛轻叹了口气，等到完全看不见他身影的时候，才转身往楼上走，走了几步才反应过来要去坐电梯。

冬夜里起了风，落了雪，直到天亮了才停。

年三十。

林宛一早起床，拉开窗帘的时候才发现整个小区被冬夜里的雪覆盖，白茫茫一片，屋檐角落里都是下过雪的痕迹。

方仪宋和林咏城难得休息，起早在厨房忙活了半天。

方仪宋过来敲门的时候，林宛刚刚洗漱完。

"醒了啊，以为你还在睡呢。"方仪宋换下以往的职业装，穿着居家的衣服，微卷的头发随便扎了起来，眉目温和，"出来，吃早餐了。"

林宛抖开手里的衣服，笑了下："换件衣服就来。"

"好。"

一家三口很少能坐在一起，饭桌上气氛融洽。

林宛咬着汤圆，不经意间抬眸看了两人一眼，似乎看不出什么异样。

她不知道到底是他们太会做戏，还是事情真的就这么过去了，心中满是疑问，却始终没有问出口。

早餐结束之后，林咏城主动卷起衣袖，去厨房收拾残局。

林宛和方仪宋坐在客厅聊天，话题无非就是学习成绩和每年都会提及的感情问题。

林宛自从上了中学开始，方仪宋每年都会和她聊一些在学校的话题，今年方仪宋再提到学校的事情，林宛和她提起了江延。

方仪宋听完，抬手摸了摸她的脑袋，笑意温柔："那他一定是很好的男孩子。"

闻言，林宛忽地想起江延，想起他说的话，他做的事，他这个人。

她眼里逐渐浮上笑意，还有藏不住的光。

"他是我见过最好的男孩子。"

有关江延的话题止步于方仪宋突然响起的手机。

她从桌上拿起手机，起身准备往书房走，满脸歉意："宛宛很抱歉，妈妈要接一个很重要的电话，不能和你聊下去了。"

林宛已经习惯了，这样的场景以前也经常发生："好，没关系，你先忙吧。"

说话间，林咏城也收拾好从厨房出来，和林宛聊了几句之后，被方仪宋叫进了书房。

两个人像是永远停不下来的陀螺，有忙不完的工作。

林宛在客厅坐了会儿，起身回了房间。

早上被她随手丢在床上的手机嗡嗡振动不停，都是些同学和朋友发来的新年祝福。

她一条条翻过，给每个发来祝福的人都回了消息，还给以前中学的老师都发了消息。

林咏城和方仪宋都没有特别亲近的长辈和兄弟姐妹，从小到大，林宛也没见亲戚来过家里，也难怪她父亲会有那样的想法。

会想再有一个孩子，一个能够继承家业、传宗接代的男孩子。

林宛有时候想不明白，她不也是他们血脉的传承吗？为什么有些事情就一定得是男孩才可以？

然而这个问题，永远没有答案。

林宛群发完消息，点开微信给江延也发了条消息：

新年快乐！

他很快回了消息，却是关澈替他发的：

哈哈，新年快乐（我是关澈）。

另外还有一张照片。

江延穿着宝蓝色的毛衣，衬得皮肤白得发亮，低着头，脖颈拉出好看的线条。他站在桌边，手里捏着饺子皮，桌上摆着很多已经包好的饺子。

在他身后是厨房，两边的移门上贴着大红的“福”字。

很浓的生活气息。

林宛笑了下，手指敲着键盘：

林宛：新年好，关澈。
关澈：江延和我妈在忙，他比我还受我妈喜欢 [挺突然的 .jpg]
林宛：……
关澈：也比我受女生喜欢。

林宛笑了声，和他有一搭没一搭地在微信上聊着天，过了会儿，他突然打了个语音电话过来。

林宛愣了一瞬，才接通，语气试探：“关澈？”

江延站在窗边，窗户上也贴着一个红色的“福”字，他意味不明地笑了声：“早上吃的什么？”

林宛“哎”了一声，才想起来回答：“汤圆。”

提到这个，她又想起来刚刚看到的饺子，很是惊讶：“看不出来，你竟然会包饺子啊。”

“我什么不会？”

林宛笑得更明显了：“你们家里过年都是吃饺子的吗？”

"嗯，关伯母是北方人。"

"这是南北差异吗？"

溪城地处长江以南，林宛以前也知道南北方在某些地方有很大的差异，譬如暖气这个好东西，在湿冷的南方就还没有完全普及。

但她还是第一次知道这种细节上的差异："好奇怪啊，为什么我们这里传下来的都是吃汤圆呢？"

"可能是你们觉得汤圆更好吃吧。"

"不啊，我就更喜欢吃饺子。"

窗户上贴的"福"字翘起来一个角，江延抬手摁平了："想吃水饺？那我回头给你留一盒。"

"好啊。"林宛只当他是说着玩，"那你们包饺子是不是还要往里面放硬币的？"

他一时没听清："放什么？"

"硬币啊，不是说吃到硬币的人，新的一年都会好运的。"

这个故事还是林宛以前在微博上看到的，家里过年包饺子塞硬币，吃到的人新一年会有好运气。

江延笑了一下："你从哪儿听来的瞎话啊。"

"……"

林宛还想说什么，听见他那边有动静，似乎在叫他，江延应了一声："马上来。"

她坐在被子上，低声问："是伯母叫你吗？那你先去吧，我们晚点说。"

"嗯。"江延回头，看到关澈被关母提溜着耳朵推到一边，唇角勾了勾，"新年快乐。"

她低声笑："新年快乐。"

挂了电话，林宛又翻了翻手机，实在没什么事，又掀开被子躺了进去。

到了傍晚，新年的气息更加浓厚，小区里的物业很有人情味，给每家每户都送了一副精美的对联。

早晨还白茫茫一片的小区，这会儿早已张灯结彩，灯火肆意，高楼耸立，每家每户都亮着灯，远远望过去皆是阖家欢乐的场景。

人间的烟火气，最能安抚一颗凡人心。

林宛帮着林父把物业送来的对联贴在家门口。

方仪宋在厨房准备年夜饭。

这是方仪宋的习惯，自从公司搬回溪城之后，每年不管多忙，都会亲自下厨准备年夜饭，哪怕是带着林宛出去玩的时候也不例外。

这就好像是一件约定俗成的事情。

也只有这个时候，林宛才真的能感受到来自家庭的温馨。

方仪宋的厨艺很好，不亚于林宛在外面吃过的很多大厨的水平，尤其是精心准备过的饭菜，色香味俱全。

晚上七点，一家三口重新坐在餐桌边，客厅的电视在播着春晚。

林咏城也从方仪宋那里听说了林宛在学校的事情，简单地问了几句之后，还是叮嘱道："你这个年纪做什么爸爸妈妈也不会阻拦，但有些事情是禁区，现在还不能碰。

"你是女孩子，爸爸不希望你以后因为这个受委屈。"

林宛知晓林咏城的意思，从中学之后，她每年都会听他们俩念叨几句，点头应道："我知道的。"

"好了，今天过年，不说这些了。"方仪宋及时岔开话题，"快吃饭吧。"

夫妻俩很有原则，从来不在饭桌上谈工作，像是为了照顾林宛，大多都是围绕林宛在聊。

一顿饭吃了两个多小时，酒足饭饱。

方仪宋起身回房间，再回来时手里拿着几样东西。

她回到位子上坐下，先拿了个红包递给林宛："这是我跟你爸爸给你的红包，希望新的一年你能平安快乐，学业有成。"

方仪宋说完，又想到了什么，笑着道："哦，对了，今年还要祝你和江延学业有成，一起考进理想的大学。"

林宛脸都红了，伸手接过红包："谢谢妈妈，也谢谢爸爸。"

方仪宋很注重这些仪式感的东西，也许是遗憾和歉疚错过了林宛的童年，在物质上从来不会苛刻林宛什么。

林宛想要什么，只要不是过分的东西，方仪宋从来不会过问。

送完红包，方仪宋又拿了一份文件递给林宛，看了眼林咏城才道："这是你爸爸给你的。"

林宛有些不解，但似乎也想到了些什么，伸手接了过来。

是一份股权转让书。

里面弯弯绕绕一堆专有名词，林宛也看不太懂，有些疑惑地看着他们俩："这是？"

"你爸爸公司的股权。"方仪宋简单解释道，"划到你名下的这百分之五股权是独立于我和你爸股权之外，只属于你一个人的。你现在还没有成年，这部分股权我会暂时安排专业经理人替你打理，每年你也会像公司其他股东一样，参与公司分红。等你成年之后，你要是想学这些，妈妈可以找人教你；如果不想，你就去做你想做的事情，余下的事情会有人替你处理。"

林宛就是再傻也意识到这是方仪宋在不得已接受林咏城的某些条件之后，努力替她争取来的只属于她的东西。

她心里酸酸涩涩的，眼睛又红了："妈妈……"

方仪宋握住她的手："这些事情你现在不用管，也不用想太多，你只要记住，这是你爸爸给你的，也是你该得的。"

林宛强忍住眼里的涩意："好，我知道了。"

先前还有说有笑的餐厅突然没人再说话，客厅电视不断传出的笑声像是在嘲讽着什么。

林宛看了眼手里的文件，攥紧了又松开手，放在桌旁，深呼吸一次，开了口："妈妈，你跟爸爸是不是有什么事情瞒着我？"

没有想到她会这样说，方仪宋和林咏城皆是一愣。

她搁在桌底的手紧抓在一起，尽量让自己的声音听起来没有那么僵硬："是和爸爸准备要个弟弟的事情有关吗？"

看着他们露出震惊的神情，林宛好像突然松了口气，视线微垂："其实我都知道。"

"宛宛……"林咏城想解释什么，但这一刻任何言语都是苍白的。

"一个多月前，我和你们说我在外面的那天晚上，你们回来在客厅吵架的时候，其实我在家里。"

刺扎进心里，那一处就有了伤口，时间久了不处理，伤口就会腐烂，但要处理伤口，就得先把刺给剔出去。

"我听到你们说的话了。"林宛掐着手指，给自己找到一个支撑点，"我想知道这件事情到底是什么样的。"

"宛宛。"方仪宋眼睛红了。

事情的来龙去脉其实和林宛想的差不多，但又有些不一样。

林咏城现在处于事业巅峰期，凭借多年的辛苦打拼才有了当下令人艳羡的成就。

事业有成，佳妻相伴，在业内无论谁提起林咏城，都是称赞和羡慕皆有，但在称赞之余，还是不忘提一句，要是再有个儿子能够继承林总家业，那才能称得上是足够好。

早些年的时候，林咏城对这些话没有过多在意，可近些年，公司发展规模越发庞大。

人站在高处，看到和得到的多了，就再也放不了手。

像林咏城这样白手起家的人，更是不会轻易将辛苦打拼的事业在百年之后交于一个毫无血缘的外姓人。

再加上林咏城一脉单传，林老夫人多年前临终之时也曾说过，不希望林家断在他这一脉。

这样的想法一旦滋生，就很难再消下去，可方仪宋早些年生林宛的时候难产，算是从鬼门关走了一遭，给夫妻两个人都留下了很深的阴影，再加上医生诊断方仪宋的身体也很难再受孕，所以在生了林宛之后，他们便决定不再要小孩。

现在虽然想法变了，但林咏城也不可能随便找个人生，所以他开始瞒着方仪宋，偷偷安排人在联系相关的医院了解试管婴儿的事情。

林咏城本想着等事情尘埃落定，再想办法和方仪宋说，可抵不过夫妻多年相处的默契，方仪宋不知从哪里得到了消息，找了专业人士一查，事情便暴露了。

方仪宋争过吵过，闹到最后各退一步，方仪宋妥协，同意尝试做试管。

作为弥补，林咏城从自己的股权中分割出百分之五给林宛，除此之外，方仪宋还让林咏城签了份公证过的协议书——不论以后如何，林氏企业永远不会是那孩子一个人的。

事情的真相听起来好像有点匪夷所思，和林宛之前猜测的也相差很多，她原来以为是林咏城在外面拈花惹草，做了什么对不起方仪宋的事情。

可现在听来又不是那么回事，但不可否认，林咏城这么做，在一定程度上不可避免地伤害到了林宛，同时也违背了当初和方仪宋的约定。

但现在不论如何，方仪宋是答应了林咏城的要求。她身为女性，自然也清楚重男轻女这个想法的不妥之处，可她也没有办法。

一边是丈夫，一边是女儿，手心手背都是肉。

林宛很难想象，方仪宋那么骄傲的人，是在经历了怎样的挣扎之后才接受了这样的决定，接受一个本该在很多期待之下来到这个世界的孩子，却因为各种各样的原因，来得如此不可言说。

也是在这一刻，林宛才终于意识到，她的妈妈远比她想象之中还要爱她。

事情真相大白，林宛虽然很难相信，但好在结果也在她所能接受的范围之内。

她想了很久，问了林咏城一个问题："爸爸，你能保证永远爱妈妈吗？"

"当然，我会永远爱你妈妈。"林咏城看着她，眼角已有细纹，"我也会永远爱你。"

林咏城到底爱不爱她，林宛觉得已经不重要了，苛责一点来说，如果林咏城真的爱她这个女儿，他也许就不会觉得女儿和儿子有什么不同。

林宛不愿意去细想这个问题，这不重要，只要他能永远爱方仪宋，永远对她好，这才是最重要的。

年夜饭吃过，家里事也谈完了，该知道的不该知道的，也都说开了，林宛煎熬了一个多月的内心比任何时候都要平静。

也许，这就是最好的结果。

林咏城和方仪宋在收拾厨房，林宛坐在客厅等着期待已久的节目，等到他们收拾完，一家人坐在一起看着春晚，一时间看起来，其实也挺温馨的。

快到十一点半的时候，林宛家里的座机响了起来。

方仪宋起身去接，没过半分钟，她回过头："宛宛，孟昕找你。"

林宛"啊"了一声，低头穿上拖鞋走了过去，接电话之前还很奇怪："昕昕，找我有事啊？"

电话那头孟昕的声音洋溢着笑意："谁说是我找你啊，是你同桌找不到你人，电话都打到我这里来了。"

"……"林宛"呃"了一声，才想起来她从吃饭那会儿就把手机丢在房间，匆匆忙忙挂了电话，"那我不和你说了，有事微信聊。"

孟昕在她挂电话前叫了声："你这个忘恩负义的人啊！"

林宛笑了一声，没理她，还是挂了电话，快步回了房间。

手机也就两三个小时没看，一堆消息和未接电话。

林宛什么消息也没回，直接给江延回了电话，那边接得很快："你刚刚在干吗？"

"我刚刚和我爸妈在吃饭……就聊了会儿天，一直没拿手机。"

电话里静了一瞬，林宛听见他好像是叹了口气，心里歉意满满："对不起啊。你找我有什么急事么？"

"没什么事。"

林宛松了口气。

"就是给你拿了份饺子。"他缓着声说。

"……"

林宛完全蒙了，愣了半天没想起来说话。

"我在你家楼下，你什么时候下来？"他跺了跺脚，含糊一声，"我要冻死了。"

林宛匆忙挂了电话，跑出房间的时候，只和林父、林母打了声招呼，连件外套都没来得及穿。

十几楼的距离，只花了两分钟。

电梯门一开，林宛就冲了出去。

冬日的夜晚寒冷，路旁积雪成堆，像一座座连绵起伏的小山丘，路两旁的梧桐树挂着几串彩灯，灯光斑斓闪烁。

少年站在树底下，光影停在肩上，拉出平直流畅的肩线，在地上洒下剪影。他正低着头看手机，另一只手拎着一个蓝色的保温盒，身形挺拔修长。

林宛推开门的同时，站在树底下的少年似乎也感应到什么，忽地抬起头，对上她有些匆忙的神情。

两人的目光在半空中交汇，下一秒，林宛径直跑了过去，停在他面前，声音有些喘："你……你怎么过来都不跟我说一声啊？"

江延收起手机放进口袋里，刚要说话，却注意到她的穿着，眉心一蹙，语气很急："这么冷的天出来不知道穿件衣服？"

林宛一开始还没觉得冷，听他这么说，还真有点冷飕飕的，缩着脖子又问了句："你过来怎么不跟我提前说一声？"

他轻哼一声，空出手，摸到手机调出两人微信的聊天页面，递到她眼前："自己看。"

全是他发来的消息，最早是一个多小时前发的。

> 在家吗？我过来找你。
>
> 给你拿饺子吃。
>
> 嗯？人呢？
>
> 电话也不接，没电了？

最近的一条是二十分钟前发的。

> 我在你家楼下。

林宛："……"

她心里愧疚，低声说："对不起啊，我今晚和我爸妈在吃饭，聊了点事情，没顾得上看手机。我真不是故意的，你别生气了……"

他脸色和缓了不少："我没生气。"

两人在楼下待了会儿。

江延把手里的保温盒塞给她："拿着，带回去吃吧。"

林宛"啊"了一声，下意识地接住保温盒抱在怀里，有些不舍："你现在就要回去了吗？"

"不然呢。"江延看着她，"你穿这么少出来，我还能带你去哪儿？"

林宛低了低头，脚尖踢着他的鞋："我不是着急嘛。"

他没忍住笑了声。

林宛说："要不然，你跟我去我家待会儿吧？我爸妈都知道你。"

江延愣了一下。

她笑了笑："别紧张，我都是夸你的。"

江延低叹了口气，松开手，妥协道："那行吧，我们进里面待会儿，站这里太冷了。"

楼里面因为全封闭的缘故，比外面要暖和很多，电梯旁边的空处还有一张长椅。

江延觉得有些闷，脱了外套坐在椅子上。

林宛捧着保温盒坐在一旁："这个，我现在可以吃吗？"

江延看了她一眼："随你。"

她点点头，打开盖子："那我现在吃。"

保温盒不大，整整齐齐地码了十六个饺子，揭开盖子的时候还有点热气冒出来，掺杂着饺馅的香味。

林宛直接用手拿了一个塞进嘴里，一边的腮帮鼓了起来，跟着动了动，由于嘴里食物的原因，声音有些模糊："这些都是香菇肉馅的吗？"

"不知道，应该还有别的吧。"

关母准备了四五种饺子馅，包的时候还能分清，等到下了锅一煮，谁也看不出来是什么馅。

江延装的时候除了个别几个，其他的都是随便挑的。

"挺好吃的。"林宛说着话，又拿了一个，牙齿咬破薄弱的饺子皮，吃到里面饱满的馅料，汁水四溢，十分满足。

林宛一连吃了三四个。江延一直盯着她的动作，她注意到，停下来和他说话："怎么了？"

他摇头，目光在保温盒里看了一圈，低声道："没事。"

林宛以为他是想吃，把手里的保温盒递了过去："你要吃吗？"

"我吃过了。"

她没怎么在意，和他讲了几句话，没忍住，又拿了一个，刚咬下去，牙齿碰到一个东西，硬邦邦的，有点像……

林宛忽地反应过来，扭头看着江延，眼神有点不敢相信："你在里面放了硬币？"

他"啊"了一声，拉长了尾音，凑过去问："吃到了？"

"好像是。"林宛把没有硬币的那一半吃了进去，留下另一半捏在手里，饱满的馅料中间塞着一枚五角的硬币。

她把硬币抽了出来，笑了声："你之前不是还吐槽我说的是瞎话吗！"

江延从口袋里摸出纸巾给她擦手："我觉得你说得对。"

"什么？"

他抬眸，对上她的目光，眼眸里全是笑意："吃饺子吃到硬币的人，新一年会有好运气。"

林宛眼睛一弯，把余下的一半饺子递到他嘴边："那你把这一半吃了，这样我们就都会有好运气了。"

他倒也没说什么，直接就着她的姿势，把饺子吃了。

两人相视一眼，又觉得很傻，都笑了起来。

冬夜，呼啸的寒风，卷起细密的雪。

瑞雪兆丰年，春风迎新岁。

这个新年，林宛得到了很多东西，同时也失去了一些东西。

但总归，得到的要比失去的多。

新年过后没几天，方仪宋和林咏城不知道怎么又空出来了时间，带着林宛前往祖国的大江南北游玩。

林宛不在溪城的这段时间，江延抽出一天时间去墓园看了方海，出来的时候在门口看到于风烟的车，他及时避开，从旁边的小道走了。

时间过去这么久，他也谈不上多恨于风烟，只能说从今以后就这样了，当个有血缘关系的陌生人。

不会亲近，也不会想要什么，更不会给予什么。

从墓园回来之后，江延便很少出门，白天没什么事情的时候就窝在自习室那间小屋里做试卷，到了晚上会去关澈家里吃顿饭，陪着两个长辈聊聊天，一天也就这么过去了。

只是没什么事情的时候，还挺想某个没良心的人。

这样的日子一直过到开学前两天，林宛从外地回来，关澈请吃饭，把徐一川他们都叫了出来。

吃饭的地点定在市中心的一家老牌火锅店。

离林咏城的公司很近，方仪宋出门的时候顺便就把她一起带了过去。

临下车前，方仪宋还给了林宛一张火锅店的会员卡："之前有合作，人家送的，你拿去和你同学用吧。"

林宛以前就经常从方仪宋那里拿到各大商场店铺的会员卡，乖乖接了过来："好，谢谢妈妈。"

"晚了就让司机过来接你。"

林宛点头，推开车门下车。

那家老牌火锅店没开在人流量很大的商场，而是开在商场旁边的巷子里。

坐南朝北的四合院，门口两座石狮子，威风凛凛，入门正前方是戏台子，这个点儿还不是开场的时候。

两侧是一条百转千回的长廊，直通后边的大院子。顺着长廊往里走，廊外是两座荷花池，池水清澈，水里看得清清楚楚。

关澈订的是二楼的包厢，从包厢里正好能看到楼下搭着的戏台。

林宛被服务员领进去的时候，他们都还没到，等了会儿，楼下开始有咿咿呀呀的戏腔传出。

她往底下戏台一看，是今晚的戏要开场了。

林宛坐在包厢喝完一杯热茶，看到关澈他们在群里说路上堵车，估计要晚个十来分钟。

她觉得有些无聊，起身出了包厢。

四合院的设计让这家店多了些烟火气，一楼后边是个大厅，多是散客，这会儿人也坐得差不多了，火锅的热气在空中氤氲开。

林宛顺着走廊一直绕到对面的窗口，正对着戏台。她支着脑袋听了几句，也没听出来今天唱的是哪出戏。

她刚准备折身往回走，被人堵在了窗边。

江延从自习室过来的，没堵车，到了包厢没看到人，刚准备给她打个电话，视线不经意间往窗外一扫。

小姑娘倚着窗，懒散的模样。

他快步走过去，冷不丁地凑过去站在她身旁，低声问了句："瞎跑什么？嗯？"

也不知道他到底说的是她抛下他出去玩还是没有乖乖待在包厢，反正林宛现在是越来越会拿捏人，软声道："我出来找你啊。"

江延心里那点稀薄的不愉快顿时消失得一干二净，挪开视线，笑了下："真拿你没办法。"

林宛跟着傻兮兮笑。江延的视线落在她颈间红绳上，伸出手，冰凉的手指贴着她的颈脖，轻轻一勾。

"这是什么？"他刚说完，红绳整个被拽出来，露出坠在底下的东西。

是一个五角的硬币，硬币边缘镶了一层银边。

他愣了一瞬。

林宛回过神，低头看了眼，从口袋里摸出另外一枚五角硬币递给他，笑着道："新年礼物，本来想吃完饭再给你的。"

　　江延接过来，指腹却还捏着她的那一枚硬币，轻轻摩挲："这个硬币是饺子里面的那个？"

　　"对啊。那天不是吃到两个有硬币的饺子吗，我就找首饰店给镶了一层银边，这样就不算破坏货币了。"林宛握着他的手，"我还特意给你换的黑色绳子，喜欢吗？"

　　他没说话，把绳子绕了几圈戴在手腕上，正好，用行动回答她："喜欢，很喜欢。"

　　林宛本来想的是给他弄个绳子跟她一样戴在脖子上，谁知道他这么直接就戴在了手腕上。

　　她手摸过去："这个戴在这里，会不会不太符合你学霸的气质？"

　　江延哼笑一声，抬高了手腕，轻描淡写地说道："我喜欢戴在这里，戴哪里都不合适。"

　　林宛叽叽咕咕地骂了他一句。

　　林宛唇瓣张了张，对上他的视线，没想起来说话。

　　江延轻滚了下喉结，刚要说什么，一道突兀的大嗓门从对面隔空劈了过来。

　　"对面那两个！"

　　江延直起身，抬头看过去，看到挤在对面窗户看热闹不嫌事大的四颗脑袋："……"

　　好在几个人闹腾归闹腾，插科打诨闹了会儿就消停了，再加上之前点好的菜品也都悉数送了进来，开始吃饭的时候，就聊起了别的话题。

　　徐一川想到了之前道听途说的消息，从锅里捞了个牛肉丸，开了口："你们听说了吗，李主任这寒假去外省一个封闭学校进修了，回来之后就给几个班班主任透露说新学期打算进行军事化管理，从我们高二开始实行。"

　　胡杭杭很惊讶："为什么不从高一开始？"

　　"好像是觉得高一太稚嫩，高三又已经来不及，只能拿我们中间的下手了。"

　　林宛还觉得挺稀奇："军事化管理，那不就是要求我们都住校了？天天起早跑操、晚上跑操，吹哨就要集合的那种？"

　　"这个我倒不是很清楚。"徐一川又说，"不过我上网搜过那所封闭学校的校规，太长我也没记住啥，就记住了一条。"

宋远问："什么？"

"男生要剃寸头，女生全齐耳短发。"徐一川挠了挠头，"好像还有什么女生不能穿裙子之类的。"

桌上唯一一个非十中人的关澈，事不关己地吐槽了句："这么变态。"

徐一川倒是心大："不过我也还不知道真假呢，都是从其他班听来的。"

整个话题谈论过程江延就没参与过，他忙着烫东西，又忙着给林宛捞东西，看到林宛杯子空了，还忙着添水。

几个人一开始在聊天也没注意到他，等到话停了，才觉得他这个动作太明显了，四个人都停下筷子盯着他看了会儿。

江延把刚烫好的虾滑放到林宛碗里，注意到他们的视线，顿了一下，丝毫没觉得有什么不对的地方："怎么？"

关澈摸着下巴，有些一言难尽："我就是不敢相信，你还是我认识的那个江延吗？"

"……"

知道他又没什么好话，江延从桌上的果盘里抓起一个橘子直接丢了过去："闭嘴吧你。"

关澈不甘示弱，剥了橘子，把皮丢了回来。

江延拉开椅子，卷起衣袖站起身："好久没动手了，咱俩比画两下？"

"来吧，我才不怕你。"关澈也卷起衣袖跃跃欲试。

胡杭杭、徐一川和宋远早就抱团挪到了一旁，大战一触即发。

林宛不知道他们俩为什么好好的就开始这么幼稚的行为，只知道他们俩幼稚起来估计不太好收场。

她放下筷子，扯了下江延的衣角："我吃好了，你还吃不吃了？"

"你吃好了？"江延低头看她，才想起来刚刚只顾着给她弄，自己压根儿没怎么吃，拖着椅子在桌边坐下，"我再吃点。"

整个人丝毫没有之前剑拔弩张的那个样子，乖得像只狗。

关＆宋＆徐＆胡："……"

吃过饭，胡杭杭他们还叫嚷着去KTV玩一玩，林宛刚旅游完回来，没那么多精力，打算先回家。

她不去，江延肯定也不去，关澈见江延不去，觉得跟差了两岁的胡杭杭他们仿佛有代沟，也不太想去。

这样一来，大家都不太想去了。

徐一川提议："要不然我们去你家自习室玩玩吧？"

这个提议得到了大家的一致认可。

林宛跟着一起过去了。

之前自习室营业的时候，胡杭杭他们都是直接去的包厢，现在自习室还没开业，里面没人。

胡杭杭很快坐到自己心仪已久的位子："我想坐在这里好久了，每次来都有人。"

四个男生零散地坐在大厅的各个角落。

江延倒不是很想跟他们在一块儿："陪你上楼待会儿？"

林宛摇摇头："没事，你和他们玩吧，我在楼下。"

"也行。"

江延挑了个靠墙边的位子，林宛挨着他坐在里面。

他们玩的是一款当下很火的 MOBA（多人在线战术）竞技网游，林宛看了几眼，没什么兴趣，开着电脑，找到之前在追的一部韩综。

几个人离得远，戴着耳麦在说话。

江延玩游戏的时候很认真，跟平常在教室做试卷的那种认真又不太一样，神情淡淡的，修长的手指不停地点着键盘，时间久了，会抬手轻刮一下眉骨，然后又开始新一轮的收割。

林宛很少看到他这个样子，视线逐渐从电脑挪到他身上。

他今天穿了件黑色毛衣，领口略低，露出明显的锁骨轮廓，侧着脸，视线盯着屏幕，下巴线条锋利分明。

袖口往上撸起一截，露出白皙有力的小臂，右手手腕上还戴着林宛送给他的硬币项链。

随着他晃动鼠标的动作，硬币时不时会碰到桌面，发出很小的声响。

年后，十中开学，恰逢好时节，春光乍暖，冰雪消融，沉寂了一月之余的校园迎来熟悉的欢声笑语。

（18）班还是一如既往地闹腾，男生女生各自扎堆坐在一起，阔别已久的死对头拿着扫把你追我赶，嘴里骂骂咧咧，脸上却是笑容；好久不见的好朋友从书包里拿出自己的存货，分享自己关注的博主又新推了什么口红色号。

老余还和以前一样，捧着保温杯站在门口，笑着看着他们，仿佛不把这鸡飞狗跳的场景当回事。

林宛昨晚不小心熬了个夜，早上被方仪宋从被窝叫起来的时候，还是晕晕乎乎的，接着就是晕晕乎乎地吃了个早饭，又晕晕乎乎地被送到了学校，最后还差点进错教室。

临门一脚前，她被人提着衣领拉了回来。

林宛猛地回过神，扭回头被初晨的阳光刺了下眼睛，缓了会儿才看清站在眼前的人："你怎么在这？"

江延是一路跟着她进的校园，看着她跟喝醉了酒一样晃悠着，一直晃悠到别的班级门口，及时出手把人拉住了，淡声道："今天开学，我不在这儿在哪儿？"

说完，他又轻抬下巴，示意她看过去："你刚往哪儿去呢？一个月没来，连自己班都找不到了？"

林宛偏过头看了眼，洁白干净的门墙上贴着一个镶着金边，字是用黑漆糊的班牌：高二（17）班。

"……"

她打了个哈欠，笑嘻嘻地凑过去："我就是没睡醒，有点晕。"

江延睨了她一眼。

和林宛熟悉后的这段时间，江延知道林宛的作息很乱，常常日夜颠倒，熬夜是家常便饭。

虽然他也熬夜，甚至有时候还通宵，但他也知道熬夜对身体不好，所以一直想着法子让小姑娘早睡。

刚开始的时候，林宛确实表现得很听话，十二点准时和他说晚安，准备睡觉。

起初江延还真相信她说完晚安之后就去睡觉了，直到某天半夜，他在QQ上收到胡杭杭发来的组队邀请，当时他正好也没什么事情，随手就点了进去。

刚一进去，就听到之前已经说了晚安的林宛的声音："胖胖，这局帮我抢中单！我带躺！！"

江延："……"

下一秒，沉迷游戏的林宛似乎注意到什么，"哎"了一声后，笑道："这人头像有点像……"

声音戛然而止。

江延轻哼一声，点开队内喇叭，慢条斯理地说道："像什么？"

"……"

"是不是有点像你同桌？"

"……"

"不巧，我就是。"

从那以后，江延为了改变林宛沉迷游戏的毛病，就换了个办法，每晚准时准点给她打语音电话，直到她睡着了为止。

但时间久了，也总有他管不到的时候。

"昨晚又熬夜了？"

（17）班和（18）班就一墙之隔，两人没进教室，就站在走廊上。

林宛下意识地否认，语气坚定："没有。"说完，忍不住又打了个哈欠。

江延眉头一挑，看了她一眼。

很明显就是严重的睡眠不足，眼皮耷拉着，眼尾又红又湿，眼底一圈淡淡的青色，像只蔫了吧唧的猫。

他抬手在她眼皮底下轻轻一划，刚想说话，身后（17）班的教室里传来"咚"的一声。

两人扭头看过去，挤在窗前围观的众人愣了一瞬，而后动作迅速地收起手机，三秒之内，原先还人潮如海的窗口连一个人影都看不见了。

林宛："……"

江延："……"

新学期开学第一天，十中贴吧那个大写加粗加精的帖子又重新热闹了起来。

> 我搞到真的了！[图片]
>
> 校草名花有主，鉴定完毕！[图片]

底下还有好几个人发了图片。

基本上都是早上江延和林宛站在（17）班门口那会儿被人偷拍的。

下课期间，胡杭杭看到这个帖子，忍不住吐槽："哎，不是我说，你们俩都快成名人了。"

林宛"呃"了一声，说道："其实我们只是站在那里聊了会儿天。"

徐一川一拍桌："聊天还不够？！要知道江延以前身边三米之内都不会出现一个女生。"

"……"林宛摸了下耳朵，"这么夸张？"

"岂止是夸张，高一时有小女生来找他，话都说完了，结果他来了一句——"徐一川清了清嗓子，学着江延的语气，"同学，你眼影花了，看着很丑。"

林宛："……"

林宛没想到江延会说帖子是他发的，至于原因她也能猜得到，所以一直就没跟江延说过帖子真正的发帖人。

当初林宛还旁敲侧击地问过他，要不要把帖子删掉，被他拒绝了。

所以林宛一直也没删，也没告诉他真相，本来想着时间久了估计就没人关注了，结果谁知道这才刚消停没多久，热度又上来了。

上课后，江延从外面进来，林宛和他说了帖子的事情，试探性地又问了句："你要不要把帖子删了？"

"为什么要删？"

江延和林宛想的不一样，他觉得这是跟小姑娘之间一个很独特的存在，很有纪念意义。

他舍不得，也不想删除。

另外还有一个更重要的原因，是他没法删。

"我怕老余知道了会说什么。"

虽然知道老余干不出来这样的事情，但林宛还是有一点担心，毕竟现在老余看江延就跟看省状元差不多了。

"天塌下来有我撑着，棍子落下来有我挡着。"江延笑着对她说，"你还有什么好怕的？"

林宛也没忍住笑了，顺便把帖子的事情放下了。

平安无事地过了一周，周末林宛还去贴吧看了一圈，看到很多有意思的评论，乐得不行。

结果周一刚到学校，他们俩就被老余叫去了办公室。

平常他们俩都是单独去，这还是头一回两人一起被叫过去。

老余还跟以前一样，端着茶杯坐在桌旁，喝一口茶看他们俩一眼，半天不开口说话。

林宛和江延都是打持久战出道的，敌不动我不动。

僵持了许久，老余先败下阵来，很有技巧性地说道："好吧，我想你们也知道我叫你们来是什么事情了。"

江延摸了下鼻尖："我还真不知道您找我们有什么事情。"

"真不知道？"

江延面无表情："真不知道。"

老余觉得从江延这里没法下手，转而看着林宛："你也不知道？"

林宛煞有介事地想了会儿，点点头："我知道。"

老余顿时眉开眼笑，端起茶杯凑在嘴边。

林宛又说："您叫我们过来，是为了奖励我们上学期期末考试取得了很大的进步吗？"

"咳——"老余被刚喝了一口的热茶直接呛住了。

江延："……"

林窕谦虚道："其实我也没有进步很多，您没必要这么大动干戈，毕竟骄傲使人落后。"

绕了半天也没说到正题，老余觉得不能再这么耗下去了，索性破罐子破摔："我这段时间听到一些和你们俩有关的传闻。"

关于贴吧的那个帖子，老余上学期就知道，还找林窕聊过，当时也没怎么在意，可最近那个帖子越炒越火，火到他去其他班上课，还能碰到有学生在课上偷偷刷帖。

他觉得这个情况有点严重。

"其实我也不是那种不开明的老师，但这件事情的影响实在是大了点，要是让学校领导知道，对你们俩都不好。"老余语重心长道，"所以我的想法是，你们俩这一学期暂时就不做同桌了，你们看怎么样？"

江延一听就不同意："老余，您要真觉得把我们俩调开，那些传闻就自动消失了，我也就同意了。"

"但是，您能保证我们俩调开之后，这些传闻就不会有了吗？"江延抬手刮了下眉骨，"我知道您在担心什么，但是您也说了，这是传闻，难道传闻就一定是真的吗？"

"您说的那个帖子我也看到过，但是我压根儿就没在意。"江延煞有介事，"现在的高中生平时压力大，偶尔造个谣发泄一下，我能理解，所以我不介意。"

老余想说些什么，江延抢在他前边道："我们俩这当事人都还没着急呢，您也就别着急了。"

老余："……"

江延这一句句听着还挺有理的，余秉山愣了好一会儿，才想起来说话："你这个……"

也不知道该说些什么。

江延礼貌地笑了下："余老师，您也别担心了，我们俩继续做同桌，只有好处没有坏处的。"

见老余还有些犹豫，江延又面不改色地添了句："您要真是把我们俩调开，给我换了个新同桌，指不定我一时半会儿适应不了，下一次考试就考不了第一了。"

林窕："……"

哥，你这个牛是不是吹得有点过了。

其实老余以前也不是很在意学生成绩好不好这件事，他觉得只要你尽了力，不管考得怎么样，那都是你努力之后的结果。

但是江延连着两次拿了年级第一，要是真的因为这件事拿不了，他觉得自己就是罪人。

安稳教书育人十几年的老余觉得这个罪过还真有点大。

再三考量之后，他选择放弃："那就这样吧，这件事我来处理，回头我看看能不能让学校吧务把帖子给删除了。"

"我觉得帖子也不能删。"江延说，"删了不就说明我们心虚，更加坐实这个传闻了。"

老余："……"

讨论到最后，帖子没删，座位没调，林宛和江延之前怎么进来的之后就怎么出去了。

什么变化也没有。

林宛再一次刷新对江延睁眼说瞎话的水平的认知。

两人从老余办公室出来之后，顺着走廊往前走。

"其实我觉得咱俩不做同桌也没关系的，反正抬头不见低头见的。"林宛说，"毕竟距离也可以产生美。"

江延停下来，偏头看着她。

见他停下来，林宛也跟着停了下来："怎么了？"

江延垂着眸，语气淡淡的："不想和我做同桌？"

林宛愣了一瞬，无意识地吞咽了下口水，低声解释："没有，我就是觉得老余也是为我们好。"

"好个鬼！"

"……"

林宛笑了，捋了捋他的衣领，顺势拍拍肩膀："走吧，回教室了。"

江延没动，垂着眸，不知道在想什么。

林宛无奈叹了口气，软着声："走吧。"

第十一章

过往

帖子的事情告一段落。

尽管依然有很多人趁着课间跑到（18）班门口打探观望，但经常碰到的场景都是江延一个人趴在桌上睡觉，另一位当事人不知所踪。

这其实也是林宛的策略。

课间的时候两个人尽量保持点距离，等到了课上，虽然也不太能做些什么，但偶尔开个小差还是可以的。

胡杭杭有几次碰到他们俩上课做小动作，还偷拍了照片发在微信群里：

[图片]

世风日下，不务正业。

林宛以前碰到这种情况都会觉得不太好意思，但现在时间长了，不仅能坦然面对，甚至还学会了反撑：

我同桌的手真好看。

群里的四只单身狗——

胡杭杭：……

徐一川：……

宋远：……

关澈：……

江延看到消息，也发了一条——

我同桌的也好看。

四只单身狗开始暴走了——

> 胡杭杭：这个群已经没有我们的容身之地了。
> 徐一川：我要退群。
> 宋远：狗。
> 关澈：……

下一秒，群系统跳出提示——

> 江延修改群名为江林 [爱心]。

胡 & 宋 & 徐 & 关：……

要不是在上课，林宛觉得坐在后排的胡杭杭和宋远可能会忍不住冲过来把江延打一顿。

这学期的课表有所调整，但每周一节的体育课没有变，还是在星期五最后一节课。

立春之后的溪城气温有所回升，接连几日的艳阳高照，到了周五气温更是飙到了一个新高度。

站在操场不过几分钟，浑身都暖洋洋的。

这学期的体育老师还是上学期的周礼老师。

照例集合点完名，周礼翻着手中的册子，嗓音清朗："这学期学校安排了体测，要求在四月之前提交成绩，所以这段时间的体育课我们就开始进行每一项目的测试。"

说完，他的目光在人群里一扫，朝着一个方向招招手："那个，我上学期的体育委员过来一下。"

孟昕当时正和林宛聊八卦，突然被点到名也没反应过来，还是周围有同学提醒她："孟昕，周老师叫你过去。"

孟昕愣了下，说了声谢谢后，快步走出队伍。

离得远，林宛也听不见周礼和孟昕说了什么，只是看着两个人站在一起的画面，觉得莫名有些和谐。

"在看什么？"江延不知道什么时候站到了她旁边。

林宛指了指前边："你有没有觉得，孟昕和周老师站在一起的画面很美好？"

江延顺着看了一眼，也没看出来到底哪里不一样，但秉着你说什么就是什么的原则，还是点了点头，敷衍道："对，是挺美好的。"

"不过还是没有我们俩站在一起美好。"

"……"

周礼没有再选新的体育委员，这一职位还是让孟昕担任。

他叫孟昕过去是跟她说体测的安排情况，给了她三张表，分别是三个班学生各项目的成绩表。

体测还没测，所以成绩一栏还是空的。

"到时候你负责记录，过了的就打钩，没过的就先圈起来，等回头全测完了，再测一次。"周礼两手叉腰，看着她，"听明白了吗？"

孟昕点头："明白。"

"好。"他收回视线，"今天我们先测五十米，大家按照班级顺序排好队，到跑道那边集合。"

说完，他拿起挂在脖子上的口哨吹了一下。

很响亮的一声。

孟昕吓得哆嗦了下，下意识地往旁边跳开一步。

周礼回头看她一眼，什么也没说。

三个班里有一个班是文科班，五十米测试先从这个班的女生开始，然后是（14）班的女生，最后才是（18）班的女生。

跑道周围都是人，文科班的女生六个一排站在起跑线上，后边跟着另外两个理科班的。

林宛个子高，站在女生最后一排，旁边站着差不多高的陶嘉。

新学期开始，班里的座位也有了调整，陶嘉从最后一排调去了别的位子，平常在教室两人也很少打交道。

要不是今天凑巧站到一起，林宛都快忘记这号人了。

江延带着胡杭杭他们去超市买水，还给林宛拍了照片发过来：

　　江延：喝什么？

林宛刚打下两个字，他又发过来一条：

　　江延：除了可乐，其他都可以。

她撇了下嘴，把打好的两个字删除，换了别的：

林宛：大自然的搬运工。

江延：……农夫山泉？

林宛：嗯。

他没再回，林宛收起手机的时候，站在一旁的陶嘉毫无征兆地开了口："你和江延……？"

她欲言又止，林宛轻挑了眉头，疑惑地看着她："怎么？"

陶嘉笑了笑："没什么。"

"……"沉默了一瞬，林宛又看她一眼，似乎是想到了什么，又开了口，"对，没错，就是你想的那样。"

陶嘉唇边的笑容淡了淡："看得出来。"

林宛无所谓地耸了下肩膀，什么也没说。

过了会儿，江延他们几个慢悠悠地从操场中间的草坪穿过来，胡杭杭手里还提着一个黑色的塑料袋。

四个人在跑道旁边停下，林宛和最边上的女生换了个位置，江延把手里的水拧开递给她。

一旁的胡杭杭故意说道："江延，人家也要你拧瓶盖。"

江延漫不经心地看着他，眼尾轻扬："你信不信我拧开你的天灵盖？"

"……"

女生组的五十米进行得很快，没一会儿，林宛前边就只剩下两三排人了。她把水塞给江延，又换到之前的位置。

一组又一组结束。

林宛站在起跑线上，等口令的时候偏头看了江延一眼。

晴空万里的蓝天，少年没什么神情地站在一旁，手里捏着瓶水，姿态淡漠慵懒。

许是注意到她的视线，他侧目看了过来，忽然笑了。

预备哨吹响，林宛收回视线，俯身半蹲，不经意间和陶嘉的视线对了一瞬。

莫名地，林宛从心里冒出些胜负欲——不想输。

哪怕这只是个简单的体测。

哨声响，六道身影齐刷刷地冲了出去，但很快在二十米过后，两道身影遥遥领先，将其他人甩在身后。

冲出去的那一瞬间，林宛心里就一个念头——不能输。

很明显，陶嘉也是这么想的。

两个人距离咬得很紧，分毫之差，五十米很短，也就几秒的时间。

林宛感受到耳边呼啸的风，想到开始之前江延的那个笑，脚下的步伐犹如生了风。

　　最后林宛以 0.01 毫秒的微弱优势取得胜利。

　　江延他们从跑道另一头赶过来，胡杭杭有点惊讶："就是个五十米，林宛你干吗这么拼？"

　　林宛气息不稳，一时说不出来话。

　　江延拧开水递给她："喝点儿。"

　　她喝了一口，润润嗓子，声音有些哑："你不懂。"

　　林宛靠在江延怀里休息，目光从旁边掠过，隔着人群找到被朋友扶着的陶嘉，两个人的视线在半空中交汇。

　　良久，林宛缓缓勾了下唇角，眉梢微扬。

　　她赢了。

　　不管是这个五十米，还是其他方面，她都赢了。

　　江延注意到她的视线，也顺着看了过去。

　　陶嘉的视线顿了顿，而后朝他笑了笑，和朋友一起走了。

　　江延牵着林宛走到人少的地方，拿出纸巾给她擦汗："她惹到你了？"

　　"嗯？"林宛反应了一秒，没承认，"谁啊？"

　　"……"

　　江延也没追问，和她说了会儿话，就听到胡杭杭在喊："江延，到我们去排队了。"

　　林宛催着他："那你去吧，我去下卫生间，等会儿过去找你。"

　　他点点头，人却没走。

　　林宛疑惑地看看他："你干吗？"

　　"加个油。"他低声说。

　　林宛哭笑不得："加油！"

　　操场的卫生间在看台里面，男左女右，各只有一个。

　　林宛过去的时候，女卫生间门口已经排起了长队，而男卫生间门口基本上没人。

　　她拍了张图片发给江延：

　　为什么你们这边每次都没人？

　　他回得很快。

没那么多水。

等到收拾好出来，林宛在洗手池又碰见了陶嘉，这一次她没有打算跟她说些什么，倒是陶嘉先叫住了她："你真的了解江延吗？"

"跟你有关系吗？"

陶嘉讽笑一声，平地撂下一颗惊雷："你知道江延在初中的事吗？"

林宛没说话。

陶嘉继续说："被他伤的那个人成了植物人，现在还躺在医院。"

林宛找回自己的声音，语气很淡："你觉得就凭你这么随便一说，我就会信吗？"

"证据都在这里，信不信随你。"陶嘉把自己的手机解了锁递过去。

林宛盯着她的手机屏幕，首先入目的就是一张江延剃着寸头的照片。

沉默许久，林宛伸手接过她的手机。

陶嘉给她看的是几张图片。

像是从贴吧某个帖子截过来的，不知道什么原因，图片有点模糊，但也不影响阅读。

林宛很快看完，抬眸看了陶嘉一眼，冷声道："这些你从哪里找来的？"

陶嘉倒也没有隐瞒："一个朋友那里，以前和江延在一所学校。"

"这是他初中时候的事情？"

陶嘉想了下，点头："对，他转学之前的那个初中，当时是初二。"

林宛攥紧手，垂眸想了下。

初二，他也才十多岁。

见她一直不说话，陶嘉低笑一声："你看，他也不是什么好人，我劝你还是不要和他混在一起。"

林宛缓了缓，像是听到什么好笑的事情："他不是什么好人，难道你就是了吗？"

陶嘉愣了下。

"陶嘉，不管怎么样，他都曾经救过你一次。"林宛挑着眸，以往看起来慵懒至极的眉眼这会儿全是锋利的冷意，"如果没有他，你觉得你现在还能好好地站在这里和我说这些吗？"

"我……"陶嘉语噎。

"你今天和我说这些事情我就当作没发生，但是如果我在学校听到这些风言风语，不管是不是你透露出去的，和你有没有关系，"林宛眼尾微扬，压着声一字一句道，"我都会把这笔账算在你头上。"

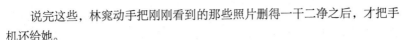

　　说完这些，林宛动手把刚刚看到的那些照片删得一干二净之后，才把手机还给她。

　　没有管陶嘉是什么反应，林宛很快离开那里，站在阳光底下的时候才觉得后背发凉。

　　这段时间，她其实能感觉出来他心里藏着很多事情，但他从来都不说，林宛也不想逼问他。

　　她觉得两个人无论关系如何，都要给彼此足够的隐私空间。

　　可直到今天，当林宛看到那些照片的时候，她才觉得自己做错了，有些事情不是不问就可以被忽视的。

　　她甚至不敢想象，那个时候还是个孩子的他，到底是怎么从那些风言风语中走出来的。

　　也许，他可能从来都没有走出来过。

　　想到这里，林宛突然很想见到他。她在周围找了一圈没看到人，听到哨声的时候才想起来他刚刚过去排队了。

　　她什么都没有想，只想见到他。

　　林宛跑过去的时候，江延还在听胡杭杭讲故事。

　　傍晚的阳光温暖而柔和，他微垂着眼，抱着胳膊站在那里，神情淡淡的，唇角有一点笑。

　　"林宛。"胡杭杭看到她，先叫了声。

　　江延跟着抬眼看过去，刚要说话，却看到她湿红的眼睛，唇边的笑意一僵，快步走了过去。

　　周围都是人，江延拉着她往里面走。

　　刚上了一个台阶，避开人群，他转过身："你怎么了？"

　　过道里有风，林宛始终沉默着，呼吸有些沉，混着风声，不甚明晰。

　　江延也没再多问什么，安静地站在一旁陪她。

　　这一处虽然人少，但也不代表没有人，没多久就有脚步声和说话声靠近。

　　林宛听到动静，回过神，缓了缓呼吸，神情很平静，话语没有一点说服力："没什么，我就是想跟你待一会儿。"

　　江延被她这一系列操作惊到了，好半天才找回自己的声音，轻喷一声，屈指在她光洁的额头上弹了一下，气笑了："你是不是觉得我是个傻瓜？"

　　林宛抬眸看着他，眼尾湿红，声音带着浓浓的委屈和控诉之意："是，你就是个傻瓜。"

　　江延愣了愣，意识到问题好像没有他想的那么简单，心尖发紧，像是被人用针尖扎了一下，酸酸涩涩的。

他往前走了两步，也顾不上周围到底有没有人，低声哄着："你到底怎么了？"

林宛没有动，低着头，很小声地叫着他的名字："江延。"

"嗯？"他抬手摸了摸她的脑袋，"我在这里。"

"我刚刚看到一些东西。"林宛看着他，声音有些哽咽，"很不好的东西。"

江延顿了一瞬，眼皮跟着一跳，很快反应过来："和我有关的？"

林宛抿唇，没有说话。

很明显的默认。

江延看了她一眼，不知道是该松口气，还是该怎么样，低声解释："不要信，都是假的。

"我没做什么坏事，也没随便招惹别的人。"

林宛不知道他的思维发散能散到这个程度，眼神愕然又疑惑地看着他。

仿佛在问他，你在说些什么玩意儿？

江延看了她一眼，也有些疑惑："难道不是有人跟你造谣我了？"

林宛一时间不知道自己该摆出一个什么样的神情，犹豫了片刻，选择坦白："不是，是你初中时候的事情。"

江延愣了愣。

他在来溪城读初中之前其实已经在别的学校读到了初二，只是那时候他因为于风烟的缘故，不学无术，天天逃课，成绩一塌糊涂；后来发生了些不好的事情，他休学了两年，之后才转到溪城这边。

在休学的那两年内，江延也没有浪费时间，于风烟给他请了家教，把他之前落下来的课程都补了上来。

所以在转回溪城之后，江延在学校师生眼里一直都是品学兼优的好学生，也没发生过什么不好的事情。

江延往深了一想，福至心灵，问了句："是我以前的初中？"

"是。"她小声回答。

他又问："说我伤人的事情？"

"……是。"

听到这里，江延松了口气，指腹在她手背轻轻摩挲着："伤人的事情和我没有关系。"

他顿了顿，又继续道："但他受伤这件事确实因我而起。"

初中时期的江延十分叛逆，什么好学生不该做的事情他都做。

年少气盛，性格冷漠，脾气也冷硬，不知道审时度势，也不知道服软，在外招惹了不少麻烦。

初二上学期的时候，江延和朋友在校外和职高的男生结了梁子。

往后的一段时间里，两伙人时常发生摩擦，然后就出了事。

平常都是小打小闹，很少有见血的场景，一见到真伤到了人，两伙人顿时乱作一团，一哄而散。

江延一开始不知道发生了什么，直接被朋友拽着胳膊往巷子里跑。

临走之前他回头看了一眼，看到躺在巷子里的男生，犹豫片刻之后，甩开朋友的手，折身跑了回去。

朋友朝着他的背影大声吼道："你回去就是找死你知道吗？！"

江延停下脚步，指着那个受伤的男生，略显稚嫩的脸庞皆是怒意："我要是不回去他就死了！"

朋友僵了一瞬，听到不远处的警笛声，腿一个哆嗦，就往巷子口跑，没跑几步，又认命一般转过身，追着江延的身影跑了过去，边跑边骂："我欠你的！"

两个都是半大孩子，没学过急救，也不知道该怎么办。

叫了救护车之后，江延伸手抱起对方，但一看血流不止，他又去捂住伤口，两个人急得像热锅上的蚂蚁。

好在警察和救护车来得很及时。

受伤昏迷的男生被送往医院，江延和朋友被带去警察局，后面就是调查和搜集证据的事情。

太多细节江延也不清楚，只知道他被于风烟从里面带出来的时候，那个男生虽然被抢救过来，但是成了植物人，不知道什么时候会醒过来。

而学校方面虽然因为江家的缘故没有让他退学，但关于他伤人的传闻已经传得沸沸扬扬。

不知道是谁偷拍了照片，也不知道他在警局的照片是怎么泄露出去的。

江延没有费心思去查，因为这件事没过去多久，方海就去世了，他休了学，浑浑噩噩了很长时间。

林宛听完整件事情，很长时间都没有说话。

她其实对事情本身没有很在意，因为她相信他不会做出这样的事情，没有任何理由地信任他。

只是故事里，他提到他的家庭，他已经去世的父亲。

林宛一时间有些混乱和茫然，想到之前胡杭杭他们提到过的那个会为难他的父亲，不知道该从哪里说起。

江延说这些的时候，心里很平静，也没什么想法。初中那时候的自甘堕落是他自己选的路，没有什么可后悔的，好在后来他及时迷途知返，为时也不晚。

只是他不知道林宛在听到这些之后是什么想法，见她一直沉默，心里也有些慌张。

"你……"

沉默了一段时间之后，江延刚准备说话，又听见胡杭杭在喊他过去集合："江延。"

林宛从思绪之中回过神，对上他有些慌乱的目光，讲不出的心疼，抿唇道："我没有不相信你，我只是在想你到底还有多少秘密是我不知道的。"

"你说过的，我有什么不高兴的事情都可以和你说。"她看着他，语气认真而坚定，"我希望你有什么事情也都可以和我说。

"作为同学，好朋友，我希望自己是可以和你一起分担的人。

"不管以后你什么样，我们大家都会一直陪着你。"

江延没有想到林宛会这么说。

不是指责，不是质问，不是声嘶力竭地控诉他为什么会变成这个样子，而是告诉他，不管你什么样，我们都会陪着你。

江延以前觉得自己的心挺硬的，要不然也不会过了这么久，还一直对于风烟的所作所为耿耿于怀。

可在这一刻，他感觉空了许久的内心，在某个角落开了一道细小的缝隙，然后有什么东西填充了进来，冷硬且满是棱角的内心一点一点被软化，逐渐变得满足而温暖。

江延紧紧握住她的手，眼眸轻合，盖住眼里翻涌的情绪，密长的睫毛微微颤动。

良久之后，他轻滚喉结，低声说："好。"

六个人一齐站在跑道上，江延站在最左边。

他今天穿了件纯白色的长袖 T 恤，黑色长裤，蹲下身的时候，背脊紧贴着单薄的衣衫，脊骨凸出，线条流畅。

哨声响，六道身影唰地飞了出去，其中那道白色身影遥遥领先。

林宛站在起点，看着他一直往前跑，光影落在他身后，仿佛跑赢了光。

五十米测试结束之后，下课铃应声响起，一节课的时间，三个班的学生全部都已经测试结束。

只不过有一小部分人第一次测试不及格，被留下来重测，孟昕作为体育委员，之前一直帮着周礼记成绩，也拖到了结束才开始测试。

林宛因为刚才五十米的时候表现突出，被周礼拦住帮忙记录剩下同学的成绩，江延也留下来，在旁边陪她。

第一次五十米测试没及格的都是女生，人还挺多，四个一组，往后站了六七排人。

林宛和周礼站在终点线，中间隔着点距离，江延坐在林宛后边的架子上，周围三米之内基本上没有人。

一组结束之后，四个女生过来找林宛报成绩，看到坐在后边玩手机的江延，声音哆嗦又激动。

林宛一开始还没注意，等到第二组女生过来的时候，才意识到什么不对劲的地方。

等到记完最后一个女生的成绩，林宛拉住其中一个小个子女生，好奇地问了句："你们是不是怕我啊？"

"啊……没……没有啊。"说完，余光往她身后瞟了眼。

林宛顿时领悟，笔尖往后边指了指："那是怕他？"

小个子女生又摇头，声音更哆嗦了："……没没没没有。"

说完，人就跑了。

林宛往旁边挪了一步，视线看着跑道起点处，转而又看了眼江延："你要不要先回避一下？"

江延眼皮轻掀，看了她一眼："怎么？"

林宛捧着名单册，随便翻了翻："你难道没发现你坐在这儿，周围都没有人敢过来了吗？"

江延原本也没怎么在意，只是在看到对面有人拿出手机偷拍的时候，还是收了手机站起身，从架子上跳了下来，遮住她面前的大半光影，淡声说："我去球场。"

"行。"

林宛始终没看他，避嫌避得相当明显。

听见他低笑一声之后，她才停下手里的动作，举起名单册挡在面前，偷偷朝他眨了下眼睛。

江延眼皮一挑，觉得要完——她现在随便一个眨眼，他都觉得心跳加速。

最后他什么也没说，人就走了。

林宛感到有些莫名其妙，但很快又有新的同学过来找她报成绩，等到记录完，站在一旁的周礼笑着问了句："小同学，你俩什么关系啊？"

林宛不自在地摸了下鼻尖，往旁边挪了一步，小声嘀咕了句："周老师，您不觉得您有点八卦了吗？"

周礼爽朗一笑，没再说什么。

很快到了孟昕那一组。

跑步是孟昕的短板，八百米晃晃悠悠还能凑合卡个及格线，但像五十米、一百米这种需要极强爆发力的，孟昕基本就没及格过。

　　以前高一体测，都是她软磨硬泡，让老师改了成绩。

　　这一次，周礼看了眼秒表，又看了眼孟昕，很淡地笑了声："你这个成绩要说是走出来的，也不是没人信。"

　　孟昕："……"

　　林宛也没忍住笑了。

　　周礼也没多说什么，撂下两个字："重跑。"

　　孟昕来回跑了三四趟，直到暮色将尽，也没跑到及格线。

　　其他人都已经结束，只剩下孟昕一个人，林宛捧着名单册坐在旁边，提议道："周老师，孟昕短跑是真的不行，要不然我替她跑吧。"

　　"不行。"周礼看着从起点晃悠过来的人，很冷漠地说了句，"下周继续跑。"

　　孟昕简直想骂人，但做人要学会审时度势："周老师，您放了我吧，我是真的跑不了。"

　　周礼把名单册拿了过去，随便看了几眼，问道："你高一体测是怎么过的？"

　　孟昕一顿，面不改色地撒谎："……就跑过的。"

　　他笑："那不是能跑过吗？下周继续。"

　　孟昕："……"

　　等到周礼走后，孟昕直接问候了他祖宗十八代："这人是不是有病啊？不就是个体测！他干吗这么较真儿？"

　　林宛低头在给江延发消息，闻言笑道："可能周老师比较看重你吧。"

　　孟昕惊了："难道不是比较针对我吗？"

　　"……"

　　傍晚时分，远处天边细云密布，夕阳的光芒透过云层洒向大地，整个校园被暮色笼罩。

　　林宛和孟昕刚走到球场附近，就看到胡杭杭他们拎着衣服从里面出来，看起来很激动。

　　江延走在后边，低头在发消息。

　　下一秒，林宛的手机振动了下，他给她回了消息：

　　结束了。

林宛没有回消息，而是叫了他一声："江延。"

几个男生纷纷抬头看了过来，她和孟昕走了过去。

胡杭杭脸上的笑容还没有完全收起。

林宛问："胖胖，你怎么这么高兴啊？"

"我们刚输了球。"

林宛愣了下，再三确认他刚刚说的是输了球，而不是赢了球。

胡杭杭笑嘻嘻地接上下半句话："下个月学校有联赛，江延跟他们约了比赛，要给我们报仇。"

林宛觉得稀奇，江延不像这么爱出风头的人。

这个疑问在吃饭的时候得到了回答。

"你不是觉得他们比较怕我吗？"江延摸出钱包结账，最后多出来两块钱的零头，他从桌上拿了两颗棒棒糖，和服务员说，"不用找了。"

他转身把两颗糖都递给林宛，接着解释："我寻思着参加篮球赛，好像可以维护一下我的形象。"

他看着她，一本正经："积极向上，团结友爱。"

林宛没想到是这个原因，手里攥着糖，一时间没回过神："你说的真的假的？"

江延看着她，抿直的唇角弯了弯："假的，也是真的，半真半假吧。"

今晚打球的那几个男生，江延以前也跟他们打过架，那时候在初中，他跟关澈两个学习好、样貌好，在学校很受女生欢迎。

今晚在球场意外碰到，几个人对那时候的事情还耿耿于怀，但这个年纪已经不适合用约架来解决，正巧下个月有篮球赛，索性就约了球赛。

江延本来没想着答应，但后来转念一想，他来学校这么久，还真没参加过什么集体活动。

除了两次大考拿了第一之外，他也没在人前树立过什么好的正面形象，参加个篮球赛好像也没什么坏处。

林宛听完他的解释，来来回回地看了他几眼，忍不住笑了出来："其实我觉得你这个形象可能一时半会儿还真拉不回来。

"就你那个一人单挑别人一个班男生的传闻，已经在咱广大同学的心里根深蒂固了。"

江延："……"

十中每年都会举行一次篮球联赛，也不是什么特别正式的比赛，主要也是为了让学生劳逸结合。

但作为现当代的优秀学生，只要是跟学习无关的事情，总能表现出超十倍的兴趣。

所以当胡杭杭在班群里吆喝着有谁要参加这次篮球联赛时，班里的男生一个比一个积极：

　　李想：我我我！！！我想打联赛很久了！
　　方成城：加我一个！只要不学习我什么都可以！替补都可以！！！
　　陈思润：学习有什么好玩的！我只想玩球！！
　　徐一川：……我怀疑你在开车并且掌握了证据。

默默窥屏的林宛："……"

男生对篮球的热爱程度，就好比女生对包包和化妆品的痴迷程度，所以也就一个晚上的讨论时间，胡杭杭就把这次参加联赛的首发队员名单整理好发在了群里，还备注了每个人的位置：

　　胡杭杭：宋远（得分后卫）、陈思润（中锋）、徐一川（控球后卫）、柳声（大前锋），李想、方成城、胡杭杭、吴往、于一帆，我们五个替补。
　　胡杭杭：这个阵容大家有什么意见没？

林宛看了眼名单，没看到江延的名字，而且好像还少个位置，群里面也在讨论：

　　李想：胖胖，你是不是太长时间没打比赛，首发队员几个人、在哪些位置你都忘记了？
　　胡杭杭：滚！我是怕跟你们说了小前锋是谁，吓死你们。
　　吴往：嚯！好大的口气，我今天倒要看看是何方神圣！
　　陈思润：不会是学霸吧？

众人：……

　　柳声：你有病？江延会来打这种小比赛？
　　吴往：润润你醒醒，我和江延同窗几年，除了考试之外，就没见他参加过其他的集体活动。
　　陈思润：……那小前锋到底谁来？

林宛乐呵呵地刷着群消息，咔咔截了几张图，准备给江延发过去。

　　结果下一秒，她就看到一个熟悉的名字顶着群里系统设定的咸鱼头衔发了条消息：

　　　　江延：我来。

　　原先热闹纷呈的群里顿时陷入死一般的沉寂，接着就是疯狂的表情包刷屏，几秒的时间就把消息刷到了99+。

　　　　吴往：我妈叫我吃饭了，我先退了。
　　　　李想：我最近在睡养生觉，我也先退了。
　　　　柳声：那什么，我手机要没电，马上就关……
　　　　方成城：我刚刚是不是看到什么不得了的东西？

　　下一秒，群系统跳出提示——

　　　　方成城已被管理员移出该群。

　　众人：……
　　林宛看着他们这一系列的操作乐得不行，退出聊天群给江延发了消息：

　　　　江同学，你还是别洗白了吧。
　　　　洗白这辈子都没指望了。
　　　　你在他们心里就是个杀人不眨眼（不是）的冷酷学霸。

　　江延："……"
　　尽管江延在群里回了消息，但（18）班的一众男生对于他会参加这次篮球联赛的决定，还是抱有了很大的侥幸成分。
　　可能他就是说着玩的，并不是真的要参加。
　　但这种侥幸，很快就被击碎了。
　　新一周的午休时间，胡杭杭叫上当时在群里确定的几个人，怀里抱着球："走了哥几个，去球场熟悉熟悉，下个月就要比赛了。"
　　几个男生应声而起，临出门前纷纷瞥了眼坐在位子上没动的学霸，心里松了一口气。

还好还好，江延果然就是说着玩的，他怎么可能过来参加这种小比赛。

这是根本不可能的。

几个人信誓旦旦又气势昂扬地走出了教室。

林宛做完一道题，看他拿着手机坐在位子上没动，微微凑了过去："你怎么不跟他们一起去球场啊？"

"过会儿去。"江延说，"让他们先怀念一下我不在场的时候是什么样。"

"……"

等到林宛写完半张卷子，江延才有起身的动静。她偏过头，看到他手里提着书包，有些惊讶："你不是去球场吗？你要逃课啊？"

"我去换衣服。"江延伸手在她脑袋上揉了两下，"怎么傻了吧唧的。"

林宛搡开他的手，看了眼周围。

午休时间，大家都在忙自己的事情，有的在睡觉，有的在玩手机，没有人关注到这里。

她松了口气，抬头看着他："要不要我陪你一起？"

江延眉尖一挑，语气揶揄："我还没到生活不能自理的地步吧？"

林宛面无表情地摆摆手："快滚吧。"

江延暗自笑了笑："你在教室休息会儿，下午还有物理课。"

林宛觉得自己的智商受到了侮辱，看也不看他："你走吧。"

江延被她一本正经的可爱模样戳到心坎里，笑了声说："走了。"

林宛懒得搭理他，江延也没在意，很快离开教室。

他离开之后没多久，林宛收到孟昕的消息，起身去了楼下。

江延到球场的时候，胡杭杭他们几个刚打完一个小半场，几个人直接坐在塑胶地上聊天，旁边立着几个矿泉水瓶。

"胖胖，你说江延到底来不来啊？"柳声对江延的印象还停留在入学时，江延在隔壁九中的那一站，"好害怕我们打得不好，学霸直接把我们当球给拍篮框里了。"

"我也是。"李想举了个手，"昨晚要不是胖胖在群里发了名单，我真的很想退出这次比赛。"

陈思润叹了口气："打球有什么好玩的，还是学习好。"

胡杭杭 & 宋远 & 徐一川："……"

他们其实也很纳闷，江延到底做了什么十恶不赦的事情，让这些个人这么害怕。

聊了会儿天，陈思润觉得有些口渴，侧身拿过旁边的水，往嘴里猛灌了一口。他坐的位置正对着球场的入口。

一道熟悉的身影走了进来。

"咳——噗——"

刚灌进嘴里的一口水，一半卡在嗓子里，一半吐到众人身上。

坐在他对面，受迫害最深的李想先跳开，抹了把脸："润润！你干吗！你叫思润，不是滋润啊。"

他一边抹着脸，一边往后退，忽地撞到别人的肩膀："哎哟，不好意思啊兄弟——"

一回眸，对上江延冷淡疏离的视线："……"

原先还有说有笑的几个人顿时就像是被掐住了命运的咽喉，半点声音都没有，几个人迅速列队站在一旁，比见到教导主任还乖巧。

江延倒像是习惯了，自顾自地走到一旁，把书包放在一旁的长凳上，脱了校服外套丢在一旁，露出里面的红色球服。

他看了看站在一旁的几个男生，偏过头问胡杭杭："你们刚刚练得怎么样了？"

"还行。要不我们几个对一场？"胡杭杭看了下人数，"正好我们五个替补都在。"

江延"嗯"了声："行。"

胡杭杭昨天确定的首发队员里，有两个都是不经常和江延接触的，一听到要来一场，腿都开始哆嗦。

但箭在弦上不得不发，人在场上不得不上。

五对五的比赛很快开始，临上场前江延和徐一川换了位置，从小前锋换到了控球后卫。

控球后卫往往都是在球场上担任领导者的角色，很多球队都是由控球后卫来决定进攻的套路。

但江延其实还是更偏向于得分，尤其是和宋远打配合的时候，两人一个得分后卫一个打前锋，配合度满分。

现在这么做，只是为了更好地观察自己的队员，这一次的比赛不仅仅是两个班级之间的竞争，其中还掺杂着一些私人恩怨。

他不能输，也不可以输。

此时正好是午休时间，篮球场上十分热闹，球场里也有不少女生，她们的目光很快就被穿着红色球服的江延吸引过去，一个两个的，没多久他们那一块场地外面就围了一圈人。

江延打这一场主要是为了观察，所以进球很少，但他传球和运球的角度都很刁钻。

　　周围时不时发出一阵叫好声。

　　（18）班男生的质量都属于中上等，胡杭杭挑的这几个人，个子都挺高的，样貌虽然没有江延那么出众，但都挺清秀的，再加上女生对打篮球的男生好感度会莫名高很多，所以半场结束，还有女生大着胆子上去送水。

　　明明只是一场简单的热身赛，被她们这么一闹，在周围人眼里感觉就跟打了一场 NBA 一样。

　　林宛被孟昕叫着一起去了学校的超市，回来的时候正好路过学校操场，尽管隔着一条小道，也能听见从里面传出来的欢呼声。

　　孟昕是个爱凑热闹的人，迅速吃完最后一口雪糕，把垃圾往旁边的桶里一扔，拽着她就往里挤："走，我们也去看看。"

　　林宛被她拽着从旁边挤了进去，看到在球场上飞奔的熟悉身影，又看了看周围挤了一圈又一圈的女生："……"

　　孟昕在场上扫了一圈，拍了拍她的胳膊："哎，那不是你同桌吗！"

　　刚说完话，说好了只观察不得分的江延很拉风地来了个灌篮，结束了这个不怎么正规的半场。

　　周围尖叫声一浪盖过一浪。

　　林宛看到有女生凑上前去给他们几个送水，甚至还有几个女生已经把江延团团围住，一脸兴奋叽叽喳喳地不知道在说些什么。

　　林宛忍不了了，甩开孟昕的胳膊，从人群中穿过去，隔着一步远的距离就听见女生娇滴滴的声音："江同学，你刚刚打得好棒啊。其实我对篮球也挺感兴趣的，就是玩得不太好。"

　　江延正忙着记录刚刚观察到的一些细节，没太注意她在说什么。

　　女生见他没说话，以为他是默认，继续道："可以加个联系方式，等你以后有时间教教我吗？"

　　教个鬼，林宛在心里掸了一句，快步走上前，拉住江延的胳膊，扬眉看着站在眼前的女生，高傲得像个女王："他不教。"

　　女生被林宛的气势压倒，惊讶又尴尬地拉着朋友走远，临走之时还不忘小声吐槽了一句："好可怕一女的啊。"

　　好友拍着她的手臂，安慰道："你用脚趾头想想也知道了，如果不可怕能和学霸做同桌吗？那气势肯定得足够强啊。"

　　林宛："？"

　　没有细究两人的话，林宛等人走远了之后揪住江延的胳膊，满眼的不可置信："这就是你不让我陪你来的原因？"

江延收起手机，瞥了眼她抓在自己胳膊上的手，笑了笑："不是让你在教室休息吗？"

　　林宛看着他，语气恶狠狠的："你不要转移话题。我知道了，你根本不是为了洗白才参加篮球赛的。"

　　"？"

　　江延刚刚打过一场球，额间皆是汗意，发梢上也沾着点湿意，他抬手抓了抓垂下来的碎发，露出硬朗的眉骨，语气淡淡的："说什么呢？"

　　他俯身靠近她，属于少年的温热气息铺天盖地地压下来，嗓音低沉："我最想招的是谁你不清楚吗？"

　　林宛不自在地往后退了一步："说话就说话，你靠那么近干吗？"

　　江延笑了笑，直起身，遮住她面前的大片光影，语气宠溺又纵容："得，我现在是做什么都不招你待见了。"

　　林宛轻啧："你心里清楚就好。"

　　江延笑了声，扭头往旁边看了眼。周围男生女生站了好几圈，已经有不少人把目光投向了这里，他没什么作用地挡在她前边，低头看着她："回去吗？"

　　"你们还打吗？"

　　江延看了眼时间，离上课还有一会儿："打吧。"

　　"那我在这等你。"林宛手抄在兜里，故意调侃他，"顺便看着你。"

　　江延乐了下，把手机递给她："看着吧。"

　　几个男生很快又回到球场上。

　　林宛揣着他的手机和孟昕站在一旁，过了会儿，孟昕收到同学消息，提前离了场。

　　球场上欢呼声依然一浪盖过一浪，少年穿着火红的球衣，修长身影灵活地穿梭在人群之中，橘红色的球接二连三地从他手里传出。

　　配合默契的队友接住他的球，原地起跳投了个漂亮的三分球，叫好声瞬间达到一个新的高潮。

　　少年跑过来，笑着和队友击掌，骨节分明的手向后抓着头发，露出端正的五官。明亮热烈的阳光照亮每个人。

　　鲜衣怒马少年时。

　　林宛看着，没忍住拿出手机拍了一张照片。

　　一场并不怎么正规的热身赛在欢呼声中落下帷幕。

　　江延把球丢给胡杭杭，卷起衣摆扇了扇，一截精瘦的腰身若隐若现。

　　他脸上全是汗，顺着脸颊滑落至下巴处，说话时下颌微动，汗水滴落在地面上："具体的回去再讨论。"

说完，江延转过身，几步走到林宛面前，气息微喘："有水吗？"

林宛把手里的水递给他："要吗？"

"嗯。"他接了过去，拧开喝了一口，拿在手里，"走吧，回去了。"

两人一前一后出了球场。

初春时节，林荫道两侧的梧桐树抽枝发芽，嫩绿的枝叶在风中摇曳，走在底下的两道身影时而靠在一起，时而分开。阳光被枝叶分割出大小不一的剪影，微风和煦，岁月静好。

下午第一节是物理课，老杨依旧快节奏地讲着新的课题，语速如同上了栓的机枪，"哒哒哒"地一直不停。

林宛中午没休息，不是很有精神，强撑着听了会儿，实在抗不住困意，趴在桌上睡着了。

江延一开始还没注意，等到注意到的时候她已经睡熟了，眼眸合着，卷翘的睫毛轻轻颤动，呼吸沉稳。

他看了会儿，很快收回视线，目光掠过她摊在桌上的笔记本，想了想，伸手拿了过来。

林宛的字很漂亮也很大气，字形整齐有致，笔锋的走势潇洒利落，笔力深厚，一钩一画，清隽有力，乍一看其实不太像女孩子的字迹。

江延随便翻了翻，而后便顺着她没记完的地方往下记。

他其实不太常记笔记，平常最多也就是在书上勾勾画画。但林宛不一样，物理是她薄弱的科目，所以她的笔记写得很细致，但江延刚刚随便看了看，其实她有很多地方都是重复的，关于一些公式的步骤也太烦琐。

江延按照自己的风格利落地记了几个点，又拿出红笔，在她前边记过的地方勾勾画画。

林宛睡醒的时候，他还拿着笔在写。

窗外的阳光热烈而亮堂，明晃晃地落进来，笼在少年周身，侧脸的弧度精妙得像是按照分毫打磨出来的，眉骨锋利分明，眼窝深邃，眼尾勾出一个小小的形状，光影顺着高挺的鼻梁凝结在一处，薄而红的唇微抿，下颌轮廓紧绷冷硬。

他正低着头，白皙漂亮的手握着黑色的笔杆，黑白分明的颜色，神情认真。

林宛视线往下落了落，才注意到他一直写着的是自己的笔记，起身凑了过去，声音带着刚睡醒时的懒散："你在帮我记笔记啊？"

江延抽空看了她一眼，松开手，捏着虎口处，遂而又提起笔，低声说："你数学不是挺好的，为什么物理学不好？"

林宛舔了下唇角，很实诚地说："因为物理难。"

江延停笔看她："数学不难？"

"也难，但没有物理难。"

林宛之前在论坛看过一个问答——如果高考可以取消一门，你最想取消的是哪一门？她当时写的就是物理。

想到论坛，林宛才想起来这段时间由于太忙，论坛的那个帖子一直都没来得及更新。

这会儿正好没什么事情，她摸出手机登上论坛。

也就大半个月没来，帖子底下的评论又多了三四千，点赞量更是将要突破百万大关。

这流量堪比国内的某乎了。

林宛点进帖子，一时半会儿还真没想起来更新点什么，索性点开相册打算发个表情包。

点进相册最先展示的是最近的一百张照片，排在第一的是林宛中午在球场时拍的那张图片。

定格的画面里，穿着火红球衣的少年，眉目如画，身影修长挺直，奔跑错身的瞬间，都是青春的痕迹。

林宛鬼使神差地点进那张照片，想了会儿之后开始动手编辑，把周围多余的人涂抹掉，最后给江延的脸贴上一张滑稽的贴纸之后，发了出去。

在这之前，评论底下也有画手太太凭着林宛发的内容给他们画过人设图，只不过更多的都是凭着太太的想象画出来的，所以跟现实中相差很大。

照片一发出去，系统就不停地蹦出提醒，评论和点赞那处的数字以肉眼可见的速度在增加：

> 啊！！！看这露出来的一点下巴就知道是个大帅哥了！！！
> 皮肤好白！！！
> 想要没有贴纸的，高清无码的（疯狂暗示）。
> 今天也是酸酸的柠檬精呢。
> 我捂住嘴巴生怕自己发出一声狗叫。
> 故事都是别人的 [被生活踩蹦过的微笑和平静.jpg]
> 没关系，已经习惯了。
> 别人的同桌永远是颜值高、学习好，会打篮球又专一，我的同桌……算了，不提也罢。

林宛笑着刷这些不止一次两次，江延以前也注意到，但那时候也没太在意。

但一次次的，就算不好奇也好奇了，他停下笔，轻转着手腕，低声问了句："你看什么呢？"

谁知道林宛一听到他的声音，就跟做贼心虚一样，动作迅速地捂住了手机，目光躲闪地看着他："没看什么，就随便看看啊。"

江延好笑地看着她，眉梢微扬，语气漫不经心："你知道你这个样子像什么吗？"

"……像什么？"

"你这个样子……"他看着她，眉眼间带着点意味深长的笑意，刻意拉长了声调，"就像是背着我做了什么见不得人的事情。"

"……"

"还是和我有关的。"

"……"

虽然发帖子也不是什么见不得人的事情，但内容确实是跟他有关，林宛有些不自在地摸了摸鼻尖，挪开视线，连忙否定："我不是，我没有，你别瞎——"

话还没说完，林宛眼前有什么一闪而过，少年突然伸过来的手令她有些猝不及防，但好在她手一直紧紧护着，也没让他把手机抢过去，但他们俩都忘记了，这个时间还是上课的时候。

站在讲台上的老杨很快就移动到他们俩面前，笑容里带着明晃晃的刀子："抢什么呢，啊？你们两个上课不好好听讲，搞什么呢？"

林宛："……"

江延："……"

老杨不像老余那么好糊弄，甚至都没给林宛和江延解释的机会，视线扫了扫两人，最后落在林宛身上，对视几秒，不容分说伸出手："交出来吧。"

林宛刚才匆匆忙忙站起来的时候，下意识就抓起手机背在身后，现在连个藏的地方都没有，只能尴尬地笑着："杨老师，您说什么呢？"

"别跟我装啊。"老杨说，"现在拿出来，我就不说什么了。"

三个人僵持了会儿。

林宛败下阵来，低着头把手机交了过去："杨老师，我错了，我不该在课上玩手机。"

江延护着她："杨老师，不关她的事，是我手机没电了，让她帮忙查点资料。"

老杨看了两人一眼："查资料是吧？"

江延点头："是的。"

"好。"老杨把手机递给林宛。

林宛心下一喜，还没来得及接过来，就听见老杨冷冷地撂下一句话："解锁，我今天倒要看看你查的什么资料。"

林宛："……"

林宛心里是千百个不情愿，但形势所迫，不得不伸出手解了锁。

其实林宛心里还抱着一丝侥幸，她刚刚也就是在刷帖子，就算老杨看到了，也不会想到这个帖子是她发的，顶多也就是教育一下。

这样一想，她心里倒也没那么担心了。

整个解锁过程，手机都是一直捏在老杨手里，等到解了锁，他又很快收了回来，低头看了眼手机屏幕，脸色忽然变得很古怪。

林宛有些纳闷，也就是一个情感求助帖，不至于这么严重吧。

她和江延对视了一眼，他也是同样的疑惑。

江延其实也不知道她在看什么，但按照正常的猜测，顶多就是在看一些帅哥明星，再严重点就是看个小说之类的。

不管是什么，他都有办法能圆回来。

可是他没想到，林宛也没想到，老杨更是没想到，事情的发展往往超乎想象。

沉默片刻，老杨抬起头，这次却是看着江延，神情有些莫名其妙："你确定你刚刚是让林宛在给你查资料？

"你确定是查资料？

"你确定是你要查的资料？"

老杨一连言之凿凿的三问，让江延心里也有点没底了，顿了会儿，才迟疑地点了点头："是，我让她帮我查的。"

一听到他确认的回答，老杨的神情更是变得不可言说。

过了片刻，他叹了口气，看着江延的目光越发复杂："你下课后来一趟你们余老师办公室吧，这件事不是小事。"

江延和林宛感到莫名其妙。

老杨把手机放在桌上，转身往讲台走。

他们俩动作一致地低头看向手机。

手机页面确实还停留在林宛之前逛过的那个论坛，只不过不知道是不是之前不小心碰到了，帖子已经不是之前那个帖子，而是换成了别的，硕大的标题十分引人注目：

男生为什么爱和男生一起玩？

江延："？"

开学一月之余，作为普通班的班主任，老余的小日子一直过得很优哉，再加上班里还有个年级第一，更让他走哪儿都是风风光光的。

除此之外，学校年级榜前五十名里，（18）班几乎占了小半壁江山，这样令人羡慕的成绩，让他就连学校贴吧里那个热度居高不下的帖子，都没再当回事。

但是，平平淡淡教书十几年的余秉山没有想到，贴吧里的那些其实都算不上什么，还有更劲爆的事情在后面等着他。

他这个年级第一，他当宝贝一样的年级第一，性取向好像有点不一样……

他不想像江延这样的好学生，因为这些闲言碎语受到什么影响，从而毁掉了一个可造之才。

所以老余在听完老杨的转述之后，立马找人把江延叫来了办公室。

他也没再像以前那样拐弯抹角，等人到了之后，直接开门见山地问了句："你的情况，杨老师都和我说了。"

江延很快辩驳道："余老师，我不是……"

像今天这种情况，如果碰到其他老师，指不定已经把事情闹大了，甚至还会上升到学生的心理问题方面。

但是老余不一样，他很尊重学生，凡事要查清楚，不轻易伤害学生。

更多时候，他都是（18）班可靠有力的后盾、温暖宽阔的避风港。

江延觉得能在学生时代碰到这样一个老师，其实也挺难得的。

只不过现在不是感动的时候，他及时打断了老余的长篇大论："余老师，您听我解释……"

"你不用解释。老师不是说了吗，我能理解。我上学的时候，也有几个要好的男同学，天天在一块儿，吃饭、洗澡、打球都一起。"老余端起茶杯喝了口热茶，宽慰他，"老师教书育人十几年，什么大风大浪没见过。"

余秉山也不是瞎说，他确实理解。

江延："……"

江延在老余办公室待了半节课，回去的时候，化学老师刚巧不在教室，他连报告都没打，直接就走了进去。

林宛放下手机，盯着他没什么表情的脸看了几秒，小心翼翼地凑过去问了句："老余没说什么吧？"

江延翻书的动作一顿，偏过头看着她，语气淡淡的："没说什么。"

说完，他又收回视线，指腹压着书脊，漫不经心地说道："就是告诉我他支持我，理解我。"

"嗯？"林宛疑惑地看着他，"理解你什么？"

江延摁在书页上的手指没节奏地轻敲着，侧目看着她，一字一句道："支持我，理解我。"

林宛是真没想到老余会来这么一手，愣了几秒之后，没忍住笑了出来，丝毫不顾及某人隐隐有些崩溃的神情。

江延盯着她看了几秒，舌尖顶了下脸颊，声音像是从牙缝里挤出来的："好笑吗？"

林宛及时打住笑，眼里却仍旧是藏不住的笑意，言不由衷："不好笑，一点也不好笑。"

江延轻合着眼眸，抿唇屏息了一瞬，不想再多说什么。

可林宛的好奇心已经完全被他勾了起来，停了会儿之后，伸出两指夹住他的衣袖扯了一下，不怕死地又问了句："老余到底怎么跟你说的啊？"

江延紧握成拳的手微微颤抖，极力控制着自己想打人的心："我劝你不要再问，要不然你可能见不到明天的太阳了。"

林宛"啊"了一声，尾睫微微翘起，笑意显然："天气预报说明天下雨，本来就见不到太阳的。"

"……"江延松开紧攥着的手，白皙修长的五指在空气中抓了抓，忽而拇指压着食指的骨节摁了下去，发出清脆的一声响，语调拖得很长，"你今天有点嚣张啊！"

"哪里有。"林宛矢口否认，替自己辩解，"我明明是关心你。"

她靠过去，朝他眨了眨眼睛，眼眸深邃明亮，像是藏着璀璨星河："你不要污蔑我，我可是好同桌的人设。"

"所以呢？"江延咬着牙问，"好同桌为什么上课会刷那种帖子？"

林宛的视线有些躲闪，伸手拍了拍他的胳膊，小声提醒道："在教室呢，你冷静点。"

"冷静不了。"

林宛完全说不过他，很快低头认怂："我错了。"

江延轻哼一声："哪儿错了？"

这完全就是得寸进尺了。

林宛是属于那种你退一步我就退一步，但我退一步你还进一步，我就会进两步的人，而人在冲动的时候，动作永远快于想法。

她抬脚狠狠地踩在了江延的脚上，江延没想到她来这么一手，没忍住叫了出来，正巧化学老师进门，听见他的声音，笑了句："江延同学看来是遇到难题了啊。"

班里哄堂大笑。

江延黑着张脸没说话。

林宛整个人都趴在桌上，脸快埋到书本上了，也始终不敢抬头看江延。

经过这一茬儿之后，林宛和江延一整个下午都处在"冷战"中，一直到晚自习结束，广播里放起舒缓的音乐，整座校园灯光闪亮，走廊外笑声不断。

林宛三节晚自习都在观察江延的动作，这会儿见他仍旧坐在位子上没动，也握着笔没敢动。

江延结束一集纪录片，搓了搓鼻梁骨，见她坐着不动，问了句："不走吗？"

听到他主动开口，林宛才敢抬头看他，小心翼翼问道："你不跟我生气了？"

江延低笑："我是那么小气的人吗？"

"我看一下。"江延把林宛的试卷挪到自己面前。

此时教室里还剩下最后两个拖地的值日生，但很快这两个人也收拾好，离开了教室。

临走前，其中一个还和林宛打了声招呼："你们走的时候记得关灯哈。"

林宛："哦，好。"

等江延解完题，教学楼里已经没有多少走动的学生了。

春天的晚风，带着细腻的柔和，林荫道两侧嫩绿的枝叶随风曳动，皎皎月光从枝叶的罅隙中洒下来。

林宛跟着江延走出楼道，迎面过来几位老师，两人又刻意拉开距离，保持在一个安全范围之内。

等人走远了，两人才又走在一起。

江延说："我送你回去。"

林宛摇摇头："算了吧，这一来一回的多麻烦。"

她一边说话一边打哈欠，没注意脚下凸起的石块，差点被绊倒，多亏江延手疾眼快拉了她一把。

他手圈住她的胳膊，有些惊讶："你怎么这么瘦？"

像"你今天真好看""你今天的妆容好靓呀"这类，是不管哪个女生听到都会心花怒放巧笑嫣然的话，"你怎么这么瘦"也是同理。

女生的天性，你夸我美夸我好夸我瘦，只要你夸我，我们就是朋友。

林宛语气骄傲得像动物园里的孔雀："我本来就瘦。"

江延看她那高兴的样子，继续不着痕迹地夸赞："我同桌怎么这么好看。我三生有幸，能和这么好看的女生做同桌。"

　　林宛："……"

　　戏过了啊，兄弟。

　　林宛看了江延一眼，觉得他额前的碎发有点长，提了句："你这个头发是不是该剪了？"

　　"嗯？"江延微挑了眉，没什么意见，"周末去剪吧。"

　　"这次剪短点。"林宛又看了他一眼，忽然想到今天在球场时他把额前碎发往后抓时露出的眉眼轮廓，"要不然你剃个寸头吧？"

　　江延偏头看了她一眼，刚想说什么，目光落在她身后，一辆黑色的轿车停在暗处，车旁站着一个穿着黑色西装的男人，身形挺拔有力。

　　不熟悉，但也不陌生。

　　他呼吸沉了沉，虚揽住林宛的肩膀把人往另一侧带了带，低头说："你自己回去成吗？"

　　"嗯？怎么了？"

　　林宛话音刚落，原先站在车旁的人不知道什么时候走到这里，声音带着成年男性的低沉："小少爷。"

　　江延没说话，可林宛明显感觉到他有些不对劲儿，她抿了抿唇角，也没说话。

　　男人的态度谦卑："先生在等您。"

　　闻言，江延抬眸看了他一眼，又侧眸看向停在不远处的车子。车窗紧闭，他看不清车内的情形。

　　知道今天是避不开了，江延屏息了一瞬，拉着林宛往旁边走了几步："我有点事，你先回去，到家之后给我发消息。"

　　他的神情实在是算不上有多好，林宛有些担心："那个人……"

　　江延笑了笑，替她捋了捋衣领，低声道："没事，不是别人。"

　　他微抿唇角，神情有些淡漠。

　　"是我生父。"

　　林宛愣了愣，不知道一个人到底是遇到什么事情才会称呼自己的父亲为生父——这样一个陌生又疏离，不带任何情感的词汇。

　　尽管心里有无数个疑问，但林宛也清楚这个时候并不是听故事的时机，千言万语汇成一句话："我在自习室等你。"

　　江延知道她担心自己，也没多说什么："去吧。"

　　林宛很快离开，三步一回头，看到江延跟着男人走到车旁，后座的车门被拉开，离得远，她什么也看不见。

　　等到江延坐进去，车门又关上，男人依旧站在车外，注意到林宛的视线，礼貌地朝她点了点头。

　　林宛愣了下，待到回过神，也朝他略一颔首，快步离开了。

第十二章

正义

车内的气氛并不怎么融洽，甚至可以说是有些针锋相对。

江延降下窗户，胳膊搭着窗沿，指节抵着眉骨，声音有些冷："我说过很多遍了，不要再来找我，我不会回去的。"

方海离世之后，他也曾想过听方海的话，接纳这个父亲，接纳这个新的家庭，可现实却给了他沉重的一巴掌。

他以为的家其实什么都不是。

"你身上流着我的血，带着我们江家的姓，你就是我们江家的人，你凭什么不回去？"

江延回头看着江隋远。

其实他和江隋远长得很像，都是瑞凤眼、薄唇，面容五官都像是从一个模子里刻出来的。

只不过江隋远的五官经过岁月的沉淀，褪去了少年时的稚气，越发硬朗利落，带着成年男人特有的魅力；而他在八分像了江隋远之余，还有两分是像了于风烟，五官稍比江隋远要柔和一些。

江隋远有时候看着江延，仿佛看到了自己年少时的岁月。那个时候的他年少成名，意气风发，带着多少人艳羡的目光一步步走到如今的地位。

岁月不再有，却更令人怀念，再加上江延是他和于风烟来之不易的孩子，所以江隋远对江延这个儿子总是有着不一样的情感。

可这些在江延眼里看来，什么都不是。

江延看着他，讽笑了声："您觉得我该以什么样的身份回去？私生子？第三者的小孩？"

他停了一瞬，虽是笑着，但眼里却没有一丝笑意，皆是冷意："或是您和初恋情人爱的结晶？"

"你——"江隋远语噎。

江延撇开眼，视线落在窗外，眼里如同一汪死水，什么情绪都没有："我什么都不是。您给了我生命，我感谢您，但我永远不会承认我是江家的人。"

就像江家的那些人永远都不会承认他是江家的孩子一样。

江隋远叹了口气，像是安慰又像是补偿："你是我江隋远的儿子，你是以我江隋远小儿子的身份回去。"

"你江隋远的小儿子。"江延嘲讽地笑了声，"您怕不是贵人多忘事，您江隋远十多年前明媒正娶的周家小姐，在离世之前，可就只生了一个儿子，我又是您哪个小儿子啊？"

他一言一语，咄咄逼人，江隋远一时沉默无言。

车内气氛越发僵持。

江延已经没有什么好说的，手指搭着开门键，眉眼低垂，长睫在眼尾投下一片阴影："您走吧，我是不会回去的。"

江隋远还想再说些什么，江延已经推开车门走了出去。

少年的身影虽然稍显单弱，却已然能够撑起一片天。

江隋远看了许久，在收回视线之时长长地叹了口气。

对于江隋远的话，江延其实已经没有太多的感觉，有些东西在想要的时候得不到，等到时间久了，也就不想要了。

对于江隋远说的家，江延早在很久之前就放弃了。

以前方海在世的时候，他还有家，现在方海不在了，他的家就没了。

江延走到巷子里的暗处，旁边路灯故障，周围黑漆漆的，没有一丝光亮，他站在那里，与周围融为一体，脑海里不由自主地想起很多年前第一次踏入江家老宅时的场景。

那时候的江延刚刚从方海离世的打击中走出来，决心听方海的话好好去爱这个世界，他收敛起所有的棱角，学着接受，学着听话。

可现实永远是残酷的。

他被江隋远带到江家老宅，原以为等待他的会是其乐融融的场景，没想到却是百般的难堪和为难。

原来江隋远早已娶了妻，有了自己的家庭和孩子。

他是个私生子，是一个永远不会被承认的孩子。

江延及时从那段不堪的回忆中抽离，抬眸看到不远处斑斓的灯光，缓步从黑暗里走了出去。

以前得不到的，现在也不想要了。

林宛在自习室里等了快一小时，她没去楼上江延的房间，就站在楼下大厅等他。

江延推门进来的时候，一眼就看到站在那里的林宛，看到她所有的担心和不安，一颗心像是被泡在温暖的罐子里，柔软又细腻。

林宛听到开门的动静，抬眸看到他，眼里的担忧散开，快步走了过去："你怎么样？"

"我没事。"江延看了眼墙上的时钟，低声说，"送你回家吧。"

他太过平静，林宛反而更加担心，攥住他的手腕："我今晚其实可以留在这里的。"

江延说："我没事，路上和你说。"

林宛愣了愣，似乎明白了他要说些什么，很平静地说了句："那走吧。"

公交站离得不远，几分钟的距离，这点时间也不够他讲完一个算不上故事的故事。

一直到两人坐上公交车。

这个点儿，车上没有几个乘客，后排座位都是空着的。

林宛和江延坐在最后一排。

江延一直没开口，林宛也不着急，有些事情没有那么容易说出来。

直到行程过半，车厢里只剩下他们俩和司机，林宛才听到江延平淡到几乎听不出什么情绪的声音："我生父和母亲是大学同学，两个人同专业，专业课成绩不相上下，经常在一起学习、参加比赛，时间长了，就有了感情。"

那个时候的于风烟和江隋远被誉为清大经管系的金童玉女，两个人郎才女貌，留下不少佳话。

而当时就读于清大物理系的方海恰好和江隋远是室友，江隋远知道方海是孤儿，家境也不好，私底下给了他不少帮助。

两个人关系很好，方海也认识于风烟，三个人度过了一段潇洒自在的大学生活。

时逢毕业季，家境优渥的江隋远接管了自家的企业，于风烟和方海则留校继续攻读硕士。

毕业一年。

江隋远到了谈婚论嫁的年纪，与此同时，国际经济动荡，江家的企业遭受了巨大的经济危机，即将面临破产。

江隋远的父亲提出以联姻的方式换取一时的喘息，江隋远自然不情愿，但胳膊拧不过大腿，不得不和于风烟提出分手。

但是谁也没想到，那个时候的于风烟已经有了一个月的身孕。那个年代，女子未婚先孕是很严重的事情。

于风烟不敢把这件事和父母亲朋说，没有任何办法的她只能找当时两人共同的好友方海帮忙。

他们谁都不知道，方海其实早在入学那天就对于风烟一见钟情了，只是因为自惭形秽，一直把这份感情深藏于心，后来再见时，她已经是江隋远的女朋友了。

江隋远对方海有恩，方海只能把这份感情藏到更深处。在知道于风烟的处境之后，他明知道于风烟不爱他，还是愿意放弃学业娶她。

在江延出生之前，方海和于风烟也像平常夫妻一样度过了一段美好的家庭生活。

只是后来，江隋远不知道从哪里知道于风烟怀了自己的孩子，又回来找她，两人将误会解释清楚，最后江隋远让于风烟等他。

这一切方海都清楚，可他什么也没有说。

一直到江延七岁那年，江隋远的公司彻底脱离周家的掌控，他才将于风烟和江延接了回去。

他原先的妻子早在两年前就因病逝世，只留下一个儿子，在江家受尽荣宠。

江隋远将于风烟带回去，却被江父、江母赶了出来。

后来，江隋远就把于风烟和江延安顿在自己新公司所在的城市。

"我们离开之后没几年，我父亲就因病离世了。"江延提到方海，神情很温柔，"我父亲是个很好的人，他从来不恨任何人。

"在他离世之后，我花了很长时间才走出来。我想听他的话，去慢慢接受我母亲给我建立的新家。"

公交车疾驰，窗外闪烁的灯光掺着夜色一闪而过。

江延开着窗户，有风吹进来。

"可是我没想到，我一直以为的家，在别人眼里什么都算不上。"江延看着窗外，声音被风吹散了，"我那个时候才知道，原来江隋远已经结过婚，我母亲在别人眼里就是第三者，而我就是个私生子。"

他声音淡淡的，没有什么情绪："什么是家？我已经没有家了。"

听完江延的回忆，林宛很长时间都没有说话，她不是不想说些什么，而是她根本不知道怎么说。

她一直以为他的家庭顶多是父母的感情不够好，家庭环境复杂，所以他才会那么厌恶，甚至想逃离。

可林宛没有想到真相会是这么地难堪。

她几次张了张唇，却没有发出任何声音。

那个时候他也才只有十一二岁，本该是享受宠爱的年纪，反而却因为父母的原因，背负那么多不该背负的东西。

她心里涌起细细密密的酸涩。

江延对这些过往其实已经没有太多感觉，只是在说起那些过去的时候，不可避免地会想到那个时候委屈却没有任何办法的自己。

耳边没有任何声音，他侧目，看到林宛湿红的眼睛，轻叹了声说："我没事，都过去了。"

林宛声音有些哽咽："江延。"

他轻"嗯"了声。

林宛抬眸对上他的视线："你还有我。"

江延笑了笑："我知道。"

"我们大家会一直陪着你。"林宛眼眸坚定。

开学之后的日子过得一天比一天快。

高二教学楼旁的梧桐树抽了新芽，嫩绿的枝叶重新绽放在枝头。阳光穿过错综复杂的枝丫，洒在地上的剪影细碎斑驳。墙角的爬墙虎日渐生长，藤蔓逐渐铺满整个墙壁。

窗明几净的教室，凌乱的课桌椅，琅琅书声。

新学期开始后没多久，高二（18）班的座位进行了几次调动，前后顺序没动，主要是组与组之间的平移，原先的第一组全部挪到了第四组，另外三组按照相同的顺序平移挪动。

换到第四组之后，林宛选了靠窗的座位，美其名曰，坐在这里，能够更好地进行光合作用。

江延平静地指了指洒满阳光的走廊："那你不如站那儿，光合作用更强。"

林宛懒得跟他争执，直接放了一摞书在靠窗的桌子上，人跟着坐了进去，硬声硬气道："坐哪里我说了算。"

江延嗤笑了一声，靠近过道的一边坐下，随手理着试卷："行，你说了算。"

新座位很快安顿好。

林宛整理好课桌，从桌肚里翻出孟昕之前拿给她的漫画书，津津有味地啃读起来。

忙着写试卷的江延抽空瞥了她一眼，笔尖在她脑袋上敲了下："我给你的试卷写完了？"

林宛捂着脑袋往墙边躲："早写完啦。"

她从桌肚摸出几张写得满满当当的试卷递过去："你下次可以给我找几张难度低一点的试卷吗？我周末两天时间就全用在这几张试卷上了。"

"太简单的不适合你。"

江延上次看过她的物理笔记之后，发现她更大的问题其实是不愿意深入去了解这门课，有些题目错过一次，到了下一次碰到类似的题型，还是会错，简单来说，就是不会举一反三。

就像他正在看的这一张试卷。

"这种和机械能守恒有关的题型你不是做过？"江延偏头看着她，轻挑眉毛，"还不会？"

林宛支着胳膊，指尖搓着眉骨，惊讶道："做过吗，我怎么一点印象也没有？"

江延没作声，提笔在她的答案旁边打了个叉，接着继续往下看，还没过三道题，又打了个叉，接着就是一连三个叉。

他停下笔："说吧，你周末到底有没有认真做这些试卷？"

林宛忍不住捂了捂眼睛，小声嘀咕了句："可能就只有这一张试卷没有怎么认真吧……"

江延冷哼了声，伸手把她反扣在桌上的漫画拿了过来，轻描淡写地说道："什么时候能写个满分试卷，我再还给你。"

林宛眼里全是不可置信："满分？你开什么玩笑，我从小学三年级之后就没再写过满分试卷了。"

"嗯，现在写一个岂不是很厉害。"江延把她写过的试卷收了起来，又从书包里摸出一本新的试卷集递给她，"这一周的。"

"……"

林宛真情实感地想哭了。

她才高二，为什么已经过得跟高三差不多了？

林宛一边在心里骂他，一边默默收下试卷。

过了会儿，见他始终坐在教室，她鼓着腮帮问了句："你今天不去练球吗？下周一不就是联赛了吗？"

江延头也没抬："等会儿去。"

林宛松了一口气，打算等他走了之后，把漫画书偷回来。

江延像是知道她心里打着什么算盘，偏头看向她："你跟我一起去。"

"为什么？我不要。"林宛拒绝，"我不去，我要留在教室做试卷，我是个爱学习的好孩子。"

他歪头笑了笑，看起来很良善的模样，其实一肚子鬼主意："在那儿也能写，我给你找个没太阳的地方。"

林宛面无表情地摇摇头："不行，球场很吵，会影响我的思绪。"

江延拉长声调"哦"了声，刚想说话，胡杭杭他们抱着球站在教室后门那里等他："走了。"

他回头示意了下，又收回视线看着林宛："不去？"

"不去。"

江延点点头："行。"

他今天穿着一身运动装，没必要再换球服，起身脱了校服外套丢在桌上。

林宛看着他，眼眸稍弯："好好训练。"

江延居高临下地对上她的视线，弯腰从桌肚摸出护腕戴在手腕上，什么也没说就走了。

只是在临走前，他顺手带走了林宛的那本漫画书："书我带着了，你在教室好好学习。"

"好好学习"四个字被他刻意咬得很重，也异常清晰。

林宛："……"

十中的球场建得很宽敞，不管什么时候从球场外面路过，总能看到里面人来人往的身影。

尤其是最近还有一场联赛，每到午休时间，球场几乎都是人，橘红色的球在半空中飞来飞去。

（18）班有固定的训练位置，许是因为江延的缘故，这个位置很少有人，就算有时过来的时候会碰到有其他班的同学，见到江延，总是会自动地挪开位置。

这个位置靠近角落，旁边还有一张长椅。

往常长椅上都是用来放衣服和水的，今天却是坐了个人，关键是这人还坐在这里写试卷。

这让球场里的众人纷纷把视线投向这里。

"这女生怎么回事？来球场写作业？！"

"看清楚点，什么怎么回事，这是江延同桌。"

"突然明白为什么江延回回都是年级第一了，有一个这么爱学习的同桌，学习能不好吗？"

坐在一旁埋头做试卷的林宛对这些一无所知。

在来球场之前，她试图从江延手里把漫画书抢回来，不仅没有成功，还被硬拉来了球场。

一张试卷才做了三分之一，江延已经结束了一个半场，把球抛给其他人，找了别人替他。

他在长椅的另一端坐下，仰头喝了小半瓶水，视线落在林宛的试卷上，指尖点了过去："这里，错了。"

林宛猛地捂住试卷："我做完还要检查的。"

江延点了点头，什么也没说，拧紧了瓶盖弯腰把水放在一旁，视线盯着场上奔跑着的身影。

林宛也跟着看了会儿。

这个天的太阳还不算怎么烈，阳光温暖和煦，照在身上暖洋洋的，很容易催生困意。

林宛连着打了几个哈欠，有些蔫蔫的。

"困了？"江延看了她一眼。

她揉了揉眼睛，卷翘睫毛被压得乱糟糟："有点儿。"

江延伸出手，指腹压在她眼角，拈起一根细长的睫毛，拇指摁在上面轻弹开，又偏头看她："回去睡会儿？"

林宛低头打了哈欠，眼皮奄拉着，没什么精神的样子。

江延低头拿开放在两人之间的东西："眯一会儿吧。"

"嗯？"林宛偏头看着他，有一瞬间的迷茫，过了几秒才意识到他说的是什么，但她很快想起个问题，"你等会儿不用上场了吗？"

"不用。"江延坐直身体，往后靠着铁丝网，长腿随意往前伸着，低头看着手机，轻声说，"快睡吧。"

"嗯。"

林宛闭上眼睛，又觉得太阳刺眼，拿了试卷盖在脑袋上，遮住了所有的视线和光亮。

有人偷偷拿手机拍了张照片。

定格在镜头里的两个人就像是从漫画里走出来的，美好而清新。

下午的时候，十中的贴吧又一次热闹起来，起因是有人在帖子里更新了一张照片。

照片里，江延坐在球场的长椅上，旁边是盖着试卷睡觉的女生。

　　某人和同桌真甜。

评论底下回复不断。

林宛手机的网络二十四小时不断，不停有贴吧的动态更新，她点进去，很快就看到那张照片。

不得不说，这张照片的拍照水平很好。

照片画质高清，角度正好，一看就是站在五米之内而且是正对着面拍的。

林宛偷偷把照片保存下来，又刷了会儿这条评论底下的回复，然后登录了那个论坛，把这张合照里江延的脸贴了贴纸，发到了论坛里的那个帖子里。

帖子底下自然也很快涌出不少评论。

清者自清。男女同学就不能成为朋友？

但林宛吸取了上次被老杨抓住的教训，随便看了看评论之后就退了出来，没再多看。

这节是生物课，和物理只有一字之差，但林宛的成绩却不止一分之差，她生物每次考试都考得挺高。

生物老师是整个生物年级组年龄最大的老师，学识渊博，讲起课一点也不枯燥，还经常给他们科普一些和生物有关的课外知识，林宛还挺喜欢这门课，听得也很认真。

听课间隙，林宛看了眼坐在一旁的江延："……"

她怀疑江延的世界里是不是只有物理，一天二十四小时，好像有一半时间都是做物理试卷，另外一半时间不是睡觉就是在看物理纪录片。

她真的不知道物理到底有什么地方能这么吸引他。

他这会儿正在做一张物理试卷，已经做到后边的计算题，卷面上随处可见黑色的水笔印。

江延做题的时候很认真，没有平常慵懒散漫的模样，停笔的瞬间也很短暂，草稿纸基本就是摆设。

有时候他还会戴着一副金丝边眼镜，整个一身都是压不住的书卷气。

林宛盯着他看了会儿，又看了看他的试卷。

他的字迹已经有了很大的改观，没有之前那么潦草，现在不仅字形端正，且已经稍露笔锋，一眼看过去其实还挺好看的。

江延做完这道计算题，收笔的时候注意到林宛的目光，轻转着手腕往后靠到桌子："怎么了？"

"没事。"林宛随口问了句，"你最近还在练字吗？"

"在练。"江延说完又看了她一眼，"你上次买的字帖快练完了。"

"那我等周末再去给你挑几本。"林宛说着话，凑了过来，指着他的试卷，"你现在这个字已经挺好看了。"

"还行吧。"

"别，别谦虚，真挺好看的。"林宛笑了笑，"最起码比你之前那个写检讨跟画符咒差不多的字好多了。"

江延眉梢微扬:"你这是夸我呢还是损我呢?"

"当然是夸你了。"

江延不置可否:"行吧,你说是就是。"

接下来的几天,林宛基本上都是在刷试卷中度过的。

等到了周六,孟昕约了林宛出来逛街,两人去了市中心的商场,一通扫荡之后坐在三楼的甜品店歇息。

"我不行了,太累了。"孟昕直接瘫倒在小沙发上,嘴上说着累,但依然兴致勃勃,"我听说这附近新开了家美甲店,我们等会儿去做个美甲吧。"

林宛咬着吸管:"我不做,我会忍不住抠。"

"那行吧。"

孟昕想一出是一出,迅速解决完甜品之后,拉着林宛出了商场,直奔美甲店。

美甲店在和商场隔了一条街的巷子里。

一路走过去,两边都是各种各样的店铺,卖衣服的、卖小吃的、卖小玩意儿的,甚至还有做鱼疗的。

美甲店开在巷子最里面,酒香不怕巷子深,店铺虽偏,但人很多,甚至有人拿着凳子坐在门口排队。

孟昕去取了号,拉着林宛站在队伍后边。

和这条热闹的巷子相对的是一条比较安静的巷子,而且和美甲店这条巷子的敞亮不同,对面那条巷子的店面都拉了帘子,五颜六色的灯光从帘子缝隙里洒出来。

有一两家店门口还站着几个小女生。

巷子里很少过人,过的也都是男生。

林宛碰了碰孟昕的肩膀,压低了声音问:"那边是什么地方?"

孟昕扫了眼,很快地说了三个字。

林宛默默挪开了视线。

过了会儿,又有两个女生排在林宛和孟昕的后边,交谈的声音不大不小,随后又听见女生惊讶的声音:"我天啊,这么好看的小哥哥也会去这种地方吗?"

林宛有些疑惑,扭过头顺着女生看着的方向看了过去,孟昕也跟着扭头看了过去。

和这里相对的巷子里,一道修长的身影停在那条街区里的一家店门口,身影只在门口停了几秒,很快抬脚走进了店里。

孟昕尴尬地"呃"了一声，迟疑道："那个会不会是学霸的孪生兄弟？"

林宛："……"

后边的两个女生还在小声且惊讶地说着话："果然人不可貌相啊。"

林宛："……"

这一学期开始，江延和关澈都在为下一年的国家级竞赛做准备。

江延偏物理，而关澈则偏数学，两个人虽然学科不一样，目标是一致的，都想取得国赛一等奖，从而拿到清大的保送名额。

除了准备比赛，学校里还有其他事情，两个人就没有太多精力去管理自习室，但店是两个人的心血，不管怎么样他们俩都没打算把店盘出去。

所以在他们俩没有更多时间的前提下，关澈就在网上和店门口放了个招聘信息。

自习室的地理位置好，客流量大，招聘信息挂出去没多久，就有十来个人过来面试，有男有女，有老有少，什么样的人都有。

这其中有一个最特殊，是个男生，来面试的时候额头上还挂着伤，衣服也穿得不怎么讲究。

那天正好江延在店里，靠着吧台看着站在眼前的男生，向他了解了一下情况。

男生说："我今天是来面试兼职的。我什么都可以做。打杂、收银我都可以，给我工资就行，押一半扣一半都可以。"

江延收回手，视线从他额头上的伤和身上的衣服上掠过，抿了抿唇角："你叫什么？"

"周铭。"说完他又补了句，"周公的周，铭记的铭。"

江延没在意，继续问："住哪儿？"

"……旁边的杏花胡同。"

"家里没人？"

"有，我妹妹。"他顿了顿，"还有我妈妈。"

江延看了他一眼，没再问下去，从旁边扯过纸和笔："有什么联系方式吗？"

周铭愣了一下。

笔是按压式的，江延摁了两下，发出清脆的响声："我们这里的面试都是第二天才出结果，你总要给我个联系你的方式。"

周铭的脸红了红，很快报了一串数字。等江延记好了之后，他迟疑地问了句："我通过了吗？"

江延朝他笑了笑："回去等结果吧。"

听到这话，周铭难掩失望，这种官方的话他听得太多了，让回去等结果，但往往都是等不到结果的。

江延知道他在想什么，也没多说，从桌上的小盒子里翻了翻，找出几个创可贴递给他："后边有水池，去洗洗吧。"

他没接，语气很郑重："不用了，谢谢你。"

说完，他还朝江延鞠了个躬才转身离开。

等人走了之后，小六看了眼江延，好奇地问了句："哥，你还真要让这小孩来店里啊？"

江延没看他，视线盯着纸上的一串数字，沉默了会儿后，他把这张纸撕了下来："我出去一趟。"

说完，人影在门口一闪，便消失了。

杏花胡同和自习室所在的梨花胡同隔着两条街道，几百米的距离，江延按着导航很快就找到了位置。

周铭只说了在这一条胡同，没具体说哪家哪户。

江延在巷子里走了走，中间几次路过一家烟酒超市，最后一次路过的时候，他停下来买了瓶水。

店里的老板娘早就注意到他，好心地问了句："小伙子啊，我看你刚刚在这里来回走了几遍，你是不是在找人啊？"

江延闻声冲着老板娘礼貌地笑了笑："对，是家里的一个远方亲戚，好几年没联系了，也不知道是不是搬家了，没找到人。"

"你说说你找谁啊，我这家店在这里开了十多年了，这胡同里谁家搬来搬去我都知道。"

江延抿了抿唇，报了个名字："周铭。"

老板娘的神情忽地变得有些古怪："你说的是哪个 zhou 哪个 ming 啊？我们这胡同里有两个 zhou ming。"

江延顿了顿，想起来周铭的自我介绍，平静地回答道："周公的周，铭记的铭。"

"你是他什么亲戚啊？"

"表哥。"江延面不改色地瞎扯着，"家里老一辈以前是一家人。"

老板娘看着江延也不像什么坏人，给他说了具体位置，然后又轻不可察地叹了口气："你这个表弟这几年过得还真挺不容易的，妈妈是个不管事的，自己一个人带着妹妹过日子。"

江延继续不动声色地打探着有关于周铭的消息。

老板娘也没有辜负他的期望，知无不言，言无不尽，把自己知道的情况都跟江延说了。

周铭的父亲六年前因故过世，留下一妻一子和一个刚出生不久的女儿。

一家的顶梁柱倒了，生活来源也就断了。早几年凭着周父的抚恤金还能勉强度日，但周母偏偏不思进取，在周父离世后不久，染上了酗酒赌博的恶习，还经常往家里带人，一有什么不舒坦的就打两个孩子，邻里街坊时常能听到从周家传出来的打骂声。

出于好心和周父这么多年留下来的情分，这些邻里街坊平常也没少接济两个孩子，但家家都有本难念的经，接济只能是一时的，不可能是一辈子的。

周铭也深深明白这个道理，年纪尚小的他只能早早地担起养活自己和妹妹的责任。

"阿铭也是个争气的孩子，成绩好又听话，听说这学期还跳了级，学校也给了不少补助。"老板娘提到这些难免觉得心疼和惋惜，"只是可惜了啊，摊上这么个妈。"

周铭的情况和江延猜测的差不多，他和老板娘道了谢，又从店里买了些其他东西才回到自习室。

当天晚上江延就给周铭打了电话，通知他下周一来上班。考虑到他还在上学，家里情况又特殊，江延和关澈商量了之后，单独给他排了班。

周一到周五三小时班，随便他自己怎么安排，周末白天班，八小时，管三餐，中间休息两小时。

工资没有像其他兼职是按小时算的，周铭的工资是江延和关澈自掏腰包给发的，一个月两千五，另外每个月还有额外的餐补和交通补，合计是五百块，工资每半个月就发一半。

这笔钱不算很高，但对于现在的周铭来说简直就是比雪中送炭还要珍贵。他心里清楚，自己这个工作时间其实是拿不到这么多钱的，至于为什么给他这么多钱，他或许能猜到什么。江延和关澈也都没有明说，只是告诉他对外不要透露自己的工资，要是有人问，就说是按小时算的。

江延这么做，一方面是为了保护小少年的自尊心，另一方面也是为了不让自习室里其他的兼职人员感到心理不平衡。

周铭也明白这个道理，对待工作格外认真，有时候来得早还主动承包了打杂的事情。

江延偶尔有碰到过几次，也没拦着他。

但好景不长，周铭在自习室工作的事情很快被周母知道，在一次醉酒之后，周母逼问他要工资。

周铭反抗过，但是没有任何用处，好在江延工资开得高，他只从中拿了一小部分给周母，其他的都偷偷藏了起来。

他还没有办银行卡，有了现金也都只能藏在家里的角落。

周母不信他就那么点钱，但是周铭藏得太深了她找不到，她就从自己的一位客人那里借了一台小型的摄像机，趁着周铭不在家，偷偷放在了暗处，很快便找到了周铭藏钱的地方。

周六，周铭一早醒来，照例像往常一样去检查藏在天花板里的钱，以往都是一伸手就能摸到，这一次他整个脑袋都伸了进去，却连一张都没看到。

他在自习室上了一个半月的班，发了三次工资，除了给周母的一千块，他跟妹妹的生活也只动了不到一千块，最起码还剩下两千多块，可现在却什么都没有了。

周铭后背止不住地冒冷汗，这个地方贼肯定是找不到的，唯一的可能就是被周母发现了。

他整个人瘫倒在地上，头发晕腿发软，心里是从未有过的难受。

妹妹周玥注意到哥哥的动静，起身走了过去，声音糯糯的："哥哥，你怎么了？"

周铭很快从那些不好的情绪里抽身，摸了摸妹妹软乎乎的脸："哥哥没事。你饿了吗？"

"饿。"

"那哥哥给你煮水饺。"

"好。"

周铭从地上站起来，抹了把脸。

等吃完早餐，周铭把妹妹送到隔壁奶奶家，又叮嘱了几句之后，才去上班。

江延昨晚上了个夜班，一直睡到中午才起。

中午几个人坐在一起吃饭，吃过饭后，周铭叫住江延："延哥，下个月发工资，我能不能先把钱存在你这里？"

江延抱着手臂看他："怎么了？"

周铭舔了舔唇角："每个月发的钱放在家里我不放心。"

周铭没打算把钱丢了的事情告诉他，但江延不是什么迟钝的人："你钱丢了？"

"……没。"周铭低着头，忍住眼里的酸涩，"没丢。"

江延放下胳膊，语气淡淡的："可以，下个月工资放在我这里可以，那之前给你发过的工资要不要拿过来我一起收着？"

"那些钱不用了……"周铭没敢看他，没什么底气地说道，"还是要留一点在手上花。"

"行。"江延看着他，沉默了几秒，没什么预兆地开了口，"你妈是不是拿你钱了？"

周铭猛地抬起头，愣了几秒才想起来说话："不……不是，她没拿……"

说到最后，他也说不下去了。

江延眼皮一挑，看着眼前的小少年，没什么耐心地搓了搓眉毛："你妈现在在哪儿？"

周铭的脸忽地涨红了，支支吾吾半天才报了个地名："……她周末应该都在那里，不过我也不确定。"

江延"嗯"了声，撂了一句"在楼下等我"后就自顾自地回了房间。

周铭说的地方，江延以前听人提过。

到地方之后，江延没让周铭跟着一块进来，毕竟是周铭的母亲，有些场面该避还是要避一点。

江延顺着巷子往里走，没怎么费力就找到了周母所在的按摩店。

毕竟也是第一次来这种地方，江延在门口站了几秒才走上台阶，掀开帘子进了店里。

店里就三个人，见到江延很快就有人迎了过来："小帅哥，按摩啊？"

江延不动声色地往后退了一步，神色冷淡："我找程华玲。"

对方娇俏地笑了笑，往帘子后面喊了声："玲玲啊，有人找你。"

被叫作玲玲的女人很快从里面走了出来。

江延看了她一眼，周铭的眉眼像她像了七八分，可惜再像也没有用，他直奔主题："你儿子是叫周铭吧？"

程华玲愣了愣，疑惑地看着眼前的年轻人："是啊，怎么了？"

"他在我自习室上班的事情你知道吗？"江延没给她回答的时间，语气冷淡，"你儿子在我们自习室上班的时候偷东西被抓住了，我们念在他年纪小，就没报警，但是他偷的那些钱和东西，得还。"

程华玲一听到钱，脸色唰地就变了："这个死小鬼，好的不学，整天就学这些偷鸡摸狗的事情。"

骂完，她又回过神，警惕地盯着江延："你是什么人？你说他偷东西我就得信？"

江延从口袋里摸出两张纸和自己的身份证递过去："我是自习室的老板，这是合同和产权证复印件。"

"你要是不信，现在可以跟我去一趟，或者给周铭打个电话确认一下。

不过我觉得不必费这个工夫，我们没必要骗你。"他不紧不慢地说，"我们已经核算过了，周铭总共拿了四千块的东西，周铭自己也交代了，他花了一千六百八十二，剩下整数还有两千三百一十八，我们也不要多了，把剩下的两千三还了就行。"

程华玲没说话。

她早上刚偷拿的钱，还没来得及花，就放在随身的钱包里，打算晚上下班之后和几个朋友去喝一杯。

放起来之前她数过，正好有二十三张。

"偷窃金额满三千元就足够被拘留了，但这不是我们想要的，周铭来我们自习室之前，也知道我们的规矩，他还不上，就得家里人来还，要是还不上，那就只能……"

江延把大哥的架势学了个十足，再加上又冷着脸，气势很迫人。

程华玲没有再多想和怀疑，语气带着讨好："我有钱，两千三是吧，我有我有，我拿给你。"

她进去拿包，翻出钱，都没有点直接就递给了江延："不用数，我早上刚拿的，正好两千三。"

江延嗤笑了声，接过钱还是装模作样地点了点，而后看着眼前的女人："这些只是周铭欠的钱，除了这些，作为赎罪，周铭会继续在我那儿兼职，没有工资的那种，另外——"

他语气威胁："周铭偷东西这件事我不希望还有别人知道，这毕竟会影响我们的声誉。你知道该怎么做了吧？"

"我知道我知道。"程华玲咽了咽口水，尴尬地笑了笑，"我知道该怎么做的。"

江延没再说什么，把钱收了起来，转身走了出去。

周铭还等在外面。其间给江延发了好几条短信，江延低头在回消息，眼前倏地站过来一道人影。

他吓了一跳，猛地抬起头。

林宛在看到江延进了店里之后，虽然不相信他是这样的人，但也还是好奇他到底来这种地方做什么。

她和孟昕直接等在巷子口，在看到他走出来的时候，孟昕看了眼手机，小声道："才不到二十分钟，这么点时间学霸应该也做不了什么。"

林宛说："我也没觉得他会在里面做点什么，我就是好奇。"

江延出了门就在看手机，没注意到眼前是什么情况，林宛直接走了过去，挡在他面前。

他抬起头，一脸惊讶。

林宛面无表情地看着他。

江延确实没想到还能在这里碰到林宛，一抬头的时候，手机差点没拿稳："你怎么在这儿？"

林宛和江延做同桌时间久了，有时候也会沾染到一点他的习惯，比如这会儿，挑着眉看着他的姿态，就跟他如出一辙，冷漠又高傲："你不觉得这个问题该我问吗？"

江延收起手机，勾了勾唇角："这地方不好，出去和你说。"

林宛说："你怎么知道这地方不好？"

林宛被他带着出了巷子。

孟昕默默跟在后边。

周铭还等在原地，远远看到江延拉着人出来，快步迎了上去，等到看到被他扯着的人时，愣了愣，没想起来说话。

江延松开林宛的手，从口袋摸出一叠钱递给周铭："给。"

周铭接过钱，眼泪跟着掉了下来。

林宛疑惑地看着周铭。

江延看着还不到自己肩膀高的少年，伸手在他肩膀上拍了拍："别哭了，钱我先给你，你要是想放我这里存着，回头再拿给我。"

周铭抹了把脸："……好。"

江延笑了笑："行了，你先回去吧。"

周铭点点头，很快离开了这里。

林宛扯着江延的胳膊："他是谁啊？"

"自习室新招的临时工。"江延低头看着她，"挺那什么的一小孩，好不容易赚点钱，还被他妈给偷了。"

"所以你是过来给他要钱的？"

"嗯。"江延低声说，"……他妈在这里上班。"

林宛沉默了一瞬。

有关周铭的事情林宛没怎么深入了解，只是知道他家里情况特殊，她本身就不是八卦的性格，其他的也就没再多关注。

江延解决完周铭的问题，也没什么其他的事情，打算直接回自习室，林宛和孟昕也逛得差不多了，索性也跟他一起回去了。

到了自习室之后，孟昕和林宛直接去了二楼的包厢。

江延把她们俩买的东西放回自己的房间，下楼在大厅看了一圈，没看到周铭。

他走到吧台，屈指敲了敲桌面，低着头问："看到周铭了吗？"

服务生小七茫然地摇了摇头，一头金黄色的碎发随着他的动作也跟着晃了晃："没看到。他不是跟你一起出去的吗？"

"我让他先回来了。"江延站在吧台边上，掏出手机给周铭打电话，听筒里是一个机械的女声，"您拨打的电话已关机……"

他微皱了下眉头，拿着手机在桌面上点了点："等他回来跟我说一声。"

"好，知道了。"小七抓着头发笑了下，打趣道，"哥，你对周铭这小子可真上心啊。"

"他一小孩。"江延也没再多说什么，"玩你的吧。"

他收起手机，转身回了房间，坐在桌前做试卷，中间休息的时候给林宛发了条消息：

> 过来。

林宛当时不知道在做什么，隔了几分钟才回：

> 林宛：你家？
> 江延：我家。
> 林宛：青天白日，你约我去你家，意欲何为？

他没再回。

过了几分钟，林宛还是来了。

她站在桌旁，手指随意翻着桌上的书："找我做什么？"

江延往后靠着椅背，一只手搭在桌沿上，手臂底下压着一张试卷："过来学习。"

林宛翻书的手一顿："你认真的？"

"你觉得我像在开玩笑？"江延从旁边抽出一叠试卷，"这是你上周写的卷子，我昨晚帮你把错题都勾了出来，你看看。"

林宛惊了，抬手在他额头上摸了一下："你是不是受到什么打击了？你以前不是这样的啊。"

正常人哪有天天搁一块儿做试卷的啊。

江延笑了，把试卷放在手边，低声问："我以前什么样？"

"就很不爱学习，一副生死看淡与我何干的样子。"林宛半倚着桌沿，语重心长道，"我好心提醒你一下，你这样是不对的。"

"那怎么是对的？"江延说，"你教教我，我不太了解。"

林宛想了半天也没想出个所以然，嘴硬道："反正不是你这样的。"

江延看她也说不出个所以然，敲了敲她面前的试卷："先看看吧，现在有什么不会的还能问我。"

"……"林宛就这么认命地坐了下去。

屋外是车水马龙的街道，两侧一排排挺直的白桦树，幢幢高楼耸立，形形色色的人。

林宛的目光落在他桌上一摞摞不同类型的物理资料，小到专项选择题针对训练，大到奥林匹克竞赛真题试卷，各个种类都有；试卷、课本、习题册、物理资料书，乱七八糟的什么都有。

她随便抽了本资料出来，轻声问："你为什么这么喜欢物理啊？"

"我父亲喜欢。"江延直起身，漫不经心地说道，"他告诉我，物理可以判天地之美，析万物之理，人类一生的岁月不过几十载，但是物理可以看到世界的起源和尽头，它能够解释世界的一切。"

林宛听得一愣一愣的。

"数学是抽象的，可物理不是，它看得见摸得着，和世界紧紧联系在一起，比数学更平易近人。相较于抽象的东西，我更喜欢摸着的东西，比如物理。"

江延笑了笑，放缓了语气："也比如你。"

林宛不知道为什么一个好好的学术探讨氛围，到最后又变了味儿。

但不得不说，比起其他样子的江延，她更容易被这样的江延吸引。

认真专注，有着自己想要且可以坚持的理念。

他告诉林宛，整个社会放到物理里就好比是广袤无垠的宇宙，而人就是宇宙中微不可察的一个粒子。

一个人成不了什么气候，但一群人、一堆粒子，就会有不一样的情形。

人只能活一次，不了解自己活过的世界太可惜了。

相较于活得明白通透的江延，林宛觉得自己这十几年来都过得挺糊涂的，没想过该选择些什么，也没想要做些什么，只是做一天和尚撞一天钟，看似潇洒肆意，其实心里一团糟。

想到这些问题，林宛沉默了许久，轻轻地叹了口气："我有时候还挺羡慕你的。"

江延眼眸微垂："羡慕我什么？"

"活得明白，知道自己想要什么。"

"这是因为我没有选择。如果有选择的话，我也想活得糊涂点。"江延说，

"我有时候也羡慕你。"

林婉看着他，有些好奇："你羡慕我什么？"

江延勾了勾唇角，慢条斯理地说道："羡慕你有我这么个优秀的同桌。"

"……"

林婉在江延房间里待到了天黑。

江延做完一张试卷，捏了捏鼻梁骨，回头看了眼坐在沙发上看书的林婉，起身走了过去："饿了吗？"

"有点。"

他伸手帮她把散下来的头发别到耳后："那下去吃饭。"

"行，我去叫孟昕。"林婉迅速坐起来，低头穿上鞋，随口问道，"晚上吃什么？"

"你想吃什么？"江延低头看手机，搜索有什么好吃的地方。

"我一时半会儿想不到吃什么，等会儿再说吧。"林婉穿好鞋，"我先去找孟昕。"

"好。"

等她走后，江延进了浴室洗了把脸，随后径直下了楼。

周末的晚上自习室比平常客人多，江延站在台阶上往下扫了一圈，很快往吧台处走了过去。

"周铭还没来？"

小七"啊"了一声，摘下耳麦："好像是吧，一下午都没看到人。"

江延隐隐觉得不对劲，又给周铭打了个电话，他还是关机。

这时候林婉和孟昕也从楼上下来，看到他脸色不对，林婉问了句："怎么了？出什么事了？"

江延看了她一眼："周铭还没回来。"

"他不是比我们先走的吗？"林婉犹豫了一下，"他会不会先回家了？"

江延摇头："他不会。"

刚巧关澈带着胡杭杭他们几个从外面推门进来，听了江延的话，提议道："要不然我们几个去他家里看看吧？他不是还有个妹妹吗？今天周末，他应该在家里。"

七个人很快出门赶往杏花胡同。

杏花胡同靠近旁边的街道，比起梨花胡同的冷清，这条街道要繁华许多，到了晚上也是灯光璀璨。

周铭的家在巷子里最后一户。

他们几个赶到的时候，家里门是锁着的，里面也没有开灯，看样子没有人在家。

江延不放心，又敲了敲门："周铭？"

动静吸引了住在对面的邻居，邻居探了个头出来："你们找阿铭啊？"

林宛接了话："对，我们约好了今天要见面的，等了一下午他一直没来。阿姨，您今天看见他了吗？"

邻居阿姨摇头叹息了声，放下手里的东西，从屋里走了出来："阿铭他妹子出事了，他去医院了，不在家。"

关澈追问了句："他妹妹怎么了？"

邻居阿姨似乎有点难以启齿，犹豫了几秒才道："阿铭他妈以前交了个男朋友，经常往家里带，去年吵了一架之后就分开了。今天那男的不知道从哪里搞到了他们家的钥匙，下午的时候来他们家了，阿玥看到门开着以为是她哥哥回来了，就自己回去了。

"那男的不是个人，在家里没找到值钱的东西，又喝醉了酒，连小姑娘都欺负。"

一旁的七个人脸色倏地一变。

林宛忍不住攥紧了手，不敢想象当时的场景。

"阿铭那时候刚好回家，就碰上了。"邻居叹了口气，没有再详细说下去，"你们要找他们，就去这前边的溪大附属医院吧。"

"好，谢谢阿姨。"

七个人没有犹豫，很快折身从巷子里跑了出来。

墨色深重的夜晚，晚风随着奔跑的身影被带起痕迹，七个人神色各异，但眼里都带着一样的沉重。

这样的事情对于他们几个人来说，是从来没有接触过的。

溪大附属医院离杏花胡同不远，七个人赶过去的时候，周铭和妹妹周玥都已经从手术室里出来。

病房外面都是人，有穿着警服的警察，也有附近的邻居。

他们七个人没有过去，站在拐角处，听着不远处的动静。

"……是，那个男的以前经常来她家里。"

"他妈不管事，又喜欢胡闹。"

"一开始没听见动静，后来听到阿铭的叫声……"

"……"

应该是警察在给现场的邻居做笔录。邻居断断续续的描述逐渐给站在拐角处的七人心里添上一道又一道的阴霾。

关澈没忍住，往旁边的扶手栏杆上狠拍了几下，脸上是压不住的怒气。

林宛看了眼沉默不语的江延，握住了他的手。

　　两人对视一眼，什么都没有说。

　　气氛逐渐沉重。

　　过了会儿，警察做完笔录，收拾好东西之后，便带着人离开了，只剩下几个邻居坐在病房外面。

　　留下的邻居都是有一定年纪的阿姨，直接在病房外聊起了今天的事情，说起来的时候唉声叹气的。

　　七个人走了过去。

　　其中有个阿姨之前碰见过一次江延送周铭回家，也听周铭提过江延是他兼职地方的老板，对江延也还有些印象："你不是阿铭的老板吗？"

　　江延勉强笑了下："阿姨好。"

　　她看了看眼前的七个人，有些惊讶："你们几个这是？"

　　"是这样的，周铭今天本来要过来我这边上班的，但是他一直没来，我们担心他出了什么事，就去了他家里，邻居告诉我们他在这里。"江延抿了下唇角，"他现在怎么样了？"

　　阿姨摇了摇头，抬手抹了下眼角，声音很快哽咽了："阿铭倒是没什么大事，主要是阿玥……"

　　周玥今年才六岁，从小吃百家饭，在胡同里长大，长得粉雕玉琢，听话又懂事，很招人喜欢。

　　但谁都没想到会发生这样的事情，看着小姑娘这么小就碰上这样的事情，她们这些长辈是又痛心又难过。

　　"……那个狗娘养的啊，真不是个东西，老天爷怎么不收了他。"阿姨说着哭声更明显，旁边几个阿姨都偷偷抹着眼角，"阿玥才六岁啊，六岁啊，这让她以后怎么活啊！"

　　阿姨捶胸顿足，泪眼纵横："老天爷你怎么不晓得睁睁眼，她爸那么心善耿直的人你就这么带走了，你怎么着也要护着他这双儿女啊……"

　　撕心裂肺的哭声在走廊回荡着。

　　站在一旁的七个人纷纷红了眼睛，不忍再听下去，给阿姨留了联系方式之后，又回到了之前的拐角处。

　　胡杭杭捶了下墙壁，愤声说："真不是人！"

　　宋远看了他一眼，往后抵着墙壁："现在该怎么办？"

　　"先问问那个人渣被关在哪个警局，我再托我爸替阿铭请个好点的律师，让他把牢底坐穿了。"关澈看了看江延，"你觉得呢？"

　　江延松开攥紧的手，抬手搓了搓眉心，语气听不出什么情绪："我们先回去吧。"

徐一川看着他，迟疑道："那这件事……"

"我不会不管。"

这件事情江延确实不会不管，只是在管之前他还是想听听周铭的想法，这毕竟是他们家里的事情，而且事情本身的性质又很特殊，周铭的想法很重要。

七个人没有在医院多停留。

事出突然，又很骇人听闻，大家原本准备在一起吃个饭的想法也没了，从医院出来之后，直接各自回家了。

江延和关澈一起走了。

林窕知道他心里不畅快，也就没有跟着。

七个人分成了三批。

林窕和孟昕先坐上了出租车。

车子穿过热闹的街道，人来人往，高楼大厦的斑斓灯光在窗外一闪而过，风都是暖的。

林窕把车窗全降了下来，风呼啦灌进车厢，明明是暖风，可她却觉得风里像是有刀子，刮得脸疼。

心也疼，还凉飕飕的。

坐在一旁的孟昕长长地叹了口气，两个人都没有说话，也不知道该说点什么。

车子很快到了目的地。

林窕和孟昕在路口分别。林窕到家的时候，方仪宋也在家，人在书房，电脑放在客厅的茶几上。

听到开门的动静，方仪宋从书房里出来，看着她的时候笑意温柔："回来了啊，桌上有汤，去洗洗手喝一点。"

林窕低头换鞋，没什么精神："哦，好。"

方仪宋意识到不对劲，缓步走了过来，低声问道："怎么了？是不是哪里不舒服？"

"没事。"林窕说，"就是遇到了些糟糕的事情。"

方仪宋拉着她走到餐桌旁，揭开桌上砂锅的盖子，给她盛了碗汤，跟着坐了下来："什么事情，方便和妈妈说说吗？"

林窕抿着唇，手捏着瓷勺，随意搅了搅碗里的汤，抬头看着方仪宋："我今天碰到一个同学，他妈妈不管他们，还偷拿他兼职赚到的钱，不过还好，后来钱拿回来了。"

方仪宋没说话，只是握住了她的手。

"他妈妈有个前男友，以前分开了，今天又回来了，还去了他们家。"林宛心里有些乱，声音也有些哽咽，"这个同学还有个妹妹，才六岁，他妈妈那个男朋友今天下午欺负了她。"

眼泪顺着落进汤里，林宛觉得心里堵得慌。

那个阿姨撕心裂肺的哭声仿佛还在耳边。

作为在商场厮杀了很多年的女强人，方仪宋对这样的事情倒没有太过惊讶，这个世界本就有很多看不见的地方，那里黑暗又肮脏，多的是见不得光的事情。

"你会难过，说明你还有一颗善良的心。"她拍了拍林宛的手背，没有多说安慰的话，"但现在不是该难过的时候，你如果真的替她感到难过，就要想办法替她讨回公道，将坏人绳之以法。"

"如果那个同学有什么需要，你及时和妈妈说。"方仪宋抽了张纸巾替她擦了擦眼泪，"好了，不要哭了。"

林宛深吸了口气："我想请您帮他们找个律师。"

"好，这件事情就交给妈妈吧。"方仪宋摸了摸她的脑袋，"你快点喝汤，喝完早点休息。"

"嗯，谢谢妈妈。"

方仪宋摇头笑笑，没有再多说什么。

林宛其实也没什么胃口，匆匆喝完一碗汤，就回了房间。

胡杭杭他们还在微信群里聊这件事。

几个人骂骂咧咧地聊了会儿就下线了。

今天这件事情就像在他们七个人的心里丢下了一枚炸弹，久久不能平静。

林宛给江延发了条微信，随后又在网上搜了搜相关案例，一直折腾到天亮才睡下。

方仪宋的效率很高，第二天就找好了律师，律师在溪城最好的律师事务所就职，专门处理这类案件，在业内拥有很高的声誉。

林宛在跟他接触之前，先去找了江延。

她没想到周铭也在，额头上裹着纱布，眼睛红红的，缩成一团坐在关激边上，看起来没什么精神。

林宛敲了敲门。窝在沙发上的江延抬头看了过去，见是她，很快站起身，衣服皱巴巴的，声音有些哑："怎么过来了？"

"有点事。"林宛走进来，在旁边的空位坐下。

江延长腿一跨，走到窗边开了窗。窗外的风吹进来，带来些清冽的空气。

林宛看了周铭一眼，想了想，还是不打算在他面前说这些，踢了踢江延的小腿，低声道："你跟我出来一下。"

"好。"江延偏头，也扫了周铭一眼，"关澈，你带阿铭去吃点东西，他昨天到现在一点东西没吃。"

关澈知道他们俩有话要说，点点头，拍了拍周铭的肩膀："阿铭，走吧。"

少年没什么反应，起身低着头跟在关澈后边走了出去。

江延拉着林宛去了自己的房间。

"周铭怎么过来了，他妹妹还好吗？"林宛想到周铭刚刚那个样子，又忍不住叹了口气。

江延搓着眉骨："不太好。"

不管是身体还是心理，周玥的情况都算不上一个"好"字。

林宛皱了皱眉："那这件事情你们打算怎么处理？"

"周铭的意思是不想把事情闹得太大，但是也不想放过那个人。"江延伸直了腿，"我和关澈打算先请个律师，他爸爸在帮忙找。"

"不用找了。"林宛说，"我昨天回去把这件事情和我妈妈说了，她替我们找好了律师。"

江延手里的动作一顿，林宛看着他，有些犹豫："反正都是要找的，我妈妈她在商场这么多年，认识的人会比较多。你不会怪我吧？"

"怎么会，感激都来不及。"江延摸了下鼻尖，"我就是惊讶，你对周铭的事情会这么上心。"

"你说你不会不管周铭的事情。"林宛看着他，"你的事情就是我的事情，我也不会不管的。"

江延心里一暖，嗓音低柔："谢谢。"

林宛的脸又不受控制地热了起来，很快岔开话题："那既然确定了，我让我妈妈替我们约时间和律师见一面？"

"行。"

不管怎么样，总要先见一面了解情况。

林宛给方仪宋打了电话，她很快安排好了见面的时间和地点，给林宛发了过来：

下午三点，和熙路的一端茶馆。

茶馆离方仪宋的公司不远，下午林宛他们几个人和律师碰面的时候，她也在场。

律师姓梁，单名一个"蔚"字，毕业于清大法学系，眉清目秀，戴着副金边眼镜，看起来斯文有礼。

他从江延那里了解完事情的始末，思索了片刻，抬眸看着周铭："你想让他受到什么样的惩罚？"

周铭愣了愣，林宛也愣了下。

其实一开始林宛是不想带他过来的，毕竟一遍又一遍在陌生人面前重复这些不好的回忆，对他来说何尝不是一种折磨，但是方仪宋说律师特地交代了，一定要把他带来，林宛也只好照做。

梁蔚看着他，目光和善："没有关系，有什么就说什么，说话又不犯法。"

周铭低下头，沉默了片刻后，咬着牙说道："我想让他得到报应。"

林宛猛地攥紧了手。

也不怪周铭会这么想，任谁碰到这样的事情都会有这样的想法，但是他还这么小，人生才刚刚开始，甚至可以说还没有完全开始，如果心里一直被这件事压着，对他、对周玥来说，都不是一件好事情。

梁蔚像是早就想到他会有这样的想法，倾身握住他的手："好，那叔叔帮你，我们用法律用正确的办法将坏人绳之以法，还妹妹也还你一个公道，好吗？"

周铭抬头看着梁蔚，眼里很快聚集了泪水。他抬手抹掉眼泪，重重地点了点头："好。"

林宛看着两人的交流，突然明白了梁蔚为什么让他们一定要把周铭带过来。

发生这样的事情，周铭的心里难免会落下一颗仇恨的种子，在没有人注意的地方偷偷生根发芽，如果不及时处理，也许还会有另外一个悲剧发生。

对于现在的周铭，只有通过正确的引导，才能避免出现这样的情况。

简短的交流之后，关澈和江延带着周铭先离开了，林宛陪着方仪宋一起留了下来。

梁蔚端起面前的茶杯喝了一口，依然不忘叮嘱："等案子结束之后，你们记得要带他去专业的心理医生那里进行疏导。发生这样的事情，会对他们产生严重的心理阴影。"

林宛点点头："好，谢谢梁律师。"

"不客气。"梁蔚松开手里的茶杯，"另外有时间安排一下，我去医院看望一下周玥，有些情况需要从她那里了解。"

听到这话，林宛有些为难："周玥她……"

梁蔚知晓她的难处，宽慰道："你们不用担心，我有分寸，而且周玥的证词很重要，她是当事人，也是直接受害者。"

林宛抿抿唇，点头："好，我知道了。"

梁蔚笑了笑，没再继续这个话题，偏头和方仪宋聊起了别的，过了会儿，他说有事，就先走了。

时间刚过六点，林宛陪方仪宋吃了晚饭才回去，顺便还打包了些菜，带到自习室给江延他们几个吃。

她到自习室的时候，江延他们几个还没回来。

林宛把东西放到小客厅，又给他发了消息，才去了楼上的房间。

她昨晚睡得晚，早上又起得早，奔波了一天，整个人又困又累，在沙发上坐了没一会儿就睡着了。

江延和关澈带着周铭从茶馆离开之后，直接去了市人民医院，周玥今早刚从附属医院转过来。

他们到医院的时候，就看见胡杭杭、徐一川和宋远他们三个人站在病房外。

病房里，胡杭杭的母亲李素带了亲自熬的鸡汤过来看望周玥，邻居阿姨在喂周玥喝汤。

江延从门上的小玻璃往里看了眼，小姑娘脸上的伤还没有完全恢复好，青紫一片，缩在阿姨怀里，看起来像受了惊吓的小白兔。

他轻叹了口气，拍拍周铭的肩膀："你进去陪陪妹妹吧，哥哥们就不进去了。"

几个人走到走廊尽头。

"怎么样？"胡杭杭问，"律师怎么说？"

关澈："没具体说，就只是了解了情况，具体的还要再等等看吧。"

"真气人。"

徐一川他们昨晚都没有看到周玥，今天是第一面，看到小姑娘脸上和胳膊上露出来的那些伤痕，窝火又心疼。

江延垂着眸，突然想起什么："周铭他妈今天来了吗？"

"他妈？"宋远有些惊讶，声音都拔高了，"他们还有个妈？我还以为他们是孤儿呢。"

"……"

不是宋远故意嘲讽，确实是自从周铭和周玥出事以来，他们就没在医院见过兄妹俩有什么亲人过来，更别说是亲妈了。

江延皱着眉，没有说话。

徐一川在旁边骂了声："一个比一个没良心，什么人啊。"

关澈卷起衣袖，偏了偏头，问江延："他妈在哪儿上班来着？"

江延刚想说来着，突然反应过来他们现在在市人民医院，离程华玲上班的地方也就一条街的距离。

他也卷起衣袖，冷着眼道："就在这附近。过去看看。"

胡杭杭摩拳擦掌："我倒是要看看什么样的女人能这么没良心。"

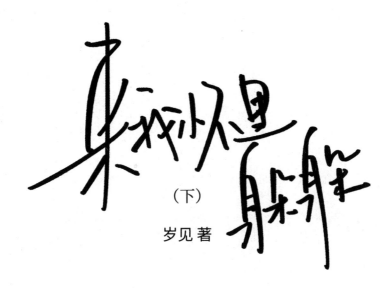

（下）

岁见 著

中国致公出版社

第十三章

比赛

程华玲今天没有来上班，在一起上班的同事也不知道她去了哪里，只知道她一连请了好几天的假。

　　"她经常这样的。"说话的还是之前招呼江延的女人，"上几天休息几天，过段时间就回来了。"

　　屋里香味过浓，熏得人头疼，桃红色的灯光看得人头晕，一行五人没有在店里多停留，很快走了出来。

　　胡杭杭站在巷子口，深深地呼吸了一下新鲜空气："怎么还有人来这里按摩，不怕被熏死吗？"

　　徐一川搭着他的肩膀，故作语重心长道："胖胖啊，你还是太单纯了。"

　　"……"

　　宋远白了他们俩一眼，看着江延和关澈："怎么办，那个女人会不会是跑了啊？"

　　关澈嗤笑了一声，眉峰拢着："这还用说吗，肯定是收到消息溜了呗！这都什么人啊。"

　　江延倒是没说什么："走吧，回去了。"

　　"得嘞。"

　　江延和关澈没打算再回医院，但胡杭杭他妈还在医院，胡杭杭他们三个又顺路，索性就在巷子口分开了。

　　关澈打了辆车。

　　回去的路上，江延看到了林宛半个小时前发来的消息：

　　　　给你们带了吃的。

　　他没回消息，直接拨了语音电话过去，但是没有人接。

　　江延也没在意，收了手机，靠着椅背闭目休息。

　　半个小时的车程，江延才刚刚有了点睡意，车子就停了，关澈付了钱。

两人下了车，关澈拍拍袖子上不知道从哪里蹭上的灰尘："走吧，先去吃点东西，饿死了。"

江延看着他："直接回去吧，林宛给我们带了吃的。"

傍晚的巷子比夜晚时分要热闹许多，周围支起了不少小吃摊，香味四溢，从巷头飘到巷尾。

路过一家水果切，江延买了份切好的菠萝和西瓜。反季节的水果似乎比平常时候要鲜艳许多。

自习室还是一如既往的人多。

小七笑着和江延打了声招呼："你同桌来了，在楼上等你好久了。"

江延摆摆手，径直上了楼。

三楼的几间屋子门都关着，唯独靠近走廊那一间，门没关严，留了一条细缝，露出里面闪烁的灯光。

江延在门口停下，推开门才发现屋里没开灯，刚刚的灯光是电视机的亮光。

他往里走了走，把东西放在桌上，看到了睡在沙发上的林宛。

她睡得很熟。沙发有点短，她的腿搭在沙发的扶手上，一条胳膊盖在眼睛上，另一只手里还抓着遥控器，下巴上不知道蹭到了哪里，有一道很红的印子。

江延放轻了手脚，怕吵醒她，从床上拿了条毛毯盖在她身上，整个动作结束，林宛都没醒。

等到他去拿她手里的遥控器，她人却醒了，手还下意识拽紧了。

林宛估计一时半会儿还没有缓过神，眯着眼看着江延，一只手顺着他拿遥控器的动作停在半空中，整个人迷糊又可爱。

江延心里软了一角，直接蹲在沙发边上，取过她手里的遥控器放在一旁："怎么不去床上睡？"

"啊？"林宛揉了揉眼睛，收起长腿，声音带着刚睡醒时的沙哑，"没想睡觉来着，谁知道太困了，就睡着了。你什么时候回来的？"

"刚回来。"

林宛拥着毯子坐了起来，伸手揉着酸胀的肩膀："给你们带的吃的在楼下客厅，你吃了吗？"

江延把垂在地上的毯子一角捡起来，顺势在地上坐着："还没有，不是特别饿。"

"你这样不行，对胃不好。"林宛说，"还是去吃点吧，而且这家店很有名的，菜都很好吃。"

"是吗？"江延对吃的没什么挑的，也不是很在意。

"真的。"林窕很认真地说，"不骗你，平常去这家店都是要提前一个月预约的。"

"好吧，那我等会儿下去吃。"江延侧身把回来路上买的水果拿了过来，"要不要吃点水果？"

"你买的？"

"那不然呢。"江延说。

林窕开了旁边的落地灯，接过他拆开的菠萝，吃了一小块，酸甜的味道充斥在嘴里，果汁饱满厚实，末了还有一丝酸味，更让人意犹未尽。

两人在楼上待了好一会儿，等到下楼吃饭的时候，林窕提出了梁蔚想见一见周玥的事情。

"梁律师说有些事情需要问一问当事人才可以。"林窕迟疑地问道，"周玥现在的情况可以见外人吗？"

江延低头扒了一口饭，腮帮动了动："估计有点困难，她现在除了阿铭，其他的人一概不见。"

林窕叹了口气："也不知道那个人渣最后会是什么样的结果。"

"别多想，不管什么结果，都是他应得的。"江延停下筷子，看了眼手机，"时间不早了，先送你回去吧。"

"啊。"林窕也拿起手机看了眼，差三分钟过九点半，考虑到明天一早还有课，她只让江延送自己到巷子口。

等车的间隙，林窕看了眼站在一旁的江延，白衣黑裤，修身玉立，光是站在那里就足以让人惊艳。

林窕以前在网上看到有人说，两个人相处的时间久了，审美会产生疲劳，看对方就会没有刚认识的时候好看。

可能是她和江延认识的时间还不够长吧，不管她从哪个角度看他，都是极其好看的。

想到这儿，她又忍不住看了一眼，正巧被江延抓了个正着。他挑了挑眉，收起手机："看什么？"

"看你好看啊。"林窕说。

江延笑着别开了眼。

晚风和煦，一轮弯月悬于当空，莹白的光芒盖过了整片星空。

巷子口的水果摊亮着灯，昏黄的灯光从里面洒出来，摊前摆着张木桌子，一个小男生坐在桌前看书，旁边地上蹲着一个小姑娘，时不时揪住他的裤腿，叽叽咕咕地在说些什么，每当这个时候，小男生总会弯腰笑着把小姑娘抱起来。

摊上是琳琅满目的水果，店里是父母忙碌的身影，母亲时不时从店里出来，给坐在门前的儿女送上洗干净的水果。

生活虽然平凡简单，但是很幸福。

林宛收回了目光，低头看着地上的细碎剪影，随口问道："你当初为什么会答应让周铭来店里上班？"

"嗯？"江延似乎没想到她会突然提起这个问题，愣了几秒才想起来回答，"因为看到他会想到以前的自己。"

"这样啊。"林宛没再多问。

江延看着远处，声音有些缥缈："我和他一样大的时候，明明有机会得到更好的一切，但是我却做了错误的选择。"

"我父亲离世前告诉我，要学会爱这个世界。"江延每一次想到方海，浑身的那些尖锐的棱角都会在不经意间通通收了起来，变得很温柔，"我想如果是他，估计也会做出这样的决定。"

林宛看着江延，有一瞬间觉得自己好像看不透他，但心里又不受控制地很心疼他。

"他以前常和我说一句话。"江延说，"人要在力所能及的范围之内，对需要帮助的人施以援手。"

林宛没有见过方海，只是看过江延和他的一张照片，更多时候都是听江延提到一些和他有关的事情。

她不知道到底是怎么样的一个男人，会有这样的心怀，在伟大之余却还有着细腻的温柔。

她往前走了一步，看着化不开的夜色："叔叔是很好的人，也是很好的父亲。"

江延笑了笑："我知道。"

"你也是。"林宛看着他，"你是我见过最好的人。"

江延笑了笑，没说话。

林宛也跟着笑了笑，念了声他的名字："江延。"

他偏头看着她，目光温柔："嗯？"

"一切都会好的。"

"嗯。"

是的，一切都会好的。

不管当下我们正在遭受着什么不愉快的事情，但是一切都会好的，即使我们生活在黑暗之中，只要我们坚持下去，阳光总会照进这里。

黑夜之后便是黎明，生活不会永远辜负我们。

一个星期之后。

在专业心理医生的疏导之下周玥的情况逐渐有所好转，不再激烈排斥异性。在江延的安排下，梁蔚带着公证人员和她见了一面。

聊天的过程还算顺利，周玥没有表现出太强的抵触情绪，梁蔚问什么她也都乖乖回答，只是依然有点怕人，一直躲在周铭背后。

梁蔚在读大学的时候也专门辅修过心理学，对于像周玥这类的孩子，有自己专门的一套沟通方式，很快便将当天整个事件的过程询问清楚。

当时江延和林宛也在病房里，只不过没有出现在周玥身边，他们俩都站在病房里的屏风后边。

尽管事情已经发生，他们对当时的情形也都心知肚明，但当这些话从周玥口中说出来，还是让人觉得十分气愤。

站在一旁的江延攥紧了手，林宛眼睛红了红，不忍再听下去，很快离开了病房。

坐在沙发上的梁奶奶低头抹着眼泪。

周玥出事那天原本是待在她家里，中午吃过饭之后，她因为身体不适，吃了药就睡觉了。她睡觉之前周玥在客厅看电视，她一时疏忽忘了关门，周玥看到自己家门开着，以为是周铭回来了，就跑了回去。

谁也不知道就在家门口还会出这样的事情。

看到以前那个玲珑剔透的小姑娘变成现在这个模样，梁奶奶的心里比谁都难受。

江延也听周铭提过这件事，这会儿听到老人的动静，他走了过去，坐在一旁的沙发上，低声道："梁奶奶。"

梁奶奶今年年过六十，膝下无儿无女，在巷子里住了几十年。自从老伴三年前去世之后，她就一个人生活，平常对周家这对兄妹也多有照顾。

她待人和善，口袋里经常装着糖，平常出门遛弯在巷子里碰到小孩子，总会递给他们糖吃，所以巷子里的小朋友都喜欢她，平时没什么事情的时候，都喜欢扎堆到她家里看电视。

虽然吵闹，但梁奶奶也乐在其中。

自从周玥出事之后，梁奶奶就一直活在自责之中，茶不思饭不想，整个人瘦了一圈。

江延知道老人心里不好受，轻声安慰道："梁奶奶，周玥出事不是您的错，您不要太过自责了，大家都没想到会出这样的事情。"

梁奶奶抹了抹细纹满布的眼角："阿玥是个好孩子啊，我真的是……"

老人摇摇头，说不下去了。

"周铭他们都没怪您。"江延说，"他们也很感谢您平常对他们的照顾。出了这样的事情，谁都不好受，周铭、周玥更不好受，但不管怎么样，他们都没有怪过您。"

"我知道我知道，他们两兄妹都是好孩子。"梁奶奶叹了口气，"可是好人没好报啊……"

江延也跟着叹了口气，没有再说什么。

屏风的另一边，梁蔚已经了解完事情的始末，快速收起录音笔和笔记本之后，从包里拿出一样东西递给周玥，浅笑着道："阿玥今天很棒，这是叔叔奖励你的小礼物。"

梁蔚拿给周玥的是一套小狗模型的摆件，一盒十二个，品种不一，但每个都很精致，看起来可可爱爱的。

周玥虽然还躲在周铭背后，但眼睛在看到梁蔚手里的东西时，还是亮了亮，只不过始终没伸手去拿。

梁蔚知道她心里还有些怕，也没说什么，把礼物放在一旁的桌子上，拎着包站起身："好了，叔叔要回去了，阿玥好好休息。"

说完，他又看了看周铭，伸手在他肩膀上拍了拍："好好照顾自己，也要好好照顾妹妹。"

周铭脑袋上的伤口还没有拆线，依旧裹着纱布，纱布底下一双眼眸红得透彻："谢谢梁叔叔。"

"不客气，叔叔走了。"

梁蔚从屏风的一侧走了出去，看到站在病房外的林宛，打了声招呼："不出问题的话，下个星期可以开庭。"

林宛点头道谢："好，麻烦梁律师了。"

"到时候你们可以陪周铭一起过去，作为亲属旁听。"梁蔚交代完，接了个电话，直接进了电梯。

林宛看着走廊尽头照进来的阳光，长长地吐了一口气。

很快便到了开庭日，开庭当天是个大晴天。案件审理的很快。

在庭上，梁蔚拿出了一支录音笔，内容是之前和周玥见面时录下的证词，庭上无人作声。

小姑娘怯懦的声音通过录音笔在厅内回响着。

录音内容不长，也就十几分钟，快到结尾时有三十秒的空白，紧接着又是周玥的声音："梁叔叔，那个叔叔他为什么要对我做这样的事情……"

音频戛然而止。

这个问题梁蔚没有回答。

也没有人能回答这样的问题。

……

审判结果是当庭宣读的，被告人被判无期徒刑。

听到结果之后，坐在台下的周铭猛地站起身，视线紧盯着坐在被告席上的男人，眼眶用力到发红，垂在两侧的手指紧紧握着。

直到那个男人被法警带走，周铭才回过神，整个人瘫倒在地上，垂头捂着脸失声痛哭。

少年埋着头号啕大哭，身形瘦弱佝偻，哭声嘶哑，像是要把这么多年来受到的所有委屈都哭出来。

庭审之后，巷子里的叔叔阿姨原本打算设宴请梁蔚吃顿饭，梁蔚以避嫌为由拒绝了。

他提着黑色的公文包，戴着金边的眼镜，额前的碎发全都梳了上去，露出饱满的额头和端正的五官，黑色的西装为他量身打造了一股非凡的正气。

"不用谢我，让坏人被绳之以法是我们该做的事情。"梁蔚拍了拍周铭的肩膀，叮嘱道，"好好照顾自己，以后有什么问题随时联系我。"

说完，他看了看众人，略微低头示意："我还有事，先走了。"

"好，您慢走。"

梁蔚走后没多久，巷子里的叔叔阿姨带着周铭也回去了。林宛和江延这两个星期都在为这件事奔波，此时已经尘埃落定，两个人都没有什么多余的精力，各自回了家。

到家之后，林宛看到江延在群里和胡杭杭他们说了庭审的结果，众人议论纷纷，对这个大快人心的结果表示十分满意。

林宛没有参与聊天，给江延发了条消息之后，把手机拿去充电，走到窗边拉上窗帘。阳光被厚重的窗帘遮得严严实实，屋里半点光亮也没有，林宛摸黑走到床边，掀开被子躺了进去。

困意逐渐席卷，再醒来已经不知天昏地暗。

林宛伸手摸过搁在床头充电的手机，解锁，屏幕亮了起来。

还有几分钟到六点。

她揉了揉眼睛，起身拉开窗帘。屋外不知道什么时候下了雨，狂风呼啸，来势汹汹。

天空黑压压的，乌云密布，小区里白杨树的枝丫在风雨中摇曳着，矗立的枝干却纹丝不动。

林宛打了个哈欠，将窗户开了一道细缝，雨声更加清晰，吹来的风里带着湿润的凉意。

　　她回身进了浴室洗了把脸，走出房间。

　　今天是周末，方仪宋也在家里，说是休息，其实也不过就是换个地方办公。

　　林宛没去打扰她，坐在客厅开了电视。

　　看了没一会儿，方仪宋从书房里出来，看到她坐在沙发上，笑了笑："醒了啊，那快去收拾收拾，我们晚上出去吃饭。"

　　"啊？"林宛放下手里的遥控器，看了眼窗外，"外面这么大的雨，还要出去吃饭吗？"

　　方仪宋没看她，径直去了客厅倒水："我早前和梁律师定下的饭局，不好推掉的。"

　　听到是和梁蔚吃饭，林宛倒还来了点兴趣："那行，我去换身衣服。"

　　等到了出门的时候，原先的瓢泼大雨逐渐转为绵绵细雨。方仪宋订的地方离家不远，十多分钟的车程。

　　路上的时候，梁蔚给方仪宋发了消息说是要多带个人过来，方仪宋和他随便聊了几句。

　　很快到了吃饭的地方。

　　方仪宋去停车，林宛先去了店里，服务员带着她去了之前订好的包厢。

　　梁蔚他们也还没到，包厢里的服务员给林宛沏了杯茶。

　　"谢谢。"林宛接过茶杯喝了一小口，清甜的茶香味在舌尖漫开。她放下茶杯，百无聊赖地玩着手机。

　　过了一会儿，包厢外传来说话的声音，很快，包厢门被人推开。

　　林宛回头看到方仪宋和梁蔚，立马收起手机站起身，笑着打了声招呼："梁律师。"

　　"林宛。"梁蔚笑着点了点头。

　　等到两个人一前一后走了进来，林宛才注意到跟在梁蔚身后的男生。

　　他比梁蔚还要高瘦一点，剃着干净利落的短发，剑眉星目，漆眸深邃而清冷，鼻梁高挺，薄唇，浑身上下都带着很清晰的疏离感，但不可否认的是，模样很惊艳。

　　落座之后，方仪宋给林宛介绍了男生的身份："宛宛，这位是梁律师的弟弟，梁彧。

　　"这是我女儿，林宛。"

　　两个被点到名的小朋友很快隔着一张圆桌看了彼此一眼。

　　梁彧作为男生，先一步站起身，朝她伸出手，嗓音清冽，如山涧清泉：

"你好。"

林宛也站起身，礼貌地握了一下："你好。"

两人没再有多余的交流。

席上，方仪宋和梁蔚聊着天，林宛低头喝着汤。

汤碗和瓷勺都是通透的白，盛着煲了许久的乳鸽参汤，汤汁表层泛着光，波光粼粼，撒上几粒上好的枸杞调味，香气四溢，口感极佳。

林宛一连喝了两小碗汤。

梁蔚突然把话题引到了她这里："林宛今年读高几了？"

她放下瓷勺："高二。"

"学什么的？"

"理科。"

梁蔚点了点头，状似无意地问了一句："马上都要高三了，你有想去的学校吗？"

林宛顿了几秒："清大。"

梁蔚似是有些惊讶，微挑着眉："为什么？"

"和别人约好了。"林宛看着他，没有丝毫避讳。

话音落，梁蔚轻笑了声，没再多说什么，倒是坐在林宛对面的梁或抬头看了她一眼。

林宛对上他的目光，礼貌地笑了一下。

梁或愣了下，随即也扯了扯唇角，露出今晚的第一个笑容，只不过笑得很僵硬。

林宛没多在意。

方仪宋提及今天早上的庭审，又和梁蔚聊了起来。

饭局一直到晚上九点才结束。

回去的路上，方仪宋开玩笑似的和林宛提了一句："其实梁律师今天原本是想让你和他弟弟认识一下的。"

"啊？"林宛完全没想到这一茬。

林宛想到梁或清冷寡言的模样，忍不住摇了摇头。

"怎么了？"

"我们可能八字不合。"

林宛觉得能和梁或这种闷葫芦交朋友的女生，肯定得是那种又甜又可爱的女生；如果是自己，估计会受不了和梁或打起来吧。

想到这儿，林宛想起和江延刚认识的时候，那会儿她天天都想和他打一架来着。

后来相处久了，才发现这个人也没有那么恶劣，甚至有时候还会觉得他很可爱。

林宛想到一些事情，没忍住笑了出来，而后摸出手机给江延发了条消息。

> 林宛：做什么呢？

江延像是手机不离手，秒回。

> 江延：吃饭。你才睡醒？
> 林宛：没有，早醒了。
> 江延：嗯，那你在干吗？

林宛想了想，打算骗他一下。

> 林宛：相亲。
> 江延：？

林宛捏着手机，细长漂亮的手指飞快地点着屏幕。

> 林宛：今晚我妈妈请一个律师吃了饭，这个律师带了他弟弟过来，很高冷的一个大帅哥。
> 江延：……
> 林宛：名字也好听，叫梁彧。
> 江延：……
> 林宛：哎，可惜了。

他终于不再无言以对。

> 江延：可惜什么？［微笑.jpg］

林宛隔着屏幕都能想象出来他打下这几个字时的表情，没忍住笑了一声，敲了几句话发过去。

> 林宛：可惜了大律师的好意呀。

林宛：妈妈不让我在高中谈恋爱。

一场突如其来的大雨之后，溪城的气温稳步上升。"相亲"的事情尘埃落定，算是告了一段落。

十中万众瞩目的校园篮球联赛也如期而至。

按照规定，参加球赛的班级通过抽签决定初赛对手，（18）班原本抽中的是文科（10）班，但是因为提前约好了班级比赛，就私下换了签，交上去的抽签结果是之前早就定下的理科（3）班。

按照学校的排定表，理（18）班和理（3）班的比赛是在联赛开始后的第二天下午的最后一场。

关于江延要参加比赛的消息早早地就在学校里传开了，还有小道消息传这次比赛是学霸为了解决私人恩怨才参加的，更有人说，是（3）班的队长暗恋林宛同桌被学霸发现了，所以学霸才参加了这次比赛，为的就是在情场和球场都要胜过对方，彻底把对方碾压在脚下。

但不管是哪一个原因，江延参加比赛本身就足够吸引目光。等到了比赛当时，球场外里三层外三层都站满了人，更有甚者还从学校工程部借来了扶手梯。

场面的热闹程度不亚于一场大型比赛。

（18）班的文娱委员原本想邀请林宛参加班里的啦啦队，但是被林宛拒绝了。本来她和江延在学校风头就够够盛了，她这次要再去参加啦啦队，当着那么多人的面给江延加油，估计大家都不用看打球，全开始聊八卦了。

胡杭杭他们知道林宛拒绝加入啦啦队之后还挺遗憾的，江延一个眼风扫过去："你遗憾什么？"

胡杭杭："……不遗憾不遗憾。"

林宛不参加啦啦队，江延还是挺乐见其成的，尤其是比赛开始前，两个班的啦啦队穿着队服上场，他看到（18）班露胳膊又露腿的队服，忍不住偏头和林宛嘀咕了一句："还好你没去。"

林宛正专心看着场上的表演，闻言看他一眼："怎么？"

"你要是穿着这衣服站在这里给别人加油。"江延轻哼了一声，语调漫不经心，"十中今天估计要血流成河。"

"……"

啦啦队表演结束之后，篮球赛正式开始。

两方队员开始上场。

（18）班的球服是老余专门定制的，很符合老余的审美——明艳艳的大红色，背后印着白色的数字。

江延是二十三号。林窈听胡杭杭提过，是他喜欢的球员的号码，只不过她对这些不了解，只记住了号码，没记住名。

两队人面对面站在球场中央，裁判吹哨，示意双方队员握手。

江延站在队伍中间，和他面对着的是（3）班的队长何文，也是之前在初中和他结过怨的人。

原先关潋知道何文和江延约了比赛，还打算过来场外支援，只是不巧的是他这两天碰上全国计算机大赛，带队去湖城参加比赛了。

何文看起来得有一米九，比江延还高一点。

两队没什么感情地握完手，他扯着江延的手没撒开，反而靠近了说话："好好打，我不希望你们班就是来陪跑的。"

江延盯着他的眼睛，嗤笑了声："睁大你的眼睛看看，谁才是爸爸。"

何文松开手，无所谓地耸了耸肩膀，往后退了一步。

比赛正式开始。

江延针对（3）班的高个子队员特意练过起跳抢球。球从裁判手中一脱手落下，他伸手侧身，先一步抢到了球。

（3）班估计没想到会抢不到球，愣了大概两三秒的时间。

球场的时间都是争分夺秒，也就是这几秒的时间，江延已经带人直逼（3）班的篮下。

何文激动地喊了声："快回防！"

可惜已经来不及，江延往后退了一步，踩着边角的三分线，偏头看着奔跑而来的（3）班人，勾了勾唇，抬手指尖往下一压，把球投了出去。

球"哐当"一声砸在篮板上，又稳稳地落进球网里。

开场半分钟不到，（18）班以一个非常明显的优势进了第一个球，顺利拿到三分。

全场的欢呼声一浪盖过一浪。

江延隔着人群对上何文的目光，朝他竖起了拇指，然后又缓缓地把手转了个方向，拇指朝下，挑衅意味十足。

何文骂了句脏话，情绪很激动。

江延无所谓地耸了耸肩，很快奔跑起来。

赛场上的气氛愈演愈烈，声浪一阵阵，像是要捅破这顶上的天，球场上是少年挥汗奔跑的身影。

（3）班的整体"海拔"要比（18）班的高一点，他们借着身高优势截掉了宋远的好几次传球，同时也拿到了不少分。

第一小节结束之后，两个班的比分咬得很紧，（18）班仅仅领先了（3）班两分。

中场休息的时候，宋远闷头灌了一大口水，气息不稳："何文那个浑蛋，专门针对我。如果接下来几场还这样，我就废了。"

江延接过林宛递来的水，凑在唇边，倒没有那么紧张，看起来还挺闲散的："你再打一节，不行我们俩换位置。"

他偏头看着徐一川："你等会儿找到机会就把球传给宋远，不要犹豫，抓到球就给。

"另外你们注意点儿对面那个方成亮，他手有点脏。"

江延刚刚带球从他身边过的时候，方成亮不知道是有意还是无意，胳膊肘在他胸腔的位置狠磕了一下，脚下也有小动作，但这个人的站位比较偏，在裁判的视野盲区，裁判看不到，所以也算不上犯规。

"成。"徐一川扯着护腕，目光扫到（3）班休息区站成一排跟一堵墙差不多的五个人，忍不住吐槽了句，"这（3）班的人都是吃什么长大的，这么壮实，站我面前感觉都能把我一只手拎起来了。"

他这么一句似抱怨似开玩笑的话，引得周围人止不住地发笑。

"下一节我不上了。"江延喝了一口水，喉结吞咽着，"于一帆你上，我场下观察，把战线拉长点。"

"好。"

打一节休一节是江延在球场上的小习惯。

先打一节是为了熟悉对方球员的进攻和防守方式，休一节是为了更好地观察对方球员的特点，然后再针对后两节比赛制订合适的进攻计划，做到上有政策下有对策。

胡杭杭在后边开着玩笑："我们的数据分析员江老师又上线了。对面要注意咯，可千万不能被我们拥有鹰眼一般视力的江老师给抓住了破绽啊。"

"不可能，就没有我们江老师看不到的缺点。"徐一川接了一句。

胡杭杭他们几个把江延鼓吹得跟什么国家级专业教练一样，整得在场的几个正式队员和替补都十分兴奋，摩拳擦掌的架势不像是要去比赛，反而更像是要把对方球员摁在地上摩擦，末了还不忘一人接上一句吐槽的那种感觉。

插科打诨聊了会儿，第二节比赛在哨声中将要开始。

于一帆起身脱了外套，穿着红色的球服跟着第一节的其他四人一起上场，众人这才发现第二小节比赛江延不打算上。

站在球场中央的何文不屑地看着（18）班众人："怎么着？江延他什么意

思啊，才打了一节就不上了，难不成是怕了？"

中场休息刚结束，在场的观众都没有之前看比赛那么激动，没了尖叫声的掩盖，何文刻意加重的语气在场上就显得格外清楚。

徐一川跟着江延别的什么没学到，撑人的功夫却是耳濡目染学了个十足。

面对何文的挑衅，他低头整着护腕，不紧不慢地说："不好意思，我们江延同学说了，像你们这种水平的，他打一节都算给面子了。"

"你！"何文抬起手，指尖对着徐一川。

（18）班其他四个人很快围了上去，（3）班的人也挤了上来，看架势似乎下一秒就能打起来。

裁判及时吹了哨："两方队员，请注意自己的行为。"

何文猛地一甩手，两眼冒火。

坐在场下看热闹不嫌事大的胡杭杭叫嚷了一声："对方球员请冷静点，我们是来认真打比赛的，不是过来打架的，你们能不能尊重点对手啊？"

另外几个替补队员也跟着起哄。

"是啊，不能因为落了两分就准备动手啊。"

"我们班可是一直推崇'友谊第一、比赛第二'的友好原则呢。"

不得不说，（18）班的同学在气死人这方面一个比一个厉害。

林宛是眼见着（3）班那五个人的怒气条从百分之五十噌噌噌蹿到了百分之百，隐隐还有些要爆表的迹象。

她好笑地看着两耳不闻球场闹的某人："你们这样真的合适吗，难道就不怕对方一怒之下化怒气值为战斗值吗？"

江延看破一切地笑了笑，长腿懒散地往前伸着，眼眸微眯，语气散漫又骄傲："不可能，他们班那几个都是属于头脑简单四肢发达那挂的。只能化怒气为怨气，影响到自己罢了。"

对于他的话，林宛不置可否，毕竟（3）班那几个人看起来好像就是不太聪明的样子，被他们班的男生随便调侃两句就能激动得要上天蹿地，很不沉稳，一点也不优雅。

第二小节的比赛很快开始，这一次（3）班吸取了第一小节的教训，先一步抢到了球，但敌不过（18）班极其迅速的回防，球在篮下被截走了，徐一川发挥自己身小速度快的优势，把球传给了宋远。

但是（3）班的回防力度也不算差，同样截住了宋远的球，很快反攻，场上奔跑的身影不断，氛围很热闹。

江延在比赛开始前从包里翻出了笔和本子。

林宛瞥了眼，上面写的都是胡杭杭他们几个人的缺点和长处，往后看甚至还有对方球员的一些特点分析。

她不由得惊讶地吸了一口气："一个球赛，你这么认真？"

江延低着头，骨节分明的手握着笔"唰唰"在空白页的开头写下对方球员的名字："我从来不打没有准备的仗。"

林宛佩服，双手抱拳示意："不愧是江延。"

"……"江延勾唇笑了下，拿笔在她额头上敲了下，"你怎么这么傻呢！"

"滚！"

哨声吹响之后，江延就没再和林宛多说什么，目光始终落在场上，时不时低头在本子上写写画画。

林宛捧着他的书包坐在一旁。

中途，老余也来到了现场，带着自己的好朋友李主任和孟昕班的班主任老杨，三个中年加油团不出手则已，一出手便是震惊全场。

他们仨不知道从哪儿定制了一条横幅，老余把卷成一卷的横幅交给了（18）班男生："来，你们坐在后排，把这横幅举着，举高点。"

男生接了过去，横幅从这边传到另一边，两侧被人拉了起来，印在横幅上的大字在风中飘着。

文者称雄，武者称霸，高二十八，雄霸十中！

横幅很长，举起来的时候，整个球场都能看到，尤其是隔了一个球场正好坐在（18）班对面的（3）班一众师生，看得是尤其清楚。

（3）班众人："？！"

还能这么玩呢？

球场上奔跑的徐一川回头看到横幅，大叫了一声："啊！老余，我们爱你！"

老余乐呵呵地朝他们挥了挥手。

球场上的尖叫声一浪盖过一浪。

林宛回头看了眼横幅，拿手机拍了一张，递到江延眼前："还是中年选手厉害。"

江延正专心盯着场上的情况，林宛把手机倏地递了过来，他愣了一秒后，看清照片里横幅上的字，没忍住笑了出来。

他停下笔，也回头看了眼。

（18）班的同学为了占据球场的最佳位置，在比赛之前特意去借了好几个铁质的阶梯架子，坐在最上面一层，位于两边的男生手握横幅的旗杆，高举着横幅。有风吹来，横幅只是晃了晃。

硕大的字体明显又刺眼，像是在炫耀着什么。

江延又搓了搓脸，笑意在指缝间流露："火上浇油这事，老余称第二，没人敢称第一。"

林窕也觉得实在是好笑，弯着腰，胳膊压在膝盖上，脑袋垂了下去："老余真是我见过最不像班主任的班主任。"

三个中年团啦啦队成员丝毫没觉得拉横幅这个举动有什么不对的地方，老余笑眯眯地看着班里男生高举着横幅，然后绕过人群，走到架子底下。

胡杭杭他们几个站起身让位子："三位老师好，你们坐这里吧。"

老余摆摆手："你们坐吧，我们看一会儿就走了。"

球场上，（18）班几个人看到横幅之后就跟打了鸡血一样，火红的身影在人群中蹿来蹿去，橘黄色的球"哐哐"落入球网中，对面的记分牌不停变化，两个班级之间的分差逐渐拉开。

哨声响，第二小节比赛结束。

原先第一小节的两分之差到这会儿已经被拉成十分之差。

江延也停了笔，侧身从身后的箱子里摸了瓶水丢给迎面走来的宋远："下场还打吗？"

"打。"宋远接过水，在江延身旁坐下。他也知道江延和（3）班队长何文的私人恩怨，喝了口水问："下场你不上？你难道不打算亲手把他们碾压在脚底下，粘在这地上爬都爬不起来了吗？"

一旁听他们说话的林窕："……"

在他们五个男生当中，林窕一直以为宋远是属于文质彬彬那款，而且平常宋远表现出来的样子也都偏向于冷静和沉稳，很少表露出比较明显的情绪波动。

没有想到的是他们几个在本质上还是没差别，一样的腹黑嚣张，撑起人来半点情面都不讲。

江延把手里写满了字的笔记本合了起来，修长漂亮的手指在黑发中拨了两下，毫不留情地说："上啊，不上怎么让他们知道谁更厉害！"语气嚣张又凌人。

林窕："……"

两小节比赛结束后中场休息十五分钟，江延给他们几个临时补了课，更全面地分析了（3）班那几个人的特点。

"何文不用管，交给我就行。"江延看着对面的（3）班队员，笔帽点着本子，"那个三号个子高但是速度跟不上，不用太防着他。"

"十一号是主要进攻，徐一川和陈思润你们注意防着他。下一节我和宋远换位置打，到时候我拿球，柳声你注意一下对面五号的位置。"

"行。"

"剩下一个八号的方成亮，你们都注意点，他动作不干净，喜欢卡着视野犯规。"江延看了眼记牌，眉头微皱了下，"尤其是在比分落后这么多的时候，他的动作肯定会更多。"

柳声看了眼对面："他们下场是不是要换人上了？"

徐一川勾着他肩膀："换人也没事，记住他们顶的是谁的位置，还按照江延刚才的分配防人就行了。"

"好嘞，没问题。"

距离第三节比赛还有几分钟，（18）班这里有说有笑的。

江延低着头在整理护腕。

原先戴在手腕上的硬币挂饰被他戴到了脖子上，硬币藏在衣服里面，只露出了一截黑色的绳子。

他皮肤白，戴这种颜色，黑白分明，让人一眼就能注意到。

林宛戳了戳他的胳膊，等他侧眸看过来，低声问了句："项链要不要我先帮你拿着，等你结束了再还给你？"

听到她提项链，江延下意识伸手摸了一下，因为是隔着衣服，只能摸到一个硬币的轮廓。

他很快松了手，没怎么在意："不用，不影响。"

第三节比赛开始上场时，（3）班把江延提到的那个个高但速度慢的三号换成了另一个海拔同样很高的六号。

江延倒没怎么在意，只让他们分一点心在六号身上。

比赛一开始，果然如江延说的那样，（3）班的方成亮动作开始变多了，不知道何文和他说了什么，他整个比赛就很少进球，基本上都是围着江延转，只要江延拿球，身边便少不了他的身影。

江延带球过人的技术很硬，但也抗不住他这么死盯，有几次过人的时候，方成亮的胳膊肘都稳稳地戳在他心口，一看就是故意的，但是每次动作都很隐蔽，很难被发现，从外人的视野看过去，就像是江延自己撞上去的。

江延再一次拿球准备进线的时候，方成亮又很快挤了过来，整个人来势汹汹的。

江延冷笑了声："就盯我是吗？"

方成亮也笑，只不过笑得很虚伪："比赛而已，谁拿球我盯谁。"

"行，那你盯好了。"

江延看着他的眼睛，做出和之前带球过人一样的姿势，方成亮似乎都可以预见下一秒他撞过来的情形。

可是没想到的是，就在江延即将像之前一样准备过人之时，他突然毫无预兆地把球从右手换到左手，然后胳膊向后一挥，把球传了出去。

早早等在那里的徐一川默契十足地接过球，就在（3）班众人齐刷刷往徐一川那里拥过去之时，江延还是保持着往前跑的姿势，只是擦身而过时，胳膊随之摆臂，只不过幅度有些大，拳头直接撞在方成亮的下巴上。

他的力道不轻，方成亮闷哼了一声。

江延继续往前跑，没人注意到他的动作。

另一边，徐一川接到球，按照既定的计划，在（3）班人冲过来之前把球又传给了固定位置的柳声；柳声借着身高优势，带球进入线内，就在众人以为他会直接在线内投球的时候，他又出乎意料地把球传给了早就跑到三分线处的江延。

没了人防守的江延顺利接到球，然后抬手往前一投，球飞出去的瞬间，（3）班人心里一凉。

球进了，且还是没有碰到篮圈边缘，直接进了网。

又是一个意料之中的三分球。

这一套配合是江延在之前训练的时候刻意练过的，防的就是碰到像方成亮这种人。

这么一看，成果好像不错。

球进框的瞬间，场内的欢呼声又高了一个度，（18）班拉着横幅的两个男生恨不得拿着横幅绕场跑一圈。

大红色的横幅在风中摆动，穿着火红球衣的少年在场上肆意畅快地奔跑，挥汗如雨。

……

江延又出了一次风头，惹得何文直接对方成亮破口大骂："你怎么盯人的？他要传球你看不到吗？"

方成亮心里也窝火，只是碍着何文，没有撑回去："我保证，没下次了。"

"再有下次你就别打了。"何文气冲冲地说。

方成亮紧咬牙关，视线锁住江延。

比赛还在继续。

（18）班似乎不在意方成亮的故意盯人行为，仍然是让江延带球，只是这一次（3）班人都学聪明，还安排人盯住了徐一川。

很可惜，魔高一尺，道高一丈。

江延这一次把球传给了站在右后方的陈思润。

何文骂了声，说："回防！"

（3）班还以为他们是之前的套路，方成亮很快折身追上江延，但是依然很可惜，陈思润拿到球不过三秒，又动作迅速地传给了离自己最近的宋远，宋远直接原地起跳，抬手轻压，一个漂亮的两分球。

套路防不胜防，何文抹了把脸，指着江延没说出来话。

江延丝毫不在意他的挑衅，张开手臂无所谓地耸了耸肩，一脸嚣张。

不可否认，除了嚣张，学霸这个样子还很帅。

林宛快要被周围女生的尖叫声震破了耳膜，视线一分不落地看着江延。

少年藏在衣服里的硬币挂坠在奔跑的时候不经意间露了出来，硬币在火红的球衣上蹦来蹦去。

江延可能是注意到了，伸手摸到硬币，用指腹摩挲了一下，又扯开领口，把硬币放了进去。

放完，他还隔着人群往林宛这边看了一眼，而后明目张胆地歪头眨了一下眼。

可爱又帅气。

林宛还没有反应过来，身旁的人群中却突然传出阵阵惊呼。

"啊啊啊！！！"

"我嗑到糖了！！！"

"'降临'是真甜！！！"

"……"

林宛甚至都可以想象得到，接下来一周的贴吧讨论内容了。

想到这些，林宛忍不住叹了声气，不过她很快就顾不上想这些乱七八糟的事情了，球场的腥风血雨将她的全部注意力都吸引了过去。

何文在连着失了两球之后，怒气值噌噌噌往上蹦，把方成亮换了，自己亲自去盯着江延。

江延对于他这个举动不置可否："这么喜欢我？"

何文磨了磨后槽牙，声音像是从牙缝里挤出来的："我喜欢你个鬼。"

江延永远嘴上不饶人："看着点，我教你怎么打球。"

"……"

说完，他又像最开始那样把球从右边换到左边，何文一边示意队友注意左后方的徐一川，一边想去截他这个球。

但江延动作灵活地把球又换到了右边，就在何文以为他会把球传给陈思润的时候，他晃了晃身形，直接一个假动作，带球从他身侧跑了过去。

何文暴躁地骂了一声脏话。

（3）班很快回防，但还是比不过江延奔跑的速度，只能眼睁睁地看他又投了个三分。

（18）班的欢呼声快要把球场的地皮都给震掀起来。

第三小节刚开始，（3）班已经连着丢了三个球，原先的十分之差被拉大至十八分。

（3）班全体队员脸色都相当难看。

反观（18）班，每个人都咧着嘴笑，露出一口大白牙，开心得仿佛已经赢了比赛。

江延奔跑着，黑发被汗水打湿，发梢被风往后吹起，露出整张脸，五官的每个细节都像是精雕细琢过，挑不出一点瑕疵。

汗水顺着发梢滴落在眼皮上。

他毫不在意，笑着和队友击掌，还不忘夸一句："漂亮！"

（3）班的人彻底被激怒，中间叫停了一次，换掉了得分后卫和前锋，新上的两个人身材魁梧高大，看起来气势汹汹的。

坐在台下的胡杭杭眯着眼看了看，忍不住骂了声："（3）班这帮人怎么这么不要脸，竟然找了校队的人。"

十中有专业的校园球队，每年都会代表十中去参加各省各市的中学生篮球联赛，比校园里的这类比赛要正规很多。

校队的成员都是经过专业的选拔和考核之后选出来的，专业水平和配合程度都比普通学生好很多。

林宛也看到对面换了人，好奇地问了句："不是说不可以找其他班的同学来做外援吗？"

"他们都是（3）班的人。"胡杭杭拧紧了手里的矿泉水瓶，"找来也不算违规，只不过以前比赛的时候校队的人是从不参加的。"

"毕竟专业的和我们业余的还是会有一定差距。"旁边的吴往接了话，"校队的人也不喜欢掺和到这种小比赛里面来。"

"估计（3）班的人这次也是被逼急了。"

场下男生一言一语说个不停，场上江延他们也都认出（3）班换上来的人是校队的。

宋远抓着湿淋淋的头发，哼笑了声："这是狗急要跳墙了？"

"那也要能跳得出去才行。"江延拿护腕抹了抹下颌的汗水。他歪着头，下颌连着耳畔的线条锋利分明。

他为在场捧着手机"咔咔咔"不停的一众女生，提供了一张又一张神仙角度的美图。

（3）班换上来的八号和九号队员都是主要进攻者，两人凭着在赛场上磨炼出的默契和技术，很快将分差追至八分。

球场的气氛越发紧绷。

江延之前的套路已经没什么用了，（3）班也换了套路，基本上拿到球就传给八号或九号，只要他们其中一人拿到球，除了江延和宋远能勉强截到球之外，其他人都很难追上。

一次断球失败之后，江延挨着徐一川说话："我和宋远都被盯上了，很难再有进球的机会，换个路数。"

"你负责得分，拿球压篮下。"江延喘了口气，向后抓了把碎发，"我和宋远断他们球，让那个于一帆和柳声做好回防。"

徐一川的特长就是压篮下进球，他弹跳能力很强，在篮下的时候很少有人能防住他。

就连江延和宋远联手，十次也有八次是拦不住的。

只不过长时间的弹跳会比较伤脚踝，所以平常打比赛的时候徐一川很少会这么打，一场比赛可能就见到个两三次。

正常情况下他都是个合格的控球后卫，负责精准快速地传球，从而为队友制造得分机会。

但是江延不一样，他除了小前锋的位置，其他的什么位置都能打，连带着平常几个人在一起打着玩的时候，他也会让他们几个人换着位置打。

这么一来，不管场上出现什么样的情况，他们都能及时调整战略，打对方一个措手不及。

徐一川很快把江延的安排告诉另外两人。江延奔跑时，双手交叉摁了摁骨节。

在和对方的前锋擦身而过时，两个人都相当地有默契，同时撞上对方的肩膀，挑衅意味十足。

江延回头瞥了他一眼。

对方同样不甘示弱。

两个人的目光在半空中交会，坐在台下的林宛似乎都能看到他们俩眼神交流之间蹿出的噼里啪啦的火花。

旁边有人小声嘀咕了句："江延这个样子，不知道的还以为对方是抢了他女朋友呢。"

林宛："……"

比赛仍然在激烈地进行着。

（3）班的人不知道（18）班换了进攻对象，依旧把主要的防守目光放在江延和宋远身上。

江延也很快不负众望拿到了球，对方的八号前锋迅速冲了过来，高大的身影猛地压了下来。

江延丝毫不慌，身影在他眼前快速一晃，贴着他后背一个转身把球传给了徐一川，与此同时宋远也跟着往徐一川身边跑，做出一副准备接球的姿态。

"防住他！"（3）班的八号喊了一声，随即跟着跑了过去。

（3）班以为徐一川会传球，但没想到他带球直接快攻，在篮下的（3）班队员根本看不住徐一川。他一个跃身，把球直接贴着篮圈扣了进去，手指抓住篮圈边缘，身影一晃，又站在地上。

"啊啊啊——！！！"

胡杭杭此刻化身徐一川最大号粉头，双手在嘴边做喇叭状，大喊了一声："徐一川！太帅了！"

接着，（18）班男生就跟打了鸡血一样，一声接一声。

一拨人喊："徐一川！"

另一拨人喊："我爱你！"

后排举着横幅的男生不甘示弱："高二十八！

"文者称雄！

"武者称霸！

"雄霸十中！"

"……"

对面（3）班的同学也不甘示弱："（3）班！加油！！！"

毫无新意也毫无战斗力，不堪一击。

不过这也怪不得他们，毕竟像老余这样的班主任基本上都是百年难得一遇，能遇上一次都是修了八辈子的福气。

场上的欢呼声不断。

江延举起手，做了个安静的手势。（18）班见状立马就收，很有默契。

第三小节的后半场，（18）班凭借徐一川的篮下扣球和队友的默契配合，在结束时成功把分差稳定在八分。

中场休息，双方队员各自下场休息。

林宛拿了瓶水递给站在面前的江延："你要不坐一会儿？"

"不坐，都是汗。"江延接过水，拧开盖仰头灌了一大口，喉结快速滚动着，有溢出来的水珠顺着脖颈的线条缓缓往下滑。

已经快要到傍晚，气温没有那么高，有风从四周吹来。

林宛看着他脸上都是汗，从包里翻出一包湿纸巾拆开，抬眸看着他："你低头。"

"嗯？"江延没多说什么，乖乖低下头。

前来观看比赛的中年加油团还没有离场，就站在人群的斜后方，顺着周围人的目光看了过去。

同行中的老杨出声提醒了句："老余啊，你们班这是有情况啊！"

老余一派了然于心的模样："没有情况，谁有情况，他们俩都绝对不会有情况的。"

周围队友配合默契，纷纷拿了湿纸巾给站在自己面前的队员擦汗，整个场景看起来友爱又和谐。

最后一节比赛，徐一川在场下休息，胡杭杭替了他的位置。

胡杭杭虽然没有徐一川那么厉害的弹跳力，但他胜在灵活多变，传球的方式千奇百怪。

上场之后，江延还是回到最开始的套路——他和宋远负责进攻得分，其他三人负责截断和回防。

这是最后一节比赛，（18）班完全是放开了打，在心态上稳稳胜过了（3）班的众人。

何文还是跟之前一样，开场就黏着江延。

江延懒得跟他浪费时间，也不跟他多说什么，碰到了就直接带球过人。他速度很快，往往何文还没看清楚，他要么是人已经走了，要么是手里的球飞了出去。

宋远从小就和江延在一起玩，默契度很高，接到球就往对面篮下跑，跑不了就直接线上压球。

实在没有任何办法了，就把球传给柳声或者于一帆，有时候会被对面的中锋和前锋截下球。

但往往这个时候，江延和胡杭杭已经很快站到了防守位。

（3）班和（18）班差了八分，他们现在的套路就是能进则进，不能进你们也别想进。

彻底把（3）班卡在进退两难的境地。

何文从一开始心里就窝着火，再加上这一场又被这么压着打，心里那团火烧成了燎原之势。

在一次想要截掉江延的球没成功的时候，他直接转过身胳膊往后抓了一下，正好抓住江延戴在脖子上的绳子。

他故意用力一拉。

江延毫不设防，整个人往后趔趄了一下，球差一点从手中脱落，黑色的绳子直接断掉了。

何文顺势把项链抽了出来，等看到坠在底下的硬币，讽笑了声："看不出来啊，你还喜欢戴这种东西。"

江延站稳了，转过身，把手里的球直接往他脚边一砸，伸手夺过他手里的项链，忍着想揍他的火气骂了一句："你脑子有病？"

其他人也很快围了上来，坐在台下的林宛和其他替补队员猛地站了起来。

场上，裁判吹哨跑了过来："怎么回事？"

两个班的班主任都在现场，刚准备跑过去看看情况，场上围在一起的两队人又很快散开了。

分开之前，江延往前一步扯住何文，宋远和胡杭杭及时挡住裁判的视野，江延直接一抬手，手肘狠狠地撞在何文心口处。

何文闷哼了一声，刚要说话，江延却突然往后退了一步，顺势握住他的手，勾了勾唇角，笑意却不达眼底。

他晃了晃胳膊，意有所指道："好好打。"

两个人在裁判看来就像是已经握手言和，裁判吹了哨往场外退去，示意比赛继续。

林宛他们也跟着坐了下来。

江延摘下手上的护腕和项链一起送到场下。

"没事吧？"林宛看着他。

江延笑了笑："没事。"

他很快回到场上，身形修长挺直，火红的球衣被风吹得鼓起边角。

比赛继续。这一次，江延成了（18）班唯一的进攻者，另外四个人只要拿到球就传给他，（3）班的前锋和控球后卫紧黏着他，找机会截球。

距离比赛结束还有五分钟。

江延没有再给他们任何摸到球的机会，基本上全场就只有他一个人不停地拿球投球得分。

时间还剩下三十秒。

（18）班发起最后一次快攻，宋远带球进入对方区域，对方的控球后卫挡在他前边，他勾唇笑了下，从对方控球后卫的右下方把球传给了江延。

江延接球直逼篮下。

此时对方篮下已经靠过来三名队员，其中两名队员挡在江延前面，企图拦住他。

江延没什么反应，随着奔跑的助力，原地一个跃身，隔着对方两名球员，单手暴扣。

橘红色的球直接落入球网。

哨声随之响起。

比赛正式结束。

"啊啊啊——！！！"

全场起了一阵浪一般的欢呼声。

胡杭杭跑到场下，让班里男生把横幅丢过来。他拿过横幅，和柳声一人扯着一边，绕场跑了两圈。

最后直接停在（3）班的休息区前边。

江延站在横幅底下，抬眸看到黑着脸的何文，缓缓抬起胳膊，收起无名指和小指，食指和中指并拢，拇指朝上，指尖对着他的脑袋。

然后，他像拿着枪一样，扣动扳机，轻抬了一下并拢的食指和中指。

"嘣——！"

江延的这个极具挑衅意味的动作，彻彻底底地把何文心里那团愤怒的火给点着了。

只见他猛地推开挤在眼前的同学，像一个急速前进的小炮弹一样，朝着江延飞了过来。

周围的人只看到眼前一道人影蹿过，都还没反应过来，就看到之前蹿过去的那道人影被江延一拳又给砸了回来，整个人瘫倒在地上。

何文的动作虽然快，但江延比他更快。早在何文拎着拳头冲过来的时候，江延就意识到他接下来的动作是什么。

回击得轻轻巧巧，不费吹灰之力。

江延刚刚的一拳用了十成的力，何文倒地的时候，嘴边也跟着冒了血，很快就肿了起来。

他之所以下这么大的狠手，一是为了报以前平白挨一顿打的仇，二是为了教训何文今天打比赛时的肮脏手段。

江延为人坦荡，讲究明面上的你来我往，生平最厌恶的就是这种背后耍手段的行为。

他甩了甩手腕，居高临下地看着何文，声音沉沉："别以为别人都跟你一样，是个头脑简单四肢发达的傻子。"

何文怒而不语，（3）班的人很快都围了过来，（18）班的也不甘示弱，两个班的人你推我搡。

比赛一结束，老余他们三个就和裁判，还有（3）班的班主任去了场外，这会儿球场上就只剩下学生，气氛剑拔弩张。

眼见大战一触即发，江延却伸手拦住了（18）班的人："胡杭杭，让他们别动手，都回去。"

"江延……"还拿着旗杆的胡杭杭不解地看着他。

这马上就要开打了，怎么能撤呢！最起码的排面我们得有啊！

江延知道他在想什么，低垂着头揉着手腕："个人恩怨，不牵扯到班级，带他们回去。"

徐一川跟着出声阻拦："好了好了，大家都回去吧。"

（18）班的男生一个也没动，虽然他们平常和江延接触不多，但好歹也同窗这么久了，再加上江延刚刚又带他们赢了一场比赛，不管怎么样，他们都不能在这个时候离开。

有人吼了一嗓子："我们不回去，是男人今天就不能回去！"

江延抬头看了眼说话的男生，又看了看身旁跃跃欲试的（18）班众人，舌尖顶了顶腮帮，沉着声道："都回去，我可不想再套上个带头打群架的罪名。"

江延都这么说了，其他人也确实不好再留下来，大家你看我我看你，慢慢散开了。

胡杭杭、徐一川和宋远他们三个还留在场上。

站在场下的林窕看到江延回头对他们三个说了些什么，然后他们三个人也从场上退了回来。

"江延他们怎么了？"林窕抓住胡杭杭问了句。

胡杭杭一双大眼睛扑棱扑棱地眨了眨："没事啊，就江延想和他们交流一下感情。"

林窕面无表情地看着他："到底是你缺根筋，还是你觉得我像你一样缺根筋？"

胡杭杭伸出手，大声道："我选第二个。"

众人："……"

林窕哭笑不得。

宋远及时出声解释："别担心，江延有分寸，不会让自己吃亏的。"

"不是。"林窕看着场上，语气一本正经，"我是担心对面死伤惨重。"

"……"

球场上。

何文看着江延孤身一人，往旁边的地上吐了口血水："你搞什么？想做单挑王？"

"个人恩怨，不牵扯别人。"江延没什么意思地笑了下，"我说过的话从来不说第二遍，但对你是个例外，因为你是个残疾人，我要多加担待。"

"你！"何文拎着拳头就要砸过来。

江延一动未动，拳头就在他眼前一厘米的位置停下，他伸出一根手指推开何文的手，淡淡道："说真的，这样没什么意思。"

"不管重来多少次，你一样是我的手下败将。"

这谁能忍？

不管谁能忍，反正何文是忍不了，又一拳砸了下来，这一次动作没停，拳头带着风。

江延磨了磨牙齿，抬手控住他的动作，眼神凌厉，语气也没什么耐心："别跟我动手。"

说完，江延用力把人往后一推，何文没站稳，连退了两步，最后被其他人扶了一把才站稳脚跟。

有几个男生围了上来。

何文没有多说，带着（3）班的人离了场。

江延也回了（18）班的休息区。

徐一川他们三个围了上来，叽叽喳喳问个不停。

"怎么样怎么样？"

"你们说什么了？"

"他们是不是又犯傻了？"

江延在林宛身旁的空位坐下，弯腰够了瓶水，拧开盖喝了一口，看着他们急乎乎的神情，没说话。

倒是一旁的林宛忍不住问了一句："你们说什么了？"

江延合上手里的矿泉水瓶，拧紧了放在手边，眼眸不自在地垂了垂："没说什么，就是互相骂了几句，他受不了就走了。"

林宛没忍住吐槽了句："你们是高中二年级，不是小学二年级，这么大的人了，还学人小学生对骂呢？"

"随便说了几句。"江延笑着说，"也就到此为止了。"

"那不到此为止还能怎么办？"林宛看着他，"就你撑人的那个功夫，也难怪何文刚刚想打你了。"

"……"

（18）班赢了比赛，老余大笔一挥直接放了他们三节晚自习的假，一伙人去学校外面庆祝。

老余也跟着一起来了，但他晚上还有事，在包厢里待了十多分钟，喝了杯饮料之后就走了。

他人一走，原先还有些压着的场面顿时就热闹了起来。

包厢里的三张圆桌子被拆成方桌拼成一个长条桌，桌上摆满了各种吃食。

（18）班的男生平常除了在教室能和江延坐在一起，这是第一次在教室之外的地方和江延坐在一起。

原先碍着学霸的气场还有些放不开，但随着场面越来越热闹，慢慢地大家都放开了，纷纷举杯敬江延。

他们是第一次，江延也是头一回和班上的同学坐在一起吃饭，气氛格外地火热。

林宛挨着他胳膊坐在旁边，明显感觉到他身体的温度在往上飙，戳了戳他胳膊。

等他歪头看过来，她才低声说："少喝点，这饮料里含酒精。"

包厢里灯光明亮，他刚喝了不少，白皙的脸颊微微泛红，琥珀色的眼眸像是含了一汪水，闪着琉璃般的异彩。

江延脑袋有些晕，也没听清林宛说了什么。他缓缓低头："你说什么？嗯？"

林宛往边上挪了点："我让你少喝点。"

她僵直着身体，偏头对上他的眼眸，心跳有些乱了："你是不是喝多了？"

江延甩了甩脑袋，指腹捏着太阳穴，声音带着朦胧的低哑："没，就是喝得急了，有点晕。"

"喝点水。"桌上有早前送上来的柠檬水，林宛倒了一杯递给他。

江延接过来喝了一口，寡淡的白水因为加了柠檬的缘故微微有点酸，他眉头微不可察地皱了一下。

"这酸吗？就放了两片柠檬在里面。"林宛看着他，意识到什么，"你是不是不能吃酸的东西啊？"

上次吃菠萝的时候也是，明明没有特别酸，可他还是皱了眉。

江延放下喝了一半的水杯，指腹搓了搓眉骨："嗯，不能吃也不喜欢吃。"

"那你还有什么是不喜欢吃的啊？"

江延往后靠着椅背，手腕搭在桌上，指腹摩挲着杯壁，垂眸想了会儿："挺多的，我比较挑食。"

她像是终于找到可以教育他的地方，语重心长道："江同学，挑食可不是好习惯。"

江延笑了笑，身体靠了过去，压低了声音："我不挑同桌。"

林宛看着他："我又不是吃的。"

"嗯，你不是吃的。"江延低声说，"可你是甜的。"

第十四章

沉醉

虽说是集体活动，但出来吃饭的大多都是男生，女生除了林宛，其他的都是这次篮球赛的啦啦队成员。

　　包厢里有说有笑。

　　林宛坐在墙角的位置，江延靠近的时候，胡杭杭正好站在那里，高大的身躯把两人的身形挡了大半。

　　尤其是江延，从前边看，只能看到一点衣角，被遮得严严实实。

　　而坐在他们俩对面的徐一川和宋远则是选择性眼瞎，就算是看见了也假装什么都没看见。

　　包厢里很吵，酒瓶碰撞声、说话声，还有人在叫嚷着什么。

　　林宛和江延挨得很近。

　　她忍不住吞咽了下，微微侧头，看着他，一时无言。

　　沉默了一会儿之后，林宛稳住心态，在现场给自己编了个口号："甜系少女林宛，名不虚传真的甜。"

　　很正经，很认真。

　　江延没想到她是这样的反应，愣了几秒，笑着往后撤了点距离。

　　林宛鼓着腮帮，唇角抿出一道笔直的线条，语气没什么耐心："江同学，我劝你善良点。"

　　江延不知道被她戳到了什么点，笑到完全停不下来，肩膀还跟着小幅度地抖着。

　　林宛："……"

　　江延足足笑了三四分钟才停下来。林宛已经懒得跟他多说什么，低头吃着自己碗里的东西。

　　吃到一半，江延起身出去接电话。

　　不过几分钟的光景，再回来的时候，他的神情就有些恍惚，捏着杯子不知道在想些什么。

　　林宛解决完最后一块西瓜时才注意到江延的不对劲，抽了张纸巾擦干净手，歪头凑了过去："你怎么了？接了个电话怎么感觉把魂都接丢了。"

"嗯？"江延在想事情，听到她的声音愣了三秒才反应过来，"没事，估计是喝多了，有点晕。"

林宛抿着嘴喷了声，压根儿不相信他的话："撒谎可不是什么好习惯。"

"说吧，坦白从宽，抗拒从严。"她侧身靠近他，灯光落在她眼里，忽闪明亮，"你是不是给别的小姐姐微信了？"

江延无奈失笑，偏头看向别处："你脑袋里一天到晚都装了些什么乱七八糟的东西啊？"

"没有乱七八糟的东西。"

江延低眸对上她的视线，轻轻叹了口气，解释道："没什么大事，于风烟——"

他顿了一下，改了口："是我妈的助理给我打的电话，说是她身体不好，让我回去一趟。"

"那你回去吗？"

"不回去。"江延低着头，额前没有碎发遮挡，露出全部眉眼，清冷疏离，"没必要。"

生病了该见的是医生，不是他。

如果见他一面就能好，那他岂不是华佗再世？

林宛虽然没有办法理解他对于风烟的狠心和不妥协，但在她这里，江延不管做什么都有他自己的理由。

虽不理解，但她始终支持，不论缘由。

饭局结束之后，一伙人还意犹未尽，去了隔壁街道的 KTV。在林宛问江延要不要过去的时候，他也破天荒没有拒绝。

"去吧。"江延看了眼摇摇晃晃走在前边的男生，"他们都挺兴奋的，得有人看着。"

万一出事，还得老余担责任。

老余是好心松口放他们一晚上的假，他们也不能辜负了老余的这一番好心。

不得不说，像江延这种把"关我什么事，关你什么事"当作人生信条的人，在不经意间透露出来的细腻，很让人着迷。

他的魅力不是胜在言语，而是藏在一举一动之中。

他虽然性格桀骜又嚣张，但在为人处世方面却有着自己的考量，不会矫枉过正，也不会得寸进尺。

这样的人很难不让人着迷。

一伙人浩浩荡荡到了 KTV。

小、中包厢都装不下这么多人，江延直接要了个大包厢，正好 KTV 最近做活动，只要订大包，就可以凭券赠送等量的饮品、果盘和小吃。

江延付完钱，穿着制服的小哥直接从后边搬了两筐酒放在吧台上："需要给您打开吗？"

江延签单的动作一顿，回头看了眼七倒八歪躺在大厅沙发上的众人，眼皮一跳："不要酒水，换成果汁吧。"

小哥有些惊讶："一瓶也不要？"

站在一旁的林宛笑嘻嘻地接了一句："一瓶也不要，我们都未成年呢，不能喝酒。"

小哥："……"

等房间开好之后，有专门的工作人员带着众人过去。

小哥调试完包厢内的机器后，换了屋内的灯光模式，原先敞亮的光线顿时变得昏沉。

"祝各位玩得愉快。"说完，小哥人影在门后一闪，便走远了。

门一开一关，走廊外鬼哭狼嚎的歌声也一闪而过。

包厢的空间很宽敞，中间的凹字形沙发约莫可以坐下十来个人，旁边还有一张棋牌桌。

沙发正前边是一台液晶电视，连着旁边的点歌机。

已经喝得半醉的胡杭杭最先挤到点歌机前，"唰唰"点了国内某知名组合的几首歌，挪到点歌机旁的立麦座位上，一手扶着麦，轻咳了一声："大家好，欢迎大家来到国际胡的演唱会现场。"

刚摸黑走到沙发旁的林宛闻言，脚下一个趔趄，整个人直接倒在江延怀里，下巴磕在他外套的拉链上。

她轻"咝"了一声。

江延掐着她胳膊，把人拎了起来，低头凑了过去："碰到了？"

"没事。"林宛揉着下巴在他旁边坐下，目光看着胡杭杭，"胡胖胖是不是醉了？"

话音刚落，胡杭杭已经开嗓。

　　当我和世界不一样／那就让我不一样／坚持对我来说就是以刚克刚／我如果对自己妥协／如果对自己说谎／……

胡杭杭唱歌的功底不差，之前在海城的时候，他也唱过这个组合的歌，嗓音很有特质，辨识度也特别高。

不低沉，反而是有些空旷的。

他现在唱的这首歌很流行，有些人就算不知道歌名，等歌曲进行到高潮部分，也能下意识接上歌。

包厢内有一波小合唱。

　　……／我和我最后的倔强／握紧双手绝对不放／下一站是不是天堂／就是失望不能绝望／我和我骄傲的倔强／我在风中大声地唱／这一次为自己疯狂／就这一次／我和我的倔强／……

一首歌结束，大家意犹未尽。

包厢内歌声回响，不知道是谁又调换了灯光模式，将原先昏暗的灯光换成了斑驳变动的彩色光影。

江延有些疲惫，仰头靠着身后的沙发，眼眸微合。天花板上的光影晃动，有几个光点落在他眼皮上。

林宛以为他睡着了，伸出手去挡了一下。

只是合着眸假寐的江延敏锐地察觉到眼前有什么靠近，猛地睁开了眼，借着包厢内的光影看到隔着一点距离覆在眼前的掌心。

葱白细长的手指，纹路复杂的掌心。

他伸手碰了下遮在眼前的手。

林宛被他这么一个动作吓了一跳，收回手，侧头对上他的视线："你是不是困了啊？"

江延搓了下眼角："还好，只是累了。"

"那你要不要先回去？"

"不用。"

包厢内空气不流畅，江延脱了外套搭在一旁，从桌上拿了一听可乐，修长的手指钩着拉环，轻轻一拉。

"叮——！"

有冷气从罐口冒出来。

他端起来，凑到唇边喝了一口。

属于可乐特有的刺激感在舌尖漫开，甜腻的味道，后劲感和胀气感都很足。

林宛闻见可乐的香味，蠢蠢欲动，手刚伸出去，就被某人拉住了。

"你不能喝。"江延把自己手里的可乐放在桌角，又从桌上开了瓶纯净水递给她，"你只能喝这个。"

林宛最后挣扎着："我只是偶尔会牙疼，又不是一直牙疼，喝一点也没关系的。"

"不行。"江延把桌上的可乐和果汁都拿远了，"一点也不能碰，更何况这些都是冰的。"

林宛没辙，只能喝着寡淡无味的纯净水。

包厢里，唱歌的人换成了宋远和徐一川，正唱着一首男女对唱的小情歌。

宋远唱女生部分，徐一川唱男生部分。

林宛没想到的是，他们俩唱歌也不赖，虽然比不上胡杭杭和江延，但好歹旋律是旋律，音准是音准。

他们四个人真的能算得上是宝藏男孩了。

一首简单的小情歌结束，徐一川从前边走过来，把麦递给江延："歌王，来一首？"

周围聊天的人都好奇地看了过来。

说实话，他们之前还真没听过江延唱歌。

原以为有生之年能看到江延参加篮球赛，已经是三生有幸了，没想到今天还有机会听到江延唱歌。

他们心想，今天要是真的能听到江延一展歌喉，就算唱得再难听，也算得上是死而无憾，高中无悔了。

江延顺从地接过话筒。

站在点歌机旁的宋远握着话筒问了句："江延，你要唱什么？我帮你点。"

林宛也看着江延，想着他会唱什么歌。

谁知道，江延直接偏头看着她，低声问了句："你想听什么？"

周围顿时死一般的寂静。

胡杭杭不怕死地吹了声口哨，故意起哄。

林宛赶鸭子上架，也不好推脱，敛眸认真想了会儿，报了个歌名："《听妈妈的话》？"

江延："？"

众人："？"

包厢里灯光变幻莫测，江延垂眸的瞬间有璀璨的光影洒在他的尾睫处，扑棱一闪而过。

像是万籁寂静的夜空中忽然划过的一道流星，可望而不可及。

江延看着她脸上狡黠的笑容，微不可察地轻叹了口气，起身去到点歌机那边。

林宛看到宋远把座位让给了他。

少年坐在凳子上，背影挺直，斑驳细碎的光影时而笼在他周身，纯白的短袖 T 恤，露出一截精瘦有力的胳膊。

　　他低着头，露出后脑整齐简短的发尾，脖颈的线条流畅曲直，长腿踩着地，另一只脚搭着凳子腿。

　　江延最后选了首情歌。

　　他就坐在那里，隔着众多人影看着林窕，耳边听着旋律，缓缓开口。

　　　你在左边 / 我紧靠右 / 第一张照片 / 不太敢亲密的 / 属于我们俩的 / 脸庞太天真了 / 苹果一样带甜的羞涩 /……
　　　　……
　　　……太久 / 太久 / 是否过了太久 / 忘了 / 忘了 / 开始怎开始的 / 喝醉了小河边唱着歌 / 永远爱你是我说过 /……

　　相较于原唱更加轻柔的嗓音，江延的嗓音要稍微偏低沉一点，不同于说话时的清冷，歌声里饱含深情。

　　一曲一言，诉尽衷肠。

　　包厢里没有人说话，只有低沉的歌声在回荡。

　　江延唱歌的时候目光一直看着林窕，灯光落在他眼里，铺成璀璨星河，眼角眉梢间皆是万般温柔。

　　　……/ 没有 / 没有 / 再没谁能拥有 / 像你 / 像我 / 哭和笑都懂得 / 再触摸 / 我心底藏了好久 / 那最柔软的角落 /……

　　这首歌最后一个字的尾音落下。

　　低柔舒缓的旋律还在继续。

　　江延放下麦克风，从凳子上跳下来，缓步走到林窕面前停了几秒，而后又坐回原位。

　　包厢里安静了片刻。

　　胡杭杭他们之前都是听过江延唱歌的，知道他是什么水平。

　　除了第一次在 KTV 听到他唱歌，他们觉得惊为天人之后，后来再听他唱歌都很平静地接受了现实。

　　毕竟长得好看的人就已经算是得到了上帝的偏爱，上帝再多给他开一扇窗也算不上什么大事情。

　　但是（18）班其他人没有听过江延唱歌，更别说是当众唱情歌了。

　　简直难以置信。

这么温柔的江延是真的存在吗？他们真的不是在做梦吗？他们还活着吗？

众人由于太过震惊，一时无言，还是胡杭杭带头鼓了掌："好听！不愧是学霸！"

大家这才回过神，纷纷跟着鼓掌，原先寂静的包厢顿时热闹起来。

小插曲很快过去，男生继续唱着歌，女生扎堆聊天。

林窕还沉浸在刚刚的歌声之中。

她只听江延唱过两次歌。

一次是在海城的时候，他给她唱 *Perfect*。

一次是在这里，他给她唱《我们俩》。

这两次，一次是心动，一次是沉醉。

顾及明天早上有课，再加上学校宿舍还有门禁，江延没让他们闹到太晚，十点一过，就让胡杭杭他们把三个已经睡着的住宿生送回宿舍。

出来玩的大部分都是住宿生，几个住校的男生护送女生回宿舍，剩下几个走读的各自打车回家。

等到安排妥当，就只剩下林窕，还有江延、徐一川、宋远他们几个人。

夜晚有风，从四面八方吹来。

这条街道位于市中心，繁华热闹，没有什么高楼大厦，都是三四层高的商业建筑楼，各式各样的店铺、璀璨闪烁的灯光为这寡颜的夜晚平添了几抹颜色。

四个人站在街口。

宋远揉了揉乱糟糟的头发，踢开脚边的石子："我们今晚不回去了，去你的自习室打游戏。"

"行啊。"江延手上拎着外套，回头看着林窕，"那我送你回去？"

"嗯？"林窕刚从那么吵的环境里出来，脑袋嗡嗡的，反应慢了半拍，"不用了，这里离我家也不远，打个车回去就好了。"

话音刚落，林窕看到不远处开过来的一辆出租车，挡风玻璃后面显示着"空车"两字。

她抬手拦了下来。

车停下的时候，林窕拉开车门回头看了江延一眼，叮嘱道："你晚上不要弄到太晚了。"

"好。"江延笑了笑，在耳边比了个打电话的手势，"到家给我打电话。"

"知道啦！"

林窕坐进车里，关上车门的时候，看到江延绕到车后。她扭过头，隔着玻璃看到他拿着手机在拍车后尾。

兴许是注意到她的视线，江延又抬起手机，对着她的脸拍了一张照片。

林宛举起拳头假意挥了挥。

江延笑着收起手机，朝她挥了挥手。

车辆启动，林宛又回头看了眼。

少年的身影停在原地，眉目如画。繁华的街道，闪烁的灯光，夜色很美，人亦然。

一直等到看不见车影之后，江延他们才转身往街道的另一头走去。

路上行人不断，车如流水，喇叭声此起彼伏。

走到路口等红灯的时候，江延从口袋里摸出一颗糖，剥开薄薄的糖纸，把糖塞进嘴里。

晚风吹过，他把糖纸卷成一小团，丢进旁边的垃圾桶里。

宋远看了他一眼："下午在球场的时候，何文跟你怎么说的？他应该不是那种随便骂几句就能罢休的人吧？"

下午在球场宋远他们虽然听不见，但何文那副不把江延撂倒在地就不罢休的神情，他们还是能看得清楚的。

至于江延跟林宛说的随便骂了几句，宋远他们压根儿半个字都不信。

江延已经把外套穿上，双手抄着兜，糖果滚过牙齿发出轻微的声响："他跟我约了这周日在附中附近的那个废旧楼碰面。"

宋远一脸我就知道的神情："那你还真打算过去？"

"啊，不然呢？"红灯跳成绿灯，江延抬脚跟着人群往前走，"何文这人太傲，总想着把别人踩在脚底。"

江延笑了下，牙齿微微用力，把糖果嚼碎了，神情嚣张又桀骜："可我偏偏不想如他意。"

徐一川接了话："那到时候我们几个跟你一起过去。"

江延刚想说不要他们跟着一起掺和，但转而一想，像何文这种恨不能把他踩在脚下狠狠踩踏的人，也不知道到时候会叫多少人过来。

他虽然说是自己一个人去的，但傻子也知道不能一个人过去。

"行，到时候你们跟我一块儿过去。"江延说，"但是先不要露面，等我叫你们再出来，万一有什么事情，你们在暗处看着，也好有个照应。"

"行。那这件事你不打算跟林宛说了？"宋远有些迟疑，"要是被林宛知道……"

"不跟她说，这种事情她不需要知道。"

江延从一开始就没打算把事情跟林宛说，所以以下午在她问起的时候，插科打诨就给绕过去了。

"你们这两天口风也严实点，别说漏了嘴让她知道了。"江延看着眼前的路，"免得她跟着担心。"

"得，绝对一个字都不说。"徐一川卷起衣袖，"想想还有点刺激。"

江延看了他一眼："……"

等到了自习室，江延看到坐在吧台后边写作业的周铭："你怎么还没回去？明天不用上课了？"

周铭从作业堆里抬起头，额头上一道浅浅的疤痕："明天学校组织春游，给我们放假一天，不用上课。"

"春游啊！"江延靠着吧台，"你不参加？"

周铭摇摇头："不参加，也没什么好玩的，没意思。"

江延轻笑了声，也没多说什么，做什么样的选择是小孩自己的事情，他也不会多加干涉什么。

周铭是跳级生，平常的学习压力比一般正常学生要大很多，每次来自习室都带着试卷和练习册。

江延伸手拿过他刚刚写完的一张试卷，是一张物理卷子。

周铭的字很大气，笔锋走势都十分凌厉，一笔一画之间都有极其明显的痕迹，整齐有致，不太像他这个年纪能写出来的字。

江延从头到尾看了一遍，倾身从桌上拿了支铅笔，把他写错的几处圈了出来："这几个地方再好好看看。"

说完，他把试卷合上又放回原处，抬脚往楼上走。

关澈带队出去参加比赛，三楼的房间都门扉紧闭，只有走廊亮着灯。江延开了门进去，把手机放在床头充电，随后拿着睡衣进浴室快速洗了个澡。

出来的时候，他只穿了睡裤，颈间搭着条灰色的毛巾，黑发湿淋淋的，水珠顺着身体的弧度滑落至裤腰间。

睡裤是系绳式的，江延没系，裤子松松垮垮地挂在腰上，露出精瘦的人鱼线，再往上是结实有力的腹肌。

他其实挺瘦的，没有那种很夸张的肌肉线条，但该有的也是一点不少，每个地方的线条都很漂亮，就跟拿尺子比量过一样。

搁在床头充电的手机毫无征兆地响了起来，江延边擦着头发边走过去，拿起来的时候只看到是林宛打过来的，也没怎么注意，直接摁下接通键。

也许是信号问题，反应了三秒他才听见声音。

"我到家——啊——你你你怎么不穿衣服？！"

一连串的动静。

江延看了眼屏幕才反应过来，她刚刚打的是视频通话。

他松开擦头发的毛巾，坐在床上倚靠着床头，看着视频另一边的黑屏，低笑一声："我怎么没穿衣服？"

手机刚刚估计掉在地上了，这会儿被捡了起来，画面里是小碎花天花板，看不见林宛的人，只能听见她的声音。

"你刚刚不就是没穿衣服？"林宛简直不敢回想刚刚看到的那一幕，少年裸露的胸膛在眼前一闪而过，锁骨白皙精致，水珠缓缓滑过脖颈。

视频里的画面没有动，像是卡住了，但实则不然，只是林宛一直没敢拿起手机，生怕又看到什么不该看的。

江延盯着画面里的小碎花看了会儿，伸手捞过旁边的短袖 T 恤套在身上，黑发上的水珠瞬间打湿了衣领。

他起身往沙发走去，拖鞋踩在地上发出轻微的声响。

蹲在床沿边上的林宛听到动静，偏头看了眼掉在床上的手机，只看到一闪而过的衣角。

江延正好在沙发上坐下，重新举起还在视频中的手机，在画面里露出轮廓精致的大半张脸，两鬓的碎发软塌塌地贴着脸颊。

林宛微微松了口气，伸手拿过手机，盘腿坐在地板上，背靠着床沿："你不打算把头发吹一下吗？"

"不吹了。"江延抬手抓了抓，带出几点水珠在空中划过，"也不长，用毛巾擦擦，很快就会干了。"

林宛不置可否，手指无意识地卷着发梢，忍不住打了个哈欠，眼尾湿红："那我先去洗澡了，你早点休息吧。"

"嗯，去吧。"江延没多说什么，"晚安。"

"好哦。"林宛侧身从地板上站起来，笑了笑，"明天见。"

他跟着笑了声："明天见。"

视频断了，江延把手机往沙发上一扔，起身去了楼下。

最近冬去春来，自习室的生意比之前还要好。

到这个点，依然很多人。

江延走到吧台，看到周铭枕着胳膊趴在那里睡着了。他轻敲了敲桌面，把人叫醒了："走吧，送你回去。"

周铭揉了揉眼角，看了他一眼，又低头收拾东西："不用了，我自己回去就行了。"

江延没作声，等他拎着书包站起来，抬手叫了其他服务生过来："看着点，我出去一趟。"

"得嘞。"

江延穿着白色的 T 恤和灰色的棉质长裤，露出一截白皙精瘦的胳膊，右手手腕上绕着几圈黑色的绳子，银质的硬币在灯光下闪闪发亮。

他站直了身体，看着周铭，眉目冷清："别废话，走吧。"

周铭拧不过他，默默跟在他身后出了自习室。

万籁寂静的夜空，星光璀璨。

江延瞥了眼走在身侧的人影，低声说："你妹妹最近怎么样？"

"挺好的。"提及周玥，周铭的眼睛瞬间亮了起来，"梁律师找的医生很好，阿玥她现在已经没什么事情了。"

"嗯。"江延没再多问。

一路无言，等到了巷子口，他停下脚步，路边的街灯明亮而热烈："自己进去吧，我不送了。"

"谢谢。"周铭背着书包，身形挺直瘦弱，"我回去了。"

江延勾了勾唇，抬手在他脑袋上拍了一下："去吧。"

少年转身往巷子里走，一路都有光。

送完周铭回来的路上，江延在路口附近看到有卖炒板栗的，停下脚步买了一包板栗。

夜已深，周围没多少人，老板很快称了一斤板栗打包好递给他："十五块。"

江延接过来，摸出手机对着摊铺上的支付宝二维码扫了一下，手指点了几下屏幕："转过去了。"

"好嘞。"

他拎着打包好的板栗过了马路。

不远处的巷口，停着一辆黑色的轿车。车停在暗处，几乎要与夜色融为一体。

是熟悉的车牌号。

江延停下脚步的同时，车门跟着从里被推开，穿着定制旗袍的于凤烟从车里走了下来。

于凤烟的眉眼生得极好，眉蹙春山，眼颦秋水，举手投足间都是风情。

江延的眉眼像她两分，尤其是一双琥珀琉璃般的眼眸，更是如同从一个模子里刻出来的。

只不过，除了样貌的这两分相像之外，在江延身上再也找不出多一分和她相像的地方。

"阿延。"于凤烟站在车旁，眉眼柔软。

江延眼皮一跳，攥紧了手里的东西，垂下眼帘遮住眼里的情绪，声音很低，听不出什么情绪："妈。"

往下便没有一言一语可以说，母子俩走到这步田地，于风烟占了一大半的责任。

可能于风烟自己也意识到了，总是想做些什么去弥补，但往往都是不尽如人意的。

她不了解江延，也不知道江延忌讳的点在什么地方。

明明两个人本该是这个世界上最亲近的人，可到头来还比不上路上随便碰到的陌生人。

于风烟无可奈何，但与此同时，她也无法割舍下这份情。

"下个月是你父亲的生日。"于风烟斟酌着说出自己的想法，"你和我一起过去给他送个礼物行吗？"

江延松开紧攥的手，看了她一眼没说话。

于风烟注意到他手里拎着的东西："买的什么？我可以吃一点吗？"

"随便买的板栗。"江延看了她一眼，无声地叹了口气，从袋子里摸出两颗开裂的板栗，剥开坚硬的外壳，露出里面饱满的果实。

他剥了两粒，递给于风烟一粒。

于风烟受宠若惊，伸手接了过来，咬了一小口，唇角弯了弯："很好吃。"

江延把余下的一粒整个丢进嘴里，随便嚼了嚼咽下去，搓了搓指腹间残留的痕迹，淡声说："像这样的路边摊，你应该很多年没吃了吧？"

于风烟看着他，不知道该怎么说。

确实，对于江家这样的家庭来说，这种路边摊是上不了台面，也根本不会碰的。

夸张点来说，江家每天的一日三餐都是由专业的营养师精心配制的，所用的食材也都是从专门产地进口的。

江延看了眼她刚刚只咬了一小口的板栗，没什么意思地笑了下："可我每天吃的都是这些。"

"这些你们连看都不看一眼的路边摊，就是我一日三餐吃的东西。"江延说，"你觉得我还能有什么资格陪你去给他庆生？"

"阿延，这不一样。"

"有什么不一样呢？"江延心里一片平静，"从始至终，我和江家那些人就不是一个世界的人。"

"阿延……"

"妈。"江延看着她，"以后别来找我了，不管你们说多少遍，我都不会回江家的。"

于风烟眼睛一红："你是不是还在怪我当年不该带你离开你爸爸？"

江延没说话。

"如果是这样，我已经和你爸爸道过歉了，他也原谅我了，不是吗？你就不能原谅妈妈吗？"于风烟握住他的胳膊，声音哽咽，"我也是为了你好啊。"

江延抬手挥开她的手："别说什么是为了我好，如果你真的为了我好，当初就不该带我走。"

"阿延……"

"我爸爸——"江延想说些什么，想了想，还是没继续说下去，"在我这里有些事情就是不值得被原谅，跟大不大度没关系，各人有各人的底线。如果你跟他当初有一个人能考虑到我爸爸的感受，我爸爸也不至于这么早就离世。"江延抿了下唇角，"他的死，你们都有责任。"

闻言，于风烟像是受到什么打击一般，伸手扶住车门才堪堪站稳："我……是我们对不起他。"

江延抬眸，望着眼前的璀璨星空。

他不知道哪颗星会是方海的化身，只知道方海肯定会在某个地方看着他，陪伴他。

"不是每句对不起，都能换来一句没关系。"江延轻声说。

于风烟走了，什么也没说就走了。

江延已经习惯，心里也没什么好介怀的。

他站在原地，弯腰捡起掉在地上只咬了一小口的板栗，抬眸看着渐行渐远的车子，随手把刚捡起的板栗丢进一旁的垃圾桶里，抬脚往巷子里走。

也没有什么好可惜的。

东西掉了就是掉了，就算是擦干净了也没有刚开始的好吃。

而有些人和事，见不到也回不去了。

人只能往前看，前方的路才是要走的路。

很快就到了周日，江延一整个上午都在睡觉，到了下午三四点才醒。

关澈知道他跟何文的事情，比赛一结束，连颁奖典礼都没参加，直接从湖城飞了回来。

江延一开始没想让他跟着，关澈没答应。

"这件事情，本来就是因我而起，怎么能让你一个人去面对！"关澈说，"等我明天比赛结束，我就回来。"

江延也没拦着，虚假地说了声："比赛加油。"

"滚吧你。"

到了周日，关澈果然早早地结束比赛，赶了回来。他到自习室的时候，江延也才刚起床。

胡杭杭给他点了外卖，四个人坐在小客厅。

关澈进去的时候，江延才刚刚吃第一口，看到他，也没什么反应。

关澈把行李箱往角落一放："我可是从千里之外奔赴回来，帮你撑场子的，你就这么个反应？"

江延没看他，挑出碗里的香菜碎："我觉得你说得对。"

"嗯？"

"这件事情本来就是因你而起。"江延停下筷子，"怎么着也该你自己去解决的，说到底，你还要感谢我。"

"……"

胡杭杭扑哧笑了声，从冰箱里摸了盒酸奶："不过，说实话，你到底知不知道何文会带多少人过来？"

"不知道，但肯定不会少。"江延抽了张纸巾擦嘴，"走吧，去了就知道了。"

"你真的不打算跟林宛说一声吗？"胡杭杭未雨绸缪，"万一，我是说万一你要是磕着碰着了，你怎么跟她解释啊？"

江延拿起搭在椅背上的黑色机车夹克套在身上，又从旁边抽屉里摸了两颗薄荷糖揣在口袋里，活络了下手指，淡声说："不跟她说。"

毕竟也不是什么好事情。

更何况这样的事情，听起来就很幼稚，江延是绝对不可能和林宛提起这件事情的。

他也是会有一点偶像包袱的。

"那走吧。"

五个人各自拿上自己的东西，风风火火地出了门。走到巷子口，胡杭杭停下来买东西。

路边缓缓停下一辆出租车，从车里下来两个人。

一伙人都背对着路口，没注意到。

江延剥开颗薄荷糖丢进嘴里："等到了地方，我和关澈先进去，你们几个找地方藏好，先别露面。"

"行，知道了。"

胡杭杭买完东西，一转身就看到正朝这边走来的林宛和孟昕，猛地喊了声："江延！"

江延被他吓了一跳。

"不是不是。"胡杭杭指着他身后，"林宛来了……"

"都几岁了，还玩狼来了？"江延压根儿不信，回头随意瞥了眼，"……"

林宛原本是不打算周末出门的，但是架不住孟昕的软磨硬泡，最后还是被拉了出来。

也不是头一回在周末来自习室，林宛也就没给江延打电话，谁知道一下车，就在路口看到他们五个人。

也不知道胡杭杭跟江延说了什么，林宛刚一靠近，就看到江延回过头，脸上的神情顿时变得很奇妙，然后还有一瞬间的僵硬。

她看了眼五个人，随口问了句："你们是打算去哪儿啊？"

胡杭杭："逛街！"

徐一川："吃饭！"

关澈："去图书馆。"

宋远："出去玩！"

江延："随便逛逛。"

五个人异口同声地说出了五个答案，也算是相当的有默契了。

"……"

林宛看着他们五个人，脸上写满了问号。

胡杭杭反应最快："是这样的，我们几个看江延没事，就想拉着他出去逛逛，正好关澈要去图书馆买书，然后他要去的图书馆又在商场里面，所以我们几个就一起了。"

"那出去玩总不能不吃点东西吧。"徐一川快速地接上话，"正好要去的商场不仅有图书馆，还有一家新开的火锅店，我们打算买完书之后去尝尝。"

林宛半信半疑，看了眼江延："是吗？"

江延点点头："嗯。"

"当然是。"关澈搂着江延的肩膀，也接了一句，"今天是男生间的约会，我们就不叫上你哈。"

林宛心里还是存疑，看着他们五个人哪里都不对劲，但又说不上来具体哪里不对劲，也没多问什么："那你们去吧，我跟孟昕去自习室了。"

"好嘞。"关澈朝她挥挥手，"有什么需要就和小六、小七说。"

林宛没说话，拉着孟昕往巷子里走，背对着他们几个挥了挥手。

等到她们俩走远，几个人齐齐松了口气。

胡杭杭扯了扯衣领，感觉后背冒了一层虚汗："我怎么感觉跟林宛撒谎，比去打架还要紧张？"

徐一川看了他一眼，轻笑："出息。"

胡杭杭撩起袖子，朝着他后背砸了一拳。徐一川不甘示弱，拎起拳头，以同样的力道回击。

两个人跟小学生一样，你一拳我一拳，打打闹闹不肯停歇。

江延走在最后，听着关澈叽叽喳喳和宋远八卦这次比赛碰到的奇葩，偶尔接一句话。

在路口等红灯的间隙，江延摸出手机给林宛发了条微信。

解决点私事，问题不大，不用担心。

林宛像是早知道他会发这条消息，几乎是秒回。

注意安全。

江延盯着这四个字，没忍住笑了出来。

一旁的关澈听到他的动静，凑了个头过来："笑什么呢？"

"没什么。"江延动作迅速地收起手机，看着眼前的路，忽然反应过来，"刚刚为什么不叫个车？"

关澈叹了口气："你见过哪个老大出场是坐出租车的？要不是时间不够，我绝对要弄个特大特气派的出场。"

江延看了他一眼，没说话。

十分钟后，五个人抵达那所废弃的职高门口。

这里位置偏僻，再加上又荒废了好几年，围墙年久失修，白色的墙皮脱落，露出里面砖红色的石块。

门口挂着把大锁的铁门早就成了摆设，随便一碰，手上就是一层铁锈。校园里的空地早就长满了荒草。

风一吹，铁门嘎吱响，草也跟着动，恍惚间似乎都能看到一道白色的人影闪过。

胡杭杭推开铁门，迎面吹来一阵阴风，忍不住搓了搓胳膊："这有点瘆人啊。"

"大白天的，有什么好吓人的。"关澈走在他旁边，勾住他的肩膀，"不过这里确实出过事。"

"……"

胡杭杭猛地一把推开关澈，气息有些不稳："你还是个人吗？你有病吧？！"

看着胡杭杭跳脚的模样，关澈没忍住笑了声："哎，胖胖，你胆子怎么这么小啊，我随便说说的。"

"滚滚滚，莫挨我。"胡杭杭是没有胆量再和关澈走在一起了，看着眼前这一幢幢空楼，问了句，"这里楼这么多，你们约在哪儿啊？"

"最里面那栋。"江延熟门熟路地绕过杂草丛生的地方，走到一条被人为踩出的小道上。

几个人跟在他身后。

等走到最里面那栋楼，明显能感觉出来有不一样的地方，光是楼下堆积的各种空酒瓶、易拉罐就比前边那些楼要多。

傍晚，夕阳的残影夹在两栋楼之间，光影晃动。江延站在楼底下，指了指两边的楼："你们先去楼上待着。"

"好。"

胡杭杭他们三个从中间的楼梯口绕到了三楼的位置，楼里面的教室早就被搬空，有些教室的窗户都被打碎了。

他们三个找了个角落里的教室，推开窗户就能看到楼下，江延和关澈站在对面教学楼底的台阶上。

日暮西垂，两个人的身影被拉得很长，落在身后。

约定碰面的时间是五点。

关澈踢开脚边的易拉罐，直接在台阶上坐下："几点了？"

江延靠着旁边的石柱，摸出手机看了一眼："四点五十三。"

关澈伸直了长腿，随便拽了根草咬在嘴里："看不出来这浑蛋这么守时呢？"

"……"

江延收起手机。

下一秒，从楼外面传来一阵摩托车轰鸣的声响，关澈回头看了他一眼，从地上站了起来。

不过一会儿，轰鸣声越来越近，江延抬眸看了眼胡杭杭他们的位置，什么也没看到。

他收回视线，看着开进来的几辆摩托车，偏头和关澈开玩笑："你要的拉风出场。"

"……都什么时候了你还有心思挤对我？"关澈吐掉嘴里叼着的草，"来的人不少啊。"

楼前的空地上停了六辆摩托车，除了何文是单独一人，其他都是两个人一辆，加起来一共来了十多个人。

比起他们俩再加上藏在楼里的三个人，多了一倍。

何文摘下头盔挂在车把上，从车上下来，看着江延和关澈，笑了笑："怎么，就你们两个人？"

"跟你，两个人都多了。"关澈是一个不论在什么时候都不会让自己吃一点亏的人，"来吧，废话那么多做什么？"

"行。"何文解开手上的指套，动了动手指，"输赢怎么算？"

"到对方服气为止。"江延脱下外套丢在一旁，逆着光的眉目线条冷硬，"我希望这是最后一次，不管结果怎么样，以后都没有下次了。"

"我也希望这是最后一次。"何文丢开手里的东西，偏头示意带来的同伴。

几个人很快把江延和关澈包围起来。

江延和关澈背抵着背，目光环视众人。

关澈没忍住笑了声："怎么感觉这么幼稚。"

"……"

江延看着眼前身形彪壮的大汉，没说话。

藏在楼里面的胡杭杭他们暗戳戳地盯着底下的一举一动，眼见着两伙人就要打起来了，不知道从哪儿蹿出来一群穿着蓝色制服的人，对着楼下的一群人，大吼了一声："警察！不许动！"

众人："？"

闹剧来得猝不及防。

这一辖区的警察早些时候接到附近的群众举报，说是有不法分子暗中在这里进行不正当的交易。

警队派人在学校周围不分昼夜蹲守了半个月，什么收获也没有，前天刚刚收队，结果今天下午就又接到举报电话，说是两伙人进了学校。

警察虽然收队，但为了确保万无一失还是留了两名警员在周围监视。

江延他们进来的时候那两位警员刚好去了附近买水没注意到，等到何文他们声势浩大地骑着摩托车进来的时候，正好被他们逮了个正着。

但考虑到对方人员比较多，里面的情况又不太清楚，两名警员被命令原地待命，等到队里的支援才可以往里冲。

警局离这里不远，出警速度很快。

等到警察全副武装冲进来的时候，正好把江延他们逮了个正着，没有给他们解释的机会，十来个人一起被带去了警队。

藏在楼里的胡杭杭他们三个侥幸躲过一劫，但同时，三个人也被眼前的形势给整蒙了。

等到警察收队之后，三个人从窗口缩回脑袋，齐齐在墙角蹲下。

胡杭杭抓了抓头发，有些不知所措："这怎么回事？怎么还有警察？"

"……"

谁都没想到事情会朝着这个方向发展下去，被带到警队的江延和关澈他们更是想都不敢想，有朝一日还能这样被抓进来。

　　被带到警队的十来个人是分开审讯的。

　　"你说你们是约好了来这里进行武术交流的？"审讯员看着眼前样貌清俊的少年，"你们这是打群架！聚众斗殴！武术交流？说得倒是好听！"

　　江延："……"

　　一番审讯之后，结果令人大跌眼镜，压根儿不是什么不法分子在交易什么，就是一群中二少年。

　　看到这个结果，先前出警的警员啼笑皆非。

　　他们三个被留了下来，除了要写保证书之外，还必须要家长亲自过来在保证书上签字才能走。

　　面对这样的惩罚，三个人都觉得崩溃。

　　江延没家长叫，关澈直接把自己的父母叫了过来，何文则是给自己舅舅打了电话。

　　通知完家长之后，三个人挤在会客室写保证书，字数要求一千字。

　　"我写作文都没写过这么多字。"关澈写了两百字之后，忍不住吐槽，"早知道这样我就不该从湖城回来。"

　　闻言，在一旁奋笔疾书的江延冷哼了声，什么也没说。

　　他要是早知道是这个结果，估计连篮球赛都不会参加了。

　　谁能想到是这么个结果？谁都想不到。

　　一想到这里，江延抬眸看了眼坐在对面的何文。

　　两人对视了一瞬，江延没忍住撑了一句："看什么？要不是你，我们也不至于坐在这里写什么破保证书。"

　　"你——"

　　何文刚作势要站起来，就有人从外面推开门，大吼了一声："干什么！干什么！"

　　何文倒是不尿："什么干什么？！遇到不会写的字了不行啊！"

　　"……"

　　场面一度陷入尴尬。

　　关澈在桌子底下踢了何文一脚："你不会说话就少说两句成吗？我还想早点出去呼吸新鲜空气。"

　　何文大嚷："那不是他先吼我的！"

　　莫名的还有点委屈的感觉在里面。

　　"懒得跟你说。"关澈不愿和他多闲扯，低头继续写保证书，原先漂亮的一手字因为太激动写得歪七扭八。

何文的舅舅李棠和关澈父母几乎是同时抵达警队，三个人在门口碰了个面，谁也不认识谁。

直到进到里面，了解完情况之后，李棠率先给关父、关母道了歉，然后又扯着何文给长辈道歉："我姐和我工作忙，平时也管不上他，给你们添麻烦了。"

江延没想到，像何文这么天天喊打喊杀的没脑子少年，舅舅倒还是个明事理的，看起来温文尔雅，跟何文完全是两种性子。

关父、关母也知道以江延和关澈的秉性，这件事不可能只是对方有责任。

关父先开口："事情闹到这个地步，我们家两个孩子不能说一点责任没有，但是你们三个都不是小孩子了，已经是成年人了，希望你们以后遇事能够冷静点，不是所有事情都可以用拳头解决的。"

关父的话句句在理，也没有偏颇任何一方。

李棠又摁着何文的脑袋给江延和关澈道歉，何文不肯依。

李棠厉声说："要不是你一直抓着别人不放，你们今天也不至于来这里。听舅舅的话，你给人道个歉，这件事情就算过去了。"

何文自小就怕这个舅舅，听到这话也是敢怒不敢言，垂着脑袋，不情不愿地嘟囔了声："对不起。"

关澈见状还准备摆个架子，被关母一个眼神瞪过来，瞬间收了所有架子："行了，这件事也不能都怪你，我们也有不对。"

闻言，何文刚想说点什么结束这尴尬的一天。

关澈又说："但是真要追究起来，就是你那个妹妹，太能找事了。"

站在一旁默不作声的江延："……"

不得不说，关澈这个没脑子的能活到现在真是个奇迹。

他刚说完话，何文就跟被踩到了尾巴一样，瞬间跳脚："你说什么？你再给我说一遍！"

"我说多少遍都一样！"

场面一时间混乱不堪。

李棠率先反应过来，上前一步制止住何文的动作，又抬手拦住关澈的攻击，江延见状及时把关澈拉了回来。

关父、关母简直气到头顶冒烟。

"关澈！"关母率先开口，"道歉！"

李棠也扯住何文的胳膊："阿文，给人道歉。"

正在气头上的两个人自然是什么都听不进去，异口同声地吼了一句："要道歉也是他先道歉！"

说着话，两个人对视一眼，又开始隔空比画。江延扯着关澈的胳膊，尽量把他跟何文之间的距离拉开。

　　李棠也尽量把控着何文的动作，朝着关父、关母礼貌地笑了笑："看来今天是不能好好说了，这样吧，等到阿文冷静下来，我再带他亲自登门道歉。"

　　关母也是十分不好意思："不用不用，该是我们给你家孩子道歉，这件事我看大部分责任都在关澈这里。"

　　成年人之间虚与委蛇，谁也看不出谁的真实想法。

　　闹到最后，关澈和何文各退一步，同时道歉。

　　两个人站在警队门口，面对着面，谁也看不爽谁，但碍于双方家长在场，只能不情不愿地互相弯腰对头一鞠躬，异口同声道："对不起。"

　　两人极其不情愿，就跟旧时候包办婚姻拜堂现场一样。

　　互相道完歉，李棠扶着何文的肩膀："那我们就先走了，以后有什么问题再联系。"

　　关父、关母也没再多说什么，点头示意。等到两人走远之后，关母直接对着关澈劈头盖脸来了一套。

　　"你这张嘴啊，让我怎么说你才好！"

　　关澈上蹿下跳，躲到江延身后："哎呀，妈，我也没说错啊，当初要不是他先找事，哪能有今天的事情。"

　　江延看着两位长辈，抿唇道歉："伯父、伯母，对不起。"

　　关母从小就心疼江延，听到这话，心里哪还有气："这事怎么能怪你，要怪就怪关澈这小子长了一张招人的脸！"

　　关澈闻言，非常不认同："话可不能这么说啊，说到底，我这张脸也是你们俩给的啊。"

　　"……"

　　关母作势又要动手，关澈先一步往前跑："我们先走了啊，你们俩怎么来的就怎么回去吧！"

　　关母在后面喊："你晚上又不回去吃饭啊？"

　　已经跑到路口的关澈挥挥手："不回了，你们回去吧。"

　　关母摇头叹了口气："这死小子。"

　　"别生气了。"关父上前一步搂住她的肩膀，"好歹也是你生的。"

　　"……"

　　站在一旁的江延终于知道关澈这撑人的功夫是遗传谁的了。

　　有其父必有其子。

　　果不其然，古人诚不欺我。

　　江延和关澈被警察带走的事情，胡杭杭他们三个人没敢和林宛说，也没敢回自习室。

　　三个人就站在巷口，一边商讨对策，一边又担心他们俩的处境。

　　"他们不会要在里面住几天吧？"徐一川说，"你说要不要给老余打个电话？"

　　"别了吧，事情还没到那个地步呢。"宋远想了想，"要不然我们给关澈爸妈打个电话吧？"

　　"……那还不如给老余打电话了。"

　　三个人讨论了半天也没商量出什么好对策来。

　　一直到夜幕降临。

　　江延和关澈从警队回来，在巷子口碰到他们三个。

　　徐一川第一个从地上蹦起来："我还以为今天见不到你们两个了。"

　　"……"江延推开他热情的拥抱，"我们又没做什么伤天害理的事情。"

　　"那为什么警察会来啊？"

　　关澈揉着刚刚被何文碰到的眼角，哼哼一声："他们接到举报，以为我们是什么犯罪分子。"

　　事情太过尴尬，江延和关澈都不愿意再多回忆，随便搪塞了几句，江延最后叮嘱道："今天的事情谁也不要说。"

　　胡杭杭他们几个点点头："一定不会说的。"

　　"好了。"江延说，"你们先去找个地吃饭，我们回去换身衣服。"

　　"行。"

　　三个人很快转身往相反的方向走，江延脱了外套拿在手里，回头看了眼关澈："没事吧？"

　　"啊？"关澈松开手，"没事。"

　　"你刚才是不是故意那么说的？"故意激怒何文，故意挨这么一拳？

　　"是也不是。"关澈手抄着兜，"就觉得一直跟他这么纠缠下去没什么意思。"

　　先前在警队门口，关澈看起来气势汹汹的，但实际上他都是虚的，拳头砸下来的时候都收了力，打在身上估计也没什么感觉。

　　"今天这一茬过去，以后他估计也不会再找事了。"关澈耸了耸肩膀，"我们总不能一直把时间耗在这样的人身上。"

　　江延和他对视一眼，勾了勾唇角："也是。"

　　两人一前一后进了自习室。

　　林宛没在包厢，而是坐在吧台后边和周铭聊天。

周铭这小子平常看着话不多也不爱笑，但跟林宛在一起的时候，就像换了个人，会笑，话也会变多。

　　林宛抬头看了眼江延："事情解决了？"

　　"嗯，差不多。"江延走到吧台附近，视线落在周铭身上。

　　注意到他的视线，周铭抬头和他对视一眼，勉强扯了个笑容，和之前对着林宛仿佛跟朵花一样的笑容压根儿不能比。

　　江延默默收回视线："我上去换个衣服。"

　　"好。你吃饭了吗？"

　　"还没，等会儿出去吃。"江延指尖敲打着桌面，"你吃了吗？"

　　"吃了。"林宛指着周铭，"这小孩煮面给我吃，厨艺还不错。"

　　江延眼皮一跳，心想着：我带你这么久，你竟然都没给我煮过一次面，也太没良心了。

　　可惜林宛和周铭都不知道他在想什么。

　　江延没在楼下多待，回楼上洗了个澡换了身衣服，又下楼和林宛说话："宋远他们在外面餐馆订了位子，等会儿要不要一起过去？"

　　"行啊，那我给孟昕发消息。"

　　"嗯。"

　　孟昕和关澈是同一时间下楼的。

　　"走吧，胖胖说都已经开始上菜了。"关澈收起手机，看着底下的两人，"你们俩好了吗？"

　　"好了，就等你们呢。"林宛从吧台的果盘里摸了颗薄荷糖，看着坐在里面的人，"周铭，你要不要跟我们一起啊？"

　　江延回头看了眼。

　　周铭摇摇头："不用了，我不饿。"

　　林宛伸手在他脑袋上拍了拍："那姐姐等会儿给你带好吃的。"

　　"……嗯。"

　　江延："……"

　　吃饭的地方离自习室不远，四个人从巷子里穿过去。夜晚的风温柔和煦，拂面而来。

　　"事情处理好了？"林宛看着江延的侧脸问。

　　江延侧目看了她一眼，周围灯光昏暗，衬得他的轮廓不怎么清楚："嗯，差不多了。"

　　关澈故意挨了何文一拳。

　　更何况看样子，何文的那个舅舅也是个狠角色，何文回去估计也还会有一顿心理教育。

但是不管怎么样，都应该跟他们没关系了。

以后大路朝天，各走一边。

林宛略有些感慨，叹了口气。

"怎么了？"江延问她。

"有点遗憾没看到你大杀四方是什么样子。"

江延回想起今天下午碰到的事情，眼皮忍不住跳了跳，随便瞎扯道："也没什么好看的。"

江延只想赶紧把这一茬翻过去，但是林宛实在是好奇，抓着他问了好几个问题。

"那你们是不是见面都要放放狠话的那种？"林宛抓着他胳膊，"然后舞刀耍棍子之类的？"

江延笑着看着她："你是不是古惑仔电影看多了？"

林宛像是换了个人："你和关澈哥好歹也是成年人了，遇到事情怎么还跟小孩子一样。"

江延愣了半天，不知道她为什么突然就开始生气了。

"我希望这是最后一次。"

林宛确实是生气。

下午见到他们的时候，她就隐约觉得不对劲，也压根儿不相信他们说的什么男人间的约会。

五个人看着就像要去干什么坏事的样子。

所以等到了自习室之后，林宛没急着去包厢，而是在楼下和小六聊天。

小六是个守不住嘴的人，林宛都没怎么费工夫，就把话套出来了。

"据说是澈哥以前惹上的麻烦。"小六大大咧咧的，丝毫没顾忌，"他们这趟过去就是要结束这些麻烦。"

林宛不懂他们男生之间的这些牵扯，但是在收到江延消息的时候，她又担心会出什么意外，什么也没说，只交代了句"注意安全"。

在她看来，不管这个解决问题的方法有多么傻，平安都是最重要的。

看着她气鼓鼓的模样，江延安抚道："没有下次了，我保证这是最后一次。"

林宛轻抿着唇，显然不太相信他的话。

江延看着她笑："真没下次了。"

既然都到了这个地步，江延也觉得没什么好隐瞒的："今天警察来了。"

"什么？"林宛一脸惊讶地看着他，"你们都闹到这个地步了？"

"没有。"他笑了声，"就是他们收错消息，错把我们抓走了。"

林宛看着他："我觉得你们也跟犯罪分子差不多了。"

江延无奈失笑："别胡说，反正这就是最后一次，以后没下次了。"

"勉强信你吧。"林宛叹了口气。

等到吃过饭折腾完，时间已经不早了，车水马龙的街道，高楼大厦亮起一片灯光。

夜已深，回自习室的路上，林宛给周铭带了份炒板栗和珍珠奶茶，奶茶还是江延排队去买的。

"他不是吃过了吗，还买这么多东西给他？"买完奶茶回来的江延不咸不淡地说了句。

"人家下午五点多就吃过了。"林宛等到板栗出锅，"更何况我答应了给他带东西吃的，总不能骗小孩吧。"

"看不出来，你对他倒是挺关心的。"

林宛回头看了他一眼，没说话，低头剥了颗栗子，然后抬手递到他唇边："幼不幼稚啊你。"

一路上，林宛叽叽喳喳说个不停，他没辙只能听着。

这条巷子里没有路灯，周围商铺早早关门歇了业，黑漆漆的，只有一点朦胧的月光。

夜晚的风从巷子里吹来，天上的星和月在春风中瑟瑟缠绵。

等回到自习室，林宛也没有多停留，把东西给了周铭，又和江延往外走。

江延照例送她去巷口坐车，回来的时候碰到关澈和小六、小七他们在门口聊天。

关澈"啧"了声。

江延走过去，看了眼他眼角的瘀青，沉默了片刻，没有任何预料地伸出手摁了一下。

关澈猛地跳开："啊！江延你有病是吧？"

"让你话那么多。"江延懒洋洋收回手。

"滚吧你，浑蛋。"

江延一只脚踩上台阶，闻言回头看着他，漫不经心道："好好想想，到底谁才是浑蛋。"

关澈卷起袖子作势就要打过来，江延气定神闲地站在那里没动。

自习室的灯光从玻璃门上照出来，他站在光里，身影被拉长。

"算了。"关澈不知是想到了什么，"我不跟你计较。"

江延笑了笑，没说话，径直走了进去。

自习室里，周铭还在低头做试卷，奶茶和板栗都放在一旁没动。

江延绕到吧台后边，坐在他旁边的空位上。

周铭察觉到动静，抬头看了眼，乖巧地打了声招呼："江延哥。"

"嗯。"江延握着鼠标，点开桌面上的扫雷游戏，"给你买的东西怎么不吃？"

"我想带回去给妹妹吃。"周铭低着头，笔下的动作没停，一行行清隽有力的字迹顺着他的笔触印在纸上。

江延看了他一眼，伸手拿过摆在一旁的奶茶，拆开吸管，递给他："板栗可以带给妹妹吃，奶茶就别给了，自己喝了吧。"

"……哦，谢谢江延哥。"

又是沉默。

江延觉得周铭跟他待在一起的时候确实话少得可怜，甚至感觉还有点怕他。

他往后靠着椅背，手指搭在桌沿敲了敲："周铭。"

"嗯？"小小少年捧着奶茶，咬着吸管回头看了他一眼，"怎么了？"

江延看着他，一时无言："……"

周铭也看着他，眼睛扑闪扑闪。

沉默了会儿。

"算了，没事。"江延收回视线，手指点了点鼠标，桌面的雷区清除了一大半。

他没看周铭，貌似无意地问了句："你是不是怕我？"

"……没有。"

"那你怎么跟我在一起的时候，没有跟你林宛姐姐在一起的时候话多。"江延故意逗他玩，"我带你这么久，你可没有给我煮过东西吃。"

话音刚落，江延手边突然冒出来两颗剥好的栗子。

金灿灿，又很饱满的两颗。

江延顺着看过去，在周铭的桌前看到一点碎开的栗子壳，他手里还正在剥另一颗。

"怎么给我剥？"江延拿起其中一颗，心里不知道是什么滋味，"买给你吃的。"

周铭没看他，低着头，侧脸的轮廓稍显瘦弱，声音低低的："没事，你吃，我还有很多。"

"小孩。"江延看着他，顿时觉得自己刚刚幼稚得不行，想了想，还是没忍住笑了出来，抬手拍了拍他的脑袋，"留着自己吃吧。"

说话间，周铭已经剥了好几个放在他手边。

江延笑了笑，也没再多说什么。

周一到学校，新一周的生活跟往常没有什么区别，但非要说不一样，就是江延在（18）班众人心里没那么可望而不可即了。

午休的时候，也会有男生主动喊他去打球。他去不去是一回事，叫不叫也是一回事。

要是放在以前，这些男生估计恨不得抱着球就走，更别说是喊他一起去球场了。

江延偶尔会过去，但更多的时候都是留在教室做试卷，要不然就是监督林宛做试卷。

整体形象积极又向上。

导致整个（18）班学习的风气都变了不少。

有其他班的人不知道情况，抓着（18）班的朋友问，得到的回答都跟复制粘贴的一样。

"我们班江延你知道吧？"

"人一学霸，每次考试都是年级第一。"

"午休时间不玩手机不打游戏，天天坐在座位上学习。"

"对了，还有他同桌，年级榜前三。"

"你说说，这样的人都还在努力，我们还有什么理由不努力一把？"

"……"

（18）班的这股强烈的学习风气也没有白刮。

期中考试（18）班的整体成绩得到了质的飞跃，班级平均分甚至比几个重点班的平均分还要高一点。

年级的倒数一百名里第一次没有（18）班的学生。

为此，老余还特意把这次年级榜里倒数一百的名单打印出来，贴在（18）班教室后面的黑板上，并且还亲自在旁边写了一句话。

名单是老余亲自贴的，当时林宛也在教室，看完老余写的话之后，偏头问江延："你说这名单要是泄露出来，会不会引来这名单上的人的暗杀？"

江延最近沉迷方块游戏，每逢课间休息都拿着手机堆方块，闻言头也没抬，只笑了声："估计连学校大门都走不出去了。"

老余奇奇怪怪的想法很多，想一出是一出的事情也很多，名单这事大家也就当个热闹看看，没多少人在意。

有其他班的人知道了名单，过来凑热闹的时候，也没多当回事儿，顶多就是放放狠话，说什么要把老余打一顿。

但都是玩笑话，谁也没当真。

周二下午，英语课。

这学期（18）班换了个新的英语老师，是个漂亮又优雅的女老师，姓陈，名文婧，私下里班里的男生都管她叫陈女神。

林宛也挺喜欢这位老师，可能是因为比较年轻，上课的氛围很轻松，偶尔抛出几个被她改编成英文的一些当下比较出名的小段子，先明白的都笑了，不明白的就抓着明白的人问，然后也跟着笑。

次数多了，有些总是听不明白笑话的学生也会想着好好学学英语，要不然总跟不上笑点多尴尬啊。

今天这节课是随堂测试。

林宛的英语是长项，没花多少时间就做完了，停笔的时候，发现江延还在玩他那个方块游戏。

"你不做试卷吗？"林宛凑过去看了眼他摊在桌上的答题卡，一道题也没做，"你这么沉迷游戏，沉迷得有点严重啊。"

江延刚好结束一局，屏幕上都是碎开的方块。

他收起手机，从桌上拿了支笔："现在写，我有时间观念的。"

"人家都是写了再玩。"林宛抓了抓下巴，笑道，"学霸就是与众不同，玩好了再写。"

江延看了她一眼，没说话。

教室里逐渐有窸窸窣窣的动静传出。

后排同学肆无忌惮地丢起字条，有人甚至直接趴在桌上睡觉。两节课的考试，中间有十分钟休息时间。

到了课间休息，英语老师离开教室，班级里没有之前安静，走廊外脚步声不断。

坐在后排的男生伸着头和外面的人说话。

不知道从哪儿跑过来一个男生："哎！你知道吗？你们班老余被人打了，现在人还在医务室！"

男生的嗓门比较大，再加上教室本身就不是太吵，教室里醒着的人基本上都听见了，没醒着的也被醒着的晃醒："别睡了！老余被人打了！"

靠近窗户的徐一川问了句："真的假的？"

"当然是真的！不信你们自己去医务室看。"男生插着腰，"脑袋都被人用石头开了个口子呢。"

这下（18）班的人按捺不住了，纷纷撸起袖子："我倒是要看看是哪个班的人，胆子这么肥了啊！"

大家议论纷纷。

作为班长的江延终于发挥了自己的作用，站起身拦住了蠢蠢欲动的男生们："你们考试，我去医务室看看情况。"

有男生还想跟着一起，被江延瞅了一眼，又蔫巴了。

江延抓起桌上的手机，垂眸和林宛说："我去看看，微信联系。"

"好。"

江延离开了教室。

这场意外来得猝不及防，谁都没想到这样一个性格好、脾气好的老师，竟然还有人下得去手。

班级里议论纷纷。

医务室在高三教学楼后边。

江延过去的时候，不仅老余在，老杨和教导主任也在，旁边还站着两个穿着高一校服的男生。

"余老师。"江延敲了敲门。

屋里的一众人都看了过来。

"你怎么来了？"教导主任让开了点位置。

江延往里走了几步，站在一旁："有人说余老师受伤了，班里同学担心余老师的状况，我就过来看看。"

正在处理伤口的老余笑了笑："没什么大事，就是不小心磕到了。"

江延"哦"了一声，看了眼站在一旁的两个男生，也没说话，跟着站在一边。

等到老余处理完伤口，教导主任把两个男生带去了教务室，老杨也因为接下来有课先一步离开了。

原先还有些拥挤的校医务室瞬间宽敞起来。

江延坐在老余对面的空床铺上，长腿随意往前伸着，和老余大眼瞪小眼看了会儿，才开口："听人说，您是被学生打的，是不是刚刚那两人？"

老余笑着摆了摆手："算不上被打的，是个意外。他们俩逃课翻墙被我抓住了，下来的时候不小心撞到了我。

"也怪我年纪大了，站不稳。"

老余这人没什么心思，有事说事，对待学生一视同仁，不管多大的错误都是以理论教育为先。

江延知道他肯定没说实话，但也没追问："那您好好休息，我还得回去给大家报个平安。"

"你等会儿。"老余起身去旁边的水池洗了个手，"难得抓到你，我们聊聊。"

"聊什么？"江延想到以前老余说聊聊后的场景，忍不住蹙了蹙眉，"您还是好好休息吧，有什么事情等您好了以后我们再聊。"

说完，他站起身准备走。

老余甩了甩手里的水珠，拦住他："随便聊聊的，耽误不了你多少时间。"

江延只好又坐了回去。

老余很有病患的意识，掀开病床上的被子，半靠着床头躺了进去："其实也没什么大事。"

"嗯。"江延低头看着地上的砖缝，"反正也不是什么正经的事情。"

"你这孩子。"老余给自己盖好了被子，双手交叉放在被面上，"就是老师想问问你，跟你一块儿玩的那些个孩子，除了你之外，还有别人吗？"

"什么？"江延一脸纳闷地看着他。

老余看着他，一时间没想好怎么说，但是之前篮球场那一幕又给他冲击太强。

他要是不问清楚，心里面就感觉有个疙瘩解不开。

犹豫了片刻，老余选择开门见山地问："除了你想法跟一般人不一样，班上还有其他男生跟你一样吗？"

江延将了将他的话，足足愣了十几秒才反应过来："……"

"嗯？有吗？"老余俯身凑近了点，"老师也没别的意思，就是问问，好歹我也是个班主任，关心你们也是应该的。"

要不是老余今天突然问了这么一茬，江延都快忘记这件事了。

他真的想不明白，他到底从哪里表现出来像是对男生感兴趣的人了？

学校贴吧里那个帖子不是都说得明明白白了吗？

江延这会儿只觉得脑仁疼，抬手摁了摁太阳穴，压下心底大逆不道的想法，缓声道："余老师，我觉得我应该跟您坦白。"

"嗯？"老余看着他，"你说。"

"其实，"江延沉默了一会儿，"我之前撒谎了。"

"……啊？"

江延抿了下唇角："贴吧那个说我暗恋同桌的帖子是真的，只是当初我没有承认。"

闻言，老余沉默了。

第十五章

生日

余老师终于开口说了句："你们现在还小，但又是想法很多的年纪，虽然还不够成熟，但我也不会很强硬地让你们怎么样。我只有一句话——不要影响学习，不然我照样会请你们家长过来。"

很少看到老余这么正经的模样，江延一时间还有些没反应过来。

"听到了没？"老余喊了声。

"知道了，谢谢余老师。"

老余笑了："行吧，回去吧，今天的事情也不要乱说，跟班级里就说是我自己不小心摔的。"

"成。"

回到教室之后，江延也谨遵着老余的叮嘱，没多说什么，（18）班众人有信的，也有不信的。

但不管怎么隐瞒，老余受伤这件事很快就传了出去，只不过版本不一，有说是被名单上那些同学打的，也有说是自己走路不小心摔的，众说纷纭，谁也不信谁。

江延也懒得关注这些。

倒是林宛还挺好奇事情到底是怎么一回事，抓着江延刨根问底，到最后不仅知道了老余受伤的真相，还知道了老余清楚她和江延的事情。

"……老余没说什么吧？"

江延盯着她看了一会儿："你觉得他会说些什么？"

"不让我们继续做同桌了？"林宛发挥自己的想象力，"请家长？全校通报批评？"

说完，林宛自我否认："不能吧，老余不像这么不近人情的人。"

"嗯。"江延应了一声，"确实没有这么不近人情，不仅没有，他还让我们好好学习。"

估计是硬币项链戴在右手不方便，江延最近把这个挂饰戴在了左手手腕上，林宛挠了几下，手指顺势勾住绳子："不过，你跟我说实话，余老师对我们做同桌真的没说什么吗？"

　　江延已经开始做试卷，手指握着笔，目光掠过题目，很快勾选出正确答案："你还指望他能说些什么？"

　　林宛咂舌："好像也没什么可说的……"

　　江延："……"

　　老余受伤这件事很快翻了篇，除了江延和林宛，没人知道他是怎么伤的。老余也知道江延的秉性，知道他不会乱说，但是不知道他会不会去找人麻烦，私下里还找过他几次，叮嘱他不要放在心上。

　　江延听得耳朵都起茧了。

　　最近一次找他的时候，江延有点受不了了："余老师，我最近真的很忙。我跟您发誓，我真不会去找那两个男生的麻烦。"

　　最近入夏，老余把菊花茶换成了荷叶莲子，清凉去火："我知道我知道，我这趟找你过来，不是为这件事，我是想问问你有没有兴趣参加竞赛。"

　　闻言，江延松开紧蹙的眉头，拉开旁边的椅子坐了下来："什么竞赛？"

　　"湖大的物林杯。"老余从桌上拿过一张报名表，"这个比赛今年改了赛制，前三名可以预选进入国家队，要是有机会还能代表国家出战。我看你初中的时候参加过这个比赛，不知道你有没有兴趣啊？"

　　"没有。"江延拒绝得干干脆脆。

　　老余还想再挣扎一下："前三名有机会预选进入国家队学习，你真的不再考虑考虑？"

　　江延把玩着老余桌上放着的小玩意，淡声说："老余，您别劝我了，我志不在此，当然不会把时间花在这上面。"

　　听到这话，老余来了点兴趣："那你志不在此，志在哪儿？"

　　江延沉默了会儿，敛眸看着老余炯炯有神的目光，没忍住，笑了出来，打趣道："好男儿，志在四方。"

　　"……"

　　关于竞赛的事情，老余没有再多强求江延参加；关于他到底志在何方的事情，他也不是很想过问。

　　入夏之后的日子过得一天比一天快。

　　窗外枝繁叶茂，阳光从树荫罅隙间穿过，爬山虎越爬越高，逐渐覆满整面墙壁。

　　夏日蝉鸣不断，气温升高，热浪滚滚，连空气都是热的。

　　高二和高三的教学楼遥遥相对。

临近高考，整个高三教学区气氛紧张，林宛有一次跟着学生会的卫生部去高三那边检查卫生，感觉倒没有想象中那么恐怖，教室里有埋头学习的，也有趴在桌上睡觉的。

　　气氛虽然没有老师口中说的那样紧张和争分夺秒，但林宛还是能感觉出来压在他们身上的重担。

　　有些东西看不见摸不着，但不代表就可以忽视。

　　路过其中一个班级时，林宛看到教室后边的黑板上贴满各种便利贴，上面写着每个人理想的大学。

　　在黑板上方写着一句话：

　　　　在你想要放弃的时候，想想是什么让你当初坚持走到了这里。

　　高三的生活虽然苦涩无味，但在很久之后回味起来，这或许会是人生中最美好的一段时光。

　　六月，高考很快到来，全校师生放假。

　　十中是其中一个考场，学生离校之前，需要把教室清空，打扫干净，课桌椅摆好。

　　傍晚时分的校园被暮色笼罩，天空被云朵分割成一片片，夕阳浮于云层之间，光芒万丈。

　　（18）班所有人都被留下来大扫除。

　　每一组被安排了不同的打扫任务，林宛和江延所在的第四组负责擦教室前后的玻璃。

　　教室总共也就四扇窗户。

　　分配下来，一扇窗户前能站好几个人。

　　林宛原本都已经站了上去，被江延叫了下来："你还是乖乖在底下站着吧。"

　　说完，他伸手从旁边扯了块抹布，踩着旁边的凳子站了上去。

　　林宛也没走远，就站在窗户底下："江同学，你这样我很不好意思啊。"

　　江延没接话，抬手擦了一小块玻璃之后，才低头看着她："这里脏，你往边上站一点。"

　　林宛"哦"了一声，往旁边挪了一点位置。

　　周围的人都在热火朝天地忙着，她也不好意思歇着，索性拖了张凳子站在他旁边的位置："我这么站着好奇怪啊。"

　　江延看了她一眼，倒也没说什么，只是手下的动作快了很多。

林宛也就是做做样子，这里擦擦那里擦擦，顺便跟他搭着话："你暑假有什么安排啊？"

十中的期末考试安排在六月底，高考之后，也就大半个月的时间。

之前的暑假，林宛都是泡在家里打打游戏，或者跟孟昕去别的城市玩一玩，两个月的时间也就这么过去了。

"不知道。"江延对暑假没什么概念，每年都过得千篇一律，没什么意思，"你有什么安排吗？"

"我也没有。"林宛停下动作，仰头看着他，"要不然我们今年一起组团出去玩吧，就跟之前去海城一样，我们几个人一起。"

"嗯。"江延看着她，"出去玩我没意见，但为什么还要带上别人？"

林宛无话可说。

江延低头把没有什么形的抹布叠成豆腐块，想到了什么："对了。"

"嗯？"

"你今年生日怎么过？"江延从桌子上跳下来，站在两张桌子之间，手搭着桌沿，"跟你爸妈一起过吗？"

林宛的生日在八月，正好在暑假。

对于她的生日，方仪宋格外重视，除去他们夫妻俩不在溪城的那几年，这些年林宛过生日都是在家里过的。

"嗯，应该还是跟他们一起吧。"林宛转过身，面朝他，"我七岁以前，他们一直不在溪城，每年我的生日在他们那里不是被提前就是被延后，现在他们在我身边了，可能就会比较重视这些。"

"那白天呢，有时间吗？"

这是两个人认识之后她的第一个生日，江延心里还挺想陪她吃个饭，给她过一个正式的生日。

外面的天完全变得昏黄一片，鎏金色的光芒温暖而柔和。

林宛看着他，笑了笑："有啊。"

高考的两天时间过得很快。

再回去上课的时候，高三的学生回校参加毕业典礼，整个高三教学楼底下白茫茫一片，到处是撕碎的试卷和课本。

有人在呐喊，也有人在哭泣。

但不管怎么样，属于他们的高中生涯算是结束了。

高考一结束，高二的学生就等于已经步入高三，林宛已经明显感觉到各科老师的紧迫感。

倒是老余，还一如既往地捧着茶杯，优哉游哉，仿佛自己带的不是毕业班。

（18）班之前刮起的学习风气没能坚持下来，班级又恢复到以往的状态。

期中考试之后，高二就已经开始高考的一轮复习，林宛在物理方面的短板越发明显。

连着几次周考，林宛的物理都只刚过及格线。

在期末考试之前，还有一次周考，林宛再一次卡在及格线上。

林宛原本对成绩这些算不上多在意，但连着几次的失败，也难免让她有些挫败感："物理怎么这么难啊。"

溪城已经完全入夏，气温很高，教室里早早地开了空调，冷气十足。

江延穿着纯白干净的 T 恤，露在外面的一截胳膊冰凉，闻言也没说什么，低头看着她的试卷。

说来也奇怪，林宛的数学算不上差，甚至可以说是拔尖的，按道理在逻辑思维方面是没有什么问题的，但怪就怪在，她的物理成绩就是一直上不来。

江延也一直在给她补习，效果说不上好，但也不是一点效果都没有，只是时好时坏罢了。

"我拿你没一点办法了。"江延指着试卷上面一道选择题，"这道机械守恒的题目，我印象里最起码和你说了六七遍了。"

林宛无言以对。

其实有些题目她确实有印象，但往往都会在结果环节出错，如果是计算题或者最后的分析题倒也还好，还能有个步骤分，但在选择和填空这些只看结果的题目上，基本上都会失分。

像江延刚说的那道题目，她把步骤写出来，思路是对的，但到最后替换公式的环节，还是错了，导致结果天差地别。

高考理综选择题一共三十三道，一道题四分，林宛在物理的选择题上能失掉七八道题的分数，再加上五道填空题。

她前面的客观题基本拿不到什么分。

"这真不能怪我。"林宛觉得热，脸贴着桌面，"真的。"

江延低笑："不怪你，难道还怪我了？"

林宛"啊"了一声，直起身，一本正经地看着他："你别说，还真的怪你。"

"……"

午休时间，因为天气太热，男生也没出去打球。

林宛往江延那边凑了点，眼眸里像是隐着细碎的光，很亮。

她挨得很近，温热的气息在江延耳边萦绕："上天肯定是看你物理这么好，想着同桌两个之间有一个优秀的就够了，所以就把我在物理上的天赋都收了回去。"

"……"

林宛的话并没有得到江延的认可，并且到最后，江延又给她拿了几套物理卷子。

期末考试结束后，十中原定的准高三班补课计划，由于溪城近日气温太高的缘故被无限期推迟。

原本在放假之前，江延和林宛说了打算趁着暑假帮她巩固一下物理，可谁知道放假第二天，林宛就被方仪宋带去了南城避暑。

林宛再回到溪城已经是半个月之后的事情。

七月的溪城高温灼热，太阳像是有无尽的热量，白日里的街头热浪滚滚，街道旁的树木全都蔫了吧唧的，连刮来的风里都是热气。

一放假就跑出去玩的林宛自知理亏，回到溪城的当天，连家都没回，直接提着行李箱去了自习室。

林宛推开玻璃门，冷气扑面而来。

听到开门的动静，靠门边最近的小七探了个头出来："哎，你来了啊，江延在楼上呢。"

林宛"哦"了声，把行李提了进来："你们玩吧，我自己上去就好了。"

"好嘞。"

江延的房间在三楼。

林宛把行李箱放在一楼的吧台后边，上到二楼的时候，碰到了刚从三楼下来的周铭。

她眼睛一亮："周铭！"

正低着头想事情的周铭脚步一顿，顺着声源看过去，脸上露出笑容："林宛姐姐。"

林宛往前走了两步，看到他拿在手里的试卷："你刚刚在江延房间？"

"嗯。"周铭抬起手中的试卷，"有几道题目不会。"

林宛"啊"了一声，手指在下巴处点了几下，试探性地问道："江延最近心情怎么样？"

还是个孩子的周铭并没有完全理解林宛这句话的意思，回答得很官方："挺好的。"

林宛没忍住笑了出来，抬手在他脑袋上拍了拍："算了，你去忙你的吧，我去找江延。"

"哦，好。"

江延的房间在走廊尽头，兴许是周铭出来的时候忘记把门关严，留了一道一指宽的细缝。

林宛停在门口，冷气吹出来，冰冰凉凉的。

她轻手轻脚地推开门，没有发出一点动静，屋子向阳，阳光充沛，没有看到人影。

靠墙边的书桌上，放着一摞课本、试卷和一台笔记本电脑。电脑正在运转，林宛走近一点，才看清里面放的是今年物林杯竞赛的现场直播。

林宛现在看到物理就头疼，索性选择性眼瞎，假装什么也没看到，但就在她挪开视线的瞬间，余光瞥见一个熟悉的名字。

溪城十中杜闻博。

杜闻博是林宛刚来（18）班时的同桌，他俩同桌不到一个星期，说过的话加起来不超过七句。

林宛对他最深刻的印象就是当初她质疑江延的成绩时，江延给她看过的往年物林杯竞赛的获奖名单。

她记得有一届的第二名就是杜闻博来着，没想到他今年也参加了。

林宛把随身携带的小包放到一旁，挪开椅子刚坐下来没一会儿，就听见身后卫生间里传来冲水的动静。

她回过头，江延从里面走了出来。

少年好像没其他颜色的衣服，依旧是白T恤黑裤，脚上踩着拖鞋，头发又长长了一点，额前的眉眼被碎发遮挡。

江延昨晚熬了个通宵，之前周铭过来的时候，他才刚起床看比赛直播，脑袋昏沉，还没怎么缓过神。

等到抬头看到坐在桌前的林宛时，他脚步一顿，愣在原地。

林宛侧着身，胳膊支着脑袋，另一只手小幅度地挥了挥，笑意盈盈："下午好。"

"……"

江延缓过神，意识到坐在眼前的这个人不是别人，正是自己那个没有良心、不负责任的小同桌。

他没朝着她走过去，而是走到床边，拔掉正在充电的手机。

林宛看着他的动作，刻意讨好："我一回来就过来找你了，连家都没回呢。"

"哦。"江延看着她，眉目淡淡，没什么表情，"要我夸你吗？"

林宛看着他别扭的模样，忍不住笑道："那你夸吧，我不介意你夸我。"

"……" 江延无奈道，"你真是——"

"真是什么？" 林宛凑到他跟前，"真是可爱吗？"

闻言，江延终于绷不住，笑了一声："你真是脸皮够厚的。"

"厚就厚了，你又不是没见过我脸皮厚的样子。"林宛眼睛一弯，重新凑到他眼前，"别生我气啦。"

"没生气。"江延叹气，"逗你玩呢。"

"真的？"

"嗯。"江延点头，拉着她坐下聊了会儿天，又起身下楼去拿水。

"你帮我把行李箱带上来。"林宛说，"就在楼下吧台那里。"

"好。"

江延拉开门走了出去。

笔记本电脑还在放着物林杯的直播，林宛起身坐过去，调高了音量。

物林杯历时好几届，近几年的赛制多有调整，林宛也不知道竞赛到了什么地方，而且接连换了好几个镜头都没有再看到杜闻博的身影。

等到江延把行李箱提上来，她索性直接坐在地板上，听着直播的动静，随口问了句："你知道杜闻博参加物林杯的事情吗？"

"知道，听老余提过。"江延起身，从沙发上拿了个垫子递给她，"垫着，地上凉。"

"哦。"林宛接过来垫在屁股底下，"我给你带了礼物。"

她动手开了箱子，里面的东西琳琅满目，吃的、喝的、玩的什么都有。

江延就坐在一旁看着她翻翻找找，最后从箱子最底下找出一捆用牛皮纸包着的东西。

款式和形状都莫名的熟悉。

江延眼皮一跳，觉得这不是什么好东西。

林宛没注意他，从旁边抽屉里摸了把剪刀，剪掉外面的绳子，三两下扒开包在外面的牛皮纸，露出藏在里面的东西，是钢笔字帖。

她跟献宝一样："当地的名家大作，练过的人都说好。"

"……"

"你不喜欢吗？"

江延垂眸看着她跟买到什么宝贝一样的神情，硬生生把嘴里那句"傻子才会喜欢"给咽了回去。

他点点头："喜欢，很喜欢，喜欢得不得了。"

"……你这个。"林宛把字帖放在旁边的空处，有理有据地分析，"双重否定就是肯定，同理，双重肯定就是否定。"

江延试图解释："我不是双重肯定，我说了三个肯定，否定之后再肯定。"

林宛摆摆手："好了，你不用解释了，我知道你就是不喜欢这个礼物。"

听到这话，江延嘴唇动了动，刚想说点什么解释一下，林宛抬起头看着他，突然拔高了音量，语气很硬："你不喜欢也不行！"

江延被她这么一吼足足愣了有十几秒，等到缓过神，倾身拿了一本字帖在手里，随便翻了翻："实话实说，确实没有那么喜欢。"

说完，他的腿上就挨了一巴掌。

江延看着林宛一脸"我就知道"的神情，嘴角微不可察地弯了一下："但这是你送的，我对你滤镜太深，没那么喜欢也变得很喜欢了。"

林宛："呵呵。"

八月十五是林宛的生日。

早上，方仪宋亲自下厨给她煮了碗长寿面，看着她吃完之后，才出门去公司。

临走之前，方仪宋又给了林宛一张银行卡："今天你生日，想买什么自己买，晚上记得回来吃饭。"

如果不是林宛和江延约了白天一起过生日，方仪宋今天是不打算去公司的。

"我知道，会早点回来的。"林宛接过卡，攥在手里，上前一步抱住了方仪宋，像小时候一样撒着娇，"妈妈，谢谢您。"

方仪宋心里倏然淌过一阵暖流，抬手摸了摸林宛的头，感叹道："一眨眼，你都长这么高了。"

方仪宋这一生顺风顺水，夫妻恩爱，家庭和睦，也没做过什么错事，唯一后悔和遗憾的事便是错过了林宛的童年。

那是无论她将来花多少金钱都弥补不回来的一段时光。

方仪宋出门之后没多久，林宛就接到了江延的电话。

"收拾好了吗？"江延站在树荫底下，仰头看着眼前的高楼，声音温柔，"我在你家楼下了。"

林宛"啊"了一声，快步走到阳台往楼下看。

十八层楼的高度，还不算特别高，往下看的时候，还是能很清楚地看清底下的一切。

少年就站在那里，遥遥相望的瞬间，朝她笑了笑。

夏天的风闷热过境，眼前的人总是心上人。

在江延过来之前，林宛就已经收拾得差不多，挂了电话之后，换了鞋就下楼了。

不知道是不是巧合，两人今天穿得很像，都是白 T 恤加牛仔裤，只不过林宛的是牛仔短裤，两条细直白皙的长腿暴露在空气里。

走路去小区门口打车的时候，江延的目光不经意间扫了过去，眉头微不可察地蹙了一下，想说些什么，但转念想到今天是她的生日，又默默把话咽了回去。

林宛问："我们去哪儿啊？"

后边有车开过来，江延牵着她往旁边挪了挪，等到车辆开过去之后，才开口："你猜。"

林宛还挺好奇他到底要带自己去什么地方，但不管她怎么问，江延始终保持神秘："到了你就知道了。"

等到上车之后，林宛摸出手机，给手机上发来祝福的好友同学回消息，一边问道："你早上吃早餐了吗？"

"嗯？"江延低头在看手机，"吃过了。"

"你吃的什么啊？"

"水饺。"江延说。

"你要带我去哪儿啊？"

话题转得猝不及防，但好在江延反应快，瞥她一眼，没说话。

林宛知道从他这里是套不出什么来了，只好作罢，视线看着窗外一闪而过的景色。

只是看着看着，她就隐约看出些不对劲来了。

眼前的这条路虽然因为城市升级改建，有了很多的变化，但这条路她走了十多年，哪怕是有再多的变化，她也能认得出来。

"这是……"林宛看着江延，"去我以前中学的路？"

江延还没开口，车子在校门口停下，替他回答了这个问题。

林宛没有猜错，江延带她来的地方，就是她以前读书的地方。

林宛小时候学习好，读书的时候没换过学校，从师大附属幼儿园一直读到师大附属中学。

直到初中毕业升高中的时候，孟昕因为搬家的缘故去了十中，她才让方仪宋换了学校。

师大以下的附属院校都在一个地方，除了近几年撤掉的师大附属幼儿园之外，小学、初中和高中都没有什么变化。

林宛没想到江延会带她来这里，看着眼前熟悉的一砖一瓦，要说不惊喜都是假的。

江延站在她身旁："我没想到你从幼儿园到初中读的都是一个学校。"

"是啊。"林宛牵着他过马路，"我那时候学习好，如果不是去了十中，我可能到最后就直接保送师大了。"

当初林宛要转学的时候，附中的老师还曾挽留过她，但是林宛心意已决，最后还是转去了十中。

最近放暑假，附中的门禁不严，再加上很巧的是，今天值班的大叔还记得林宛，连登记都不用，直接就放他们进去了。

等到进了校园，林宛看着正对着校门口的思政楼上镶着的八字校训，不由得想到初中时的糗事，笑着道："我以前初中的时候，叛逆期，和孟昕翻墙出去玩，被老师抓了个正着，还抄过这个校训，整整五百遍。"

江延轻笑了声："看不出来，你以前这么叛逆。"

"人都有年轻的时候。"林宛看着他，"不过我可记得，你初中的时候比我叛逆多了。"

"……"

对于谁初中更叛逆这件事，江延没跟她多说什么。要跟他的初中比较起来，林宛这个翻墙出去玩，简直就是小巫见大巫。

"不过想想当初，还挺庆幸在这里碰到了孟昕。"林宛说起自己过去的事情，感叹道，"如果不是她，我也不会去十中。"

如果没有去十中，林宛可能就按部就班地在这里读了高中，然后被保送，之后再读研或者留在师大教书，然后平平无奇地过完这一生。

想到这里，林宛看着江延，语速突然放得很慢："如果我没去十中的话，可能就不会遇见你们了。"

"那我很幸运。"江延轻滚喉结，眸光温柔地看着她，"你来了。"

你来到了我们的世界，然后我们有了故事，也有了会在无限期盼中到来的以后。

林宛带着江延在校园里的各个地方都逛了一遍，最后江延提出想要去她以前的教室看一看。

"我以前的教室？"林宛看着眼前砖红色的建筑，"我每年的教室都不一样，你都要去看看吗？"

"看吧。"江延抬手看了眼时间，"反正还早。"

他们俩这会儿正好就停在以前初中的教学楼前，林宛指着眼前的建筑楼："那就从初中开始逛吧。"

"从小学开始吧。"江延说。

"有什么区别吗？"林宛不解地看着他，"反正不都是要逛的吗？"

"我想看看你成长的轨迹。"江延抬手捏了捏她的脸，"难不成你是倒着长的？"

"……"

林宛不明白他到底为什么非要坚持从小学开始看，毕竟小学的教学区和初中教学区是完全相反的方向，去了小学之后，还要再逛回来。

但是不管她怎么说，江延都始终坚持要先从小学逛起。她觉得有些好笑："那是不是如果幼儿园没拆，你还要从幼儿园开始逛？"

"嗯。"江延一本正经地看着她，"我确实是这么想的。"

"那你怎么不从我出生的医院开始看我成长的轨迹？"

闻言，江延看着她，眉梢轻轻扬起来，神情淡淡的："我问了，孟昕不知道你在哪出生的。"

林宛被他这个想法折服，只好带他去了小学的教学楼。

过去这么长时间，学校的建筑除了重新刷过一遍油漆之外，其他的也都没什么变化。

林宛熟门熟路地找到她当初就读的班级。

两人站在门口，她指着教室里的角落："这是一年级，我小时候个子就比同龄人都高，一直都坐在后排。"

江延顺着她手指的方向看了眼："不进去看看吗？"

"这放暑假呢，估计门都锁上了吧。"林宛说着话，手顺势在门把上轻轻一按。

"咔嗒"一声，门竟然开了。

她有些惊讶："现在的小孩放假都不用锁门的吗？我记得我那时候，放假离校教室不锁门，回来的时候还是要挨罚的。"

江延不置可否，跟着她进了教室。

暑假期间，教室里的座位都被清空，什么都没有。

林宛很快找到自己以前的座位。

"感觉时间过得好快啊。"小学生的座位，林宛坐进去，手脚还有点施展不开。

她左看看右看看，低头在抽屉里看到一沓信。

林宛愣了一下，然后伸手拿了出来。

抽屉里总共放了七封信，每一封信的包装都是一样，只是写在上面的内容不一样。

摆在最上面的一封信上写着：

给一岁的林宛。

她往下翻了翻，发现每一封信上都写了这样一句话：

给两岁的林宛。

给三岁的林宛。

四岁、五岁、六岁，一直到最后一封的七岁。

林宛忽然明白了，明白江延为什么在今天带她来这里，为什么非要坚持从她小学的时候开始逛起。

不仅仅是为了了解她成长的轨迹，也是为了将他们没有遇见之前的那几年的生日都给补上。

想到这里，林宛抬眸看着站在不远处的少年，像是想到了什么，起身去了下一个教室。

江延一直默默跟在她身后。

那天上午，林宛在她曾经读书的中学里找到了十五封信，从她的一岁到十五岁。

后来，江延又带她去了十中，在那里，林宛找到了给她十六岁时的信。

之后两人又去了（18）班的教室，教室前边的黑板上用彩色粉笔写了四个字：

生日快乐。

林宛手里拿着厚厚的一沓信，看着眼前的这一切，心里被各种情绪充斥着，眼睛红红的。

她走到座位上，在那里找到最后一封信。

这一次，信封上写的内容跟之前的信都不一样。

世间本不该令我这么欣喜的，但是你来了。如果你觉得世间太苦，不如来我怀里躲躲。

落款在右下方：

十七岁的林宛你好，我是十九岁的江延，在将来也会是你重要的人。

夏日的阳光热烈而明亮，蝉鸣声不绝。

在找到所有的信之后，林宛坐在教室里。屋外的阳光明晃晃地落进来，她低着头，认真地看完每一封信。

从一岁看到十六岁。

每一封信的内容其实不多，但都是江延亲手写上去的，每一个字、每一个标点符号，都是隐藏的欣喜。

在给十六岁的林宛的信里，江延写了这样一句话：

> 如果早知道在我十九岁的时候会有这样的一天，那我肯定会在第一次见到你的时候，给你买一瓶可乐。
>
> 然后告诉你，林宛同学，很高兴认识你。

林宛忍不住笑了，捏着信纸，抬眸看着眼前的少年："给我买瓶可乐是什么操作？"

江延低头摸了摸鼻尖："你不是喜欢可乐？"

那个时候我们不认识彼此，如果我给你买你喜欢的东西，或许你也会多看我一眼。

可惜一根筋的林宛并没有理解出他话里更深的意思，非常煞风景地说道："不过我那个时候牙疼，在戒可乐来着，你要是真给我买，我还不一定要。"

"……"

林宛看完十六岁的信，正准备拆开最后一封信，江延抬手摁住她的胳膊："这封信，回去再看吧。"

"嗯？"林宛看着他，眼睛里像是有光，也没再问什么原因，"哦。"

江延松开手，抬眸看了眼墙上挂着的时钟："我们走吧，胡杭杭他们估计都到吃饭的地方了。"

原先江延是打算单独给林宛过一个生日，毕竟是他们认识之后的第一个生日，总要有一点仪式感。

没想到的是，胡杭杭跟徐一川他们几个从孟昕那里知道林宛过生日的事情，非要跟着一起。

江延一开始是不想答应的，架不住胡杭杭的软磨硬泡，只好应了下来。

后来林宛也知道这件事，特地让方仪宋在常去的酒店订了位置，打算中午一起吃个饭。

这会儿折腾了一上午，也快到吃饭的点了。

等到林宛和江延从十中出来，在校门口坐上车的时候，胡杭杭他们已经在群里发位置了。

> 胡杭杭：我们已经到了啊！各位都报一报自己的位置哈。
> 孟昕：在路上，十分钟后到。
> 宋远：坐在你旁边。
> 徐一川：坐在宋远旁边。
> 关澈：……
> 关澈：我晚点到，临时有点事。
> 胡杭杭：江延和林宛呢？你们到哪儿了？
> 林宛：刚坐上车，估计要等一会儿。
> 徐一川：没关系！今天你过生日你最大，你什么时候到都可以［祝你生日快乐.jpg］

紧接着，胡杭杭他们几个都开始刷屏祝你生日快乐的表情包，还是那种特别老年人的——一盒嫣红的玫瑰花配上彩色闪屏的字体，看起来相当的非主流。

林宛看到消息的时候，差点没被那些炫酷的字体闪到眼睛。

> 林宛：……
> 林宛：不知道的还以为我是进了什么中年阿姨聊天群了。

回完消息之后，林宛把手机递到江延眼前："你看，胖胖他们用的表情包为什么都这么——"

林宛找不到词去形容，抿着唇，一言难尽的模样。

"正常。"江延笑着看着她，"胖胖和宋远之前打游戏的时候被队友拉进了一个微信群，他们俩以为是什么战队群就进去了，结果没想到是什么老年夕阳红的群，群里天天刷这些。他俩在里面泡了一个暑假，攒了一堆这些表情包。"

"……"林宛简直难以置信，"你要说胖胖能在群里泡一个暑假我还信，宋远也这样？"

"你以为呢？"车厢内部前后座之间的空隙比较窄，江延只能屈着腿，后背靠着椅背，"宋远其实比他们几个都会玩。"

更何况，宋远小时候还是跟他在一起混的。

这句话江延没有说出口，毕竟在林宛面前，他还是会要点面子的。

车厢里开了空调，夏日沉闷的空间里，气味并不是特别好闻，林宛有点昏昏沉沉的，还有些头疼。

她伸手把车窗降下来一点，车外闷热干净的空气扑面而来，吹散了呼吸间的那股怪味。

去吃饭的中途还路过附中。

林宛看到在阳光下闪闪发亮的附中校徽，回头看着江延："对了，你是怎么拿到我附中学校钥匙的？"

按常理，江延不是附中的学生，是很难拿到钥匙的，更何况还是那么多教室的钥匙。

"我自己弄开的。"江延看起来不像撒谎，"铁丝随便弄弄就开了。"

林宛被他这副理所当然的模样惊到了，一脸狐疑地看着他："江同学，我请问你还清醒着吗？"

江延轻掀眼皮："当然，我十分清醒。"

说到这儿，就连前排默默开车的司机也忍不住从后视镜里偷偷看了眼江延，那眼神就像是在看什么无恶不作的生死逃犯一样。

林宛注意到司机叔叔的目光，忍不住拿膝盖撞了下江延的腿："你能不能正常点？"

江延扶额低低地笑了声，肩膀蹭着她的肩膀："好了，跟你开玩笑的，门是找门卫大叔开的。"

"不能吧，你又不是我们学校的学生，他那么容易就答应给你开门了？"林宛还是不太相信他的话，"那你怎么跟人说的？"

江延先是在笑，等到笑够了，清了清嗓子，淡声道："我跟他说，这学校风水不好，我是专门来这里驱邪的。"

听完他的解释，林宛明显感觉到车身猛地抖了一下。她难以置信地瞪着江延，再三重复道："这位同学，我劝你正常点，行吗？"

江延眼里的笑意更深，括弧笑愈加明显。

林宛看着他这副样子就来气，也不再执着于他到底是怎么拿到的钥匙，之前心里的那点小感动也消散得一干二净。

江延终于意识到事态的严重性，侧身靠近她，低声解释："关澈的伯父是附中的教导主任，钥匙是从他那里拿的。"

林宛点点头，面无表情地看着他："你怎么不说他伯父是附中校长呢。"

江延偏头往后倾了点："不出意外的话，他伯父明年确实会升任校长了。"

林宛："？"

江延在短短的半个小时内深刻体会到了什么叫搬起石头砸自己的脚、自讨苦吃、自作孽不可活等一系列作死词汇的含义。

从他说完关澈伯父的事情之后，林宛就没再跟他说过半个字，甚至在下车之后，还给他来了一套佛山无影脚加咏春拳。

"好了好了。"江延忍着笑，拉住林宛控制不住挥过来的手，"今天你生日，开心点。"

"滚。"语气相当冷漠。

江延看着她气鼓鼓的模样，忍了忍，还是没忍住笑了出来，肩膀跟着一抖一抖的。

林宛真是服了，这人总是有一千种办法能让她"动杀意"。

林宛本来心里就有火，再加上夏天气温高，空气又闷又燥，火气压不住，一抬手就挥了过去。

林宛本意是想拍在他胳膊上的，但没想到的是，江延刚刚好俯身凑了过来，她手势收不回来。

"啪——"一声，巴掌落在了他脸上。

林宛："……"

江延："……"

林宛愣了愣，心里那点火气也没了，看着同款呆滞的江延，没忍住笑了出来："那什么，我不是故意的啊，是你自己凑过来的。"

巴掌落下来的时候，江延也确实是有些蒙，脸颊上那一点感觉还挺清楚。

他直起身，用舌尖顶了顶被打的那一侧腮帮，好像才反应过来的模样，缓缓开口："你真舍得下手啊。"

林宛忍不住笑，抬手在他脸颊上摁了摁："疼不疼？"

林宛其实也没用多大的力道，但是江延的皮肤本身就偏白，再加上脸部这一处的皮肤比较柔软和薄弱，一巴掌下去之后，还是有了几道很浅的指痕，红红的，配着他白皙俊秀的脸，看起来很突兀。

林宛摸了几下，收回手盯着看了会儿，还有些负罪感："对不起啊，我真不是故意的，我刚刚想拍你胳膊来着的。"

江延动了动腮帮，也没觉着有多疼："没事，被打一下换你消气，也值了啊。"

林宛冷静下来，仍然觉得是自己理亏，等到进了酒店包厢之后，找服务员要了冰块。

江延本来不想这么费事，但看着林宛愧疚的模样，只好任由她折腾去了。

"我真不疼。"江延笑道，"别内疚了啊，今天你生日，我想让你都是开心的。"

被冰敷之后，江延脸上的指痕消下去不少。

林宛松了口气，把冰块放到一旁："没不开心。"

"那就好。"

包厢里，早早到了的胡杭杭、徐一川和宋远他们几个在另一边的沙发角落开黑，一开始都没注意到江延和林宛的动静，也没看到江延脸上的伤痕。

等到人都到齐开始吃饭的时候，挨着江延坐的宋远眼尖地注意到他脸上的痕迹，脑袋凑了过来："你这里……"

他话没说完，猛地反应过来："江延你被打了啊?!"

林宛："……"

江延："……"

"被打了?"胡杭杭也起身走到江延面前，"哇！还真的是被打了啊！谁打的你啊?"

江延推开胡杭杭的脑袋，语气平常："没被打。"

"说什么瞎话呢。"胡杭杭伸出手比画一下，"你这还是被人挥了一巴掌。"

江延夹了一筷子青菜："说了，没被打，吃饭。"

徐一川喷了声："哥，你别这样啊，你跟我们说，到底谁打的，我们去给你报仇。"

"对啊。"胡杭杭一脸义愤填膺，"敢打江延，是不想好了是吧！"

见江延始终不说话，宋远转而问林宛："你早上和江延在一起，看到是谁打的他吗?"

林宛正在埋头做鸵鸟状喝汤，突然被点了名，差点呛住，江延从桌上抽了张餐巾纸递给她。

她接过来，攥在手里，目光从宋远他们几个脸上扫过，缓缓开口："我有看到是谁打的他。"

徐一川一脸"我就知道"的神情："谁啊?"

林宛拿纸巾擦了擦嘴角，指尖摩挲了下，淡声说："我。"

众人："?"

看着大家一脸蒙的模样，她重复道："他，我打的。"

众人："……"

胡杭杭没忍住："为什么啊?"

林宛心想：我要是说这是个意外你信吗?

林宛还没想好怎么解释这个意外，江延突然往她碗里夹了块鸡腿，然后漫不经心地解释道："这是我们俩之间的秘密，你们是不会知道的。"

众人："……"

吃过饭之后，酒店的服务员将江延提前订好的蛋糕推了进来。

蛋糕是定制的，奶油细腻柔滑，表面一层是各种精美的水果，还有一个美少女的模型，蛋糕切开之后，内里的夹层是进口的果酱，酱汁配着奶油，看起来很有质感。

林宛刚刚许完愿望吹灭蜡烛，几个人就纷纷拿出自己准备的小礼物。

孟昕是第一个送的。她给林宛准备的是一套知名大牌的限量款香水系列："你不是一直都喜欢收集香水的空瓶吗？这一套的设计你绝对喜欢！"

林宛眼睛一亮，笑着接了过来："谢谢。"

第二个是胡杭杭。他给林宛准备的是一款小型颈部按摩仪，很符合他的风格："祝林宛福如东海！寿比南山！一年比一年年轻！"

林宛不知道是该笑还是该怎么样："谢谢胖胖。"

到了宋远和徐一川就比较直接利落了，他们俩一人给林宛包了一个大红包，徐一川还刻意解释："真的，你相信我，什么礼物都没有金钱实在。"

他们俩给的红包分量很足，林宛光是用手捏，就能感觉出来，连说了三声谢谢。

"别这么客气。"宋远笑了，故意开玩笑道，"反正以后还是要还回来的。"

关澈准备的礼物跟胡杭杭有异曲同工之妙，是一款头部按摩仪："这个不是马上要高三了吗，晚上学习必备。"

林宛还是头一回跟这么多人在一起过生日。

她以前在初中性子比较冷，身边除了孟昕也没有什么其他的朋友，每年过生日基本上都只有孟昕会想方设法给她送些礼物。

其他大多都是方仪宋和林咏城准备的，还有些是他们俩在工作上的一些合作伙伴送的，但是这些礼物不仅仅只是为了庆祝她过生日，更多的都是利益方面的牵扯，所以那些合作方送来的都是比较珍贵的东西，像什么字画瓷器之类的，哪怕一幅字画，都市值很高。

往年林宛收到这样的礼物，基本上都会托方仪宋把这些东西捐出去，毕竟她也用不到这些。

今年好像有了点不一样。

林宛看着手边堆成小山一样的礼物，虽然没有那些字画值钱，但是赋予在其中的感情，却是远远胜于那些。

她从来没有一刻如此感谢命运的奇妙，能在平淡无味的高中时代碰到这么一群可爱的人。

等到所有人都送完礼物，宋远看了看坐在一旁的江延："你给林宛准备的什么礼物啊？"

林宛眼皮忽然一跳，想到上午的那些小惊喜，出声替他解释："他已经把礼物给过我了。"

江延身体往前倾了倾，偏头看着她笑了笑："我怎么不知道我已经把礼物给你了？"

"嗯？"林宛有些茫然地看着他，"上午的那些难道不是吗？"

"不是。"江延说，"不过，我给你的礼物确实在那些信里，你回去看了就知道了。"

等到一伙人从酒店出来，时间也才刚过一点。林宛把他们送的礼物都放在酒店暂存，空着手出来的。

徐一川在手机上搜了搜："这附近新开了家游乐园，有飞天大摩托、惊魂过山车，还有跳楼机！要不要一块去玩玩？"

"行啊，反正时间还早。"

游乐园离这里不远，也就一公里左右的路程，如果步行从街道里穿过去，也就几百米。但八月的天，光是站在那里，就已经让人汗流浃背了。

一行人叫了两辆车。

车里冷气很足，胡杭杭和徐一川在激烈讨论着等会儿要先去玩什么。

林宛注意到江延一直没吭声，拿胳膊碰了碰他："你怎么了，不舒服吗？"

"没。"江延胳膊抵着窗户支着脑袋，脸侧的痕迹已经淡了很多，"就是吃饱了，有点困。"

他坐直了看着林宛："就是吃饱了的那种困，你明白吗？"

林宛"哦"了声："知道。"

人类身体特别奇怪的反应之一，吃饱了就会困，林宛深有体会。

本来离得就不远，上车不过十分钟的光景，车子就停了，正好停在游乐园门口。

因为是暑假，旅游高峰期，游乐园里看起来人很多。

关澈先下车去排队买票。为了方便，他直接买的是 VIP 的通票，这样等到了里面，不仅不用排队，也不用二次排队。

等到检完票，走进园内，入目的便是一个超大的喷泉，泉水喷出的高度高耸入云，只要站在周围几百米内的游客，基本上都能感受到泉水落下来的凉意。

胡杭杭看了一圈门票上的小型地图："惊魂过山车离我们最近，我们先去玩这个吧。"

徐一川说："我没意见，你问江延就好了。"

胡杭杭这才反应过来，看向站在角落的江延："你行吗？"

江延双手抱臂，语气僵硬："我有什么不行？"

"是吗？"胡杭杭嘀嘀咕咕，"我记得你以前好像是恐高的啊。"

这句话他说的声音太小，除了离他最近的徐一川，其他人谁也没听见，林宛也只是看到他动了动唇，不知道他说了什么。

等到几个人从 VIP 通道坐上过山车时，关澈才像刚想起什么一样，回过头，看着脸色苍白的江延笑道："哎，江延，你以前不是说恐高死活都不肯玩这些的吗？"

不停被掀开老底的江延忍不住磨了磨后槽牙，声音像是从牙缝里挤出来的："我现在不恐了不行吗？"

"行，怎么不行啊。"关澈笑着收回视线。

林宛看着江延有些僵硬的侧脸，以及紧攥着扶栏的手，觉得江延可能真的是恐高，伸手覆在他的手背上："要不然我陪你去玩别的吧？"

"不用。"江延深呼吸了一次，硬着声道，"我不恐高。"

林宛看着他："你要是能看到自己的脸色，估计就说不出这句话了。算了，我们还是去玩别的吧。"

恐高是多么可怕的事情，林宛其实没有办法体会，但是她以前见过恐高的人坐过山车，会有很难受的反应。

江延轻合了合眼眸，反握住她的手："没事，我要是难受，闭着眼就好了。"

"江延，这不是开玩笑的事情。"

他手心里都是汗，也没什么温度，冰冰凉凉的，林宛实在是担心。

"真没事。"江延看着她，笑了笑，"再说了，我想玩一次这个，你就当陪我玩一次吧。"

没给林宛拒绝的时间，过山车已经准备启动。

三、二、一！

过山车缓缓启动，逐渐上升到最高点。

林宛感觉江延的呼吸都快没了。

她想笑又不知道该怎么办，轻声问了句："你真的还 OK 吗？"

"……嗯。"

江延的恐高其实一直都有，也从来都没好过，甚至随着年龄的增长好像还更加严重了。

其实在来游乐园之前，他都已经想好了怎么拒绝加入这个环节。

但坏就坏在胡杭杭那个问题上——"你行吗？"

男生，是绝对不能说不行的，更何况还是当着林宛的面。

江延感觉自己的自尊心受到了挑战，所以才硬着头皮跟他们一起上来了。

等到过山车到达最高点时，江延已经不敢再睁眼了，只能猛地感受到一阵俯冲的力量，接着就是强烈的失重感。

过山车的轨道变化莫测，时而俯冲，时而倒挂，弯弯绕绕，不停到达新高度，紧接着又飞驰而下。

如果这一时刻的江延知道坐过山车不仅仅是坐在这里这么简单的事情，而是一件非常恐怖的感官体验，那么几分钟之前的他，是绝对不会强撑着面子非要跟着一起上来的。

耳边是呼啸的风声、各种尖叫声。

江延感觉自己完全处于一种失重和随时都会掉下去的危机感中。

他努力地想要贴着椅背，但过快的速度让他不得不往前倾身。

这种没有任何依靠的感觉，让他在一瞬间回到了很多年前，刚被于风烟带去一个陌生城市的时候。

那个时候的他，就像现在这样，脚踩不着实地，心里空荡荡的，没有任何依靠。

恍惚间，好像有什么温暖的东西抓住了他。

江延在风里睁开眼。

林宛紧紧握住他的手，温暖的掌心贴着他的手背，像是给他孤寂清冷的生命里注入了阳光。

"江延！！！"她大声喊，声音被风吹碎了，"如果害怕的话，你可以试着叫出来，其实没有那么恐怖的。"

"你享受这个过程，就不会觉得恐惧了。"

过山车进入一个平滑的轨道，速度降了下来，林宛偏头看着他，风吹乱了发，嗓音低柔轻软："快结束了，你别害怕。"

江延已经缓过来不少，看着她笑了笑："没害怕。"

"没事的，江同学。"林宛安慰道，"我在这里呢。"

"嗯。"江延低声说。

游乐园的占地面积很大，过山车整个一圈下来有十分钟，等到停下来的时候，林宛也有些腿软了。

胡杭杭和徐一川扛不住，刚一停下来，两个人就跑了出去，对着垃圾桶就吐了出来。

"没想到啊。"胡杭杭吐完，漱了漱口，"这玩意儿后劲怎么这么足。"

同款反应的徐一川在旁边的长凳上坐下："不行了，我是搞不动了，早知道还不如去坐旋转木马了。"

到最后，不恐高的林宛反而是被恐高的江延搀扶下来的，孟昕、宋远和关澈他们三个人跟没事人一样活蹦乱跳的。

下来之后，他们三人还觉得没过瘾。

孟昕用手作扇子在脸侧扇了扇，宋远拿了包湿纸巾给她。

她接过来拆开，擦了擦额头上的汗："要不然他们在这里休息，我们先去玩一局跳楼机吧。我刚看入园简介，这个游乐园里跳楼机升起的高度是整个溪城游乐园里最高的。"

"行啊，走走走。"宋远扯着关澈跟上孟昕的步伐。

林宛坐在树荫底下的长凳上，江延买了几瓶冰水，拧开递给她一瓶，其他的丢给了胡杭杭和徐一川。

江延伸手把她脸颊上不小心蹭到的灰渍抹掉："怎么样，好点了吗？"

"我没事，就是一时太猛了。"林宛感觉有些热，拿水敷着脸。

旁边的胡杭杭和徐一川缓过神："按道理，你不应该是反应最大的吗？怎么反过头来，你是最正常的！"

江延在林宛旁边的空位坐下，长腿往前伸着，懒洋洋地说道："大概是我有人保护，你们没有吧。"

游乐园的占地面积很大，胡杭杭他们几个休息好之后，拿出园内地图看了会儿，打算去园内最边角的鬼屋玩一趟。

这里的鬼屋不像别处单一的模式，它还特别人性化地分了等级和不同故事背景。

七个人都不是胆小的人，直接选了恐怖程度最高的藤木病院。

藤木病院是国内比较火热的鬼屋系列，经常在国内各处巡演，进去玩过的人无一不是哭着喊着从里面跑出来的。

这个游乐园估计是买了这一系列的版权，故事背景设置和林宛之前在网上看到过的巡演一模一样，甚至连一个字都没有变。

买完票之后，门口的工作人员贴心地替他们详细地讲解了这个故事的完整背景以及在里面的注意事项。

"如果走不下去了，就按动刚刚给你们的信号灯，然后在原地等候，会有工作人员进去带你们出来。"工作人员看着他们，再三叮嘱道，"记住，不论出现什么情况，都不可以殴打病院里的NPC。"

工作人员的语气稍显无奈，估计是以前出现过游客由于过度惊恐殴打NPC的事情。

七个人都清楚，鬼屋里为了给人营造一种更真实的感觉，往往会安排专门的工作人员在里面扮演一些恐怖的角色，在适当时机跑出来吓唬人。

有些 NPC 的扮演效果太过逼真，导致进去玩的人承受不住，对着 NPC 就是一阵拳打脚踢。这种案例，网上也经常爆出。

"保证不动手。"胡杭杭拍着自己胸口，信誓旦旦道，"我们几个人都是吃了熊心豹子胆的。"

众人："……"

徐一川上前一步捂住他的嘴："你还是少说两句话吧。"

七个人检过票，从工作人员手里接过信号灯和手电筒。

手电筒是一人一个，但信号灯只有一个。为了保险起见，众人决定把信号灯交给江延保管。

"江延，我们的命都握在你手上了。"胡杭杭看着他说，"你可一定要坚持活下来啊。"

进去之前，工作人员又问了一句："这里面的恐怖程度是升过级的，是非常、极其的恐怖哦，你们真的确定吗？"

"确定！"

见状，工作人员也不再多说什么，掀开门口的帘布让他们进去。

藤木病院的入口是一间病房的门，通道黑暗狭窄，一次只能过一个人。

七个人在门口排好队，胡杭杭为了彰显自己的胆子大，走在第一个，往后依次是关澈、林宛、江延、孟昕、宋远和徐一川在最后。

等走到门口，胡杭杭站在那里，手握上门把手的一瞬间，猛地感受到一股凉意从后背蹿了上来。

他忍不住咽了咽口水，回头看着关澈："你有没有感觉到后背凉飕飕的？"

关澈斜靠着旁边的墙壁，长睫懒洋洋地垂着："你不废话吗，看看你头上是什么。"

胡杭杭被他这么一句意有所指的话吓到，声音开始哆嗦："我头上有……有什么……"

说完，他正好也抬起头。

过道上的灯光一闪一闪，亮着的那一瞬，胡杭杭看到他的头顶上是正在运作的中央空调，冷气呼呼地从那一扇排风口吹了下来。

林宛看他还没进去就已经怕成那样，忍不住笑了笑："胖胖，要不然你还是走后边吧。"

"没事，我胡杭杭是谁，我可以的。"

胡杭杭重新握上门把手，轻轻往下一压，不知道是这个系列的设计就是这样，还是这扇门年久失修，门把手摁下的一瞬间，发出了很长的一阵"吱呀"

声，接着就是一股诡异的冷风从里吹出来。

风很凉，也不像是空调的那种冷气。

林宛也忍不住搓了搓胳膊。

门是往里推的。

胡杭杭轻轻把门推开，直到门抵到墙壁，再也推不动之后，他回头看着众人："好了，进来吧。"

门后是一条长长的走廊，没有灯，只有写着"安全通道"的指示牌发着诡异的绿光。

胡杭杭开了门之后，没有再多加犹豫，直接大步一跨，走了进去。

跟在他身后的关澈刚迈进去一只脚，就看到有什么东西在眼前一闪，接着耳边就传来胡杭杭声嘶力竭的叫骂声。

"啊啊啊！！！啊啊啊！！！啊！！！"胡杭杭连着后跳几步，最后踩到关澈的脚才停住脚步。

走在后边的六个人这才看到刚刚在眼前一闪而过的是什么东西。

就在胡杭杭刚刚站过的位置前边，有一个穿着病号服浑身是血的人挂在半空中，长长的头发垂下来，遮住了脸，却遮不住从她嘴里伸出来的长舌头。

这个道具悬挂的位置设计得正好，胡杭杭刚才几乎整个人都撞在她怀里。

就那么一瞬间的事情，胡杭杭甚至感觉她的舌头舔到了自己的脸。

离女鬼最近的关澈忍不住咂舌："这鬼屋未免做得也太逼真了些吧！"

饶是看过很多鬼片，也玩过很多鬼屋系列的林宛也被眼前这个景象给惊到了。

这还仅仅只是个入口就已经这么恐怖了，谁知道接下来还有什么更恐怖的东西冒出来。

一时间七个人停在原地不知所措，走在队伍最后的徐一川背贴着门，手下意识搭上门把："要不然我们换一个系列玩吧？这也太吓人了。"

话音落，他顺势往下压了压门把手，后背猛地冒出一阵冷汗："这门被反锁了，开不开了。"

就在众人都被徐一川的话吸引过去时，原先挂在那里的道具人像是被触动了什么机关，突然抬起了头，嘴里的长舌头一颤一颤的，只见她缓慢朝门口的一群人靠近。

与此同时，还有一道诡异的声音从她身上传出来："咯咯咯……你们来陪我玩呀，我的舌头长……哈哈哈，咯咯咯……让我看看你的舌头长不长呀……"

"啊！"

七个人被眼前的景象吓得魂飞魄散，为了不让女鬼碰到自己，他们只能紧贴着墙壁，飞快地逃离这里。

等到跑过这条长长的走廊，七个人才靠着墙壁大喘气。

"我还是头一回碰到这么实诚的鬼屋。"徐一川拍了拍胸口，只感觉心都要蹦出来，"这不给好评都说不过去了。"

江延倒是没觉得这些道具有多吓人，就是被他们几个人毫无预兆的尖叫吓得不轻。

等到几个人喘匀气，才重新开始往前走。往回走是不可能了，这才刚开始就叫停也是不太可能的。

想着进来之前几个人信誓旦旦的那副模样，原地叫停这个选项直接就被他们去掉了。

走廊尽头没有路，七个人只能左拐进入旁边的手术室。

想到刚刚开门时碰到的场景，胡杭杭是再也不敢当第一个开门的人了，宋远接了他的班。

只不过手术室的门没有那么好开。

宋远摁着门把手，前推后拉都没能打开。

林宛和江延并肩站在一起，目光落在宋远手上的动作，林宛突然想到什么："你要不然试一试左右移动？"

"啊，对。"

宋远重新摁下门把，用力往两边一推，果真开了。

这次门开了之后，几个人都特意站在门口等了几分钟，确定没有什么东西会突然掉下来之后，才开始往里走。

手术室里的灯光更加黑暗，周围都是墙壁，几乎没有办法视物，众人打开手电筒。

黑暗里，几个人互相拉着手，低声说："别走散了。"

"好。"

林宛拿手电筒在手术室里照了一圈，没发现什么可怕的东西，看到低头站在一旁看手术刀的江延，起了坏心思。

她悄悄靠过去，拿着手电筒照着自己的脸，轻轻拍了拍他的肩膀，故意压低了声音："江延……"

江延："……"

江延丢下手里刚刚拿起的塑胶模型手术刀，抬眸看着她，刚想说话，目光瞥见她身后的手术床，眼神忽然一变。

他伸手把林宛扯了过来，提醒其他人："有鬼！"

林宛被他护在怀里，回头看见原先手术床上的"人"突然坐了起来，光线昏暗，看不出到底是真人还是道具。

反正开始叫就对了。

"啊啊啊！！！"

原先还稍显安静的手术室里顿时都是尖叫声。

他们刚进来就看到了手术床上的"人"。只是"人"被白布盖着，众人也不敢随意去翻动，万一再触碰到什么机关，才真可怕了。

好奇心重的徐一川掀开看了看，无奈这"人"脸上妆粉太厚，他也没看出到底是真的还是假的。

他拿手电筒在"人"，的脸上照了照，也没见这"人"眼皮动一下或者怎么样，他也就没当回事了。

谁知道这"人"会突然坐了起来。

"敢问兄台，是人是鬼啊？……"

七个人都站在一起，关澈手里还拿着一把手术刀。也许是怕有游客激动伤人，手术刀的材质是塑胶的，拿在手里，刀刃都软了下去，一点杀伤力都没有。

就在关澈问完话之后，原先坐在床上的"人"突然又开始动了起来，歪着脖子，发出"咔咔"的声音。

接着，七个人就看到眼前这个"人"从床上跳了下来，脖子歪着，脸上是恐怖吓人的妆容，整体看起来就像《生化危机》里的丧尸一样，一瘸一拐地朝着他们逼近。

"跑啊！"

关澈大吼了一声，拉着边上的孟昕就往门外跑，余下的人都跟刚反应过来一样，齐刷刷往外跑。

可是走廊是死路，只有手术室是唯一前进的方向。

七个人站在走廊拐角处，余光看到手术室里的"人"也跟着跑了出来，再往前看，之前挂在那里的道具人也还在原地。

"……你们刚刚在手术室里看到出口了吗？"江延冷静下来，两人手心里都是汗。

"有一个门，手术室里有个小门。"孟昕缓了缓呼吸，"我刚看到的，还没来得及说，就听见你们说有鬼，一激动就给忘记了。"

林宛在衣角蹭了蹭手心的汗："那我们岂不是还要回去？"

她说完话，刚把脑袋从墙角伸出去，眼前忽然凑过来一张脸。

是刚刚在手术室里的那个"人"，他不知道什么时候走了过来，嘴里发出怪异的笑声，林宛被吓到爆了粗口。

走廊比手术室要亮一点，其他人也都看到和听见了动静。

江延拉着林宛往旁边跑："先回手术室！"

到这里几个人都明白这个鬼应该是人扮的，不仅非常像鬼，还十分有演技，一直都是一瘸一拐地跟在他们后边。

他动作慢，自然是跟不上他们跑起来的速度。

宋远最后一个进门，一进来就动作迅速地把门给关上，胡杭杭把手术床推过来抵着门。

几个人刚松了口气，走廊上的"人"突然开始不停地拍着门，本就薄弱的门扇被他砸得"哐哐"响。

胡杭杭忍不住骂了声："你能不能别敲了！！！"

说完，门外的"人"还真的不敲了。

林宛被刚刚那么近距离的接触吓得不轻，后背全是汗，江延拿湿纸巾给她擦了擦脸："吓到了？"

"嗯，有点。"林宛缓过神，回想起进来之前那个工作人员的好心提醒，"我现在算是知道那工作人员说的非常、极其恐怖，是有多恐怖了。"

她舔了舔干燥的唇角，用词很夸张："命都要吓没了的恐怖。"

胡杭杭相当认同她的话："实不相瞒，我刚进门碰到那个女鬼的时候，差点就忍不住尿裤子了。"

风吹得人心里发凉。

这时候也没什么性别之分了，七个人紧紧地挨成一团。

几个人连体婴儿一样并行走完这一段长廊，最后被一扇盖满了血手印的门挡住去路。

走廊上没有什么光。

胡杭杭贴着墙，想给自己找一个支撑点，声音颤颤巍巍："……我们还要不要进去啊？"

"不进去还能怎么办呢？"关澈擦了擦手心里的汗，"现在又不能回去了。"

一想到还堵在手术室门口的那个"人"，七个人觉得还不如继续往前走来得好。

就在众人说话的间隙，走廊上突然传来"刺啦"的动静，接着是走廊顶部的声控灯开始一闪一闪。

"走吧，还是先进去吧，待在这里更吓人。"江延说完伸手去开门，却在碰到门把手的一瞬间又把手缩了回来，"我去！"

离他最近的林宛看到他指腹上有点点红色的痕迹："戳到了？"

"不是。"江延把手电筒照到门把手上，"你看，上面有东西。"

几个人的视线顺着光源看过去，果不其然，原先光秃秃的门把手上也有一道血手印。

宋远从口袋里翻出湿纸巾递给江延："应该不是血吧？"

江延低头闻了闻指尖上的东西，有一股很淡的味道，但可以分辨出来，不是血腥味。

他摇摇头，擦干净手上的东西："不是，估计是颜料什么的。"

江延把擦过手的湿纸巾覆盖在门把手上，然后轻轻往下一压，门缝之间发出细微的声响。

这一次的门不像手术室的门，直接往里面推就能开。

屋里的冷气比之前的任何地方都要足，吹得人很不舒服，光线一如既往的暗淡。

这里比手术室要大很多，但里面停放的"人"也比手术室多。

吸取到在手术室时的教训，七个人进门之后，一直贴着墙没动，只是拿手电筒在屋内照了一圈。

"一、二、三、四……九、十！"胡杭杭放下手里的手电筒，"这里面有十个人。"

站在旁边的关澈凉凉一句："你怎么知道放在这里的是人？"

"……"

宋远看了他一眼："哥，你可以选择不说话的。"

"那我们现在怎么办？"林宛看着分散在两侧的"人"，想到之前的那个对视，只感觉心里发毛。

"只能从中间跑过去了。"

里面布置的道具很少，除了躺在那里看不出是道具还是人扮的"鬼"之外，也没有其他的东西。

下一个房间的门就在对面，而想要到达对面，就必须从中间的过道走过去，从两侧根本过不去。

"距离也不是很远，要不然我们直接跑过去？"徐一川卷起衣袖，"我先跑过去看看。"

篮球赛的时候，林宛听胡杭杭他们提过，徐一川是他们五个人里面移动速度最快、动作最灵活。

"那你注意点。"宋远提醒道。

"没事，看我的吧。"徐一川说完话，看了眼两边依然平静的"人"，深吸了口气，猛地跑了过去。

徐一川很快在门口停下，连呼吸都没来得及缓，就伸手去开门，可是门并没有如他所愿被推开。

往前后左右都试了一次，确定门是锁着的之后，徐一川暗骂了声，又飞快地跑了回来："门是锁着的，得用钥匙开！"

孟昕说："这不是鬼屋吗，怎么变成密室逃脱了？"

话音刚落，林宛却像是看到什么可怕的东西一般，揪住了江延的衣袖，声音在发抖："你们……你们快看！"

这不看不要紧，一看却是吓了一大跳。

只见原先还安静躺在床上的十个"人"，有一半都从床上坐了起来，盖在脸上的白布全都掉在一旁。

大家静默了一瞬，接着便是一阵不要命的尖叫声。

"啊啊啊！救命！啊啊啊啊！"

这时候，大家都已经完全失去语言功能，只会扯着嗓子尖叫，各种乱七八糟的脏话都冒了出来。

与此同时，还伴随着各种惊悚恐怖的音效。

"啊啊啊啊！妈妈救我！！！"

七个人顿时乱作一团，在屋里奔跑起来，但房间的面积也就那么大，跑来跑去都还在一个圈里。

"这门怎么开啊？"胡杭杭使劲撞门，但门纹丝不动，"这钥匙到底在哪儿啊？"

宋远："我怎么知道！"

"钥匙应该就在这屋里藏着。"饶是不怎么怕的江延这会儿也受到不少惊吓，他拿着手电筒在角落里照着。

五个NPC走到他们之前站着的位置，没找到人，又缓缓转过身，朝着他们现在的位置走来。

关澈和江延都在找钥匙，五个NPC已经快要靠近，七个人又快速地转移了阵地。

几次下来，江延发现了规律："他们好像只能平视，只能看到在他们眼前的东西。"

话音一落，为了验证自己的猜测，江延直接蹲在地上，慢慢挪到其中一个NPC的身边。

不得不说，这鬼屋里演员的演技一个比一个逼真，当江延没出现在他视野里的时候，他就真的完全看不见，但是当江延站起来的时候，他又会变得很激动，想要往他身上扑过来。

江延在他扑过来之前又蹲了下去，果不其然，NPC又看不见他了。

"哎嘿，还真的是。"

几个人纷纷照着江延的样子蹲在地上："那我们现在怎么办，没有钥匙，我们还是出不去。"

"先找找吧。"江延说，"反正我们现在这样，他们也当看不见我们。"

"行。"

七个人分成三组，蹲在地上缓慢移动，生怕自己暴露在某个"鬼"的视野里。

之前他们几个一直都是站着的，视野范围都是以站着为准，这会儿蹲下来之后，又是另外一个视野。

林宛很快在其中一个床铺底下看到了一把钥匙，拿手电筒晃了晃，示意他们过来："我找到了，钥匙在这里。"

其他人很快围了过来，江延弯下腰，伸手把钥匙摸了出去。

几个人刚准备站起来，下一秒，躺在这张床上的NPC突然猛地坐了起来。

"……"

"啊啊啊啊！这怎么还有会动的！"

原来房间里除了最开始动的五个"人"，还有一个最终的首领，只是大家都以为会动的只有现有的五个，围过来的时候都没有注意。

能成为首领肯定有他不一样的地方存在。

果不其然，就在他们叫起来的下一瞬，躺在床上的这个NPC突然伸手抓住了离他最近的宋远。

"你给我撒开！"宋远被吓得不轻，猛地挥开手。这只"鬼"防不胜防，整个人被掀开，差点翻下床。

宋远的这个动作像是激怒了这只"鬼"，只见他大吼了一声，接着就从床底下抽出一把大剪刀，朝他们挥舞过来。

"快去开门！"

七个人飞快地挪到门边，拿着剪刀的"鬼"也嘶吼着跟了上来，就在他将要冲过来的下一秒，关澈动作迅速地拽过旁边的一张床挡住了他的去路，江延也在下一瞬开了门。

总算是有惊无险地过了这一关。

这才刚过完第三关。

林宛在进来的时候看到门口的故事简介上写着这个系列总共有七个关卡，并且越到最后，关卡的难度和恐怖程度越高。

七个人这时候也没什么讲究，索性直接坐在冰凉的地板上。

关澈靠着墙，手心和脸上全是汗，被冷风一吹，很快干了不少："这还接着玩下去吗？"

"看你们，不玩我就——"江延说着话，顺势摸了下口袋，"……"

林宛注意到他的动作，问了句："怎么了？"

江延看着她，又看了看众人，神情有些怪异："信号灯掉了。"

六脸无语："……"

"估计是刚刚跑的时候掉的。"江延抬手抓了抓被汗水浸湿的碎发，笑不出来，"我们只能往下继续走了。"

六脸绝望："……"

胡杭杭问了一句："这里面难道就没有什么其他可以求救的东西吗？"

"有。"孟昕说，"太平间里面有个绿色按钮，我刚看上面写的是 SOS（求救信号），应该是跟信号灯差不多的作用。"

胡杭杭站起身，从门上的玻璃窗看了眼里面的情形，拿着剪刀的鬼注意到他，猛地冲了过来，整个人身体砸在门上。

胡杭杭又坐了下来："我可以选择死亡。"

关澈轻笑了声："你可以选择在这里等我出去，然后回来救你。"

"那还是算了吧……"胡杭杭站起来，拍了拍裤子上的灰，"走吧。"

等在这里不知道还会不会碰到什么乱七八糟的东西，七个人一起碰到总比一个人单独碰到要好得多。

"那行。"

七个人在别无选择的前提下，只能被迫继续走下去。

于是在接下来的四个关卡里，坐在监控室里面负责监管游客行为和鬼屋内演员的工作人员，听到了他从业以来听过的最惨也是最响亮的尖叫声。

七个人鬼哭狼嚎着过完了所有关卡，等到从里面出来的时候，不知道有多狼狈。

终点的门口有专门的工作人员负责接应。

只不过负责接应的小姐姐还没来得及说声"恭喜各位玩家"，就只看到一道又一道伴随着各种腔调的尖叫声的身影从眼前飞快地闪过。

"……"

终于逃出生天的七个人也顾不上什么形象不形象的问题了，直接坐在外面的草坪上。

衣衫不整，头发凌乱。

就跟刚逃难出来的一样。

林宛看着头顶的热烈的阳光，长长地舒了一口气："我从来没有一刻觉得夏天的阳光是这么的温暖。"

江延坐在她旁边，棉质的白 T 恤紧贴着后背，没说话，只轻轻握住了她的手。

胡杭杭没什么形象地躺了下去，发自内心地感慨了一句："活着真好。"

旁边几个人纷纷举起胳膊："加一。"

七个人在草坪上休息了会儿，缓过了那一阵惊悸之后，终于感受到来自夏日阳光的热情。

"走吧，回去交东西。"

他们手上还拿着鬼屋的手电筒。

由于信号灯被遗忘在鬼屋里，等交完手电筒之后，几个人坐在边上等着工作人员从里面找到信号灯才能发放鬼屋闯关成功的证书。

好在信号灯确实是落在里面，也没有出现什么故障问题，门口接应的小姐姐终于有机会说出那句话："恭喜各位玩家，成功闯关。"

说完，有工作人员拿着盖好藤木病院闯关成功印章的证书给他们七个人："闯关成功，可以合照留影。"

七个人都没什么意见，那么恐怖的鬼屋都闯过来了，合影听起来简直是太美妙了。

合照留影有专门的位置，在一块印有藤木病院的大幕布前。

七个人很快站过去，按照工作人员的要求站成一排："等会儿我喊三、二、一，等喊到一的时候你们就把手里的证书举起来，记住不要遮住脸哦。"

说完，工作人员调试了下手里拍立得的功能设置，开始喊口令。

"三。"

"二。"

七个人认真听着口令，等着工作人员喊"一"的时候举起手里的证书。

"一！"

最后一个口令落下，就在众人刚要举起证书时，身后的幕布却突然落了下来，藏在里面的"鬼"嘶吼着冲了出来。

"……"

"啊啊啊啊啊啊！！！"

七个人跟不要命一样尖叫起来，场面混乱嘈杂。

负责拍照的工作人员像是早料到这幅场景，笑着按下快门键，快速捕捉每一个瞬间。

定格的画面里，夏日的阳光热烈而明亮，每个人脸上都带着惊魂未定的神情，尖叫着，奔跑着，眼里有惊吓、有笑，也有光。

那个清风明月般的少年一直护着林宛，生怕吓坏这个女生。

绿树荫浓夏日长，瓦蓝的天空，云朵绵绵，夏天的风，正缓缓吹过。

第十六章

搬家

鬼屋之旅结束之后，七个人筋疲力尽，也没有多余的力气再去玩别的东西，直接从游乐园里出来了。

　　夏日的空气沉闷，几个人回到之前吃饭的酒店，拿上寄存的东西，在楼下找了家甜品店，一直在那里待到日暮时分。

　　林宛拿的东西比较多，从甜品店出来时给方仪宋打了电话。原本林宛是想让方仪宋安排司机过来接，只是方仪宋也刚从公司出来，正好可以顺路过来接她，顺便也把同路的孟昕捎上了。

　　方仪宋过来的时候，几个男生都已经坐上车先走了。

　　一上车，林宛和孟昕倒头就睡。

　　等红灯的间隙，方仪宋从后视镜里看到坐在后排已经睡熟的两人，轻笑着摇了摇头，抬手将空调温度调高了些，随后又把车窗降下了一指宽的缝隙。

　　窗外绿荫遮蔽，风过有痕。

　　晚上吃完饭切过蛋糕之后，林宛和林咏城、方仪宋一起开车送孟昕回家。回来的路上，林宛和父母聊起了白天在游乐园的事情。

　　车厢内气氛融洽。

　　到家之后，林咏城和方仪宋在客厅闲聊，林宛陪着坐了一会儿，觉得有些困，起身回房间洗漱。

　　夏日的夜晚疏星点点，一轮弯月散发着皎皎的光芒，窗外蝉鸣声不绝，树影婆娑。

　　林宛收拾好之后，在书桌前坐下，拿出包里所有的信件。

　　江延总共给了她十七封信，前十六封都已经拆开，只剩下十七岁的那一封还没有拆开。

　　白天在酒店的时候，江延说过给她的礼物就在十七岁的信里。

　　林宛把其他已经拆开的信放在桌上，动手拆开这最后一封信。

　　前面的十六封信里都只放了一张纸，纸上写着江延想对那个时候的她说的话。

这一封信里却是多了几样东西。

林宛取出信里所有的纸张，一一摊开。

第一张是一份房产所有权转让书，江延把属于他名下的一套房产转到了林宛名下。

林宛在合同上找到这套房产的地址，就是自习室的那套房子。

她愣住了，一时间心里像是被什么东西塞满了，没有一点空隙。

等到回过神之后，林宛放下手里的东西，看到被压在底下的信纸，她伸手拿了起来，看到上面写着两句话：

> 以前这是我的全部。
>
> 现在你是我的全部。

过完生日之后没多久，十中捡起放假之前被推迟的高三补课计划，要求各毕业班的班主任通知各班学生在八月二十号返校报到。

新学期踩着夏天的尾巴来到眼前。

开学之后，所有的新高三学生全都搬到了之前的高三教学楼，（18）班的教室在四楼。

远离了喧嚣吵闹，眼前只有连绵的林荫，还有即将到来的一场有关于未来的厮杀。

新学期开始之后，（18）班有了细微的人员变动。

高二刚开学不久从文科班转来理科班的陶嘉，在高三到来之时，又转回了文科班。

没有人知道陶嘉这么折腾的原因，除了林宛。

少女的心动源于一场如同戏剧一般的英雄救美，可惜故事永远是故事，现实的剧情远比故事里的更加戏剧化。

故事里的少年救下柔弱无助的少女，缘分从这里开始，而在现实里，缘分却没有得以延续下去。

少女黯然神伤，从此远离少年，故事在这里结束，新的故事又开始了。

对于陶嘉曾经做过的事情，林宛没有深究，也从来没和任何人说过，每个人都有自己的底线。

有些时候，只要没有触碰到那条底线，就不会有什么事情发生。

想到这里，林宛看了眼坐在身旁正在做试卷的某人，忍不住朝着他小腿踢了一脚。

被突然踢了一下的江延握着笔写字的动作一乱，笔尖在试卷上划过一道长长的痕迹。

他轻"啧"了声，偏头看着林宛，很是不解："你踢我干吗？"

"想踢。"林宛看着他，有点无理取闹的意味藏在话里，"看你不爽。"

江延懒得跟她争论到底看他哪里不爽，反正问多了都是错，索性拿起笔继续做试卷。

过了一会儿，林宛又想起什么，凑到他眼前，轻声问："你知道陶嘉转走了吗？"

"知道。"江延笔没停，抽空瞥了她一眼，"怎么了？她转走了不是你跟我说的吗？"

刚想借题发挥再无理取闹一次的林宛想了想，陶嘉转班的这件事，好像还真的是自己跟他说的。

那时候刚开学，班主任老余开了次班会，主旨是为了让大家感受到高三的紧张感，但是老余说话的语速，实在是让人紧张不起来，并且还让人有昏昏欲睡的感觉。

班会结束的时候，老余顺口提了句陶嘉转走的事情，当时江延刚好不在，林宛想着陶嘉既然对江延有好感，转走之前应该会和江延说些什么，所以就在等他回教室的时候，旁敲侧击地问了问。

但江延好像完全不知道这件事，听到林宛提起这件事，还问了句："她转走跟我有什么关系？"

林宛有点郁闷："你难道不知道她是为了谁才转来（18）班的吗？又是为了谁转走的吗？"

江延仿佛是个榆木脑袋："不知道。"

林宛索性作罢。

现在没了无理取闹的理由，林宛也没再折腾下去："没什么，我就是随便问问。"

江延看着她，好像明白她为什么突然这么问，屈指在她脑门上崩了一下："整天胡思乱想什么。"

林宛叫了声，伸手捂住额头："你干吗？"

江延看着她捂着脑袋皱眉的动作，忽然笑了一下，长长的睫毛轻轻颤了颤。

他拿开她捂着额头的手，温热的指腹贴着刚刚被他弄红的地方，轻轻摩挲："下次胡思乱想之前，记得想一想你现在有什么。"

"我能有什么啊！"林宛看着他，像是想到了什么，嘴角一弯，"对哦，我有你的全部家当。"

关于江延把胡同那栋房子转让给自己的事情，林宛在后来跟江延聊过，也提过要重新转回去，但是被江延拒绝了，不管林宛说什么，他都没有同意。

林宛也没再说什么，只是抽时间把这件事跟方仪宋提了一次。

方仪宋似乎有些震惊，但也没多问，只是告诉林宛，这礼物太贵重了，有机会一定要把东西还回去。

步入高三之后的生活对于林宛和江延来说，除了被提前了半个小时的早读和被延长了半小时的晚自习，其他的也没有太多的变化。

就这么过了半个月之后，林宛的走读生涯迎来一个小危机。

原本十中正常的晚自习是到晚上十点半，现在高三被延长了半个小时，下晚自习的时间就变成了十一点。

再加上原先六点半的早读，现在被提前了半个小时，变成了六点进教室。

所以等到林宛下了晚自习，从学校回到家随便收拾收拾就已经是半夜十二点多了，没有什么时间学习，也没有更多的休息时间。

睡眠时间跟不上，林宛白天就没有太多精力，常常在语文和英语课上睡觉，要是早上碰到数学课，也会意思意思睡个半节课才醒。

一段时间下来，江延也注意到了她的不对劲，下课休息的时候，问了句："你最近是不是回去学习得太晚了？"

林宛趴在桌上，眼皮耷拉着，声音带着浓浓的困意："还学习呢，我连觉都不够睡了。"

说着话，她又打了个哈欠，像是吐槽和抱怨："我现在放学回家，路上要二十分钟，回去之后，洗澡收拾什么之类的，就十二点了。"

溪城已经入秋，最近气温不高，但还是很闷，教室里有怕热的人开了空调，凉飕飕的。

江延拿了自己的校服盖在她身上："那你怎么不住校？"

"不想住。"林宛摇头，"我睡眠质量不好，宿舍生活不适合我，我怕吵，又怕处理人际关系。"

"那你可以考虑在附近租个房子。"

"哎。"林宛眼睛眨了眨，"好像也行啊，等我回头跟我妈说一声，让她帮我在附近找找房子吧。"

"嗯。"江延替她掖了掖衣角，"睡会儿吧，下节物理课。"

"……"

租房这件事很快被林宛提上日程，周末和方仪宋提过之后，方仪宋就安排人在十中附近找合适的房子。

　　只不过十中附近都是各种校区，除了胡同巷子，好一点的小区离校区也不是特别近，再加上方仪宋又不是特别放心林宛一个人在外面住，对于小区的安全性要求也特别高，所以一来二去，一直到国庆放假，也没找到特别中意的房源。

　　高三的假期特别少，国庆原先的七天假也被缩减成三天假，其他时间都在学校补课。

　　三天假还不是连着放的，一号和二号先放了两天，最后一天假留在七号。

　　六号的晚自习不用上，傍晚放学之后，林宛跟着江延，还有胡杭杭他们三个去了自习室，没多会儿，孟昕也过来了。

　　再晚点的时候，在隔壁九中的关澈也拎着书包从外面回来。

　　七个人聚在一起，不是玩乐就是吃喝。

　　这个点也正好是饭点，几个人去了巷子附近新开的一家火锅店吃晚饭。

　　他们去得早，大厅就有位置。点完单之后，林宛看到关澈身上的九中校服，随口问道："哎，关澈哥，你跟江延当初怎么没一个学校？"

　　几个人认识这么久，林宛也知道关澈当初因为身体原因休学了两年，正好和从外地转回来的江延当了同学。

　　"一山不容二虎。"关澈端起茶杯喝了口，"比起去十中并列第一，我还是更喜欢在九中鹤立鸡群。"

　　一旁喝茶的孟昕没控制住，被呛了一口："……"

　　江延懒洋洋地靠着椅背，手搭在桌沿，腕上的硬币在灯光下发着亮，光点凝在一处。

　　他往前倾身，指尖压着转盘，把水壶转到自己的面前，语调一本正经："别听他瞎扯，他当初是因为分数不够才来不了十中的。"

　　关澈笑着说："难道不是你因为分数不够才来不了九中的吗？"

　　江延轻呵一声，端起茶杯凑在唇边，热气氤氲，衬得他唇瓣嫣红："到底是谁分数不够，谁心里清楚。"

　　眼见两个人又像以前一样撑着撑着就要打起来，林宛及时阻止了这个场面的出现："好了，打住，我们吃饭。"

　　江延和关澈对视一眼，又默契地转开目光，与此同时还不忘最后再挖苦对方一次。

　　江延："呵，垃圾。"

　　关澈："呵，败类。"

　　众人："……"

好在服务员及时将菜品送了上来，要不然林宛估摸着这两人还真的有可能就打起来了。

吃饱喝足之后，宋远家里有事，结完账之后就走了，他们六个人在店里坐了会儿，也都起身回了自习室。

到了店里，孟昕被胡杭杭他们拉过去开黑。

关澈在楼下和小六、小七聊天，林宛跟着江延去了他的房间。

"你房子找好了吗？"江延拆开从楼下带上来的酸奶，插上吸管之后递给林宛。

林宛接过来喝了一口，唇间漫开淡淡的奶香味："还没有，我妈说这附近离得近的小区环境不好，物业也不怎么样，好一点的小区又离得比较远，她也在想办法。"

"哦。"江延在她身旁坐下，开了电视。

窗外夜明星朗，风从未关的窗户吹进来，比起白日闷热干燥的热风，要湿润微凉许多。

沉默片刻，江延偏头看着林宛："要不然……"

"嗯？"林宛也把视线从电视上挪过来，"要不然什么？"

江延抬手轻轻抹去她唇边的一点奶渍，缓声道："要不然你搬过来吧。"

房间里有一瞬的寂静，林宛捏着酸奶盒，一脸呆滞地看着江延，似乎是对他这个提议表示十分的震惊。

江延说完，也意识到自己这句话听起来有歧义，缓声解释道："我不是那个意思。"

沉默的林宛像是又重新被人拧上发条，回过神来，手指松了松，原先平直的酸奶盒凹进去一角。

她轻咳了一声，强装镇定，声音有些紧："……我知道。"

屋内昏黄的光影落下来，江延垂眸看着她，半张脸隐在阴影下，卷翘的睫毛在眼侧打下细碎的剪影。

他低声道："三楼除了我和关澈的房间，还有两间房是空着的，你可以考虑要不要搬过来。"

"哦。"林宛心里缓缓放下一块大石，忍不住舔了下唇角，"搬过来的事情我得问过我父母才行。"

林宛不确定方仪宋和林咏城会不会同意这件事。

江延也只是个随口提议，本就没有抱太大的期望，闻言只淡声道："嗯，再说吧。"

林宛倾身扔掉手里的空酸奶盒，盯着电视机里的人影看了会儿，突然反应过来："哎，不对啊，现在这地方好像已经归我了吧？"

江延捏着遥控器，眼皮轻掀，语气懒洋洋的："所以呢？"

"所以你难道不应该对我好点吗？"林宛凑到他眼前，兴许是刚刚喝过酸奶的缘故，吐息间有淡淡的奶香味，"指不定我哪天就把你赶出去了。"

江延低头轻笑一声，不动声色地退开了点位置："还要怎么对你好？"

闻言，林宛细想了下，似乎确实没见过他朝自己发脾气的样子。

他顶多也就是冷着脸做做样子，很少有真的生气的时候，反倒是这段时间，两个人闹过几次不愉快。

林宛想到两个人刚认识的时候，难免好奇："当初高一期末考试，你扶住我的时候，你还记得你之前在超市见过我吗？"

"记得。"江延垂眼看着她，很中肯地给出自己的评价，"一个骂人不带脏字的女生。"

林宛努力挣扎着想要拉回一点印象分："我当时是迫不得已的。"

江延轻"嗯"了声，算作回答，看起来不是很相信。

林宛知道这个印象是拉不回来了，索性拉着他一起下水："别说我了，你当时看起来也不是什么好人的样子。"

"……"

周末逛街的时候，方仪宋和林宛聊起房子的事情："房子的事情估计还要过几天才有结果，这段时间就让司机接送你；实在不方便的话，妈妈和你们余老师说一声，让你提前放学。"

方仪宋挑了几款限量版的包，回头和专柜导购员叮嘱道："这些都包起来，还是送到之前的地址。"

"好的，林太太。"

导购员拿着方仪宋挑好的包去柜台，林宛的目光在店里环视了一圈，接上方仪宋之前的话："妈妈，其实我找到住的地方了。"

"嗯？"方仪宋看中一款男士钱包，让导购员拿了出来，然后看着林宛，随口问道，"在哪儿啊？"

"就……"林宛斟酌着语气，试图用没那么有歧义的话把自己的意思表达出来，"在江延的自习室，我之前在他那里看到还有两间空房间。自习室离学校也很近，周围环境也还行。"

方仪宋点了点头："是之前他转给你的那地方？"

"嗯。"林宛靠着旁边的柜台，说，"他那里比起其他小区都要方便很多。而且房间在三楼，平常很少有人会上来，不会有什么安全问题的。"

话是这么说，可方仪宋还是不放心："那这样吧，等下次的时候，妈妈过去看看可以吗？"

　　林宛刚想应下，然后猛地反应过来："妈妈，您刚说您要过去看看？"

　　"嗯，不行吗？"方仪宋挑了两款男士钱包，笑声道，"如果你真的要住在那里，作为妈妈去看看女儿住的地方应该不是什么过分的事情吧？"

　　关于方仪宋要去自习室的事情，从商场回来的当晚，林宛就跟江延提了这件事："我妈妈说等周末的时候，要去你那里看看。"

　　听筒里有一瞬间的安静。

　　方仪宋打算来自习室的那一个星期，江延连着好几个晚上都没有睡好觉，白天在教室的时候，也都是无精打采、昏昏沉沉的模样。

　　到了周五的时候，江延叫上胡杭杭他们几个人在校外的餐馆吃饭。

　　心思稍微细腻点的宋远看出江延的不对劲，但不知道他到底是为什么不对劲，吃饭的时候，没忍住问了一句："你最近怎么回事，感觉魂不守舍的？"

　　"没事。"江延低头夹了一筷子青菜，食之无味。

　　坐在一旁的关澈笑了一声："他没事，就是马上要见林宛妈妈了，紧张的。"

　　关澈解决完最后一块排骨："不过很奇怪啊，林宛她妈妈怎么突然这个时候想要见你？"

　　提到这个江延便觉得脑门疼，要是正常情况下方仪宋要见他，他倒不至于这么紧张。

　　可是现在……他微不可察地轻叹了口气，缓声道："林宛最近不是在找房子吗，听她说挺难找的，我就让她到自习室来。"

　　说完，他有些郁闷地往后一靠，凳子和地面摩擦发出细微的声响。

　　窗外的天空被瑰丽的晚霞覆盖，温暖而柔和的光线从狭窄的窗口洒进来。

　　包厢里安静不过一瞬，关澈端起杯子喝了口水，看着江延吃瘪的模样，故意打趣道："你说林宛她妈妈这次来见你，会不会是来劝你不要跟林宛做同桌的？"

　　江延："……"

　　"我觉得这种情况不是没有可能。"博览群书的胡杭杭率先发言，还非常有理有据，"林宛家看起来好像还挺有钱的，就她家住的那个小区，我在网上看到过，一平方米得上十万。

　　"光是一个厕所的面积，就能在这附近买套房了。"

　　对于林宛的家庭背景，胡杭杭他们其实没有太多了解，只是知道应该不是什么普通的有钱人家。

"她妈妈可能会给江延一张一千万的支票，然后冷冷地告诉江延，"胡杭杭学着电视里经常出现的豪门公子的母亲拿着钱，让灰姑娘离开自己儿子的经典桥段，"这里是一千万，请你不要和我女儿做同桌。"

对于胡杭杭说的话，江延表示无言以对，甚至还觉得他说得好像还挺有道理。

思及此，他一时间有些沉默。

宋远注意到始终没说话的江延，捂住胡杭杭还在乱七八糟胡扯的嘴："哥，我求你消停会儿成吗？"

说完，他还眼神示意胡杭杭注意江延的不对劲。

好在胡杭杭也不是什么真的白痴，很快反应过来，轻咳了一声："那什么，我刚刚说的那些都是随便说的，你不要当真啊。"

江延看了他一眼，叹了口气："没事。"

"不过，"胡杭杭抓了抓脑袋，很实诚地说道，"林宛家是真的挺有钱的，她家一个厕所也确实能在这附近买套房，这个不是我胡说的，是网上说的。"

江延："……"

其他人："……"

宋远有时候真的怀疑胡杭杭是不是吃饲料长大的，要不然他怎么能这么没有眼力见儿呢。

但是不管江延多紧张、多担心，这一面总归还是逃不过的，也是不能避免的，而他这一段时间的不对劲，也同样引起了林宛的注意。

林宛之前问过一次，但当时的江延只说是没休息好，林宛清楚在他这里是问不出什么了。

等到周五，他们吃过饭回来上晚自习的时候，林宛趁着江延和宋远都不在教室，把胡杭杭拉了出去："胖胖，你陪我去超市买点零食呗。"

上了高三之后，（18）班和（14）班的距离被拉远，林宛也很少有机会能跟孟昕去逛学校的小超市，基本上都是拉着同样爱吃零食的胡杭杭一起。

所以这一次心思单纯的胡杭杭也没意识到，自己已经不知不觉地进入了林宛的圈套。

高三的教学楼是离学校超市最近的一栋楼。

这个时间，超市里没有多少学生，林宛随便拿了几包薯片，看着蹲在一旁认真选口味的胡杭杭："胖胖，你们晚上出去吃的什么啊？"

原本傍晚放学的时候，林宛也是打算跟着一起出去吃饭的，只是临时接到孟昕的电话，被叫走了。

"就还是之前我们经常吃的那些。"胡杭杭拿了几包不同口味的薯片抱在怀里，"陈叔家的菜你又不是不知道，也就那几样。"

林宛点了点头，沉默了会儿后，毫无预兆地转了话题："你有没有觉得江延最近有点不对劲？"

胡杭杭防不胜防，下意识要接话："有——"

话到嘴边，他突然想起回来之前，江延交代过不要乱说，又默默把话咽了回去，视线乱晃，不敢看林宛："没有啊。哪里不对劲，我觉得挺对劲的啊。"

"你真的没觉得不对劲吗？"林宛低着头，"他最近总是背着我看手机。"

"江延这段时间确实不对劲，因为——"

知道是瞒不过去了，胡杭杭也没再多隐瞒，把傍晚在包厢时的事情一字不落地都说了出来。

在听到胡杭杭说她妈妈拿了一千万给江延的桥段时，林宛忍不住打断，笑着道："胖胖，你是不是看太多狗血八点档了？"

胡杭杭挠着脑袋："我当时不是想缓和一下气氛吗！"

林宛拿过胡杭杭手里的薯片，和自己的放在一起结账："就你这话，还缓和呢，不让他更加紧张就不错了。"

从超市出来之后，胡杭杭提着一大包零食："不过我也有一个问题想问你。"

"什么？"林宛嘴里咬着草莓干，偏头看着他。

"我看网上说，你家那个小区一个厕所就能在这附近买套房，这是真的吗？"

林宛："……"

林宛和胡杭杭回到教室的时候，江延也已经从外面回来，坐在座位上，低着头不知道在干什么。

林宛停住脚步，示意胡杭杭不要出声，然后轻手轻脚地挪到他身后的空位处，手臂撑在桌上，上半身缓缓倾了下去。

视线里很快出现他白皙修长的手，还有亮着屏的手机。

江延似乎在查些什么，页面正在跳转中。

林宛还没反应过来，江延已经点开第一个回答，似乎是不太满意，他很快又退了出去，重新在输入栏打字。

浏览器有一个设置，是否隐藏搜索历史。

江延应该是没有设置隐藏，在他输入问题的时候，林宛看到底下一列他之前搜索过的问题。

"×× 小区的房价是多少？一个厕所的面积可以在 ×× 街道附近买一套房吗？"

看到最后，林宛没忍住笑了出来："你是不是傻，连胡杭杭的话都敢信？"

江延没想到林宛在身后，后背一僵，愣住了。

林宛从宋远的座位挪开，绕回自己的座位。

江延兴许是尴尬，又或许是不好意思，始终没说话。

平常周末的时候，方仪宋不是在公司加班，就是在别的城市出差，很少有在家的时候。

林宛也很难能在周六的早上和她坐在一起吃早餐。

今天是个例外。

清晨林宛起床的时候，方仪宋已经准备好早餐，拿着报纸坐在桌旁，面前放着一杯冒着热气的黑咖啡。

早起一杯黑咖啡，大概是很多工作狂人的习惯，哪怕是在休息的时候也不例外。

方仪宋给林宛的是一杯热牛奶，听到她开门的动静，将手里的报纸折起来放在一旁："早。"

"早。"林宛耷拉着眼皮在桌旁坐下，"我爸爸这么早就走了啊？"

"嗯，他今天出差，凌晨就出发了。"方仪宋替她盛了一小碗米粥，"吃吧，等会儿我们也该出发了。"

吃完早餐之后，方仪宋回房间洗漱收拾，换了身寻常的衣服，拿上自己随身的包。

出门前她给助理小松发了消息，让她约之前的家政阿姨去家里打扫卫生。

方仪宋平常出行都是自己开车，除非一些特殊时候，才会安排公司的司机替自己开车。

十月的溪城空气凉爽，风里带着湿润的凉意。

周六的早晨路上车多拥挤，林宛开着窗，胳膊抵着窗沿，视线落在眼前冗长的车流之中。

久久不得挪动一步，方仪宋偏头看着林宛："宛宛，你给小江发个消息说一声，我们路上堵车晚点到，省得他等得着急了。"

听到方仪宋对江延的称呼，林宛忍不住笑了："妈妈，您这么喊江延，让我有种您是他领导的感觉。"

方仪宋倒是没有意识到这点，小辈的称呼对她来说，似乎不是什么容易引起注意的事情。

"您等会儿叫他江延就好了。"林宛说，"您叫他小江，我觉得怪怪的。"

"好，妈妈都听你的。"

长久的等待之后，拥挤的车流终于有所松懈，车辆缓缓前进。

方仪宋的车在巷口停下的时候，江延已经早早地等在那里。林宛坐在车里看到他的身影，隔着马路叫了声："江延。"

站在巷口的江延听到动静抬眸看了过去，看到一路之隔的林宛，以及在她身后的方仪宋，心跳猛地一颤，变得急促。

"……"

还是紧张。

江延抬手应了声，努力让自己看起来没有那么紧张。

方仪宋从车里下来。

林宛也推开车门，走了下去。她笑着说："妈妈，这是江延，现在是我同桌。"

方仪宋的目光自然顺着落在眼前的少年身上。

江延努力忽视自己如擂鼓般的心跳，正视着方仪宋的目光，缓缓颔首，语气尊重而谦逊："伯母，您好。"

方仪宋在商场多年，见过形形色色的人，看过很多双带着不同情绪的眼睛，倒还是第一次看到这么透彻干净的目光。

少年的样貌清隽，五官端正硬朗，看着倒挺赏心悦目的。

方仪宋笑着应了声，看着他的时候，目光柔和了不少："走吧，站在这里也不方便说话。"

"那我们去自习室看看吧。"林宛挽着方仪宋的胳膊，"就在巷子里，这旁边就是我们学校，离得不远。"

一路上都是林宛在说，江延偶尔应几句，方仪宋没怎么说话，基本上都是在听，目光时而落在江延身上，看的时间久了，还隐隐觉得有些熟悉。

转念想到江延的姓氏，方仪宋微不可察地轻皱了皱眉，倒是什么也没说，跟着两人进去了。

关澈怕这种见长辈的情形，早早地溜走了，余下的人江延也交代过，不要捣乱，都是乖乖和方仪宋打了招呼之后，就自动消音了。

周铭今天也在。

之前周铭的妹妹周玥出事的时候，林宛和方仪宋提过，当时他们的律师也是方仪宋找的。

方仪宋对他还有些印象，感慨道："倒是个懂事的孩子。"

"妈妈，我们去后边坐会儿。"不是什么好的回忆，林宛也不想多说，拉着方仪宋去吧台侧边的小客厅。

三个人聊了会儿天，方仪宋从包里翻出车钥匙："对了窕窕，妈妈刚刚下车忘记把礼物带下来了，你去帮我拿一下，就在后排座位上。"

闻言，林窕下意识看了江延一眼。

方仪宋注意到她的小动作，没多说什么："快去吧。"

"……好的。"

林窕抓起钥匙，走到门口的时候，忍不住回头看了眼，江延朝她露出笑容，唇瓣动了动，无声地说了三个字——"我没事。"

林窕猜到方仪宋有什么话想和江延说，也了解方仪宋的性子，没多停留，只想着快去快回。

等到她离开之后，方仪宋端起面前的茶杯喝了一口："小江——"

"江"字的音还没完全说出来，方仪宋想到林窕的话，转了个音："小延啊，我听窕窕说，这栋楼是你买下来的？"

"是的。"江延抿了下唇角，想了想，还是添了句，"我父亲几年前离世的时候，把在溪城的房子卖了，钱都留给我了。当时这里原来的老板着急用钱，低价出售，我就给买下来了。"

方仪宋看着江延，对于当时只有十几岁的他买下这里的想法很好奇："你当时为什么会想买下来？"

"我觉得这块地方有发展前景。"江延抬眸看了方仪宋一眼，继续道，"这里的位置好，不管是以后做什么，或者是二次变卖，都是只赚不亏的。"

"挺好的。"方仪宋倒也不惊讶他有这么个长远的想法，"我之前听窕窕说，你打算考清大？"

江延点了点头："我父亲以前是清大物理系的，他当年有很多愿望没实现，我想替他完成。"

一来二去的，方仪宋只听他提起过父亲，不免有些疑问："那你……母亲呢？不在溪城吗？"

许是没想到方仪宋会突然问起这个，江延愣了下，眼眸微敛："我母亲和我父亲离婚之后就离开这里了，最近才回的溪城。"

方仪宋缓缓点头，轻应了声："那你现在是不和母亲一起生活？"

"嗯。"江延忍不住动了动腮帮，唇角微微抿了下又很快松开，"她有她自己的生活。"

方仪宋没安慰他，只是缓声说道："以后有时间，常和窕窕来家里吃饭，伯母给你们做好吃的。"

江延眼皮一跳，心里某个角落像是被什么戳了一下，酸酸涨涨的："谢谢伯母。"

"应该的。"方仪宋握着水杯，修长的指尖搭着杯壁，想到之前的那个想法，心里难免存疑，犹豫了会儿，迟疑着问道，"延延，伯母有件事情想问你。"

江延不解地看着她："伯母，您说。"

"其实也不是什么大事情，只是我看着你很像我认识的一个人。"方仪宋看着他，从眉眼一一往下，越发觉得相似，"你认识江氏企业的江隋远吗？"

江延完全想不到她会突然提到江隋远，并且还把他和江隋远联系到一起，眼里瞳孔猛地一缩，唇瓣张了张，不知道该怎么说。

方仪宋看着他的神情，也没追问，但是心里也有了个大概。

沉默了一段时间，江延轻敛了敛眼眸，眉眼收起之前的温和，变得有些冷硬，沉声道："认识，他是我父亲。"

"难怪。"方仪宋摩挲着杯壁，神情意味不明，"我看着这么眼熟。"

江延不知道方仪宋心里到底是怎么想的，他心里只有一个想法："伯母，我家里的情况在您听来可能会比较离谱和复杂，但我现在就是一个人。我承认的父亲也已经在很多年前便离世了，江家的一切都和我没有关系。"

都是商场上结下的一些恩怨，方仪宋还不至于昏了头，用成年人之间的事情去为难一个孩子。

只不过——

"江延，伯母有些丑话先说在前头。"方仪宋是个公私分明的人，"窕窕父亲和你父亲几年前因为城东一块地皮闹过不愉快，之后你父亲借着江氏在海外的声誉和财力，恶意破坏了我们林氏与海外几家公司的合作。这么些年下来，我们两家公司也算结下了不少梁子，化干戈为玉帛的可能性，我估计为零。"

江延只是听着，没吭声。

"伯母和你说这些的原因，是希望你能明白，也要理解商场上没有永远的朋友，也没有永远的敌人，对于我们商人来说只有永远的利益。"

"我明白。"江延说，"您跟伯父以后要做些什么，是你们大人的事情，和我没有关系，也不用顾及我，我和江家也不会有任何关系。"

江延和江家的牵扯方仪宋没打算了解，有些事情只要点到为止，明白的人自然会明白。

方仪宋也没再继续说这些，和他聊起了林窕小时候的事情。

过了会儿，林窕才拿着礼物从外边回来，还带来个不好的消息："妈妈，您刚刚车停的位置不对，被贴罚单了。"

江延这才想起来，那条路上有一段范围是不允许长时间停车的，只是他早上太过紧张，把这件事给忘记了。

方仪宋倒没怎么在意："没事，我等下也要走了。"

她接过林宛拿回来的礼物，转而递到江延面前："第一次见面，伯母也没准备什么，一点小礼物。"

江延稍稍低了低头，伸手接了过来："谢谢伯母。"

方仪宋笑了笑，没说什么："好了，我等会儿还有事，就先回公司了，中午就不陪你们俩吃饭了。"

说完，方仪宋摸了摸林宛的脑袋，温声道："晚上早点回来收拾行李，明天我送你过来。"

"啊？"林宛还没有反应过来。

"你难道不打算搬过来了？"

"搬！搬搬搬！我要搬的。"林宛笑着挽上方仪宋的胳膊，"谢谢妈妈。那您不要再去楼上看看了吗？"

"不用了。"方仪宋拿起随身的包，抬眸望了眼江延，"江延是个懂事的人，妈妈相信，你的朋友们会好好照顾你的。"

林宛故意撒娇："那我也会好好照顾他的。"

方仪宋对林宛知根知底，笑着道："你别给人家添麻烦就算好好照顾人家了。"

　

原先这里的三楼有六个房间，江延在买下来之后，找人拆并了其中两间，作为他和关澈的住处；另外还有两间房，江延原本是想改成书房和一个小影厅，后来因为房间内部结构的问题，没有成功。

当初买下这栋三层小楼时，花掉了江延三分之二的积蓄，剩下的一部分也差不多都用在装修上了。

对于江延买房的决定，作为他目前唯一还在联系的长辈，关父和关母都没有多加阻拦，甚至在后期装修的时候，还提供了不少意见，只是在知道他把这里改成自习室的时候，有过其他的意见。

毕竟经营一家自习室难免会耽误学业，江延知道关父、关母是好意，耐心给他们夫妻俩分析了这一块地方的行情。

江延买下的这一栋楼位置不算多突出，在两道巷子之间，平常也没什么人会想着往这里来，如果是开餐馆或者是其他营业，客流量将会是很大的一个问题。

另外，开餐饮或是其他服务类的行业，对于江延来说太耗费时间和精力。买房的时候他也只是想废物利用，不想把这个地方给浪费了，也是给自己找个方便住的地方。

开自习室在江延心里是首选计划。

毕竟这附近都是校区，从小学到大学，职高、职专、大专、技校，甚至还有成人大学和老年大学。

学校多学生就多，客流量就不会少。

至此，关父、关母也没再多说什么，甚至还允许关澈拿钱和江延合资开这家自习室。

后来，自习室顺利开业，关澈的朋友多，又很有点子，自习室很快就在周围有了名气。

自习室一直经营到现在，每天的客流量都很大。

当初刚刚开始营业的时候，关澈问过江延，如果失败了会不会后悔，江延不记得那时候自己是怎么回答的，反正对于现在的他来说，是肯定不会后悔的。

林宛隔天下午才搬进来，就住在江延对面的一间空房。

那间屋子是当初江延打算用来改成书房的，后来因为承重墙的位置不适合改动，就没有再动过。

屋里的家具不多，一张床和一个柜子，外加一张书桌和一张椅子，和江延房间里的电视机、小沙发、落地灯、镶嵌书柜等各种高配置简直不能相提并论。

不过好在当初这间屋子的墙纸是关母挑的，作为在众多男性审美里唯一一个拥有正常审美的女性，关母挑中的墙纸还是很好看的。

在林宛搬进来之前，江延找家政公司把房间彻底清扫过一遍，连犄角旮旯都没放过。

屋里的角落还放了一株兰花，枝蔓细长，长长地垂下来。

猗猗秋兰色，布叶何葱青。

林宛带过来的行李不多，除了平常的衣服和一些护肤品之外，其他的洗漱用品都是江延提前准备好的。

被褥枕头什么也都是新的。

林宛对这个房间还是很满意的，在屋里转了一圈之后，打开行李，把衣服挂进柜子里。

收拾完之后，她把行李箱放进旁边的矮柜里，拿上另外一套干净的衣服进了浴室。

楼上的四个房间都有单独的浴室，空间不是很大，只简单做了干湿分离的隔断。

林宛并不介意，很快冲了个澡，洗净灰尘和疲惫。

周日的晚上还有自习课，林宛在房间里找了一圈，没找到吹风机，只好出门去了对面。

　　江延房间的门没关，完全敞开着。风从开着的窗户那里吹过来，他人坐在地板上，背对着门口，低着头不知道在弄些什么。

　　林宛敲了敲门："江延。"

　　"嗯？"江延回头看到她，笑了笑，"收拾好了？"

　　"差不多了。"林宛往里走。她刚从浴室出来，凉拖上还有水，踩在地板上留下一道浅浅的痕迹。

　　江延低头看了眼，也没在意。

　　"你这里有吹风机吗？"林宛在他面前停下脚步，身上带着沐浴之后的淡香味。

　　"等下，我给你拿。"

　　江延从地上站起身，进了浴室，再出来时，手里拿着一款黑色的吹风机。他走到沙发旁，弯腰插上电源之后，抬眸看着林宛："过来。"

　　"哦。"林宛走过去，脱了鞋直接踩着底下柔软的毛毯，"你刚刚坐在地上干吗呢？"

　　进来之前，林宛以为江延坐在地上是在弄什么东西，结果走到他面前一看，什么都没发现，他好像只是单纯地坐在地上而已。

　　"没什么，就是坐在那里比较舒服。"江延开了吹风机，试好温度之后才对着她头发吹，声音夹杂在吹风机的嗡嗡声里，"房间有没有缺什么东西？"

　　"还好吧，暂时好像没什么缺的。"林宛有些困，忍不住打了个哈欠，强撑着找些让自己能清醒点的话题，"等会儿吃什么？"

　　"你想吃什么？"吹风机的动静有点吵，江延换了个风速。

　　林宛垂眸想了一会儿："好像也没什么好吃的。要不然还是去陈叔家吧，我还挺想吃他家的干烧鱼。"

　　江延点头："好，都听你的。"

　　林宛不喜欢长发，觉得打理起来比较麻烦，小学的时候一直留着短发，跟个小男生一样。

　　再大点的时候意识到美丑之分，她就把头发稍微养长了些，但也仅限于能扎住为止，再长点她就不能接受了。

　　这段时间比较忙，她也没顾得上头发长不长的问题。这会儿吹完头发，江延看了眼，随口说了句："头发挺长了。"

　　"是吗？"林宛偏头看了眼，卷起一小卷黑发比量了一下，"好像是挺长了，我过几天去剪了。"

"不喜欢长发？"在江延的印象里，她好像一直都没有留过长发，基本都是及肩的长度。

"不喜欢，很麻烦。"

江延收起吹风机："那不用过几天了，我现在帮你剪了。"

林宛转过头，狐疑地看着他："你会剪头发吗？"

"当然会。"江延随手把吹风机放在身后的桌上，反问了她一句，"我什么不会？"

他太过笃定的回答让林宛没有再多想："那行吧，你好好剪。"

"嗯。"

江延让林宛从沙发挪到椅子上，自己从柜子里翻出一条干净的浴巾披在她身上，拿起剪刀的架势还真挺像回事儿的。

动手之前，林宛心里莫名发慌，扭回头看着江延淡然的神情："你真的会剪吗？要不然我们还是去店里吧？"

江延看着她，捏了捏她的脸颊："相信我，不会有问题的。"

林宛耸了下肩膀，像是做了什么重要决定一样，深深地呼吸了一次："那你来吧。"

耳边是剪刀落在发尾处发出的"咔咔"声音。

林宛整个人都被裹在浴巾里，手指在底下揪着边角的线头："江延。"

"嗯？"

江延面朝着窗口，低着头，神情认真。

林宛保持着姿势没敢动，眼睛看着窗外，入目的是高耸的大楼。她垂了垂眼，看到洁白浴巾上掉了几丝碎发："昨天我出去那段时间，我妈妈都和你聊什么了？"

江延手里的动作一停，随即又很快回过神，继续"咔咔咔"，声音无波无澜："没说什么，就问了我家里的情况。"

"就这些？"

"不然呢？"

搬家后的生活就这么拉开了帷幕。

如果说一开始的林宛还对此有所期待，那么一个月之后的林宛，可以说是半点期待都没有了。

因为这简直不是人过的日子！！！

以前放学后，林宛都是直接回家，至于晚上回去做什么、几点睡，江延也管不着她。

但是现在两人住在一个屋檐下，林宛觉得自己就像是被折断了翅膀的小鸟，没有任何自由时间。

　　步入十一月，十中开始用冬季作息时间，原先十一点结束的晚自习又变成了十点半结束。

　　林宛现在住在学校对面，从学校到自习室来回不过十几分钟的时间，再加上洗漱收拾，十一点多就能躺在床上。

　　离睡觉时间也还早，这原本是属于林宛的娱乐时间，但现在全都变成了学习时间。

　　林宛的物理成绩一直时好时坏，认真努力过之后也没成效，所以林宛其实也已经算是放弃了挣扎，想着在其他科目上多捞些分回来就行了。

　　但是江延不这么认为，他觉得林宛还有可以挣扎的余地，所以每天在放学之后，都会把林宛叫进自己屋里学习。

　　如果只是学习林宛倒觉得没什么，只是江延为了阻止她熬夜，在补习结束之后，都会收了她的手机。

　　这让没了手机就不能活的林宛十分地不能接受。

　　在江延第一次提出收手机的要求时，林宛还据理力争过："学习可以，但是你不能拿走我的手机，这是我的命。"

　　江延看着她，了然道："你觉得我把手机给你，你还会好好睡觉吗？"

　　"当然会啊，为什么不会。"林宛说，"而且，我需要手机定闹钟起床，没有闹钟我起不来。"

　　江延像是知道她会这么说，弯腰从抽屉里拿出一个新买的闹钟递给她："喏，高分贝，续航强，还摔不坏。"

　　眼看着讲道理是没有用的，林宛开始示软："我发誓，你把手机给我，我真的不会熬夜的。"

　　"你觉得我还会相信你的话吗？"江延低头点开她的手机，指尖在屏幕上飞快地点着。

　　"江延……"林宛抓住他一只衣袖撒娇，圆亮的眼睛扑闪扑闪眨着，清甜的气息萦绕四周，"我发誓我一定会在规定时间睡觉的，绝对不熬夜。"

　　"绝对不熬夜？"江延看着她。

　　林宛点头如捣蒜："不熬夜，谁熬夜谁是狗。"

　　江延侧着头，看了她半晌，终于松了口："好吧，手机给你。"

　　林宛心下一喜，面上倒是一本正经，乖巧地接过手机，声音轻轻软软，尾音听着似乎都要飞了起来："时间不早了，你早点休息，我回房间了。"

　　"嗯。"江延意味不明地笑了声，"晚安。"

"晚安！"

林宛从沙发上蹦下来，胡乱地趿上个拖鞋，拿起桌上的书包，人影在门口一闪，接着从对面传来一阵轻微的关门声。

江延始终坐在沙发上没有动，长腿交叠，修长漂亮的手指垂在膝盖那一处轻敲着。

像是在倒数，又像是在等待什么。

一下又一下。

江延在心里默念着数，从一开始数，一直数到五十七的时候，听见对面传来气急败坏的一声。

"江延！！！"

听见满意的回应，江延轻笑了声，微垂着头，尾睫沾染上屋里灯光发出的暖意，卷翘的睫毛缓缓压下来，在眼尾打下细碎的剪影。

影影绰绰，不甚分明。

他起身关上门。

下一秒，门又被人从外面大力地推开。

林宛拿着手机，气冲冲地跑了进来，把手机屏幕举到他眼前，呼吸不稳："这是什么？"

只见她明亮的手机屏幕上什么都没有，只写着一句话：

你不能再玩手机了。

旁边还有一棵绿色的小树苗。

江延眼里都是笑意，唇瓣动了动："一款帮助用户暂时放下手机，专心于目前工作的效率软件。"

林宛简直难以置信，强忍着把手机丢到他脸上的想法，声音很急："那你快点给我解开。"

"解不开的。"江延说，"这个软件一旦设定了时间，就必须到规定时间才能解开，重启关机都没用。"

"那你给我设定了多长时间？"

"六个小时。"江延笑了笑，"正好到起床时间。"

林宛忍不了了，抓起旁边的靠枕就砸了过来，边砸边骂："你这个人怎么这样啊！

"是不是有病！

"有你这样的吗？！"

"……"

砸完之后，林宛大口喘着气，试图挽救一下："那我要是强行解锁会怎么样？会有什么问题吗？"

"问题很严重。"

"？"

"如果你非要解锁，那么，"江延拿过她的手机，给她示范了一遍强行解开手机的后果，语调一本正经，"这棵树就会死。"

"……"

林宛也不知道江延是什么时候给她手机上下了这么个玩意儿，等到第二天一解锁之后，就把软件卸载了，顺便还删除了手机里江延的指纹密码，连数字输入的密码也改成了别的，手机更是二十四小时不离手。

对此，江延也没想到什么好的应对办法，只是在一个星期后的早晨，林宛破天荒突然把手机又交给了他。

"怎么了？"江延昨晚做试卷到很晚，林宛敲门进来的时候，他也才刚起床，眼皮耷拉着，看起来没什么精神，声音也带着浓浓的倦意，"你之前不是说誓死都不会再让我碰你的手机了吗？"

林宛鼓着腮帮，看着他，没说话。

像是在生气。

跟憋着气的河豚一模一样。

江延没忍住低头笑了，嗓音低低沉沉："你到底怎么了？"

林宛轻抬了抬下巴，示意道："你自己看手机。"

听到她提起看手机的事情，江延以为又是谁给她发了什么乱七八糟的东西。

也就是几秒钟的时间，江延在脑海里飞快地过了一遍所有的事情，发现除了上次方仪宋和他聊的那些内容，他好像也没有什么是瞒着她的。

只是人生里意外的事情太多，江延惊觉会不会是自己遗忘了什么重要的事情，垂眸，指腹贴着解锁键。

屏幕抖了一下，闪出一句话：

　　　指纹匹配失败，请稍微用力并适当停留。

他又试了之前的数字密码，也是一样的结果。

江延把手机屏对着她，淡声说："我进不去。"

"我知道。"林宛说，"我把你指纹密码删除了，数字密码也改了，你当然进不去。”

江延气笑了，往后退了两步，靠着身后的柜子：“那你还让我看什么，密码多少？”

林宛沉默了几秒，声音低了些许：“我忘记了。”

至此，江延总算知道她为什么生气了，原来是自己记不住密码，到他这里来撒脾气了。

“那指纹呢，不是还有指纹解锁？”

林宛叹了口气：“我没设置。”

因为怕江延趁她不注意偷偷解锁，所以林宛就直接关闭了指纹解锁，而她以前设置过的数字密码也都是有含义的，比如她的生日、学号、身份证里的数字，这些数字组合江延也知道。

所以在设置新密码的时候，林宛就把这些组合排除在外，随便拿了几个数字凑在一起，也没什么含义。

谁知道几天一过，她突然就记不起来到底是哪几个数字了。

江延嘴角一弯，漫不经心地说道：“那你找我做什么，我又不知道你密码。”

说到这儿，林宛心里顿时燃起一团火，音调陡然拔高：“你还说，要不是你非要收我的手机，我会改密码吗？！”

随着两个人认识的时间变久，林宛性格里藏着的某些小性子，都会不经意暴露在江延面前，无理取闹的事情也常常有。

江延基本上都是乐在其中，随着她闹：“你好好想想，我收你手机是为了什么。”

“还能为了什么。”林宛坐在他床上，“当然是你想要在第一时间去偷我蚂蚁森林里的能量。”

“……”

手机因为林宛的多次错误尝试，被系统自动锁上，没有办法再尝试其他的密码。

林宛感觉天都要塌了。

她用电脑在网上搜了很多关于忘记密码该怎么解锁手机的问题，结果无一例外。

网友提供的回答都是去手机店刷一次机，这是最简单也是最快的方式，前提是你完全想不起来密码。

林宛有些沮丧。

如果要解锁，那么就要去刷机；可是刷完机之后，她手机等于是回到出厂设置，什么都没有了。

手机里还有她存的一些重要文件和复习资料，林宛并不是很想选择去刷机，但是手机一时半会儿又解不开。

林宛叹了口气，悲戚戚地念着："啊……我好难啊，我太难了。"

闻言，坐在一旁做试卷的江延抬眸看了过来，目光在她面前的电脑屏幕上一扫而过，淡声说："不用刷机，关澈有办法解开。"

林宛："？"

林宛："！"

说完，江延松开笔，轻甩了下手腕，缓声道："他是研究计算机方面的，这对他来说不是什么难事。"

找到两全的解决办法，林宛心里一块大石总算放了下去，但转念又想起什么，微微倾身，把脸伸到他面前，质问道："那你为什么不早点告诉我？！"

江延顺手拿了张试卷盖在她脸上，如实说："你又没问我。"

林宛：[好有道理哦.jpg]。

虽然找到了解锁手机的办法，但由于关澈最近在师大参加封闭式集训，人并不在，林宛的手机一时半会儿还是不能解开。

但起码不用去刷机，林宛觉得等几天也没什么问题。

只是，在没有手机的这几天，林宛的日子过得更加艰难，仿佛一夜之间回到了原始社会。

与此同时，江延给她补习的时间也延长了半个小时。

晚上做试卷的时候，林宛把电脑也带了过来，放在旁边，挂着 QQ 和孟昕聊天：

> 林宛：早知道我现在会过这样的日子，我当初还不如去学文了。[笑着活下去.jpg]
>
> 孟昕：哈哈哈，你就知足吧，年级第一给你补课，要是我，做梦都能笑醒了。
>
> 林宛：那你来。[微笑.jpg]
>
> 孟昕：……

还没怎么聊几句，江延已经从外面进来，手里提着个袋子。

等他走到面前，林宛闻见从袋子里传来的香味："你去买烤红薯了？"

"关澈买的。"江延在旁边坐下。

"嗯？"林宛眼睛一亮，"关澈哥回来了？"

江延轻"嗯"了声，慢吞吞又接了后半句话："刚刚走了。"

林宛有些纳闷："不对啊，我之前和关澈哥说了这件事，他说一回来就帮我弄的哎。"

"不知道，大概是忙忘记了。"江延把冒着热气的红薯掰开递给她，"吃吧，等会儿不热了。"

袋子里还有两个一次性的塑料勺，林宛都拿了出来，问他："你不吃吗？"

江延摇头："不吃，太甜。"

林宛也没在意，把自己刚做完的试卷拿给他："做完了，你看看。"

江延接了过来。

林宛捧着红薯，一小口一小口地吃着，香味在屋里散开："你是不是马上也要去集训了？"

江延和关澈都参加了今年的国家级竞赛，只不过关澈参加的数学竞赛比江延参加的物理竞赛要早半个月开始，连带着集训时间也早了些。

"差不多。"说话的间隙，江延已经看完前边的选择题和填空题，"可能也就是最近的事情。"

"你们在哪儿集训啊，也是在师大吗？"

"不清楚，现在还没有出来。"江延从桌上拿了支红笔，在她试卷上勾了几个地方。

林宛看着他的动作，小心翼翼地凑了过去："错的很多吗？"

"还好。"江延说着话，笔下的动作也没停，"只是给你写了另外一种更简单的解法。"

林宛看了眼他刚刚做的那道题："这题型还能有更简单的解法？我觉得我已经够简洁了……"

"你做的也没问题，高考的时候你要是能做到你现在做的这种程度也可以了。"

林宛咽下嘴里的红薯："那你干吗还费事多写一种另外的解法。"

江延停下笔，低声笑："习惯了。"

关澈是隔天傍晚才从自己家里回的自习室，正好那天晚上十中电路出了问题，全校停电，晚自习提前结束。

临走前，江延被老余叫走，让林宛先回了自习室。

一进门，林宛就看见关澈，眼睛一亮，笑着打了声招呼："关澈！"

关澈笑着应了声："对了，我给你带了礼物。"

"啊？"林宛疑惑地看着他，"你到底是去集训还是去旅游的？"

"当然是集训啊。"关澈说，"不过这礼物也不是我买的，是我集训室友给我的，我觉得应该挺适合你。"

关澈没说是什么。

林宛也没追问，礼物什么的都可以最后说，现在重要的是她的手机："对了，关澈哥，我之前在 QQ 上和你说我手机锁了，你现在能帮我解开吗？"

"手机？"关澈有些疑惑，"你没解开吗？"

"对啊，我密码一直记不起来。"

"可是我昨晚回来的时候，江延跟我说你手机已经解开了。"关澈说，"要不然我昨天也不会回家了。"

林宛抿了抿唇角，忍住想冲出去把江延打一顿的心："算了，你还是先帮我解锁吧。"

"行，你把手机拿到我——"关澈想说拿到他房间，想了想还是改口道，"拿到楼下客厅来吧。"

"好。"

林宛回去拿手机，关澈也起身回去拿自己的电脑。

两人在吧台旁边的小客厅里坐着。

林宛看着关澈在电脑上敲敲打打，突然出声："关澈。"然后又没了下文。

"嗯？"关澈停下来，看了她一眼，"怎么了？"

林宛叹了口气："也没什么，我就是好奇为什么你们都能找到自己喜欢的东西，而且也会有很明确的目标。然后又会为了这个目标去努力去拼搏。"

就好像在茫然失措的人生里有了一条清楚的前进轨道，知道下一步该往哪里走，又该做些什么。

和她对未来一无所知的感觉截然相反。

关澈没急着回答她这个问题，等到写好解锁程序之后，仔细想了会儿，才问她："你有想过你未来想做什么吗？"

林宛点头，之后又摇了摇头："想过，但是没想出什么名堂来。"

"那你知道江延为什么这么抓着你学习吗？"

林宛沉默了几秒："他想让我和他去一个学校。"

"这是一个原因，但也不是主要的原因。"关澈往后靠着椅背，灯光衬得他硬朗的五官越发英俊，"他是想让你在以后的生活里能够多些选择。"

林宛没明白，抬眸看着他。

关澈瞥了眼解锁进程，继续道："可能对于你来说，上一个什么样的学校，都不是什么重要的事情。我说句玩笑话，你现在就是那种如果不好好学习，就要回去继承亿万家产的人。但其实江延和你自己都清楚，这不是你想要的生活，你也想过自己以后该做什么，只是没有想明白罢了。"

"江延只是暂时帮你做了个决定。"关澈了解江延，有些事情从他这里说出来，其实也就代表了是江延想说却没有说出来的话，"让你去一所顶尖大学，无论以后你是否想明白自己想要做些什么，你可以选择的范围都比普通人要多。"

更何况，一个学校的氛围足以影响一个人以后的成长。

有些时候，成与败，都在一念之间。

解锁进程已经到了百分之百，关澈握着鼠标点了点，搁在一旁的手机屏幕亮了亮。

林宛下意识看了眼，说了声："谢谢你。"

这一声"谢谢"包含两种意思。

林宛虽然没有说清楚，但是她知道关澈能听懂。

"没事。"关澈合上电脑，装回包里，"你原来的密码我不知道，现在的密码是 123456，你等会儿自己改一下。"

"好。"

关澈笑了笑，没再说什么，起身提着电脑走了出去。

林宛在小客厅里坐了三四分钟，重新给手机设置了新的密码，又添加了指纹解锁。

冬天的夜晚总是深邃而寒冷，风声凄厉遄迹，月影婆娑朦胧，空气里都是凛冽的味道。

窗外高楼大厦灯光闪烁，斑驳的树影摇晃着，倒映在玻璃上。

细细碎碎的剪影，影影绰绰。

屋外有脚步声逐渐靠近，直至在门前停下。

林宛闻声抬起头。

少年站在灯火阑珊处，眉眼轮廓清晰流畅，笑容如清风明月。

第十七章

集训

那天晚上关澈说的话，林宛后来也没有和江延提过，只是在江延抽空给她补课的时候，她更加用心和专注了些。

　　高三的生活紧凑而平淡，一日复一日，过得如同复制粘贴一般，有时候在教室里午睡惊醒时，甚至还会觉得有些茫然。

　　墙角上的倒计时逐日减少，教室里的灯越点越晚，黑夜至黎明的间距越来越长。

　　高考近在眼前。

　　十一月末，江延准备前往医大参加集训，临出发前一晚，七个人在校外的陈家小馆吃饭。

　　"江延，来，你多吃点。"菜一端上来，胡杭杭就夹了一个大鸡腿放在江延的碗里，"你看关澈去集训半个月，瘦了六七斤，我估摸着医大的伙食跟师大也差不到哪里去了。"

　　说完，胡杭杭又给他连着夹来了好几样菜，碗里很快就堆成了小山。

　　关澈及时扯住胡杭杭停不下来的手，笑着道："医大的食堂可是出了名的好吃，江延过去苦不到的；再说了，他是过去集训，不是过去旅游，会瘦不过是很正常的事情。"

　　"啧，你这么一说，我也想去参加个集训了。"胡杭杭低头摸了摸自己的小肚腩，"说不定我也瘦成一道闪电。"

　　徐一川笑他："像江延跟关澈这种集训我觉得不太合适你，你要想瘦，估计得去什么魔鬼减肥夏令营，两个月下来，保准你瘦成一道闪电。"

　　胡杭杭："滚！！！"

　　一旁的江延嘴角弯了弯，拿筷子挑开碗里的菜，把压在碗底的鸡腿夹到了林宛的碗里，抬眸看着众人："先吃饭吧。"

　　"来，吃饭吃饭。"刚刚还说着想减肥的胡杭杭率先拿起筷子，夹起一块色泽饱满的红烧肉塞进嘴里，发自内心地感慨道："减肥什么的还是下次再说吧。"

　　众人："……"

因为第二天还有课，江延也要起早前往集训地点，吃过饭之后，也没有再安排其他的娱乐活动。

但时间还早，几个人索性一起回了自习室。

今年溪城的冬天来得比往年要早很多，还没到十二月，天气预报就已经开始发布了将要降雪的信号。

气温也是一天比一天低，接近零下。

林宛坐在江延屋里，听着电视里预报员又在说下雪的事情，回头看了眼正在收拾行李的江延："你带厚点的衣服了吗？过几天好像要下雪，到时候肯定会降温的。"

江延把最后一件毛衣叠好放进箱子角落的空隙，抬眸看着她，笑了笑："带了。"

"那就好。"林宛收回视线。天气预报已经结束，房间里响起熟悉的音乐旋律。

她垂眸想了想，不太相信他的话，索性起身走到他面前："算了，我还是检查一下吧。"

"检查什么？"江延半蹲在地上，拉上行李箱的拉链。

"当然是检查你有没有好好收拾行李啊。"林宛盘着腿在地上坐下，打开他的行李箱，嘴里念念叨叨，"按照以往你对厚衣服的概念，我觉得你说的厚衣服可能就是多带了一两件毛衣。"

林宛知道他冬天不爱穿太厚的衣服，最冷的时候也就是在外套里再添一件毛衣。

去年冬天也还是在她的强烈要求之下才穿上了羽绒服。

她有理由相信，他们俩对于厚衣服的认知可能会有一点出入。

行李箱一半装着衣服和一些生活用品，另一半全都是书和试卷，还有一些笔记。

林宛打开装衣服的一侧的拉链。

果不其然，江延说带了，其实就是多带了两件毛衣而已。

林宛抬眸睨了他一眼，没什么好语气："江延同学，需要我提醒你一下什么叫作厚衣服吗？"

江延自觉理亏，也没吭声。

"你刚刚又不是没有听到天气预报，都说了会降温你还不信，万一到时候你要是因为穿得少冻感冒了，多难受呀。"林宛低着头，把他收拾好的衣服一件一件拿出来放在床上，嘴里还不停念叨着，"不行，要不然我等下还是出去给你买几盒感冒药吧。"

她说个不停。

房间里亮着灯，光线柔和。

江延坐在她对面，垂眸看着她的动作，眼里藏着温柔，唇瓣动了动，念了声："林宛。"

"嗯？"林宛下意识应道。

"我们接下来有半个月不能见面，甚至连电话都不能打，你不打算和我说点别的吗？"江延侧身靠着床沿，垂眸看着她，低笑了声，"我可不想在想你的时候，记忆里都是'厚衣服'三个字。"

林宛又嘀嘀咕咕说了些什么。

江延没听清楚，但也知道不是什么好话。

医大有新老两个校区。

老校区在城中心，周围四通八达，繁花似锦；新校区在市郊，四周高楼林立，地铁站还在建造中，交通线路单一，人烟稀少。

集训地点就安排在偏远的新校区，所有学生都是自行前往目的地，到地方之后再分配安排。

从十中去医大新校区没有直达的公交车和地铁，中途要转三趟车，整个路程将近三个小时。

江延原本想打车过去，但是关澈的父母提出要亲自开车送他过去。

本来去参加集训也不是什么大事，江延怕麻烦，第一反应就是要拒绝，但是被关澈拦了下来。

"我爸就是之前送我去集训的时候，看人家小孩都是拖家带口，什么七大姑八大姨来了一大堆人，所以他就想着你去集训的时候，不能让你一个人孤孤单单地过去。"关澈勾着他肩膀，朗声道，"老人家一片好心，你就别拒绝了，反正我也跟着，不行就我开车，你们坐着就好了。"

江延瞥了他一眼，哼笑了声，说道："你开车那还是算了吧，生命只有一次，我要学会珍惜。"

"……"

早上六点出发，天空灰蒙蒙的，皎皎月光还留有一丝残影。

林宛听到动静从屋里出来的时候，江延已经收拾妥当，提着行李正准备去楼下。

"江延。"林宛站在门口，声音带着刚睡醒时的软糯，"一路顺风。"

江延弯唇笑了笑，放下手里的行李箱，走到她面前，叮嘱道："这段时间我不在，你有什么问题就去找关澈。"

他顿了一下："还是别找他了，有什么问题等我回来再说。"

林宛"扑哧"一笑，上前一步："你放心，我不会有什么问题的，你就好好地去参加集训吧。"

"嗯。"江延抬手揉了揉她乱糟糟的头发，"我给你留了几套理综的试卷，你记得做。"

林宛撇了下嘴角："我就不能有一点休息的时间吗？"

"不多，也就几张。"江延哄着她，"等你写完我就回来了。"

江延刚开始去集训那两天，林宛还觉得有些不习惯。

白天上课看着身旁空荡荡的书桌，晚上回自习室看着对面紧闭的房门，她莫名有些孤独和寂寥。

甚至还有些怀念江延以前给她补习的日子，和现在形单影只的自己对比起来，那些时候自己疯狂想逃避的补课时间，好像也算不上有多么难熬了。

就这么过了一个星期。

周末的时候，林宛被孟昕拉着去了市中心的图书馆买资料。

上了高三之后，孟昕在学习方面一改之前的随心所欲，变得认真又严谨，前几次月考的时候，都稳稳地待在年级榜前十。

孟昕没有特别拔尖的科目，但也没有特别拖后腿的科目，六科基本都是属于比较稳定的状态。

之前在高二的时候，她心思还不在学习上面，所以每次考试成绩都是卡着年级前一百的边，不上也不下。

现在收了玩的心思，成绩自然而然稳步提升。

反倒是林宛，在几次月考之中发挥都不是很稳定，忽高忽低的，最差的一次还掉出了年级前二十。

对此，老余在私下还找过她几次，旁敲侧击地问是不是在其他方面出了什么问题。

这个其他方面，自然是和江延有关。

林宛和孟昕提了这件事。

"你们老余是真的好。"周末的图书馆人依然很多，孟昕和林宛在资料区徘徊，这里不是安静区，说话也吵不到别人。

孟昕拿起一本化学百科册，随便翻了翻："这要是搁在我们老杨身上，绝对会叫家长了。"

闻言，林宛轻叹了口气："说实话，老余确实是挺好的，就是容易想太多。他每次找我过去谈话，第一句话都是问我最近和同桌是不是闹矛盾了，搞得我都以为不是见班主任，而是去见家长的一样。"

孟昕没忍住笑了声，放下手里的书册，有些惊讶，但也会觉得理所当然："想想也知道了嘛，按照以往惯例，像这种事情带来的第一个问题都是成绩下降。你成绩现在这么不稳定，老余当然担心啊。"

林宛无奈耸肩。

孟昕笑了笑，继续说："毕竟在老余眼里，江延是有机会冲击状元的人，你是有机会考上清大的人，你们两个对他来说都重要的不得了，老余自然上心。"

"我知道他是关心我们。"林宛倚着旁边的书架，"不过江延可能不会参加高考。"

"啊？"孟昕很快反应过来，"他准备走保送是吗？"

林宛点了点头："应该是的，他和关澈都打算走保送清大这条路，如果这次竞赛能顺利拿到名次，保送的事情应该就定下来了。"

孟昕轻啧了声，感慨道："学神的世界，我们这等渣渣是不懂了。"

"那你呢？"林宛看着她，"你想好考哪里了吗？"

林宛和孟昕认识这么多年，从初中到高中一直都在一个学校，从来没有分开过。

但现在面临的是高考，一分之差可能就是一座城的距离，这是摆在眼前最现实的问题。

"我啊。"孟昕想了想说，"老杨想让我冲一下清大，但是我不想去清大，我想学医，估计会冲一冲首都医大。"

林宛还真没想过孟昕会想学医。

"而且我也在地图上看了，医大和清大离得不远。"说完，孟昕顺口问了句，"你呢，想好学什么了吗？"

林宛摇了摇头，叹了口气："没想好。"

"那要不然你跟我一起学医吧。"孟昕笑着说。

"……"

半个月的集训时间说长不长说短也不短，等到结束的那天，江延还有种昨天才刚来这里的感觉。

按照惯例，集训结束当天，参加集训的所有师生都要在一起吃顿饭，算是一场小型的谢师宴。

江延和同宿舍的五个人坐一桌，另外还有同班四个女生。

集训的时候，所有人的手机和其他与集训无关的物品全都上交给了生活老师，在吃饭之前，每个人都刚拿回自己的手机。

桌上一时间都是加好友交换联系方式的动静。

江延先和同宿舍的五个男生加了微信。

医大的宿舍是六人制，刚来宿舍的时候，手机在楼下就被收走了，六个人也只是简单地交流了一下姓名和学校。

除了江延是十中的，其他五个人有三个是七中的，还有一个是五中的，另外一个是一中的。

男生之间的友谊建立起来很容易。

加完好友之后，其中五中的那个男生勾着江延的肩膀："说真的，江延，你是我见过的人里，长得最好看的学霸了。"

江延靠着椅背，笑容清浅："别，我不喜欢男生。"

"滚，我也不喜欢男生。"

说话的五中男生叫余杭杭，和胡杭杭就一字之差。可能人在陌生环境下更容易被自己熟悉的事物吸引，所以五个人里，江延和他走得比较近，两个人也是有什么说什么。

桌上的气氛一时间就热闹了起来，原先稍有拘谨的四个女生也渐渐放开了不少。

五个男生主动找女生交换了联系方式，余杭杭在桌下踢了踢没什么动作的江延："你不加一下？"

"不加。"江延说，"我同桌管得严。"

这几天相处，余杭杭知道他同桌是个女生，闻言忍不住吐槽了声："等回去之后，我一定要找机会见见到底是什么样的姑娘，能把你这尊大神管得这么听话。"

能来这里参加集训的人，都是有一定实力和能力的，所以人人平等，谁也不高看谁。

但集训第一天，江延就打破了这群人对学霸的重新定义。

余杭杭还记得当时是郭文教练的课。

说起郭文，其他人可能不知道，但他们这群人绝对是耳熟能详。

郭文，十三岁时保送至清大少年班，后加入国家队，带领团队拿奖无数，在他参加比赛期间创下的各种记录至今无人能破。

三十岁时出任国家队教练，在他手下带过的学生，就没有一个不拿奖的，但今年郭文因为身体问题，暂时退居二线。

大家谁都没想到郭文会来给他们集训，所以在课堂上见到他的时候，一群人都惊呆了。

郭文是余杭杭的偶像，也是他一直奋斗的目标，当即就拽着江延的胳膊，激动地说道："哥，你掐我一下，这是不是真的，这是活的郭教练？"

江延把快被揪出绳的衣袖从他手里拽了出来，淡声道："不是活的，难不成还是死的？"

震惊的间隙，郭文已经自我介绍，大家也慢慢从刚开始的难以置信之中回过神。

第一节课就是测试。

所有试题都是郭文出的，难度简直变态。余杭杭还记得交卷的时候，班里有一大半人最后一道关于重力的题目还是空着的。

所以他也没太当回事儿，估摸着大家可能都差不多的水平。

测试的成绩当天晚上就出来了。

百分之九十的及格率，但是高分率很低，只有百分之四十的人达到八十五分以上。

然而令人震惊的是，在这百分之四十的高分中，还有一个满分。

这个人就是江延。

在场的三十五个人里，只有他一个人将最后一道题做了出来，而且还用了两种不同的解法。

余杭杭觉得这简直太酷了。

课后他还和江延开玩笑，说江延现在就是他的另一个偶像。

"我当时就觉得这哥们儿是真的不显山不露水，看着平平无奇——"余杭杭看着江延英俊的脸庞，停顿了一下，"好吧，这脸看着也不是很平平无奇。"

"……"

"反正我刚开始的时候，觉得那些长得好看的人都是空花架子，没什么真本事。江延不仅刷新了我对学霸，同时也刷新了我对长得好看的人的认知。"

"江延，我敬你。"余杭杭端起面前的果汁杯，"祝你在即将到来的比赛中旗开得胜，勇夺第一！"

"谢了。"江延端起玻璃杯碰了碰他的杯沿，沉声道，"好好考，清大见。"

闻言，余杭杭放下手里的杯子，抱住江延的一只胳膊，脑袋抵着他肩膀："呜呜呜……我舍不得你。回去之后就再没人晃着床叫我起床了，也没人给我指导了，哥，我太舍不得你了啊！"

不管怎么样，天下无不散之筵席，离别总归是要来的。

吃过饭之后，所有学生回宿舍收拾行李，准备返程，送行的大巴车已经在学校门口停下。

临出发前，江延被余杭杭拉住，非让他给自己签个名："这是我来这里参加集训拿到的唯一一张满分，江延，你给我签个名，给它开个光。"

江延无奈失笑，只好提笔在他指定的空白处签下自己的名字："好了吧。"

"好了好了。"余杭杭极其郑重地把试卷收进包里，然后又塞给江延一个笔记本，"我走了，江延。"

江延拿着笔记本，抬头和他挥了挥手。

少年的身影渐行渐远，江延也登上返程的大巴车。

在车上，江延收到余杭杭发来的微信：

> 余杭杭：笔记本是送给你同桌的，我估计她应该会需要。
>
> 余杭杭：别谢我，也别爱我，没结果。

江延："……"

冬天的夜晚总是来得比较早，才下午六点多，天色已经完全暗了下来，凛冽的风从巷子里穿过。

江延没和林宛说回来的事情，只是关澈估摸着时间，给他发了条消息，问了下情况。

> 关澈：集训应该结束了吧？什么时候回来，要我爸去接吗？

江延看到这条微信的时候，人已经在自习室门口了，也没回消息，收起手机直接推门走了进去。

关澈看到他，微微挑眉："这么快就回来了？我爸还说去接你呢。"

"学校安排了车。"江延把行李箱往墙角一放，脱了外套挂在椅子上，随口问道，"怎么样？"

"什么怎么样？"关澈笑了声，明知故问道，"你是问我怎么样，还是问自习室怎么样啊？"

江延面无表情地看着他："我问林宛。"

关澈早知道他问的是谁，也就是故意呛他一声，笑过之后，淡声说："挺好的，该吃吃，该睡睡，我看这脸好像圆了点。"

江延白了他一眼，没说话。

倒是关澈把视线又放回他脸上，仔仔细细打量了一圈之后，嘀咕了一声："我怎么看你也长圆了点啊，医大伙食这么好呢？"

江延拉开旁边的椅子坐下，蹦出没什么感情的一句："废话那么多。"

关澈无奈耸肩一笑："我天，我这不是太长时间没见你，关心你一下不行啊？"

"我看你是比较关心我在医大都吃了些什么吧。"江延顺手点开桌面的纸牌游戏，随口问了句，"你什么时候考试？"

倒是没想到他突然问起这个，原先还处于备战状态的关澈愣了一下，而后才答道："二十号。"

江延瞥了下电脑屏幕右下角的日期："那快了。"

"你不也快了。"关澈往后靠着椅背，长腿在桌底搭在主机上，开了个玩笑，"你说我们俩要是这次没拿到名次怎么办？"

江延回头瞥了他一眼，语气无波无澜："别扯上我，只有你可能会拿不到名次。"

"……呵。"

一局纸牌游戏结束，江延抬手捏了捏肩颈，也没再跟关澈闲扯什么，起身拿上行李回了三楼的房间。

虽然这段时间他不在，但是林宛偶尔没什么事情的时候，还是会钻到他的房间待一会儿。

有时候是做一张试卷，有时候是睡个午觉，所以房间里还算干净，看来是经常透过气，也没有什么长时间空气不流通的沉闷味道。

在医大集训的半个月，江延基本上没怎么睡过一次超过八个小时的觉。他天资聪颖，带集训的教练和老师对他也是多加关注。

像是郭文教练，在私底下也和他聊过一些与国家队有关的事情，虽然没有明确提，但郭教练那个意思很清楚。

只要江延这次在竞赛中拿到第一名，就能破格直接进入他的队伍里。

要想拿名次很简单，但是要保证拿第一，说实话，江延心里也没有百分之百的把握。

只能说尽力而为。

集训结束返程之时，郭文教练还单独和江延告了别，说了些关于竞赛时需要注意的问题。

当时也有其他的老师在场，看到此，都笑称郭文已经把江延这孩子当成自己手下的人了。

郭文没否认也没承认，只是拍着江延的肩膀，郑重道："好好考，记住我和你说的话。

"今日国之栋梁，全在我少年，少年智则国智，少年富则国富，少年强则国强，少年若有志，万事皆可为。"

郭文的话像是一个警钟，时时敲响，令江延时时不忘。

十中晚自习结束已经十点半了。冬夜的天暗沉寒冷，凛冽的风像刀子一般，刮得人脸疼。

这段时间江延不在，胡杭杭、宋远和徐一川谨记江延临走之前的交代，每天晚上下晚自习之后，都陪着林宛一起回自习室。

巷子里那条路又长又黑，年前就坏了的路灯电路年久失修，就算是修好了，也只能勉强维持一段时间。

如此反反复复，导致现在就算是坏了也没人愿意再去报修。

回去的路上，四个人有说有笑。

林宛想到白天在某音看到的段子，碰了碰胡杭杭的胳膊："胖胖，你念三遍月亮。"

"干吗？"胡杭杭不假思索，听话地念道，"月亮、月亮、月亮。"

林宛笑着说："那你再念三遍月饼。"

胡杭杭接着念："月饼、月饼、月饼。"

林宛偏头看着他："那我问你，后羿射的是什么？"

胡杭杭反应倒是很快："月亮！"

一旁的宋远和徐一川："……"

林宛忍不住笑，手抓着胡杭杭的胳膊，声音因为笑带着颤音："那他把月亮射了，嫦娥还奔什么呢？"

胡杭杭挠了挠头，似乎还有点儿没反应过来："难道后羿射的不是月亮吗？"

众人："……"

四个人说说笑笑，很快走过长巷子，自习室近在眼前，光影隔着一层玻璃门透露出来。

快到门前的时候，宋远回头和胡杭杭说话，收回视线的时候，目光随意一瞥，落在林宛的鞋上，轻声提醒了句："林宛，你鞋带开了。"

"嗯？"林宛顺势低下头一看，白色的鞋带不知道什么时候散开，拖在地上长长的一条。

她抬起脚，凑近了看，上面已经沾染了不少污渍。

林宛微不可察地皱了皱眉，脚踩着旁边的台阶，拿纸巾裹着鞋带擦拭，抬头看他们三个男生还站在原地，笑了笑："你们先进去吧，反正都到门口了，我擦一下就好了。"

"哦，行。"

三个人推开身后的门走了进去，门一关一合，屋内的动静只传出一瞬，便又被合上的门掩住了。

这双鞋是林宛前几天才买的，某品牌限量款，她平常穿的时候也都是谨慎谨慎再谨慎，谁知道今天这么不小心，把鞋带弄脏了。

面前的门又开了一次，门口有人影闪过。

林宛只顾着低头擦鞋带，也没注意，以为是里面哪个小朋友上网间隙出来透气，还贴心地往旁边挪了点位置。

只是一直没听到脚步声，林宛下意识抬头看了眼，等到看清站在台阶上的身影时，愣住了。

胡杭杭他们进店的时候，江延刚洗过澡从楼上下来，目光扫了一圈，只看到他们三个人，问了句："林宛呢？"

胡杭杭看到他突然出现还很激动，想冲过来要个拥抱："江延，你什么时候回来的？"

"刚回来。"江延拦住他想要抱过来的动作，又问了句，"林宛呢？"

胡杭杭一脸受伤地停下动作："江延你变了，你的眼里现在只有林宛，再没有我的位置了。"

江延低笑了声："你在我心里，不在我眼里。"

胡杭杭脸上的受伤刚要转变成欣喜，又听见江延来了一句："所以，我同桌到底在哪儿？"

到最后还是宋远开了口："在外面擦鞋带呢，刚回来的时候，她鞋带不小心踩脏了。"

"嗯，你们玩去吧。"江延伸手在胡杭杭肩膀上拍了拍，以示安抚，随即动身朝门前走去。

江延走到门口，手搭在门把手上没动，隔着一层玻璃，看到半蹲在台阶下的人影。

小姑娘低着头，看不到神情。

静静看了三四秒，江延推开门走了出去。小姑娘像是注意到又像是没注意，往旁边挪了一小步，始终都没抬头。

江延嘴角噙着笑，低眸看着她的动作，站在原地没出声，等着她主动看过来。

他等啊等，等啊等。

林宛终于意识到什么，抬起头看了过来，神情有些蒙也有些茫然，似乎是还没反应过来。

冬夜的天空黑黢黢的，只一轮弯月，皎皎月光照着这片广袤无垠的大地，星辰都藏在厚实的黑夜里，看不清模样。

少年站在原地，眉眼一如既往的英俊，目光温柔地看着她，笑着道："这么久没见，你就这个反应啊？"

话音刚落，林窕像是被重新拧上发条，从惊讶和茫然里回过神，三步并作两步，猛地跑到了他面前。

"你什么时候回来的啊？"林窕看着他，直直地看进他琥珀琉璃般的眼眸里。

"晚上刚回来。"江延也盯着她看了一圈，嘀咕了声，"关澈还真没说错。"

"嗯？"林窕问，"关澈说什么了？"

江延低头看着她，勾了勾唇角："说你脸圆了。"

林窕觉得江延上辈子绝对是个煞星，要不然怎么这辈子这么会煞风景。

她轻咳了一声，解释道："我没有，肯定是关澈的错觉，不信我等会儿去找个电子秤称一下。"

江延不怎么在意这种小问题，慵懒地笑了下，风华清俊，目光在她脸上停了一瞬，接着又顺着往下，最后停在她刚刚擦拭过的鞋带上。

鞋带林窕才擦好，还没有来得及重新系上。

他没有犹豫，身影在林窕眼前一闪，待到她反应过来之时，人已经蹲在她面前，白皙修长的手指捏着散开的鞋带，几下翻转，打了一个漂亮的蝴蝶结。

林窕的眉眼动了动，唇角一弯："你集训怎么样？"

"还好。"江延系好鞋带，站起身，带着她往里走，"碰到一个室友，挺好玩的。"

"他怎么了？"屋内暖气充沛，林窕脱了外套拿在手里，"我去拿瓶酸奶，你要吗？"

江延摇摇头，停在楼梯口等她。

林窕最后还是拿了两瓶酸奶。

两个人一起上了楼，去了江延的房间。

林窕给自己拆了瓶酸奶，又拆了一瓶塞到他手中，整个人窝在沙发里，继续追问他室友的事情。

江延抿了一小口拿在手里的酸奶，略微思索了片刻，把集训发生的事情一五一十地全都说了。

"对了。"聊到余杭杭，江延放下酸奶，起身捞过自己的书包，"我那个室友临走前，给了我一个礼物，说是送给你的。"

一听到礼物，林窕不由得想起之前关澈集训结束那次给她带回来的礼物，迟疑道："你这室友，不会跟关澈那个室友一样，送的都是物理笔记吧？"

关澈去参加集训的时候，也碰到一个室友，两人在某些方面一拍即合，相处得很融洽。

在集训时，关澈知道这位室友之前是专攻物理的，后来因为发觉自己更喜欢数字，才转来研究数学。

提到物理，关澈也就随口提了句自己有个发小是研究物理的，这位室友索性就把自己随身带着的物理笔记送给了关澈，说什么反正自己也用不到了，还不如拿给有需要的人。

后来关澈翻看了下这位室友的物理笔记，发现内容还挺全，只不过不太适合江延，反而更适合基础不怎么稳定的林宛。

听到这话，江延压住眉眼的笑意，淡声道："不巧，还真是。"

"……"

冬风起，瑞雪飘。

月末的时候，溪城在一片寒风中迎来了冬日的第一场雪。成片的雪花洋洋洒洒地落下来，整座城市一夜之间银装素裹，街头巷尾的屋檐底下悬挂着晶莹剔透的冰凌。

林宛一早起床看见窗外白茫茫一片，雪色与白雾混杂，纷纷扰扰，巷子里的行人来往不绝，行色匆匆。

在窗前站了一小会儿，林宛将窗帘全部拉开，窗户开了一道细缝，随后拿上衣服进了卫生间。

收拾妥当之后，林宛把散在桌上的书和试卷一股脑全塞进书包，顺手从桌上的铁皮盒子里摸出了两颗巧克力，拉开门的瞬间，住在对面的江延正好也背着书包从屋里出来。

"早。"江延关上门，往前走了一步，自然地接过林宛的书包拿在手里，"走吧，去吃早餐。"

林宛笑着应道："好啊。"

早晨的自习室一片寂静，大厅的书桌前整齐地坐着一排又一排人。

林宛跟在江延身后出了门。

门一开，凛冽的冷风扑面而来，林宛迅速把整张脸埋在围脖里，又把羽绒服的帽子戴在头上，只露出一双眼睛，声音嗡嗡地："好冷啊。"

反观江延，除去穿了件像样的羽绒服之外，再没有其他装备，白皙修长的脖颈直接暴露在空气中。

林宛看着都觉得心里发凉，低声问了句："你没有围脖吗？"

"没有，我不冷。"江延声音朗润，"想吃什么？"

"去梁奶奶那里吃馄饨吧。"

梁奶奶原先和周铭、周玥两兄妹一样，都住在杏花胡同里。

周玥出事后没多久，梁奶奶由于自责过度，生了一场大病，在医院里住了大半个月。

原先巷子里的叔叔阿姨是想等梁奶奶康复之后，筹点钱送她去疗养院里住着，毕竟在那里有专人看护和照顾，肯定要比他们这些不能时时留心的邻居要好得多。

但是梁奶奶放心不下周铭、周玥两兄妹，拒绝了邻居们的好意，还是决定搬回巷子。

等到身体好些的时候，她就在这附近的巷口支了个馄饨摊，主要也是方便接送和照看周玥。

巷子里的人大多都知道梁奶奶开这个摊的心思，拦也拦不住，也就只能在平常多照顾着点生意。

不过梁奶奶的馄饨从皮到馅料都是她纯手工制作的，味道佳，分量也很足，开了这么久，也有了不少回头客。

林宛和江延过去的时候，摊前已经站了不少人。

这段时间天气冷，生意比之前要好一些，胡同里的阿姨婶婶怕梁奶奶一个人忙乎不过来，没事的时候都会过来搭把手。

对于林宛和江延，这些长辈早都脸熟，平常碰见也会打一声招呼。

"何阿姨。"林宛笑着和摊前忙活的人影说了声，"我要两份鸡汤小馄饨，麻烦了。"

"啊呀！"何喜玲认出林宛和江延，放下手里的家什，"你们俩来了怎么也不说一声啊，阿姨给你们先弄着了。"

"没事，今天时间早，我们不着急。"林宛指着后边的空桌，"我们先过去坐，麻烦阿姨了。"

"哎呀，不麻烦不麻烦，你们快去坐，阿姨马上帮你们弄。"

"好，谢谢阿姨。"

林宛拉着江延去里面坐下。

还没一会儿，何喜玲就端上来两份刚煮好的小馄饨，笑着道："来，你们俩先吃。"

又聊了几句，梁奶奶送完周玥上学回来，看到林宛和江延，也过来讲了几句话。

最后还是有客人过来，两位长辈才笑着走开。

林宛接过江延递来的汤勺，看着摊前的人影，感慨道："现在看起来，好像一切都在朝着好的方向发展了。"

想起周玥刚出事的时候，杏花胡同里不论是谁，看起来都是一副忧心忡忡的模样，谁能想到还有今天的这番光景。

"这一切还是多亏了你啊，江同学。"林窕夹起碗里的溏心蛋放到江延的碗里，"奖励你的。"

江延抬眸看了她一眼，淡声说："跟我有什么关系，就算没有我，也还会有别人，另外——"

他停了一下，夹起林窕刚刚夹给他的溏心蛋，又放回她的碗里："别给我，我也不是很喜欢吃。"

林窕抿了下嘴角。

吃早餐耽误了不少时间，林窕和江延紧赶慢赶，等到了学校门口的时候，大门还是关上了。

教导主任李坤夹着班级册，背着手站在校门口，在他面前已经站了好几个迟到的学生。

余光瞥见停在不远处的江延和林窕，他轻咳了声，酝酿几秒后吼了一嗓子："你们俩还站那干吗呢？当我眼瞎看不见呢？"

"……"

林窕有些想不明白："这李主任怎么一天天的嗓门这么大呢，我感觉他一张嘴，方圆几里都能听得见。"

江延笑着说："可能他上辈子是个牛角匏吧。"

"……"

到最后，迟到的一群人自然又是领了一顿训和八百字检讨才算作罢。

在被训的过程中，李坤还单独把江延拎了出来："这位江延同学今年高三，是你们几个的学长，这么些年他在我这里写过的检讨都能装订成一本书了。"

"扑哧"，周围有人没忍住笑了出来。

江延偏头看了一眼，笑出声的男生顿时抿嘴装作什么都没发生的样子。

学霸还是学霸，不出手则已，一出手鸦雀无声。

站在一旁的林窕也是没忍住笑了。

李坤眼尖地瞥到林窕在偷笑，拿着点名册指着她，脱口而出道："你还知道笑，都不知道管一管他！"

"？"

林窕被李坤这个操作惊呆了。

其他人更是一脸"不可言说"和"妈妈我搞到真的了"的神情。

李坤说完似乎也觉得有些不对劲，手一挥，厉声道："都散了散了散了，中午放学之前把检讨交到我办公室。"

众人顿时一哄而散。

李坤背着手走进一旁的保安室。

林宛看着同款震惊脸的江延，觉得有些好笑："李主任他刚刚是不是说了什么不得了的事情？"

果不其然，还没等两人走到教室，十中贴吧那个一直没有停下更新的帖子又有了新的爆料：

> 路人甲：实锤！还有谁能比我这个锤！！！

不过几分钟，底下瞬间涌出一堆求科普的评论：

> 路人甲：等我会儿，我也很震惊，让我捋捋。
> 路人乙：好的 [乖巧.jpg]
> 路人甲：先声明我高二的，从去年这个帖出来的时候，就蹲守在这个帖里，不信看我昵称后边的后缀，我已经是铁粉了，求锤得锤，大家爱信不信。
> 路人甲：我今早上和姐妹来学校的路上因为下雪，所以来迟了一会儿，在校门口被李某逮住，然后学霸和林同桌不知道因为什么原因也迟到了，反正就我们好几个人都迟到了。李某一开始在训我们，然后突然提到了学霸，说什么学霸这么多年在他那里交的检讨书都可以做成一本书了。
> 路人甲：然后我们不就觉得好笑嘛，就笑出来了。其中有一个男生估计是笑得太大声，被学霸听见了，学霸回头，不知道是警告还是什么意思，反正就看了他一眼！然后！！林同桌也在笑！！！
> 路人甲：各位！重点来了！
> 路人甲：李坤在看到林同桌笑了之后，直接让林同桌管管学霸！！！

帖子一经更新，立马涌出大波评论：

> 姐妹你带实名了。

> 先声明，我是（18）班的，学霸和林同桌的同班同学。我透露一句，

他们俩平常在教室就正常来往，没什么特别举动，最重要的是，林同桌的物理不好，学霸就天天抓着她学习，他们是真的奔着考清大去的。

天哪……我酸了。

最后再说一句，你们这些锤真真假假，也别过分解读，也别牵扯到正主，我劝楼主还是把帖子删了吧。

楼主？对哦，这帖子楼主是不是有好长时间没冒泡了？

好像从发了帖之后楼主就再没出现了吧……

楼主！呼叫楼主！

被呼叫的楼主在教室偷偷摸摸看完帖子的所有更新之后，心虚地把手机收了起来。

再三斟酌之后，林宛碰了碰江延的胳膊，脑袋凑过去，低声道："那什么，你要不要把贴吧的那个帖子删了啊？"

说实话，林宛在看到帖子里楼越堆越高时，真的很想偷偷把帖子给删除了，但现在问题是，在江延看来，他所知道的真相，就是林宛以为这个帖子是他发的。

林宛怕如果她自己把帖子删了，不知道会不会暴露什么。如果被江延知道帖子是她发的，那岂不是很尴尬？

所以再三考量之后，林宛觉得有必要先问问他，只要他同意了，她立马就把帖子删了。

这样才是正确的发展方向。

但是林宛想不到的是，这件事情早在很久之前，就已经朝着一个她意想不到的方向发展了。

"嗯？"江延垂眸看着她，露出一个意味深长的笑容，"为什么突然想要我把帖子删了？"

"我刚刚去贴吧看了一下，里面已经堆了很高的楼，而且还有不少我们班的人在，再加上教导主任今天早上的话也被人放进去了，大家都在说这件事，我觉得影响不太好。"

江延"啊"了一声，声调被刻意拉长，淡声道："那我考虑考虑。"

"你要考虑什么啊，如果你想删的话，我马上——"林宛顿了一下，很快反应过来，"不是，你马上不就能删了吗？"

江延勾了勾唇角，漫不经心地说道："你真的觉得，我能马上就删了吗？"

"……"林宛慌了一下，无意识地吞咽着，谨慎地试探道，"你这么说是什么意思啊？"

"还能是什么意思？"江延忍不住想笑，舌尖舔了下腮帮，意味不明地说了句，"不就是觉得帖子是你……"

他故意停顿了下。

林宛感觉自己的一颗心都被他捏在手里，眉头下意识紧蹙着，眼里是藏不住的慌张。

江延看着她紧张得跟什么一样，想笑又不敢笑，抿了下唇角，又动了动腮帮，才勉强忍住笑，继续道："我就是觉得帖子是你和我同桌一场的纪念，觉得很有意义，不想就这么随便删了。"

听到这话，林宛长长地舒了一口气，也不好再说什么，点点头附和道："也是，那帖子确实挺有意义的，你要是不想删的话就不删了吧。"

"嗯。"江延勾着唇，撇开视线。

从一开始就觉得他不对劲的林宛，此时此刻更觉得他不对劲，忍不住问了一句："你今天总笑什么啊？"

"没什么。"

江延摇了摇头，还没过几秒，不知道是被什么点戳到了，再也忍不住笑了出来。

林宛还想问问他到底是在笑什么，但是江延压根不给她机会。

他就像是武侠剧里被点到了笑穴一样，整个人趴在桌上笑个不停，仿佛要把过去十几年里缺失的笑都给补回来。

刚从教室外面进来的胡杭杭看着笑到肩膀都跟着一抖一抖的江延，人愣在原地，喃喃一句："你笑成这样，是碰上什么好事了？"

帖子的事情兜兜转转，最终还是没有删除，依然活跃在十中贴吧的第一线，甚至有望成为十中贴吧建成以来热度最高、话题度最火的帖子。

然而帖子的发帖人依然成谜。

有好事者根据帖子主楼内容中提到的楼主自称是学霸和林同桌的好友，私下里偷偷找到林宛和江延的身边好友打探消息。

最先被找到的就是几个人中看起来比较容易套出话的胡杭杭，帖子过高的热度，也给他带来了不少的人气。

不过是上个厕所的工夫，胡杭杭也能碰到跟他搭话的："哎，胖胖，你看学校贴吧里那个帖子了吗？"

　　"据说发帖人是学霸和林同桌的共同好友，你知道是谁发的吗？"

　　"是不是你发的啊？"

　　胡杭杭拿出常用的否认三连："我不是，我没有，别瞎说。"

　　"胖胖，咱俩关系都这么好了，你别这样啊，你偷偷跟我说，兄弟我是不会告诉别人的。"

　　"别，别这样，我不吃这套。"胡杭杭面无表情地拉上拉链，走到洗手池旁洗手。

　　几个搭话的男生亦步亦趋地跟着他："胖胖，你别走啊，你这样就不可爱了啊。"

　　胡杭杭翘着兰花指把抓着自己胳膊的手挪开，一本正经地说道："别跟我说话，我有洁癖。"

　　说完，不等他们有什么反应，胡杭杭径直朝门外走去。几个男生回过神来，还想追着上去问几句话："胖胖！"

　　胡杭杭被逼急了，大叫了声："我在信号圈外面！没信号！就这样！别问我！"

　　众人："……"

　　回去的路上胡杭杭犹如躲瘟神一样，卡上帽子盖住脸，直接跑了起来，速度快到走廊上的人只看到一个黑影闪过，再仔细一看，又没了。

　　同学甲："刚刚是什么东西跑过去了？"

　　同学乙："可能是一只大黑耗子？"

　　同学甲："……"

　　（18）班的教室里，林宛和宋远、徐一川趁着课间休息，拿出手机开了房间在斗地主。

　　林宛刚赢了一局，余光瞥见胡杭杭从后门一头扎了进来，笑了声："胖胖，你干吗呢？"

　　自以为到达安全地带的胡杭杭把帽子往后一拨，露出一张白净的脸："别说了，我现在上个厕所，都被人抓着问帖子的事情。"

　　一听到"帖子"二字，林宛如同被闭麦，没了声音。

　　徐一川起身把位子还给胡杭杭，从旁边的空位拖了张椅子坐在过道处："不过说来也奇怪啊，这个帖子到底是谁发的呢？"

　　他看看宋远又看看胡杭杭，转而又看了看林宛和一旁趴在桌上补觉的江延，最后还拿起镜子照了照自己。

"既然那个发帖人说自己是林宪和江延的共同好友，"徐一川抱着臂，手指捏着下巴，自动给自己配上柯南的音效，"那么，真相就只有一个。"

徐一川的目光又从众人脸上一一看过，最后停在胡杭杭的脸上，抬手指了过去："胖胖你说实话，帖子是不是你发的？"

自以为逃出生天的胡杭杭："……"

"我和你是讲不通的。"胡杭杭站起身，卷起卫衣的袖子，弯腰拎起一张凳子，"来，不如直接开打吧。"

徐一川笑着躲远："哎呀，胖胖你别这样，我就开个玩笑嘛，你冷静点，先把凳子放下。"

闻言，胡杭杭还真听话地把凳子放回原位。

徐一川一口气还没松完，就看到放下凳子的胡杭杭反手抓起桌上的英语词典，就朝他扔了过来。

徐一川凭借着多年的篮球经验，手疾眼快地接住厚重的词典，吐槽了句："胖胖，你还真的下死手啊。"

胡杭杭冷哼了声，随手又抓起一本资料册扔了过去："看我砸不死你。"

徐一川一边躲，一边忙着捡，几番三次之后，他躲也躲不掉，捡也来不及，索性直接刚，举起手里一摞书，直接朝着胡杭杭兜头抛了过去。

书册哗啦啦散了一地。

其中一本比较薄点的地理图册突破重围，径直地砸向趴在一旁睡觉的江延。

图册不偏不倚，正好砸到了江延的后背上，然后又顺着落在地上，轻轻一声响。

场面有一瞬间的安静。

胡杭杭和徐一川都如同被定住了穴一般，僵直地愣在原地，看着江延缓缓抬起头，隐约感觉自己今天就要交代在这里。

江延其实也没睡着，他们几个说话的声音他也都听得清楚，只是人有些疲倦，不想动罢了。

他坐起身，抬手按了按太阳穴，回头看着就要抱在一起的胡杭杭和徐一川，面无表情地问道："谁扔的？"

"那什么江延，你听我解释。"徐一川率先甩锅，"首先肯定不是我扔的。"

胡杭杭："？"

林宪看着徐一川一本正经地扯谎，仿佛看到了自己平常在江延面前扯皮的模样，抿着唇，努力忍住笑意。

徐一川致力于给江延重现当时的场景最后提到帖子的事情。

江延没什么耐心："说重点。"

徐一川立马收音，说了个自以为的重点："帖子到底是谁发的？"

林宛："……"

兄弟，你确定重点是这个？

提到帖子的事情胡杭杭就觉得一肚子的委屈，正琢磨着说点儿什么替自己挽回一下争取一点活下去的机会，就听到江延冷不丁开口说道："帖子是关澈发的。"

四脸震惊："！！！"

江延先是看了林宛一眼，然后若无其事地挪开视线看着他们三个，重复道："关澈发的，再问打死。"

见过众多大风大浪的林宛也被江延这个操作给惊到了，更别说还毫不知情的三个男生了。

简直是比青天白日里突然劈了道闪电还让人震惊。

"不是，关澈这么做是为了什么？"结束话题后，三个男生凑在一起，"感觉关澈不像是这样的人啊。"

徐一川给出猜测："知人知面不知心。"

宋远和胡杭杭异口同声道："你闭嘴！"

徐一川："……"

坐在前面的林宛看着跟什么事都没发生一样的江延："你就这么把锅甩给关澈，真的没关系吗？"

"没关系。"江延理所当然，"他不差这一个锅。"

远在九中教室里做试卷的关澈突然打了个喷嚏："谁又在背后说我坏话。"

在江延的再三警告下，胡杭杭他们三个就算是有十个胆子也不敢私下去问关澈为什么发这个帖。

所以毫不知情的关澈就这么被蒙在鼓里，一蒙就是好几年。

元旦假期结束之后，早前的全国数学大赛向各高校公布学生成绩，溪城考区共有十名学生进入录取榜单。

其中溪城九中、溪城一中、师大附中的三名高三学生在竞赛中分别取得第一、第三和第五的优秀成绩。

出成绩的那天，九中的校门口高高挂起一块红色的横幅：

恭喜我校理科高三（4）班关澈同学在今年的全国数学大赛中荣获第一名！

相较于学校的高调，横幅上的关澈同学则低调了很多。成绩出来之后，他先给父母打了个电话，然后又给学校老师和集训教练发了消息，最后直接手机一关，窝在自习室补觉，两耳不闻窗外事。

之后，关澈的班主任联系不到关澈，便给他父母打了电话，关父关母也联系不上关澈，最后把电话打到了江延这里。

"阿澈这孩子把手机关了，也不知道躲哪去了，他们班主任找他有急事，你看看能不能联系到他。"

关母的声音听起来有些着急和担心，江延安慰道："伯母放心，关澈不会乱跑的，估计也就是在睡觉。我回去看看，晚点给您回电话。"

关母应声说"好"。

结束电话，江延回教室拿外套，临走之前和林宛交代了声："别人联系不上关澈，我回去看看。"

林宛抬头看着他："那你去吧。"

"嗯。"

十中离自习室不远不近，回去的路上江延给值班的小六打了个电话："小六，关澈在吗？"

"在啊，刚回来不久，说是准备睡觉，让我们不要去吵他。"

"行，我知道了。"

江延挂了电话，快步朝校门口走去。

等他到了，已经是十分钟后的事情。

小六抬头见是他，打了声招呼。

江延应了声，径直上了楼。

关澈的房门没锁，一推就开。屋里窗帘也没拉，江延看到他整个人直接穿着外套趴在床上，连鞋都没脱。

江延在门口停下，屈指轻敲了两下门板，淡声说："我进来了。"

屋里安静几秒，关澈动也没动，轻笑了声："你怎么不走到我面前和我说一声你进来了。"

"我是好孩子，得不到主人的同意是不会随意进别人房间的。"

闻言，关澈翻了个身坐起来，看着站在门口的江延，微微挑眉："那好，我不同意，你出去吧。"

江延恍若未闻，径直走进屋里："我忘了，你不是人。"

关澈轻揉额角："让我猜猜，是我妈还是我爸给你打的电话。"

江延耸了耸肩，没说话。

关澈几乎没怎么思考："不出意外的话应该是我妈。"

"你知道就好。"江延在屋里随便找了个位置坐下，"你学校的老师联系不上你，给伯母打了电话。"

关澈叹了口气，了然道："早猜到会这样了。"

"早猜到你还不接电话？"

"接了又怎么样，无非就是说学校的事情，都是些老生常谈的话，听着就烦。"关澈看着一脸闲适的江延，叹声说，"等你出成绩那天，你就能体会到我现在是什么感受了。"

江延笑了："什么感受？"

"无所遁形。"说完，他整个人往后一倒，开玩笑道，"哦，对了，说不定你还体会不到拿第一是什么感受。"

"……"

对于关澈的话，江延只当是他放了个屁，并没有放在心上，毕竟他也帮自己背了一口大锅，江延更是找不到理由去掉他。

九中的老师重新联系上关澈之后，什么也没说，只让他赶快来一趟学校的校长室。

接下来的事情，和关澈所猜测的相差无几。

九中的校长和几个招生老师询问了他对保送学校的一些相关事项，后面几天里，关澈连着见了好几所国内的高校招生负责人。

再后来，九中校门口又挂上一条长横幅：

恭喜我校理科高三（4）班关澈同学成功保送清安大学计算机系！

关澈被保送清大的消息传出来没几天，就是全国物理大赛的开赛日。

大赛前一晚，七个人小分队在外面吃饭。

关澈是最晚到包厢的。自从他被保送之后，人就变得忙了起来，一天到晚见不到人。

"我们关澈现在可是整条街道的红人了。"胡杭杭捧着热乎乎的玉米汁，感慨了一句，"现在谁见到不夸一句，这孩子真厉害啊。"

闻言，刚刚落座的关澈抓起桌上的小番茄就朝他丢了过去，笑着道："哥厉害又不是一天两天的事情了，用得着你说。"

胡杭杭一耸肩，把刚接住的小番茄吃进嘴里："不过，你在我心里确实挺厉害的。"

"有多厉害？"关澈故意挑事，"比江延还厉害吗？"

搬起石头砸自己脚的胡杭杭思量了一会儿，斟酌道："这个嘛，那你肯定要比我们江延稍逊一筹了。"

关澈勾着唇，挑衅似的看着他。

胡杭杭倒是反应很快："不过，你这一筹不是逊在其他地方，你逊就逊在你没有个好同桌。"

关澈听这话哪儿哪儿都不对劲。

徐一川及时捂住胡杭杭还想说点儿什么的嘴，嬉笑道："胖胖你还不知道，说话不过脑子，你别听他瞎说，你一点也不逊。"

关澈："……我觉得你的话也不太对劲。"

这个话题没能继续说下去，关澈和江延聊了几句关于考试的事情，其他人听着听着，话题又扯到了高考。

成绩不好的徐一川闷头喝了两大杯玉米汁，借汁消愁愁不消："我这个成绩估计也上不了什么好学校了。前两天听我爸说，可能等高考结束之后就送我出国吧。"

一听这话，同样成绩不好的胡杭杭也难免有些悲伤："好歹你还有出国这条路，我吧，估计就是在国内随便上个普通大学。"

挨着胡杭杭坐着的林宛刚想安慰他两句，就听胡杭杭来了个一百八十度大转弯："然后只能被迫回去继承家业了。"

众人："……"

宋远看着胡杭杭："胖胖，不该你说话的时候你就少说两句，没人会当你不存在。"

这是七个人第一次坐在一起讨论以后的事情，林宛隐约感觉到离别似乎已在眼前。

徐一川问及每个人毕业之后的去向："江延、关澈还有林宛肯定都不用说了，都是去清大的人。你们呢？"

孟昕是早早就定好了奋斗的目标，倒没有什么其他的想法："我就一个目标——考首都医大。今年考不上，就再来一年，直到考上为止。"

徐一川点了点头，朝她竖了个大拇指，随后看向宋远："兄弟，你呢？"

"我啊，我没什么大志向。"一向看起来比较沉稳的宋远倒是有个让人意想不到的目标，"想当个警察，保护需要保护的人。"

高考就像是一张单程车票，看似终点一致，但在下车之后，每个人都有着自己的目的地。

天下无不散之筵席，与君相逢终有一别。

桌上的气氛忽然有些伤感。

徐一川叹了口气："也不知道毕业之后我们还有没有机会，能像现在这样坐在一起吃吃喝喝了。"

　　从一开始就没怎么说话的江延笑了笑，缓声道："你没有寒暑假吗？"

　　"……"徐一川皱着脸，"你这人怎么一点感情都没有，我好不容易酝酿出来的气氛都被你搞没了。"

　　江延靠着椅背，眉目被灯光晕染，温柔英俊，声音低沉："以后的路还长着呢，机会多得是，别想太多。"

　　回去的路上，路过一家文具店，林宛拉着江延走了进去，两人在笔具的货架前停下。

　　林宛拿起几支江延常用的黑色水笔在旁边的空白纸上写写画画，随口问了句："明天就考试了，你紧张吗？"

　　江延倚着货架，笑了笑："当然紧张。"

　　林宛轻"啊"了一声，嘴角跟着弯了一瞬："我还以为你是不会紧张的人呢。"

　　"我又不是神仙，"江延看着她，"也有害怕和紧张的事情。"

　　"没事没事。"林宛把手里挑好的笔递给他，"看，我给你选的笔都说了，你会金榜题名的。"

　　江延垂眸看着她手里拿着的六支黑色水笔，每一支的笔帽上都印着"金榜题名"四个字，勾了勾唇："是不是傻？"

　　"……喊。"林宛说，"走吧，结账去。"

　　"嗯。"

　　买完笔出来，两个人也没有在外面多耽误时间，直接回了自习室，然后各自回了各自的房间。

　　考虑到江延明天早上还有考试，林宛洗完澡出来，没打算跟以往一样拿着试卷去他房间，在微信上给他发了消息：

　　　　我今晚不过来啦！我在自己房间做试卷就行了，你早点休息吧。

　　江延不知道在做什么，隔了十多分钟才回了消息，却是让她过去：

　　　　过来，我看着你做。

　　林宛只好拿上试卷，开门，进了对面房间。

　　她原以为江延会复习又或是拿着试卷在做，却没想到他不知道从哪儿弄了张拼图，这会儿人坐在地上正在玩拼图。

"你明天就考试了，你这么悠闲真的可以吗？"林宛把试卷放在桌上的空处，跟着在地上坐下。

地板上铺了一层毛绒地毯，坐着倒是舒服。

江延头也没抬，手里捏着一小块拼图，似乎正在找该放在什么位置上，手悬在半空中，迟迟未落下。

"你也说了明天就考试了。"他放好这一块拼图，抬眸看着她，"临时抱佛脚又有什么用处。"

林宛撇了下嘴角，没说话。

江延往旁边挪了点位置，下巴轻抬，示意道："你先做试卷吧，做完我们再说。"

林宛无话可说，只能拿起一张试卷，又从桌上拿了本书垫在底下："我怀疑你上辈子就是个教导主任。"

江延笑了，低头捏起一块拼图，对比着原图在琢磨应该放在什么位置。

"我也想玩拼图。"林宛不满地说。

"好。"江延说，"你先做完试卷，做完给你玩。"

跟哄小孩似的。

林宛只能作罢。

屋里忽然变得很安静，笔尖划过纸张的声音异常清晰。江延坐在一旁沉默不语地拼着拼图，身旁坐着喜欢的姑娘，心里无比踏实。

"江延。"林宛写到难题，思考的间隙突然问道，"马上就要放寒假了，你今年过年怎么打算的啊？"

江延手下的动作一顿，轻声说："我还没想好。"

"那你们今年要不要去我家过年？"

不知怎么，林宛只要一想到去年他深夜给她送饺子的身影，就特别特别想把他拐回家。

江延放下手里的拼图，往后靠着沙发的边沿："怎么，就这么想让我们去你家？"

"是啊。"林宛凑过来，眼里有光有笑，"那你们去不去我家玩？"

江延笑着妥协："好。"

得到满意的回答，林宛又退回去，继续做试卷。

江延垂眸盯着她看了一会儿，微不可察地轻叹了口气，随后又低头玩着一旁的拼图。

什么也没说。

第十八章

以后

全国物理大赛上午九点半开考。

江延早上七点多的时候接到关父的电话，关父也没说什么，只是再三叮嘱他不要紧张，也不要有什么心理压力。

最后电话又被关母拿过去，说了些关于饮食之类的注意事项：不要喝凉水，不吃生冷，多注意安全，等等。

江延一一应下，最后还是关澈说了句时间不早，关母才准备挂电话，最后还不忘说一句："路上注意安全啊。"

"好，知道了伯母。"

电话挂断。

关澈靠着门，看着已经收拾妥当的江延："走吧，去楼下吃早餐。"

"嗯。"江延拿上书包，看到桌角放着林宛昨晚买的六支笔，想了想还是都装进了包里，"走吧。"

关澈注意到他的动作，唇角勾了勾："你不是就考一天，带这么多笔，你是要承包考场所有人的试卷吗？"

两人一前一后走出房间，江延随手关上门："你不懂。"

早餐也是林宛起早出门买的，馄饨和鸡丝粥，都是不怎么油腻的食物，吃起来也比较放心。

等吃过早餐，时间已经快八点。

关澈把关父家里闲置的一辆车开了出来，打算亲自送江延去考场。林宛白天有课，就没跟着一起。

三人一起出门，在巷口处分开。

林宛朝学校走去。

关澈开车送江延去考场。

等到两人到考场时，外面的空处已经停满了车，交警正在疏通车辆通行，关澈把车停在考点对面的临时停车点。

看到考场外有拖家带口的考生，关澈收回视线，看了眼还在低头看手机的江延，感慨道："怎么突然有一种老父亲的感觉。"

江延抬头睨了他一眼："……"

关澈笑了笑，拿起手机解锁看了下时间："快八点半了，你是不是要过去集合了？"

"等八点半再过去。"江延收起手机，靠着椅背合上眼帘，"我休息会儿。"

"没事吧？"

他摇了摇头："没事，老习惯了。"

进考场前眯个几分钟是江延的小习惯，一觉睡醒，似乎那些紧张和不良情绪都随着这一觉消失了。

八点半，江延下车去找学校老师集合。

关澈降下车窗，胳膊垫在窗沿上："好好考啊。"

他头也没回，只抬起胳膊，比了个 OK 的手势。

早晨的大雾散尽，阳光热烈而明亮。

少年的身影与光同行。

一月下旬。

全国物理大赛向各高校发布考生成绩。

溪城考区再出佳绩，溪城第十中学的一位高三考生在此次大赛中以笔试和建模赛双料第一的成绩摘得桂冠。

相较于九中的高调，十中则更加高调。

十中不仅在校门口挂上同样的横幅，甚至还在江延确定被保送清大物理系后，在校门口放了十个礼花炮。

齐声轰鸣，声势浩大。

溪城考区在今年的两场大赛中都取得了令人惊羡的成绩，溪城教育资讯网的主编还特意安排工作人员前往九中和十中进行采访。

只不过两位主角好像都不是特别配合的样子。

为了方便和缩减工作量，教育资讯网的工作人员在和九中、十中的招生部负责人商量之后，决定将两位学生拉到一起采访。

江延原本是想着拒绝，但架不住老余的软磨硬泡，只得答应；关澈也同样是被班主任生拉硬拽给拖过来的。

采访总时长半个小时。

刚开始江延和关澈两个人还能好好回答一些问题，只是在后来记者问到两人平常在学校都是怎么学习的时候，他们俩的回答差点笑倒在场的所有人，就连在台风天都能出外景的记者也惊呆了。

记者："我想请问一下你们两位平常在学校都是怎么学习的呢？有没有什么学习窍门可以和关注我们栏目的学生分享一下？"

关澈先回答："平常在学校我也没怎么学习，就是爱好数学学科。"

江延认真地点了点头："没错，不过要说到我们有什么可以分享的学习窍门……"

记者和编导期盼地看着江延，摄影师也把镜头对准他。

江延略一沉思，笑了笑："没有，我们在天资方面有一些优势吧！另外别看我们平时该玩玩，学习的时候也是极其用功的。"

"……"

采访总共花了半个多小时，等到教育资讯网后期剪辑完毕放出来，整个时长只有十分钟左右。

采访视频一出，江延和关澈在学校的事情立马被各大网友扒了个底朝天。

两位学霸一位是十中赫赫有名的颜值学霸，一个是九中校草榜榜首，出色的外形再加上令人惊羡的成绩，让江延和关澈在溪城小火了一把。

那段时间，溪城各所中学的贴吧论坛讨论的都是他们，甚至连清安大学的官方微博都转发了那条采访视频。

过高的热度给江延和关澈带来了人气，同时也带来了不少麻烦。

他们的个人信息被一些所谓知情者发了出来。

甚至是江延足够隐晦的家庭背景也都被好事者扒出了一些蛛丝马迹。

一时间，议论纷纷，人云亦云。

但不管网上再怎么议论，江延和关澈始终都没有出面承认又或是否认过什么，只是委托各自学校的官方微博发了声明。

声明发布之后，当时负责采访的教育资讯网的官方微博也在第一时间转发了两个学校的声明书，并随后又单独发布了一条微博。

　　溪城教育资讯网官方微博 V：近期某些网友在网上发布的关于江延同学和关澈同学的相关信息，皆是未经过证实且无从考据的信息，请各位擦亮眼睛，不要被带了节奏。两位小朋友都是很好的孩子，也都还是学生，请各位以后多多关注他们的学业，离他们的生活远一点。

声明书和教育咨询网官方微博一出，网络上有关于江延和关澈的信息逐日减少；再加上江延和关澈也不是什么流量明星，热度也都是一时的，网络日日更新，新讯息源源不断，两位颜值学霸的相关话题很快就被新的话题覆盖。

一段时间之后，江延和关澈的生活也慢慢回到之前的节奏，没什么变化，但也不是一点变化也没有。

比如他们俩合开的自习室，之前被人扒了地址放在网上，虽然现在事情暂时告了一段落，但是自习室每天的客流量相比之前却是翻了番，并且来的大多都是溪城其他学校的女孩子。

醉翁之意不在酒。

不过江延和关澈自从被保送之后，两个人就变得忙了起来。

大赛成绩出来的第二天，江延就接到了郭文教练的电话，当天下午便飞去了京安市。

关澈则是提前跟着导师进了实验室。

忙起来的时候，两个人基本上很少回自习室。

接二连三的扑空，让因为好奇前来自习室看帅哥的人也慢慢没了什么兴致。

步入高三之后，十中所有的高三学生周周小考，月月大考。虽然学校取消了期中考试，但期末考试仍然保留。

十中期末考试前两周，江延通过了郭文教练对他的入队考核，进入了附属于清安大学的国家物理组 A 队，成为一名正式队员，年后便要进队学习，将来有机会还要代表国家出战国际物理锦标赛。

考核结束之后，江延便直接回了溪城。为了更好地监督林宛学习，他还是和以往一样，该上课的时候依然照常去教室上课。

临近期末，各科老师也不再带着学生复习，基本上都是每两节课一张试卷，下课就交，成绩当天出，节奏简直快到飞起。

这节是化学课，跟以往没差别，还是一张模拟卷。

一节课结束，课间十分钟照常休息。

下课铃声响的时候，林宛刚好写完一道题，停笔甩了甩手腕，余光瞥了眼江延摊在桌上的卷子。

他不仅已经写完整张试卷，甚至连试卷末的加分题都给解了出来。

林宛忍不住咂舌："你是来打击我的吗？"

江延早在十分钟前就写完了试卷，正低着头在玩手机上下载的拼图游戏，闻言头也没抬，笑了笑，说："我写着玩的。"

"你可闭嘴吧。"林宛忍住翻白眼的冲动。

十分钟的休息时间不长不短，教室里有人趴在桌上补觉，也有人凑在一起聊天。

林宛也趴在桌上，手指搭着江延的胳膊敲了几下："我眯一会儿。"

"嗯。"江延偏头看她，果不其然在她眼底看到一圈淡淡的青色，低声问了句，"我不在的这段时间，你是不是又熬夜了？"

"差不多吧，关澈哥给我寄了几套卷子，都挺难的。"林宛入睡快，声音已经有些迷糊，"我写一张要花很长时间。"

"知道了。"江延摸了摸她的脑袋，"睡吧。"

回应他的是林宛已经睡熟的呼吸声。

十分钟很快结束。

林宛不知道是不是睡得太熟，好似没有听见上课的铃声，依然趴在桌上，动也没动。

化学老师郑谓拿着水杯从教室外进来，目光扫了一圈教室，沉声道："上课了，起来，都别睡了。"

有人被吵醒，也有还在睡的人是被同桌叫醒，迷迷糊糊揉了揉眼睛，拿起笔继续做试卷。

江延看了眼睡得正香的林宛，想了想，还是没叫醒她。

郑谓刚刚进教室第一眼看到的就是还在睡觉的林宛，第二眼撇过去发现人还趴在桌上，视线往旁边一挪，同桌也毫无动静。

他只好轻咳一声："有还在睡觉的，同桌帮忙叫醒一下。这马上就到期末了，这时候睡觉算什么。"

说完，郑谓又瞥了眼角落的两人，依然毫无动静："……"

老师叹了口气，只好从讲台上走下来，装作若无其事地在教室转了一圈，最后停在两人桌旁，放低了声音问江延："你同桌怎么回事儿，试卷写完了吗？"

"写完了。"江延抽出自己的试卷递给他，面不改色地瞎扯道，"老师，这是林宛的试卷，我刚刚在帮她检查。"

郑谓接过卷子看了眼，上面的字迹苍劲有力，笔锋含蓄整齐，和林宛一贯犀利凌乱的风格差别很大。

明眼人一看，就知道不是一个人的字迹。

郑谓看了看江延，想问你是不是觉得老师傻，但想了想这个问题问出来好像更傻，索性作罢，让江延在试卷姓名处写上林宛的名字后，拿着试卷回了讲台。

没人吵的林宛睡了一整节课，直到大课间的铃声响，才从睡梦中忽然惊醒："……"

她揉着肩膀，看着闹腾的教室，偏头问江延："我这是睡了一节课？"

"嗯。"江延点点头。

林宛低头看到自己没写完的卷子，惊讶地"咦"了一声："郑老师没找我要试卷吗？"

"要了。"江延说，"我把我的试卷写上你的名字交上去了。"

"……你是不是觉得郑老师脑袋不好使？"林宛随手从桌上拿了一张他的卷子和自己的放在一起，"我们俩的这个字差别还是很明显的，你觉得他能看不出来吗？"

江延回想起之前郑谓欲言又止的模样，估计他当时可能也是想问这个问题，勾了勾唇角："可能吧，反正他也没说什么。"

"行吧。"林宛放下试卷，伸了个懒腰，"是不是要下去跑操了？"

十中除了周一上午的课间是升旗仪式不用跑步，周二到周五的大课间，全校所有学生都要去操场跑步。

就连高三毕业班也不例外。

"差不多。"江延站起身，从桌肚里拽出十中的冬季校服，随便往身上一套，"走吧。"

到目前为止，江延仍然是（18）班的班长，按照惯例，班长是要在队伍前面扶班牌的。

冬日空旷的操场寒风肆虐，（18）班的位置从升旗台附近挪到了靠近操场西门处的尾端。

等待班级集合的过程中，胡杭杭听到站在队伍后方的几个班主任在聊天，好像在聊什么谁要过生日准备去哪儿吃饭的事情，还没等他听到到底是谁要过生日，队伍已经集合完毕，开始动了起来。

凌乱的脚步踩过塑胶跑道，发出各种各样的动静。

胡杭杭心里一直挂念着刚听到的事情，秉着打破了砂锅就一定要问到底的心思，跑操一结束就去了其他班打探消息。

回到教室后，林宛只看到徐一川和宋远，随口问了句："胖胖呢？"

"他啊，"徐一川坐着胡杭杭的位子，"跑步之前听到老余还有老杨他们几个班主任，不知道在说谁要过生日的事情，就非要跑去问清楚到底是谁过生日。"

旁边坐着的吴往话听了一半，随口插了一句："谁要过生日？"

徐一川耸肩摊手："不知道啊。"

直到第三节课的预备铃声响，胡杭杭才从教室前门跑了进来："同学们！重大消息！"

还没到正式上课的时间，班级里的同学都还没有进入上课状态，前排的男生好奇地问了句："什么消息啊？"

"我刚刚打听到老余下周一生日！"胡杭杭站在讲台上，举起手比了个五，

"据说还是五十大寿！"

"喊，我还以为是什么大消息呢。"有人拿书砸了下桌面，"不就过个生日，谁还不能过个生日了啊。"

"不是。我们不是马上就要毕业了么？"胡杭杭对这件事倒是执着，"去年老余什么时候生日我们都不知道就算了，今年好歹也算是知道了，总要做点什么吧，最起码人家也带了我们两年了，古话还说'一日为师，终身为父'呢。"

"你父亲过生日，你难道什么表示都没有吗？"

"……"

"我觉得胖胖说的有道理。"柳声说，"不过胖胖，你还是先回座位吧，木老师在外面等你发言结束等了好久了。"

胡杭杭扭头看了眼教室门口。

语文老师木辉夹着书端着水杯站在门口，笑眯眯地看着他："说完了吗？没说完你继续。"

胡杭杭摸了摸脑袋，尴尬地笑了笑："木老师，我说得差不多了。"

"差不多了啊。"木辉走进教室，把水杯放在讲桌上，抬头看着他，笑着道，"差不多了你还不下去，这节课你准备上啊。"

胡杭杭连忙从讲台上跑了下来。

班级里哄笑一片。

木辉也没废话："两节课一张卷子，下课之后课代表收一下，作文写不完列个提纲就行。"

底下有人抱怨："又做试卷，天天做天天做，有意思吗？"

木辉听见也没发火，只轻笑了声："我知道天天让你们做试卷是没什么意思，但是同学们，这样的日子也不多了啊，好好珍惜吧，别等以后才开始后悔。"

可惜这个时候的学生，对于老师再三提及的珍惜并未当回事儿，现在在他们心里只有未来才是最好，也是最值得向往的。

平凡枯燥如同炼狱一般的高三，是所有人年少时最想逃离的时光，可偏偏也是所有人年老时最想回到的岁月。

那个炎热蝉鸣不绝的夏日，一旦过去，就再也回不去了。

关于老余的生日，（18）班除了一小部分人不想参与之外，剩下的同学基本上都还是比较积极的。

班级里有小群，课间的时候纷纷在群里讨论怎么给老余过生日，又或是要给他买什么礼物。

林宛刷着群里的消息，看到有人说要给老余送一套笔墨纸砚，转头和江延说话："我觉得这个同学的提议不错。"

江延垂眸看了眼群内消息，了然道："不管送什么，老余肯定都不会收的。"

林宛轻啧了声："我也觉得，老余估计也不想让我们花钱，所以才连去年什么时候过生日都是瞒着我们的。今年要不是胖胖凑巧听到，恐怕我们到毕业也不知道。"

群里还在热烈地讨论。

到晚上自习课的时候，班级里的数学课代表何述在群里提了一句：

何述：别讨论买什么送什么了，我敢保证只要我们买了东西送给老余，就算收了，他最后肯定会按照原价把钱还给我们的。

何述：老余这人虽然心肠软，但还是很有原则性的。

何述：他之所以不想告诉我们生日的事情，也是不想我们花钱。

何述：所以大家考虑买什么，还不如想想有什么东西，是不怎么花钱但是又比较有纪念意义的，老余也不会拒绝的。

胡杭杭：此话有理。

徐一川：来来来，大家伙都想一想送点儿什么好。

林宛刷着群消息，时不时和江延聊几句："你对送给老余的礼物有没有什么想法？"

"写信。"江延没什么想法。

林宛看着他，笑了笑："你怎么给谁过生日都写信啊。"

江延纠正她："也就给你过生日写过信。"

那段时间在网上流传着一个关于祈愿星的故事。

一张窄窄的长条纸，三两下翻折成一颗星。

然后在将祈愿星放进祈愿瓶里时，虔诚地对着星星许下愿望，就能被天上的仙人听见，愿望就可以被实现。

原本就是带有神话色彩的故事，有人信有人不信。

有人叠了祈愿星许愿，愿望得以实现；也有人许了愿望，最后却没有心想事成。

总而言之，便是信则有不信则无，事在人为，心诚则灵。

班里的文艺委员李蕊在微博上看到这则故事，顺手把故事的原微博转发到了班群里。

李蕊：不如我们给老余叠一些祈愿星吧，有意义而且不用怎么花钱，老余肯定不会拒绝的。

　　房祁：附议加一。

　　柳声：手残怎么办？

　　吴往：学。

　　胡杭杭：手残党加一。

　　胡杭杭：不过为了老余，我可以！〔我可以.jpg〕

　　周琦：我们每个人还可以在字条上写下对老余的祝福，这样我觉得也挺有意义的。

　　尽管有一小部分男生表示自己手残可能叠得不漂亮，但李蕊和周琦的提议还是得到了大多数人的认同。

　　定下这份礼物的第二天，李蕊就将用来叠祈愿星的纸条买了回来，只不过因为他们所需的数量过多，杂货店的库存不够，只买到了两千张。

　　"老板说了，下午就去进货。现在我们手上暂时只有两千张，大家就先叠着，等货到了老板会通知我们去取。"李蕊把手里的纸条按照班级人数平均分配给每个人，"有不会叠的同学可以先拿一部分纸条找会的人学一下，反正我买得多，大家随便叠。"

　　五千颗祈愿星，分下来每个人手里都有将近一百颗的任务量。

　　胡杭杭从李蕊那里拿了四叠纸，林宛拿了一叠放在手边，叠星星对于她来说难度不大。

　　高一的时候，孟昕上课爱玩，而且还是什么都爱玩，白纸下五子棋、自制大富翁、用卡纸叠各种小动物小星星等等，反正那时候只要是和学习无关的事情，她基本上都十分感兴趣。

　　林宛和孟昕同桌一年，自然是耳濡目染学了不少。

　　"林宛，林宛，"眼看着林宛手边已经放着好几颗叠好成形的星星，叠了几次都没成功的胡杭杭停下动作，"这玩意儿到底怎么弄？我看视频上也没那么难啊，怎么上手跟我想的不太一样呢。"

　　林宛抬眸看了眼他面前的几颗歪七扭八的星星，笑着道："人家是星星，你这得是陨石吧。"

　　"……"

　　"过来，我教你。"林宛说。

　　林宛重新抽了张纸："先从最边角开始，类似于打个结这样，把另一头从这里穿过去，然后稍稍用力拉一下，注意打结的一头不要留太多，这样后面折叠的时候容易弄不起来。"

胡杭杭跟着林宛的动作打了个结："这样吗？"

林宛看了眼："对，就这样。然后你就抓着多余的这一部分，来回折就好了，最后把多出来的一点塞进去，形成一个完整的五角形，最后捏着边缘往里挤压就可以了。"

说着话，林宛手里又叠成了一颗星。

胡杭杭照葫芦画瓢，虽然没成形，但好歹也算有了个样子，比起之前的歪瓜裂枣好多了。

胡杭杭自豪地感慨了一句："这么一看，胖爷我也还是蛮聪明的嘛。"

班级里也有很多人不会，到处找人学习。

上课铃声响，江延从老余办公室回来，看到桌上放着的星星和彩纸，随手捏起一颗："这是在做什么，给我准备新年礼物？"

林宛抬头，面无表情地看着他："你现在怎么跟胖胖一样自恋了。"

江延笑了笑，否认道："我没有。"

"哦，对，你是没有。"林宛低着头，手里的动作没停，"你是从始至终都这么自恋。"

"……"

"我可还没忘记当初某人自恋到，说自己已经帅到让别人看着就能饱的程度了。"

林宛说的是高一期末考试两人在陈家小馆碰面的那次。

那时候林宛对他只有意见没有半点儿意思，觉得这人简直是自恋过了头，梁老师都不敢给他勇气的地步。

突然被掀了老底的江延有些不好意思，但又没有任何办法，只能笑着叹了口气："反正怎样都说不过你。"

林宛不置可否："你知道就好。"

"那这些是做什么的？"江延抬头看了一圈，发现几乎人手一份，很快反应过来，"给老余的礼物？"

"是啊。"林宛说，"李蕊在网上看了个祈愿星的故事，觉得挺有意义的，提议我们给老余叠五千颗祈愿星，然后周琦还让我们每个人在其中一颗星中写下对老余的祝福。"

"这倒是挺有意思。"江延把玩着林宛叠好的几颗星，停了几秒之后，回过神，"我也要叠？"

"不然呢？"林宛看着他，缓声道，"一日为师，终身为父。"

"那这么说，我之前不是也给你补过课。"江延笑着说。

林宛手下力道没控制住，好好的一颗星被挤成了"陨石"。

她闭上眼睛深吸了口气，将叠废了的星星攥在手里，睁开眼抬起头，面无表情地看着他。

江延注意到她手上的动作，还有眼里蠢蠢欲动的怒火，笑着妥协道："我叠，我马上叠。"

林宛露出笑容："这就对了嘛。"

坐在两人后边看完整场戏的胡杭杭感慨了一句："我们江延在林宛面前，简直没有任何地位可言。"

"……"

为了给老余一个惊喜，（18）班众人在课间和放学之后挤时间叠祈愿星，叠完五千颗祈愿星已经是三天后的事情了。

胡杭杭在同城订购了一只特大号祈愿瓶，老板还外赠了一只小号祈愿瓶，正好用来放他们写了祝福语的祈愿星。

写祝福语的彩纸是李蕊单独买的，材质和颜色都比较特殊。

上课之前，她站在讲台上说道："你们把想写给老余的话都写在里面，然后叠好，我下课过来收。"

班里其他人纷纷应声。

"好的！"

"没问题。"

林宛拿着纸，一时半会儿没想好写什么，看了看江延，发现他已经写好准备叠起来了。

她有些好奇："你写了什么啊？"

江延低着头，修长漂亮的手指捏着彩纸几下翻折，低声说："福如东海，寿比南山。"

"……你好没有创意哦。"

江延笑了笑，没多做解释。

至于他话里的真假，林宛也没有多在意，毕竟老余这次也算得上是大寿，像这种吉利话，只会多不会少。

关于写给老余的话，林宛想了大半节课，从古诗文想到名言警句，最后还是落入俗套，写了最平常的两句话：

生日快乐！老余！

谢谢您，余老师。

在学生时代里，除了有难能可贵的同学情谊之外，能够遇上像老余这样亦师亦友的班主任，也算得上是一件幸事。

　　下课之后，李蕊拿着小号祈愿瓶将所有人的祈愿星收集起来，等着自习课的时候送给老余。

　　兴许是每个人心里都藏了这份惊喜，下午上课的时候，（18）班一改之前沉闷的氛围，显得有些激动和躁动。

　　冬日的白天短，黑夜来得早，冬夜寒风凛冽，老余像以往一样捧着水杯，踩着铃声走进教室。

　　"同学们啊，最近气温降得比较厉害，马上又是期末考试了，你们可都要好好注意保暖啊。"健康是老余经常提起的话题，"这次期末考试是十校联考，试题难度不比之前，大家这段时间要好好复习，争取在这次考试中取得一个好成绩。"

　　"这马上就要过年了。"老余放下水杯，捡起讲桌上一小截一小截的粉笔头放进盒子里，"今年的寒假短，也就一个星期，学校考虑到为了让你们能够过一个安稳年，决定在假期后才公布期末考试的成绩。"

　　此话一出，班级里顿时热闹起来。

　　柳声拍着桌子，笑道："学校要不要这么贴心啊？"

　　老余捡完所有的粉笔头，又拿起粉板擦擦着黑板："不过，要是有些家长着急想要知道成绩，学校也不是不近人情，私下也会透露的。"

　　"……"

　　班里哄笑声阵阵。

　　坐在窗边的同学偷偷摸摸拉上窗帘，第一组前排的两个男生趁着没人注意，伸出了"罪恶之手"。

　　只听见"啪嗒"一声，教室一下子暗了下来，窗帘严丝合缝地掩在一起，没有一丝光亮。

　　有人开始起哄。

　　什么都不知道的老余还以为是学校停电，沉声道："你们安静自习，我去看看什么情况。"

　　话音刚落。

　　教室后排突然冒出点微弱的光亮，胡杭杭捧着刚点上蜡烛的蛋糕站起身，走上前："老余！生日快乐！"

　　有人拿了手机放了生日歌。

　　班级里众人跟着合唱。

　　青涩整齐的歌声在教室里回荡。

老余站在讲台上，似乎是有些没有想到，愣在原地没有动作。

昏暗的光线里，林宛看不清老余的神情，只隐约看见他抬手抹了抹眼角。

"老余……好像哭了？"林宛偏头看着江延，有些想笑，可又笑不出来，"我怎么也有点想哭的冲动。"

"别跟我说。"江延语气认真，"我见不得你哭。"

林宛刚酝酿好的情绪一秒破功，反驳道："我也没当着你面哭过几回啊。"

她细细回想了一遍："好像也就一回。"

江延撇开视线不看她："一回也受不了。"

"那我以后要是想哭的时候岂不是还要躲着你？"林宛说，"别人都是你哭吧，我在这里，没事的，怎么到你这就是不让我跟你说了。"

江延的重点似乎和林宛的重点抓得不一样："为什么你以后还会有想哭的时候？"

林宛轻"唔"了声，有些好笑："当然会有想哭的时候。我又不是神仙，也有七情六欲，怎么可能一辈子都不会哭呢？"

江延想想，觉得自己这个问题有些傻，轻叹了口气："算了，你以后想哭的时候还是和我说吧。"

教室里的歌声停了下来，胡杭杭把蛋糕放在讲桌上，猛地一头扎进老余的怀里："余老师！祝您生日快乐！"

老余这才像是回过神的样子，笑呵呵拍着胡杭杭的后背，又看了看众人，开始念叨："你这孩子，你们啊……"

有些话说不出来，只能隐于心里藏于唇齿。

徐一川笑着喊了声："老余！我知道爱在心口难开，您别说了，我们都懂，您还是快许个愿吹蜡烛吧！要不然蜡烛都快烧没了。"

"对对对，您快许愿吧！"胡杭杭松开老余，往旁边退开。

老余重新站到讲桌前，沉默了几秒，低头吹灭了蜡烛，烛火熄灭的瞬间，教室里重新亮起灯。

男生起哄地鼓着掌。

有人说了一句："老余您也太不够意思了，过生日都不和我们说一声。要不是胡杭杭这次凑巧听见，我们怕是到毕业都不知道您什么时候过生日的。"

"对啊，好歹也带了我们两年吧，不对，我高一就跟您了，那就是三年了。"柳声说，"您这个保密工作做得也太厉害了。"

老余笑眯眯地看着众人："生日嘛，也不是什么大事，不至于这么兴师动众的，也没想故意瞒着你们，就是正好前两次生日都在寒假，老师家里给一起过了。"

"还好今年赶上了。"徐一川说。

"是哦。"老余笑笑。

林宛笑着问了句:"余老师,您刚刚许了什么愿望啊?"

"升官、晋职、发大财?"江延插了一嘴。

"你这孩子。"老余看着他笑容更甚,眼角细纹漫布,神情和蔼温和,"老师这个年纪就不考虑这么庸俗的愿望了,我现在的愿望就是希望你们每个人都能高考顺利,去自己想去的学校,做自己想做的事情。"

提到高考,原先还有些热闹的气氛忽然沉默下来。

"高考是一场博弈,只要你坚持住了,不管结果如何,你都是胜者。"老余轻叹了口气,"老师带过很多届毕业班,也碰到过不少高考前临阵退缩的学生,高考固然重要,但高考并不能决定一切。

"能决定一切的只有你自己,只有你自己才能决定自己以后能成为什么样的人。"

老余的一番话带给在场所有人不小的触动,步入高三以来,那股无形的压力虽然看不见摸不着,但不代表不存在。

前排有一两个不堪重负的女生忍不住低声啜泣,教室里的气氛稍显压抑。

"老余,要是所有家长都能像您一样看得这么开就好了。"后排的男生自嘲似的笑了声,"可惜啊,在大人的眼里,只有成绩才能代表一切。

"像我们这种成绩不好的,在别的家长甚至是我们自己父母看来,我们来学校上课就是过来混日子的。

"可是我们也有想要做的事情,只不过我们想做的事情,始终都得不到这些嘴里说着什么都是为我们好的大人的认可罢了。"

一直以来,每个班级都有几个学习不好的学生,成绩不好得不到老师的关注、家长的关怀,能够得到的只有家长日复一日的责骂。

这些学生为了得到关注,有时候只能通过做一些出格的事情,去吸引别人的目光,证明自己的存在价值。

出格的事情带来的只有更多的责骂和不理解。

"我们也想学好,可是我们在学习方面也确实是没有天赋,也没法有什么好的成绩。"班上一个爱逃课上网的男生说道,"是,我在很多人眼里,可能就是个网瘾少年,但是又有谁知道,我假期靠网络赚到了自己的学费。"

他摇头笑了笑,声音有些落寞:"没有人知道,大人只知道我成天不学好,只知道上网。"

男生叫徐程,经常去网吧,是个玩游戏很厉害的男生,就连江延有一次都没赢过他。

班级里因为男生的话发起了一小波对家长的声讨。

老余静静听完每个人藏在心里不敢对父母吐露的言语。

有人说："我父母想让我考财大读金融，可我一点都不喜欢金融，我喜欢文学，我想去中大的中文系。"

也有人说："我现在回家我妈天天查我手机，生怕我在学校早恋什么的，烦死了。"

"我当初一点也不想学理科，可我父母说学文科不好就业，非逼着我学理。我现在成绩不好，他们就怪我在学校不好好学习。"

"有时候真想让他们来学校上一次课，考一次试，体会一下周周考、月月考的滋味。"

……

虽然父母经常说着为你好，可往往有时候很多人的压力都是来源于身边最亲近的人。

因为是亲近的人，所以有些话就不能说。

因为他们是为你好，所以有些事情只能自己默默消化。

因为是父母，所以很多时候有些人没有办法拒绝，只能被迫接受来自父母强加于自己的想法。

想到这里，林宛不免觉得庆幸。

方仪宋和林咏城对她从来都是绝对民主，也从不会以成绩定论一个人的好坏，从小到大，只要不是原则性的错误，他们俩也不会对林宛多说什么。

看着班里一个个人都不停说着对家人的看法，老余脸上的神情越发沉重，最后像是做了什么决定一般，长叹了口气。

生日会最后沦为一场声讨战。

自习结束之前，江延作为（18）班的班长，代表所有人送上他们给老余准备的礼物。

"余老师，生日快乐。"江延拿着写满所有人祝福的祈愿瓶递给老余，"这里的五十八颗祈愿星里，藏着我们每个人想写给您的话。"

余秉山接过祈愿瓶，眼里满含热泪。

他教书十几年，带过一届又一届的学生，每一届在他看来都是最好的一届。

杜闻博抱着装有五千颗祈愿星的祈愿瓶走上前："余老师，这里是五千颗祈愿星，代表我们所有人送给您的祝福。"

"好好好。"余秉山热泪盈眶，一时半会儿讲不出多余的话来。

"来吧，我们一起拍张照！"柳声掏出从家里带来的相机和装备，架在教室后方，"快点，站近一点，要不然拍不到。"

班里同学们站起身，动作迅速地将中间的桌椅挪开，五十多人乱七八糟地挤在一起。

柳声站在镜头后，看着每一个的站位，确保大家都能入镜。

"吴往，你这大高个给我站到最后一排，都挡着小姐姐了。"柳声有条不紊地指挥着，不管如何，老余始终站在人群中间。

……

"好嘞！"柳声调试着相机，"等会儿我数三、二、一，大家做好准备啊。"

听到熟悉的三、二、一，上次鬼屋之旅的终极惊吓还历历在目，心有余悸的林宛抬眸看了江延一眼。

恰好江延也正朝她看过来。

两人的视线隔着不远的距离交会，默契地相视一笑。

人潮拥挤，肩肘擦碰。

柳声将相机调整到延迟自拍模式。

倒计时开始后，他飞快地跑过来，往第一排一蹲，嘴里大声喊着："三！二！一！"

最后一个数字的尾音落下。

所有人齐声喊道："老余！生！日！快！乐！"

伴随着快门声的落下，这一瞬间的画面被永远定格。

窗外雾色正浓，冬夜寒风凛冽。

教室灯光明亮而温暖，每个人都在笑，光亮落下来，落在每个人眼里成了不一样的光芒。

那是他们对未来有所期望的光。

一时的欢乐之后，又是漫长的枯燥期。

每个人重新回到周周考、月月考的生活轨道，仿佛之前的一切不过是一个短暂的美梦。

当梦醒了，就要回到现实。

距离期末考试还剩一周的时间。

整个高三教学楼就像是被套上了一层罩子，听不见人声，看不见人影，只能见到每日教室越点越晚的灯。

这是一场没有硝烟的战斗。

也是到了这一刻，林宛才真的体会到当初高二来这里检查卫生时，看到的那些高三学生埋头学习的心境。

不是不想玩，也不是不想放弃，只是不能玩，也不能放弃。

离期末考试越近，（18）班的氛围越压抑，饶是平常不论什么考试都不紧张的林宛也被这股气氛所影响，变得紧张起来。

林宛连着几晚都在失眠，黑眼圈一天比一天更重，晚上睡不着，白天在教室只能找空补觉。

几次下来，江延也发现不对劲了。

周五大课间，前一天夜里溪城下了雪，操场积雪成片，跑操只能取消，改为在教室听英语听力。

听力是自主选择，有听的，也有不听的。

林宛强撑着精神扛了两节课，这会儿早已困极，倒头趴在桌上，没几秒就睡着了。

她困成这个样子，连坐在两人后面的宋远也察觉出有点不对劲。

"哥，你是不是平时给林宛太多压力了？"趁着跟江延一起去厕所的间隙，宋远随口说道，"我看她最近在教室经常睡觉，有时候你不在的时候，甚至能睡两节课。"

江延敛眸摇了摇头："没，这几天晚上的补习都停了。"

宋远轻啧了声："那她是不是自己给自己压力太大了，毕竟你都已经被保送去清大了，她会不会担心自己考不上好学校？"

江延又摇头："不知道。"

"好吧。"见状，宋远也不再多问，"回去了。"

江延洗完手，拧上水龙头："走吧。"

等回到教室，广播里的英语听力已经结束，林宛依然趴在桌上睡觉，胡杭杭和另外几个男生在后面打游戏。

"声音小点，都给我戴耳机。"胡杭杭压低了声音，"林宛睡觉呢，别给人吵醒了。"

"知道知道。"

江延闻言轻笑了声，什么也没说，回了座位，偏头看了眼林宛，微微抿了下唇角。

林宛一直睡到上课铃声响才醒，长达半个小时的睡眠足以让她缓过神，她从桌上翻出几套已经做完的卷子。

"江延，这是上次关澈给我拿的几套卷子。"林宛翻开自己的笔记本，"这有几道题我没弄清楚，你帮我看下。"

江延敛眸看了眼她写得满满当当的笔记本，淡声说："我看下。"

"好。"林宛把笔记拿给他，趁他看题目的间隙，忍不住吐槽了一句，"关澈买的这几套卷子难度简直太高了，我有几张都没过八十分。"

江延之前为了竞赛做过成百上千套卷子，熟能生巧，有些题目扫一眼题干基本上就能知道是什么套路。

"这是竞赛卷。"江延提笔圈出她答案中的错误，"难度当然大。"

林宛趴在桌上："关澈是不是对我有什么误解？"

江延笑笑："估计买的时候没注意。"

"行吧。"

林宛说的几道题目对江延来说几乎就是常见题，没过一会儿便把解题思路都整理了出来。

花了几分钟给林宛讲解完之后，江延合上笔记，随口问了句："你最近是不是睡眠不太好？"

"嗯？"林宛还在琢磨那几道题目，一时没反应过来。

江延抬手，指腹轻轻压在她眼下，提醒道："黑眼圈很重。"

"很重吗？"林宛下意识抬手摸了一下，小声嘀咕道，"也没有睡眠不好。"

江延垂眸觑着她，也不说话。

林宛鼓了鼓腮帮，无奈叹息，坦白道："好吧，我最近确实睡眠不太好。"

"但我事先声明，我不是压力大，我可能就是最近被班里这种氛围给影响到了。"林宛抓着他手腕，指尖勾到他腕上的细绳，"我对我自己还是很有信心的，你不用太担心。"

"我不担心，"江延皮笑肉不笑，"你觉得可能吗？"

林宛抿着唇，兴许是因为刚刚睡过一觉，整个人有些睡眼蒙胧的感觉："我也就是失眠，也没其他问题，可能等期末考试结束就好了。"

听了她的话，江延并没有多说什么，收回视线时不经意间看了眼教室门口，轻声说："先上课吧。"

说话间，生物老师已经拿着茶杯进了教室："这节课不考试，给你们自己复习。"

回应他的是底下哗哗的翻书声。

临近期末，教室里异常安静，除了翻书和笔尖划过纸张的声音，再也找不出其他的动静。

林宛拿出之前没写完的生物试卷，刚翻开一页，江延从旁边塞了张字条过来：

　　　　手机给我。

"你要我手机干吗？"林宛压低了声音问他。

"等会儿你就知道了。"

"哦。"林宛从书包里翻出手机递给他，"不过我手机好像快没电了，我昨晚忘记充电了。"

"没事。"江延从桌肚拿出带着数据线的充电宝放在一旁。

林宛也不再多问，从桌上随便拿了支黑色水笔，开始做卷子。

到现在为止，六个科目里，林宛除了物理算不上拔尖，其他五科基本上都稳定在高分阶段。

生物也不是短板，所以做起来很快。

等到江延把手机递过来的时候，林宛已经做到最后一道分析题，低声和他说："等我三分钟，快写完了。"

"不着急。"

江延立起手机，指尖摁着手机其中一个边角，让手机处于一个倾斜的状态，指腹慢转，轻轻地打着圈。

林宛说三分钟，其实只用了一分半的时间，停笔的时候，江延把手机递给她，淡声说："玩个游戏。"

"？"林宛伸手摸了摸他的额头，"没发烧啊。"

江延笑笑，点开她手机桌面上刚刚下好的象棋游戏："象棋会下吗？"

"当然会啊。"林宛下意识接了话，但又很快反应过来，"不是，现在是下象棋的时候吗？"

"下象棋还要挑什么时候？"江延把手机塞到她手上，转而打开自己的手机进入游戏，"来吧，看你能不能胜过我。"

林宛被他这么一挑衅，求胜欲瞬间起来了："不好意思，我林某人征战棋场多年，一直未逢敌手。"

江延啧了声："不巧，我也是。"

林宛说未逢敌手倒也不是撒谎，毕竟到目前为止，和她下过棋的都不超过五个人。

林宛和江延下了一整节课的象棋。

大半节课的时长，两个人玩了六七局，自称未逢敌手的林宛每一局都被江延以各种各样的套路速战速决。

"不玩了。"又输了一局之后，林宛直接退出页面，没什么感情地吐槽道，"我一点游戏参与感都！没！有！"

江延轻揉额角，声音含笑，似是嘲弄又似是揶揄："不是说未逢敌手？"

"我以前那是——"话音戛然而止，怎么说也是过去的糗事，就算两人在一起这么久，林宛在江延身上求胜欲依然是只增不减。

她面不改色地胡扯："毕竟距离我离开棋场已经有好几年了，我手生了不行啊！"

"行。"江延点头，"没人说你不行。"

"……"

期末考试如期而至。

这一次是十校联考，所有考生虽然在本校参加考试，但考场的监考老师全都换成了其他学校的老师，考场安排也并不是按照学生的成绩分布，而是全部打乱随机安排。

教室桌椅座位和考试科目全都是按照高考的标准。

江延原本是不打算参加这次考试的，但老余说毕竟这也是他高中时期最后一场考试，做人讲究有始有终，还是给他排进了考试名单里。

最终的考试安排表在期末考试前一天和准考证一同发给了学生。

林宛和江延并不在同一考场，只是在同一楼层。

考试那两天，孟昕也都是住在自习室，和林宛睡一间屋。

第一天考完语文和数学，江延有事提前交卷离开了学校，林宛和孟昕在校外的美食街买晚餐。

途中路过一家麻辣烫店，香味四溢，林宛忍不住停下脚步："要不然我们吃这个吧？"

"不行。"孟昕说，"明天还有一场考试，我们今天要饮食清淡。"

林宛垂死挣扎："那我吃个清汤？"

"你还是别侮辱麻辣烫了吧。"孟昕拉着她往前走，"一个麻辣烫失去了辣，就等于失去了灵魂。"

"……"

一个麻辣烫而已，你至于上升到这么个高度吗？

林宛原以为不让吃麻辣烫就算了，谁知道这仅仅只是个开始，接下来只要是口味偏重一些的美食，孟昕一概不让碰。

在不知道是第多少次被拒绝之后，林宛忍不住抱怨："你这样我还以为是看到了第二个江延。"

"……"孟昕说，"那你就当是学霸拜托我看着你的吧。"

"嗯？"话是这么说没错，林宛拎了拎，猜测道，"不会真是江延让你来看着我的吧？"

"啊，什么？你在说什么，我听不懂。"

孟昕想要蒙混过去，但林宛和她认识这么多年，怎么可能那么容易就被蒙混过去。

"好吧，我说。"扛不住林宛的软磨硬泡外加威逼利诱，孟昕坦白道，"你最近不是失眠吗？学霸怕影响你这两天的考试，所以就拜托我过来和你住，看能不能稍微缓解一下你失眠的症状。"

林宛没说话，孟昕看了她一眼，继续道："你也别多想，他就是担心你，就考完试那会儿他还给我发消息，让我看着你不要乱吃东西。"

"我知道，我没多想。"林宛笑笑，"我就是不知道他这么担心我。"

"嘁，那还不是因为关心你嘛。"孟昕一副身经百战的模样，"因为关心，所以才会这么担心。"

"说得你好像很懂一样。"

"那没吃过猪肉总见过猪跑吧。"孟昕忍不住翻了个白眼，"好歹也吃了这么多包狗粮。"

天色渐晚，两人也没有在街上多耽误时间，去馄饨店吃了碗馄饨之后，便回去了。

关澈也在，不过好像在忙，电脑不离手，半天才想起来扒一口饭。

林宛和孟昕没过去打扰，径直往楼上走，却在二楼迎面碰上了江延，孟昕打了声招呼先回了房间。

等她走后，林宛迈过最后一级台阶："你不是出去办事去了吗，怎么这么快就回来了？"

"办好了。"江延说，"吃饭了吗？"

"吃过了。"林宛想到什么，故意道，"吃的鸡汤小馄饨，非常清淡，一点点辣油都没有放。"

江延笑笑："要我夸你吗？"

林宛问："你吃饭了吗？"

"吃了。"

两人就站在楼梯口随便聊了起来。关澈拿着电脑从楼下上来，看见他们俩，笑着道："你们俩就不能多走几步，非要站在这。"

江延撑了回去："我乐意。"

"……"

林宛抿唇，及时岔开话题："关澈，你怎么突然回来了啊？"

"放寒假了。"关澈往上走了几步，这下变成三个人站在楼梯口，"今天考得怎么样？"

林宛比了个噤声的动作："关澈，你不知道考完试问人考得怎么样，是一件很忌讳的事情吗？"

"是吗？那我不问了。"关澈靠着楼梯栏杆，眉目温和，"不过我看你这样，应该考得不错。"

关澈勾了勾唇，没再继续聊下去，自顾自往楼上走，在三楼楼梯口碰见已经换了睡衣的孟昕。

孟昕应该是急着出门，看到关澈时，脚步猛地一刹，差点就要撞到他身上："呃。"

两人交流不多，除了几次组队游戏外，并没有其他的来往。

关澈微微向后退了点，随口问道："出去？"

"嗯，我爸妈给我送了点吃的。"孟昕指了指楼下，"我先走了。"

关澈看了眼她，但最后还是什么也没说："好，你去吧。"

孟昕点点头，飞快地往楼下跑去。

关澈停在原地，听见她和林宛说话，接着又是一阵拖鞋踩过楼梯的"咚咚"声。

他微偏了下头，回了房间。

期末考试最后两场是理综和英语。

在理综考试前，林宛还有些担心物理，但幸运的是这次理综的物理并没有她想象中那么难。

难得有一次考试物理没成为拖后腿的科目，等理综考试一结束，林宛恨不得马上飞奔到江延面前炫耀一番。

监考老师逐个收着试卷和答题卡。如果考生没有提前交卷，就只能等着监考老师收完所有试卷，确保没有任何问题之后，才能离开教室。

林宛百无聊赖地转着笔，坐在她前面的男生回头和她搭话："哎，同学，你物理卷选择题最后一题选的什么？"

林宛其实最不喜欢考完之后对答案，但怎么说人家也问了，总不能不搭理："好像选的是 A 吧。"

"啊！"男生有些惋惜，"那你选错了。"

"……"

男生像是找到话茬："那道题我之前做过类似的，应该是选 D 重力和机械能守恒。"

林宛揉了揉太阳穴，并不是很想解释什么："是吗，我物理不大好，可能是我写错了吧。"

男生还想说什么，讲台上监考老师整理完所有试卷和答题卡："好了，可以离开了。"

林宛"唰"地站了起来，男生被她吓了一跳。

林宛朝他礼貌笑笑："不好意思，我有急事，先走了。"

"哎——同学！"

男生想要叫住林宛，但留给他的只有一道潇洒的身影。

林宛和江延的考场在同一楼层，上午的考试江延没有提前交卷，但是他们考场收卷时好像出了点问题，林宛过去的时候，他们考场还没有散场。

三个监考老师站在讲台上着急地说些什么，林宛站在窗外，目光扫过教室，在第三列看到江延的身影。

他不知道在想什么，有些出神。

直到监考老师开口说话，教室里有起身的动静，他才回过神，站起身拿起自己的笔和准考证揣在口袋里。

林宛站在教室门口，嘴里数着数，一直数到五十的时候，江延才从教室里出来。

两个人都是学校的名人，走哪儿都像是明星似的，受到很多关注。

林宛一开始为了躲避这些关注，还故意不在公众场合和他太亲近，但久而久之，也就免疫这些目光了。

"你今天怎么没有提前交卷？"林宛戳了戳他的胳膊，"是不是太长时间没学习，觉得题目有些难了？"

江延懒洋洋道："我睡了一个多小时。"

"……"［我有罪.jpg］。

两人下了楼。考试期间又下了雪，校园里的地面上落了一层积雪，踩在上面嘎吱响。

"对了，物理卷的最后一道选择题选 A 还是选 D？"

江延想了下，淡声说："选 A。"

"我就说呢。"林宛嘀咕了一声，"怎么可能是选 D。"

江延捕捉到她话里的问题，随口问道："怎么了？"

"没事，就是老师收卷的时候，坐在我前边的男生问了我这一题选什么。"林宛想到那个男生，忍不住吐槽，"我觉得他好奇葩，问了我答案之后，还说我选错了什么的。"

"哦。"江延脚踩过雪地，不咸不淡地说道，"坐在你前边的男生。"

"……"林宛看着他，"Excuse me？这位同学，你有什么问题？"

"没事。"他淡声说，"也就是一个男生而已。"

"……"

下午最后一场是英语。

加上考听力的时间，林宛只花了一个小时左右，便做完了所有的题目。

估计是这次试卷的难度不高，等她停笔之后，考场有不少人都停了笔，有性急的人，等到可以交卷的时间，便直接交了卷。

林宛倒是不着急，坐在那里把试卷从头到尾检查了一遍。

挂在墙上的时钟一分一秒地走过。

五点钟，考试结束铃声响。

监考老师收完试卷之后，教室里变得乱哄哄的，上午和林宛搭话的男生又想和林宛说什么。

林宛及时拦住他的话头："别问我，这么多选择题，我记不住哪道题选了什么。"

男生摸头笑笑："不是，我是想问你 QQ 多少，加个好友。"

"……"

男生似乎有些不好意思："上午听你说，你物理不太好，我正好物理还不错，寒假你要是有时间，我可以帮你补课。"

林宛刚想拒绝来着，身后忽然传来一道冷冰冰的声音："不用你教。"

她僵硬地扭过头，看到面无表情的江延："……"

男生不知道是真傻还是装傻，不怕死地问了一句："你是？"

江延往前走了一步，居高临下地看着他，声音沉沉的："我是谁跟你有什么关系吗？"

男生："……？"

　　我是柠檬精本精：朋友们！爆笑大事件！！！

　　我是柠檬精本精：今年期末考试我和林同桌在一个考场，今天最后一场英语考试结束时，林同桌前座的男生［据知情人透露是（10）班的刘某某］（就是那个今年被李主任抓住染非主流颜色发型的刘某某）（好了我不能说太多，楼里纪检委员太多我不能暴露实名！），反正就是这个人不要命，想要林同桌的联系方式，想给林同桌补习物理。（我琢磨这小伙脑袋是不是不好使，人一学霸要你补习吗？人一学霸客套说一下自己学习不好就是真的不好吗？真是一点眼力见都没有！）

　　我是柠檬精本精：然后这小伙不仅没有眼力见，还十分地孤陋寡闻，不认识林同桌就算了，连学霸都不知道。（我也不知道是不是装的！）

　　我是柠檬精本精：学霸就很冷漠地告诉他不用你教，这位胆贼大的小伙就说了句你谁。（……简直无槽点可吐！）（不过这也不是搞笑的地方！）笑点是！！！学霸很严肃地跟他说：我是谁跟你有什么关系吗？

此条更新一出，底下如同以往一般，瞬间涌出一大波评论。

贴吧如同各类软件一样，有消息推送和提醒，当晚林窕的手机差点就被消息提醒到卡机。

刚清完一堆"99+"，没过几分钟又是一堆"99+"，林窕只能在系统里设置了屏蔽消息。

世界终于消停，林窕筋疲力尽地瘫倒在沙发里。

连着两天高强度的考试本就花去了她不少的精力，谁知道半路突然杀出个程咬金，惹得江延吃醋闹了小脾气，最后还要她花心思去哄。

当晚，林窕更新朋友圈，什么也没说，只发了一张表情包：

［我太累了.jpg］

她朋友圈上次发状态还是半年前，平常朋友圈也都是设定三日可见，这会儿突然"诈尸"，也诈出不少人。

同样看到这条状态的还有方仪宋，作为长辈她倒是没有在底下评论，直接给林窕打了电话。

两人聊了半个多小时，最后方仪宋提了句："今年过年，你要不要带江延一起回来？"江延的家庭情况方仪宋是知道的。

林窕没想到方仪宋突然提及这个，愣了几秒才应道："我不知道他过年有没有安排。"

"那你晚点问问。"方仪宋笑笑，缓声道，"好了，妈妈这里暂时还有点事，你早点休息。"

"好。"

挂了电话后，林窕自己琢磨了会儿，随后起身穿上拖鞋，"噔噔"出门去了对面的房间。

江延的门向来不锁。

林窕以前还有意思一下敲敲门，等到他回应或者等他过来开门才进去，时间久了，这些繁文缛节就被她抛之脑后，往往都是直接开门进屋。

这一次也是不例外。

"江延！"林窕手搭着门把手，往下一摁，声音伴随着开门声一同传进屋里，"你——"

话音戛然而止。

许是没有料想到会有人突然闯进来，江延在听到开门声的时候下意识抬头朝门口看了过去。

林宛想起来刚刚的电话："我妈妈刚给我打了电话，邀请你去我家过年，所以你今年是怎么安排的？"

江延擦头发的动作一顿，偏头对上林宛有些期盼的目光，突然有些难以启齿："我今年……"

他抿了抿唇角："应该会回江家过年。"

"？"

林宛仰头看着他，试探性地问道："你要回去处理什么事情啊？"

"一些陈年旧事。"柔和的光线衬得他眉目温和，"不是什么严重的事情，只是去跟江家做个了断。"

林宛记起当初他所说过的和江家有关的事情，还是有些担心，但无论如何，这是他一定要去了才能处理的事情。

她轻叹了口气，没再多问什么："那你多注意。"

江延应声："好。"

窗外不知何时又落了雪，雪花淅淅簌簌地落下。

电视里，新闻正在报道溪城年前这几场突如其来的大雪。

"根据气象台勘测，溪城今年的降雪量将达到一个最高峰值。据悉，前几日溪城市区内因大雪造成长达五个小时的交通堵塞，另外今日傍晚溪云路段公交站台因积雪过度突然倒塌，造成一死五伤，相关部门负责人正在接受调查……"

林宛和江延同时看向电视。

溪城虽然年年下雪，但雪量都很少，最高的一次降雪量还是在二十多年前，今年却是不寻常，强降雪一场接着一场。根据相关专家预计，如果再这么下去，很有可能会引起雪灾等危害。

江延抬眸看着窗外纷飞的雪花，微不可察地叹了口气。

今年的冬天，注定不安稳。

第十九章

结束

林宛在考试结束的第二天便回了家，同天傍晚，江隋远派人来接江延回江家。

　　江延没想到于风烟也跟着一起来了。

　　两个人在门口碰了面，于风烟眼里难掩笑意，温声道："原本你爸爸也要过来的，只不过临出门碰到点事情。"

　　江延轻"嗯"了声，没怎么在意地说道："走吧，时间不早了。"

　　"好。"于风烟目光落在他身上，却见他只带了一个书包，随口问道，"你行李呢，是不是还放在店里，我让司机过来拿。"

　　"没有。"江延看着她，"没别的了，反正也不会——"

　　"没关系。"于风烟像是怕他说什么不好听的话，只能突兀地截断他的话，"反正家里都有。你的房间你爸爸每天都安排人进去打扫，里面的东西都没有动过。"

　　江延还想说些什么，但最后全都化作一声叹息。

　　回去的路上于风烟一直在和江延说话，从学校聊到生活聊到感情，大大小小的事情，什么都聊。

　　江延也难得有耐心，不管她说什么问什么，都一一回答。

　　江家的老宅在临江江畔的别墅区，住在这里面的人非富即贵。

　　江延在这里短暂地住过一段时间，有一次甚至还碰见过在网上宣称自己单身的女演员跟一男人在车里卿卿我我，只不过他不是喜欢八卦的人，要不然当时随便拍两张照片卖给狗仔还能赚不少钱。

　　路途本就远，再加上大雪封路，等抵达江家时，夜幕已经降临。

　　阔别一年再回到这里，江延心里要说没有一丝波动，那肯定是假的。当初离开之时，他还从未想过自己有朝一日还会主动回到这里。

　　江家的别墅装潢不似其他有钱人家富丽堂皇，许是江老爷子和江老夫人喜好素雅，别墅内的装潢大方简约，外部偏西式，内部却是更偏中式一些。

　　入门处有一方小小莲花池，冬日零下的气温，池水却没有结冰，水面上有淡淡的雾气缭绕。

江隋远早早地等在门口，身旁站着好几个用人。廊下落着柔和的灯光，衬得他眉目和善。

车一停，有专人上前开门，江延从车里下来，江隋远快步走下台阶，身后用人忙举伞跟上。

"回来了。"江隋远拍着江延的肩膀，重复道，"回来了就好。"

江延"嗯"了声，没多余的话。

于风烟上前一步，江隋远抬手虚揽着她的肩膀："走吧，外面冷，我们进去说。"

"嗯。"

客厅里，江家的老老少少都聚齐了。

坐在最中间的是江老爷子和江老太太，紧挨着江老太太身侧的少年便是江隋远先妻之子江慕澜，再往旁边是江隋远的弟弟江隋风。

其他的都是江家的一些表亲堂亲的。

当初江延刚被带回来时，反对最强烈的便是这些所谓的江家人，而两位大长辈却从始至终没说过一句话，只有江隋风时不时会针对江延。

这一次，不知道江隋远是说了什么，两位长辈虽然依然话少，但比起之前的沉默倒是显得平易近人多了。

挨个认过人之后，江老爷子最先发话："孩子这一路也辛苦，隋远你带他回房间歇一歇，等会儿该开席了。"

"好。"

江延又跟着江隋远和于风烟一同去了二楼的房间，江隋远走在前面开门开灯："自从你搬出去之后，我一直让人按时打扫，也没让人动什么。你先住着，看看有什么需要的就提。"

说完，江隋远又看着于风烟："你在这陪着孩子，我去楼下看看。"

"好。"于风烟点点头，伸手替他抚平衣领处的褶皱，温声笑道，"都这么大的人了，衣服都不知道好好收拾收拾。"

一向在商场上杀伐决断的独裁者在这会儿倒像个寻常人家的丈夫："我以后多注意。"

"去吧。"于风烟笑笑。

等江隋远离开之后，江延看了看于风烟，沉声问道："你和他结婚了？"

于风烟一愣，而后摇了摇头，神情难掩落寞。

她的身份太尴尬。

这几年江隋远逐渐掌握了江家所有的经济大权，虽然不能忤逆父母的意思明媒正娶于风烟，但一些必要的场合，他都是带着于风烟出席。

除了江家的人，江隋远商圈里的朋友基本上都已经默认于风烟为江太太，就连家里的用人私底下也称呼于风烟为太太。

但江家和周家是世家好友，尽管周澜已经去世多年，可不管如何，江家的两位长辈都不同意让风烟入江家的族谱。

两位老人做出的最大让步便是让江延以江隋远小儿子的身份入江家，但实际上，江延比江慕澜还要大一岁。

"结不结婚在我看来已经不重要了。"于风烟看着江延，笑意温柔，"只要他们承认你，就足够了。"

现在的生活对十多年前孤立无助的于风烟来说已经是奢望，它来得如此不易，尽管多有遗憾，但也不全是遗憾。

人生如月，时有圆缺，圆满亦可，缺憾也罢，一生总归不过几十载，来来往往，譬如朝露，去日苦多。

当天晚宴结束之后，江隋远被江老爷子叫去书房，一同前去的还有于风烟。两人一离席，江家的那些堂亲表亲统统收起先前平易近人的模样，不再和江延多有接触，仿佛和他说一句话都是多么忌讳的事情。

这样的场景江延早些年便经历过，甚至那时候他们的态度还要更加冷硬和高傲，好像他是什么廉价的蝼蚁一般，可以任人随便践踏。

江延心里早就对这里的一切没有留恋，自然对这些人的态度熟视无睹，起身准备回楼上房间。

江隋风看着少年的身影，手握成拳抵在唇边轻咳了一声，在场的一位女眷和他对视一眼，突然阴阳怪调地笑了声："这从小没有养在江家的孩子就是不一样，长辈都还在这里，他倒是一声招呼都不打就准备走了，真是一点教养都没有。"

"是啊。"另外一着装精致的女眷也道，"我们就算了，老太太还在这里，作为孙辈就这么当看不见，要是以后真让他们母子都进了江家，那还得了。"

江延停在原地，背影身形颀长，闻言忽然又坐回原地，姿势大大咧咧的，毫无形态可言。

他端起面前的白瓷茶杯，揭盖轻拂，垂眸看着在水里起伏的碧绿茶叶，而后抬眸看着最先说话的女眷，淡淡地笑了声，语调低冷："我请问，你有什么资格跟我说教养？"

"你！"说话的是江氏两兄弟表姑家的女儿，锋眉利眼，一脸刻薄相，"说你没有教养还是抬举你了，真是有什么样的母亲就有什么样的儿子。"

江延对这些人的指责全盘接收，而后皆抛之脑后。他放下茶杯，重新站起身，仔细将了将衣领，对着坐在最高位的江老太太微微颔首："江老太太，我自小身体不好，这里空气有点脏，我呼吸难受，就先走了。"

礼貌有度，进退有致。

话虽不好听，可你偏偏又挑不出任何毛病。

已过古稀之年的江老太太听闻这话，终是抬眸看了眼前少年一眼。老年人的眼窝深陷，眸光却亮堂堂。

她盯着江延看了许久，江延便毫无所谓地站在那里让她看了许久。

良久，江老太太微微点了点头，声音沉稳厚重："你回吧。"

言至于此，江延也没有太多想说的，径直上了楼。在他离开后不久，江慕澜也起身跟着上了楼。

两人在走廊尽头不期而遇。

江延看着这个跟自己有几分相似的男孩，舌尖舔了下腮帮，淡声道："聊两句？"

江慕澜一向对江延和于风烟没有好感，自然是不想和他多说一个字，随即面无表情地转身离开。

江延看着他的背影，懒洋洋道："你难道不想知道我为什么又突然回这里了吗？"

当初他选择离开江家的时候，曾经当着江慕澜的面发过誓，说永远也不会再回到这里。

果不其然，一听这话，江慕澜潇洒的身影一顿，扭回头看着他："你想聊什么？"

"你确定要站在这里聊？"江延手抄着兜，肩膀倚着墙，挑眉觑着他，那姿态反倒像是江慕澜才是外来的。

"我不喜欢和你单独待在同一空间。"江慕澜说。

江延笑笑："真巧，我也是。"

"……"

最后两人去了走廊尽头的小阳台。

江慕澜站在阳台的角落，恨不得离江延远远的，冷声道："我不喜欢废话，你要想说什么就直接说吧。"

江延靠着阳台围栏的栏杆，冬日的冷风吹得他眼眶发酸："我这趟回来，就想办成一件事，办成了我就走，再也不回来。"

"你之前离开的时候也是这么说的。"江慕澜抱着臂，冷哼了声，"可你现在还不是回来了。"

江延微偏了下头："随你怎么说。"

江慕澜不看他："说吧，你想办什么事？"

"我想让江隋远娶我母亲。"

"你做梦！"闻言，江慕澜横眉冷目，语调突然拔高，"我告诉你，你想都不要想！"

"可我偏要这么做。"江延往前走了几步，拉开阳台的帘子，走廊的灯光照进来一束，"我来这里就为了这么一件事。"

"异想天开。"江慕澜轻哼了声，"不说我外公外婆不会同意，爷爷奶奶也绝对不会同意我爸娶你妈；就算爸爸有能力让爷爷奶奶都松口，但只要我不同意，我外公外婆就一定会为了我妈抗争到底。"

"所以这就是我想和你聊一聊的原因。"江延靠着身后的墙，和他面对面，"江隋远想让我回来认祖归宗，一旦我答应，我就成了他名正言顺的儿子，这样我和你就有了同等的继承权。"

江慕澜沉默了一瞬。

江延勾了勾唇角，语调漫不经心："我再加上我妈，你觉得以后在江氏还会有你的位置吗？"

不愧是江家教出来的孩子，江慕澜在听完江延的话之后，很快便冷静下来，抬眸看着他："所以呢，你到底想怎么做？"

"我用全部的继承权，换你答应江隋远娶我妈。"江延清楚江家两位长辈这么多年都不同意江隋远再娶，和周家的世交情谊是一方面，但更多的都是为了照顾到江慕澜的感受。

只有江慕澜松口，于风烟才有机会嫁给江隋远。

"你觉得我傻吗？"江慕澜的声音被风吹得有些凉薄，"让你妈嫁进来，她难道不会再想多要些什么吗，比如给你这个儿子捞一个继承江氏企业的机会？"

"如果我能让她签下婚前财产公证书呢？"江延说，"我既然决定要做成这件事，就已经做好了全部的打算。"

"所以呢，你就觉得我一定会答应你的要求？"江慕澜问。

"你会。"江延笃定道，"江氏能走到今天，离不开你母亲和周家的鼎力支持。你母亲当年为江氏的存亡做了不少正确的决策，就算是现在，江氏很多老董事就算不看江隋远的面子也会看你母亲的面子，所以你一定不想江氏就这么轻轻松松落入我手里。"

江延很了解江慕澜，在他看来，江氏企业便是他母亲留给他最后的东西，他比任何人都要珍视。

这是一场赌局，且是一场结局早就定下了的赌局。

"好。"江慕澜在沉默许久之后，沉声道，"给我一个星期的时间，这件事我不能一个人做决定。"

"三天。"江延说，"三天后便是除夕夜，当天江家所有的亲眷旁支都会来参加年夜宴席，我要你当着所有人的面说出你的决定。"

江慕澜上前一步，可江家良好的教育不允许他动手，他只能攥紧拳头，停下所有出格的举动："你不要逼人太甚！"

"我只是想速战速决，我没有太多的时间留在这里。"江延淡声说，"我知道你们周氏企业有一个很权威的律师团队，这三天内只要你安排好人，我立马和你去做放弃继承权的公证。"

江慕澜看着他，仿佛听到了什么惊人的决定。

"至于我母亲的公证，只要你当着所有人的面答应他们结婚这件事，我也会让我母亲答应做婚前财产和放弃夫妻财产继承的公证。"江延轻揉额角，"至于领证的事情，我希望你能督促他们尽快办。只要他们领了证，我会立马离开江家。"

事已至此，江慕澜也没有什么好说的，只是有些疑惑："你难道对江家对江氏就真的没有一点想法吗？"

江延拉开帘子，背对着他，走廊的灯落下温暖的光芒，他的声音却是冷淡依旧："不是我的东西，又有什么好想的。"

江慕澜的速度很迅速，隔天一早，江延便听见家里的用人说他回了周家，明天才能回来。

一家人装模作样吃完早餐，江家的那些旁亲仿佛已经将昨晚的闹剧抛之脑后，对着江延笑脸相迎。

江延懒得跟他们做戏，随便吃了点东西，便离席回了房间。

早晨起床后，江家有专门的用人到主人的房间打扫收拾，江延回去的时候，阿姨正在给他收拾床铺，看见他突然回来，愣了一秒，又很快回过神，低头打了招呼："小少爷。"

江延听见这可笑的称呼，眼皮一跳，也没应，走到桌旁拿起手机，看到林宛给他发了好几条微信：

早上好！

你怎么样？

没有什么问题吧？

江家的那些人没有为难你吧？

啊啊啊，你为什么还不回我消息啊？

我看电视里像江家这种家庭规矩都挺多的，你是不是都不能玩手机啊？

你再不回我，我真的要报警了哦。

江延刚准备要给她回个电话，抬眸看了眼屋里的阿姨，想了想，还是拿着手机出了门。

他去了昨晚那个阳台，环境没什么差别，但心境却是完全不同。

电话接通得很快，林宛咋咋呼呼的声音隔着屏幕传出来："啊啊啊，你终于接电话了！我差点都准备报警了！"

江延笑笑："我没事。"

林宛听着他有气无力的声音，脑中警铃大作："我怎么听着你声音这么憔悴啊，你不会被虐待了吧，他们是不是不给你饭吃啊？！不行，我要开个视频看一下！"

话音刚落，电话便断了，还没等江延点到视频通话，她已经先拨了过来。

视频一接通，林宛整张脸便凑在摄像头前，仔仔细细看过一遍之后，松了一口气："还好，还是那么帅。"

"……"

林宛找了支架把手机放在桌上，人坐在不远处，在她面前是一大幅散乱的拼图。

"你在拼拼图？"江延问。

"对啊。"林宛拿起一小块碎片，再三比量后还是没找到合适的位置，抬头叹了口气，"你当初那幅三千块的拼图到底是怎么拼的，我觉得我可能要拼到天荒地老才能拼好。"

"那等我回去帮你拼。"

林宛看着手机："那不行，这是我要送给你的新年礼物。"

江延笑着道："是五十年后的新年礼物吗？"

"……"林宛抿着唇角，忍住想翻白眼的冲动，"是等你百年之后烧给你的新年礼物。"

"那也是我烧给你。"江延说，"我一定比你晚离开这个世界。"

林宛放下手里的拼图："你觉得十几岁的我们就已经开始讨论这么深刻的问题，真的合适吗？"

江延摸了摸鼻尖："我过完年二十了。"

他不说起年龄的事情，林宛差点忘记自己和他的两岁之差："怎么，我还要夸你吗？都二十岁了还能和十八岁的我做同班同学！"

"……"

白天的走廊帘子被拉起，站在走廊便能看清阳台的全景，于风烟带着用人上来的时候，一眼就看见了站在阳台处的江延。

她往前走了几步，刚听见一点儿动静，江延却很警惕地扭过头，见是她，才稍稍松开紧蹙的眉头，转而对着手机低声道："有点事，晚点和你说。"

"好。"

林宛先摁了挂断，江延收起手机，转身看着于风烟，缓声道："有事吗？"

"没什么大事。"于风烟笑笑，"妈妈看你早上没怎么吃，给你下了点小馄饨。"

闻言，江延看了眼站在两人身后端着餐盘的用人。

餐盘上摆着一只白瓷碗，馄饨泡在汤里晶莹剔透，旁边摆着同款的瓷勺，另外还有一碟小菜。

江延想说自己不饿，但看着于风烟的目光，又想到自己背着她做的一些决定，最后只能点点头："去房间坐会儿吧。"

两人去了江延的房间，用人放下餐盘和负责打扫的阿姨一同离开了。

江延拿起瓷勺舀了一只馄饨，犹豫片刻，抬眸看着她："如果有一天，让你和他结婚的前提是，你放弃所有关于江家财产的继承权，你愿意吗？"

于风烟笑容一僵："怎么突然这么说？"

江延执着于她的想法："你先回答我，如果真的有这样的选择，你会答应放弃吗？"

静默了片刻，于风烟点点头，眼里是藏不住的温柔："我和你父亲在一起本就不是为了什么所谓的江家的江太太，从始至终，我都只是想做他一个人的江太太。"

江延收回视线，垂眸吃着馄饨，低声应了句："我知道了。"

当天晚上，江延接到江慕澜的电话，约他明天在市中心的一家律师事务所见面。

电话里，江慕澜的声音异常冷静："上午十点，希望你不要迟到。"

江延没有回答他，直接挂了电话。

没几秒，又收到他的短信，是律师事务所的地址。

江延回了个"谢"字，最后关上手机，睁眼看着这一室的阒寂黑暗，心里无比坦然。

翌日一早，江延拒绝了管家替他安排的车子："我想在这一片儿逛一逛，不麻烦您了。"

言毕，他便径自出了门。

在江家待了几十年的管家看着少年顾长的身影，好似看到了许多年前的江隋远。

别墅区里的积雪早就被处理干净，柏油路面光洁明亮。走过熟悉的路口时，江延又看见几年前那个女演员和一男子在车里拉拉扯扯。

他本想直接走过，但想着林宛应该会喜欢看这些八卦，索性随手拍了张照片发给林宛。

紧接着手机就收到了一阵狂轰乱炸：

> 她她她不是今年刚拿下了金马影后的何今仁吗？！！
> 她不是在和那个谁在传绯闻吗？
> 我天哪！我的世界崩塌了！
> 嗯？这男的看着好眼熟！！！
> 这男的不是今年选秀火起来的奶狗洋吗？！！
> 次元壁破了。
> ［你开心就好不用管我死活.jpg］

江延对她的这些粉圈用语虽然不是很了解，但是看着她这样的反应，莫名觉得想笑。

一路上，林宛不停地在给他科普这位何今仁影后，从出道到大红大紫再到今年拿下影后。

江延没什么兴趣，只是看她科普得这么来劲，也没说什么，时不时还给几句回应。

> 林宛：她是不是很努力？
> 江延：嗯，挺努力的。
> ……
> 林宛：她真的超敬业。
> 江延：嗯，敬业。
> ……
> 林宛：但她为什么和奶狗洋搞到一起了？！
> 江延：不知道。要不然我去问问她？
> 林宛：真的可以吗？［星星眼.jpg］

江延：你觉得呢？

林宛：886。

……

诸如此类的对话一直持续到江延下车。他付完钱，开门下车，和自己早前约好的律师碰了个头，随后给林宛发了条语音："我有点事，晚点和你说。"

林宛回了个"好"。

江延退出微信，点开昨晚江慕澜发来的那条短信，按着上面的地址，找到了那家律师事务所。

江慕澜早他一小时等在这里。

碰面之后，两个人也没有多说什么，事情是早就定下的，来这里不过是走个流程。

江延接过他准备好的文书，交给自己带来的律师。

江慕澜带人离开，留他们两人单独待在会议室。

律师花了十多分钟看完所有内容，和江延交谈："内容没什么大问题，只是文书里还提到如果江隋远另立遗嘱将部分财产赠予你，你也不能接受，这属于强制条款，是可以拒绝的。"

江延摇头："既然选择放弃，就要彻底。其他还有什么问题吗？"

"没有。"律师把文书交还给他，"你决定好，就可以签了。"

江延抬眸，隔着一层玻璃看着站在外面的江慕澜，站起身，淡声说："那走吧。"

之后的签字公证流程在周家的安排之下十分顺利。

事情办妥当之后，江延和律师没有多停留，很快离开了事务所。

江慕澜看着他的身影消失在门口，收回视线拿起桌上的公证书，在末尾处看到江延写下的一句话——

我自愿放弃以上所有财产的继承权及相关财产赠予的支配权。

落款——江延。

如果江延不是江家人，江慕澜认为他们应该能够成为很好的朋友，可惜这个世界上没有那么多的如果。

更何况如果江延不是江家的人，他也许一辈子也不会和这样的人有所接触。

……

沉默了片刻，江慕澜轻叹了口气，转身把公证书递给律师，捋了捋衣领，沉声道："回去吧。"

　　之后的事情也如江延所想的一般。

　　除夕夜，在江家的年夜宴席上，江慕澜当着众人的面主动给于风烟敬酒："于姨，这些年感谢您照顾我父亲。我之前年少不懂事对您多有不敬，您多担待，这杯酒就当是我给您赔罪。"

　　于风烟从未想过江慕澜有一天会做出这样的举动，一时愣在原地不知所措，还是江延在底下提醒了她："哥给您敬酒呢。"

　　于风烟回过神，神情难掩激动，一向沉稳的她不由得有些慌乱和语无伦次："慕澜，我……"

　　"于姨，您不用说，我都知道。"江慕澜及时打断她，转而又看着江隋远，"爸，这么多年您为了照顾我的感受，一直都没能给于姨一个名分，现在我也长大了，您也是时候给于姨一个名分了。"

　　此话一出，却是比先前江慕澜给于风烟敬酒还要让人震惊，江家的两位长辈更是有些莫名。

　　"阿澜，你父亲续弦是大事，总要先问过你外公外婆的。"江老爷子率先发话，但其实他心里也清楚，江慕澜今天能说出这番话，自然是提前问过周家长辈的意见。

　　"爷爷，这件事情外公他们也是同意的。"江慕澜看着江隋远和于风烟，"只是我马上就要去国外读书，不能参加父亲和于姨的婚礼了。"

　　于风烟眼眶湿红，有种苦尽甘来的慨然："我和你父亲这个年纪，婚礼还是免了吧。"

　　"那总要有些仪式的。"江慕澜想了想，"不如你们早点儿领证，我们家里人一起吃顿饭也好。"

　　"我看行。"江隋风从江慕澜那里知道了内情，这会儿倒是装模作样说了句像样话，"那不如就这个月初八吧，我看了是个良辰吉日。"

　　结婚领证的事情就在席上被敲定。

　　江慕澜隔着长桌看了江延一眼，像是在提醒什么。

　　江延笑笑，在唇上比了个噤声的动作，江慕澜眉头一蹙，想要说些什么，江延却率先挪开视线，偏头和于风烟耳语了几句。

　　江慕澜看到于风烟的神情愣怔了一瞬，而后猝不及防抬眸看了他一眼，他勾唇微微颔首，扭头不再关注他们母子。

　　席间休息的时候，江延和于风烟提起了财产公证的事情，于风烟倒是也没多想，只是觉得有些亏欠江延："妈妈知道你的意思，财产的事情我会和你父亲商量。"

"我不要您去商量，我要您一定做这件事情。"江延说，"您觉得江慕澜这么轻易就让您嫁进来的原因会是什么，不过是因为我回来了，他怕自己的地位会因为我受到威胁，所以他只能选择讨好您。"

于风烟倒是惊讶他看得这么透彻。

"我虽然选择回来，但我对江家的一切都不感兴趣，我不想因为你们的事情影响到我正常的生活。"江延抿唇，"您觉得周家的那两位会不会为了保住江慕澜的地位，对我做出什么不好的事情？"

于风烟沉默了。

江延嘲弄似的笑了声："毕竟现在一场什么都查不到的车祸，就可以被判定为意外。"

他的安全对于风烟来说比什么都重要，江延几乎不用赌，都可以确定于风烟一定会答应他的要求。

"财产的事情我会和你父亲说。"于风烟看着江延，"这段时间你就待在江家，哪里都不要去，如果一定要出门要记得和我说一声。"

"我知道。"江延笑笑，"我会注意的。"

……

再回到席上，江延看了江慕澜一眼，从手机上给他发了条短信："不要着急，会如你所愿的。"

江慕澜看完消息和他对视了一瞬，倒是没有再多说什么。

除夕夜过后，江隋远和于风烟便时常不见人影。

几日之后，于风烟在周氏和江氏两家企业的合作律师共同公证下签下婚前财产和放弃所有继承权的公证书。

初八，黄道吉日，风停雪止，晴阳初露端倪。

江隋远和于风烟一早便去领了证，红彤彤的两本证书拿在手里时，两人皆有种恍如隔世的感慨。

于风烟也终于如愿以偿地嫁给了自己十八岁便想嫁的男人。

当天晚上，江隋远在溪城最豪华的酒店包下了一整层楼用以宴请宾客，各方媒体来往，江氏企业掌权人与初恋再续佳话的故事很快便包揽了溪城的娱乐版头条。

江延站在暗处看着在灯光粲然中笑意盈盈的于风烟，眼眸里不再是冷漠和抗拒。

坚冰消融，尽是柔软。

他轻轻地笑了笑，偏头却看见江慕澜站在不远处，视线正落在这边。

许是注意到他看了过来，江慕澜大大方方地朝他走了过来："怎么，不过去祝福一句？"

江延看着席上觥筹交错的人影，笑意淡了淡："那么多人，不缺我一个。"

"你真的要离开江家吗？"江慕澜问。

江延敛眸："当然会。"

"如果你跟我没有血缘关系，"江慕澜看着他，"我想我应该会交你这个朋友。"

"没有如果，我们不会是朋友，更不可能是兄弟。"江延说，"以前不可能是，现在和以后更不可能是。"

江慕澜默然。

"我该做的都做到了，希望你以后不要针对我母亲。平心而论，我母亲不亏欠你们家什么。"江延看着远处，神情有些恍惚，"她这一辈子只亏欠了一个人。"

江慕澜看着他，问道："是谁？"

"我父亲。"

江慕澜疑惑地看着他。

江延没有和他过多解释什么，转身走进暗处，背对着他挥了挥手："走了，不见。"

以后再也不见，这一切终于结束。

于风烟是当晚宴席结束之后回到江家老宅时，才知晓江延已经在数小时前离开了江家。

早前听了江延提到的那些危险话，于风烟对江延的人身安全无比重视，私下里雇了不少私家保镖跟在他身旁。

这会儿知道他偷偷离开江家，于风烟自然是担心不已。在拜过江老爷子和江老太太之后，她立马给江延打了电话，只是一直打不通。

江隋远知晓妻子的担忧，宽慰道："阿延既然知道情况，自然不会乱跑，应该是有什么急事才没来得及跟你说一声。"

于风烟心里的顾虑并没有因为江隋远的话而打消，一双弯月眉紧蹙着："可我心里总觉得不踏实。"

就好像隐隐有什么事情要发生，可偏偏她一时半会儿又想不出来是什么事情。

"你不是找人跟在阿延身边吗？"江隋远提醒她，"怎么不问问他们是什么情况。"

于风烟太过着急，一时忘记还有保镖这回事，听他这么一说，立马反应过来，起身给助理打了个电话。

"目前还没有什么特殊情况。"助理看着底下传过来的讯息，"小少爷应该只是回自己的住处了。"

"那就好，你让他多注意些。"于风烟松了一口气，"有什么事一定要及时通知我。"

"好的。"

挂了电话后，于风烟放下手机，回头看见站在身后的江隋远，心里感慨万千。

两个人历经千山万水，才走到如今的这般花好月圆，其中的辛苦和挣扎只有彼此知晓。

好在上天垂怜，总算没有辜负他们的期盼。

两人回房之后，江隋远解了外套丢在床尾，先进了浴室洗漱，于风烟在外替他收起衣服，随后在梳妆台前坐下。

兴许也是为了照顾江慕澜的想法，江家老宅里没有大肆张灯结彩，江隋远和于风烟也没有特意重新装修婚房，两人还是住在之前的屋子，为了添点儿喜气，用人在床上贴了两对红"囍"字，妆台处还放了几对喜烛。

此时其中一只喜烛底部压着一个信封，信封露出来的一角，写着"江延"两字。

不知为何，于风烟在看到这封信时，心里忽然"咯噔"了一下，隐约有股不安的情绪在心头盘旋。

她拿起信封，封口未封，里面有一封信和一张照片。

照片有些陈旧，那是江延六岁生日时，她和方海抱着他在溪城天文博物馆前的一张合照。

背面还写着一行小字——

记儿江延六岁生日，父方海留。

于风烟的记忆轴忽然被拉回十多年前，印象里的方海从始至终对她都是极尽温柔，没有一丝苛责。

如果不是……

如果没有……

于风烟垂眸轻叹了口气，收起那些不再可能有的想法，放下照片，拿起了那封信。

在信里，江延提到了过去的很多事情，提到江慕澜为何会突然答应让江隋远娶她的原因，也提到了他为什么一直都不愿意承认江隋远这个父亲。

> ……我以为您和他只是简单的破镜重圆，可现实告诉我，在别人眼里您是江隋远和周澜之间的第三者，而我就是那个不齿提及的私生子。
>
> 如果没有江隋远，也许我们还是简单幸福的一家三口，您也不会承受这多年的骂名，而我也不必为了成为江家人，而多了一个所谓的哥哥，受到那么多的白眼。
>
> 这一切都是您和他的错，恕我不能原谅。
>
> 但您也是我的母亲，作为儿子，我希望我的母亲能幸福，所以有些亏欠，就让我来偿还吧。
>
> 从今以后再没有江家的江延，只有方家的江延，我的父亲永远只有方海一人，他没有妻，只有我这么一个儿子。我父亲是个善良的人，他从来没有怪过任何人。
>
> ……
>
> 最后希望您能幸福，这是最后一次作为您的儿子送出的祝福，也是我父亲最想看到的事情。

看完信后，于风烟心里那根紧绷的弦倏然崩断，眼泪如落雨般不受控制。她从未想过，江延在心里背负了那么多的愧疚。

她和江隋远一直忽视和不敢记起的歉疚，江延始终记得。

他在极其矛盾的同时又分外懂事。

为了母亲的幸福做出一切牺牲，可偏偏又不能原谅母亲的所作所为，但作为儿子又希望母亲能够幸福，所以他只能默默背起所有亏欠。

于风烟一直自诩仪态有致，多年来在人前从未有过一丝的情绪外露，待人接物落落大方，让人挑不出一丝毛病。

这也是江隋远众多好友打心底承认她的原因，谁不想身边有这样一位红颜佳人。

可在这一刻，于风烟却失了所有的仪态，像个孩子一样号啕大哭，眼泪不受控制地往外涌。

江隋远听到动静，连鞋都顾不上穿，便急匆匆地从浴室里跑了出来："阿烟，怎么了？"

于风烟眼睛湿红，说不出话来，只能把手里的信递给他。

江隋远接过信仔细读过后，陷入了沉默。

良久，他极力控制自己的情绪，安抚着于风烟："好了，怎么说今天也是该高兴的日子，你先去洗漱，这件事我来解决。"

于风烟只是落泪，没有言语。

江隋远叫了平常在老宅照顾于风烟的用人前来照顾她，自己去了书房又认真看了一遍信上的内容。

沉默了片刻后，他起身去了三楼江慕澜的房间。

"阿澜，你弟弟要放弃继承权和离开的事情你为什么不跟我说一声？"多年来，江隋远一直对自己这个儿子有所亏欠，所以从来没有和他说过一句狠话，也从未红过脸，像这样厉声地质问还是头一回。

江慕澜像是早猜到他会这么问，也没有太惊讶，只是心里多了些失望："我为什么这么做，您不该是最清楚的吗？再说了，他真的能算我弟弟吗？"

江隋远默然。

江慕澜嘲弄似的笑了声："我只是想守护属于我母亲的东西。您不要忘记，我母亲才是您明媒正娶的江太太，是您亲口许下诺言要照顾她一辈子的人！"

"阿澜，关于你母亲的事情我和你解释过很多遍了，我们是商业联姻，没有任何感情基础的婚姻是走不长久的。"

"那您当初为什么还要娶她！"江慕澜起身将一只水杯摔在江隋远脚边，而后就像是出了所有的恶气般，迅速冷静下来，"算了，现在说什么都来不及了。我同意让您娶于风烟，已经是最大的让步了，至于你们想做什么要做什么，以后跟我都没有任何关系。"

江隋远知晓这个时候不该和江慕澜说这些，有些无能为力般叹了口气后，转身离开。

江慕澜看着他的背影，嘲讽道："您觉得亏欠我亏欠我母亲亏欠很多人，可您永远不会是一个合格的父亲和丈夫。哦，不对，作为于风烟的丈夫，您倒是挺合格的。"

闻言，江隋远的脚步一顿，而后只是轻轻开了门，又轻轻关上了门。

爱情让人上瘾让人沉迷，像是一颗糖果包裹着甜蜜，可有时候它就像是罂粟，当你沉溺于此的同时，也会带给身边人无尽的痛苦。

上天成就了于风烟和江隋远的爱情，却给他们亲近的人带去了折磨和痛苦。

后来，江隋远和于风烟又找过江延几次，只是都没有见上面，连电话都没接过几次。

好像他离开的事情就这么成为定局。

日子也这么一天天地过了下去。

立春之后，江慕澜前往大洋彼岸读书，江隋远和于风烟也没有留在溪城，而是南下去了海城，进行商业开拓。

十中也早就在年后开了学。

新学期开始后，江延便没有再来学校上课，而是跟随郭文教练开始了国家队的预备役学习。

学校里，林宛和杜闻博成了同桌。

关于同桌这件事，原先林宛是准备跟胡杭杭搭几个月的同桌，但是江延怕胡杭杭带着她玩儿，跟老余提了给她换同桌的事情。

林宛以为江延会拜托老余在班里找个学习比较好的女生和她同桌，可是她没想到，她的新同桌竟然会是杜闻博。

说起杜闻博，当初高二刚开学的时候，林宛还跟他做过一个星期的同桌，只不过那时候，两人也不熟，都没怎么说过几句话。

现在……

好像依然不是很熟。

林宛觉得杜闻博简直是她见过话最少的人，基本上没有话可以说，开学一星期，两个人说过的话不超过十句。

还都是没什么营养的对话，大多都是林宛课间休息要出去，开口叫他让一下，或者是上课时，林宛要回座位，再开口叫他让一下。

后来，杜闻博直接跟林宛换了座位，变成他在里面，林宛挨着过道，这样两个人连最后的交流都没有了。

语文课上，林宛写完试卷没什么事情，摸出手机跟孟昕吐槽：

> 林宛：救救孩子吧！！！
> 孟昕：？
> 林宛：杜闻博真的一个字都不跟我说，我感觉江延给我找了一个人形消音。
> 孟昕：[哦那又关我什么事呢.jpg]
> 林宛：[没意思下线了88.jpg]
> 孟昕：我真的不想笑的，可是我真的忍不住啊！
> 林宛：……

林宛正和孟昕欢快斗图中，微信突然收到了江延发来的消息：

　　江延：上课不要玩手机。

林宛："！！！"她很快回了消息：

　　林宛：我没有玩手机啊。
　　江延：哦，那现在是谁在给我发消息？
　　林宛：……

江延没和她多聊，只是让她少玩手机。林宛在微信上应着，实际上还是偷偷摸摸在玩手机。

但不知道江延是不是和她太心有灵犀，下线没一会儿，他又冒了个泡：

　　江延：还玩。
　　林宛：……
　　林宛：886。

林宛一开始只以为他是凑巧碰上自己在玩手机，也没怎么在意，可是后来几天，只要她拿出手机，没过几分钟，江延一定上线。

几次下来，林宛也察觉到不对劲，私下里找到最好套话的胡杭杭："胖胖，你哥离开溪城之前有没有交代过你们什么啊？"

"交代啥？他跟我们有啥好交代的！"胡杭杭说。

林宛觉得似乎也套不出什么话，但除了他们几个也没别人，最后还是不死心地问了句："他就没有跟你们说让你们看着我一点，比如我玩手机的时候让你们立马通知他？"

胡杭杭抓了抓脑袋："哦，这个有。"

林宛眼睛一亮，在心里夸了自己一句"不愧是我"，接着就听到胡杭杭没有感情地说道："他让宋远看着我和徐一川，说只要我们找你打游戏，就让宋远跟他说，然后等他回来再好好修理我们。"

林宛简直惊呆了。

林宛最后再三确认了几遍，除了这个江延就没再多说过其他的，而且林宛后来想了下，她有时候上课玩手机，都是极其隐蔽的，坐在后排的胡杭杭和宋远压根儿就看不见，除非是坐在她旁边。

等会儿！

坐在她旁边！

林宛像是突然被打通了任督二脉，豁然开朗，难怪最近她一玩手机江延就上线，心有灵犀的程度跟双胞胎似的。

她估摸着应该是江延私下里跟杜闻博说了什么，但是这一切都是猜测，林宛也不确定，但是她心里也有了个决定。

等到下午上课的时候，林宛先是装模作样地做完一张试卷，然后就拿出手机。

果不其然，没过一会儿，江延就上线了。

林宛和他瞎掰扯了几句："我刚刚真的没有玩手机！我就是在查资料！我现在准备开始学习了！88！"

发完消息，没等江延的回复，林宛便收起手机，而后支着脑袋看着同桌杜闻博。

杜闻博察觉到什么，抬头和她对视了一眼，也没有说什么。

林宛觉得这大兄弟的心理素质可真的是好，忍不住在心里给他鼓了个掌，明面上目光从始至终都没从他身上挪开。

时间一分一秒过去，林宛觉得自己的脖子都酸了，杜闻博还是一点反应都没有。

就在林宛准备换个策略的时候，杜闻博终于有了动静。

他摘下眼镜，揉了揉眉头，而后偏头看着林宛，声音无辜："你能不能不要盯着我看了？"

"我没有啊。"林宛动了动肩膀，抬手拍着泛酸的脖颈，"我就是觉得这个角度思考问题比较好。"

"……"

杜闻博还想说什么，林宛突然从包里拿出手机："算了，反正都思考不出来。"

林宛的目光却始终不离杜闻博，不动声色盯着他的所有动作。

许是注意到她的注视，杜闻博也没有其他的动作，垂头做着试卷。

等下课后，杜闻博破天荒头一回要在课间离开座位。

林宛先是憋着笑，起身给他挪了空，然后看着他，了然道："哎，江延是不是让你看着我呢？"

闻言，杜闻博脚步一乱，趔趄了下。

看他这反应，林宛也猜了个八九不离十，等他走后，摸出手机给江延发了条消息。

与此同时，远在百里之外的江延在收到林宛消息的下一秒，还收到了一条来自胡·侦察兵一号·杭杭的消息——

> 江延！完了！林宛好像有问题！

江延还没消化完胡杭杭发来的这条消息，他像是为了证明自己没有撒谎，接连又发了好几条消息作为证据：

> 胡杭杭：就你走之后，林宛不知道怎么回事，突然和杜闻博成了同桌。说起来他俩刚入班的时候也是同桌，好像还挺有缘分的。
> 胡杭杭：哦，不是，有也是孽缘。
> 胡杭杭：哎呀，反正这些都不重要，重要的是林宛刚刚在上课的时候竟然盯着杜闻博！看了整整十五分钟！！！
> 胡杭杭：整整十五分钟啊！
> 胡杭杭：江延别哭，你还有我们。

江延对胡杭杭这个憨憨简直无话可说，对他发来的消息一个字都没有回，之后便退出两人的聊天框，点开了林宛刚刚发来的消息：

> 林宛：你竟然！犯规！原来搞了半天杜闻博才是那个狼！

江延看着这条消息，唇角一勾，几乎可以想象得到林宛说这句话时的暴躁神情。

他刚要按下语音键，抬眸看了眼安静的实验室，偏头和同一小组的同学打了声招呼后，拿着手机起身去了外面。

京安市地处北方，虽然早已立春，可依然大雪纷飞。

江延站在走廊尽头的窗前，纷纷扬扬的雪花从未关严的窗户飘进来，落在地面很快便成了水。

他估摸着时间，拨通了林宛的电话。

这个点应该还在课间休息，电话也很快被接通，教室里的嘈杂声伴随着林宛的声音一同传来："好了，你不用特意打电话来解释什么，我现在很好，我一点儿也不生气，我非常地好。"

窗外冷风呼啸，寒气逼人。

江延抬手拉上窗户，一片雪花落在他的虎口处，冰冰凉凉不过一瞬便消融成水。

他低笑一声："你以为我是来解释的？"

"不然嘞？"

"还真不是。"江延说道，"我就是打个电话过来。"

林宛干脆利索地挂了电话："滚吧。"

江延看着突然黑屏的手机，哑然失笑，刚要收起手机再回实验室，身后冷不丁传来迟疑的一声："江延？"

走廊尽头的一侧便是楼梯口，此时正一前一后站着两道人影。

江延顺着声音看过去，眸光率先落在熟悉的人身上，唇角带着不失礼貌的笑容："梁律师。"

"还真是你。"梁蔚显然是没有想到这个时候能在清大的学校里碰见江延，抬脚走完最后一级台阶，在离着江延一步远的距离停下，"你怎么在这儿？高三这时候不应该很忙吗？"

梁蔚是当初替周玥辩护的律师，事情结束之后，江延虽然私下和他少有联系，但心里始终对他心存感激。

江延刚想开口解释，站在梁蔚身后的男生突然出声问道："今年物理系的保送生？"

江延抬眸和男生对视一眼，点点头："嗯。"

梁蔚这才想起来给两人介绍，侧过身，笑道："江延，这是我弟弟梁彧，他也在清大读书，法学系二年级，勉强也能算你半个师兄。"

随后他又朝着梁彧道："阿彧，这位是我之前的当事人亲属，江延。"

两个大男生隔空对视一眼，只是微微颔首，便没了下文。

江延总觉得自己好像在哪里听过"梁彧"这个名字，但是一时半会儿又想不起来到底在哪儿听过。

"小朋友挺优秀的啊。"梁蔚笑道，"当初林宛说你想来清大，我还以为你会考个状元进来，没想到你直接保送了。"

提到林宛，江延尘封的记忆被打开，终于想起在哪儿听过"梁彧"这个名字。

之前周玥事件庭审结束的当晚，林宛跟着方仪宋和梁蔚吃了顿饭，还见了梁蔚的弟弟梁彧，并且梁蔚还想过帮她和梁彧搭个线。

饭局结束之后，林宛在微信上和他提了这件事。

记忆轴重新开始运转。

江延看着梁蔚和梁彧的眸光变了又变。

这两人，一个是想着撬墙脚，一个是被用来撬墙脚，对墙脚拥有者江延来说，姑且都算得上是敌人。

他微抿了下唇角，抬手看了眼时间："梁律师，我实验室还有事情，就先回去了。"

"啊？"梁蔚作为心理学考试满分通过的优秀学生，敏锐地察觉到江延情绪的变化，但他也没多说什么，只温声道，"那好，你先去忙吧。"

江延朝他颔首笑了笑，随后转身离开，背影潇洒利索。

梁蔚看着他的背影，眉头微挑，回头看着梁或："他是不是对我们有什么意见？"

梁或看着自家哥哥，面无表情道："在怀疑别人是不是对我们有意见的前提下，你还不如先想一下你当初干了什么事情。"

梁蔚："？"

三月中旬，郭文教练带领国家队正式队员前往国外参加比赛，历时半个月。

原先郭文教练是想着带江延一同前去学习，但因为江延在办理签证时出了点小意外，签证没能顺利批下来，再加上随队名额有限，江延只能放弃这次机会，意外得了半个月的小假期。

放假第一天江延便回了溪城，也没和林宛他们说，一回来之后便去了学校。

他先去看了老余，在和老余闲聊中，知道三天后是十中高三学生的百日誓师会。

几句聊下来，老余便想着要他来学校作为优秀学生代表演讲。

只不过江延向来不喜欢抛头露面，任凭老余怎么说都没答应。

"余老师，您也知道学校其他人都是怎么传我的。"江延虽然不情愿，但也没什么不耐烦的情绪，依然好言好语道，"虽然我现在是被保送了，但是我在学校的表现也算不上是优秀学生代表吧？"

"……"

江延把玩着老余桌上的物件，语调漫不经心："万一被学生家长知道我是什么样的学生，那对我们学校影响可就大了啊。"

老余有股恨铁不成钢的愤慨之意。

知道让江延演讲这件事已经没有什么回旋的余地，老余只能另辟蹊径："那这样，百日誓师会结束后还有一个家长会，班上其他学生的家长都知道你保送清大的事情，对你家里的教育方式很感兴趣。既然你不肯分享，让你父母过来分享一下总可以了吧？"

闻言，江延眼皮一跳，刚想要拒绝，老余抢在他前头开口道："江延同学，好歹我也带了你两年，虽然老师没教过你什么，但怎么说你也算是我带出来的学生，难道现在你连这么点儿小忙都不肯帮老师吗？"

　　老余晓之以理动之以情，用尽十八般武艺，最后江延才松口："好吧，到时候我会让他们过来的。"

　　"哎！"老余笑着端起茶杯，有种事成之后的畅快感，"这才像话嘛！好了，我也没其他事了，你回吧。"

　　江延抬眸看他一眼，放下手里的物件："对了，余老师，您能不能把这段时间考试的成绩表给我一份？"

　　"可以啊。"老余伸手拉开一旁的抽屉，从里拿出一叠成绩表递给他，"林宛的成绩我都给圈起来了，还不错，上学期十校联考她考了个全区第十，总成绩比杜闻博还高两分，最近开学这几次考试也都发挥得挺稳定。按照这样下去，她估计还有机会冲击一下今年溪城的理科状元。"

　　江延随手翻看了下，嘴角弯出一点弧度，拿着成绩册站起身："那我就先回去了。"

　　老余揭开杯盖，摆摆手："回吧。"

　　从老余办公室出来之后，江延没直接离开学校，而是从楼梯口绕去了（18）班的教室。

　　正好是课间休息，教室里睡倒一片，林宛也枕着校服趴在桌上睡觉。

　　杜闻博最近生了病，没来上课，他的座位是空着的。

　　江延是从教室后门进去的，后排的男生看到他，刚想要打招呼，江延比了个噤声的动作，众人皆默契地消了音。

　　倒是胡杭杭看到他来教室，一下没控制声调："唔唔唔——"

　　江延手疾眼快地捂住他的嘴："小声点。"

　　胡杭杭比了个OK的手势，江延这才松开手，往后退了一步。好不容易又能够呼吸新鲜空气的胡杭杭一个大喘气，声调没降反升："江延你怎么突然唔唔唔——"

　　"……"本就没怎么放下警惕的江延又及时地捂住他的嘴巴，似笑非笑道，"我最近是不是太惯着你了？"

　　胡杭杭式乖巧，摇头眨眼装可怜。

　　"别跟我撒娇。"江延松开手，嫌弃似的在他校服外套上擦了擦，"你怎么比林宛还嗲？"

　　胡杭杭表示，我的人生好艰难。

　　不过好在林宛睡得熟，动静再大也没醒。为了不吵醒她，江延绕去了走廊，从窗外翻了进来。

十五分钟的课间休息。

林宛睡了个半饱。自从上学期高强压的补习之后，她的物理成绩得到了一个质的飞跃，这学期开学后的几次考试都稳定在八十五分左右，虽然没有化学和生物那么拔尖，但好歹不至于成了拖后腿的科目。

只是林宛也不敢掉以轻心，开学后也一直保持着当初江延给她补习时的紧凑感，每晚回去都会做一张物理试卷。

有时候会学习到很晚，再加上白天又起得早，所以平常在教室还是会很困，依旧抓着空补觉。

但这好像已经成了高三的常态。

所有人都在困和累的两层压力下负重前行。

就算是林宛也逃不开。

上课铃"叮当当"响了起来。

林宛打了个哈欠，直起身，跟往常一样举起胳膊伸懒腰，余光瞥见旁边的空位坐了人，还以为是杜闻博，放下胳膊看了过去，声音稀松如常："哎，你感冒——"

等到视线完全挪过去时，整个人像是被定住了身，愣在原地。

江延始终垂眸看着她，窗外的阳光落进来，像是为他覆了一层天然的滤镜，恍惚又温柔。

"怎么？"江延浅声笑，"不认识了？"

"那倒没有。"林宛还记着他让杜闻博看着自己的事情，"毕竟在这世界也找不出比你更丑的人了。"

江延轻揉着太阳穴，无底线纵容她："我也找不出比你更好看的人了。"

林宛以前最逃不开的就是他的糖衣炮弹，只是次数多了，总会对这些有所免疫："别，可别抬举我。"

江延还想说些什么，老杨已经拿着资料进了教室，居高临下的姿态让他下意识扫了一圈教室，目光在江延那处停下。

老杨爽朗地笑了声："哟，大学生今天怎么有空回来了？"

猝不及防被点了名，江延只能无奈站起身，打了声招呼："杨老师，您可别开我玩笑了。"

老杨本身就是学物理出身，后来又教物理，跟物理打了十几年的交道，对于同样喜欢物理的江延总是多些赞赏的目光，乐呵呵道："既然来了教室就好好听课，别让我看见你和你同桌讲话。"

班级里对于林宛和江延的关系早已是众所周知，听了老杨的话，班里顿时响起一阵起哄声。

江延不自在地摸了下鼻尖，林宛则是埋头当鸵鸟。

毕竟还在高三这个重要时期，老杨也没再多开玩笑："好了，坐下吧，我们今天开始最后一章的复习。"

班里顿时响起阵阵翻书声。

江延跟着坐下来，林宛也拿出复习资料摊在桌上，摸出手机压在书本底下，单手点着屏幕，给他发了条微信。

> 林宛：你怎么突然回来了？

江延进教室的时候手机忘了关静音，收到消息时，手机发出轻微的动静，他抬手拿了起来，看到林宛发来的消息，抬眸看她一眼。

林宛抿唇，示意他用手机。

江延收回视线，关了静音之后，低头回消息。

> 江延：放假了。
> 林宛：羡慕。
> 江延：嗯。
> 林宛：……

两人就这么在微信上有一搭没一搭地聊了起来。

下午的课很快结束，晚上自习课的时候老余提到了三天后的誓师大会和家长会。

"这次誓师大会和家长会都很重要，请各位同学务必通知到家长，不要缺席。"

"好！"

"知道了！"

林宛在手机备忘录记下这件事情，随口问了句："誓师大会和家长会你应该都不参加了吧？"

"参加。"江延说。

"啊？"林宛看着他，"你现在都算已经毕业了，还有必要参加这些吗？"

江延揉了揉眼睛，把老余的话复述了一遍："应该会要来参加家长会。"

林宛有些迟疑："那你……家长找谁来？"

他家里的情况她也都清楚，并没有其他的亲戚好友来往，而唯一有来往的关澈父母这段时间也不在溪城。

"再说吧。"江延笑笑，"不行我就花钱找一个。"

"……"

林宛没说话，若有所思。

百日誓师会很快到来，说是百日但其实严格算起来已经没有那么多天，只是高三总要走那么一个过程。

这天是个晴天，万里无云，操场里人头攒动，风过有痕。

胡杭杭他们几个都知道江延家里的情况，在得知老余让江延带家长来参加家长会时，纷纷表示可以将自己的父母借出去。

胡杭杭表示很心酸："我妈要是作为江延的家长过来开会，可能在结束后会想办法找人把我'做了'，然后把江延当成亲儿子。"

徐一川举手表示赞同："我爸估计也是这么想的。我前天和他说了家长会的事情，他跟我妈因为谁来参加这个会，差点吵到离婚。"

林宛 & 江延："……"

宋远倒是没那么多的麻烦，他压根儿就没和父母提家长会的事情，而是把这件事告诉了自己最亲近的一位表哥。

这位表哥当年也是找了他的表哥这么瞒混过来的，所以对于宋远的请求，表示万分的理解。

誓师会开始前，要求各班级学生带着自己家长在教室集合，最后再一起去操场。

胡杭杭和徐一川跟父母提了江延的事情之后，两家父母纷纷表示愿意担下这个责任。

但是家长也只能有一个家长，所以誓师会当天，胡、徐两家的家长正为了谁去扮演江延的家长在教学楼底下争执。

胡妈妈表示："江延这孩子一看就跟我比较像，我去说比较有信服力。"

徐妈妈反驳："阿延哪里跟你像了，要说像，也是跟我比较像，这眼睛跟我年轻的时候简直就是一个模子刻出来的。"

胡爸爸插话："都别争了，还是我去吧，好歹我也是大学老师，说话肯定比你们更有信服力。"

徐爸爸反对："那这么说，我还是一中高级特聘教师，拿过一堆证书，要不要我拿来给你们看看啊？"

四位家长跟小学生一样你一言我一语说个不停。

胡杭杭和徐一川看着眼前这场景，互相对视一眼，然后默默拍了拍彼此的肩膀，凄然道："习惯就好，习惯就好。"

一旁的江延看着这混乱的场景："……"

就在四人还在争执中时，柳声从楼上探了个头："江延，你爸来了，在老余办公室，正叫你过去呢。"

众人全蒙了。

江延也是一头雾水，抬头应了声，然后和四位家长打了声招呼后，径直上了楼。

老余的办公室在二楼。

江延刚走到门口，便听见老余熟悉的笑声，等了几秒后，一道陌生的声音从里面传了出来："我们家江延从小就聪明，没让我们花过什么心思。"

往前走两步便是办公室的窗户，江延偏头看了眼屋里的场景，还是熟悉的老余，陌生的人。

他抬手搓了搓脖颈，走过去敲了敲门："余老师。"

屋里的两人皆抬头看了过来，见是江延，老余笑道："江延来了啊，来，过来坐。"

江延走过去，在其中一张空位坐下，先前和老余聊天的人看了他一眼，一副熟稔的模样："你怎么到现在才过来？"

"有事耽搁了，不是——"江延话一顿，抬眸对上他的视线，犹豫片刻，还是迟疑道，"不好意思，我请问一下，您是？"

"你这孩子，开什么玩笑呢。"林咏城笑笑，一字一句道，"我是你爸啊。"

"……"

关于林咏城过来替江延开家长会的决定，其实并不是林宛最先的想法。

她原本想的是让方仪宋过来替江延开这个家长会，毕竟林咏城在溪城也算得上知名企业家，林宛怕来往的一些家长认出来，到时候反而会引起一些不必要的麻烦。

但不巧的是，方仪宋说她之前接到过老余的家长寻访电话，后来还在林宛不知情的情况下去学校和老余聊过一次。

只是这次家长寻访电话都是老余私下进行的，也没有告知学生，所以林宛也一直都不知道。

既然方仪宋见过老余，那肯定是不能再去扮演江延的家长，林宛只能转而求助林咏城，但是这又回到了她最初的担忧。

如果林咏城被认出来了怎么办？开家长会总不能还戴个口罩吧，这也太装了。

　　林宛百思不得其法，最后还是林咏城提议，他去参加家长会，但是不去教室，只在私下和老余见一面。

　　毕竟老余是人民教师，对商界的人来人往估计也不会太了解，总不至于见一面就能认出他。

　　原先林宛打算提前和江延知会一声，只是被林咏城拦了下来，说是不想提前给小朋友太多负担，到时候在学校见了面之后再解释也来得及。

　　话虽是这么说，但林宛似乎觉得有些不太妥当，要是江延没反应过来，不承认林咏城的身份，那不是一切都功亏一篑了。

　　对于林宛的担忧，林咏城没多说什么，只让她放心，一定不会出什么差错。

　　后来林宛想了想，也觉得自己没必要那么担心，毕竟林咏城在商界打拼多年，什么大风大浪没见过。

　　这次不过就是见一下班主任，比他在招标现场招投标容易多了。

　　这么一想，林宛也就听了林咏城的话，私下里也没跟江延说，只是旁敲侧击告诉他没必要花钱找陌生人过来扮演家长。

　　当时江延对林宛的话也只当是安慰，没怎么在意，谁知道她不仅是安慰，还给自己安排好了一切。

　　办公室里，老余看着一脸茫然的江延，又看了看满是笑意的"江父"，一时有些纳闷：现在这学习好的小孩跟家长都是这么相处的吗？

　　对于江延的质疑，林咏城像是早有对策，沉稳道："这孩子从小就这样，只要我们长时间不见，都会假装不认识我和他妈妈。"

　　说完，林咏城又看向江延："小时候玩的游戏，现在都这么大了，就不要玩了，更何况还是当着老师的面，要有礼貌。"

　　还没有反应过来的江延："……"

　　老余乐呵呵道："没事没事，江延这孩子聪明，头脑跟别人都不一样，爱玩也是正常的。"

　　"玩也是要分场合的。"林咏城一副老父亲的做派，认真叮嘱江延，"下次要注意。"

　　江延抬手抓了抓眉毛，还是没太懂现在这到底是个什么乱七八糟的情况，至于这个突然冒出来说是他父亲的中年男人，他也是很迷惑。

　　但不管怎么说，家长会这件事也算是有了解决办法，而且现在看来，也还是个挺不错的解决办法，所以他也聪明地没有再多说什么，坐在一旁听着自家"父亲"跟老余瞎扯。

　　林咏城和老余相谈甚欢，最后结束的时候，林咏城有些遗憾地道："没能参加这次誓师会和家长会，是我们失礼了。"

老余客气道："您工作忙，我们都理解。再说江延这孩子也懂事，平常在学校也没让我们做老师的费心，再加上现在又被保送清大，学校对他还是挺骄傲的。"

林咏城夸赞道："还是多亏你们费心了。"

两人你来我往，眼看着又要聊起来，江延轻揉额角，出声打断："爸，你来之前不是说三点还有个会吗？现在这都两点了。"

这话像是点醒了快要再次寒暄起来的两人，林咏城像模像样地抬手看了眼时间："这聊起来就忘了时间。那余老师，我们今天就到这里，我还有事就先走一步了。"

"好好好。"老余笑笑，"您先忙。"

林咏城起身理了理衣服，江延跟着站起身，两个人身形差不多，站在一起倒还真的像一对父子。

没有再多客套，江延跟着林咏城出了办公室。走廊处还有不少学生和其他家长，两人也没多停留，径直走到走廊尽头，右拐进了一旁的楼梯道。

这一层都是教师办公室，靠近走廊尽头的是会议室，鲜有人来往，楼道里基本也没什么人走动。

江延憋了一肚子的疑问，也不知道从哪一处问起。

等走到一楼，林咏城侧目看了他一眼，笑着道："你不好奇我是谁？"

"好奇。"江延抬眸对上他打量的视线，眉目微敛，"但我想您应该不是什么坏人。"

林咏城赞赏地看着他："倒是个沉得住气的人。"

江延笑笑，斟酌着开口问了句："所以，您到底是谁？"

林咏城微挑眉："刚不是说了，我是你爸啊。"

"……"

说话间，两人已经走出教学楼。

楼外的树荫下停了一辆黑色的轿车，原先站在车前穿着正装的男人看见林咏城的身影，快步迎了上来，颔首沉声道："林总。"

听见这一声称呼，江延眼皮一跳，突然反应过来："您是林窕的父亲？"

"那不然呢。"林咏城笑看他。

江延心想：您还真是深藏不露。

林咏城没在学校多停留。

等林咏城离开之后，江延接到了林窕的电话，她的声音听起来很轻快："你们结束了吗？"

"结束了。"明亮的阳光从枝叶的罅隙中落下，江延站在原地，"伯父也回去了。”

“这么快。”林宛说，“我爸爸去见老余顺利吗？”

“嗯，挺顺利的。”江延想到之前的场景，笑了声，“就是我听到他说是我爸的时候，有点被吓到了。”

林宛笑了：“我爸爸这人就是假正经。他没跟你乱说什么吧？”

“没有。”江延轻声说。

“那就好。”林宛松了口气，解释道，“我本来是想让我妈妈过来的，但是老余之前见过我妈妈，所以只能让我爸爸来了，而且也是他叫我不要跟你说这件事的。”

江延刚想说没关系，却又听见她笑着说：“不过这些都不重要啦。”

听见她的声音，江延的心里有一瞬间的恍惚。他往前走了几步，肩上落着斑驳的光影。

三月的阳光带着轻薄的暖意，他站在光亮里，轻轻笑了一下。

第二十章

林窕

这次誓师会和家长会一样，家长同样要出席，这会儿（18）班的教室里坐满了各类家长，学生扎堆站在走廊处闲聊。

　　高三时期像这样轻松的时光稀少无比，能有一次都如同偷来的一般珍贵。

　　江延不愿意在百日誓师会上演讲，老余只能找到最近几次考试都名列前茅的林宛。

　　对于演讲这件事情，林宛没有江延那么排斥，爽快地应了下来。

　　江延也是在回了教室之后，才知道林宛等会儿要作为学生代表上台演讲宣誓的事情。

　　他拿过林宛的演讲稿，扫了几眼，随便挑了一段读出声："……一百天，在历史长河中，犹如一朵转瞬即逝的浪花。然而，对我们来讲却意义非凡……十年磨一剑，今朝试锋芒。同舟共济一百天，金榜题名慰今生。"

　　林宛一开始在和胡杭杭聊最近游戏里新出的人物，听到江延的声音还没意识到什么，等仔细听了几句之后，猛地反应过来，抓着江延的胳膊："你在读什么？"

　　"你写的演讲稿啊。"江延把手举高，不时看几眼，笑着继续读道，"……我们从寒冬走来，更珍惜春天的灿烂；我们——"

　　后面的话没能说出来，因为林宛扯着他胳膊，拿手捂住他的嘴巴，整个人快要挂到他身上："你给我闭嘴吧你！"

　　虽然说等会儿也是要当着众人演讲，但江延就这么直白地读出来，林宛还是非常不好意思。

　　江延一边往后躲，一边还空出手，放在她背后护着她的动作，嗓音含笑："你这演讲稿写得不行啊，这都十九号了，算起来也就八十天不到了。"

　　"要你管。"林宛把演讲稿从他手里抢回来，往后退了一步，"有本事你去跟李主任讲'哎，我觉得现在没有一百天了，所以这不应该叫百日誓师'，你看他理不理你。"

　　江延没反驳，靠着身后的栏杆，笑得春风有意。

林宛把演讲稿折起来放进校服口袋里。江延抬手捻去她发梢间不知何时沾上的细小毛绒，屈指轻弹便混入空气灰尘中不见踪影。

"伯母还没来？"江延偏头看了眼教室，没有看到方仪宋的身影。

"我妈妈不来誓师会。"林宛低头整理衣袖，没怎么在意，"她下午有个会走不开，等会儿结束后直接过来参加家长会。"

江延"哦"了声，伸手替她捋了捋衣领："好了，差不多了。"

"我也觉得。"林宛笑着说。

一旁的三个人互相安慰道："习惯就好，习惯就好。"

誓师会下午两点开始，一点四十的时候，老余来到教室，在班里讲了几句话后，让学生带上凳子，带着家长一同前往操场。

班里只有少数家长实在抽不开身没过来，其他同学都一手提着凳子，一手挽着父母往外走。

林宛没打算带凳子过去，反正方仪宋也没来，她中途又要上去演讲，带凳子也是累赘。

反倒是江延，让胡杭杭他们把林宛的凳子一起带出来。

"你干吗？"林宛疑惑地看着他，"我等会儿要去演讲的，在底下待不了多长时间，根本不用坐的。"

江延抬手捏了捏她的耳垂，缓声说："谁说给你坐的，我自己坐。"

林宛抿唇："你还要去誓师会？"

"当然要去。"江延笑了笑，接过胡杭杭递来的凳子，压低声音道，"好歹我也算半个家长不是吗？"

下午两点，十中誓师会准时开始，各班级按照既定的位置站好队，所有高三学生都穿着蓝白色的校服。

一眼望过去，操场像是一汪沉寂的海水。

（18）班的位置靠近升旗台，杜闻博作为学习委员站在队伍前排举着班旗。

艳阳高照，火红的旗帜迎风飘扬。

教导主任李坤带着学生会纪检部的成员在检查每个班级的出席人数和着装情况。

到了（18）班的位置时，李坤和站在升旗台一侧的老余打了声招呼，而后目光顺着队伍从前往后点着人数，嘴里还念着数："一、二、三……"

等数到二十五的时候，李坤话音一顿，伸手扯过老余，指着队伍后排的两人，惊疑道："这俩什么情况？这种场合能让江延过来吗？"

老余不用看，也知道李坤说的是江延和林宛，但是他没有李坤这么震惊，也没觉得有什么问题，坦然道："都到这个时候了，你就睁只眼闭只眼算了吧。"

李坤心想：我倒是没见过像你这么心大的班主任。

老余拍拍他肩膀，温声道："走吧走吧，我们班没人缺席，来之前我都点过人数的，再说了，就算有缺席的，你也没办法不是吗？"

李坤朝着老余翻了个白眼，然后带着学生去了下一个班级。

等他走后，林宛放下挡在脸前的演讲稿，拿胳膊戳了下江延的肩膀："教导主任刚刚是不是在和老余说我们俩呢？"

操场上的阳光充沛，亮到几乎快看不清手机屏幕，江延只能弓腰低头才能看清手机上的内容。听了林宛的话，他抬起头看了眼已经走远的教导主任："应该是吧，毕竟他估计也没见过学生不带家长，带同桌来开会的。"

说时迟那时快，林宛拿起手里的演讲稿就敲在江延脑袋上，愤然道："还好意思说，到底是谁要过来的？"

"我，是我。"江延笑了笑，收起手机，直起身，眼睛忽然被阳光刺激到，他微微眯了眯眼，"等会儿誓师会结束，我得先走了。"

"嗯？怎么了？"林宛往旁边偏了点，挡在江延面前，遮住了刺眼的阳光。

江延抬手了揉太阳穴："关澈回来了，叫我去机场接他。"

自从他们俩被保送之后，两人一个比一个忙。

江延虽然这学期人不在溪城，但偶尔也有假期，平常也都能联系上，而关澈则像是进了什么秘密组织一样，发给他的消息，十条才能回一条，电话打十个运气好才能接上两三个，微信朋友圈的状态不更新也是常态。

听到他现在要回来，林宛还挺惊讶的："关澈走的时候不是说不到暑假不回溪城的吗？怎么现在突然回来了？"

江延摇了摇头："不知道，他没具体说。"

林宛也没多问，拿起手里的演讲稿继续顺读，瘦削单薄的身影被光亮映着落在江延眼前。

江延抬眸看着她，林宛注意到他的视线，偷偷朝他眨了下眼，他抿唇笑了一下。

誓师会说是两点正式开始，但一直拖到两点半的时候才真的开始，跟很多时候一样，先是校长讲话，然后便是一些旁的领导上台讲话，接着才到学生演讲的环节。

这次学生代表讲话文理科各有两名学生。

演讲先从文科开始。林宛没急着先过去，打算等文科代表快演讲完时再去老师那里集合。

操场四周都有音响，林宛听着从音响里传出的抑扬顿挫饱含感情的音调，轻哼了声，有些苦恼："我觉得我可能上去读不到三分钟就结束了。"

江延："你可以读慢点。"

几分钟后，文科第一位代表演讲结束，学校团委老师讲了几句话之后，轮到了第二位代表。

这次是个男生，给人的感觉不像是去演讲，反倒有一种下战书的感觉。

"……我们从寒冬走来，更珍惜春天的灿烂；我们向六月奔去，更相信人生的奇迹！我们相信付出总会有回报，让我们全身心地投入……"

听到这句话时，江延眼皮一跳，总觉得好像在哪里听过。

他垂眸想了会儿，倏地抬头看着林宛，迟疑道："刚刚那句'我们从寒冬走来'，你的演讲稿里是不是也有？"

没等林宛开口，江延又听到一句。

"……八十天，在历史长河中，犹如一朵转瞬即逝的浪花。然而，对我们来讲却意义非凡。十年磨一剑，今朝试锋芒。同舟共济八十天，金榜题名慰今生！"

这句话太熟悉了，江延已经完全可以确定自己在林宛的稿子里看到过这几句话。

他似笑非笑地看着林宛："你们俩是不是抄了同一篇演讲稿？"

已经把稿子快要背下来的林宛："……"

"不过这位同学好像比你严谨点。"江延笑了出来，"知道没有一百天，还把天数改了。"

"……"

林宛这会儿已经没有把嘴碎的人捶一顿的想法，她现在满脑子都是各种来自她灵魂深处的发问。

"我跟人撞稿子了？"

"网上文库里这么多稿子竟然还能撞稿子？我也是很棒棒啊！"

"那我等会儿上去要说点什么？"

"我到底还要不要上去了？"

不过老余没有给她多余的时间考虑，等文科代表演讲全部结束之后，老余就叫学生传话过来，让她等会儿做好准备。

林宛这时候还处于震惊和迷茫的状态之中，愣了三秒才反应过来，转脸看着江延："我怎么办？"

江延抬手搓了搓后脖颈："你有演讲名单吗？"

"啊，有的。"

四个学生代表的姓名和班级都提前报了上去，等下演讲的时候，主持老师还会报一下这些信息。

江延咬了下唇角："你先还是另外一个人先上去？"

"他先。"林宛说。

"那行吧。"江延站起身，手搓过后脖颈，然后顺势抽过她的演讲稿，轻声说，"我去替你演讲。"

对于江延突然决定要替林宛上去演讲的事情，老余表示十分不解："你不是不去吗？我之前跟你说了那么多，你不是都不愿意吗？怎么现在要上去了？你不是说你自己算不上优秀学生代表吗？"

江延听着老余的念叨，抬手摸了摸鼻尖，笑声说："是算不上优秀学生代表，但作为一个好同桌的标准，勉强还能算个优秀吧。"

老余差点气到吹胡子瞪眼，这孩子自从保送之后，在他面前是一点学生的样子都没有了。

但不管江延怎么说自己不优秀，在学校其他老师眼里，他已经算得上相当优秀和出色，所以他突然要去演讲，也没有引起其他领导的反对，反而大家都挺乐见其成的，以为他是为了学校、为了激励其他还在为了高考奋战的同窗好友才决定要去演讲的。

江延不知道这些老师已经在背后又给他安排上了各种好学生头衔，他其实真就只是为了林宛才演讲的，但毕竟学校其他老师不像老余这么开明和理解，有些事情还是比较适合用善意的谎言去掩饰。

关于演讲的名单有部分学生是清楚的，所以在大家看到江延突然出现在台上时，底下有了一小波的轰动。

有家长还不知道江延的事情，被自家孩子现场科普了一番。

"江延，十中有名的学霸，次次考试霸榜年级第一，去年被保送清大物理系，长得阳光、人缘好。"

"哦，对了，他被保送之后，他同桌就成了现在的年级第一。"有同学给家长解释谁跟谁，"看，就是坐在那里的那个女生，长得也可好看了。"

被科普后的家长："……"

林宛的演讲稿已经不能再用，但是江延还是把稿子带了上去，只是演讲过程中，他一眼没看桌上的稿子。

少年站在演讲台前，模样潇洒肆意，阳光从屋檐坠下，像是给他镀了一层天然的光晕，朦胧又美好。

微风拂动，琅琅声调从音响传出，被风送去四面八方。

学生演讲结束之后，江延回到台下，校长重新上台讲话，最后是各毕业班的班主任上台领着在场所有的高三生宣誓。

"挑战人生是我们坚定的信念，决胜高考是我们不懈的追求！在这神圣的时刻，我们全体高三同学以青春的名义庄严宣誓……"

"……请父母放心，我们有能力，一定不让你们担心，请老师放心……请学校放心……"

在这一时刻，林宛听着耳边整齐的声音，好似从内心深处迸发出一股力量，浑身热血澎湃。

跟着老师念完誓词之后，林宛在人群里偷偷靠近江延，小声道："请组织放心，我有实力，一定和你去同一所大学。"

江延嘴角弯了弯，没说话。

誓师会的最后一项活动是放飞气球，学生在气球上写下自己想要去的学校，最后再放入空中。

这是自由活动环节，胡杭杭和徐一川被父母唠叨了半天，这会儿逮着空就跑。胡杭杭的母亲李素拿着气球追在他身后，喊道："你这孩子，让你写个学校，你跑什么？"

胡杭杭蹿到江延身后，嘟囔了声："这又不是写了就能考上的，有什么好写的。"

李素走过来："那你好歹也写一个。你看看人一川，还知道写个清大意思一下，你呢，整天就知道抱着你那破吉他哼哼唱唱。"

听言，胡杭杭手疾眼快地扯住徐一川刚刚松手的气球，仔细看了一遍后，笑道："屁嘞，他这写的哪里是清大，他写的明明就是距离清大几百公里的加里敦大学好吧！"

徐一川父母也不是什么糊涂人，一听就明白，徐父对着徐一川的屁股就是一脚："我跟你妈迟早有一天会被你气死。"

两家父母满脸的恨铁不成钢，反观宋远的表哥，看到宋远写在气球上边的警察大学，一脸"随便你怎么写反正跟我没关系"的意思。

林宛和江延都有一个气球，也只有他们俩是真的在气球上写了清大，并且是真的写上就能去的那种。

四位大家长："……"

表哥："与我无关。"

宋远＆徐一川＆胡杭杭："习惯就好，习惯就好。"

誓师会结束后就是家长会，学生领着家长回教室，之后自由活动，晚自习正常。

江延在放完气球后便离开了十中，出发去机场接关澈。他前脚刚走，方仪宋就到了学校。

方仪宋没看到江延，还特意问了一声："怎么没看到江延？"

"关澈回来了，江延去接他了。"林宛怕方仪宋不清楚，解释道，"关澈就是我之前和你提过的那个也被保送去清大的男生。"

方仪宋笑着点了点头，没有再多问什么。

等她们走到教室的时候，老余已经在和班上其他学生的家长聊学生成绩的事情。

林宛陪着方仪宋在教室里坐了会儿，等到家长会正式开始之后，才和胡杭杭他们去隔壁楼找了孟昕，最后五个人一块儿去了校外的奶茶店。

难得的闲暇时光。

三月末，江延假期结束，重新返回清大。

林宛的生活又恢复到以往，平常在教室上课偷玩手机的时候，也还是会收到江延的叮嘱消息。

春去夏来，教室外又传来熟悉的蝉鸣声，墙角上的时间一天天减少，从八到七到六，转眼只剩下五十多天。

四月下旬的时候，宋远前往湖城警官学院参加报考警校的体能测试和体检。

结果在一周后公布。

宋远成功通过报考警校的提前批测试，只要高考成绩达标，基本上都可以被录取。

那个成天被父母叫嚷着只知道摆弄吉他哼哼唱唱的胡杭杭，瞒着父母也瞒着所有人，在寒假的时候报名参加了国内的一档热度很高的原创综艺《声音》。

《声音》是一档以推荐热爱音乐并且有潜质的素人出道的音乐节目。

初期的海选不同于其他节目需要选手去现场，而是要求选手在报名时附带一份自录的单曲。

考核官根据这些音频和个人简历，从中挑选出能够正式参与录制的一百位选手。

整个海选过程历时数月，最终结果在五月一日公布在官微，胡杭杭在数万名选手中脱颖而出，以第三十五名的成绩进入《声音》的后期录制。

胡杭杭的父母在得知这件事情后，破天荒地没有反对，而是选择支持他。

几天后，五个人在一起吃饭的时候，胡杭杭聊起这件事情，还是忍不住红了眼："真的，我如果能在这方面闯出一片天地，除了感谢我的父母之外，还要感谢老余。"

在三月的家长会上，老余和在场的所有家长聊起了去年他生日时的事情，提到了很多同学吐槽家长的一些问题。

老余说："要尊重孩子的天性。有些孩子在学习上就是不开窍，这不是聪明不聪明的问题，跟孩子的努力也没有关系，也许他们的天赋就不在这里。"

他还说了很多案例，像什么孩子因为父母选了不喜欢的专业，最后导致抑郁，更严重的还会产生轻生的念头。

他希望各位家长不要用"高考决定一切"这种话去逼迫孩子，高考并不能决定一切，决定一切的只有他们自己。

老余的一番话，也许有些家长只是一时听了进去，但是胡杭杭的父母则是真的听了进去。

胡杭杭从小到大虽然学习不好，性子又活泼好动，但胜在品行端正，从未有过什么出格的行为。

除了学习，胡杭杭在生活和其他方面也很少让他们担心。

他如此相信自己的父母，那这一次，他们也要成为他最坚强的后盾，让他放手去追梦。

相较于胡杭杭父母的开明，徐一川的父母却依然坚持己见，打算在高考之后送徐一川出国。

徐一川知道父母一直以来都因为自己学习的问题十分苦恼，私下里也花费了不少心思，所以对于父母的安排也没有多说什么。

毕竟他自己对未来也没有什么明确的目标，既然父母有能力给他铺路，也好过他自己得过且过。

比起他们几个，孟昕想学医的念头是从很早的时候便有了。

外人从来不知道，孟家在孟昕之前，其实还有个儿子，只是自出生以来就患上了先天性心脏病，还没满一周岁，便离开了这个世界。

孟昕小时候常常听母亲提起自己这个素未谋面的哥哥，在懂事之后，她开始了解和先天性心脏病有关的一切。

哥哥的离开是让孟家所有人都感到遗憾和难过的一件事情，孟昕想尽自己的一分力量，让其他的家庭能够少一些这样的遗憾。

在这个时候，每个人好像都有着自己努力奋斗的目标，而原先对未来充满迷茫的林宛也找到了自己的定位。

去年寒假的时候，林父和林母像往年一样，带着林宛游山玩水，在河城停歇的时候，偶遇了前来河城出差的梁蔚。

林父、林母和梁蔚私交甚好，一行人在河城吃了顿便饭。

在席上，梁蔚和林宛聊了一句，听闻她还没选好专业，随口问她要不要来学法律。

林宛当时还开玩笑似的吐槽他，劝人学法，千刀万剐。

梁蔚只是笑笑，没有多说。

后来回了溪城之后，方仪宋和林宛就大学选专业的问题聊过一次，还问她对法律感不感兴趣。

平心而论，林宛觉得自己好像对什么都不感兴趣，对学法律也说不上感兴趣，只能说不排斥。

寒假结束前一天，方仪宋去梁蔚的事务所谈事情，正好林宛没什么事，跟着一起去了。

方仪宋是和事务所另外一位金牌律师谈商业上的事情，梁蔚请林宛去自己办公室喝了杯咖啡。

两人又聊起专业上的事情，听到林宛说起"兴趣"两字时，梁蔚道："法律是一件很严肃的事情，不能用感兴趣这么庸俗的理由来选择。"

林宛有些羞赧："我就是觉得自己没什么目标，也不知道自己学法律之后能不能成为一名真正的律师。"

闻言，梁蔚笑了笑："看过《料理鼠王》吗？"

林宛摇头："没看过。"

"里面有一句话，"梁蔚说，" Not everyone can become a great artist, but a great artist can come from anywhere。"

"不是每个人都能成为伟大的艺术家，但是伟大的艺术家可能来自任何地方。"

"所以啊，"梁蔚看着林宛，像个长辈一样，温声叮嘱道，"你要对自己有信心。"

立夏时分，十中迎来二模测试，全校封禁，所有高三学生严阵以待，取消了所有的课余活动。

距离高考越近，教室里的气氛越发压抑和紧张，连平常爱在课间嬉闹的男生也收敛了不少。

二模测试安排在周四、周五，周末是难得的双休。

测试前一天的下午，高三为了布置考场，放了半天假，林宛和孟昕也没出门，留在自习室学习。

这学期开学后不久，孟昕也从家里搬来了自习室。

临近傍晚，窗外被暮色笼罩，烈日骄阳收起灼热的光芒变得温暖柔和，林立的高楼大厦被折射出璀璨的光芒。

林宛做完一张试卷，抬头看见窗外的光景，有一瞬间的愣怔。

这世间美好的东西太多，可无一能比得上大自然的浑然天成。

林宛站起身，走到窗边，打开窗户之后，扑面而来的是一股带着热意的风，风里都是夏天的气息。

她就这么开着窗，站在那里发愣，直到孟昕拿着试卷过来，打破了这一短暂的宁静："你这打着空调还开着窗户吹风的行为，恕我看不懂。"

林宛笑了笑，没多做解释，回身走到桌前："试卷做完了？"

"喏。"孟昕把拿在手里的试卷放在桌上，想起刚才做试卷时的抓耳挠腮，忍不住吐槽了句，"不是我说，学霸到底是从哪儿找的试卷，难度可真高，要是平常，我绝对用不了这么长时间。"

自从孟昕搬来自习室之后，江延平时给林宛拿卷子的时候，也会给她拿一份，正好两人监督着做，也能顺便查漏补缺。

林宛垂眸一笑："我也不知道，反正像这种难度的试卷，我从去年一直做到现在。"

孟昕比了个大拇指："你强。"

到了晚间，林宛和孟昕都没准备再多复习一会儿或是再做张试卷，两人在江延屋里找了张碟片，打算看部电影放松一下。

江延这学期很少待在溪城，不过他知道林宛平时喜欢看电影，买了不少碟片放在自己屋里，甚至上次休假回来，还在房间装了个投影仪。

窗帘一拉，关了灯之后，便是一间小型的影厅。

电影看到中途，林宛搁在桌上的手机突兀地响了起来，猝然炸开的铃声比起内容恐怖惊悚的影片更让人心惊胆战。

屏幕上是熟悉的备注和数字。

林宛拿起手机，接通后对着电话那端的人说了声："等我会儿。"而后她偏头看着孟昕，"我出去接个电话，你先看。"

"还是算了。"孟昕随手开了灯，"我自己看有点儿害怕。我去楼下拿水，你先接电话吧。"

林宛没有多说，暂停了电影，重新拿起电话："江延？"

"在。"江延刚刚听见窸窸窣窣的动静，问道，"在看电影？"

"嗯。"林宛在沙发上坐不住，起身走到窗边开了窗户，晚间的风多了丝凉意，"还是上次你买的那些，找到一部恐怖片。"

"《极速惊悚》？"江延问。

林宛侧靠着墙，手指搭在窗沿敲敲打打，闻言有些惊讶："你怎么知道？"

"之前休假没事的时候看了一点儿。"江延说，"不过还没看完。"

"那我等会儿看了和你说。"

"行。"

江延身旁似乎有人，轻微的动静，林宛耳尖，听见了点儿，问："你还在外面吗？"

"嗯，还在实验室。"江延瞥了眼想要凑过来听电话的同伴，拿着手机站起身，"还记得上次我集训结束时，给你送物理笔记的余杭杭吗？"

"当然记得。"林宛笑说，"这辈子都不会忘。"

"他现在在我旁边。"江延踢了下余杭杭的凳子，"打声招呼。"

林宛还没反应过来，就听见电话那端传来一道热情洋溢的声音："林宛同学你好！我是余杭杭！很高兴认识你！"

她笑着应了声。

电话很快又换回江延手里，只是林宛偶尔还能听见余杭杭叫着"让我再聊两句"的声音。

两人没聊太久，半小时就挂了电话。

孟昕不知道是不是掐着点儿，林宛刚收起手机，她就拿着可乐走了进来："聊完了？"

林宛点点头。

"还以为你们要讲个一两小时呢。"孟昕把手里的可乐递给林宛，"没给你拿冰的。"

林宛接了过来，喝了一口之后放在桌上。

孟昕关了灯，电影继续播放。

不知道什么原因，再看的时候，林宛再也找不回之前那种心悸感，看着影片里的惊悚画面也没觉得有多害怕。

电影看完刚过九点。

孟昕看完恐怖片心有余悸，晚上不敢一个人睡觉，回房间洗了个澡又迅速跑去了林宛的房间。

两人躺在床上聊了会儿天，从初中那时候聊到现在。

夜渐浓，窗外星宿明亮，孟昕打了个哈欠，卷起被子，声音困倦："哎呀，我不行了，我先睡了，宛宛晚安。"

林宛笑说："晚安。"

孟昕入睡很快，林宛倒是没什么困意，拿起手机，系统通知栏弹出来一条应用消息——

　　亲爱的林同学，你已经好久没有更新你的帖子啦！要记得及时更新哟！

看到这条消息时，林宛才想起来，自从上了高三之后，她便没有再登录这个论坛 APP，那条求助帖子也没再更新过。

这会儿没什么事情，林宛索性点开了论坛 APP，花了十多分钟更新版本，才登录进后台。

将近大半年的时间没来，版块最新更新页面早已改朝换代，林宛的那条帖子也被别的帖子代替，但是点开旁边的最热页面时，排在第一位的仍然是林宛当初发布的求助帖。

林宛当时有一段时间在课堂上刷帖子，怕被江延发现，所以关了应用的消息提醒，所有的评论点赞和转发都只是一个小小的红点。

林宛点开自己的帖子，看到底下一栏评论、点赞和转发量加起来都已经将近几百万。

帖子的最新评论里都是在问她怎么了，什么时候更新。

林宛用了点时间重新回头看了遍帖子里的内容，最后点开旁边的更新字样，编辑了一条新内容——

> 好久不见！
> 这一年我在备战高考，所以就没什么时间更新啦。
> 我和同桌一切都好。
> 大家晚安！夏天见！

这条内容更新之后不过几分钟，帖子底下便涌出一大波评论和点赞，大多都是惊喜和感慨终于更新之类的。

林宛最后挑了一条祝她和江延高考顺利的评论回复——

> 谢谢小仙女！
> 同桌已经被保送啦！我正在努力和他去一个学校［卑微.jpg］

这条评论一经回复，瞬间点赞过千，被推上了帖子内的当日热评第一，评论底下也涌出不少其他网友的回复，只是林宛在回复完这条评论之后，便直接下线了，没看到一群人吃柠檬的盛况。

退出论坛之后，手机弹出电量低的警告，林宛下床在包里找到充电器，把手机放在书桌旁充电，再躺回到床上没一会儿，便睡着了。

阒寂无声的房间里，搁在远处充电的手机突然亮了屏，系统通知栏里接连跳出两条微信消息：

江延：电话里忘了说，明天考试加油。

江延：早点休息，晚安。

二模测试结束之后，便是更加紧张的复习和墙上越来越少的倒计时。

所有人都好像已经习惯周周考月月考的学习模式，不再多有怨言，也鲜少听见有人说放弃的话。

林宛对时间没什么概念，唯一能体会到时间变化的便是每两周一次的座位调整。

步入高三之后，座位调换的频率变高，对此老余解释说，是为了大家的眼睛着想。

三模测试前一周的时候，林宛的座位从第一组又换回了第四组。

教学楼外是绿荫成片的榕树，远处是青红分明的操场。

跑道上奔跑的身影，墙角处的爬墙虎，阳光从枝叶的罅隙中穿过，映出枝叶的脉络分布。

夏天的痕迹总让人难以忘怀。

三模测试的那两天，林宛的状态出奇地好，她隐约感觉三模测试的总分应该要比二模测试的时候要高一些。

考完试几个人约着出去吃饭，孟昕说她的考场有个女生考英语的时候，因为太过紧张，直接晕了过去。

徐一川接了话："我们考场也有人晕倒了。我寻思着三模测试就这样，那高考不得要了命？"

林宛只是笑笑，没有说话。

宋远感慨了句："这个时候突然有点羡慕胡杭杭了，不用为了高考要死要活，还能去做自己喜欢的事情。"

胡杭杭为了参与《声音》的录制，暂时告别了校园的生活。离校之前，他说，我这辈子就拼这一次，不管结果如何，总要为了梦想去努力一把。

老余在知道胡杭杭的决定之后，托朋友定制了一支话筒赠予他，老余还在上面亲手题了一行小字——

不登高山，不知天之高也；不临深溪，不知地之厚也。

不去攀登高山，不知道天有多高；不去靠近深谷，不知道地有多深。有些事情，总要经历过才知道结果。

一旦有了奋斗的目标，未来的一切都好似明朗起来，所有人都在为了那个期盼的结果所努力。

他们未来可期，来日方长。

三模测试结束之后，距离高考时日更加短暂。

高考前两周，江延特意向郭文教练请了两个星期的假。

江延在物理工程方面的造诣极其优秀，郭文对他也是格外纵容，在知道他要回去陪考时，还开玩笑道："能不能把你同桌拐来我们实验室？"

"估计不行。"江延摸了摸鼻尖，笑道，"她什么都好，只有物理不好。"

郭文拿起手里的实验册拍了拍他的胳膊，恨铁不成钢地摆摆手："走吧走吧。"

江延回溪城的那天，正好遇上胡杭杭在初赛阶段的最后一场晋级赛，节目组的经纪人给了组内选手一人一张团体票，可以邀请家人朋友过来观看比赛。

胡杭杭没打算在这个时候让父母过来，所以把票拿给了徐一川他们，正巧关澈那几天也停留在溪城。

小分队难得聚齐，索性六个人一起去了现场。

《声音》这档节目自开播以来便受到不少关注，林宛他们几个因为胡杭杭的原因，也是一路追着更新过来的。

为了后期更好的发展，胡杭杭从参与录制之后，便一直在减肥。

他们几个平时看节目的时候，只是觉得他好像是瘦了点儿，但在见了真人之后，才惊觉他岂止是瘦了，简直是瘦了不少，最起码掉了得有二十斤，原先有些婴儿肥的脸已经变得有棱有角，轮廓也因为瘦下去的缘故清晰了不少，上了妆之后，帅气值噌噌噌往上跑。

六个人里，只有江延和关澈平时很少能有时间看节目，但两人也不是一点儿不关注，偶尔有时间还会去微博给他投投票。

在后台碰面的时候，江延和关澈都有点被惊到了的感觉。

"这还是我们认识的胖胖吗？"关澈搭着江延的肩膀，笑道，"这简直是胡帅帅啊。"

胡杭杭还是像以前一样，一害羞就挠头："还是化妆老师手艺好。"

几个人没聊几句，胡杭杭便被编导老师叫过去沟通流程，他们几个被工作人员带着去了现场。

走廊到处是选手的房间，偶尔有笑声从里面传出来。

林宛和江延走在最后。有人从旁边屋里出来，林宛抬眸看了眼，认出来这人是节目当下人气最旺的一位选手。

男生许是注意到林宛的目光，礼貌地朝她笑了笑。

林宛面上没什么，等到人走远之后，激动地说："他刚刚对我笑了，你看到没？！"

江延觑着她，没吭声。

林宛迟钝地没有意识到他的情绪："你说我等会儿能不能拜托胖胖帮我找他要张签名？"

"你试试。"江延冷着声道。

《声音》节目是现场直播。

今天是初赛阶段的最后一场晋级赛，赛制规定是七十进四十，每个人只有一首歌的机会决定自己是晋级或是淘汰，没有待定名额。

成功晋级的四十名选手，四位导师在比赛时会自行评分，在所有人都表演完之后，由主持人公布晋级选手最终的分数。

排名在前二十名的选手拥有自主选择导师的权利，余下的二十名则是由导师被动选择。

节目的赛制严格，越往后面越残酷。这一次也是林宛他们几个人头一回在现场看比赛，在看到一些在微博上人气很旺的选手直接被淘汰时，心里难免为胡杭杭捏了一把汗。

每个人表演的顺序都是按照官微之前公布的人气榜排名，从高至低，依次表演。

胡杭杭参加节目之后人气高涨，是第十位出场表演的。

胡杭杭的台风一向很稳，这次他在老师的指导下，改编了当下十分流行的一首民谣《岁月》，加入了自己偏摇滚的风格，后期和声却是采用了比较独特的国乐编钟。

一曲结束，现场的歌迷完全地沉浸在这首歌里。

舞台上斑驳的灯光最终形成一道光柱落在胡杭杭身上，他站在那里，与光同生。

最终七十位选手表演结束，胡杭杭以总分第三的成绩晋级了下一场比赛，并且成功去到了自己想去的导师战队。

节目直播结束之后，胡杭杭原先是想着和江延他们几个人去吃顿夜宵，但是在回到后台之后，他才得知等会儿还有许多的事情需要处理，吃饭的事情只能推到下一次。

六个人从录制现场出来时已经是午夜。市中心的街头依然灯火通明，林立的高楼大厦灯光闪烁，整座城市犹如一座不夜城。

夜幕来袭，街巷吹来温凉的风。

林宛抬手搓了搓裸露在外的胳膊，下一秒，肩上忽然落了件带着温热气息的黑色外套。

熟悉的牌子和样式，几乎不用猜也知道是谁的衣服。

她抬眸看着站在一旁的江延，依旧是熟悉的白衣黑裤，修身玉立，像是一道浑然天成的美景。

"我们现在去哪儿？"林宛把胳膊穿进袖子里，白皙细长的手指露出来，多出来的一截衣袖全堆在手腕处，宽大的衣摆直直没过大腿根。

江延看了她一眼，夜色在他的尾睫打下一片阴影。

"先去吃饭。"他轻声说。

市中心不乏深夜还在营业的餐馆商铺，关澈在网上找了几家口碑不错的店。

几个人商量了一下，决定去离这里最近的火锅店，只是他们没想到，现在这个点店门口竟然还有人在排队。

关澈去找服务员拿了号，余下的人在服务员的安排下，拼了两张小方桌坐在外面等位。

店里提供了许多用来打发时间的东西，有叠星星、象棋和纸牌游戏等。

六个人平常在学校就用脑过度，这时候对于需要动什么脑筋的游戏一点儿兴趣也没有，只想简单点，拆了三副牌准备斗地主。

本就是随便玩玩儿，也没有规定什么人多人少，只是说谁输谁今天请客。

结果作为平民的林宛她们几人取得了胜利，输了一整晚的关澈暗骂了声，手疾眼快地抓起那张江延还没来得及丢入牌堆中的牌。

果不其然，是一张红桃 A。

"我就说呢，怎么回回到你这儿，出牌就不对劲了。"关澈把牌掀开丢在桌上，笑骂道，"搞了半天，你压根儿就不是地主的卧底，你就是林宛的卧底。"

计谋被拆穿的江延丝毫未觉得窘迫，往后靠着椅背，懒散一笑："我不是觉得一比八小嘛。"

闹到最后，这一顿请客的人从关澈变成了江延。

那天之后，七人小分队又回归到了各自的生活里。

宋远要报考的湖城警官学院历年来理科的录取分数线都在五百分左右，而他在学校的几次模拟考试都徘徊在四百八十分左右，很少能有过五百分的时候。

为此，宋父给宋远请了一位金牌高考讲师，平时晚自习和周末的时候，他都在家里学习。

徐一川出国的事情已成定局，徐父、徐母怕他去国外与人交流有障碍，平时都在抓紧时间给他补英语。

《声音》赛程过半，胡杭杭从海选到一百、一百进七十、七十进四十、一路挺进了最后的全国二十强。

临近高考，孟昕父母减少了出差的次数，孟母一有时间就会给孟昕送一些滋补汤，周末还带她出去放松放松。

关澈的导师带领团队参加了国内的机器人大赛，作为实验室的新人，关澈整个夏天几乎都泡在实验室里。

从一模到三模，林宛的分数一直稳定在七百二十分左右，对于她的学习和生活，林父、林母一直都没多费心。

因为不管有什么问题，江延总在第一时间就解决了。

高考前一周，林宛生了一次大病，在医院躺了三天。

最后一天夜里，林宛在睡梦中途醒了一次，看见江延站在窗前。

月光盈盈，他的背影萧索孤寂。

"江延。"她的声音有些沙哑。

站在窗前的人影身形一顿，接着转身走到病床边坐下，声音有些疲惫："怎么了？"

病房里没有开灯，只有从窗口流淌进来的寥寥月光，林宛的眼睛亮堂堂的："你怎么没有回去？"

这几天她生病在医院，白天是江延陪在身边，到了晚上方仪宋和林咏城会来这里。

今晚方仪宋临时有事，等她睡着后，叮嘱护士多关照，先一步离开了医院。

林宛知道方仪宋离开了，只是不知道江延还没回去。

江延垂眸，伸手替她掖了掖被子，低声道："我一直都在这里。"

从林宛生病到现在，他除了回去换衣服，基本上都没离开过医院。

"你是不是好久都没睡觉了？"林宛伸出手，指腹压在他眼下，"黑眼圈很重。"

"我没事。"江延握住她的手，指腹摩挲，"时间还早，你再睡会儿吧。"

林宛"嗯"了声，刚要闭眼，像是想起什么，软声说："你也去睡觉吧。"

江延想要拒绝，林宛没给他拒绝的机会："你不睡，我也睡不着。"

他看着她，再说不出拒绝的话，躺在一旁的沙发上："睡吧。"

"嗯。"林宛合着眸，脑袋蹭着枕头，像是撒娇更像是安抚，"别担心，我没事的。"

江延心里像是被戳了一下，酸酸涩涩的，哑声说："晚安。"

回应他的是林宛逐渐平稳的呼吸。

窗外夜色浓，月影西移，天要亮了。

六月最重要的那两天过得像梦一样。

最后一场英语考试结束，学校像是解除了封禁的监狱，有人大笑大闹，有人失声痛哭。

无论结果如何，这地狱般的一年总算在这一刻盖上了结束的印记。

教学楼飘落的碎纸如雪花一般，主任在楼下大吼着哪个班扔的，可是这个时候没有人愿意再听他一句话。

林窕出乎意料地平静，走在人群里，还在想着昨晚睡前看过的半集电视剧，等到电视台记者的话筒都快掉到眼前时才回过神。

每年考场外都会有各家电视台的记者蹲守，想要采访到有话题度的学生。

在这个所有人都很激动的时候，林窕的平静反而有一种众人皆醉我独醒的感觉。

电视台记者的眼睛如同雷达，立马带着工作人员挤上前："这位同学，寒窗苦读十二载，现在终于尘埃落定，请问你现在是什么感觉？"

"没什么感觉。"

林窕说完之后在人群里找到江延的身影，记者顺着她的视线看了看，笑道："你这次考试家人有来考场吗？"

"有。"林窕说，"同桌来了。"

"……"

这个采访是进行不下去了，记者很快换了个采访对象——一个走在人群中的帅哥。

还是同样的问题："这位同学，寒窗苦读十二载，现在终于尘埃落定，请问你现在是什么感觉？"

江延垂眸看着眼前突然冒出来挡住路的记者，淡声说："我不是考生。"

"那你是？"

"考生家属。"江延说话的时候，已经看到林窕的身影，叫了声她的名字，"林窕。"

记者还没反应过来，就看到她刚刚采访过的女生朝这边走了过来。

"……"不是"冤家"不聚头，小记者带着摄像师悻悻然离开了现场。

在场的还有其他家电视台的工作人员，江延和林窕的高颜值组合很快引起了关注。

有记者认出江延是之前教育资讯网采访过的保送生，带着自家摄影师就冲了过来，盯着江延笑道："这位同学不是之前已经被保送清大了吗，怎么今天也来参加高考了？"

江延和林窕对视一眼，嘴角弯了弯，笑道："没，今天是陪同桌来参加高考的。"

"……"

这位同学请你注意，我们是青少年栏目，你这样我们要开启成年模式了。

这个采访也没能顺利进行下去。

怕等会儿还有记者问来问去，江延和林宛很快离开了考场。

林宛的考场离十中不远，步行也就十几分钟。

夏日傍晚的风里带着暖意。

"江延，"林宛走在路边长长的石阶上，一只手被江延牵在手里，"我觉得我这次考得挺好的。"

江延侧目看她一眼，轻笑道："是吗？"

"当然啊。"林宛嘀咕道，"说不定我还能拿个状元呢。"

"行。"江延说，"我等你拿个状元回来。"

林宛"扑哧"笑了声，停住脚步，跳到他后背上，手臂勾着他的脖颈："你就这么相信我啊？"

江延背着她往前走，光影落在身后。

"你说什么我都信。"他笑。

（18）班的散伙饭定在高考结束的当天晚上，老余在福临阁订了个大包厢，所有人全员到齐，就连胡杭杭也特意请了假过来。

林宛和江延过去的时候，包厢里已经坐着不少同学。

这时候大家好像都已经自动将之前所有的不快和隔阂在记忆里清除，坐在一起笑笑闹闹。

等到所有人到齐之后，老余站在包厢门口，看着这一群孩子，笑着笑着眼睛就红了。

有女主注意到老余的情绪变化，想安慰他几句，可话还没说出口，自己却先哽咽了。

笑闹的场面逐渐变得有些伤感。

离别近在眼前，今日一别，往后再见便不知是何年月。

林宛和江延坐在角落的位置，沉默不语。

老余抬手抹了把眼睛："来，大家都坐下吧。"

等落座之后，老余先举杯："我先谢谢各位同学在这两年里，对我的配合和理解。"

"别，老余，是我们该谢谢您。"

"敬老余！"

一杯酒入肚，原先略显沉寂的场面又变得不受控制，女生捂着脸，眼泪从指缝里掉出，男生攥着酒杯，眼眶湿红。

林宛别开眼，深深呼吸。

老余红着眼，像以往很多时候一样，毫不在意地笑着："今天高考虽然结束了，但你们的人生却是从这一刻才真正开始，往后的日子里，你们所做的每一个决定都将决定你未来的每一个瞬间。"

"老师对你们的要求不高，只希望你们以后都能做自己想做的事情，成为自己想成为的人，然后在自己喜欢的行业里闪闪发光。"

……

散伙饭结束后，一行人没有离开，而是跟着老余回了（18）班的教室。

教室里一切如常，墙上归零的倒计时，呼啦转动的风扇，写满了签名的教室，零乱的课桌椅。

夏日的夜晚繁星密布，窗外蝉鸣不绝。

所有的所有都是青春里最美好的回忆。

喝了许多酒的老余动作有些迟钝，他站在讲桌前，从口袋里拿出一张纸，慢悠悠地打开，缓声道："以后我们就是一个新的班级了，现在我来点个名，点到名的同学上来做个自我介绍。"

听了老余的话，所有人的记忆一瞬间被拉回两年前那个炎热还带着夏天温度的九月。

记忆里的初见好像还在昨天，而今却已离别在即。

从今天起，他们都不再是高中生了。

"林宛。"老余站在台上喊，像两年前一样。

坐在底下的林宛红着眼，缓步走上讲台，垂在腿侧的手紧握成拳，声音有些哽咽："大家好，我叫林宛，双木林，宝盖下两点一个兆的宛，我很高兴和大家一个班，谢谢大家。"

话音落，教室角落响起熟悉的声音："老余，自我介绍是不是还要说点什么兴趣爱好之类的啊？"

林宛抬起头，隔着人影望向教室后排，少年的眉眼依然含笑，却和记忆里那个少年的笑容有了些不一样。

她也笑了起来，有关于他的记忆总是格外清晰："我没有什么爱好，我只喜欢学习。"

老余还像以前一样带头鼓了掌，教室里的人都隐约有一种错觉，好似自己的高中生活才刚刚开始。

江延依然是第十个上台的。

两年的时光，少年的身形已然褪去薄弱，变得笔直挺拔。

他站在讲台上，懒洋洋地笑着，桀骜又肆意，像以前一样，几乎没说什么废话："江延，爱好——"

江延停了一瞬，而后抬眸看向教室角落，眉目温柔，轻声念了两个字：

"林宛。"

（正文完）

番外一

大学季

"记忆里高考完的那个夏天，烈日炎炎，蝉鸣不绝，明明和以前很多个夏天一样炎热聒噪，却如此让人难以忘怀。"

　　六月末，教育考试网公布高考成绩，溪城十中在时隔五年后，又出了一个省理科状元。

　　作为状元班主任的老余自然是乐得不行，在知道成绩的第一时间就给状元本人打了电话。

　　"那个林窕啊，你查成绩了吗？是不是还没有查到啊？老师这里给你查过了，考得不错。"说完，老余忍不住又笑了起来，"考得真不错，比那个江延厉害多了。"

　　话落，听筒里忽然传来一声低笑，江延的声音有些沉："老余，我当初被保送的时候，你可不是这么说的啊。"

　　闻言，余秉山的笑声一顿，低头看了眼手机的备注，嘀咕了声："怎么是你接的电话，林窕呢？"

　　江延听出老余话里的嫌弃，轻嗤了声："在睡觉。"

　　"还睡哪！"老余激动道，"她查分数了吗？知道自己考了多少分吗？725分啊！全省第一！怎么还在睡觉呢？！"

　　江延对于林窕这个第一倒是没觉得意外，抬手轻揉额角，淡声说："全国第一困了也要睡觉。"

　　"……"

　　出成绩的前一天晚上，正好赶上胡杭杭在《声音》的总决赛，七人小分队再聚首，前往录制现场。

　　节目录到深夜，胡杭杭最后以第三名的成绩正式出道，并且在节目结束后，签入了导师的经纪公司。整个夏天他都在忙着筹备发布自己人生里的第一张个人专辑。

　　录制结束之后，胡杭杭难得有空闲，七个人找了家火锅店，吃喝玩乐到天亮，散局后各回各家。

　　林宛一回到自习室就在补觉，一觉睡到了第二天下午，等醒来的时候，就从江延那里知道自己考了个省状元的事情。

　　"我的个天。"林宛有些蒙，"我以为我这次就能考个市状元，怎么变成省了，会不会是卷子改错了？"

　　江延抬手揉了揉她脑袋，温声笑道："是不是睡傻了？"

　　"没有。"林宛缓过神，抬头对上他的视线，笑了笑，"我就说我能拿个状元回来的。"

　　"嗯。"江延也在笑，"比我厉害。"

　　之后的事情也如水到渠成般顺利，林宛的成绩已经不需要自己再去抉择什么学校。

　　成绩出来的当天下午，十中的学生部接到了很多个来自各大高校招生办的电话。

　　而林宛对于学校和专业的选择是一早便定下来的，在与林父、林母讨论过之后，填报了清安大学法学系的提前录取批次，先别的同学一步收到了录取通知书。

　　七人小分队，四人参加高考。

　　林宛以全省第一的成绩被清安大学录取。

　　孟昕发挥正常，总分在全市排名第五。填报志愿的时候，她就只填了首都医大一个学校，其余的全都作废。

　　宋远在高考前的突击没有白费，高考考了五百二十六分，按照湖城警官学院往年的分数线，他这个分数基本上没有问题。

　　徐一川虽然毕业后就要出国留学，但他也没有完全放弃高考，高考分数虽然算不上多漂亮，但比起他之前门门单数的成绩要好很多。

　　……

　　在这次高考中，除了他们几个，（18）班其他的一些同学也取得了很好的成绩。

　　杜闻博以720分的成绩考入了京安大学的化学系。

　　许欢欢以679分的成绩考入了京安外国语大学的英语系。

　　周琦以659分的成绩被海市交通大学的交通工程专业录取。

　　李蕊以650分的成绩被京南大学的地质学专业录取。

　　……

　　而那些平常在教室里不好好学习的同学，也在毕业之后，有了自己的人生规划。

胡杭杭放弃高考参加了《声音》的录制，一路披荆斩棘，在总决赛中获得了第三名，得到了出道的机会，往后可能会成为歌手，也可能会成为一名作词家。

那个打游戏很好的徐程，成功说服了父母，在高考结束的时候成为职业战队的青训生，走上了成为一名职业选手的道路。

充满运动细胞的柳声和方成城，以体育生的身份考入了溪城师范学院的体育教育专业。

当初一起打过球赛当过替补队员的于一帆和李想，则是保留学籍，进入了部队。

……

这群少年站在人生的岔路前，选择了不同道路，可不管他们走向何方，以后又将成为什么样的人，这个炎炎夏日里的所有，终将会成为他们青春里最美好的一瞬。

少年的夏天才叫夏天。

愿你我未来可期。

清安大学在百年前的八月十五建校，因而每年新生开学都定在八月十五，不论风雨，从未更改过。

今年也不例外。

开学当天正好也是林宛的生日，方仪宋和林咏城为了不错过她的生日，放下手里所有的工作，亲自送她去学校。

新生开学，校园里热闹非凡。

江延早在之前就住进了学生公寓，提前问好了法学系的报名流程，等林宛来了之后，后面的所有事项都是他一手安排的，就连林宛宿舍里的蚊帐都是他给挂好的。

宿舍是四人间，林宛是最后一个到的，也是唯一一个带着男朋友来宿舍的，三个可爱的小朋友全程目不转睛地看着江延和林宛，满脸的羡慕。

收拾好之后，江延出去洗手。

等他出去之后，三个女生迅速围上林宛，开始自我介绍，还是按照个子高矮顺序来的。

个最高的叫温念，中间的是方棋，最后是梁越。

三个女生分别来自不同的地方，温念和方棋都来自北方的城市，梁越来自和溪城只有半小时车程的河城。

女生间的友谊建立得快，等江延洗完手回来时，她们四个人已经能坐在一起聊着今年夏天最火热的综艺选秀节目《声音》。

林宛因为胡杭杭的原因，对这个节目了解甚多，在问及最喜欢里面哪位选手时，没有意外地选择了胡杭杭。

梁越激动地叫了声："我也是！我也喜欢他！他一笑起来那个小虎牙真的超可爱！"

林宛笑笑，没多解释。

而温念和方棋则是更偏向于在节目总决赛中获得第一名和第二名的选手。

四个人聊起共同的话题，滔滔不绝。

后来话题又转到各自的学校，最后温念自然而然地问到了江延："你跟你男朋友怎么认识的啊？"

"我们是高中同学。"林宛说，"高二分班的时候分到了一个班。"

温念"哦"了声。梁越又接着问道："那他也是我们学校的学生？"

林宛笑着说："嗯，他是物理系的。"

"哇！太让人羡慕了吧！"方棋叹了口气，吐槽道，"为什么别人的高中多姿多彩，而我的高中只有两点一线。"

"……"

中午，林咏城和方仪宋在酒店给林宛过了个生日，夫妻俩在学校附近找了个带厨房的酒店式公寓。

林宛和江延去报到那段时间，夫妻俩就在公寓准备食材。

林宛每年过生日，方仪宋都会亲手给林宛下一碗长寿面，今年哪怕情况特殊，她也没有放弃。

吃过饭后，林宛和江延没有在酒店多待，因为下午学校还有开学典礼，如非特殊情况，不允许缺席。

等回了学校，林宛和江延分别去了各自的班级集合，开学典礼是按照系别班级安排的座位。

物理系和法学系的位置东西相对，中间隔着一整个会场。

落座之后，林宛摸出手机，看到江延一分钟前给她发了条微信，问她到现场了没有。

周围都是人影，林宛给他回了消息后，抓住梁越的胳膊问了句："你知道物理系的座位在哪边吗？"

梁越看她一眼，笑道："你是想问你男朋友在哪儿吧？"

林宛摸了摸鼻尖："我也没有那么明显吧。"

梁越也没多说什么，拿出手里的新生手册，翻到后面开学典礼注意事项里的座位安排表："我看看啊……在这里！"

她指着图册上的位置，抬头和会场的位置对比了下："物理系应该在我们对面。"

林宛顺着她指着的位置看了眼，只能看见对面模糊的人影："……"

开学的第二天就是军训。

八月的天，闷热不堪，操场上热浪滚滚，风里都带着干燥的热意。

林宛站在队伍前列，炽烈日光迎面晒了下来，帽檐也遮不住，汗水滑落进眼里，带着点儿轻微的刺痛感。

训练过程不允许乱动。

林宛也不敢抬手去擦，好不容易撑到哨声响，等教官说完解散，她立马抬手擦了下眼角。

粗糙的衣袖擦过眼尾，不小心划出一道红痕。

休息的时候可以自由活动，林宛和室友站在树荫底下喝水，余光瞥见江延拿着帽子往这边走。

她拧上瓶盖，迎上前。

江延一眼看见她眼角下的红痕，抬手摸了下："这里怎么了？"

林宛"啊"了声，不怎么在意："刚刚擦眼睛的时候，袖口不小心划了一下，没事。"

阳光炽烈，江延拉着她往阴凉处站了点，自己站在她面前，遮住不少光线："热吗？"

"热。"林宛实话实说，"比溪城的夏天还热。"

江延笑了笑，拿起手里的帽子在她脸侧轻扇着，带起阵阵凉风："不然你请假吧。"

"不行，军训成绩要算到学期综合考核的。"在军训之前，辅导员就跟他们说过，军训最终成绩对学期的各种评选都会有影响，如果没有什么特殊情况，最好不要缺席。林宛拿矿泉水瓶敷着脸："不过没有那么难熬啦，也就半个月，很快就过去了。"

江延"嗯"了声，忽然抬起头，目光和周围一群来不及收回的八卦目光撞在一起。

昨天开学典礼结束后，有人在清大的论坛上发了一个新生校草排行榜。

作为新生代表在开学典礼上演讲的江延位列排行榜第一，人气值比第二名高出一万多。

当天晚上，江延的个人资料就被公开在论坛上：

> 姓名：江延。
> 性别：男。
> 出生日期：1995 年 12 月 15 日。
> 星座：射手座。
> 院系：物理系核物理专业 A 班。
> 情感：未婚非单身。

底下回复无数：

> 天哪，这么优秀又好看的小哥哥竟然有女朋友了！
> 回楼上，这么优秀又好看的小哥哥如果没有女朋友的话，才奇怪吧！
> ……
> 果真是好看的人从来都不会是单身。
> 天！你们的注意力都放到哪里去了？请看看他是什么专业！核物理专业 A 班啊！在那里面可都是神仙啊！
> 我真觉得我来这个世界上是来凑数的［挥手.jpg］

之后又有人扒出江延的高中，得知他是直接被保送的清大物理系，还有知情人将十中贴吧那条帖子的链接贴到了论坛上。

也就一个晚上的时间，原先还寂寂无名的江延一跃成为今年清大新生人气榜的榜首。

托江延的福，作为他女朋友的林窕的一些资料也被人贴在论坛上：

> 江学神的高中同桌，高颜值学霸，是今年 ×× 省的省理科状元、今年清大法学系新生，父母是开公司的，家里超有钱……

对于此，不少吃瓜群众表示自己现在改吃柠檬了。

林窕和江延在清大引起了不少关注，上至学校老师，下至宿管阿姨，都知道这对小情侣。

就连平常两人一起上选修课的时候，年轻点的选修课老师也总会拿他们俩开玩笑。

过高的关注，反而让两人觉得无处遁形，后来再选课的时候，林窕和江延基本上都会避开选相同的课。

大一结束的那个暑假,成天泡在实验室的关澈终于结束入校以来的第一个项目,并且带领团队成功拿下了全国机器人大赛的一等奖。

获奖的那天晚上,关澈在群里发了消息,约了同在一个学校的江延、林窕和同在一个城市的孟昕出来庆祝。

四个人就在清大后巷的大排档凑了个局。

入学这一年来,所有人都在为了适应新学校、新生活和新的一切而努力,平常鲜少有机会碰面,更别说是像这样坐在一起吃点东西。

夏风温热,四个人举杯相庆。

一杯酒入肚,关澈松开玻璃杯,眉目被夜色晕染,英俊清雅:"时间过得真快,眨眼又到了夏天。"

好像去年夏天的离别才刚刚过去一会儿,却没想到一个新的夏天又忽然来到了眼前。

"时间不等人。"江延拿杯沿碰了碰他的杯沿,声音淬入酒精的沉醉,垂眸浅笑,"恭喜。"

"谢了。"关澈指尖拎着酒杯,摇摇晃晃。

搁在一旁的手机忽然亮了起来,江延垂眸,看到徐一川发起的视频通话。

他笑了笑,拿起手机:"徐一川。"

视频一接通,就听见徐一川的彩虹屁:"澈哥!你太酷了!"

关澈低头笑:"低调低调。"

群里七个人,除了他们四个,另外三个都去了不同的城市,徐一川甚至去了大洋彼岸。

视频接通没一会儿,宋远也跟着上了线。

七个人这一年里只在寒假的时候聚过一次,在那之后,只有在微信上联系联系。

宋远估计刚下训练,还穿着黑色的训练服,身量板正,肩臂宽阔,少年的眉眼坚毅:"澈哥,恭喜啊。"

关澈举起酒杯在镜头前晃了晃,温声说:"这杯酒过年回去再找你们喝。"

六个人聊了十多分钟,胡杭杭匆匆忙忙上了线。

这一年里,他忙着发新专辑、跑公告、接影视词曲,比他们所有人都忙,人气也越发高涨,微博粉丝一年涨了几百万。

胡杭杭还是像以前一样咋咋呼呼,对着镜头大喊了声:"澈哥真牛!澈哥天下第一。"

"……"

林宛没忍住笑了声："胖胖，你现在好歹也算个偶像歌手，怎么一点儿包袱都没有？"

胡杭杭没说话，他的经纪人在旁边嘀咕了声："谁说没包袱，上个节目包袱比愚公挖的山都重。"

"……"

夏日的夜晚，闹市的街头时时传来笑声。

四个人散局时天色已晚，夜空繁星密布，满空的星光比盈盈月光还要璀璨闪烁。

关澈拿起外套，主动送孟昕回学校。

等他们走后，林宛和江延走在种满了梧桐的林荫道上，月光从枝叶的罅隙间落下斑驳的影子。

"我怎么觉得关澈哥，好像对孟昕有点不一样。"林宛勾着江延的手指，"你觉得呢？"

"我觉得啊，"江延放缓了语速，偏头对上她的视线，笑了笑，"你说得对。"

大二的那个寒假，林宛终于如愿以偿带着江延回家过年。

溪城的年味并没有随着时间长河的流动而有所减少，街头巷尾随处可见的大红灯笼，在白茫茫的雪天里犹如一盏盏明灯。

吃过年夜饭，聊过家常话，林咏城和方仪宋留在家里工作，林宛和江延出门去和几个老朋友碰面。

新的一年，每个人好像都成长了不少，可当初那份稚气依然未褪，笑容里始终带着年少时的纯粹和干净。

新年夜，胡杭杭在溪城体育中心举办自己人生里第一场跨年演唱会。七人小分队，六人聚齐后，前后赶往体育中心。

歌声热烈，人潮如海。

他们六个人的位子都是演唱会的 SVIP 位，正对着舞台中央，并不需要借助什么外来工具去遥看台上的一举一动。

这半年来，胡杭杭逐渐转型，从当初的抒情偶像歌手逐渐转向摇滚作词家，如今看着，想来也是有所成。

许是新年夜的氛围烘托，现场的气氛火热。

演唱会进行到中途互动环节，导播把镜头切向观众席，明亮清晰的屏幕里出现两张模样出挑的脸。

女生脸上未施粉黛，脸上还贴着胡杭杭的应援贴纸。看到自己出现在镜头里，女生有一瞬间的懵然，等到反应过来时，尖叫了声，捂着脸一头扎进了身旁男生的怀里。

男生面朝镜头，模样英俊，笑得宠溺，引起现场阵阵号叫。

演唱会的习俗，被镜头照到的情侣，需要接个吻。

胡杭杭在线带节奏，抬手摇摆："接吻！接吻！接吻！"

现场粉丝跟着偶像一起应声："接吻！接吻！接吻！"

埋首在江延怀里的林宛听着现场的动静，红着脸，瓮声道："等会儿我非弄死胡杭杭不可。"

"弄死他可以等会儿。"江延凑在她耳边，低声说，"现在，给个面子，跟我接个吻？"

"……"

平心而论，两个人在一起后，江延很少在人前跟她有过多的亲密举动，顶多牵牵手捏捏脸。

林宛不知道他怎么在这时候想得开了，还是当着几万人的面。

不过说到底也是自家男朋友，林宛再害羞，在人前也还是会想着保持住男朋友的完美人设。

"当然可以。"

话落，林宛抬手勾住江延的脖颈，主动吻了过去，温言细语全都藏在这个吻里。

胡杭杭大声起哄，粉丝跟着尖叫，现场气氛被抬上一个新的热度。

林宛勾着江延的脖颈，笑得潋滟动人。

当天晚上，微博首页全是新晋偶像歌手胡杭杭的演唱会的热搜。

有粉丝放出江延和林宛接吻的短视频，热度居高不下，很快被顶到热搜首页前排。

微博的注册用户上亿，网友来自世界各地，什么样身份的皆有，其中不乏认识江延和林宛的人。

在那条接吻视频底下，有一条评论一路被赞到热评第一：

　　　　榴梿大魔王：这两人看着好像我们学校那对超有名的情侣啊！（坐标清大，首页通知书可证）

评论底下一堆其他网友的回复，简直称为大型校友碰面会：

　　　　你没认错！！！就是他们！

　　　　我天啊！这是什么神仙眷侣！

路人弱弱求个科普，这俩是谁？

指路清大论坛，关键词搜索双高 CP。

刚看完回来，我只想说我为什么要来到这个世界［再见.jpg］

我不配［柠檬.jpg］

林宛和江延都没想到胡杭杭现在的人气这么高，就一个小视频，都能被粉丝炒到这么高的热度。

树大招风，胡杭杭日日攀升的人气自然也会引起其他竞争对手的不乐意，私下也会找人写通稿抹黑他。

像这一次的接吻视频，热搜榜上还没挂半小时，各家营销号就出了一堆通稿拉踩胡杭杭借粉丝的噱头烘炒人气。

在娱乐圈里待得久了，有些事情见怪不怪，胡杭杭本想着息事宁人不管这些虚假新闻，但是营销号越写越过，甚至猜测林宛和江延签了经纪公司，准备出道。

营销号的新闻从来都是半真半假，不知名的网友分辨不出所谓的真实度，只会跟风随大流。

以往都不怎么在意这些的胡杭杭这次气得不行，在征得林宛和江延的同意之后，发了一条微博。

胡杭杭 V：你们难道没有几个情侣朋友？［挥手.jpg］

配图是一张照片，是他们几个读高中时拍的一张不怎么正式的合照，十六七岁的年纪，每个人脸上都带着稚嫩的笑容，青涩又美好。

这张照片一发出来，粉丝很快被照片里胖胖的胡杭杭吸引了，讨论的关注点也逐渐转移到他身上。

一场风波，且起且停。

清大的寒假不长，只有两个星期，假期结束前一天，江延带着林宛去拜祭了方海。

墓地在城郊，周围绿树林立。

方海的墓碑正对着远处的一栋建筑，那里是溪城的物理工程研究所，是方海当年未能来得及实现的梦想。

早春的阳光轻薄薄的，没有夏日那么热烈。

林宛看着墓碑上方海的照片，跟着江延，在碑前磕了三个头，最后接着江延的动作，拿白毛巾轻轻擦拭掉照片上的灰尘。

江延蹲在一侧，从包里拿出方海爱喝的酒，倒满了三酒杯，笑着道："爸，今年我不是一个人来看您了。"

"您放心，我会好好的。"江延拿起其中一杯酒洒在墓前，"我现在跟着季海教授的儿子季楠教授在做项目。您还记得季楠教授吗，他跟我说当初您是他们实验室里最好的学生。"

"季海教授到现在还记着您呢。"江延叹了口气，"当初您放弃继续物理研究的事情，他其实已经没有怪你了，年前还想着过来看看您。"

"爸。"江延动了动腮帮，伸手抹了把脸，声音有些哽咽，"如果当初您没有认识他们就好了。"

对于方海学生时代的事情，最初江延只知道他在学校是很优秀的学生，却不知道他是如此优秀。

来了清大之后，他在两位季教授的时常感慨中，才知道方海当初为了于风烟放弃了什么。

如果说这世上有什么能和生命的珍重相提并论，那么方海的这份情远不止于此。

……

从墓地出来时，江延的情绪还没能完全恢复过来。在看到站在山脚下的于风烟和江隋远时，林宛生怕他忍不住做出什么不好的举动，偷偷伸手拽住了他的胳膊。

江延注意到她的动作，低眸看了眼，问道："做什么？"

林宛故意装傻充愣："没什么啊，路不平，我抓着你，走起来稳一点儿。"

"……"

于风烟和江隋远已经有两年的时间没见过江延，此时在这里突然见到他，还有些不知所措。

江延一直反对江隋远来拜祭方海的事情，于风烟也清楚，所以这几年都是一个人过来。

只是今年，她和江隋远又有了自己的孩子，便想着一起过来一趟，没想到凑巧碰上了。

四个人面对面站了会儿，江延率先挪开视线，抬脚走向一旁的石阶小道："走吧。"

林宛跟上他，斟酌着问道："不打声招呼吗？"

"没必要。"

没走几步，于风烟忽然叫住了他们，不过她叫的不是江延，而是林宛："林小姐，我想和你单独聊几句可以吗？"

林宛脚步一顿，江延刚想替她回绝，她拦住他，回头看着于风烟，礼貌地颔首一笑："江太太，我们还有事，就不聊了。"

话落，不等于风烟有所回答，她便拉着江延走远了。

等走出墓园，林宛看着沉默不语的江延，犹豫道："我刚刚……是不是做得不对？"

"没有。"江延笑了笑，"你做什么都是对的。"

"我知道我这么做很没有礼貌。"林宛低着头，"但我就是不喜欢他们，我希望这辈子都不要再见到他们。"

在林宛的认知里，江延所有的负面情绪都是来自他们，她心里很难对他们生出什么好感。

尽管他们也是为了江延好，但是他们所谓的好，江延不接受，她自然也不会接受。

江延知道林宛心里在想什么，也知道她是因为自己才会这样，轻叹了口气，像安抚小孩一样摸了摸她的脑袋，压低了声音哄道："你很好，你也没有做错什么。"

他收回手，回头看着远处模糊的两个身影，慨然道："我们以后，也不会再见到他们了。"

寒假结束后，便是更加忙碌的大学生活。

江延这学期暂时结束了在国家队的训练，专心跟着季楠教授做项目，增加实践经验。

季楠的妻子陆娴是林宛专业课的老师，因为丈夫的缘故，对江延和林宛的关系多有了解，因而平时对林宛也多有关照，有机会接触一些案子的时候，也会带着林宛一起。

两个人忙起来，时间经常对不上，有时候明明在一个学校，却过得跟异地恋一样，十天半个月才有机会碰上一面。

转眼又到盛夏。

学期结束后，江延留在学校继续盯项目进程，林宛所在的法学系没那么多事情，在学校多留了半个月后，她便独自回了溪城。

临走前，江延抽空陪她吃了顿饭。

林宛看着他明显瘦削了不少的脸颊，有些心疼："你们实验室是不是不给你饭吃啊？"

"没有。"江延往她碗里夹了两片肉，随口道，"可能是最近经常熬夜。"

江延没敢和她说的是，平常他们在实验室，三餐不定都是正常的事情，甚至有时候忙起来一天只能吃上一顿早饭。

这些说了就会挨掉的事情，他是绝对不会说出来的。

"熬夜容易脱发变秃头的。"林宛抬头看着他的发际线，有些担忧，"看来我现在就要开始囤一些生发液了。"

"……"

林宛大二暑假的生日，江延实验室的项目正处于收尾阶段，他没能及时赶回溪城。

方仪宋和林咏城还和往年一样，停下手里所有的工作，在家里给她过了一个生日。

吃过晚饭后，林宛被回到溪城过暑假的孟昕和宋远他们约了出去。

高考结束之后，每个人都有了自己要努力的事情，七人小分队这一次只聚齐了四人。

关澈和江延都留在学校做项目，胡杭杭忙着拓展自己的事业版图，倒是远在大洋彼岸的徐一川，难得在今年暑假有空回了国。

四个人去了十中附近的餐馆续摊，吃吃喝喝聊到十一点多，徐一川提议去学校里逛一逛。

夏日的夜晚，风里都透着薄薄的暖意。

四个人将身份证押在值班室，又买了两包烟，才让值班的老师松口让他们在这个点儿进学校。

不知道是什么奇怪的定律，只要一毕业，学校准装修。

自从他们毕业之后，十中又开始扩建，学校将校区北面的地皮都买了下来，老旧的教学楼也统统都刷了一遍新漆，以前没有空调只有风扇的高一教室也都装上了空调。

"当初高一的时候，学校要是给教室装空调，我也不会逃课去网吧了。"徐一川笑道，"都是空调耽误了我的学习。"

"……"

宋远给了他个白眼："就算是给你身上装个空调，该逃课，你也还是会逃课的。"

徐一川伸拳砸在宋远肩上，却换来自己一声哀号："你这两年在警校都吃了什么，肌肉这么硬！"

宋远扬眉，一脸骄傲。

林宛和孟昕都笑了起来。

　　四个人在校园里逛了一圈，最后走走停停，绕去了操场。

　　十中附近住着不少居民，假期的时候都会来学校操场锻炼，因为操场没有上锁。

　　红色的塑胶跑道，刷了白漆的足球框，亮如白昼的大灯，好像一切都没变，却又好像什么都不一样了。

　　进了操场之后，徐一川和宋远突然说要去卫生间，两人走了没一会儿，孟昕接到电话，拿着手机走到一旁。

　　林宛独自在跑道上晃悠着。

　　十中操场的大灯十二点准时关闭，这么多年也一直没有变过，这时候甚至还有所提前，才十一点五十几就灭了。

　　关了灯的操场黑漆漆的，月和星的光芒纠缠着落下来，照亮前路。

　　不远处孟昕打电话的声音断断续续，林宛顺着来路往回走时，操场的绿色草坪中央却忽然亮起了闪烁的灯光。

　　林宛停下脚步，偏头看过去。

　　身材颀长的男人捧着一束嫣红的玫瑰从光影中走来，眉目被月色晕染，温柔而清雅。

　　不知为何，林宛脑海里忽然想起以前在书上看过的一句话——月色与雪色之间，你是第三种绝色。

　　于林宛而言，江延便是人间难得的那抹绝色。

　　实验室的项目今天收尾，江延从昨晚忙到中午，结束后，季楠教授带着他和实验室的几位师兄去和中科所的前辈确定接下来的研究方向。

　　结束时已经是晚上，江延随身带着证件，也顾不上回去换衣服，订了张机票就往溪城赶。

　　手机电量不足，他在机场只够给徐一川他们打个电话，安排了一个算不上什么惊喜的惊喜。

　　"还好。"江延松了口气。

　　林宛看着他问："好什么？"

　　江延往前走了一步，把人搂在怀里，低眸笑笑："没错过你的生日。"

　　两人离得近，林宛闻见他身上有淡淡的烟酒气，也不是很刺鼻，只是刚好能闻见："你喝酒了？"

　　"嗯。"江延松开她，把手里的玫瑰递到她怀里，抬手将她脸侧的碎发捋到耳后，"晚上季教授带我们和几位科研所的前辈吃饭，喝了一点儿。"

　　林宛笑笑："季教授回去估计又要被陆老师责骂了。"

季楠年轻时因为饮食不规律，到老落了个胃病，林窕平常听陆娴提过几句，知道她对季楠的饮食把控得很严，辛辣烟酒都不让碰的。

　　江延唇角一勾："季老师今天没喝，知道师母不让，一滴也没碰。"

　　林窕觑了他一眼："那我让你也别喝，你怎么不听？"

　　上大学之后，江延就跟变了个人一样，常常在实验室一待就是一天，忙起来的时候饭都顾不上吃，现在胃也不是特别好，之前还犯过一次胃病。

　　江延摸了摸鼻尖，模棱两可道："总要有人喝的。"

　　林窕哼了声，垂眸抬手拨弄着怀里的玫瑰花，心情倒是没有说的那么不高兴。

　　两个人在这里恩恩爱爱，引起了蹲在一旁喂蚊子的三位单身人士的不满，徐一川号了声："好歹也照顾一下我们三个的感受吧！"

　　林窕和江延这才想起来还有外人在场，齐齐转过身看了过去。

　　他们三个起身从角落走过来，徐一川和宋远手里还拿着一串串斑斓闪烁的彩灯串。

　　夜色渐晚，五个人从校园里出来后，直接去了自习室。

　　毕业之后，江延和关澈都去了外地上大学，自习室的生意都交给了店里的几个朋友负责，只有平时有什么大事的时候江延和关澈才会出面处理。

　　暑假的自习室生意比平时还好，几个人过去的时候，店里只有周铭和周玥，两人坐在吧台后边写作业。

　　打过招呼之后，江延带着林窕去楼上房间。临走前，徐一川和宋远拿出一个纸袋塞给林窕，说是他俩准备的礼物。

　　林窕也没多想，和玫瑰花一起拿回了三楼江延的房间。

　　高考结束没多久，林窕就从自习室搬了出来，原先她在自习室的房间也被收拾出来。

　　之后再来这边留宿，她都是睡在江延的房间，不过江延一直秉承着柳下惠的作风。

　　除了同床共枕，不会再进一步。

　　对于此，林窕之前在宿舍夜聊的时候，还被室友问及她和江延目前到了什么程度。

　　三个没吃过猪肉但见过猪跑的室友，在听到他们俩目前还停在单纯的牵手阶段时，纷纷表示难以置信。

　　……

　　"想什么呢？"江延洗了脸在林窕身旁坐下，看她发愣的模样，抬手揉了揉她的脑袋。

林宛被他闹回神，心虚地摇了摇头："没什么。"

然后她像是为了掩饰什么，倾身拿起之前徐一川给的纸袋，拆开封口，嘀咕道："也不知道他们俩送的是什么。"

江延对于礼物没什么好奇心，摸出手机在回消息。

纸袋的封口严实，林宛从抽屉里拿了剪刀剪开，揭开一看，里面的东西形状四四方方，包装五颜六色，一时半会儿还看不出来是个什么东西。

"这什么啊？"林宛嘀嘀咕咕，伸手从纸袋里摸出一个。

包装上的小字立刻暴露在她眼前。

林宛："……"

江延听见她的声音，也顺着看了过去，等到完全看清她拿在手里的东西时："……"

气氛忽然有些尴尬和暧昧。

林宛捏着那一方小小的东西，松也不是，不松也不是，好像手里拿着的不是那什么，而是一颗炸弹。

还是不管你松不松手都会炸了的那种炸弹。

江延轻咳了声，不自然地撇开视线，伸手从她手里把东西连着纸袋一齐拿了过去，起身丢到了一旁的书桌上。

他站在桌旁，背对着沙发，抬手解开衬衫的一颗扣子，声音有些低："不早了，你先去洗澡吧。"

林宛脸又红又烫，闻言也顾不上说什么，起身飞快地钻进了浴室。

等她进去之后，江延垂眸看着桌上的东西，克制地抿着唇，抬手把纸袋扔进了床边的垃圾桶里。

随后他拿上衣服，去了关澈的房间洗澡。

林宛在浴室里听见他出门的动静，拿冷水拍了拍脸，出去从柜子里找到自己留在这里的衣服。

余光看到被扔进垃圾桶的纸袋，刚刚平息下去的热意又冒了出来，恨不得把徐一川和宋远拉过来暴打一顿。

江延洗过澡之后，去楼下包厢找到正在打游戏的徐一川和宋远，什么也没说，干脆利索地关了他们俩的电脑。

徐一川叫嚷着蹦了起来："哥你干吗！我团战呢！"

江延睨着他："我没把你们俩赶出去，你们就应该感到庆幸了。"

"……"

教训完两人，江延去楼下拿了两瓶冰水，最后才回房间。

林宛正站在空调前吹头发。

他放下水，走了过去，把空调的扇叶往上拨了拨："洗完头对着空调吹，想生病么？"

"我也没吹一会儿。"林宛打了个哈欠，"就是刚洗完澡出来有点热。"

江延没拆穿她，弯腰从抽屉里拿出吹风机："过来。"

"哦。"

两个人默契地都不提刚刚那一茬。

吹完头发后，江延收起吹风机，淡声说："你在这儿睡吧，今晚我去关澈房间睡。"

林宛不解地看着他。

江延被她过于直白的目光看得不自在，默默别开视线，唇角微抿："不早了，睡吧。"

林宛手疾眼快地拉住他，追问道："为什么？"

"什么为什么？"

她刚刚洗过澡，身上有淡淡的馨香，江延有些气息不稳。

林宛揪着他的衣袖，像是做了什么决定一般，目光紧紧地黏着他："江延，我成年了。"

"……"

"你要是想做什么，我也不是不可以。"她低着头，耳垂红红。

江延滚了滚喉结，觉得自己刚刚白洗了个澡。

房间不知怎么忽然有些热，江延没说话，只是走到一旁关了灯，而后转身将她横抱了起来。

皎白月光从窗口倾泻进来。

江延背对着光，眉眼沉浸在黑夜里。他看着林宛，眼眸亮堂堂的，忽而低头，似是要吻下来。

林宛所有的胆量都放在了刚刚那句话里，此时此刻心跳如擂鼓，手指紧揪着他身上的棉质 T 恤。

滚烫的吻落在了她的额头上。

属于男性的气息铺天盖地地朝她压了下来。

只是江延在这个吻之后，便没有更多的动作，他一只手垫在林宛脑后，胳膊支着身体，另一只手描摹着她的脸型。

良久之后，林宛听见他的声音，低沉而深情。

"我承认性也是爱的一部分，可我爱你并不仅仅是为了性，我爱的只是你这个人。我可以保证我这一辈子只爱你，但我不敢保证，在我们结婚前我会不会遇到什么不好的事情，如果我真的不幸遇见了，我不想让你在那个时候面临和我母亲当初一样的选择。"

说完，江延低头在她唇上落了一吻。

"生日快乐，宝贝儿。"

林宛大三那年，林咏城和方仪宋决定通过试管婴儿再要一个男孩，但因为方仪宋的身体原因，夫妻俩尝试了很多次，最终都以失败而告终。后来方仪宋通过中药调养，在秋天结束之前成功怀上了一个男孩，按照日子算，这个孩子应该会在下一个夏天出生。

假期的时候，林宛回到溪城，陪着方仪宋去医院做检查。

春天的风暖意洋洋。

许是有了孩子的缘故，方仪宋的脸色比起之前要苍白了许多，但也多了几分独属于母亲的光辉，看起来温柔娴静。

林宛知道林咏城一直想要个男孩继承家业，早些年的时候，方仪宋还因为这件事和他吵过闹过，后来两人各退一步，才有了如今的情形。

对于这个孩子，林宛原以为自己会多有抵触，但真当知道有了个弟弟时，她其实没有想象中那么抗拒。

假期结束后，林宛返校，大三更加繁重的课业让她也没有太多的心思去关注其他的事情，只是偶尔在与方仪宋的闲聊中，知道些有关于孩子的情况。

可能是方仪宋怕她多想，每次都是林宛主动问起，她才会聊上几句孩子的事情。

几次下来，方仪宋知道她是真的没有介怀这件事情，虽然还是没有主动跟她分享这些，但偶尔也会提一两句。

只是后来林宛跟着陆娴教授走案子，空闲的时间越来越少，和方仪宋的联系也变得少了很多。

学期末的时候，江延和几位实验室的师兄、同学跟着季楠教授前往海市参加国内新动能物理的科研会，为期一个月。

科研会是全封闭式，手机全部上缴，和外界不能有任何联系。

江延不在学校的那一个月，林宛也没闲着，期末考试结束后，便跟着陆娴教授在全国各地飞。

在陆娴教授的特别关照下，林宛知道她一直致力于修改国内关于未成年犯罪法的年龄规定。

从二十世纪九十年代到现在，国内外未成年犯案的概率大大增加，但往往很多罪犯都因为不满十八岁逃过了本该更加严苛的法律制裁。

陆娴教授始终坚持，未成年不应该成为罪犯的保护伞。

这条路看似容易，实则漫长而艰难，走起来并没有想象中那么容易，但岁月漫长，总有一天能走到底。

盛夏时节，林宛和江延结束在学校的事情，一同回了溪城。登机前，林宛给方仪宋发了条消息，告诉她自己和江延回来过暑假的事情。

方仪宋当即给她回了个电话，也没多聊，只说安排了人去机场接他们，晚上一起吃饭。

挂了电话后，林宛看到手机备忘录跳出的提醒——

距离预产期还有十五天。

是那个孩子的预产期。

林宛收起手机，往后靠着冰凉的椅背，慨然道："再过不久，我就要有个弟弟了。"

在一起这么久，江延对她家里的事情都清楚，也知道她所说的这个弟弟的一切起始缘由。

江延合上放在腿间的电脑，侧眸看了她一眼，似乎是在辨别她的情绪好坏。

林宛弯着眸回望他："干吗这么看我？"

"没什么。"江延收回视线，想重新打开电脑继续之前的进程，想了想，还是作罢，伸手捏了捏她的手指。

这是他哄人的小习惯。

林宛心里一暖，勾住他的手指，笑了笑："我没有不开心。"

她隔着干净厚重的玻璃，看着机场外面的夕阳，感慨道："小时候我看到别人有兄弟姐妹，其实还挺羡慕的，也想着自己如果也有个哥哥姐姐，那该多好啊。现在哥哥姐姐是没可能了，有个弟弟好像也不差。"

江延侧身把电脑放进包里，悠悠开口："那我们可以努力。"

林宛不解地看着他："努力什么？"

"努力让我们的孩子不羡慕别人有兄弟姐妹。"江延笑着说。

"……"

几小时后，飞机在溪城国际机场降落，林宛和江延的行李不多，只有一个行李箱。

从机场一出来，林咏城安排的司机就过来接了两人的行李箱，语气恭敬："太太已经在家里等你们了。"

林宛笑笑："那好，直接回去吧。"

车子上了高架，最后一直往市中心的方向开。

前年的时候，林咏城在市中心的涪江花园买了栋别墅，去年装修好之后，一家人便从寸土寸金的富江小区搬到了连树都是进口培育的涪江花园。

林宛和江延到家时，方仪宋扶着腰站在厨房门口，家里阿姨正在听从她的指挥和安排准备晚餐。因为怀孕月份的增加，她整个人都有些浮肿，听见停车的动静，她又让用人扶着自己往门口去，临走前交代阿姨注意点火候之后，便转身走出厨房。

林宛和江延在玄关处换鞋，抬头看见方仪宋，林宛连忙快步迎了过去，一脸慌张："您怎么一点儿也不注意，万一磕着碰着怎么办？"

方仪宋笑她大惊小怪："当初怀你的时候，快要预产期我还在公司开会，现在只是站一会儿又没什么。"

林宛不置可否："那还是要多注意。"说完，又问，"妈妈，您在煮什么呢，这么香？"

方仪宋笑笑："乳鸽参汤。你爸爸的合作伙伴前两天从长白山给他寄了点儿参草，我想着你们在学校这么忙，熬了汤给你们补补身体。"

说话间，三人走到餐厅坐下。

方仪宋让阿姨把一早熬好的银耳雪莲羹端来给他们俩："先垫一垫，你爸爸今天估计得七点才能到家。"

"好哦。"

三人坐在一起聊天，方仪宋问了些江延学业上的事情，之前从林宛那里知道他胃不好，又叮嘱他在学校多注意饮食。

江延连声应好。

林宛拿着汤匙笑道："妈妈，您多说说他，我平常说他，他都当耳旁风，一吹就忘了的。"

致力于在长辈面前树立好形象的江延："……"

方仪宋看着他们俩，眼里都是笑和温柔："阿延你平时还是要多注意些的，有多少病都是年轻时不注意，到老了开始受罪。"

江延点头："知道了。"

方仪宋也没和他们多聊，等他们俩喝完羹，起身去了厨房，继续准备晚餐，林宛和江延则回了二楼的房间。

当初装修时，方仪宋特意给江延也装了间屋子，知道他平常在学校常待在实验室，还把他卧室的隔壁房间跟卧室打通了当书房备用。

林宛回自己房间把行李箱里的衣服收拾出来，最后拿着江延放在她这里一起装着的换洗衣服去了他的房间。

她过去的时候，江延又抱着电脑在敲敲打打，页面上的文字她都能看懂，只是拼在一起时，就成了看不懂的文字。

"你真的好忙啊。"林宛把装衣服的收纳袋放在一旁，脱了鞋坐在沙发上，"你们实验室的人难道都像你这么忙吗？"

江延手下的动作没停，淡声说："没有。"

林宛弯腰翻着他桌上的书："我就说嘛。"

江延抬头看着她："他们比我还忙。"

"……"林宛动作一顿，抿了抿唇角，"当我没说。"

江延低笑一声，合上电脑放在一旁，忽而拽着她胳膊，把人带进怀里，低声说："知道我不忙的时候想做什么吗？"

林宛仰着脸看他，眼神单纯："什么？"

他低下头，温热的气息近在咫尺，唇挨着她的唇，缓缓开口："亲你。"

"……"

林咏城晚上果然回来得晚，方仪宋准备的乳鸽参汤都热了三回。

吃饭间隙，林宛想起下午看到的日子，随口问道："妈妈，您是不是过段时间就要生了？"

方仪宋这段时间身体不舒服，没特意记过时间，只记得个大概，倒是林咏城记得清楚："是快了，医生说预产期在下个月十二号。"

林宛没怎么在意，笑道："要是能迟个三天，就跟我同天生日了。"

方仪宋给她和江延碗里夹了菜，温声道："要是能跟你同天生日，就真的是有缘分了。"

林宛微一扬眉："说不定还真能同一天呢。"

估计是夫妻俩依然顾及着林宛，关于孩子的事情没有多聊，其间，林咏城聊起江延的课题研究，提到最近国内外的一些时事。

林宛听着只觉得头疼，转而和方仪宋聊了些学校的趣闻。

吃完晚餐，方仪宋和林咏城回了书房处理公务，林宛和江延没什么事，出门在小区里逛弯。

无论过去多久，夏日的夜晚总离不开聒噪的蝉鸣。

晚风和煦，夜空繁星密布，一年四季三百多个日夜，夏日的夜晚总是更容易让人沉醉。

江延和林宛并肩走在种满法国梧桐的林荫道上。

一阵安静过后，江延缓缓开口："真的不介意吗？"

"嗯？"林宛抬头看着他被星光浸染的侧脸，有些迷惑，"介意什么？"

江延言简意赅："孩子。"

"啊……"林宛低头笑笑，"我说我一点儿都不介意你信吗？"

他点头，又注意到她低着头看不见，轻"嗯"了声。

林宛"唉"了一声，语气沉沉："其实也没有完全不介意，但要说介意，也没有那么介意。"

她垂着眸，笑意不深："更何况有些事情不是我介意就能避免的，该发生的依然会发生，所以躲不掉的事情，与其介意和逃避，还不如坦然面对。"

江延抿着唇。道路两旁的法国梧桐枝繁叶茂，枝叶随风而动，落下斑驳的剪影，他的声音被风吹得有些远："以后在我这里，你什么都可以介意。"

"介意我抽烟喝酒，介意我不好好吃饭，介意我忙起来顾不上你，"他看着她，眼眸坚定，"只要是你想介意的事情，你都可以介意。"

闻言，林宛心里像是被什么戳了一下，一阵尖锐的刺痛之后便是逐渐蔓延开的酸涩。

她红着眼，只说了声"好"。

晚风四起，树荫婆娑。

两个身影渐行渐远，交谈的声音却被风留了下来。

"那我现在介意你平时一忙起实验顾不上我，你以后就真的能没有那么忙了吗？"

风里安静了会儿，又有动静。

"不能。"

"……"

方仪宋在生产时出现了意外，折腾了一整天。林宛在手术室外从白天站到黑夜，高压情绪之下，她有好几次都忍不住想质问林咏城：一个儿子对你来说真的有那么重要吗？

只是每次开口时看到林咏城失魂落魄的样子，她又不忍心再往他心上插一刀，只能强忍着不安等在手术室外。

江延陪着她站在那儿，有一下没一下地捏着她的手指："放心，妈妈会平安渡过难关的。"

林宛眼睛红红，没有说话，只是不停祈祷有奇迹发生。

手术室的灯一直到凌晨三点才灭掉，林宛第一时间冲过去。一身疲惫的医生从里面走出来，声音或许是因为长时间的紧绷有几分沙哑："恭喜，母子平安。"

林宛当即眼泪就落了下来，不停说"谢谢"。江延扶着她，林咏城走过来给医生鞠了个躬。

方仪宋和小宝宝从手术室出来后，分别被送去了ICU（重症加强护理病房）和新生儿病房。

林宛和林咏城在病房外守了一天又一天，方仪宋转到普通病房的那天，护士也将孩子抱到了病房。

不知是不是母亲和孩子之间存在特殊的感应，原先在护士怀里哭哭啼啼的小宝宝，一睡到母亲身旁突然就安静了下来。

方仪宋经此一遭，身体元气大伤，看到孩子乖乖躺在身边，有些虚弱地笑了笑："这孩子跟宛宛小时候长得真像。"

"有吗？"林宛凑过去，仔细端详片刻，却看不出哪里像。

方仪宋昏迷的这段时间，林咏城年纪大了，在病房守着已经耗费了很多的精力，这几天都是江延在医院跑前跑后。

林宛跟着江延去新生儿病房看过小宝宝几次。

宝宝出生时脐带绕颈，差一点儿没救回来。林宛曾经一度担心这么小的他熬不过来，她也不止一次向上天祈求，期盼奇迹再次降临到这个孩子身上。

但好在奇迹真的发生了。

方仪宋笑着说："很像。"

说完她又问："孩子的名字起了吗？"

林宛点头道："起了，爸爸起的。"

林咏城给他取名为林其琛，取自《诗经·鲁颂·泮水》中的"憬彼淮夷，来献其琛"，寓意为珍宝。

方仪宋低头看着孩子，伸手碰了碰他不停摆动的小手，温声道："挺好的。"

原以为事情到这里就能够变得和美，可偏偏事与愿违。

林其琛在一岁时突然被检查出患有先天性心脏病，得知这个消息的方仪宋直接晕倒在病床前。

林咏城更是彻夜未眠，仿佛一瞬间苍老了许多。

不过幸运的是，在经过一系列严格的检查后，专家确诊林其琛的病情在婴幼儿先天性心脏病中属于轻度，后期通过介入治疗和手术基本可以治愈。

为了照顾林其琛，方仪宋暂时放下了手中的工作，林咏城也减少了在外出差的频率。

林宛的多年好友孟昕，当初为了出生时便患有先天性心脏病而去世的哥哥学了医，大学时期也在一直往这个方向研究。

她在得知林其琛的病情之后，便把林其琛的病历和一些相关资料发给了自己在心外科有所建树的顾呈老师。

在林宛大四那个学期末的冬天，顾呈在京安市第一人民医院组织了临时专家团，在新年伊始为林其琛安排了手术。

手术时长五小时。

林咏城和方仪宋等在手术室前，林宛和江延陪在一侧，手术过半程时，孟昕和关澈也从学校赶了过来。

林宛看了眼站在一旁的父母，小声道："去休息区说吧。"

四个人走到大厅的休息区，坐了没一会儿，关澈起身走到自动售卖机前，买了三罐咖啡和一罐牛奶。

他把咖啡拿给江延和林宛，最后把牛奶留给了孟昕。

孟昕把牛奶拿在手里没有打开，只顾着安慰林宛："没事的，顾老师之前分析过手术的失败率，没有很高。"

"我知道。"说完，林宛又叹了口气。

江延拆开一罐咖啡递给她："别担心。"

"嗯。"

又过了两个多小时，顾呈从手术室里出来，额间全是细密的汗，看着林咏城和方仪宋神情轻松："放心，手术很成功。"

听了顾呈的话，林咏城和方仪宋高提的心终于放下，感谢的话太多，一时无从开口，只能不停地说着"谢谢"。

在他们身后，匆匆赶来的四人闻言也都松了一口气。林宛扶着墙边的扶手，抬眸看见窗外不知何时又飘起了雪。

天地茫茫，大雪纷飞。

这个寒冬，似乎也没有那么难过了。

大四寒假结束后，国内各大高校收到国际物理锦标赛的赛方组委会寄来的比赛邀请函。

临出发前，作为清大物理组 A 队的主教练郭文意外负伤不便出行，最终只能由作为队长的江延和队里其他两位副教练带队前往国外参赛。

比赛分为不同场次，共计十天，前五天主要是模拟赛和个人积分赛，后五天是团队赛。

团队赛分为理论赛和实践赛，在理论赛中获得积分较高的队伍可以在后期实践赛中优先选择实践项目。

最后一场个人赛那天，正好是国内的周日，林宛在季楠教授家里看了比赛现场的实况转播。

优秀的人走到哪里都会受到更多关注。

现场转播的镜头十次有七次都会带上江延。

男人一身黑色正装，身材颀长，臂膀宽阔，眉眼褪去了少年时的青涩稚嫩，变得硬朗锋利，可偏偏架在鼻梁上的眼镜，又给他添了些书卷气，整个人看起来温文儒雅。

林宛知道他认真起来的时候很专注，仿佛整个世界只有他一个人，周围的纷纷扰扰都与他无关。

以前读高中的时候，他总是一副做什么都漫不经心的模样，林宛还曾经一度以为他学习不好。

后来熟悉了之后林宛才知道，当时老师上课讲的内容，他已经都提前学过了一遍，甚至还有所拓展，自然是提不起兴致再听一遍。

此时此刻再看着镜头前认真专注的人影，林宛没忍住笑了出来。

季楠教授听到动静，偏头看过来，眉目和善："笑什么？"

林宛自然不敢当着老师的面说出"我觉得我男朋友太帅了"这样的话，只能抿唇摇头，当作什么事都没发生的样子："没什么。"

季楠教授也没多问，收回目光继续看着电视。

个人赛在国内下午六点时结束，截至比赛结束，江延在个人积分赛中排名第二，与第一名仅一分之差。

京安市和比赛所在地有六小时的时差，林宛等到晚上，才估摸着时间给江延打了个电话。

江延接到电话时，刚从比赛场馆出来。比赛所在地的冬天和京安市一样，漫长而寒冷。

他走在队伍后面，手里拎着自己的包，说话时嘴边有大团白气冒出："还没睡？"

"嗯。你回酒店了吗？"

"在路上。"

宿舍里只有梁越一个人在看视频，听见林宛接电话的动静，她从抽屉里翻出耳机插在平板上。

林宛没听见动静，回头看了她一眼，随即从抽屉里摸了盒巧克力放在她桌上，示意她不戴耳机也没关系。

梁越动了动唇，没出声："没事。"

林宛笑笑，没多说，继续和江延聊着电话："我今天在季教授家里，和他一起看了你们比赛的直播。"

"是吗？"江延说，"那季教授应该有些失望了。"

对于在个人积分赛上没能拿第一的事情，江延其实还是有些介怀的，毕竟这些到最后都会影响到团队赛的排名。

"季教授还真没说错。"林宛笑了笑，"下午看完比赛，他就跟师母说你肯定会以为他对你感到失望。"

"……"

"季教授其实还挺高兴的，他说个人赛没能拿第一，那你就争取团队赛带领我们赢呗。"林宛拆了袋草莓干，吃了一块，"更何况在这个世界上没有谁可以是无所不能的，也永远不会失败的，就算是神，也会有打盹儿的时候。"

江延问："那你呢？"

林宛没明白："我什么？"

"失望吗？"

林宛咯咯笑："当然失望啊，我对你真的很失望，特别特别失望的那种。"

江延无言以对，刚想说什么，又听见她话锋一转："你是不是觉得我说的都是真话？"

"没有。"他往前走，脚下是两行并行的印记。

"江延。"她叫他名字，"我其实挺骄傲的。"

"骄傲什么？"接送队伍的大巴车停在路边，教练还没从比赛场地出来，几个队员站在车门前聊天，江延放缓了脚步，最后直接停在原地，又问了一遍，"骄傲什么？"

"骄傲你是我男朋友啊。"林宛难得认真，"你拿多少冠军都和我没关系，你在我眼里，就是我的男朋友，让人能炫耀的男朋友。"

江延笑了，没聊几句，队里的教练从后边拍了拍他的肩膀："走了，回去带你们吃点儿好吃的。"

他应了声，又拿起手机，和林宛说："回去了，你早点儿休息。"

"好，你快回去吧。"

挂了电话后，江延收起手机，长长地舒了一口气，抬脚跟上队伍的步伐。

大巴车里暖气充足，他随便找了个靠窗的位子坐下。

连续几日高强度的比赛，这会儿放松下来，队里的队员早已疲惫不堪，被暖气一烘，困意席卷。

车里关了大灯，有人在小声说着什么，但很快便被微弱的鼾声代替。

江延倒是没什么困意，靠着椅背，看着窗外一闪而过的夜色。

口袋里手机振动了两下，他伸手摸出来，是林宛发来的两条微信：

男朋友晚安。

男朋友加油。

后来在那场比赛中，江延带领的团队最终仍旧是以一分的微弱之差没能拿到冠军，只位居第二。

比赛结束之后，江延消沉了半个多月。这不是他第一次带队出去参加比赛，却是唯——次没能拿到冠军的比赛。

从国外回来之后，他几乎没日没夜地泡在实验室里。季楠教授劝过他，林宛也劝过他，可谁说都没用。

就在林宛准备不管不顾冲进实验室把人抓出来的时候，他自己倒先从实验室出来了，整个人除了瘦了点儿，也没什么其他的变化。

傍晚，陆娴让林宛带着江延来家里吃饭，说是季楠教授亲自下厨。

吃过饭后，季楠把江延叫去了书房，林宛和陆娴在楼下客厅看新闻。

林宛担心江延的状况，时不时往书房的方向瞟。陆娴见状，剥了个橘子放在她手边，笑着道："放心吧，不会有什么的。"

闻言，林宛不好意思地摸了摸鼻尖："我知道。"

陆娴擦干净手："现在你和阿延都保研了本校，这学期的暑假你们有什么安排吗？"

上学期期中之后，学校各专业公开保研名额，江延和林宛都向本专业提交了保研材料。

两人在校三年成绩优异，保研几乎是在意料之中的事情。

"之前有和梁蔚师兄联系过，打算暑假去他那里实习两个月。"

梁蔚也是从清大法学系毕业，比林宛大了好几届，他也是陆娴的学生，算起来他们两个应该是同门的亲师兄妹。

"你梁师兄如今在业内也算得上是金牌律师了。"提起爱徒，陆娴难掩笑意，"你去他那里也好。"

两人没聊几句，季楠和江延便从书房出来。四个人坐在客厅，喝完一杯茶，林宛和江延起身离开。

回宿舍的路上，晚风起了又停，风里还带着些许微凉。

江延看了眼林宛单薄的衣衫，脱了外套披在林宛肩上："不冷吗？"

"还好。"林宛把手穿进衣袖里，笑眯眯地蹭到他眼前，"那不是冷了还有你嘛。"

江延笑笑，抬手揉了揉她的脑袋，低声说："这段时间让你担心了。"

"我其实还好。"林宛看着他，"季教授比较担心你，怕你挺不过来，自己就少了个好学生。"

"那你不担心我挺不过来？"

"不会啊。"林宛说，"我相信你。"

他笑了笑，没说话。

"不过，季教授刚刚和你说什么？"

"没说什么，安慰我呢。"

江延牵着她的手往前走，回想起在书房时，季楠教授说的一句话——

"在失败面前，众生平等。你的人生还长，往后还会有很多次失败，但失败并不是悲剧，放弃才是。"

这句话他谨记于心。

再回过神时，眼前的路变得越发坦荡和明朗。

每一个夏天的来临，都意味着会有一场分别。

毕业季的到来，让人猝不及防。

林宛同寝室的三位好友，除了梁越和她一起保送了本校的研究生之外，方棋考入了国外一所大学的法学院，温念则进入一家国内顶尖律师事务所，先她们三个人走上了职场之路。

江延继续留校读研，与他们同校的关澈则放弃了学校的保送名额，和同专业的几位师兄弟一同创业，开办了一家游戏公司。

学医的孟昕当初报考医大时，直接填报的本硕连读。

去了警校的宋远早在大四上学期时就已经在湖城某个辖区的警局实习。

在国外漂了四年的徐一川回国后直接加入了关澈的新公司。

高三那年放弃高考的胡杭杭多年来凭借着优秀的职业素养和越发英俊的样貌，在歌、视、影三个领域都有了很好的发展。

年初他还官宣了一部大IP戏，前段时间刚进组，不出意外，应该会在年后上星播出。

他们每个人都像当初老余所说的那般，成了自己想成为的人，然后在各自喜欢的行业朝着闪闪发光的方向不停努力着。

六月的最后一天，是清大的毕业典礼，在礼堂拨穗时的座位排布和大一刚入校时的开学典礼一模一样。

好像什么都才刚刚开始，出门却已是江湖。

开学典礼时，江延是作为新生代表上台演讲；毕业典礼时，也还是由他作为优秀毕业生上台演讲。

四年的时光足够改变一个人。

少年时的棱角被磨得越发锋利分明，眉眼间少了许多嚣张和桀骜，多了些沉稳和睿智。

　　男人低沉有力的声音从礼堂内的音响里传出，回荡在整个厅内。

　　坐在台下的梁越忍不住感慨了声："都说时间是把杀猪刀，我怎么觉着这把刀放在你家江同学身上就变成美容刀了呢？"

　　林宛："……"

　　作为全校优秀毕业生的江延演讲结束之后，便是各学院的优秀毕业生上台演讲。

　　林宛是法学系的代表，关澈是计算机系的代表。

　　拨穗仪式结束后，便是各院系拍大合照，合照的位置十年如一日，永远是在图书馆前面。

　　林宛和江延站在一旁说话，有同学拍了两人的照片放在学校的论坛上，郎才女貌，一时引起热议。

　　林宛是在毕业典礼结束时，才在论坛里看到那张合照。

　　她和江延站在图书馆的草坪前，身后是成片连绵的绿树，在大片留白里的天空瓦蓝澄澈，风过的痕迹清晰明了。

　　侧对着镜头的江延懒洋洋地靠着一旁的树木，一身黑色学士服，藏不住他的英俊。

　　面前是穿着同样衣服的林宛，两人不知是聊到了什么，相视一笑，江延抬手将她散在耳侧的碎发捋到耳后。

　　画面定格在这一瞬，美好又温柔。

　　林宛和江延在班级大合照之后，又拍了很多合照，林宛却独独中意了这一张意外之景。

　　她将这张合照保存在手机里，最后贴到了那个曾经更新过无数次的论坛的帖子里，同时还留了两句话——

　　　　和江同学认识的第七个夏天。
　　　　希望我们以后还有更多个夏天。

番外二

江先生

大四毕业的那个暑假，林宛过得比往年任何一个暑假都要忙碌。在梁蔚律师的特别关照下，她在事务所每天都有看不完的案例卷宗和写不完的案例分析。

　　朝升日落，起早贪黑，她像个永远停不下来的陀螺。

　　夏季的天，总是变化莫测，先前还是烈日骄阳，到了傍晚却风云突变，空气沉闷燥热，天边是大片的乌云。

　　林宛从事务所里出来的时候，瓢泼大雨随风从天而降，乌云连绵，整片天地昏昏沉沉。

　　她在大厅站了片刻，楼外忽然响起一阵雷鸣声，接着便是来势更加凶猛的大雨。

　　林宛从包里摸出手机看了眼，才刚过六点半。她想了想，索性又重新回到电梯门前，打算回事务所再看一会儿案例。

　　梁蔚的事务所在二十楼，电梯升到十楼时，林宛接到了江延的电话。

　　"下班了吗？"

　　电梯停下，有其他人进来，林宛往后退了一步："下了，就是下雨了，还在事务所。"

　　江延笑："那下来吧，我在楼下 B1 停车场等你。"

　　林宛惊讶地"哎"了声，手疾眼快地按住即将合上的电梯，朝着身旁的人歉意道："不好意思。"

　　等从电梯里出来，林宛弯腰揉了下刚刚不小心擦碰到的膝盖，重新对着电话那头说道："你什么时候回来的？"

　　这学期的暑假，江延跟着季楠教授去科研所学习，留在学校那边的城市没回溪城，平时比林宛还忙，回消息常常都是在凌晨。

　　"下午回来的。"停车场的空间封闭，气味难闻，江延关严车窗，低笑，"特意过来接你。"

　　林宛唇角一弯："我马上过来。"

"嗯。"

这场雨来势汹汹，各处雨水聚积，江延来之前听到广播提到高架上堵车严重，在接到林宛之后，没直接回林家，而是一起回了自习室的住处。

暑假的自习室永远热闹非凡。

两人下车后淋了雨，进了自习室之后也没顾得上和店里的朋友打招呼，径直回了三楼的房间。

江延从柜子里找了干净的衣服和毛巾递给林宛："先去洗个澡吧，我去楼下熬点儿姜汤。"

"不用。"林宛拿毛巾擦着湿发，"洗个热水澡就行了，再说了，我不爱喝姜汤。"

闻言，江延也没说什么："去吧。"

等林宛进了浴室后，江延也拿上衣服去了隔壁房间，花了几分钟随便冲了个澡，出来后拿着手机去了楼下。

林宛比江延多磨蹭了会儿，出来已经是半小时后的事情。江延已经收拾好，坐在沙发前，腿上一如既往地放着电脑。

林宛擦着头发走过去，余光瞥见摆在桌上的小碗，眼皮一跳，有些哭笑不得："你动作怎么这么快，连姜汤都煮好了。"

江延闻声抬起头，等她在身边坐下之后，自然地拿起放在一旁的干毛巾替她擦着头发："先喝了，喝完再吹头发。"

"能不喝吗？"林宛打着商量，"我不喝姜汤，也不开空调，这样不就不会着凉了吗？"

江延看着她，一本正经："不开空调我会热。"

"……"

人在屋檐下，不得不低头。

等林宛捏着鼻子喝完一碗姜汤后，江延不知又从哪儿摸出一颗水果糖，剥开了喂进她嘴里。

林宛拿起毛巾披散在肩后，发梢上的水珠全都没了进去。她舌尖顶着糖在嘴里滚了一圈，低声问道："你怎么突然回来了啊？"

"休了几天假。"江延弯腰从抽屉里拿出吹风机，试了温度之后才往她头发上吹，"季楠教授这段时间要和科研所的前辈去叙国的基地实地考察。"

林宛打了个哈欠："季教授真忙。"

因为陆娴教授是自己专业课老师的缘故，林宛平时经常听她提起季楠的工作，一天到晚都在忙，最忙的时候甚至一整年都没回京安市。

吹风机里吹出的风暖烘烘的，林宛倚靠着沙发，困意慢慢席卷。

等到风停时，江延重新开了口："如果考察后没有什么问题，我和几个师兄到时候也要过去。"

"嗯？"林宛眼皮一跳，困意消了大半，"去哪儿，叙国吗？"

江延点了点头："国内科学院在那边建立了一个新项目，需要技术人员过去支持，季楠教授准备让我们一起过去。"

林宛仔细琢磨了一下他的话，问到了重点："那你要去多久？"

"如果确定的话，"江延抬眸看着她，"半年之内不能回国。"

林宛没说话，在心里默默消化着这个突如其来的"噩耗"，江延也静静地坐在一旁。

过了许久，林宛有些撒娇般地叹了口气："那我到时候岂不是有半年的时间都见不到你了。"

江延捏着她的手指，垂眸不语。

林宛嘀嘀咕咕说了一堆，最后抬手掐住他的脖子，撇嘴道："我现在把你掐死了，你是不是就不用去了？"

江延怕她摔下沙发，一手护在她背后。

林宛闹腾了一阵，似乎觉得没什么意思，便消停了。

他们两个人都已经是成年人，对于人生和未来的安排都有着自己的考量。

就像之前，她跟着陆娴在各地跑的时候，也常常有好长一段时间不能陪在他身边，连电话都没打过几个，忙起来的时候根本想不起来联系这回事。

"算了，不和你说这个了。"林宛低头穿鞋，自己安慰自己，"反正也就半年的时间，况且我们不是还有手机嘛，我没什么的。"

江延拉住她的手腕，低声道："没有手机。这是保密项目，在半年内不允许和外人联系。"

林宛后背一僵，回头难以置信地看着他："你的意思是，如果你去了叙国，我们就相当于断了所有联系？"

他抿唇："是。"

沉默了片刻，林宛鼓着腮帮，弯腰伸手掐住他的脖子，振振有词道："我觉得我还是把你掐死比较好。"

"……"

闹了一会儿后，林宛揉着太阳穴，长叹了口气："没想到我年纪轻轻，就已经要开始守活寡了。"

闻言，江延把人捞进怀里，凑在她耳边低语："知道'守活寡'这个词是什么人才能用的吗？"

林宛撇了下嘴角："像我这样的人。"

"是已婚妇女。"江延笑着说。

"……"

但不管如何，对于江延要去叙国这件事，似乎已经成为一场定局，林宛也在江延等待季楠教授的消息中逐渐接受了这个事实。

半个月后。

江延和实验室的几位师兄收到季楠教授发来的邮件，让他们尽快启程前往叙国。

临出发前一晚，江延在宿舍收拾行李，手机开着视频放在一旁，林宛的声音时不时从手机里传出。

她一会儿叮嘱他不要忘了带些常用药，一会儿又让他检查证件。

离别在即，林宛对于接下来有半年的时间都见不到他这件事情，已经没有想象中那么介怀，而且开学后，她也要跟着陆娴教授去一些边远地区进行法律援助。

也许更加烦琐的忙碌能够代替对他的思恋。

江延出发去叙国后不久，林宛也收到了陆娴教授的消息，希望她可以尽早返校，为接下来的行程做一些准备。

林宛准备回校前两天刚好是林其琛一周岁的生日，她亲自去了趟溪城的寺庙，替自己这个命运多舛的弟弟求了一道平安符。

求完符后，林宛被小僧带往大殿祈愿。

她看着殿内眉目和善的佛祖，虔诚地跪在蒲垫上，后背挺直，而后重重地磕了三个头。

佛祖保佑。

愿我所念人，能够平安归来。

研一开学后不久，林宛便跟着陆娴教授的团队开始在国内一些偏远地区开展法律援助。

在一些交通不便、信号差的山区，团队时常和外界断了联系。林宛给方仪宋报平安的消息都是随缘发，运气好了当天就能发出去，运气不好，可能就一直发不出去。

对于江延，林宛也不是不想，夜里休息的时候，她也时常给他发些消息，尽管那些消息发不出去，又或是发出去了他也收不到。

好似这已经成为她的一种寄托。

在山区待了一个多月后，林宛跟着团队准备去往更加偏远和封闭的少数民族地区。

在机场转机的时候，林宛给方仪宋打了电话，问了些家里的情况，又问了一些林其琛的事情。

最后挂电话前，林宛听见林其琛咿咿呀呀的声音，笑着和方仪宋说，等她下次回去，小朋友应该就会叫她姐姐了。

母女俩没聊太久，挂了电话，林宛又去忙工作上的事情。一连好几天她都在熬夜，加上水土不服，整个人瘦了一圈。

他们要回来的那天，天公不作美，行程走了三分之一，突然开始下雪，越下越大，导致回程的路变得格外艰难。

司机是当地人，开车十多年，性格开朗爽快，一路上和林宛他们几个人聊得十分投机。

"好多年没见过这么大的雪咯。"司机把着方向盘，"要我说，你们不如等雪停再回去。这路本来就不好走，现在又下着雪，危险得很。"

队伍里有人接话："这都走了一半，再掉头回去不一样很危险。师傅你小心点开，我们不着急。"

"我开了十多年的车了，没出过意外，你们放心。"司机在路旁将车停下，从后备厢拿出防滑链套在轮胎上，再上车时，车速明显放慢了许多。

林宛看着窗外越发浓密的雪花，心中总充斥着不安。

行程至大半，风雪迷乱，司机的速度越来越慢，车厢里原先还因为可以回家过年而有些欢快的氛围随着车行驶的速度逐渐冷了下来。

司机的神情也变得有些严肃，没人再敢和他搭话，所有人都盯着前方已经有些模糊的路况。

只要过了这段，危险就会大大降低，但偏偏事与愿违，车子在爬最后一个陡坡时突然熄火。车身本就沉重，坐在车里的人都能感觉到车子在缓缓往后退。

司机刹停车子："这不行，得有人下去推。"

下车和坐在车里一样危险，路旁便是山峦，长年堆积的雪层不知道会不会在此时塌落。

但坐以待毙也不是事儿，几个男生裹好衣服推开车门，风雪猛地灌了进来，林宛降下车窗回头喊道："你们注意安全！"

"知道！"

路面因积雪变得格外难走，几个人在车尾使力，脚底却不住打滑，司机试了几次，车子终于重新打上火。

意外却在此时突然到来。

男生中有一个脚下没站稳，人一歪，倒在地上，绊倒了旁边的同学，后面推车的力瞬间小了下去，车子跟着往后滑。

摔倒的两人还没来得及站稳，眼见要被车压到，男生在后面猛拍车身："师傅，停车！停车！"

司机注意到车后的动静，心中一急，猛地一打方向盘。

雪天路滑，急刹急停，大幅度打方向盘都是危险至极，破旧的面包车在路面滑出一道长印，车头撞向一旁的山壁。

车身在斜坡侧翻，山壁上的积雪因为撞击猛地落了下来，很快便将面包车压得不见踪影。

"老师！"

"林宛！"

"华松！"

……

呼喊声不停，在车外的几个男生眼见事故发生，却无能为力，只能拼命将覆在车上的积雪扒开。

周围大雪弥漫，车里的几人陷入昏迷之中。

林宛坐在窗边的位置，意外发生时，脑袋磕到玻璃上，鲜血很快涌了出来，刺骨的痛感不断传来。

她眼睫颤抖，鲜血顺着滚落到眼皮上。

失去意识前，她低低念了声："江延……"

再次醒来已经是两天后的事情，林宛睁眼的瞬间便是漫天的白，和那天的雪一样白。

她下意识又闭上眼睛。

坐在一旁的林咏城隐约察觉到她的反应，低声喊道："宛宛？"

林宛这才缓过神，睁开眼看向声源处，林咏城灰头土脸地坐在一旁，脸上是很重的倦意。

她被救出来的时候人已经昏迷了，额头有伤，加上雪天受冻，一直高烧不断，这会儿嗓子还是干干涩涩的："爸……"

"有没有哪里难受？"林咏城接到方仪宋电话得知林宛出事那天还在平城出差，一收到消息当天就赶了过来，只是大雪封路，也是折腾到今天早上才刚到这里。

"还好。"林宛抬手摸了摸脑袋，只是还觉得昏沉沉的，跟林咏城没说上几句，喝了两口水就又睡着了。

林宛在医院待了好几天。恰逢除夕来临，因着方仪宋的身体不适合长途奔波，林宛又在病中，所以这个除夕，她是和林咏城在异地他乡过的年。

晚上和几个同在病中的同门吃了年夜饭，林咏城和林宛回到病房跟方仪宋通了视频电话；快到十二点的时候，林咏城递给林宛一个红包，说是给新年讨个好彩头。

林宛伸手接了过来，放在枕头旁："谢谢爸爸。"

病房里的电视还在放着春晚，大家都在等着最后的倒计时。林咏城坐在床边，林宛看见他有了好些白头发。

这几年，因为知道林咏城想要一个儿子的愿望，林宛对父亲的感情变得很矛盾，和他的交流也不像小时候那么多，父女之间多少有些生疏。

这次生病，林咏城衣不解带地照顾她，林宛心里也说不上来是什么感受。

离十二点还有最后十分钟，林咏城转过头来看着林宛："宛宛。"

林宛应声："嗯？"

林咏城似乎想说些什么，但最后还是什么都没说，只是问道："要不要吃橘子？"

林宛摇头。

父女俩坐到零点，跨过了这多灾多难的一年。

林咏城在病房里另一张空床睡下，林宛看着他不似往日挺拔的背影，忽地有些眼酸。

她转过脸，看向窗外。

医院不远处是这座城市最繁华的街道，很多年轻人在那里跨年。十二点的钟声敲响之后，会有一场焰火表演。

林宛起身走到窗边，看着黑夜里璀璨斑斓的焰火，格外地想念一个人。

叙国沿海城市的冬季不似国内寒冷干燥，这里的冬季温和多雨，雨热不同期。

深夜里，一场冬雨后的天空干净空旷，只有一轮弯月，光影朦胧薄浅。

建立在市郊的临时科研所灯火通明，远远能听见从里面传出来的笑声，窗前人影闪动。

没过一会儿，院子的大门被人拉开，一道修长的身影从里面走出，停在院门前。

在他身后的木门上贴着两张红"福"字，其中一张"福"字因为开门的缘故，边角被风带起，缓缓脱落垂下，顶尖和尾巴对折触碰。

下过雨的夜里起了一层雾，江延随意坐在凹凸不平的台阶上，伸手从外套口袋里摸出烟盒和打火机。

很快，指间便有了一点猩红的影子，烟雾掺着雾气，最后一起混入夜色之中。

来这里已经四个月，江延从最初的水土不服到现在可以连续二十四小时不睡觉待在科研所里。

他抬头看着悬挂在夜空中的月亮，情绪未明，手边的烟卷缓慢地燃烧着，最后化成一点儿烟灰掉在脚边。

季楠从科研所里出来时，抬头便看见了坐在院门口那道孤单寂寥的身影，摇头笑了声，缓步走了过去，在他身旁坐下："怎么，想家了？"

见来人是季楠，江延匆匆灭掉了手里的烟，指缝间不小心蹭上一点儿烟灰，温温热热的。

他垂眸，手指摩挲着被蹭到的那处，低声说："老师难道不想家吗？"

"当然想，干我们这一行的，想家太正常了。"季楠说，"我和你师母结婚那年，国家正在筹备做两弹结合的飞行实验。当时我们那一批的技术人员全都去了基层做技术支持，整整一年，我们都没回过家，也像现在这样，不能和家里人有任何联系。那时候一个国家在这方面的一点发展对于其他国家来说，都将会是巨大的威胁，所以当时我们在别人看来，就相当于是平白失踪了一样，没有任何消息，也不能跟家人透露什么。"

"那一年啊，我也和现在的你一样，只要是闲下来就拼了命想家、想你师母、想她做的饭。"季楠笑，"什么都想，就连你师母念叨我的话都能想很多遍。"

江延垂着胳膊，指尖在地面随意划着，笑意浮现在眼底，声音却有些怅然："来之前我也没想到自己会想得这么厉害。"

想到有时候深夜一个人在实验室的时候，会突然叫了声她的名字，然后等不到回应之后，才回过神笑自己是不是傻了。

"想吧。"季楠拍拍他肩膀，站起身，语重心长道，"毕竟以后这样的日子只多不少啊。"

季楠进去后没多久，江延也起身准备回去，进门前，他抬手将那张垂落的红"福"字又给贴了回去。

余下的两个月的时间过起来比起之前要快了许多，直到结束回国的那天，江延还有些恍惚。

回到京安市大约需要二十多小时，飞机落在京安国际机场时已经是凌晨。

春末的京安市此时还有些微凉。

季楠带着一行人前往安排好的住处入住。尽管已经结束在国外的技术支持，但项目还有些后续事项没有处理完毕，他们仍然不可以私自联系外人，就连手机也都依旧保管在项目助理手里。

到了地方放好行李之后，江延又和组里其他人一起去了季楠的房间开会，会一直开到天亮。

会议结束后，江延没跟大家一起去食堂吃饭，而是直接回宿舍冲了个澡，而后倒头就睡。

一周后，所有的后续事项全都对接完毕，当天傍晚，江延从项目助理那里拿回手机。

开机后，手机因为长时间关机，程序反应了几秒，接着便涌出无数条短信和未接来电。

最近的一条消息是宋远发来的微信——

　　哥，看到消息速回电，出事了。

江延眉峰一蹙，给宋远回了个电话。

除夕过后，林窕和林咏城又在医院耽搁了一周，返程的那天，当初一起过来做法律援助的几个人都觉得有些恍如隔世。

有人感慨："这趟回去可要去寺庙拜拜了，这本命年都过了多久了，咋还这么不顺呢。"

众人哄笑，劫后余生的感觉这辈子体会一次就够了。

因着刚好在假期，几个人到了机场就各自分开了，林窕和林咏城直接搭乘飞机去隔壁城市转机，辗转奔波了一天才到家。

方仪宋这一个春节过得很不安稳，见到林窕又忍不住掉眼泪，林窕安慰道："妈妈，我这不是都没事了吗？"

方仪宋只觉得后怕。林窕出事那天早上，她仿佛早有预感，一整天人都不舒坦，直到夜里接到那通电话，才知道这是母女感应。

"你要是出了什么事，让我和你爸爸怎么办？"方仪宋简直不敢回想那天的一切。

林窕拍拍她的手背："好了妈妈，我都饿了一路了，您先让我吃点东西嘛。"

方仪宋松开她，抹了抹眼睛，招呼阿姨把先前煲好的汤端上桌："早就给你准备好了，快去洗洗手。"

"好嘞，谢谢妈妈。"

林窕吃完东西，回房间冲完澡，沾床就睡着了。

这一觉睡得不长，醒来就看见方仪宋坐在床边，她忍不住笑："妈妈，您干吗啊？"

方仪宋没说什么，伸手摸摸她额头上那个伤口："还疼不疼？"

　　"早就不疼了。"林宛没怎么在意，"再换几次药，您可能连疤都看不到了。"

　　"你啊。"方仪宋叹气。

　　林宛不想她担心，岔开话题："小阿琛呢，我回来这么久，还没见过他呢。"

　　"睡着呢。"方仪宋笑，"你们姐弟俩倒是一个样子，成天就知道睡大觉。"

　　"我的弟弟，不像我还能像谁？"

　　方仪宋轻轻戳了戳她脑袋："就你会说。"

　　林宛笑嘻嘻地凑在母亲跟前撒娇。

　　等到晚一点儿的时候，姐弟俩都休息好了，林宛下楼，在客厅看见坐在地毯上玩积木的林其琛。

　　她走过去，林其琛听到动静回头，大眼睛扑闪了几下，忽地丢开手里的积木，朝着林宛连爬带走地奔了过去。

　　"……几级。"他开口得迟，说话还不利索，"姐姐"两个字喊得含糊不清。

　　林宛却觉得一颗心都要化了，弯腰把抱着自己小腿不放的林其琛抱起来："哇，阿琛你吃什么了，姐姐都快抱不动你了。"

　　林其琛大概听出她在笑自己，害羞似的把脑袋埋在林宛颈间。

　　说来也奇怪，林宛平时在家的时间少之又少，跟林其琛也没怎么相处过，但不知怎么，他就是特别喜欢林宛，平时林宛不在家，他还会对着林宛的照片喊姐姐。

　　大概这就是血缘的奇妙之处。

　　林宛的寒假不长，在家里休养了一周，陆娴又特许她在家里多住一周。

　　但加起来也就半个月的时间。返校的那天，方仪宋不放心林宛，从家里到机场一直交代个不停，生怕她又出什么事，甚至还和林咏城商量着把公司迁到京安。

　　林宛没敢说什么，只能一一说好，还保证会好好照顾自己，方仪宋这才作罢。

　　回校后的林宛因为先前耽误的时间变得更加忙碌，陆娴知道她受了伤，便经常叫她来家里吃饭，给她补充营养。

　　这天傍晚，林宛和梁越从图书馆出来。

　　校园被暮色笼罩，天地浑然一色，春末的风里带着暖意。

　　回宿舍的路上，梁越看到路边橱窗里江延的照片，随口问了句："哎，宛宛，你家江同学是不是快回来了啊？"

　　"好像是吧。"林宛笑笑，"我也记不清了。"

　　江延刚去叙国的那段时间，林宛天天数着日子过，数他去了几天，又算他什么时候回来。

后来工作忙，她也就顾不上怎么想了。直到除夕夜那晚，她才惊觉对他的那份思念已经刻进了骨血里。

"感觉都过了好久了。"梁越挽着林宛的胳膊，提了个很现实的问题，"不过宛宛啊，如果以后江同学要是经常这样一年半载联系不上人，你会不会觉得太累而放弃这段感情啊，毕竟就算感情再好的两个人也会因为时间而有所改变吧。"

林宛垂着眸没说话，不知在想什么。

梁越意识到自己此时此刻说这些并不合适，扯着她胳膊犹犹豫豫："宛宛，我不是故意——"

话还未说完，林宛放在口袋里的手机忽然响了起来，拿出来看到来电显示的"江延"两字，她还有些恍惚。

梁越顺势看了眼手机屏幕，惊喜地"呀"了声："你家江同学的电话，你怎么不接啊？"

林宛这才回过神，接通了电话。

江延的声音有些急："在哪儿？"

"在学校啊。"

"具体位置。"

"我宿舍楼下。"

"等我。"他说完就挂了电话。

林宛拿着手机更加恍惚了。

梁越抬手在她眼前晃了晃："你怎么了啊，江延说什么了？"

"他让我在这里等他。"林宛把手机放回口袋里，还有些没反应过来。

"江同学回国了？"梁越笑，"那我帮你把书先带回去吧，正好我晚上和朋友约了饭。"

"哦，好。"林宛把书递给她，突然提了句，"越越，你刚刚问我的那个问题我有答案了。"

"嗯？"

"我不会。就算以后分开的时间更长，我也不会放弃这段感情。"林宛抬眸，笑意温柔，"因为他是我想在一起一辈子的人。"

在见到江延之前，林宛以为自己会有很多委屈想和他倾诉，可当真的见到他时，却又什么委屈都说不出口，甚至觉得那些委屈在见到他时，好像已经没有当时那么让人难过了。

"怎么了？"林宛看着眼前面容有些凝重的江延，弯唇笑了笑，语气寻常，

"你什么时候回来的？"

"前几天。"刚刚下车后一路跑过来，江延喉间有些干涩，他滚了滚喉结，声音还是有些涩，"对不起。"

林宛"啊"了声："好好的你道什么歉呀？"

江延没说话，上前一步把人搂进怀里。这个高度，林宛的脸正好贴着他的胸膛，耳边是他有些急促的心跳声。

沉默了一会儿，林宛挠了挠他的后背："江延，你不用跟我道歉，你没做错什么，我也没有怪你没能在那个时候陪在我身边。"

他始终沉默着，只是微微收紧了手臂。

林宛默默叹了口气，抬头踮起脚亲了亲他的下巴，而后又重新贴回他怀里，轻轻地说了声："我只是很想你。"

江延"嗯"了声："我也是。"

宿舍门口人来人往，两人站在那里没一会儿就引来不少关注。林宛注意到别人的动静，推了推他的胳膊，提醒道："有人在看。"

"看吧。"江延没在意，"我又不收钱。"

"……"

不过他们俩也没能在楼下站多久，不是因为围观的人越来越多，而是夜色晚了，从周围的灌木丛里飞出来不少蚊子，林宛腿上被咬了好几个包。

江延去附近超市买了瓶风油精，抹在她被蚊子咬到的地方。

路灯下，林宛看着他的动作，伸手摸了摸他的脸颊，嘀咕了句："好像瘦了点儿。"

"嗯。"江延低着头，手下动作没停，"去的人都瘦了不少，我还是属于瘦得比较少的。"

林宛笑："那我要夸你吗？"

"随你。"江延抹完她腿上被咬到的地方，接着又给她手腕脉搏处涂了点儿，最后拧上盖子把东西放在一旁，就这么半蹲在地上，抬头看着她。

月朗树青，风里带着清冽又干净的味道。

江延把她的手抓过来，很用力地攥住了，眼眸里似是有光，看着她的时候很温柔又很坚定："林宛。"

"嗯？"她看着他，眼里带着同样的光。

江延轻滚着喉结，再开口时，声音带着不易察觉的紧张："我们结婚吧。"

风停又起，耳边是阵阵响起的蝉鸣声。春末的夜晚月明星稀，男人的眉目隐在月色和夜色之中，不甚明晰。

林宛不知道为什么。

明明在刚见到他时还不觉得委屈，可偏偏此时听了这五个字就好像受到了莫大的委屈。

　　她看着他，没有任何言语，就那么安静地哭着。

　　江延心疼得不行，伸手抹着她脸上的眼泪，故意开玩笑哄她："跟我结婚就这么委屈？嗯？"

　　林宛摇头，想说什么，还没开口又被自己的哭声掩盖。

　　江延默默在心里叹了口气，起身把人搂进怀里，安慰似的揉了揉她的脑袋："我回来了。"

　　听了这话，林宛心里的委屈好像到了一个顶峰，终于忍不住埋首在他怀里号啕大哭。

　　她一抽一噎地哭着，紧紧搂着他的腰，像是在海面上找到了一块浮木，得以支撑自己："江延，我差一点儿就见不到你了……"

　　江延默默听着她的哭诉，听到她最后一句话时，他伸手把人从怀里拉开，重新蹲下身看着她，指腹抹去她眼角的泪水，语气坚定而温柔："别怕，以后我会一直在你身边，我们会结婚，会有一个家，会长长久久，白头偕老。"

　　在江延那场算不了多么正式的求婚后不久，林宛重新跟随陆娴教授的脚步前往国内偏远地区做法律援助。

　　江延依然像以往一样，成天泡在实验室，要不然就是三天两头往科研所跑，整日见不到人影。

　　春去夏来，转眼又来到一个炎热的夏天。

　　暑假的时候，方仪宋和林咏城决定将自己在溪城所有的资产全部迁到京安市，转移到目前的新公司名下。

　　但是她也没有像林咏城一样把所有的精力都放在工作上，而是回归到了家庭，只是在一些重要决策会上出面。

　　盛夏时节，江延和林宛各自有了半个月的暑假，从学校搬回了林咏城在京安市新买的房子。

　　吃过晚饭后，江延被林咏城叫进书房，两人聊了半个多小时，最后出来的时候，江延的面容有些严肃。

　　林宛凑上去："我爸爸跟你聊了什么？"

　　"结婚的事情。"江延说。

　　林宛看着他，迟疑道："看你这表情……我爸爸该不会是没同意吧？"

　　江延"嗯"了声："你妈妈给了我一千万，让我离开你。"

　　"……"

江延装不下去了，他笑了笑，然后猝不及防地从口袋里摸出戒指，直接套在她无名指上，接着就像是完成了什么大任务一般松了一口气："好了，过几天我们就去领证。"

这个过程比当初求婚时还潦草，等林宛回过神时，他已经转身准备回房了。林宛跑过去拦住他，有些难以置信："你你你……就这么结束了？"

江延轻揉额角，似乎在想自己漏了什么。

片刻后，他恍然，抬起她戴着戒指的手，低头亲在那枚戒指上，然后抬眸对上她的目光，眼底是无限温柔，语气郑重而低沉："尊敬的林宛女士，请问你愿意嫁给江延先生，成为他的太太，从此无论如何都永不分离吗？"

林宛愣怔了片刻，良久之后，笑了声道："我愿意。"

无论如何，只要是你，我都愿意。

八月十五是林宛的生日，方仪宋提前找人算了日子，结果被告知那天就是个大好的日子。

这天一早，江延和林宛在家里吃了方仪宋亲手煮的汤圆之后，出发去民政局领证。

领证的流程很快，填资料、拍照、宣誓、盖章，等到拿着两个红本从里面出来时，林宛还有些没回过神："怎么一眨眼我就成已婚少妇了。"

"哪里是一眨眼。"江延纠正她，"我等这天已经等了好多年。"

林宛笑了笑，走上前挽着他的胳膊："走吧，江先生，我们该回家了。"

江延也跟着笑了起来，抬手握着她的手，十指相扣，缓声道："知道了，江太太。"

两人领证的事情很快就因为江延把结婚证发在朋友圈里而被一众好友得知，那天两人坐在家里什么事情都没做，光接电话了。

到了晚上，林宛把手机丢给江延："等会儿有谁再打电话过来，你帮我接吧，我先去洗个澡。"

他们俩领证后并没有从家里搬出去，一来是江延之前买下的房子还在装修，二来是方仪宋不放心他们两个在外面住。

正好两个人研究生也都还没毕业，索性暂时还住在家里，况且方仪宋为了给他们留空间，当初装修的时候，把自己和林咏城的房间和书房都安排在二楼，而给他们俩的房间设在了三楼。

只是两个人好像还没意识到领证前和领证后应该有什么变化。

林宛回自己房间洗过澡之后才想起来自己的手机还在江延房间，穿上鞋"噔噔噔"跑过去把自己手机拿了回来。

江延也没觉得有什么不对劲儿，等她把手机拿走之后，起身进了浴室。

林宛回房把手机充上电，边刷微博边吹着头发，微信上孟昕发来一条消息：

> 孟昕：宛宛！快把你家的地址发我，我给你买了新婚大礼包！

林宛翻到某宝把地址复制粘贴给她发了过去，顺便问了一句：

> 林宛：什么大礼包？
> 孟昕：别问，反正你家那位肯定会喜欢的，嘻嘻嘻。
> 林宛：……

两人又聊了几句，最后孟昕发了句：

> 孟昕：今晚可是你跟学霸的新婚夜！我不打扰你们啦！快点去吧！
> ［八卦.jpg］
> 林宛：……

林宛这才想起来今晚是她和江延的新婚夜……

此时此刻，她不禁怀疑自己和江延到底哪个更憨些，还是两人一样憨。

> 林宛：我把这件事给忘记了，我已经回我自己房间了，甚至等会儿吹完头发就准备睡觉的。

孟昕不知道在那边想说些什么，林宛看着她那个"对方正在输入中"的状态持续了五分钟，最后只收到一张表情包：

> 孟昕：［假的我不相信你.jpg］

林宛："……"

没跟孟昕闲聊下去，林宛吹完头发后，又"噔噔噔"跑去了江延的房间。他也刚洗过澡，头发湿着，坐在桌前敲键盘，听到开门的动静，扭回头看了眼，语气平常："还不睡吗？"

林宛缓了缓呼吸，走到桌旁坐下："江同学，你是不是忘了今晚有什么重要的事情？"

"嗯？"江延从桌旁摸了颗林宛买来给他戒烟的糖，还没反应过来，"什么事情？"

林宛不知道他到底是真不知道还是装不知道，抿唇和他对视半天，终究是不好意思战胜了那么一点想法："算了，没事，我回去睡觉了，你早点休息。"

等她走后，江延又继续敲着键盘，只是没敲几行字，停了下来，总觉得自己是不是忘了什么事情。

搁在一旁的手机闪了闪，关澈发来一条消息，江延拿起来一看：

> 关澈：我听孟昕说，林宛忘了今晚是你们的新婚夜自己回房间睡觉去了？

江延心想：不仅林宛忘了，就连他自己都忘了。

他放下手机，想到刚刚林宛问的那个问题，抬手捏了捏鼻梁，片刻后，起身走了出去。

林宛的房间就在他卧室对面。

江延在门前停下，看着眼前紧闭的房门，抬起手欲敲下去，但不知是想到了什么，又把手放了下来。

在门口站了几分钟，最终他还是转身回了自己房间。

平平淡淡过了一夜。

然后又平平淡淡地过了二三四五六七夜。

直到暑假结束前两天，江延带林宛回溪城拜祭了方海，然后又去看望了关家的两位长辈。

中午是家里人吃饭，到了晚上，便是七人小分队的聚会。

原先在湖城警局实习的宋远在去年冬天申请调回了溪城。

关澈和徐一川的公司目前也已经步入正轨，两人是和江延他们夫妻俩一起回的溪城。

一向比所有人都忙碌的胡杭杭正好在溪城的影视城拍戏，知道他们回来后，特意跟剧组请了一个晚上的假。

孟昕是原本就在溪城过暑假。

令胡杭杭、宋远和徐一川他们三个没有想到的是，他们七个人里除了林宛和江延凑成了一对，就连孟昕和关澈也不知道什么时候凑成了一对。

"我天天在公司，二十四小时不离澈哥，我竟然都不知道他和孟昕在一起了！！！"徐一川竭力忍住眼泪，"以后大家就叫我敢敢吧，来自一个心碎了的憨憨。"

关澈懒懒一笑，拿起酒杯碰了碰他的杯沿："好的，徐一敢。"

"哥！你不做人！"徐一川扭头倒进胡杭杭的怀里，故意装模作样地抹着眼泪，"胖胖，还是你好，永远陪着我做人群里最潇洒的狗。"

这几年来，胡杭杭在圈里发展极佳，口碑和人气皆有，微博粉丝眼见着马上就要突破六千万大关，追捧者无数，除此之外，他还是圈里公认的万年单身人设，八卦绯闻甚少。

这会儿，胡杭杭伸手拍了拍徐一川的后背，安慰道："敢敢不哭，我有对象。"

徐一川一脸茫然："……"

其他人一脸震惊："！！！"

徐一川看着他，憋了半天憋了个脏字。

林宛平常虽然忙，但对娱乐八卦这些也都是很感兴趣，对胡杭杭在娱乐圈里的一些消息也都有耳闻，这一年来也没看到哪个八卦博主娱乐狗仔透露过他的恋情消息。

"胖胖，你这个恋情藏得也未免太深了点儿吧，"林宛笑，"都可以被纳入爱豆成功隐藏恋情的史册了。"

胡杭杭有些不好意思地摸了摸耳朵："没有，我们也就是前几天才刚确定在一起。"

"天！"孟昕好奇地问道，"可以透露下是谁吗？是不是之前和你组过CP的姜璐？"

胡杭杭摇了摇头："不是，她不算圈内人，是从我出道起就跟在我身边的生活助理，也是我的粉丝。"

闻言，林宛和孟昕的少女心瞬间被勾了起来。

孟昕感叹道："天哪，这也太甜了吧！我也想和我的爱豆谈恋爱！"

已婚少女林宛认同地点了点头："我也想！"

江延＆关澈："……"

七个人吃喝玩乐至深夜，直到胡杭杭接到经纪人电话被提醒明天一早还有工作时才散局。

喝得烂醉的徐一川被宋远和胡杭杭搀扶着，关澈打车送孟昕回家，江延带着林宛回了自习室。

溪城这几年的发展速度很快，自习室周边的巷子都已经被圈上拆迁的字样，也许再过一两年，这条巷子也会被各种高楼大厦取代。

林宛先回了房间洗澡，江延留在楼下和周铭聊天。

六年的时间，周铭已经从当初那个瘦瘦小小的男孩子成长为可以独当一面的大人了。

妹妹周玥也在众人的关怀之下，逐渐从那件事中走了出来，如今还是婆婆伯伯眼里那个活泼开朗的小姑娘。

原本他们已经不用再来兼职，但也许是为了感恩又或者其他原因，每年寒暑假回来，周铭依然照常来上班。

其他人和江延说了这件事，江延也没多说什么，还是让他们照例给他发工资。

两人没聊一会儿，江延见趴在一旁已经睡熟的周玥，拍了拍周铭的肩膀："不早了，带妹妹回去休息吧。"

"好。"

江延起身回房，在楼梯口碰见正要下楼的林宛。她拉着他一只袖子："阿铭和阿玥走了吗？"

"还没。"江延偏头往楼下看了眼，两人正在收拾书包，"准备走了。"

"那我过去一下。"

林宛作势就要往楼下跑，江延拽住她，问了句："干吗去？"

林宛晃了晃手里的纸袋："给他们喜糖啊。"

"哦。"江延唇角一抿，松开手，"那你去吧。"

林宛"噔噔噔"飞快地跑下楼，江延停在原地侧目看了眼她的背影，眉梢一扬，转身回了房间。

等到林宛再回到房间时，江延已经洗过澡坐在沙发上，又抱着电脑在敲敲打打。

林宛拿着手机在他身旁坐下，又摸到遥控器开了电视，随便找了个综艺节目看。

"他们回去了？"江延头也没抬地问。

"回去了。"林宛刷着微博，随口道，"周铭今年开学是不是大三了，他好像才十八岁吧。"

江延垂眸算了算："应该是的吧，他高中也跳了一年。"

林宛啧了声，偏头凑到他眼前："我想请问一下当年十八岁还在读高二的江同学，你现在会不会觉得有一点不适？"

江延屈指弹了下她的脑门，面无表情道："没有。"

林宛捂着额头笑成一团，而后顺势倒在他怀里，微微调整了一下姿势，躺在他腿上玩手机。

江延怕碰着她，把电脑往边上挪了点儿。

屋里很快只剩下电视里的说话声和江延敲电脑的动静。林宛刷完微博，退出主页面的时候，系统通知栏突然跳出一条消息。

是某乎的问题推送——在恋爱中，你有什么秘密是对方不知道的？

看到这个问题时，林宛准备清除消息的手顿了一下，记忆里忽然跳出多年前的某件事情。

几秒后，她默默点进了这个回答。

问题是一个星期前提出的，此时已经有几千条回复，林宛点开最前边热度比较高的几条回答。

又刷了会儿其他人的回答之后，林宛点开旁边写回答的按钮，敲敲打打写了一行字。

最后发布时，选择了匿名身份。

等到回答发送成功后，林宛从沙发上噌地坐起来，动作太突然，脑袋还撞到了江延的胳膊。

"怎么了？"江延合上电脑，抬手揉着她被撞到的那处。

"看这个。"林宛把手机递过去，一手托腮看着他，"我们俩在一起的时候你有没有什么秘密是我不知道的？"

江延垂眸想了会儿，想到高中时的某件事情，然后面不改色地摇了摇头："没有。我所有事情你不是都知道吗？"

"也对哦。"

他看着她，忽然俯身靠近："那你呢，有没有什么事情是我不知道的？"

林宛眨眨眼，眼神极其无辜："我当然也没有啊。我的事情你不是也都清楚吗？"

"是吗？"江延意味深长地看了她一眼。

"不然呢？"林宛被他看得心里发慌，随手推开他，低头穿鞋，"不和你说了，我困了。"

"那睡觉吧。"江延关电脑前看了眼时间，当时还差三分钟就到一点钟，这会儿估计已经一点多了。

他起身关了电视，跟着林宛走到床边。

原先江延还没意识到什么，等到关了灯两个人躺在被窝里的时候，他忽然反应过来，他们从领证到现在好像一直把最重要的那件事情给忘记了……

有些事情不想就不会觉得有什么，可是一旦有了想法再想去抑制就很难了。

江延轻滚了滚喉结，抬手覆在眼睛上，本想着时间太晚以后再说，可偏偏窝在怀里的人不老实，总是隔一会儿就要动一下。

两个人挨得近，她有什么动作，他都能清楚地感知到。

　　几次下来，江延忍不住了。

　　等到林宛又一次想动时，他倏地抓住她的胳膊，一个翻身，两个人的姿势就变成一上一下了。

　　"动什么？"他的声音有些哑。

　　黑暗里，紧闭的窗帘遮住了所有的光线，林宛看不清江延的神情，只是觉得他抓着自己胳膊的那只手很热。

　　"……我睡不着。"她小声说。

　　闻言，江延低笑了声，松开扣住她手腕的手，人却没动，反而还缓缓低下头凑在她耳边，气息温热灼人，嗓音低沉而喑哑："江太太，你好像还欠我一个新婚夜啊。"

　　江延亲着她的唇角，温热的气息铺天盖地地朝她压了下来，紧挨着的身体好像越来越热。

　　林宛清晰地感觉到两个人之间的变化，屋里的空调好像在此时已经起不到任何作用。

　　"……江延。"

　　她有些紧张，手指紧抓着他的胳膊，刚剪过的指甲边缘有些尖锐，深深地陷了进去，在他白皙的胳膊上留下一道道印子。

　　江延忍了忍，停了下来，半撑着贴在她身上，胳膊垫在她脸侧，手指捏着她柔软的耳垂，气息有些不稳："怎么了？"

　　屋里没有一点儿光亮，江延的一双眼眸越发明亮，林宛看着他，忽然也就没有那么紧张了，就像是在漂浮的海面上找到了可以支撑自己的浮木，有所依靠。

　　她尽力稳着呼吸，声音有些哑，又带着些女儿家的娇软："没事。"

　　江延看着她这样，轻滚了滚喉结，眼眸微合，一瞬间呼吸越来越乱。

　　夜已深。

　　江延收拾完床边的狼藉，捡起林宛掉在地上的手机，手指不小心碰到手机上的指纹解锁，屏幕亮了一瞬。

　　他随意看了眼，刚要放下手机，系统通知栏忽然跳出一条消息——

　　　　您在某乎中关于"在谈恋爱中的……"的回答被不吃香菜等六位用户赞同了。

　　江延眉梢一扬，顺势点了进去，没有意外地看到了林宛的那条回答：

匿名用户：他可能还不知道，当年贴吧那条关于他喜欢我的帖子，其实是我发的。

看到林宛的回答后，江延愣了一下，良久后，他低笑了声，找到这个问题的链接发送到了自己的手机上。

然后，他登录了自己的某乎账号，也匿名回答了这个问题。

做完这些后，江延把两个手机放到一旁的书桌上充电，随后去关了灯，又躺回被窝里。

睡梦中的林宛下意识往他怀里钻，江延顺势把人搂紧了，低头亲了亲她的额头。

"晚安。"他轻声说。

翌日清晨，生物钟一向稳定的林宛在睡梦中醒来，屋里静悄悄的，只有空调运转的细微动静。

江延还没醒，胳膊垫在她脑后，侧着身体睡在一旁，半个肩膀露在外面，额前乱糟糟的碎发遮住一点眉眼，睫毛浓密卷翘。

林宛伸手碰了碰他的睫毛，他似乎是察觉到些动静，眉头微蹙了下，手臂收紧了些，只是人一直没醒。

林宛笑了声，抬手轻轻挪开他的手臂，然后捞过一旁的枕头塞在他怀里，自己先起了床。

昨晚闹得太晚，收尾工作都是江延处理的，就连林宛身上的睡衣都是江延给套上的，和他的睡裤是一套。

林宛起床后先去浴室洗了个热水澡，出来时江延还没醒，被子落了一角垂在地上。

她走过去把被子捡起来，又把空调的温度调高了两度，最后换下睡衣拿着手机去了楼下。

没过多久，江延被猝然响起的手机铃声吵醒，翻身下床接了个电话之后才发现屋里没人。

他一边往浴室走，一边给林宛发消息：

江延：去哪儿了？

林宛给他拍了张图片，是巷口的早餐店：

林宛：在买早餐。

江延：在那儿等我，我马上过来。

　　回完消息后，江延把手机放在一旁的架子上，花了几分钟刷牙洗脸，而后出去换身衣服就跑下了楼。

　　吃过早餐后，两人开始收拾东西准备回校。

　　他们这趟回来就住了两天，东西不多，只有一个行李箱。

　　回校之后的生活更加忙碌，不过幸运的是，这学期江延和林宛都没有太多外出任务，基本上都是在学校里。

　　开学几天后，林宛得知孟昕母亲和孟昕来家里做客，晚上和江延特意从学校赶了回去。

　　吃过晚饭后，江延接到实验室同学的电话，说是实验进程出了些问题，只能自己一个人先回了学校。

　　林宛和孟昕留在家里陪着两位长辈聊了会儿天。孟母看到和自家女儿同年的林宛都已经结婚领证，不免又当着孟昕的面催促她找男朋友。

　　孟昕随便搪塞了几句，拉着林宛走开了。

　　两人回了楼上林宛的房间。

　　林宛关上门，走到沙发处坐下，疑惑地看着她："你不是和关澈哥在一起了吗？怎么你家里人不知道？"

　　"我还没来得及说。"孟昕从桌上的果盘里拿了个橘子，"而且要是现在让我妈知道我谈恋爱，她肯定会去把关澈家祖宗十八代都给调查清楚。我妈的性格你又不是不知道。"

　　林宛给了她一个自求多福的眼神，拿起手机给江延发消息，问他到学校了没有。

　　江延隔了几分钟才回的消息：

　　在开会，晚点儿找你，乖。

　　林宛回了个"好"，然后放下手机挤到孟昕身边，一脸八卦："不过我还是很好奇，你和关澈哥是怎么走到一起的啊，以前高中的时候你们俩可是一点儿动静都没有哎。"

　　孟昕推开她的脑袋："还能怎么样，就日久生情了呗。"

　　林宛笑："那你们这个日久也未免太久了点儿。"

　　"……"

　　林宛见确实问不出什么，起身从包里翻出明早上课要用到的案例卷宗，开始梳理内容。

孟昕看她坐在地毯上，顺势往旁边一倒，拽了个枕头垫在脑后，收手的时候不小心把林宛的手机从沙发上带了下去。

她捡起来，随手放在一旁。

过了许久，孟昕看手机看得眼睛疼，放下手机坐起身，看到她之前捡起来放在一旁的手机不停有消息弹出。

她拿起来看了眼，全是某乎的系统消息，伸手把手机递给林宛："你这什么情况啊，消息推送这么频繁？"

林宛疑惑地"啊"了声，接过手机看了几秒："……我天！"

"怎么了？"孟昕倾身凑了过去，看到她屏幕上的一条回答内容，底下赞同 1000、感谢 5394、评论 6986。

"这是你写的？"

林宛"嗯"了声："我前几天发的，之前一天就七八个赞同，不知道怎么回事，现在突然冒出这么多的赞同。"

"是不是被大 V 推了？"孟昕说，"你看看评论，应该会有人说是从哪里来的。"

林宛点开评论，最前边的都是赞同量比较高的精选评论：

> 上官庄修：呜呜呜，好想知道你和这个回答［链接］的匿名用户是不是认识的！如果不是认识的，那就真的太有缘分了吧！如果是认识的，那就真的是太甜了！！！
>
> 周里四：微博来的！！！好想知道后续啊！
>
> 我在等故人：真好。
>
> 草莓味仙女：啊啊啊，小姐姐（？）你看了这个回答吗！［链接］
>
> 阿西：最后来的朋友请给我点个赞！！！
>
> 不美仙：空间观光团打卡！

看到这里，林宛心里对这突如其来的热度差不多有了数，抬手点开第一条评论里的链接，页面跳转到另外一条回答首页：

> 匿名用户：她或许还不知道，当年贴吧那条关于我喜欢她的帖子，其实我知道是她发的。

这条回答的内容和她的回答内容两相呼应，在旁人眼里看来，就是两个互相喜欢的人给彼此编织了一个善意的谎言。

　　看到这条回答之后，林宛的记忆忽然回到几年前的那个夜晚，想到那个清风明月般的少年。

　　尽管此时此刻没有任何的证据能够证明这条回答是江延发的，可是林宛隐隐有种预感，这就是他发的。

　　除了他，不会再有别人。

　　那天晚上，江延开会一直到十一点，结束的时候，看到手机上林宛发来的消息：

　　　　江同学，你藏得也太深了［心情复杂.jpg］
　　　　［链接］
　　　　你这要是生在混乱时期，绝对是个谍中谍中谍。

　　江延一开始还没明白她是什么意思，等他点进链接看到里面的内容时，立马就反应过来了，笑着给她拨了个电话。

　　刚一接通，他就听见林宛开口道："你什么都别说，我就一个问题——你是什么时候知道那条帖子是我发的？"

　　"你发了帖子之后没多久。"既然开了这个口，江延索性坦白到底，"关澈追踪到了发帖人的 IP 地址，然后他查了一下 IP 源。"

　　林宛有些迟疑："所以……关澈也知道帖子的事情，也知道帖子是我发的？"

　　江延"嗯"了声，接着便听见林宛和孟昕说话的声音："我觉得你和关澈好像不是很合适。"

　　孟昕："……"

　　江延："……"

　　江延拿着手机往前走。

　　夏末的夜晚，繁星遍布整个夜空，熠熠发光，从南边吹来的风里带着湿润的凉意。

　　电话里，林宛问他为什么不揭穿她，反而假装自己是发帖人。

　　闻言，江延停下脚步。月光穿过枝叶的罅隙落在他肩上，光影斑驳朦胧。

　　他轻笑了声，语气温柔："因为那个时候的江同学，很想和他的林同学早点儿在一起啊。"

　　后来，江延和林宛的那两条回答被微博几个坐拥几百万粉丝的大 V 博主转发，引发了众多热议，两条回答的点赞量也在短时间内迅速过百万，不少网友都在评论底下留言求后续。

几日之后，第二条回答的用户脱马甲更新：

江延：后续：已知，已婚，和她。

这条内容一经更新，迅速吸引了更多热度。有博主摸到江延某乎专栏发现他是清大的学生，在微博上圈了清大的官博，开玩笑问学校里还有没有这样的小哥哥。

原以为只是个得不到回应的玩笑，没想到一向都是走严肃正经风的清大官博却主动点赞了博主的微博。

紧接着，有清大校友看到官博点赞的这条微博，认出第二条回答的用户江延就是学校里物理系的那个江延。

有关于江延和林窕的恋爱故事在清大早已是众所周知的事情。虽然两个人在学校里都十分低调，可架不住网友的好奇和八卦，有关于他们两个的事情在清大论坛上随便一搜都是各种各样的帖子，甚至还有人在论坛里找出当初林窕和江延在胡杭杭演唱会上的接吻视频，爆出两人是当下炙手可热的人气偶像胡杭杭的好友。

就连那个被清大官博点赞的博主也都被粉丝私信了不少帖子，还有两个人在学校时的一些照片。

博主挑了几张比较有特点的照片发在自己微博首页，其中有一张就是当初江延和林窕毕业时被同学偷拍的一张。

很快，这位博主便收到了几十条内容相同的私信。

这几十条私信都是一条帖子链接，博主花了十多分钟看完帖子里的内容，然后又发了一条新微博：

世界上最幸运的博主V：来自网友@霹雳无敌喜欢你投稿：这个帖子里的林同学和江同学好像就是某乎里那对她/他不知道的情侣？［链接］［图片］［图片］［图片］

微博发出之后，吸引了一大群网友前去帖子考古。大家在看到楼主最后一次更新的那张被遮住脸的照片时，纷纷都确定了帖子里的林同学和江同学就是某乎里那对情侣。

奶茶去冰三分甜：我一个有对象的都酸了［捂脸.jpg］

三三：这是什么神仙情侣！〔柠檬×100.jpg〕

我太南了：难道这就是爱情？！

捉个哥哥当男朋友：这太上头了！！！

蠢鱼：图片评论〔呕.jpg〕

这场掉马来得猝不及防，等林宛从梁越那里知道自己发在撩汉论坛里的帖子被放在微博公开处刑时，已经来不及去论坛锁帖或者是删帖。

因为有关于她帖子里的所有内容早就被各路网友截图、拼图、转发、二次转发，她和江延的故事也在微博传得沸沸扬扬。

网络上过高的热度带到现实生活里就是真实的关注度，自从帖子被曝光之后，林宛和江延就从学校搬回了家。

晚上吃过饭，林宛回到房里看到江延又在刷那条帖子，连忙跑过去把他手机抢了过来，有些不自在地说道："你能不能不要看了？"

江延轻笑了声："好，我不看了。"

林宛刚把手机放下，又听见他说："反正我都已经看过了。"

"……"

江延伸手把她拉进怀里，下巴蹭了蹭她的脑袋，低声说："忽然发现我以前好像挺笨的。"

林宛垂眸把玩着他修长的手指："为什么这么说？"

江延摇了摇头没有多解释，只是勾住她的手指，放柔了语气："林宛。"

"嗯？"她仰脸看着他。

"谢谢你，还有，"江延低头亲了亲她的眉眼，神情温柔，语气郑重而低沉，"我爱你。"

林宛一笑，手指穿过他的指缝和他紧扣在一起："我也爱你。"

帖子的事情公开之后，林宛每天都能收到各种各样的八卦消息，QQ、微信、清大论坛网的私信，甚至是邮箱都能收到陌生人的消息。

时间久了，生活难免受到太多影响，林宛只好去微博私信了那个最先发微博的博主。

两个人聊过之后，林宛知道这位博主叫白鹤，目前是京安传媒大学的研一学生，经营微博已经多年。

白鹤在知道她的想法之后，表示愿意帮她发一条微博，只是最后建议她自己开个微博。

林宛拒绝了。

她和江延都是普通人，也没有混圈的想法，如果开了微博难免引起一些不必要的麻烦。

有些时候还是和网友保持些距离比较好，哪怕有一些人也是好心。

白鹤的微博发布之后，林宛每天收到的私信量明显少了不少，尽管之后依然还会收到各种各样的私信，但由于她始终不看不管不回复，时间一长，也没了多少。

只是撩汉论坛里的那条帖子底下依然每天都有人求更新，原先在评论里凭借想象画人设图的神仙大大在经历了微博的掉马之后，从此人设图就有了脸，隔一段时间就往评论里丢一张图。

等到了冬天的时候，大大的图都已经画到了帖子的三分之二，只是林宛一直都很忙，没有太关注这些。

年前，林家一家人回到溪城过年。

林宛陪方仪宋出去置办年货的时候，方仪宋忽然提起来件事："前些时候，你孟阿姨给我打电话，让我问问你孟昕是不是谈恋爱了。"

林宛没想到孟昕还没跟家里人透底，含糊不清地答着："谈了吗？没吧，我也不知道，最近也没怎么联系。"

"你啊……"方仪宋听得出她的敷衍，摇头叹气，"懒得管你们。"

林宛笑着道："就算谈了也是她自己的事情嘛，我们知道了还能去插手人家两个人的恋爱吗？"

方仪宋思绪一转："所以，孟昕这是谈了？"

"啊？"林宛没想到林母反应这么快，挠挠头，"不知道。"

方仪宋拍了下她的胳膊，没再多问。

这一年，林咏城将公司的一部分业务拓展到京安市，溪城这块的业务全都留给公司另一个副总坐镇。

他们一家人虽然搬去了京安，但在溪城生活了那么多年，到了过年阖家团圆的时候总想着回到家乡。

家里的房子也一直有专人打扫，林宛和林父、林母先回的溪城，江延是除夕当天才从京安回来。

溪城不常下雪，这一年却在年关将近的时候洋洋洒洒落了几场雪。

除夕当天也还在飘雪，林宛都有点担心从京安飞溪城的航班会被取消，但好在快中午的时候雪就停了。

林咏城和方仪宋出门办事，林宛陪林其琛在客厅玩。

林其琛现在已经能说会跑，是个谁见了都烦的年纪。林宛从他小时候看他可爱，变成到他大了看他"可恶"。

可偏偏林其琛还和小时候一样，爱黏着林宛，虽然有时候也会跟林宛闹，但大多数时候还是乖的。

林宛看他低头乖乖搭积木的样子，忍不住逗他玩："小阿琛。"

"嗯？"

她伸手戳掉林其琛积木塔上的一小块。

林其琛看着她，没说话，伸手把那一块捡起来又放回去。

林宛又伸手推掉。

他又捡回来。

反复几次，这小孩有点委屈和不乐意了，嘟着嘴，看着就像要哭了一样："你干吗呀……姐姐！"

他边说，手里还攥着一直被林宛推掉的那个积木。

林宛被他逗乐，哈哈笑了几声："好了好了，姐姐不逗你玩了。"

话音刚落，脸颊倏地贴上一片冰凉，她下意识往旁边躲开，一道熟悉的声音紧随其后："又在欺负小孩。"

林宛又惊又喜，回头看着江延："你怎么到了也不跟我说一声，我去接你啊。"

江延捏捏她鼻子："这么大的雪，我怎么放心让你来接我。"

"好嘛。"

他刚从机场回来，准备回卧室洗个澡。林宛说陪他上楼，却又不肯起身，坐在地上朝他伸手："抱抱。"

江延轻啧，却又拿她没办法，弯腰把人就着盘腿的姿势抱起来。林宛和他面朝着面，腿缠在他腰上。

两个大人丝毫没觉得在一个小孩子面前这么秀恩爱有什么不对的。

江延抱着林宛上了楼，压在门旁接了一个很长的吻，分开时，江延捏捏她泛红的脸颊："我去洗澡，帮我找件衣服。"

林宛皱眉拍开他的手："疼啊。"

江延笑着没说话，折身进了浴室。

等洗完澡，林宛帮他吹头发："你这头发好像该剪了。"

"新年不剪头。"江延握着她的手，"等会儿我要去一趟墓地。"

方海葬在这儿，每逢他的生忌、死忌，江延和林宛都会抽空回一趟溪城，今年清明他们俩都没抽出时间，还是托好友来扫的墓。

林宛关了吹风机："我们一起。"

"好。"

墓地在市郊，江延一早什么也没吃，出门前被林宛强逼着吃了一碗鸡汤小馄饨，等到墓地的时候已经快两点了。

　　他们来得算晚，方海的墓碑前有刚被人祭拜过的痕迹。

　　江延和林宛大概知道是谁，只是谁也没提，安安静静地烧完纸钱。江延看着镶在碑上的照片，低声笑了笑："爸，新年好。"

　　他知道方海从来没有怪过任何人，他也不想做一个一直活在恨里的人，早几年的时候他就以一个妥帖的方式结束了这一切。

　　至于来看方海，那是于风烟和江隋远自己的选择，他管不着，也没必要再去管这些。

　　走之前，林宛和江延都给方海磕了三个头。

　　林宛跪在那里，看着方海的照片，心里念着每年来这里都会说的那句话："爸，你放心，我会好好照顾江延的。我们现在很幸福，也请你在天上保佑江延，平安顺遂。"

　　这一年，溪城迎来特大风雪。

　　除夕夜，整座城市灯火通明，别墅区的每家每户都点着灯，林家楼前的空地上，林宛和林其琛正在堆雪人。

　　江延站在二楼的窗前，林宛回头看见他，一抬手就砸了个雪团过去，还好江延反应快，及时关上了窗户。

　　雪团"嘭"地砸在玻璃上。

　　江延隔着窗户对楼下的林宛比了一个抹脖子的动作。要说在高中的时候，林宛可能还会怕他几分，可放到现在，林宛知道他在自己面前就是一个纸老虎，一点威慑力都没有了。

　　她一点儿都不怕，甚至在江延追下楼来报仇的时候，还拉着林其琛一起攻击江延。

　　两个二十好几的人，玩起来还跟十几岁一样。

　　方仪宋站在门廊下："好了好了，别玩了你们俩，快进来收拾收拾，准备吃饭了。"

　　林宛笑着应："知道了妈妈！"

　　林其琛跟着方仪宋先进了屋，林宛被江延捉住。她刚刚经历一场大战，整个人又只顾着笑，有些上气不接下气的。

　　江延手里还握着一团雪，林宛自知逃不过，在他作势要砸下来的时候，吓得闭上了眼睛。

　　只是预料中的冰凉却并未落下，唇上反而忽地沾上一片温热。

江延单手托在她颈后，低头亲下来之后，林宛眼睫颤了颤，睁开眼，看见江延低合的眼眸。

他像是有心灵感应，也跟着睁开眼。

天空不知何时又开始落雪，一片落在林宛的睫毛上，她下意识眨了下眼睛。江延低笑，丢掉手里的雪团，双手扶在她颈后，低头亲在她无意识颤动的睫毛上。

"江延。"

"嗯？"

"好喜欢你。"林宛伸手抱住他，"我怎么那么喜欢你呢！"

江延笑着没说话，转而牵着她的手朝屋里走去。

林宛自问自答："肯定是你特别好。"她说完，又凑到他跟前："对吗？"

江延伸手掸落她肩上的雪花，低声说："是你特别好。"

"是吗？"林宛笑眯眯地，"我也觉得。"

两人说说笑笑走到桌旁坐下。

今年的年夜饭是林咏城掌的勺，他有好些年没下厨了，刚开始还有些生疏，耽误了不少时间。

一家人快到十点才吃完这顿年夜饭。

饭后守岁是习俗，林宛和江延陪着林父、林母守到零点，互相道了新年快乐，就和江延出门去赴朋友的约。

今年他们七人小分队全都回了溪城，就连最忙的大明星胡杭杭也都空出了时间。

一行人见面的地点约在江延和关澈的那个自习室。

关澈是最先到的，等宋远和徐一川来了之后，他又出门去接孟昕，回来时和江延、林宛在路口碰上了。

七个人里凑成了两对，惹得徐一川和宋远每年都要吃柠檬似的号几声。

今年也一样，他们四个一进门，徐一川就开始调侃："啧，不行了，这个年是过不下去了。"

宋远也跟着笑："牙好酸，心好痛。"

关澈关了门："出门右拐八百米有家牙科诊所，包治百病。"

宋远和徐一川要来打关澈，江延拉着林宛往旁边躲，顺手在吧台上拿了颗橘子，剥开喂给林宛。

一旁的孟昕搓了搓胳膊："怎么回事，他们没对象的酸就算了，我这个有对象的，怎么也开始酸了呢。"

林宛笑哈哈地搭上她胳膊："不酸不酸，我也喂你一个。"

"哎呀，你别恶心我了。"孟昕往旁边躲开。

一行人笑着闹着，在自习室等了半小时才等到胡杭杭。七个人凑齐，走出自习室，不知不觉走到以前的高中门口。

胡杭杭提议道："我们要不要进去转转？"

徐一川搓着胳膊："这大过年的，学校都没开门，怎么进去？"

"翻进去啊，这还用说吗？"宋远身形矫健，第一个冲过去，手撑着电动移门，直接一跃翻了进去。

徐一川紧随其后，胡杭杭第三个。

三个人速度非常快，林窕想开口喊住他们都不行。

宋远拍拍手上的水渍："快点啊，你们别把保安大叔吵醒了。"

"那个。"林窕边走边说，直至走到角落的一道缝隙，人直接从那里进了校园，"这个门没关严啊，可以直接进来的。"

还站在门外的江延、关澈和孟昕一个接一个走了进来。

刚刚心惊胆战翻进来的三个人看着他们四个，越想越亏，宋远卷起袖子："这仇不报，更待何时？"

胡杭杭直接叫嚷道："给我打折他们的腿！"

三个大男生直接朝他们几个冲了过来。

江延拉着林窕就往前跑，关澈和孟昕也跟着跑。

雪夜里，耳边是呼啸的风声，身后是徐一川他们愤愤不平的叫嚷声。

江延拉着林窕一直往前跑，侧头对视的那一瞬间，身后倏地照过来一道强光，七个人都跟着停下脚步。

保安室的大叔拿着手电筒往这里看来，大声喊道："哪个班的学生啊，都放假了还来学校做什么？"

这一声，就好像时光机的开关，让他们七个人都有了一种回到高中时期的错觉。

他们停在原地，奔跑过后潮热的气息盘旋，七个人被大叔高亮度的手电筒照着，眼见着大叔朝这里走来，不知道是谁喊了一声："跑啊！"

七个人互相看了彼此一眼，而后便默契地转头朝校园更深处跑去。大叔懒得管他们，提着手电筒又回了保安室。

他们却一直没停下来，一路上笑着闹着，都觉得好像这样一直跑下去，就可以回到那段让所有人都念念不忘的青葱岁月。

这个新年让所有人都难以忘怀，七人小分队在溪城聚了好几场，假期结束后又各自奔向不同的未来。

林宛和江延回到京安，生活和之前相比变化不大。

日子一天天过着，冬去春来，周而复始。

研三毕业的时候，林宛收到了国内好几家顶尖事务所的就职邀请，同时也收到了梁蔚所在事务所的邀请。

这几年梁蔚所在的事务所逐渐发展壮大，年前的时候在京安市开了分所，梁蔚是这里的主要负责人。

去疏不如去熟，林宛放弃了其他家的邀请，在毕业之前直接去了梁蔚的事务所入职。

同年，江延在季教授的推荐下加入了国家物理研究所，成为一名正式的科研人员。

工作一年后，林宛和江延有了两人的第一个孩子。

林宛知道自己怀孕的那天正好是除夕。

江延在科研所加班，她和方仪宋在厨房准备年夜饭。锅里蒸着鱼，方仪宋让她去尝尝味道，她一揭开盖，往常扑面而来的香气对当时的她来说异常难闻，还没来得及把盖子放回去，人就蹲在一旁对着垃圾桶干呕。

家里的阿姨一看她这样，就笑着问她是不是怀孕了。

林宛脑袋"咯噔"一下，在心里算了下生理期，果然是迟了："妈妈，我还是去一趟医院吧。"

方仪宋笑着道："去去去，马上去。阿姨啊，你去把张叔叫过来，我们一起过去。"

"对了，还有锅里这个汤给我打包带一份。"

"衣服也要带几件。"

"不行不行，等会儿你让小松去商场买几件新的，要纯棉的，还有婴儿车婴儿床什么奶瓶啊都给我买几个回来。"

方仪宋念得停不下来，家里阿姨也跟着她说什么就是什么。

林宛哭笑不得，拉住方仪宋："妈妈，我还没确定到底怀了没呢，您这都把婴儿用品给准备上了，是不是有点太早了？"

"早做准备嘛，迟早是用得上的。"

"……"

等到了医院，一检查，怀孕五周了。

方仪宋和家里的阿姨高兴得不行，连忙去安排房间。林宛拿着检查单坐在一旁，伸手摸了摸肚子，忽然觉得有些奇妙。

走廊尽头有急促的脚步声传来，林宛还没来得及抬头，眼前忽然蹲下一道身影，急促的呼吸透露出来人的心情。

江延一接到方仪宋的电话就从研究所赶了过来，身上还穿着所里的白大褂，额间一层薄薄的汗。

林宛看着他，伸手抹去他脸侧的一滴汗，温柔地笑着："跑什么，我就在这里，又不会走。"

江延缓了缓呼吸，轻滚喉结："是不是……"

林宛故意逗他："是什么？"

江延垂眸看着她护着肚子的动作，手跟着覆在她手背上，眼里满是期待："这里，是不是有了一个小生命？"

林宛看着他这个样子，心都软了，也不再胡闹，笑着点了点头。

江延呼吸一沉，眼里的笑意更浓。他伸手握住她的手，低头在她手背上亲了一下。

林宛在怀孕初期没有太强的妊娠反应，一直到怀孕五个月的时候，她才开始有了些反应。

紧接着她的反应越来越大，以前喜欢吃的那些东西现在一点儿都不想吃，甚至听到名字就想吐，什么也吃不下，人也跟着瘦了。

江延心疼得不行，私下里找到季楠，让他给研究所那边通了个话，批他休了两个月的长假。

那两个月里，江延哪里也没去，全部时间都留在家里陪着林宛，她发脾气他哄，她不高兴了他也哄，想吃什么就算是再难的山珍海味他也想法子给她弄，甚至她半夜忽然惊醒想吃小吃，江延也会迷迷糊糊爬起来开车去附近的美食街给她买。

一段时间过去，林宛是被养回来了，江延却是瘦了一圈。方仪宋看着也心疼他，让他不要这么纵容林宛，江延嘴上答应着，转头又还是林宛要什么就给什么。

就这么过了一个多月，一天夜里，林宛忽然惊醒。江延睡眠浅，她一醒，人也跟着下意识醒了，声音带着浓浓的困意："怎么了？哪儿难受？"

林宛看着他瘦得棱角更加分明的脸，心里难受又心疼，伸手摸了摸他的脸："我没事，你睡吧。"

他这会儿也是不困，扶着她躺下，两个人盖着被子聊天。

林宛握着他的手："我这段时间太闹你了。"

"我是你老公，你不闹我闹谁。"江延笑着轻捏了下她的手，"好了，我也没事。饿不饿，要不要我去给你弄点儿吃的？"

"不饿，睡觉吧。"林宛凑上去亲了亲他的下巴，低声说了两个字。

江延一听，心花怒放，故意装没听见："你刚叫我什么？"

她倒是没存怀疑的心思，声音放高了些："老公。"

两人从谈恋爱到结婚，一直都是直呼其名，很少会叫彼此的小名又或是其他的称呼。

说起来，这还是她为数不多的时候主动叫他这个称呼，平常都是在某些事情发生时，他使坏才能听到两句……

不能想了。

江延及时止损，捏了捏她的脸，低声说："好了，睡觉吧。"

"嗯。"

后来生产时，不知道是不是宝宝也意识到自己在妈妈怀孕的时候太闹腾了，整个生产过程异常顺利。和林宛一同进产房的孕妇还在扯着嗓子哭喊的时候，护士已经把宝宝抱到了她眼前。

"恭喜你，是个男孩。"护士说，"亲亲他吧，等会儿要抱出去给爸爸看看了。"

林宛看着这个孩子，眼里全是温柔，微微偏头亲了一下。

护士起身把孩子抱出去，门一开，江延倏地起身迎上前，眼里好似看不到孩子，只顾着问林宛："我太太呢？她怎么样了？"

"您太太一切都好。"护士笑，"您倒是先看看孩子啊。"

听到这句话，江延才想起来看孩子，刚看了一眼，余光瞥见林宛被护士从里面推出来，又立马撇开视线走上前去。

虽然说生产的过程算不上多艰难，可到底也耗费了不少精力，林宛被推出来时，已经有些疲倦。

江延半蹲在一旁，握住她的手，低头亲了亲她的额头，哑声道："辛苦了。"

林宛嗓子有些干涩，没说话，只是捏了捏他的手指，笑着摇了摇头。

江延眼眶一红，别开了头。

孩子的名字是林宛起的。

江以安。

希望他以后的每一天都可以平平安安。

小名是江延起的，叫小鱼儿，因为林宛是那一天看了鱼才被检查出有了身孕。

后来有一天，林宛在研究小鱼儿星座的时候，忽然想起小鱼儿的生日和江延的生日是同一天。

之前没联系起来是因为江延在很多年前开始不过生日，林宛知道他不过生日的原因，下意识不在记忆里储存有关于他生日的所有信息。

只是她和江延都没想到，这个孩子会出生得这么巧。

江延在得知这个美好的巧合之后沉默了很久，多年前放弃生日的他没有想到，在很多年后，会有一个新的小生命在他的出生之日来到这个世界，从此成为他生命的延续。

　　当天晚上，林宛登录上论坛，在帖子里贴了一张小鱼儿的出生手印，同时还留了两句话——

　　嫁给江同学的第三年。

　　江先生，我爱你。

番外三

养『鱼』日

江以安出生的第一年，是林宛和江延工作最忙的时候，孩子基本上都是方仪宋和家里阿姨照顾着。

　　八月最后一个周末，这一对新手爸妈难得都同时休息在家，刚好方仪宋外出有事，家里阿姨忙着送林其琛去上兴趣班，就把照顾江以安的任务交给了夫妻俩。

　　临走前，阿姨把该交代的都交代了一遍："小鱼儿如果睡醒了，记得给他冲半瓶奶。奶粉要用温开水冲，给小鱼儿喝之前记得在手背上试一下温度，合适了再拿给他喝。还有啊，小鱼儿醒了之后纸尿裤要是不干净了记得及时换，不然这个天气容易焐出疹子。"

　　林宛和江延神色严肃地站在那里，像是在听什么国家大事一样认真，听完还不忘多问几遍："合适的温度，大概是多少度？"

　　"不烫手背就成。"阿姨看他俩紧张的样子，笑道，"你们不要那么大惊小怪，小鱼儿是一岁不是一个月，很好带的。再说我就出去两小时，他平时下午睡觉都睡两三个小时，你们注意点儿别吵醒他，不会费什么事情的。"

　　阿姨交代完，领着林其琛出门。

　　江延和林宛不敢离孩子太远，搬了椅子坐在婴儿床旁边看书。本来是很温和平静的时刻，可今天不知道小鱼儿是不是知道父母在身边，只睡了不到一小时就醒了。

　　林宛记着阿姨说的话，没敢发出太大的动静，嘴里哼着摇篮曲，轻摇婴儿床，试图将小鱼儿再哄睡着，但小鱼儿今天格外地闹腾，没一会儿就开始扯着嗓子号啕大哭。

　　哭声又响又亮，林宛和江延都愣了一下，才想起来要把小鱼儿从婴儿床上抱起来。

　　林宛抱着孩子哄了半天也没见效，反而把自己折腾出一身汗："小鱼儿乖，不哭了。"

　　孩子还在哭，林宛也快哭了，江延也着急，好一会儿才想起什么："小鱼儿是不是饿了？"

两人恍然大悟，又抱着孩子去餐厅。

阿姨走之前已经装好了奶粉的量，江延先前倒了杯热水在那儿放着，他还算麻利地冲好了奶粉，只是卡在了手背试温的环节。

手背和口腔对温度的感知似乎有差别，他试了几次都没确定这个温度对一岁左右的孩子来说合不合适。

林宛没想到他一个科学家竟然会被这个问题难住，把还在哭着的小鱼儿塞到他怀里："我试试。"

她先是在手背上试了试，又拿了个杯子倒了一点儿奶粉出来自个儿喝了下："我觉得差不多了。"

小鱼儿如愿以偿喝到奶粉，哭声慢慢停了下来，双手捧着奶瓶咂吧咂吧喝得正香。

江延和林宛看着他，都松了一口气。

喝完奶粉的小鱼儿明显乖了不少，安静地坐在那里玩玩具，林宛和江延分别坐在他两侧。

林宛盯着小鱼儿看了会儿，忽然道："不是说男孩子会像妈妈多一点吗？"

江延不知道她从哪里听来的结论："有这个说法吗？"

"有啊，我小时候家里的邻居奶奶就常跟我说，女孩会像父亲多点，男孩比较像母亲。"

"我怎么没听过？"江延合上书，也盯着小鱼儿看了会儿，得出结论，"眉毛和眼睛像我，鼻子和嘴巴像你，这么算起来，他像我们俩的地方一样多。"

"你从哪里看出来他的鼻子和嘴巴比较像我，我怎么感觉整体——"林宛抬手虚指着小鱼儿画了一圈，"都比较像你。"

江延笑了声："我的儿子不像我就奇怪了。"

"那怎么不像我？"

"我不是说了鼻子和嘴巴比较像你。"

林宛坚持道："我没觉得这两个地方像我。"

江延看出来她在胡搅蛮缠，选了个她没法反驳的回答："他头发像你，又软又黑，不像我。小鱼儿头发这么多，在数量上你远胜于我，所以他还是像你比较多。"

林宛随手拿了个积木朝江延丢过去，江延拿手挡了下，积木在半空中飞了会儿，最后掉在小鱼儿脚边。

沉浸在自己世界里的小鱼儿停住了动作。

林宛和江延也跟着停了下来，生怕他下一秒就哭起来，好在他也只是看了眼，然后便又开始玩自己的。

江延伸手把掉在小鱼儿脚边的那块积木捡起来，原本是想着丢到他面前的盒子里，但他没估算好距离，不小心砸在小鱼儿刚搭起来的城堡上。

"哗啦"一声，城堡塌了。

林窈咽了咽口水，一边看着小鱼儿的动静，一边还不忘落井下石："江延你完了，你死定了。"

话音刚落，熟悉的哭声又响了起来，江延忙凑过去："小鱼儿乖，小鱼儿不哭，是爸爸不对，你别哭了，爸爸帮你搭起来。"

他手忙脚乱，城堡搭得乱七八糟，小鱼儿看了一眼哭得更厉害了。

林窈在一旁幸灾乐祸："让你手欠。"说完，她握着小鱼儿的胳膊："小鱼儿不哭，我们打爸爸，打坏蛋爸爸。"

江延装作被打得很疼，一边轻哎，一边重新搭城堡："小鱼儿最乖了，爸爸帮你搭一个最大的城堡好不好？"

小鱼儿哭得抽抽噎噎，话也说不利索："粑……粑……坏。"

他开口说话早，语言模仿能力很强，林窈刚说了一遍江延是坏蛋，他就学会了一个"坏"字，虽然说得不怎么标准，但能听出那个意思。

江延忙应声："是，爸爸坏，爸爸给小鱼儿道歉。"

他手下动作不停，很快将城堡修复完成。小鱼儿看见这个更大更好看的城堡，明显被吸引住目光，也就忘记哭这回事了。

江延抬手抹了把额头上的汗，林窈在一旁笑得肚子疼："哎，江延，你真的是……"

话没说完，她想着他刚刚的样子又忍不住笑起来："没想到你竟然怕儿子怕到这种程度，江延，你不行哎。"

江延理亏，不想说话，只是学乖了，坐得离小鱼儿的城堡远了些。

小鱼儿乖巧起来还是很安静的，林窈坐在一旁陪他搭积木，嘴里跟他说话，小鱼儿听懂了就糯声糯气地应着，听不懂就抬头跟妈妈笑，粉雕玉琢的模样，一笑起来可爱极了。

林窈心都要被他笑化了，伸手捏捏他的脸："哎，宝贝，你怎么这么可爱，比你爸爸可爱多了。"

江延莫名被损，但一看是自己老婆儿子，也懒得再损回去，拿着书翻了一页又一页。

小鱼儿玩得有些累了，靠着林窈的胳膊有些昏昏欲睡。林窈没敢动他，小声让江延坐过来，防止他摔倒。

怕吵醒小鱼儿，林窈说话的声音明显小了很多："不然就让他在这里睡吧。"

地上的毯子是毛绒的，小鱼儿平时也会在这里睡午觉。江延托着小鱼儿的后背把他放平："我去给他拿被子。"

"好。"

江延起身进屋拿小鱼儿常用的婴儿被，不过一两分钟的时间，再出来就看到林宛哭丧着脸："江延……"

"怎么了？"他快步走过去，刚靠近便闻到一股难以言说的味道。

林宛是真的快哭了："他好像拉了……"

江延也是有些蒙："纸尿裤是不是该换了？"

"你说呢。"

小鱼儿刚醒那会儿的动静太大，他们俩都没想起来检查纸尿裤，这会儿林宛听到他放屁的动静加上有味道传出，才想起来检查纸尿裤这件事。

江延去浴室拿了条浴巾铺在地毯上，林宛把小鱼儿抱起来放过去。两人盯着还在睡梦中的小鱼儿，又看了眼刚拿过来的干净纸尿裤，一时半会儿都没动作。

林宛有些迟疑："……你换我换？"

这是个艰难的抉择，江延深思熟虑后伸出右手："石头剪刀布吧，输了的人换。"

林宛一噎："你真是好爸爸。"

说完，她以迅雷不及掩耳之势出了个剪刀："石头剪刀布，好，我赢了，你换。"

江延举着的右手僵在半空："……"

愿赌服输。

他拿着纸尿裤的包装袋看了眼穿戴方法，屏着呼吸解开小鱼儿身上的纸尿裤，那味道实在是没法描述。

林宛立马站起来，头也不回地说："我去接盆水来。"

她在浴室接了盆温水，又拿了条干净的毛巾，走出去拧了半干递给江延，嘴里还不忘叮嘱："你动作轻点儿。"

江延面无表情："不然你来。"

"你来你来。"

江延擦干净小鱼儿的屁股，给他换上干净的纸尿裤，把人从浴巾上抱起来放回屋里的婴儿床上。

屋里温度有些低，江延把空调温度调高了些，又给小鱼儿盖好被子才从屋里出来。

客厅没人，浴室又有水声传来，江延将婴儿房的门敞着，往浴室那边走了过去。

林宛正在水池边上搓洗刚刚弄脏的浴巾和毛巾。

江延走过去，接过她手里的动作："这会儿不嫌脏了？"

"本来就没有嫌脏啊。"林宛笑嘻嘻的，"我就是觉得臭。"

她说完还把手凑到江延跟前："你闻闻还臭不臭？"

江延佯装还有味道，仰头往后躲："哎，我不闻，有画面了。"

林宛非要他闻闻，拽着他衣领把人往自己这边扯。江延抵抗了几秒，忽然顺着她的力道又凑回去，低下头猝不及防地亲在她唇角。

林宛一愣，他已经直起身，重新搓着毛巾："不臭，很香。"

她没忍住笑，把手伸到水流底下认真洗了一遍，一边洗还一边说："我收回那句话。"

江延不明白，问："什么？"

林宛洗完手关上水龙头，两只手揪住他的脸颊，轻轻晃了两下，笑道："你比小鱼儿可爱多了。"

江延笑容宠溺，也没反驳自己被夸可爱："不说我自恋了？"

"那也是可爱的自恋。"林宛松开手，手里的水还没干，她屈指弹了两下，水珠落在江延脸上，他下意识闭上眼睛，人却不躲开。

林宛看着他的样子，没忍住又说了一次："你怎么这么可爱？"

江延想不出来自己有多可爱，只是等她收回手的时候，忽地也抬手在她面前弹了两下，手里的水全弹在她脸上。

林宛躲闪不及，抬手抹了抹脸，看向他搁在盆里的手，忽地问了句："你刚刚洗手了吗？"

江延知道她想问什么，笑道："没有。"

盆里的水还是洗毛巾的水，换都没怎么换过，林宛听了神情倏地就变了，叫嚷道："江延！你完了！"

说着，她也把手伸进盆里搅和了两下，抬手就往他脸上挥。江延抬起胳膊挡，却仍旧不怕死地笑："你不是不嫌脏吗？"

"这能一样吗？"林宛光把水往他脸上浇还不算，看他躲得快，把盆里的毛巾一拿，直接端起盆就往他身上浇。

这水浇过来的范围太广，江延根本躲不过来，只能侧过身体，让大部分水都浇在后背上。

他浑身湿淋淋的，也顾不上什么了，动作利索地关了门，拿起旁边的小花洒就朝林宛浇了过去。

水是恒温的，这个天浇在身上并不冷。

林宛劈头盖脸被淋了一遭，忍不住叫了声："江延！我跟你没完！！我今天不弄死你我就不姓林！！！"

她接了一小盆水，直接朝江延倒了过去，江延也不甘示弱，举着花洒挥来挥去。

两人跟小孩一样，就在浴室里打起了水仗。江延靠着道具的便捷没怎么吃亏，林宛挡了两下挡不过来，伸手把水池的水龙头拔了下来。

水池的水龙头和花洒差不多，可以调节，且水流比花洒大很多，江延一下没躲开，脸上直遭遭挨浇了一通。

江延抹了把脸，有点被呛住的感觉："哎，你下手也太狠了吧。"

"那也没有你狠。"

林宛拿到了称手的工具，江延节节败退，最后退进淋浴房里，伸手把门一关，喘着气主动认输道："不闹了，等会儿阿姨该回来了。"

林宛不信他："真不闹了？那你把花洒放回去。"

"真不闹了。"江延把花洒挂回去，刚一拉开门，林宛使诈，趁他没工具，又是一通浇。

江延没回去拿花洒，而是顶着水花快步走过去，借着体力优势把她手里的水龙头夺了过去。

他高举着手，出水口正对着林宛的脑袋："还闹吗？"

两人闹腾了好一会儿，林宛有些体力不支，笑着喘气："不闹了，真不闹了。"

江延怕她再出尔反尔，单手攥着她一只胳膊，另一只手把水龙头重新插回去。

林宛果真不安分，还想过来抢，江延水龙头都没挂好，就空出手制住她，哼笑道："我看你现在嘴里就没一句实话。"

"谁先招惹谁的啊？"林宛嘴里不认尿，还想再说什么，江延忽地"嘘"了声。

他语气严肃，林宛也跟着安静下来："怎么了？"

江延这会儿没跟她闹，松开她的手："小鱼儿好像在哭。"

他走过去打开门，小鱼儿响亮又熟悉的哭声毫无遮掩地从那间没关门的婴儿房里传了出来。

林宛听到这声音，一个头两个大。

她走到门旁，和江延对视一眼，心里不约而同地冒出一个念头——

带崽真的好难啊！！！

番外四

关于我们

Q1：请回答您的性别、出生年月、星座。

林宛：女，1997 年 8 月 15 日，狮子座。
江延：男，1995 年 12 月 15 日，星座不知道。
林宛：射手座，我们俩的星座匹配度是百分之百。
江延：嗯。

Q2：您跟您的另一半认识多少年了？是怎么认识的？

林宛：一二三四五……算不清了，好多年了，我们是高二分在一个班，之后一直是同桌。
江延：十二年，我认识她比她认识我要早一点。
林宛：？
江延：高一上学期的一次年级月考，你排名比我高，班主任叫我去办公室问话，当时你也在。
林宛：咦，不对啊，你那个时候就注意到我了？你不会是暗恋我吧？
江延：（笑）不是，是你当时一边挨训一边憋笑的样子看起来有点儿傻。
林宛：（怒）你闭嘴吧。

Q3：您对对方的第一印象是什么？

林宛：我不知道他第一次见到我是在老师办公室，但我第一次见到他是在学校的超市，第一印象就是帅。
江延：同上。
林宛：啥？
江延：和上一个回答一样——傻。

林宛：……

Q4：当初在一起是谁先表白的？

林宛：我们俩在一起这个过程说起来挺乱的，是我先在学校的贴吧发了一个他暗恋我的帖子，但在一起的话确实是他先说的。算他先表白吧。

江延：我。

Q5：您和您的另一半结婚多少年了？

林宛：五年。是五年吗？

江延：是。

Q6：您是因为什么而决定嫁／娶对方的呢？

林宛：他求婚了啊，求了不就要嫁吗？

江延：想和她有个家。

林宛：你怎么这么煽情？

江延：有吗？

林宛：（认真）有。

Q7：您觉得结婚前后您的另一半有什么变化吗？

林宛：……变帅了算吗？

江延：变重了。

林宛：滚，我收回上面的回答，他变丑了。

江延：……

Q8：请用三个词形容你眼中的另一半。

林宛：自恋、自恋、自恋。

江延：可爱、可爱、可爱。

Q9：您觉得对方身上哪一点最打动你？

林宛：脸。

江延：每一点。

林宛：……

林宛：你这样会显得我有点儿呆。

Q10：您觉得婚后生活对您来说是幸还是不幸？

林宛：肯定是幸福啊，毕竟他那么帅，看着他那张脸，想不幸福都难吧。

江延：第七个问题的答案你确定不要改一下吗？

林宛：什么？（往上翻问题中……）

林宛：你改我就改。

江延：我说的是事实。

林宛：（大声）江延！你完了！

（一顿乱捶）

江延：（叹气）你真的变重了。

林宛：你没完了是吗？好好回答问题。

江延：（正经）很幸福，是梦寐以求的生活。

林宛：你在表演川剧变脸吗？

江延：下一个问题。

Q11：婚后您和另一半吵过架吗？一般都是谁先认错？

林宛：很少吧，我们不怎么吵架，他也说不过我。是我的问题我会先认错，是他的问题，他就完了，不用等到道歉，他就会被我灭了。

江延：嗯，她说得都对。

Q12：您觉得您的另一半的优缺点分别是什么？

林宛：优点是帅，缺点是太帅了，导致他一直都很自恋。

江延：我除了帅一无是处了是吗？

林宛：这还不好吗？

江延：行吧。

林宛：快回答问题（威胁）。

江延：优点很多，这里不够回答。缺点也很多，但都是我惯出来的，所以也不算缺点。

林宛：你这个男人好会往自己脸上贴金。

江延：实话实说。

Q13：您希望对方能为您做出什么改变吗？

林宛：不用啊，现在这样就挺好的。

江延：更爱我。

林宛：……

林宛：你今天怎么回事？

江延：我说的有什么不对吗？

林宛：没有，很好。

Q14：您和另一半有什么爱称吗？您比较喜欢对方怎么称呼自己？

林宛：没什么特别的爱称，平时喊得比较多的就是他的全名，或者江同学。随便他叫吧，我都挺喜欢的。

江延：林宛，宝贝儿，老婆。喜欢她叫我老公。

林宛：老公～

江延：（耳朵红）嗯。

Q15：和对方刚认识时有想过将来会和对方结婚吗？

林宛：（严肃）没有，我那会儿只想跟他打一架。

江延：没有，怕她打我。

林宛：……我只是想，我并没有实施好吗？

江延：想的下一步就是做。

林宛：（逐渐暴躁）我做了吗？做了吗？做了吗？做了吗？

江延：没有。做别的了。

林宛：？

江延：（口型，没出声）

林宛：（逐渐变黄）你要点儿脸行吗？

Q16：您最喜欢对方身体的哪一部分？

林宛：那还用说，当然是脸。

江延：全部。

林宛：你坦诚点可以吗？

江延：脖子。

林宛：（伸手摸脖子）你不会是吸血鬼吧？

江延：嗯哼。

Q17：假如对方有变心的迹象您会怎么办？会选择原谅吗？

林宛：他敢。

江延：她不会变心。

林宛：（坏笑）江同学，这么信任我啊？

江延：我是对我自己有信心。

林宛：（咬牙）说你自恋都屈才了。

江延：（笑）

江延：（正经）你会变心吗？

林宛：（沉默三秒）不会。

江延：我也不会。

（接吻中……）

Q18：对方做什么时会觉得拿她/他没办法？

林宛：具体做什么没想到，不过他每次喝了酒之后黏黏糊糊的样子，不管是说什么还是做什么我都觉得像是在犯规。

江延：撒娇。

林宛：（恍然）学到了，嘿嘿。

Q19：您的理想型是什么样的？对方和您的理想型相差大吗？

林宛：他就是我的理想型啊。

江延：她这样的。一模一样。

Q20：如果再来一次，您还会选择现在的另一半吗？为什么？

林宛：会的，因为他会让我一直觉得自己是在被爱着的。

江延：不管再来多少次，她都是我的唯一选择。没有为什么，只因为她是林宛。

Q21：如果今天是世界末日，现在您只能对您的另一半说最后一句话，您会说什么？

林宛：江先生，我们下一个世纪再相爱。

江延：谢谢你这辈子成为我的太太。

番外五

『关昕』则乱

（一）

斯人若彩虹，遇上方知有。

——《怦然心动》

大三暑假的时候，孟昕和几位师兄师姐一同前往利加州坦国，支援驻扎在当地的华国医疗队。

夏日的坦国湿热多雨，多变的天气让整座城市时时要面临着突然骤降的暴风雨。

如同瀑布般的雨势往往来得猝不及防，风声呼啸，街头小巷中到处都是捂着脑袋奔跑的身影，快速落下的脚步带起一水的涟漪。

驻扎在此的医疗队位于坦国北部的沙城。

一场暴雨之后，孟昕和组织其他成员前往当地的卫生所，同行的还有来自其他国家的青年志愿者。

沿途路过一片低矮的建筑楼，卫生所的标识逐渐出现在众人的视野里。

五六分钟后，大巴车缓缓在路边停下，有抱着花篮拿着各种手工制品的小孩子迅速挤了过来。

这群孩子似乎是把车里的人当成了来这里旅游的游客，高举着手里的东西，说着不怎么地道的中文，试图向他们推销自己的产品。

随行的队伍里有常年留守在利加州的华籍工作人员，下车后见到这些小孩，快步走了过去。

孟昕听见他用当地的方言和这些孩子说了几句话，而后这些孩子把目光又投向了他们，像是在打量又像是在确认着什么，紧接着这些孩子便立马跑开了。

那位华人工作人员叫李放，毕业于国内一所顶尖的理工高校，来利加州已经三年。

等他再回到队伍后，有人好奇地问了句："李老师，您刚刚和那些孩子说了什么啊？"

李放从包里翻出白大褂，笑着道："我让他们回去通知附近的小孩子过来参加检查，并且还告诉他们这次检查是免费的，结束后还能领到糖果吃。"

孟昕问了句："他们真的会来吗？"

说话间李放已经穿好白大褂，颈间挂着一副听诊器，语气笃定："来，他们肯定会来的。"

孟昕对他的笃定表示不置可否，没多问也没多说什么，从包里翻出同样款式的白大褂穿在 T 恤外面。

卫生所的占地面积很大，是一栋两层小楼，相较于一楼大厅的人来人往，二楼的住院部则安静很多。

医疗队今天来这里主要就是为了给当地的小孩子和老人做些常规检查，以及给住在卫生所的一些病人做二次确诊。

检查点设在一楼大厅的西南角，孟昕和师姐正在清点卫生所目前所存有的一些药品。

九点多的时候，卫生所门口忽然来了一群小孩子，是之前向他们卖花的小孩子。

他们带着自己的小伙伴又来到了这里。也许是因为害怕，也许是不好意思，他们全部都站在门口没有进来。

最后还是李放出去把人带了进来，按照男女分成两组，又按照高矮顺序进行检查。

在洗手消毒的时候，杨妍碰了碰孟昕的胳膊："你说李老师怎么知道他们一定会回来的啊？"

孟昕耸肩，摇头笑了笑："我也不清楚，可能是他在这里的时间长，比较了解他们吧。"

"估计吧。"杨妍擦干手，做了几个深呼吸，"来吧，开始了。"

"嗯。"

体检的项目有七八项，比在学校里那些走过场似的体检要正规很多。孟昕在给一个小女孩测心跳的时候来回测了几遍，最后皱着眉在体检单上写下几个字。

杨妍见状问了一句："什么情况？"

"心跳早搏。"孟昕说，"已经碰到三个了。"

"习惯就好。"杨妍比孟昕高两届，这已经是她第四次来利加州做志愿者，对于这里的很多情况早已见怪不怪，"在这里，只要不是什么治不好的大问题，就已经算得上是万幸了。"

对于杨妍的话，孟昕其实也清楚，她来这里已经有一个多星期，在适应这里的生活之后，也意识到在这里不仅仅是资源贫瘠落后的问题。

国家政局的动荡，才是导致这个国家的贫困地区远远多于其他国家的原因。可惜对此他们也无能为力，只能做些力所能及的事情。

上午的检查一直到中午十二点，吃过饭后，其他人准备出门去附近转一圈，孟昕没什么兴趣再加上有些困，便留在卫生所没出去。

她在一楼大厅找了个角落，拼了两张椅子躺在上面休息，视线正对着窗外的天空。

早前还晴朗的天，这会儿已经被碎片式的乌云覆盖，风停停起起，似乎是暴风雨来临前的平静。

孟昕看了会儿，困意席卷，伸手拿了本书摊开盖在脸上遮着光。

楼外忽然传来一阵急促的脚步声，紧接着人声起，是一串急促的英文，大意是在询问有没有人在。

孟昕在似睡非睡间被吵醒，伸手拿开书，坐起身，抬头看向门口，是四个亚洲面孔的男生。

其中有一个男生被两个同伴架着胳膊，面容痛苦。

男生也注意到孟昕，用英文试探性地询问她的情况。

孟昕起身走过去，看到被扶着的那个男生右腿上绑着件格子衬衫，衬衫上有血。

她用中文询问："他怎么了？"

男生听到熟悉的语言，大喜，急切道："我们来的路上出了点意外，他的腿被划伤了，一直在流血。"

伤口被衣服绑着，孟昕简单掀开边角看了下后，让他们把人扶到大厅一侧的处理室："你们先过去，我马上过来。"

"好的。"三个人连忙扶着受伤的男生往旁边走。

在后面值班的护士听到动静也走了过来，孟昕问她卫生所还有没有其他医生。

在得知中午唯一一位值班医生在几分钟前出门买烟去了，她只好让护士去准备等会儿处理伤口要用到的东西。

交代完之后，她扭头往处理室跑了过去。

男生的伤口有十五厘米长，好在不是特别深，也没有伤到动脉，处理起来没有什么难度。

在处理伤口的过程中，孟昕和他们有过一次短暂的交谈。

孟昕知道他们四个都是国内清安大学的学生，这次来沙城是专门过来看动物大迁徙的。

沙城靠近塞伦盖蒂大草原，在那里，每年夏天都会有一场声势浩大的动物迁徙。

在来这里之前，孟昕曾经在 BBC 拍摄的 IMAX 经典纪录片《塞伦盖蒂》里，听到过导演约翰·唐纳对这里的一段介绍：

"地球上有一个地方，依然朝气蓬勃，大群动物可以自由地奔跑。那个地方生生不息，时间好像停顿，成为大地上最大群野生动物最后的栖息地，这就是塞伦盖蒂大草原。"

在那之后，孟昕也想过有朝一日能到塞伦盖蒂大草原，看一次真正的动物大迁徙。

只是在来到这里之后，听当地地导提过一次，如果真的想看，就得提前跑去草原找个犄角旮旯睡上个几天几夜，并且哪怕在能够忍受跟苍蝇差不多大的蚊子叮咬，随时随地从哪个角落都能钻出的蛇，还有各种各样乱七八糟的东西之后，也才有一半的机会能看到那场面。

孟昕当时心想：算了吧，这样还不如回去看《动物世界》。

处理完伤口后，孟昕放下手里的东西，抬手拉下口罩，长舒了一口气，沉声道："好了，已经没什么事了，只是这段时间不能有剧烈运动，伤口也不要沾水，多注意休息。"

"好的，谢谢。"

四个男生也松了一口气，其中一个叫余青的男生刚要再说些什么，口袋里的手机忽然响了起来。

他拿着手机走了出去，说话声渐行渐远。

孟昕收拾完东西，叮嘱受伤的男生孙离伟："这里不比国内，千万注意不要感染了，要不然容易引起其他并发症，后果会很严重，如果可以的话——"

孟昕刚想劝他尽快回国，身后的帘子忽然被人掀开，有人从外面走了进来。

她下意识回头看了眼，等看清跟在余青身后的人影时，愣了一瞬，但很快又回过神，继续对孙离伟叮嘱道："如果可以的话，你最好还是尽快回国吧。"

孙离伟连忙应道："好的，谢谢你。"

孟昕笑着摇了摇头："没事，你休息吧。"

她起身往外走，路过那道人影时，听见他低笑了声，语气慢条斯理，带着点揶揄："怎么，出了国就不认识我了？"

闻言，孟昕脚步一顿，抬头对上他似笑非笑的眼神时，脸倏地一热，一点儿也没有刚刚面对其他人游刃有余的样子。

屋内其他人也听见动静，离得最近的余青疑惑地问道："关澈，你们俩认识啊？"

关澈笑着"嗯"了声，说话时目光始终落在孟昕身上，利落分明的五官里一双微微上挑的桃花眼格外勾人。

孟昕被他看得心里发慌，放在口袋里的手无意识地收紧又松开，声音有些干巴巴："关澈。"

听了这声称呼，关澈眼里的笑意又深了些，不过他很快便挪开了视线，看着坐在病床上的孙离伟，问了句："他怎么样？"

话题转移到专业领域，孟昕没有之前那么紧张，语调平缓许多："问题不是很严重，只不过伤口范围比较广，不过幸运的是没有伤到动脉，缝合之后多注意休息，只要不感染，就不会有什么问题的。"

说完，孟昕抬眸看着他，语气不自觉地带了些医生惯有的腔调："这里的医疗环境比不上国内，如果可以的话，你们最好还是让他在卫生所住两天，我们也好观察一下情况。"

"好。"关澈垂眸对上她的视线，唇角微勾，语气饶有兴致，"一切都听孟医生安排。"

"……"

（二）

傍晚的时候，沙城又迎来一场暴风雨，路边的树木被狂风吹得四处摇动，硕大的枝叶从枝头断落。

瓢泼大雨从天而降，雨水顺着屋檐摔落在地，砸出一道道深浅不一的小坑。卫生所破旧的门窗在风雨中微微颤动着，仿佛下一秒就要被震破了一般。

下午时段的体检已经结束，原先准备返程的医疗队成员因为这场突如其来的大雨暂时被困留在卫生所。

这时候卫生所里除了二楼住院部长久住着的几位老人，也没什么其他病人，成员们忙了一天，这会儿闲下来三三两两坐在一起聊天。

孟昕捧着杯热水坐在人群旁边，听着团队里其他成员聊起之前在别的国家做志愿者时的经历。

"我之前去过哈国，在那里经历过一次暴乱。当时整座城市瘟疫横行，仿佛一夜之间失去了所有的生机。"说话的男生叫李炀，在来到这里之前曾经是华国驻扎在利加州的无国界组织的一名成员，"我们团队里当时有三个在前线支援的成员不幸染上了瘟疫。"

李炀停了下来。

孟昕捏着水杯的手紧了一瞬，忍不住轻声问道："后来呢？他们怎么样了？"

"后来国内研究所研制出抵抗瘟疫的新型药，他们都被救了回来。"李炀说，"当时新型药出来之后，没有人敢去试药，最后还是他们三个染上瘟疫的人里，唯一一个女生主动提出了去试药。"

有人赞叹："她真勇敢。"

"是啊，她真的很勇敢。"李炀笑了笑，没再继续说，只是忽然低头喃喃道，"比那两个男生勇敢多了。"

离他最近的孟昕隐约听见这声低喃，似乎是意识到什么，她看了李炀一眼，后者回以她一个礼貌的笑容。

孟昕同样朝他颔首笑了笑，收回了视线。

他们这一群人平均年龄不超过二十四岁，他们年轻而稚嫩，却看过无数生死和悲痛，可他们依然有一颗炙热的心，依然坚持行走在路上。

也许有一天，他们也会老去，也会面临死亡，可他们那一颗炙热的心永远都不会磨灭。

楼外雨势连绵，整片天地都被乌云覆盖，昏沉光影里，孟昕不经意间抬头往楼上看了眼，恰好瞥见一道熟悉的身影在走廊处一闪而过。

她握着杯子，指甲无意识地划过杯壁。

几分钟后，孟昕放下杯子，偏头和杨妍低语："我去一下洗手间。"

"哦，好。"杨妍说。

临走前，孟昕拿起搭在一旁的白大褂，走过长廊，从一侧的木质楼梯上了二楼。

走廊尽头是一间开水房。

关澈站在里面，手边放着一只水瓶，冒着气的热水正在往里灌，只不过水流很小，速度也很慢。

听见脚步声，他也没抬头，等着水满之后塞上盖，微微一提，一些热水溢出来顺着瓶壁滑落在脚边。

孙离伟的病房在走廊的另一个尽头，走廊中间的一侧扶梯正好面朝着一楼大厅。

关澈提着水瓶回去时，偏头往楼下看了眼，看到其中一个座位空着，空凳子前的桌上放着一只水杯。

只不过喝水的人不知道去哪儿了。

关澈没多留意，抬脚继续往前走，快到病房时，听见从里面传出熟悉的声音："我们这几天白天都会过来这里，你们如果有什么其他的需要可以跟我们说。"

"好的。"这是孙离伟的声音。

"那你休息吧，我先走了。"

话落，便有脚步声向门边靠近。

关澈眉梢微扬，往前走了一步，伸手去推门。

门一开，门后的人猝不及防地出现在眼前。

刚准备开门的余青被他吓了一跳，拍着胸口缓气："哥，你怎么走路都不带声音的？"

关澈看了他一眼，又看了看离门边还有几步远的孟昕："……"

余青还想说些什么，孟昕往前走了两步，也不知道是跟谁说，语气轻松："你们聊吧，我先走了。"

"好的好的。"余青笑着说，"谢谢你啊，孟医生。"

听到这个称呼，孟昕一时语噎，想跟他解释自己目前还不能被称为医生，但想了想还是什么也没说。

等到从病房出来后，孟昕随手关上门，听见屋里其他人的说话声："这个孟医生也太好了，人美心又善，也不知道有没有对象啊。"

另一道声音响起："哎，澈哥，你不是和孟医生认识吗，她在国内有没有对象啊？"

病房里忽然安静下来，孟昕的脚步也跟着停了下来。

屋里屋外的人在等了几秒后，才听见男生开了口，语气懒散又淡漠："不知道。"

之后的几天，孟昕在忙完之后都会去楼上看一看孙离伟的情况，关澈有时在有时不在。

偶尔碰上了，孟昕和他也会聊上两句，但也不常聊，毕竟在国内的时候，他们俩在私下几乎也没有什么接触，大多数时候都是好几个人在一起，很少像现在这样只有两个人。

也许是在异国他乡更容易拉近关系，几天下来之后，关澈和他那几个同学在医疗队里也混了个脸熟。

平常他们几个不出门的时候，也会来卫生所帮着医疗队整理些资料，做一些力所能及的事情。

到了最后一天，医疗队的临时负责人李放邀请关澈和他的同学参加医疗队每次结束志愿服务时都会举办的庆祝晚宴。

晚宴设在医疗队的驻地。

傍晚时分，一辆中巴车停在卫生所门前，李放安排了几个男生将中巴车里的药物和一些手术器具搬进卫生所里。

孟昕和队里其他女成员在屋里收拾资料。

半小时后，所有东西清理完毕，医疗队准备返程。

因为中巴车是十二座的，加上六大箱资料和关澈他们五人，所以他们只能分两批回去。

第一批走了十个人和所有的资料，留下的人待在卫生所里，等着中巴车过会儿来接。

李放和关澈还有其他几人回了屋里，孟昕陪着师姐杨妍在路边取景。

过了会儿，杨妍被李放叫了回去，临走前，她把手里的相机塞给孟昕："帮我多拍几张照片，回头洗出来当纪念。"

杨妍学过摄影，每次拍出来的照片都很有意境，孟昕望尘莫及："可我不会拍啊。"

杨妍边往所里跑边道："你随便拍，我能修回来的。"

"……"

夏日晴天的傍晚，晚霞瑰丽动人，暖橙色的光芒映在窗户上，折射出似水波样的光影。

孟昕举起相机对着四周的建筑楼"咔咔"拍了几张，随即又收手，低头翻看着刚刚拍的照片。

身后有脚步声靠近，孟昕以为是杨妍，抬头转过身，手里举着相机："师姐，我刚拍了——"

话音戛然而止。

来人不是杨妍。

关澈在离她一米远的位置停下脚步，身影修长，眉眼被暮色晕染，消去了三分疏离冷淡。

"拍了什么？"他问。

孟昕没想到是他，愣了一秒，才放下手回答道："随便拍了几张照片。我师姐还在里面吗？"

"嗯，李老师好像有事和她说。"关澈的视线落在她手里的相机上，下巴轻抬，"这个，我可以看看吗？"

孟昕顺着他的视线看着手里的相机，有些犹豫："不好意思，这个是我师姐的……"

关澈了然地点点头:"没关系。"

"不过,"孟昕又把相机递给他,"我可以给你看我拍的,就是可能拍得不太好。"

关澈无声地笑,伸手接过相机。

他的手指白皙修长,骨节分明,指甲平滑整齐,手背上有很清晰的脉络痕迹,拿着相机的时候,给人一种赏心悦目的视觉效果。

孟昕盯着他的手看了几秒,忽然没头没脑地想象到他拿着手术刀时的画面,只是那画面存在不过三秒,就被她删除了。

像是欲盖弥彰,她匆匆挪开了视线,站在一旁,等着他看完照片。

孟昕刚刚只是随便拍了五六张照片,拍的还是同一个地方,关澈花了不到一分钟就看完了所有。

关澈放下相机:"拍得挺好的。"

孟昕知道他是客套,也没多说什么。

过了几秒,关澈问:"我可以拍几张照片吗?"

孟昕笑:"当然可以。"

关澈抬头看了眼周围林立的建筑楼,找到刚刚在照片里看到的那栋建筑楼,调试了相机各项数值之后,抬手举起相机对着那一处按动了快门。

孟昕看着他的架势有模有样,随口道:"你学过摄影吗?"

"以前学过两个月。"关澈拿着相机没放,快门声时响时落,淡声说,"后来觉得太耽误时间,就没学了。"

"……"

关澈对于自己这个不想学的理由没有过多解释,拍完这一处的景之后,拿着相机往前走了几步。

孟昕停在原地没有过去打扰他,低着头百无聊赖地踢着路边的石子。

过了会儿,关澈拿着相机走了回来。

"你拍好了?"孟昕问。

"嗯,随便拍了几张。"关澈把相机还给她,看到不远处缓缓驶来的中巴车,轻声提醒,"车来了。"

孟昕顺着他的视线回过头,确认了是医疗队的接送车之后,说道:"我进去叫他们。"

"好。"

卫生所离驻地不远,到地方之后,孟昕和杨妍拿上自己的包,准备回宿舍洗个澡。

关澈跟着李放他们一起走了。

回宿舍的路上，孟昕提了句："对了师姐，刚刚我那个朋友用你相机拍了几张照片。"

"啊，没事，随便拍。"杨妍不怎么在意，"反正也不会有比你拍得还差的人了。"

"……"

"不过，你这个朋友长得还挺帅的啊。"杨妍好奇又八卦地问了句，"他有女朋友吗？"

孟昕摇了摇头："不知道。"

杨妍自己嘀咕了几句。等到了宿舍之后，孟昕拿着睡衣去浴室洗澡，杨妍坐在桌边翻看照片。

关澈拍了不少照片，而且构图色温什么的都非常好，一点不亚于杨妍的专业水平。

杨妍惊叹完，继续按着相机方向键，一张一张往后看，大概翻了十张风景照之后，终于看到了一张人物照。

画面里的孟昕并没有看镜头，只是一个侧脸，微仰着头不知道在看什么，夕阳落下来，像是给她加了一层天然的滤镜，朦胧而美好。

杨妍继续往后翻，发现后面的每一张照片几乎全都有孟昕的身影，就好像拿着相机的人，自从把镜头落在她身上之后，就一直没有挪开过。

等到孟昕洗完澡回来，杨妍凑过去，试探性地问了句："昕昕，你这个朋友是不是对你有意思啊？"

闻言，孟昕眼皮忍不住突突跳了两下，有些不明所以："什么意思？"

杨妍伸手把相机拿给她："他总共拍了三十五张照片，其中有二十张拍的是你。"

孟昕没接相机："只是拍我而已，这又不能代表什么。"

杨妍像是知道她会这么说，迅速转移了话题："那你知道对于我们喜欢摄影的人来说，最常拍的是什么照片吗？"

孟昕明知道自己不该在这个问题上多问，可还是忍不住开了口："不知道。是什么？"

"是美好的景色、让人心动的画面，还有……"杨妍停下来，看着孟昕说，"喜欢的人。"

（三）

八月中旬的时候，孟昕和几位师兄师姐结束在沙城医疗队的支援工作，准备返程。

回国的前天晚上，李放组织队里的成员给他们办了一场欢送会。

在这期间，杨妍问了李放一个问题："李老师，之前我们去卫生所做志愿者活动的时候，您是怎么知道那些孩子最后还会回来的？"

听及此，孟昕也停下手里的动作，抬头看着李放。

夏日夜晚繁星密布，蟋蟀草虫低鸣，院里的白炽灯洒下明亮的光芒，屹立在院中央的五星红旗随风晃动。

李放的目光从他们每个人的脸上掠过，随后说了一个所有人都没有想到的缘由："因为他们穷。"

"这里是沙城最贫穷的一个地区。在这里，每年都会有很多人因病而死亡。其实他们得的也并不是什么很严重的大病，只不过因为他们没有钱，看不了病，导致小病拖成大病，大病拖成了不治之症，最后只能痛苦地离开这个世界。"李放说，"也许我这样说，你们可能无法相信，但是在这里什么都有可能，甚至一个简单的感冒发烧都有可能带走一条生命。"

气氛倏地变得有些沉默，良久，有人问："李老师，那您当初为什么会选择来这里？"

李放笑了笑："那你们又是为什么会选择来这里呢？"

众人默然，这个问题有太多的答案，也许有人是出于那一份对公益事业的热爱，又或许是那一颗永远年轻炽热的心。但不论如何，选择来到这里的每一个人，都怀揣着相同的期盼，有着共同的目标。

他们也许平凡，也许庸碌，但在短暂的生命旅途里，他们也终将伟大。

作为纪念，在欢送会结束后，李放带着所有人站在驻地的楼房前，集体拍了一张合照贴在楼外的橱窗里。

孟昕站在橱窗前看了很久其他志愿者的合照，每一张合照底下都有日期，近三年的合照里几乎都有李放的身影。

年复一年，岁月也在他身上留下了影子，当初那个穿着白T恤、运动短裤的少年，如今已经成长为可以独当一面的李放老师。

当天晚上，李放把合照的电子版发在群里：

李放：来时路不易，去时路已平。各位江湖再见。

底下纷纷冒出一堆人的回复：

> 随仪：李老师，我们下个暑假再见！
> 周永楠：谢谢李老师这一个月来的照顾！我们江湖再见！
> ……
> 杨妍：江湖再见！
> 孟昕：承蒙照顾，江湖再见！

回完消息之后，孟昕往上翻了翻，找到那张合照点击保存，然后用李放那句告别的话发了条朋友圈。

状态发送成功没多久，孟昕便收到了很多人的点赞和留言。她一条条翻过，看到孙离伟和余青都给她点了赞。

那晚庆祝宴结束之后，孙离伟因为伤口恢复不佳，没多久便回了国，关澈和余青负责送他回国。

从那之后，孟昕便和关澈断了联系，直到前两天，她刷到余青的朋友圈，才知道他和关澈将孙离伟送回国的第二天，又回了沙城。

只是他们一直都没有联系过，所以孟昕也不知道他还在沙城。

至于那二十张照片的事情，那天晚上孟昕没问，关澈也没提，好像那就是一件不值得一提的事情。

又或许只是一场美梦罢了。

孟昕想。

翌日一早，孟昕和几位师兄师姐踏上返程之路。

临出发时，之前在卫生所附近卖花的那些孩子跑来驻地给他们送行，还给他们每个人都扎了一捧小花。

沙城没有直达京安市的航线，中途在亚的斯亚贝巴的国际机场转机时，孟昕在朋友圈里刷到了关澈几小时前发的一条状态。

只有两个字——

平安。

配图是一张沙城的夜空，疏星数点，一轮皎月悬于低空之中，仿佛触手可及。

孟昕盯着这条状态看了会儿，最终什么也没做，径直划了过去。

飞机抵达京安市时，已经是第二天的早晨。八月的京安市正值盛夏，阳光热烈，热风扑面而来。

孟昕和几位师姐搭了一辆车。

在车上，杨妍摆弄着自己的相机。翻到关澈给孟昕拍的那些照片时，她把相机递到孟昕眼前，低声说："昕昕，你挑几张喜欢的，回头我把照片洗出来拿给你。"

孟昕眼皮微抬，看着画面里什么都不知道的自己，摇了摇头："不用了师姐，这些你都删了吧，反正我也不是很喜欢，你到时候给我拿几张风景照就好了。"

"啊？"杨妍有些惊讶，"为什么不喜欢啊，我觉得拍得挺好的呀。"

孟昕喃喃道："可能是感觉不对吧。"

听到这，杨妍抬头看了她一眼，隐约意识到什么，也没再多说话："那好吧，等我把其他照片洗出来给你几张。"

"好，谢谢师姐。"

"客气。"

杨妍继续低头看照片。

孟昕有些疲倦，往后靠着椅背，视线落在窗外，恍惚中，好似又回到了在沙城的那个傍晚。

沙城。

街旁的一家旅馆大厅里坐满了人，屋外瓢泼大雨倾盆而下，雨水顺着屋檐滑落成帘。

大厅角落里，余青和同行的几位好友正在玩扑克牌，关澈拿着手机坐在一旁，微亮的手机屏幕上是他刚刚发出的一条状态。

在状态的右下角有一个小标识，那是微信里特有的谁可见或谁不可见才会显示出来的标识。

余青又输了牌，给过钱之后，往关澈身侧一靠："我不玩了，再玩下去我连回家的路费都要搭进去了。"

一起玩的同伴嘲笑他输不起，随即转头看向关澈："你要不要玩两局？"

"玩吧。"关澈把手机熄屏放在桌角。

几局下来，坐在关澈对面的周寒屿发现他时不时都要看几眼手机屏幕，好奇地问了句："哥，你是不是有什么事啊，我看你都看好几次手机了。"

关澈抓牌的动作微不可察地顿了一下，随即又下意识看了眼手机屏幕，淡声说："没事。到你抓牌了。"

"哦哦，好。"

那天关澈玩了一下午的牌，可直到散局，他发的那条状态始终都没有什么变化。

夜幕降临时。

关澈坐在旅馆外面。路边的街灯落下昏暗的光影，他拿着烟，站在那里，迎面是一条长长的街道。

良久之后，他拿出手机，点开那条状态，点了"删除"两字，手机页面跳出一条通知：

确定要删除吗？

关澈手悬在确定键上，迟迟没有按下去。

最后，他还是点了取消，然后点开删除左边的那个小标识，页面跳转到"该照片可见的朋友"这个页面。

在这个页面里只有一个人——孟昕。

回国一周后的傍晚，孟昕忽然接到好友林宛的电话，在电话里林宛和她说了一件事。

原来在这个暑假里，林家发生了很多大事，林宛父母通过试管生了一个小男孩，可是谁都没想到，这个男孩在出生后没几天便被查出患有先天性心脏病。

得知这个消息后，孟昕立马联系了在心外科有所建树的顾呈老师，将林其琛的所有资料都发给了他。

几天之后，顾呈联系孟昕，让她转告林其琛的家属，尽快带着林其琛来京安市的医院再做一次系统的检查。

孟昕没敢耽误，从顾呈的办公室出来之后便联系了好友林宛，告诉了她这个消息。

第二天下午，林咏城安排了专机，和妻子方仪宋一起带着林其琛住进了京安市第一人民医院。

在经过更加系统严格的检查之后，顾呈确诊了林其琛的病情。

随后他在医院组织了临时专家团，针对林其琛的病情制订了相关计划，最终将手术时间定在十二月。

在准备手术的这段时间里，林其琛一直都住在京安市的医院里，林咏城花高价请了两个专业看护。

其间，孟昕陪着父母来医院看望过几次，有一次还在病房门口碰见了和林宛、江延他们俩一起过来的关澈。

只不过时间不巧，关澈在几分钟前接到了导师的电话，正准备赶回学校，两人也没说上几句话。

在这之后，两个人的时间就像是被刻意错开了，孟昕也没有在医院再碰见过他。

那一年京安市的冬天好似来得特别早，十一月下旬的时候整座城市就已经开始簌簌地飘雪。

到了周末，孟昕被师姐杨妍叫去帮忙搬家。

杨妍是研究生，医大的研究生住宿自由，和她同宿舍的几个同学早在上学期就都搬出去和男朋友合租。

这学期开学后，她宿舍里住进了三个大一新生，每天晚上都和男朋友煲电话粥到深夜。

杨妍每天睡眠时间少，说过几次，但是没有任何作用，再加上学校里调换宿舍的流程烦琐，她也不想折腾，索性在学校附近的小区租了个一居室。

搬完东西之后，孟昕瘫倒在她新家里的沙发上："真累。"

杨妍笑了，伸手拍拍她的脑袋："辛苦了，等会儿师姐请你吃好吃的。"

孟昕伸手比了个 OK 手势，坐在一旁看她收拾东西。

杨妍的行李大多都是书和一些照片、胶卷之类的，收拾起来也很快。她在屋里走来走去，原先堆在客厅的东西也逐渐减少。

"啊，对了。"

孟昕正恍神，忽然听见杨妍的动静，回过神，看见她从箱子里拿出一个牛皮袋朝这边走了过来。

杨妍把牛皮袋给她："这是我们在沙城的一些照片，之前都忘了给你。"

孟昕接过来，还挺有分量："这么多？"

"这只是一部分呢。"杨妍继续收拾行李，"你先看看，回头我把所有照片的电子版再发你一份。"

孟昕双手抱拳，一本正经道："谢！谢！师！姐！"

"……"

杨妍懒得搭理她，孟昕笑着放下手，低头解开牛皮袋的封口，把照片全都倒在沙发上。

当初在沙城杨妍拍了很多照片，有风景建筑，也有他们工作时或者休息时的样子，甚至她还拍了一些当地的居民。

孟昕一张张翻看着，忽然翻到几张她自己的单人照，那是在卫生所的那个傍晚，关澈偷拍她的那些照片里的一小部分。

她一时有些发愣，连杨妍何时走到面前的都没能发觉。

"这几张照片我觉得拍得挺好的，删了可惜，就自作主张替你留着了，反正拍都拍了，也别浪费嘛。"杨妍碰了碰她的胳膊，"你不会生我的气了吧？"

孟昕回过神，笑了笑："怎么会，感谢你都来不及。"

她低头把照片装进袋子里。

杨妍看着她，轻啧了声："看看，看看。"

"看什么？"孟昕不解。

杨妍说："看看你这为情所困的样子啊。"

孟昕眼皮一跳，反驳道："我没有。"

"有没有你自己清楚。"杨妍起身伸了个懒腰，"我先去洗个澡，等会儿一起吃饭。"

"好，你去吧。"

等杨妍离开客厅之后，孟昕垂眸看着手里的纸袋，手指不自觉用力，纸袋边缘被捏出一点儿褶皱。

可不管如何，她却始终都没有再打开过。

林其琛的手术原先定在圣诞节前，可后来顾呈又给往前调了两天，孟昕好奇多问了一句原因。

顾呈笑着说："怎么着也是小朋友的第一个圣诞节，总不能让人在手术室里过吧，那多难过啊。"

最终手术定在平安夜的前一天。

手术当天，林家所有人都等在手术室外。孟昕忙完学校的事情之后才匆匆赶了过去，刚巧在电梯口碰见了也刚从学校赶来的关澈。

在来这里之前，孟昕就已经做好了会在医院碰到他的准备，只是她没有想到会这样猝不及防地碰见他。

大概关澈也没有想到会突然在这里碰见她。

两个人一个站在电梯里，一个站在电梯外，迟迟没有动作。

电梯里其他人等得不乐意，抱怨了声："小伙子，你还进不进啊，不进让我们走了。"

关澈回过神，快步走进电梯，回头对着刚刚说话的阿姨歉意道："不好意思。"

可能是长得帅的人到哪儿都受欢迎，阿姨面对着这么一个帅小伙，也说不出什么责难的话。

手术室在五楼。

电梯在二楼下了一拨人，又在三楼涌进了一大拨人，到四楼的时候，孟昕前边忽然挤过来一位坐着轮椅的叔叔，占去了大半空间。

孟昕躲闪不及，往后退又不小心踩到人，回头低声道歉的时候，忽然从旁边伸出一只手把她拉了过去。

她一个趔趄，脸颊擦过他的外套，手指下意识搭在他的胳膊上，呼吸里突然涌进一点儿熟悉的气息。

意识到眼前的人是谁，孟昕默默收回手，却始终低着头不敢看他。

耳边响起似有似无的一声低笑。

"……"

电梯到了五楼，孟昕率先走了出去，关澈紧随其后。

两个人一直沉默着走到手术室前。林宛和江延看到他们俩，轻声打了招呼后，四个人一起去了大厅的休息室。

孟昕安慰了林宛几句。

关澈买了热饮回来，孟昕接过来之后才发现，他只给自己拿了牛奶，好在林宛他们担心手术并没有意识到有什么不对劲。

不然，她根本不知道怎么解释。

四个人在大厅等了两个多小时，顾呈从手术室里出来，告知林父、林母手术很成功。

孟昕松了一口气，下意识动了动手，却握到有些温凉的牛奶瓶。

她低头看着手里的牛奶，指腹刮过瓶壁，垂眸想了会儿，最后还是把它放进了包里。

离她不远的关澈双手插在兜里，倚着墙，歪着头看着她的一举一动，直到最后看见她把牛奶收起来，才跟着收回视线。

林其琛的手术很成功，后期恢复也十分良好，等到春天的时候，便从京安市转回了溪城。

大四下学期，在所有人都忙着准备毕业答辩和实习的时候，孟昕依然过着教室、实验室、图书馆三点一线的平淡生活。

在一次和好友林宛的闲聊中，孟昕偶然得知关澈放弃了学校的保研，和几个朋友在筹备自己的新公司。

"据说是家游戏公司。"林宛说，"关澈还真的是把自己喜欢的东西发扬光大了。"

孟昕笑了笑："挺厉害的。"

"是吧。"

之后没聊几句，林宛因为论文的事情被导师叫走，挂了电话之后，孟昕拿着手机，轻叹了口气。

　　后来，五一假期的时候，孟昕忽然接到父母电话，说是家里有些事，要她回一趟溪城。

　　孟昕以为是家里出了什么严重的事情，匆匆赶回去之后才知道，这只不过是父母哄骗她回来参加相亲的借口。

　　她这么多年都一个人，眼见着马上就到晚婚年纪，却连个对象都没有，孟母说不着急都是假的。

　　孟昕哭笑不得，虽然不想见，但架不住孟母软磨硬泡，只好硬着头皮去见了一面。

　　只不过巧得很，这个相亲对象不是别人，正是孟昕当年读高中时的体育老师周礼。

　　原来周礼当初在十中当体育老师，只是为了不想那么早回家继承家业，但是又不想让家里人觉得自己在外面不务正业，所以便找朋友托关系进十中当了三年的体育老师。

　　有些人相亲最怕相到熟人，但对孟昕来说，相到周礼可以说是不幸中的万幸了。

　　那天下午，孟昕和周礼相谈甚欢。聊到以前给他当体育委员的事情，孟昕还忍不住吐槽他没人性，体测的时候非逼着自己跑过八百米。

　　周礼只是笑笑，没有多说。

　　结束时，两人交换了联系方式。

　　在孟昕看来，今天这一面只能把她和周礼从之前的师生关系过渡到朋友关系，但是并不会再有进一步的可能，交换联系方式也只是在社交礼仪的范畴之内。

　　回去之后，孟昕和孟母提了这件事情，孟母也是没有想到，思来想去更觉得两个孩子有缘分，闲聊时便和好友方仪宋提了这件事情，还让方仪宋问问林宛有关周礼当初在学校的事情。

　　这样一传，本来没多少人知道的事情，到最后，就连七人小分队里其他成员都知道孟昕相亲相到了他们当初的体育老师。

　　周末晚上没事的时候，几个人在群里八卦。

　　　徐一川：昕妹！听说你和我们周老师相亲了？

　　　孟昕：……

　　　胡杭杭：周老师真是富二代啊？

孟昕：是吧，家里开酒店的。

徐一川：后悔了，当初没和周老师打好关系。

宋远：现在也不迟，好歹也有过一段师生关系。你现在去，说不定周老师还能在他旗下的酒店给你安排个门童的岗位。

徐一川：滚。

胡杭杭：哈哈哈。

林宛：我们周老师现在是不是变得很霸道总裁？

孟昕：你也要这样是吗？

林宛：那我不是好奇嘛！［八卦脸.jpg］

孟昕：……

徐一川：说起来，我们周老师当初也算是迷倒十中万千少女的一号人物，怎么这样的故事就轮不到我头上呢？［能给我介绍几个富婆吗我不想努力了.jpg］

孟昕：富婆一号。

林宛：富婆二号。

江延：？

徐一川：［瑟瑟发抖.jpg］

孟昕原先还想回徐一川那条消息的，刚打好字，却在看到关澈上线之后，又把打好的内容全删了。

关澈：好啊。

看到他发的消息，孟昕蒙了。

之后徐一川他们又聊了些其他的内容，孟昕也没什么心思再关注，很快就下了线。

与此同时，在京安市郊一间办公室里，主机运转发出轻微的动静，惨白的屏幕光芒映着男人有些冷淡的神情。

关澈手搭着鼠标，翻看完在他上线之前的所有消息，接着又划到当前的消息页面。

等了十多分钟，也没见孟昕再往群里发一条消息，看样子不是下线了，就是默默在窥屏。

可不管是何种原因，都表明了，她是在躲着他。

关澈松开鼠标，拿起桌上的烟和打火机，起身走到窗边。

市郊的这一片电子产业园去年才刚开发完，今年已经入住了上百家商户，有连锁企业，有上市企业的分公司，也有像他们这样刚起步的新公司。

十点多，园内依然灯火通明。

关澈站在窗前，神情有些恍惚。

是什么时候动心的呢？

大概是在他不经意间把镜头对准她，却忽然惊觉自己从此便无法挪开视线时开始。

关澈原以为那一刹那的心动不过是惊鸿一瞥时的错觉。

可时至今日，他才明白原来错觉是假的，心动才是真的。

那晚之后，好像所有事情都有了变化，孟昕父母因为这一次的相亲，从而开启了为女儿物色良人的新篇章。

孟昕对此困扰不已。周礼在得知她的困扰之后，主动提出愿意和她假装互有好感，从而阻止父母为她物色新的相亲对象；为了避免有后顾之忧，周礼还提出他可以一直假扮到她找到合适的对象为止。

孟昕拒绝了他的好意。

她不是傻子，没有一个人愿意无条件做这么傻的事情。

在意识到周礼可能对自己有超于朋友之外的情感时，孟昕也开始有意无意地避开和他单独外出。

只是周家和孟家生意往来多年，两家父母也是朋友，孟昕也不能太失礼，在他有时来京安出差时，也会尽一下地主之谊，但是每次和他见面时，孟昕都会带上自己的室友或者交好的同学。

几次下来，周礼似乎也意识到了什么，在一次两家家庭聚会之后，他向孟昕表白了。

结果自然是被拒绝了。

孟昕思考良久，沉声道："周老师，作为朋友，我非常喜欢和你相处，可是这份喜欢仅限于友谊。说实话，当初在酒店见到你的时候，我是真的惊讶，我没有想到我高中时期的老师在将来有一天成为我的相亲对象；但同时，我也是发自内心的开心，因为相亲相到认识的人对当时的我来说，真的少了很多的压力。"

周礼静静听完她的话，忽然没头没脑地来了一句："你知道吗？在高中的时候，我曾经对你动过心。"

孟昕哑然，这个她还真的不知道。

"可惜那个时候我是老师，你是学生。"周礼低头轻叹了口气，露出释然的笑容，"算了，错过了就是错过了，也没什么好说的。"

孟昕微微松了一口气，浅声说："周老师，希望你能早点儿找到自己喜欢的人，然后早点儿摆脱这样的生活。"

"你也是。"周礼笑着说。

结束周礼的事情之后，孟昕和父母促膝长谈了一次，最终和父母达成共识。

孟父、孟母答应在她学生阶段不再强求她找对象，但是如果她在二十五岁时还没能有一个可发展的对象，就要同意他们安排的相亲。

对于这个结果，孟昕自然是乐见其成。

大四一整个学期结束的时候，孟昕参加了师姐杨妍的毕业庆祝会。杨妍在这学期结束前通过了一所世界知名大学的博士申请，暑假就要过去为新学期做准备。

庆祝会结束时已经是十点多，杨妍喝得半醉，孟昕和她的一位男同学将她送回了家里。

杨妈妈正好这段时间住在这边，把人送到之后，杨妍的同学秉持绅士风范，又将孟昕送到了学校门口。

"何师兄，到这里就好了。"孟昕停在学校门口，"时间也不早了，你也早点回去吧，今天谢谢你送我回来。"

"都是同门师兄妹，客气什么。你回吧，我打个车就走了。"

"好，那你路上注意安全。"

何师兄和她挥挥手："回吧。"

孟昕在校门口等了会儿，直到看见他上了车，才转身往学校里走，身旁冷不丁传来一声：

"这位何师兄——"

孟昕今晚也喝了一点儿酒，这会儿被风一吹，人有些晕，乍一听到身旁的声音，尖叫着往旁边一跳，高跟鞋落地没踩稳，人跟着就要往地上摔。

关澈手疾眼快地把快要沾地的人捞了起来，一手扶着她腰，另一只手掐着她的胳膊，把人虚揽在怀里。

孟昕还没缓过神，就听见耳边传来熟悉的低笑声："这么不经吓？"

"……"她猛地清醒，伸手推开他，只是刚一伸手用力，从脚踝处忽然传来一阵刺痛，"嗞。"

她腿一弯，又要摔倒，关澈伸手拉住她，视线往她膝盖和脚踝处一扫，只是光线太暗，也看不出什么。

"哪里疼？"他问。

孟昕皱着眉，轻轻抽气："脚踝，右边的。"

闻言，关澈倏地蹲下身，指腹挨着她脚踝处碰了一下："这里疼吗？"

他的指腹还带着点儿温热，孟昕有些不自在地往后缩了一下，强撑着道："没事，不是特别疼。"

关澈站起身，毫无预兆地开始动手解自己的外套，没等孟昕回过神，他又忽然低头把外套系在了她腰上。

"你——"话音未落，孟昕只觉得眼前一晃，接着自己就被人打横抱了起来，"……"

关澈垂眸看她，语气淡淡的："已经有些红肿了，还说没事？"

"……"孟昕撇开视线不看他。

"校医院在哪儿？"关澈问。

"在这里面。"

关澈笑："我也知道在这里面。"

孟昕抬头和他对视，片刻，又败下阵来："前边第一个路口右转，走到底就是了。"

"你们学校医院几点下班？"

孟昕瓮声瓮气："晚上有人值班。"

关澈无声地笑："你能不能和我好好说话？"

"……"

一直到进了校医院，孟昕也没再开口说一句话。

晚上值班的校医检查了她的脚踝："你这个光看也不知道有没有伤到骨头。这样吧，现在也不早了，我先给你开点镇痛消肿的药，等明天一早，你最好还是去医院拍个片子吧。"

听到这话，关澈拦住医生拿药的动作："不用开药了，麻烦您给我拿一包医用冰袋吧，我现在带她去医院拍片子。"

"那也行。"

医生转身出去开单子。关澈在孟昕对面的空床铺坐下，难得正经地说了句话："对不起。"

孟昕抬头看着他，手指下意识抠着床沿，低声说："和你没关系，是我自己没站稳。"

说完，她又问了一句："你怎么这么晚了还在我们学校？"

"找个人。"

"找谁啊？"

"你。"

"……"

关澈轻笑了声，不再和她开玩笑："和朋友在这附近办事，吃过饭刚好路过这里。"

"哦。"

等医生拿来冰袋之后，关澈又给之前一起吃饭的朋友打了个电话，让他开车送他俩去医院。

到了医院，把挂号、拍片、等结果一系列流程走完，再拿了药从医院出来，已经过了凌晨十二点。

关澈的朋友走之前把车给他们留了下来，但这个点儿孟昕学校宿舍早已关门，准备找酒店他俩又都没带身份证。

最后关澈只能把人带去了自己租的房子。

早在毕业之前，关澈就已经搬出了学校，自己在外面租了一套房，房子在学校和公司的中间线上。

这还是孟昕第一次来他住的地方。

在一个老旧的海军家属院里，单元楼已经有些年头，从外面看破破旧旧的，但其实里面还好。

关澈租的是个一室一厅，租下来之前房东给屋子整体重新刷过一遍漆，家具家电什么都换了一套新的。

"先坐会儿。"关澈从冰箱里给她拿了一瓶水，又给自己拿了一瓶，拧开喝了几口之后，走到厨房里把热水壶灌满水插上电，最后才回到客厅。

气氛一时间有些沉闷。

"要不然你先去洗个澡吧。"关澈抬手挠了下额头，指了指桌上的一堆东西，"等会儿不是还要抹药吗？"

"那……也行吧。"

关澈扶着她进了浴室，从柜子里拿了条干净的毛巾，然后回房间拿了套自己的衣服："我这里没有女生的衣服，你将就一下吧。"

孟昕微红着脸从他手里接过衣服。

"沐浴露和洗发乳都在这里。"关澈给她指了位置，最后看着她扶着墙踮着脚的样子，又转身出去给她搬了个凳子进来。

孟昕："……"

他倒是没什么："我先出去了，有什么事喊我。"

"好。"

等他出去之后，孟昕长松了一口气，抬头看着镜子里的自己，忽然觉得有些难以置信。

不知道事情怎么突然就成了这个走向。

走一步看一步吧，她想。

没有带贴身的换洗衣物，孟昕只能洗完澡后简单清洗一遍身上穿着的贴身衣物，用吹风机吹个半干。

在她待在卫生间吹衣服的同时，关澈已经把自己房间里的床单被套都换了一套干净的，并且将她那些药品的使用方法都给研究了一遍。

最后他还倒了杯热水放在桌上，杯旁放着她要吃的药。

夜已深。

关澈抬手看了眼时间，已经凌晨一点半，卫生间里的动静还没停。他垂着眸，看着桌上的东西，微微出神。

等到孟昕收拾完从卫生间出来时，关澈不知道什么时候已经靠着沙发睡着了。

她轻手轻脚挪到沙发边，刚一坐下，他又忽然醒了，抬头看着她时，她才发现他眼睛红红的，一看就是困极了的样子。

虽然自己受伤是因为他，但也不能全怪他，更何况他还大半夜送她去医院，来回折腾，到现在都不能休息，一想到这些，孟昕就有些过意不去："你快去洗澡，早点休息吧，这些我自己来就可以了。"

关澈确实有些困，再加上他明天一早还要去市中心开会，闻言点了点头："那我先去了。"

"嗯，你去吧。"孟昕看着他。

关澈回房间拿了睡衣，出来时看她拿了一盒药在看说明，忽然心就软了没辙了，放下手里的东西，朝她走了过来："给我吧。"

"嗯？"孟昕有些疑惑。

"还是我来吧。"关澈从她手里接过药盒，动作熟稔地给她抹药，最后指着桌上那些药丸，"这些在今晚睡觉前都要吃了。"

孟昕点了点头，看着他的样子，觉得有些好笑："你是不是忘记了，我是个医生啊。"

"……"关澈不再多说，"那你吃完药，就回房间睡觉吧。我房间有多余的充电器，你要是需要直接用就好了。另外，床上的被子枕头都是干净的，你直接睡就可以了。"

"那……我睡你房间，你睡哪儿啊？"

关澈指了指她坐着的沙发，知道她想说什么，及时打断道："好了，就这样，我去洗澡了。"

"……"

等他进卫生间之后，孟昕端起水杯将那些药丸吃完，然后放下水杯，踮着脚朝他房间走了过去。

两分钟后，她拿着一个枕头重新回到沙发处，将他放在一旁的被子铺开，最后关了客厅的大灯，自己睡在了沙发上。

折腾了一晚上，孟昕这会儿早已筋疲力尽，再加上刚刚吃的那些药里有安眠镇痛的作用，等关澈从卫生间出来时，她已经睡着了。

关澈停住擦头发的动作，走到她面前蹲下，垂眸盯着她看了一会儿，低头笑了声，语气里带着不易察觉的宠溺："是不是傻，有床不睡非要睡沙发。"

翌日一早，等孟昕在被窝里伸腿不小心碰到扭伤的地方被疼醒时，阳光落了一屋。

她先是捂着眼，缓过那一阵强光之后才放开手，微眯着眼看着顶上的天花板。

一秒，两秒，三秒。

我在哪儿？

……

昨晚的记忆争先恐后地涌进脑海里，一堆乱七八糟的画面，但不妨碍孟昕想起来自己现在身在何处。

她猛地坐了起来，结果由于动作太猛，拉扯到伤口，疼了半天才缓过来。

缓过神后，孟昕才惊觉昨晚明明睡在沙发上的自己，不知道什么时候又睡在了房间里。

她揉了揉乱糟糟的头发，扭头找手机的时候，看到床头柜上放着一杯水，杯底压着一张纸。

早上有事先走了。厨房里有早餐，微波炉可以热一下。记得吃药。醒了给我发消息。

落款是关澈。

孟昕捏着这张纸看了几分钟，最后又叹着气倒回床上。纸张轻飘飘掉落在被子上。

她现在忽然有一点不知所措。

在床上乱七八糟想了会儿也没想出任何头绪之后，孟昕摸了摸肚子，决定先起床洗漱吃完早餐再想。

也不知道关澈是不是在家里装了摄像头，她刚热好早餐坐到餐桌旁，他的消息就发了过来。

关澈：醒了吗？

孟昕：醒了。

关澈：早餐在厨房。

孟昕：我正在吃。

关澈：冰箱里还有牛奶。

孟昕：我不喝牛奶，我对牛奶过敏。

关澈：好，我知道了。

"那你倒是和我说说你知道什么了啊。"孟昕嘀咕了声，放下手机没有再回消息。

吃完早餐之后，孟昕先是给师姐杨妍打了个电话，在知道她已经清醒后，简单和她说了一下自己的情况，并且希望她可以过来接自己回学校。

杨妍："行，定位发我，我等会儿就过来。"

挂了电话之后，孟昕在微信上把自己的定位和门牌号发给了杨妍，退出来的时候，看到关澈两分钟前又给她发了一条消息，提醒她吃药。

孟昕没回，起身腾了一个装药的袋子，把自己昨晚换下的衣服和用过的毛巾装了起来。

最后她用装 X 光片的袋子把这些东西一股脑全塞了进去。

在家里等了将近四十分钟，她才接到杨妍的电话。

"这什么小区，我侧方位停车停了十分钟都没停进去。"

"……"孟昕起身走到阳台，并没有在楼下的临时停车位看到杨妍的车影，"不是，等会儿，师姐你在哪号楼前的停车位？"

"6 号楼啊。"说话间，杨妍往外瞥了眼，"哦，对不起，这是 8 号楼。"

"……"

"等着我啊，我马上就来了。"

孟昕勉为其难地应了声"好"，刚挂完电话，就听见身后有开门的动静，才一回头，就看到关澈提着东西走了进来。

她惊讶地"哎"了一声："你怎么突然回来了，不是有事吗？"

关澈在门口换鞋："提前结束了，给你发消息的时候我就已经在回来的路上了。"

"这样啊。"

孟昕踮着脚走回屋里。关澈也换完鞋往里走，看到她收拾好的东西，眉头微不可察地皱了一下。

他把包和钥匙放在桌上，故作轻描淡写地问道："准备回学校了吗？"

"对啊，学校还有点事情没处理完。"孟昕走到沙发旁，"对了，我把我昨晚用的那条毛巾带走了，还有你这套衣服我也一起穿走了，等下次见面的时候我再买条新的毛巾一起还你。"

关澈看了她一眼，回身从冰箱里拿了瓶水，淡声说："不用了。"

孟昕也没跟他争执，反正该还的她还是要还的。

关澈喝完水："那我送你回去。"

"不用了，我让我师姐来接我了。"话音刚落，孟昕就听见杨妍在底下扯着嗓子叫她的名字。

"啊，她来了。"孟昕伸手提起沙发上的袋子，往前挪了些，抬头看着他，"那我先走了？"

看着她总是要撇清所有的样子，关澈轻滚了滚喉结，声音有些沉："你是不是在躲着我？"

"我没有啊。"

孟昕有些莫名。虽然她之前有一段时间确实是在刻意避着他，可当后来她发现根本不用刻意避着他，因为他们俩根本没什么机会见面时，她就已经没有刻意避着他了。

就像这一次，如果她真的想避开他，在昨晚她就可以找无数个理由不跟他回来。

也许是那些未明的情绪挤压在心里太久，两人沉默了片刻之后，孟昕忽然问道："那你倒是说说，我为什么要避着你啊。"

一向能言善辩的关澈此时此刻忽然不知道该怎么说。

杨妍在楼下等不到回应，径直上了楼，敲门的动静打破了这一时的沉闷，孟昕从他身侧走过。

门开了又关。

说话声和脚步声渐行渐远。

屋里，关澈有些泄气般踢了沙发一下，回头找水时，忽然瞥见厨房的门上贴着一张便笺纸。

　　我下午有事，得提前回学校。不用担心，我让我师姐来接我的。还有你的衣服和毛巾我带走了，下次还给你。

落款是孟昕。

　　看着这行字，关澈倏然回过神，拿着便笺纸转身跑出家门，等跑到楼下时，却没看到熟悉的身影。

　　他大口喘着气，又拿起那张被捏在手里的便笺纸，忽然对刚刚有些过分的自己感到一阵懊恼。

　　另一边的车里，杨妍看着自己小师妹这一身奇奇怪怪的打扮："你这是被人睡了之后又被赶了出来？"

　　"……"孟昕面无表情地看着她，"师姐，要不要我提醒你，在一小时前的电话里，我就已经把我的情况都和你说了一遍？"

　　"好吧好吧，我开个玩笑嘛。"杨妍又看了她一眼，"你昨晚在哪个朋友家里啊？看这衣服应该是个男孩子吧？是不是之前在沙城的那个？"

　　"是他是他就是他。"孟昕念着念着，下意识就接上了一句，"我们的小哪吒。"

　　杨妍："你有病啊。"

　　孟昕说完自己也笑了，偏头看着窗外："师姐啊，你有没有喜欢过你身边的朋友，认识了好几年的那种。"

　　"当然有啊。"杨妍以过来人的身份说道，"再说了，你那个朋友长得帅人又优秀，你喜欢上他是很正常的事情吧。"

　　孟昕嘀咕了一句："我又没说是他。"

　　"我喜欢我喜欢，可以了吧？"杨妍简直无言以对，"我那些朋友长得又帅又优秀，喜欢上是很正常的事情。"

　　"那就不怕万一以后分开了，会尴尬吗？你们的朋友都是共同的，朋友圈也都重合。"

　　"我觉得你不要，哦不是，我是不会想那么多的，喜欢就在一起，不喜欢就不在一起，哪有那么多复杂的事情。"杨妍说，"更何况，知根知底的朋友在一起，我觉得才更容易长久吧。两个都是经过深思熟虑之后才决定在一起的人，怎么会那么轻易就分开呢？"

　　"也许吧。"孟昕叹了口气。

　　杨妍开导完，继续八卦："你跟我说说呗，是不是暗恋人家很久了？"

　　言至于此，孟昕也没什么好隐瞒的："也没有，就是在沙城才喜欢上的。可能是之前在国内太熟悉了，后来在异国他乡遇见他的时候，就觉得好像有什么不一样了。

　　"在国内的时候，我和他其实私下接触不多，我对他的了解都是所有人普遍都知道的；可是在沙城的时候，一切都是新奇陌生的，我在那里看到了一个不一样的关澈，一个其他人都不能了解到的关澈。"

"所以，你就把这种好奇逐渐转化成了喜欢？"

孟昕笑道："也许是吧，也有可能是之前在国内的时候就已经不一样了，只是我自己没有意识到罢了。"

"当局者迷，旁观者清咯。"杨妍说，"国外的你看清了国内的你。"

孟昕对她这种说法没有反驳，也没有认同。

当天下午，孟昕原先需要处理的事情都是顾呈交代给她的，只是顾呈看她负伤，说什么也不让她再留在学校。

到最后，孟昕留在学校也没什么事，索性买了张机票，当天晚上飞回溪城过暑假了，刚巧和来学校找她道歉的关澈错开了。

之后，关澈因为新公司的事情，直到一周后才有两天的空闲。他也没耽误，当天就飞回了溪城，但不巧的是，孟昕和父母去了其他城市避暑，两人又没碰上。

直到暑假结束，孟昕重新回到学校，关澈才和她见了一面。

在这之前，关澈也曾在微信上和她道过歉，孟昕也没说什么，只是偶尔会给他发一些照片。

之后的一学期里两个人就好像进入了一个怪圈——你不说我也不说，互相打着太极，就等着另一方先绷不住。

但是两个人又比之前更加亲近，周末没什么事情的时候，孟昕也会约着关澈出来吃饭。

平时有什么电影上映了，关澈只要有空也会约她出来看电影。

只是两个人的关系也就停在这里，不进也不退，像是各自给自己画了安全界线，谁也不过线。

周末的时候，远在大洋彼岸的杨妍给孟昕打电话得知了他们俩现在这种情况之后，笑道："我说你们俩这样互相吊着对方，有什么意思吗？"

"没意思。"孟昕坦白道，"但是我也不想先认输。"

"天啊，我的昕昕宝贝，这怎么是输赢的问题呢？"杨妍有些无奈，"算了，让你们俩幼稚去吧。"

孟昕嬉嬉笑笑把话题翻了过去，和杨妍聊了半小时。挂了电话之后，孟昕看到关澈十分钟前发来的消息：

中午有个饭局，晚上过来找你。

她回了个"好"。

之后她也没怎么在意他有没有回复，直到整理完资料，准备去食堂吃饭时，却忽然接到了余青的电话。

毕业之后，余青、孙离伟他们几个都加入了关澈的公司，对于她和关澈的关系也有所耳闻。

平常有些时候关澈忙到没时间给她打电话，也都是余青他们给她发消息报告关澈的动态。

电话刚一接通，孟昕还没来得及开口，就听见余青有些急促的声音："孟昕啊，关澈出事了，现在在人民医院。"

孟昕脑袋"嗡"地一下乱了，起身的时候膝盖不小心撞到了桌角也没意识到，说话的声音都在发抖："他怎么了？"

"喝酒喝到胃出血，晕过去了。"

孟昕的声音有些急和无奈："我不是让你们看着他别让他喝酒了吗？怎么还会弄成这样？"

"我们也看不住他啊，你也知道澈哥是什么性格。"余青叹了口气，"你快点吧，我们都在人民医院。"

"我马上到。"

挂了电话后，孟昕拿着手机就跑了出去。

另一边的医院里，孙离伟看着余青计谋得逞的样子："你要是被关澈知道了，迟早要卷铺盖走人。"

余青笑："我这不也是为了他们俩好嘛。有时候两个人之间就是需要像我这样的助燃剂才能行。"

对于孟昕和关澈两个人之间这种磕磕绊绊的进度，余青是看在眼里急在心里，恨不得化身月老用红绳给他们俩绑得结结实实。

说话间，关澈从走廊另一边走来，外套搭在手臂上："你们先去吃点东西吧，这里我来看着。"

余青巴不得马上就走。虽然助攻是一回事，但是成不成还是另一回事，他暂时还是先去外面避一避再说。

孙离伟想和关澈说些什么，被余青抓着衣服给拖走了。

他们俩一向神神秘秘，关澈也懒得问什么，在病房外的长凳上坐下，往后微靠着墙，有些疲惫。

这段时间他们在忙一款新游戏项目的上架，今天原本是和投资方吃饭，谁知道才刚开席，投资方便因为犯了急性阑尾炎被送进了医院。

关澈作为合作伙伴，自然要对合作者上点心。

他在走廊上坐了会儿，起身准备去吸烟区抽烟，摸口袋的时候忽然想起孟昕这段时间建议他戒烟，连打火机都不让他随身携带。

关澈笑着轻叹了口气，走到一旁的自动贩卖机前，买了一罐咖啡，站在走廊尽头的窗前，喝完之后，又回到病房门口坐下。

午后的走廊静谧无人，他低着头在玩手机里的小游戏。

走廊前方忽然传来一阵急促的脚步声，关澈以为是哪间病房的病人出了问题，护士正要赶过去，抬头时，却看见一道熟悉的身影。

"孟昕？"

下车之后一路跑过来的孟昕猛然听到熟悉的声音，还有些没回过神，视线恍惚中，关澈已经走到她面前。

"你怎么来医院了？"他抬手拈去她头发上的飞絮，垂眸看着她，低声问，"怎么了？"

孟昕看着他，思绪有些乱："余青说你出事了，我担心你，他说你喝酒喝到胃出血……"

"不是我。"关澈及时打断她，"不是我，是别人，我没事。"

孟昕沉默了一下，再开口时，声音却是有些哽咽，带着些后怕："我很担心你。"

关澈抿着唇，把人搂进怀里，低声哄着："我没事，你看我不是好好地站在这里吗？"

孟昕也不知道自己是怎么了，被他这么一哄，反倒更委屈了，乱七八糟地开始哭诉。

在她提到自己从沙城回来，他却一条消息都没有时，关澈嘴角弯了一下，抬手抹去她眼角的泪水："你确定当初你走的时候，我一条消息都没有吗？"

"为什么不确定？"孟昕红着眼看他，当时她收到了很多人的消息，可偏偏就没有他的。

关澈提醒她："我发了一条朋友圈。"

提到这个孟昕更觉得生气："我又不知道那是发给我看的。"

"这样啊。"关澈刻意放低了声音，"那怎么办，我那条朋友圈只对你一个人可见的。"

"……"孟昕蒙了。

事情走到如今这个地步，不管如何，开弓没有回头箭，关澈深呼吸了一下，垂眸看着她，笑容有些深："孟昕。"

孟昕没有说话。

他始终看着她，语气低沉："我喜欢你。现在我可以给你一分钟时间考虑一下，是做我女朋友，还是让我成为你的男朋友。"

走廊里有光也有风，孟昕看着他，心里那些小矛盾小纠结好像一瞬间都随着风飘远了。

　　她伸手回抱住他，侧耳倾听他并不像表面上那般沉稳的心跳，轻轻地说了一句话：

　　"我选第二个。"

　　（全文完）

后记

写这本书的时候刚好是我人生中最后一个毕业季，那时候我已经开始实习，离开学校也有一段时间，但因为论文的缘故又回到学校。

校园生活对我来说一直是一段难以忘怀的记忆，不论是高中还是大学，那几年的时光仍旧是我过了这么久，还想再经历很多遍的过程。

校园故事也一直是我非常喜欢的题材，熟悉我的读者都知道我写过很多校园文。

因为我觉得在校园的那段时光里，我们每个人都会认为自己的未来有无限可能，我们还没有被现实的残酷打磨，不会从很多个可能中变成相同的成年人。

我们仍然会做着天真而冒险的梦，在渴望长大的念头里逐渐长大。

这个故事可能在某些地方会有些梦幻和不切实际，但在高三阶段的迷茫和努力却是真切发生在每个人身上的。

在离开校园之前，我一直以为高考不过是一场特别大型的考试，无论好坏也就那么回事，可是等毕业之后，我才发现，高考不仅仅是一场考试。

它像一张车票，在送我们去向远方的同时，也把我们送到了每个人努力的结局里。

一些人被送到了很高很好的地方，会轻松得到下一张去往更高更好的地方的车票。另一些人在很近的地方下车，努力很久才能抵达别人第一趟出发就到达的地方。还有很少一部分的人则被留在原地，看着别人上车下车，连选择座位的权利都没有。

在文中，林宛也曾经误会江延抓着她学习是因为他想让自己跟他去一个学校，但实际上就像关澈说的那样，江延督促林宛学习，只不过是为了让她在能做选择的时候，多一些选择的空间。

高考不能够决定一切，它在我们人生里却是很重要的一关。过关的方式有很多，祝愿你们都可以顺利渡过这一关，去到更好的未来。

感谢我的编辑给了我一个可以让江延和林宛以另一种方式来到大家面前的机会。

这个故事可能有很多不足，也不够完美，但还是很谢谢大家看到这里。

谢谢你们的喜欢和陪伴。

校园是一段很美好的时光，希望大家都能够在这座美好的象牙塔里找到自己的出路。

祝你们的未来像焰火一样拥有无限可能。

愿你们的人生像焰火一样璀璨斑斓。

岁见

2021/10/31

图书在版编目（CIP）数据

来我怀里躲躲：全 2 册 / 岁见著 . -- 北京：中国
致公出版社 , 2023.2

ISBN 978-7-5145-2023-1

Ⅰ . ①来… Ⅱ . ①岁… Ⅲ . ①言情小说－中国－当代
Ⅳ . ① I247.5

中国版本图书馆 CIP 数据核字 (2022) 第 174039 号

来我怀里躲躲：全 2 册 / 岁见　著

LAI WO HUAI LI DUODUO : QUAN 2 CE

出　版	中国致公出版社	
	（北京市朝阳区八里庄西里 100 号住邦 2000 大厦 1 号楼西区 21 层）	
发　行	中国致公出版社（010-66121708）	
责任编辑	王福振	
策划编辑	王兰颖	
责任校对	魏志军	
装帧设计	卷帙设计 QQ:264968699	
责任印制	李小刚	
印　刷	天津旭丰源印刷有限公司	
版　次	2023 年 2 月第 1 版	
印　次	2023 年 2 月第 1 次印刷	
开　本	880mm×1230mm　1/32	
印　张	22.75	
字　数	790 千字	
书　号	ISBN 978-7-5145-2023-1	
定　价	69.80 元（全 2 册）	